2009年MBA联考

考试大纲

教育部高校学生司
国务院学位委员会办公室　　　　联合制定
全国工商管理硕士教育指导委员会

机械工业出版社
China Machine Press

图书在版编目（CIP）数据

2009年MBA联考考试大纲／教育部高校学生司，国务院学位委员会办公室，全国工商管理硕士教育指导委员会联合制定.—北京：机械工业出版社，2008.8

ISBN 978-7-111-24262-8

Ⅰ.2…　Ⅱ.教…　Ⅲ.工商行政管理－研究生－入学考试－考试大纲
Ⅳ.F203.9-41

中国版本图书馆CIP数据核字（2008）第114025号

机械工业出版社（北京市西城区百万庄大街22号　邮政编码　100037）
责任编辑：宁姗
北京京北制版厂印刷　·　新华书店北京发行所发行
2008年8月第1版第1次印刷
186mm×240mm　·　17.5印张
标准书号：ISBN 978-7-111-24262-8
定价：39.00元

凡购本书，如有缺页、倒页、脱页，由本社发行部调换
本社购书热线：（010）68326294
投稿热线：（010）88379007

目录

综合能力考试大纲

一、考试性质

工商管理硕士生入学考试是全国统一的选拔性考试，在教育部授权的工商管理硕士生培养院校范围内进行联考。联考科目包括综合能力、英语。本考试大纲的制定力求反映工商管理硕士专业学位的特点，科学、公平、准确、规范地测评考生的相关知识基础、基本素质和综合能力。综合能力考试的目的是测试考生运用数学基础知识分析与解决问题的能力、逻辑思维能力和汉语理解及书面表达能力。

二、评价目标

(1) 要求考生具有运用数学基础知识分析与解决问题的能力。
(2) 要求考生具有较强的逻辑推理能力、综合归纳能力和分析论证能力。
(3) 要求考生具有较强的文字材料理解能力和书面表达能力。

三、考试内容

综合能力考试由问题求解、条件充分性判断、逻辑推理和写作四部分组成。

(一) 问题求解题

问题求解题的测试形式为单项选择题，要求考生从给定的5个选择项中，选择1个作为答案。

(二) 条件充分性判断题

条件充分性判断题的测试形式为单项选择题，要求考生从给定的5个选择项中，选择1个作为答案。

在问题求解和条件充分性判断这两部分试题中，可能涉及的数学知识范围如下：

实数的概念、性质、运算及应用；整式、分式及其运算；方程（一元一次方程、一元二次方程、二元一次方程组）的解法及应用；不等式（一元一次不等式、一元二次不等式）的解法及应用；等差数列、等比数列；排列组合；概率初步；常见平面图形（三角形、四边形、圆）；平面直角坐标系及直线与圆的方程；常见立体图形（长方体、圆柱体、圆锥体、球）。

(三) 逻辑推理题

逻辑推理题的测试形式为单项选择题，要求考生从给定的5个选择项中，选择1个作为答案。

逻辑推理试题的内容涉及自然和社会各个领域，但并非测试有关领域的专门知识，也不测试逻辑学专业知识，而是测试考生对各种信息的理解、分析、综合、判断，并进行相应的推理、论证与评价等逻辑思维能力。

（四）写作题

写作题部分综合考查考生的分析、论证能力和文字表达能力。写作题分两种类型。

1. 论证有效性分析

论证有效性分析题的题干为一段有缺陷的论证，要求考生对此做出分析与评论。分析与评论的内容由考生根据试题自己决定。

2. 论说文

论说文的考试形式有三种：命题作文、基于文字材料的自由命题作文、案例分析。每次考试为其中一种形式。要求考生在准确、全面地理解题意的基础上，写出思想健康、观点明确、材料充实、结构严谨、条理清楚、语言规范、卷面整洁的文章，鼓励考生结合实际发挥创造性。

四、考试形式和试卷结构

（一）考试时间

考试时间为180分钟。

（二）答题方式

答题方式为闭卷、笔试，不允许使用计算器。

试卷由试题、答题卡和答题纸组成。选择题的答案必须涂写在答题卡上，非选择题的答案必须写在答题纸相应的位置上。

（三）试卷满分及考查内容分数分配

试卷满分为200分。其中数学（问题求解和条件充分性判断）75分，逻辑推理60分，写作65分。

（四）试卷题型比例

问题求解题   15小题，每小题3分，共45分。
条件充分性判断题   10小题，每小题3分，共30分。
逻辑推理题   30小题，每小题2分，共60分。
写作题   2小题，论证有效性分析30分，论说文35分，共65分。

五、样卷

全国攻读工商管理硕士学位研究生入学考试综合能力试题

一、问题求解：本大题共15小题，每小题3分，共45分。下列每题给出的五个选项中，只有一项是符合试题要求的。请在答题卡上将所选项的字母涂黑。

1. $\dfrac{1}{16\times17}+\dfrac{1}{17\times18}+\dfrac{1}{18\times19}+\dfrac{1}{19\times20}=$

A. $\dfrac{1}{80}$　　　B. $\dfrac{1}{79}$　　　C. $\dfrac{1}{167}$　　　D. $\dfrac{1}{32}$　　　E. $\dfrac{9}{80}$

2. 如果a、b、c是3个连续的奇数整数，并且$10<a<b<c<20$，b和c为质数，那么，$a+b$是

　　A. 24　　　　B. 28　　　　C. 30　　　　D. 32　　　　E. 38

3. 当10个熟人在一次聚会上彼此都握手一次，那么，一共需要握手多少次？

　　A. $10 \times 9 \times 8 \times 7 \times 6 \times 5 \times 4 \times 3 \times 2 \times 1$　　　　B. 10×10

　　C. 10×9　　　　D. 45　　　　E. 36

4. 车间共有40人，某次技术操作考核的平均成绩为80分，其中男工平均成绩为83分，女工平均成绩为78分，该车间有女工

　　A. 24人　　　　B. 20人　　　　C. 18人　　　　D. 16人　　　　E. 14人

5. 一支部队排成长度为800米的队列行军，速度为80米/分。在队首的通信员以3倍于行军的速度跑步到队尾，花半分钟传达首长命令后，立即以同样的速度跑回到队首。在这往返全过程中通信员所花费的时间为

　　A. 6.5分　　　　B. 7.5分　　　　C. 8分　　　　D. 8.5分　　　　E. 10分

6. 甲、乙两人同时从同一地点出发，相背而行。1小时后他们分别到达各自的终点A和B。若从原地出发，互换彼此的目的地，则甲在乙到达A之后35分钟到达B。则甲的速度和乙的速度之比是

　　A. $3:5$　　　B. $4:3$　　　C. $4:5$　　　D. $3:4$　　　E. 以上结论均不正确

7. 如果一款汽车的价格减少了20%，而它的税率却增加了20%，则降价后其税金

　　A. 增加了16%　　B. 增加了4%　　C. 不增不减　　D. 减少了4%　　E. 减少了16%

8. 一个班级中有8名男生和7名女生，现在要选出3名学生作为学生代表，则选出的学生中，男生多于女生的概率是

　　A. $\dfrac{36}{65}$　　　B. $\dfrac{26}{65}$　　　C. $\dfrac{8}{15}$　　　D. $\dfrac{1856}{3375}$　　　E. $\dfrac{512}{3375}$

9. 如图所示，$\triangle ABC$是等腰直角三角形，$AB = BC = 10$厘米，D是半圆周上的中点，BC是半圆的直径，图中阴影部分的面积是

　　A. $25\left(\dfrac{1}{2}+\dfrac{\pi}{4}\right)$平方厘米　　　　B. $25\left(\dfrac{1}{2}-\dfrac{\pi}{4}\right)$平方厘米

　　C. $25\left(\dfrac{\pi}{2}-1\right)$平方厘米　　　　D. $50\left(\dfrac{1}{3}+\dfrac{\pi}{4}\right)$平方厘米　　　　E. 以上结论均不正确

10. 一个底面直径为20厘米的装有一部分水的圆柱形容器，水中放着一个底面直径为12厘米，高为10厘米的圆锥形的铅锤，当铅锤从水中取出后，容器中的水面高度下降了

　　A. 2.4厘米　　　B. 2厘米　　　C. 1.6厘米　　　D. 1.2厘米　　　E. 1.0厘米

11. 两直线$y - x = 1$，$y + 2x = 7$和x轴所围图形的面积是

　　A. 6　　　B. $\dfrac{13}{2}$　　　C. $\dfrac{27}{4}$　　　D. $\dfrac{27}{3}$　　　E. 以上结论均不正确

12. 方程$\sqrt{x - p} = x$有两个不相等的正根，则p的取值范围是

A. $\left[0, \frac{1}{4}\right)$ B. $\left(0, \frac{1}{2}\right)$ C. $(0, 2)$ D. $\left(-1, \frac{1}{4}\right)$ E. $\left[\frac{1}{2}, 1\right)$

13. 有一个深为50米，顶圆半径为100米的正圆锥体储水容器储满水，假设其水位以0.02米/小时的速度均匀下降，当水深为30米时，水池内水量的流失速度是
    A. 32π米^3/小时   B. 42π米^3/小时   C. 52π米^3/小时
    D. 62π米^3/小时   E. 72π米^3/小时

14. 一个容积为10L的量杯盛满纯酒精，第一次倒出aL酒精后，用水将量杯注满并搅拌均匀，第二次仍倒出aL溶液后，再用水将量杯注满并搅拌均匀，此时量杯中的酒精溶液的浓度为49%，则每次倒出的量a为
    A. 2.55L   B. 3L   C. 2.45L   D. 4L   E. 4.15L

15. P_0是以a为边长的正方形，P_1是以P_0的四边中点为顶点的正方形，P_2是以P_1的四边中点为顶点的正方形，$\cdots$，P_n是以P_{n-1}的四边中点为顶点的正方形$(n = 1, 2, 3, \cdots)$，则当n无限增大时，$P_1 + P_2 + P_3 + \cdots + P_n + \cdots$的面积为
    A. a^2 B. $2a^2$ C. $3a^2$ D. $4a^2$ E. A、B、C、D均不正确

二、条件充分性判断：本大题共10小题，每小题3分，共30分。

解题说明：本大题要求判断所给出的条件能否充分支持题干中陈述的结论。阅读条件(1)和条件(2)后，请在答题卡上将所选项的字母涂黑。

A. 条件(1)充分，但条件(2)不充分。

B. 条件(2)充分，但条件(1)不充分。

C. 条件(1)和(2)单独都不充分，但条件(1)和条件(2)联合起来充分。

D. 条件(1)充分，条件(2)也充分。

E. 条件(1)和(2)单独都不充分，条件(1)和条件(2)联合起来也不充分。

16. 在某商场，某6天交易显示，单日最少购物人数为80人，那么，这6天每日平均购物人数大于90。
    (1) 在最多人购物的4天，平均每日购物人数为100
    (2) 在最少人购物的3天，平均每日购物人数为80

17. $xy < 6$。
    (1) $x < 3$并且$y < 2$
    (2) $\frac{1}{2} < x < \frac{2}{3}$并且$y^2 < 64$

18. 甲、乙、丙是三个实数，甲比丙小。
    (1) 甲和乙的比是2∶3，乙和丙的比是8∶7
    (2) 丙是甲、乙差的120%

19. 不等式$|1 - x| + |1 + x| > a$对于任意的x成立。
    (1) $a \in (-\infty, 2)$ (2) $a = 2$

20. $a = -4$。
    (1) 点A $(1, 0)$关于直线$x - y + 1 = 0$的对称点是$A'\left(\frac{a}{4}, -\frac{a}{2}\right)$

(2) 直线 l_1：$(2+a)x+5y=1$ 与直线 l_2：$ax+(2+a)y=2$ 垂直

21. 如图，可以确定圆 O 的周长是 20π。
   (1) $\triangle OXZ$ 的周长是 $20+10\sqrt{2}$
   (2) 弧 XYZ 的长度是 5π

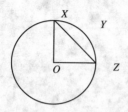

22. 公路AB上各站之间共有90种不同的车票。
   (1) 公路AB上有10个车站，每两站之间都有往返车票
   (2) 公路AB上有9个车站，每两站之间都有往返车票

23. 对某批电子产品进行质量检查，每件检查后放回，在连续检查三次时至少有一次是次品的概率是0.271
   (1) 该产品的次品率是0.1
   (2) 该产品的合格率是0.8

24. $\dfrac{3}{a+b}=1$。
   (1) $(a-2)^2$ 和 $|b-1|$ 互为相反数
   (2) $\begin{cases} 2a+3b=7 \\ 3a-4b=2 \end{cases}$

25. 申请驾驶执照时，必须参加理论考试和路考，且两种考试均要通过。若在同一批学生中有70%的人通过了理论考试，80%的人通过了路考，则最后领到驾驶执照的人有60%。
   (1) 10%的人两种考试都没有通过。
   (2) 20%的人仅通过了路考。

三、逻辑推理：本大题共30小题，每小题2分，共60分。从下面每题所给出的五个选项中，只有一项是符合试题要求的。请在答题卡上将所选项的字母涂黑。

26. 据目前所知，最硬的矿石是钻石，其次是刚玉，而一种矿石只能用与其本身一样硬度或更硬的矿石来刻痕。
   如果以上陈述为真，以下哪项所指的矿石一定是可被刚玉刻痕的矿石？
   I. 这种矿石不是钻石。
   II. 这种矿石不是刚玉。
   III. 这种矿石不是像刚玉一样硬。
   A. 只有I　　　B. 只是III　　　C. 只是I和II　　　D. 只是I和III　　　E. I、II和III

27. 为了减肥，张女士在今年夏秋之交开始严格按规定服用减肥药物。但经过整个秋季三个月的疗程，她的体重反而又增加了5公斤。由此可见，减肥药物是完全无效的。
   以下哪项如果是真的，最能削弱上述结论？
   A. 她服用的减肥药物价格昂贵。

B. 她服用的减肥药曾经申请国家专利。

C. 她服用的减肥药有合格证书。

D. 她服用的减肥药是中外合资生产的。

E. 如果不服用药物，她的体重在秋季会增加10公斤。

28. 甲：什么是战争？

乙：战争是和平的中断。

甲：什么是和平？

乙：和平是战争的中断。

上述对话中的逻辑谬误也类似地存在于以下哪项对话中？

A. 甲：什么是人？

乙：人是有思想的动物。

甲：什么是动物？

乙：动物是生物的一部分。

B. 甲：什么是生命？

乙：生命是有机体的新陈代谢。

甲：什么是有机体？

乙：有机体是有生命的个体。

C. 甲：什么是家庭？

乙：家庭是以婚姻、血缘或收养关系为基础的一种社会群体。

甲：什么是社会群体？

乙：社会群体是在一定社会关系基础上建立起来的社会单位。

D. 甲：什么是命题？

乙：命题就是用语句表达的判断。

甲：什么是判断？

乙：判断是对事物有所断定的思维形式。

E. 甲：什么是文学最有感染力的主题？

乙：文学最有感染力的主题是爱情。

甲：什么是爱情？

乙：爱情是人类的一种排他性感情。

29. 针对当时建筑施工中工伤事故频发的严峻形势，国家有关部门颁布了《建筑业安全生产实施细则》（简称《细则》）。但是，在《细则》颁布实施两年间，覆盖全国的统计显示，在建筑施工中伤亡职工的数量每年仍有增加。这说明，《细则》并没有得到有效的实施。

以下哪项如果为真，最能削弱上述论证？

A. 在《细则》颁布后的两年中，施工中的建筑项目的数量有了大的增长。

B. 严格实施《细则》，将不可避免地提高建筑业的生产成本。

C. 在题干所提及的统计结果中，在事故中死亡职工的数量较《细则》颁布前有所下降。

D. 工伤事故最严重的是煤矿业。

E. 在《细则》颁布后的两年中，在建筑业施工的职工数量有了很大的增长。

30. 在美国，实行死刑的州，其犯罪率要比不实行死刑的州低。因此，死刑能够减少犯罪。

以下哪项如果为真，最能质疑上述推断？

A. 犯罪的少年较之守法的少年更多来自无父亲的家庭。因此，失去了父亲能够引发少年犯罪。

B. 美国的法律规定了在犯罪地起诉并按其法律裁决，许多罪犯因此经常流窜犯罪。

C. 在最近几年，美国民间呼吁废除死刑的力量在不断减弱，一些政治人物也已经不再像过去那样在竞选中承诺废除死刑了。

D. 经过长期的跟踪研究发现，监禁在某种程度上成为酝酿进一步犯罪的温室。

E. 在美国，实行死刑的州占多数。

31. 有个叫艾克思的瑞典人最近发明了永动机。

如果上述断定为真，则以下哪项一定为真？

A. 由于永动机违反科学原理，上述断定不可能为真。

B. 所有的瑞典人都没有发明永动机。

C. 有的瑞典人没有发明永动机。

D. 有的瑞典人发明了永动机。

E. 不存在姓名是艾克思的瑞典人。

32. 所有的人都有思想，狗不是人，所以，狗没有思想。

以下哪个推理最能说明上述推理不成立？

A. 所有商品都是劳动产品，太阳光不是商品，因此，太阳光不是劳动产品。

B. 所有的金属都是导电的，水是导电的，所以，水是金属。

C. 金子都是闪光的，闪光的东西都引人注目，所以，引人注目的东西都是金子。

D. 所有的书都开卷有益，迷信读物是书，所以，迷信读物开卷有益。

E. 所有的商品都有使用价值，雨水不是商品，所以，雨水没有使用价值。

33. 在过去的20年里，科幻类小说占全部小说的销售比例从1%提高到了10%。其间，对这种小说的评论也有明显的增加。一些书商认为，科幻小说销售量的上升主要得益于有促销作用的评论。

以下哪项如果为真，最能削弱题干中书商的看法？

A. 科幻小说的评论，几乎没有读者。

B. 科幻小说的读者中，几乎没有人读科幻小说的评论。

C. 科幻小说评论文章并不乏读者，但他们几乎都不购买科幻小说。

D. 科幻小说评论文章的作者中，包括著名的科学家。

E. 科幻小说评论文章的作者中，包括因鼓吹伪科学而臭了名声的作家。

34. 鱼和熊掌不可兼得。

以下哪项断定符合题干的断定？

I. 鱼和熊掌皆不可得。

II. 鱼不可得或熊掌不可得。

III. 如果鱼可得则熊掌不可得。

A. 只有I

B. 只有II

C. 只有III

D. 只有II和III

E. I、II和III

35. 法制的健全或者执政者强有力的社会控制能力，是维持一个国家社会稳定的必不可少的条件。Y国社会稳定但法制尚不健全。因此，Y国的执政者具有强有力的社会控制能力。

以下哪项论证方式和题干的论证方式最为类似？

A. 一个影视作品，要想有高的收视率或票房价值，作品本身的质量和必要的包装宣传缺一不可。电影《青楼月》上映以来票房价值不佳但实际上质量堪称上乘。因此，看来它缺少必要的广告宣传和媒体炒作。

B. 必须有超常业绩或者30年以上服务于本公司的工龄的雇员，才有资格获得X公司本年度的特殊津贴。黄先生获得了本年度的特殊津贴但在本公司仅供职5年，因此他一定有超常业绩。

C. 如果既经营无方又铺张浪费，则一个企业将会严重亏损。Z公司虽经营无方但并没有严重亏损，这说明它至少没有铺张浪费。

D. 一个罪犯要实施犯罪，必须既有作案动机，又有作案时间，在某案中，W先生有作案动机但无作案时间。因此，W先生不是该案的作案者。

E. 一个论证不能成立，当且仅当，或者它的论据虚假，或者它的推理错误。J女士在科学年会上关于她的发现之科学价值的论证尽管逻辑严密，推理无误，但还是被认定不能成立。因此，她的论证中至少有部分论据虚假。

36. 学生家长：这学期学生的视力普遍下降，这是由于学生书面作业的负担太重。

校长：学生视力下降和书面作业负担没有关系，经我们调查，学生视力下降的原因，是由于他们做作业时的姿势不正确。

以下哪项，如果是真的，最能削弱校长的辩解？

A. 学生书面作业的负担过重容易使学生感到疲劳，同时，感到疲劳的学生又不容易保持正确的书写姿势。

B. 该校学生的书面作业的负担和其他学校相比确实较重。

C. 校方在纠正学生姿势以保护视力方面做了一些工作，但力度不够。

D. 学生视力下降是一个普遍的社会问题，不唯该校然。

E. 该校学生的书面作业负担比上学年有所减轻。

37. 甲说："我班所有同学都已申请了贷款。"

乙说："如果班长申请了贷款，那么学习委员就没申请。"

丙说："班长申请了贷款。"

丁说："我班有人没有申请贷款。"

已知四人中只有一人说假话，则可推出以下哪项结论？

A. 甲说假话，班长没申请。

B. 乙说假话，学习委员没申请。

C. 丙说假话，班长没申请。

D. 甲说假话，学习委员没申请。

E. 题干的条件不足以推出确定结论。

38. 世界卫生组织在全球范围内进行了一项有关献血对健康影响的跟踪调查。调查对象分为三组：第一组对象中均有两次以上的献血记录，其中最多的达数十次；第二组中的对象均仅有一次献血记录；第三组对象均从未献过血。调查结果显示，被调查对象中癌症和心脏病的发病率，第一组分别为0.3%和0.5%，第二组分别为0.7%和0.9%，第三组分别为1.2%和2.7%。一些专家依此得出结论，献血有利于降低患癌症和心脏病的风险。这两种病已经不仅在发达国家而且也在发展中国家成为威胁中老人生命的主要杀手。因此，献血利己利人，一举两得。

以下哪项如果为真，能削弱以上结论？

I. 60岁以上的调查对象，在第一组中占60%，在第二组中占70%，在第三组中占80%。

II. 献血者在献血前要经过严格的体检，一般具有较好的体质。

III. 调查对象的人数，第一组为1 700人，第二组为3 000人，第三组为7 000人。

A. 只有I　　　B. 只有II　　　C. 只有III　　　D. 只有I和II　　　E. I、II和III

39. 一本小说要畅销，必须有可读性；一本小说，只有深刻触及社会的敏感点，才能有可读性；而一个作者如果不深入生活，他的作品就不可能深刻触及社会的敏感点。

以下哪项结论可以从题干的断定中推出？

I. 一个畅销小说作者，不可能不深入生活。

II. 一本不触及社会敏感点的小说，不可能畅销。

III. 一本不具有可读性的小说的作者，一定没有深入生活。

A. 只有I　　　B. 只有I和II　　　C. 只有II和III　　　D. 只有I和III　　　E. I、II和III

40. 在桂林漓江一些有地下河流的岩洞中，有许多露出河流水面的石笋。这些石笋是由水滴长年滴落在岩石表面而逐渐积累的矿物质形成的。

如果上述断定为真，最能支持以下哪项结论？

A. 过去漓江的江面比现在高。

B. 只有漓江的岩洞中才有地下河流。

C. 漓江的岩洞中大都有地下河流。

D. 上述岩洞内的地下河流是在石笋形成前出现的。

E. 上述岩洞内地下河流的水比过去深。

41. 地球在其形成的早期是一个熔岩状态的快速旋转体，绝大部分的铁元素处于其核心部分。有一些熔岩从这个旋转体的表面甩出，后来冷凝形成了月球。

如果以上这种关于月球起源的理论正确，则最能支持以下哪项结论？

A. 月球是唯一围绕地球运行的星球。

B. 月球将早于地球解体。

C. 月球表面的凝固是在地球表面凝固之后。

D. 月球像地球一样具有固体的表层结构和熔岩状态的核心。

E. 月球的含铁比例小于地球核心部分的含铁比例。

42. 除了余涌，甲班所有的文艺爱好者都参加了大学生影评协会。

上述结论可从以下哪项前提中推出?

A. 除了余涌,如果有人是参加了大学生影评协会的文艺爱好者,他一定是甲班的学生。

B. 余涌是唯一参加了大学生影评协会的文艺爱好者。

C. 如果一个甲班的学生参加了大学生影评协会,只要他不是余涌,他就是文艺爱好者。

D. 余涌不是甲班参加大学生影评协会的文艺爱好者。

E. 除了爱好文艺的余涌,如果有人是甲班的学生,他一定参加了大学生影评协会。

43. 20世纪90年代初,小普村镇建立了洗涤剂厂,当地村民虽然因此提高了收入,但工厂每天排出的大量污水使村民们忧心忡忡。如果工厂继续排放污水,他们的饮用水将被污染,健康将受到影响。然而,这种担心是多余的。因为1994年对小普村镇的村民健康检查发现,几乎没有人因水污染而患病。

以下哪项如果为真,最能质疑上述论证?

A. 1994年,上述洗涤剂厂排放的污水量是历年中较少的。

B. 1994年,小普村镇的村民并非全体参加健康检查。

C. 在1994年,上述洗涤剂厂的生产量减少了。

D. 合成洗涤剂污染饮用水导致的疾病需要多年后才会显现出来。

E. 合成洗涤剂污染饮用水导致的疾病与一般疾病相比更难检测。

44. 一位编辑正在考虑报纸理论版稿件的取舍问题。有E、F、G、H、J、K六篇论文可供选择。考虑到文章的内容,报纸的版面等因素,

(1) 如果采用论文E,那么不能用论文F,但要用论文K;

(2) 只有不用论文J,才能用论文G或论文H;

(3) 如果不用论文G,那么也不用论文K;

(4) 论文E是向名人约的稿件,不能不用。

以上各项如果为真,下面哪项一定是真的?

A. 采用论文E,但不用论文H。

B. G和H两篇文章都用。

C. 不用论文J,但用论K。

D. G和J两篇文章都不用。

E. 除了E,其他文章都不用。

45. 某校规定:除非是来自西部地区的贫困生,否则不能获得特别助学金。

以下哪项如果为真,说明此项规定未能严格执行?

I. 张珊来自西部地区,虽然不是贫困生,但获得了特别助学金。

II. 李思是来自西部地区的贫困生,但未能获得特别助学金。

III. 王武来自东部地区,但却是贫困生,获得了特别助学金。

A. 只有I   B. 只有II   C. 只有I和III   D. 仅I和II   E. I、II和III

46. 张教授:各国的国情和传统不同,但是对于谋杀和其他严重刑事犯罪实施死刑,至少是大多数人可以接受的。公开宣判和执行死刑可以有效地阻止恶性刑事案件的发生,它所带来的正面影响比可能存在的负面影响肯定要大得多,这是社会自我保护的一种必要机制。

李研究员:我不能接受您的见解。因为在我看来,对于十恶不赦的罪犯来说,终身监

禁是比死刑更严厉的惩罚，而一般的民众往往以为只有死刑才是最严厉的。

以下哪项是对上述对话的最恰当评价？

A. 两人对各国的国情和传统有不同的理解。

B. 两人对什么是最严厉的刑事惩罚有不同的理解。

C. 两人对执行死刑的目的有不同的理解。

D. 两人对产生恶性刑事案件的原因有不同的理解。

E. 两人对是否大多数人都接受死刑有不同的理解。

47. 我国博士研究生中女生的比例近年来有显著的增长。说明这一结论的一组数据是：2000
年，报考博士生的女性考生的录取比例是30%；而2004年这一比例上升为45%。另外，
这两年报考博士生的考生中男女的比例基本不变。

为了评价上述论证，对2000年和2004年的以下哪项数据进行比较最为重要？

A. 报考博士生的男性考生的录取比例。

B. 报考博士生的考生的总数。

C. 报考博士生的女性考生的总数。

D. 报考博士生的男性考生的总数。

E. 报考博士生的考生中理工科的比例。

48. 任何一篇译文都带有译者的行文风格。有时，为了能及时地翻译出一篇公文，需要几个
译者同时工作，每人负责翻译其中的一部分。在这种情况下，译文的风格往往显得不协
调。与此相比，用于语言翻译的计算机程序显示出优势：准确率不低于人工笔译，但速
度比人工笔译快得多，并且能保持译文风格的统一。所以，为了及时译出那些较长的公
文，最好使用机译而不是人译。

为了对上述论证做出评价，回答以下哪个问题最不重要？

A. 是否可以通过对行文风格的统一要求，来避免或减少合作译文在风格上的不协调？

B. 根据何种标准可以准确地判定一篇译文的准确率？

C. 机译的准确率是否同样不低于翻译专家的笔译？

D. 日常语言表达中是否存在由特殊语境决定的含义只有靠人的头脑来把握？

E. 不同的计算机翻译程序，是否也会具有不同的行文风格？

49. 上周在对红星食品厂进行质量检查时发现，在夜班烤制的点心中，有6%的点心被发现有
问题，但是在白天烤制的点心中，未被检查出有问题。质量检查是对同一烤制条件但不
同时间烤制的点心进行的，所以很明显，夜班的质检员尽管是在夜间工作，他们比白天
的检查者更警觉。

以上论据所依赖的假设是：

A. 上周红星食品厂至少有一些白天烤制的点心有问题。

B. 并不是所有的被夜班质检员评判为有问题的点心实际上是有问题的。

C. 夜班质检员在质量控制程序上比白天班质量检查员接受了更多的训练。

D. 在正常的日子，红星食品厂夜班烤制的点心被发现有缺陷的少于6%。

E. 红星食品厂仅有两个班次：白天班和夜间班。

50. 据一项在几个大城市所做的统计显示，餐饮业的发展和瘦身健身业的发展呈密切正相关。
从1985~1990年，餐饮业的网点增加了18%，同期在健身房正式注册参加瘦身健身的人

数增加了17.5%；从1990~1995年，餐饮业的网点增加了25%，同期参加瘦身健身的人数增加了25.6%；从1995~2000年，餐饮业的网点增加了20%，同期参加瘦身健身的人数也正好增加了20%。

上述统计如果真实无误，则对上述统计事实的解释最可能成立的是：

A. 餐饮业的发展，扩大了肥胖人群体，从而刺激了瘦身健身业的发展。

B. 瘦身健身运动，刺激了参加者的食欲，从而刺激了餐饮业的发展。

C. 在上述几个大城市中，最近15年来，主要从事低收入重体力工作的外来人口的逐年上升，刺激了各消费行业的发展。

D. 在上述几个大城市中，最近15年来，城市人口的收入的逐年提高，刺激了包括餐饮业和健身业在内的各个消费行业的发展。

E. 高收入阶层中，相当一批人既是餐桌上的常客，又是健身房内的常客。

51. 为了预测大学生毕业后的就业意向，《就业指南》杂志在大学生中进行了一次问卷调查，结果显示，超过半数的答卷都把教师作为首选的职业。这说明，随着我国教师社会地位和经济收入的提高，大学生毕业后普遍不愿意当教师的现象已经成为过去。

以下哪项如果为真，最能削弱上述结论？

A. 目前我国教师的平均收入和各行业相比仍然是中等偏下。

B. 被调查者虽然遍布全国100多所大学，但总人数不过1 000多人。

C. 被调查者的半数是师范院校的学生。

D. 《就业指南》并不是一份很有影响的杂志。

E. 上述调查的问卷回收率只有70%。

52. 某新闻机构策划了一项"全国重点院校排列名次"的评选活动。方法是，选择10项指标，包括对学生的思想政治教育、学校的硬件设施(校舍、图书馆等)、博士硕士点的数量、在国外发表论文的数量、在国内出版或发表的论著或论文的数量等。每项指标按实际质量或数量的高低，评以从1~10分之间某一分值，然后求得这10个分值的平均数，并根据其高低排出全国重点院校的名次。

以下各项都是对上述策划的可行性的一种质疑，除了：

A. 各项指标的重要性不一定都是均等的。

B. 有些指标的测定，如学生的思想政治工作，是难以准确量化的。

C. 有些专业和学科之间存在不可比因素，例如，我国马克思主义哲学的论文，由于众所周知的原因，是很难在西方世界发表的。

D. 学校之间在硬件设施上的差异，有些是历史造成的，有些是国家投入的多寡造成的，不是该校自己的当前行为所造成的。

E. 出版或发表的论著或论文数量较多，不一定质量就较高；反之，数量较少，不一定质量就较低。

53. 据目前刚结束的一项对甲乙两市初中学生身高增长情况的监测调查显示，在初中的三年中，甲乙两市的学生的身高平均增长10公分，其中，甲市的学生平均增长12公分，乙市的学生平均增长9公分。

上述断定如果为真，则以下哪项有关被调查学生的断定也一定为真？

A. 目前甲市学生的平均身高，要高于乙市学生。

B. 三年前甲市学生的平均身高，要高于乙市学生。

C. 甲市受调查的学生要比乙市的多。

D. 乙市受调查的学生要比甲市的多。

E. 两市受调查的学生的数量一样多。

54. 威尼斯面临的问题具有典型意义。一方面，为了解决市民的就业，增加城市的经济实力，必须保留和发展它的传统工业，这是旅游业所不能替代的经济发展的基础；另一方面，为了保护其独特的生态环境，必须杜绝工业污染，但是，发展工业将不可避免地导致工业污染。

上述断定可以推出的结论是：

A. 威尼斯将不可避免地面临经济发展的停滞或生态环境的破坏。

B. 威尼斯市政府的正确决策应是停止发展工业以保护生态环境。

C. 威尼斯市民的生活质量只依赖于经济和生态环境。

D. 旅游业是威尼斯经济收入的主要来源。

E. 如果有一天威尼斯的生态环境受到了破坏，这一定是它为发展经济所付出的代价。

55. 某出版社近年来出版物的错字率较前几年有明显的增加，引起了读者的不满和有关部门的批评，这主要是由于该出版社大量引进非专业编辑所致。当然，近年来该社出版物的大量增加也是一个重要原因。

在以下各项中，哪项存在与上述议论类似的漏洞？

I. 美国航空公司近两年来的投诉比率比前些年有明显的下降。这主要是由于该航空公司在裁员整顿的基础上，有效地提高了服务质量。当然，"9·11事件"后航班乘客数量的锐减也是一个重要原因。

II. 统计数字表明：近年来我国心血管病的死亡率，即由心血管病导致的死亡在整个死亡人数中的比例，较以前有明显的增加，这主要是由于随着经济的发展，我国民众的饮食结构和生活方式发生了容易诱发心血管病的不良变化。当然，由于心血管病主要是老年病，因此我国人口的老龄人比例的增大也是一个重要原因。

III. S市今年的高考录取率比去年增加了15%，这主要是由于各中学狠抓了教育质量。当然，另一个重要原因是，该市今年参加高考的人数比去年增加了20%。

A. 只有I　　　　B. 只有II　　　　C. 只有III　　　　D. 只有I和III　　　　E. I、II和III

四、写作：本大题共2小题，共65分，其中论证有效性分析题30分，论说文写作题35分。请答在答题纸相应的位置上。

56. 论证有效性分析：分析下面的论证在概念、论证方法、论据及结论等方面的有效性。600字左右。

把几只蜜蜂和苍蝇放进一只平放的玻璃瓶，使瓶底对着光亮处，瓶口对着暗处。结果，有目标地朝着光亮拼命扑腾的蜜蜂最终衰竭而死，而无目的地乱窜的苍蝇竟都溜出细口瓶颈逃生。是什么葬送了蜜蜂？是它对既定方向的执著，是它对趋光习性这一规则的遵循。

当今企业面临的最大挑战是经营环境的模糊性与不确定性。在高科技企业，哪怕只预测几个月后的技术趋势都是一件浪费时间的徒劳之举。就像蜜蜂或苍蝇一样，企业经常面临一个像玻璃瓶那样的不可思议的环境。蜜蜂实验告诉我们，在充满不确定性的经营环境中，企业需要的不是朝着既定方向的执著努力，而是在随机试错的过程中寻求生路，不是对规则的遵循而是对规则的突破。在一个经常变化的世界里，混乱的行动比有序的衰亡要好得多。

（提示：论证有效性分析的一般要点是：概念特别是核心概念的界定和使用是否准确并前后一致，有无各种明显的逻辑错误，该论证的论据是否支持结论，论据成立的条件是否充分等。要注意分析的内容深度、逻辑结构和语言表达。）

57. 论说文

在心理学家詹巴斗的实验基础上，政治学家威尔逊和犯罪学家凯琳提出了一个"破窗理论"。这一理论认为：如果有人打坏了一个建筑物的窗户玻璃，而这扇窗户又得不到及时的维修，别人就可能受到一些暗示性的纵容去打烂更多的窗户玻璃。

对上述理论进行分析，论述你同意或不同意这一观点的理由。可根据经验、观察或者阅读，用具体理由或实例佐证自己的观点。题目自拟，700字左右。

六、样卷答案和评分参考标准

全国攻读工商管理硕士学位研究生入学考试综合能力试题答案和评分参考标准

一、问题求解

1. A   2. D   3. D   4. A   5. C   6. D   7. D   8. A   9. A
10. D   11. C   12. A   13. E   14. B   15. B

二、条件充分性判断

16. A   17. B   18. E   19. A   20. A   21. D   22. A   23. A   24. D   25. D

三、逻辑推理

26. A   27. E   28. B   29. E   30. B   31. D   32. E   33. C   34. D
35. B   36. A   37. D   38. D   39. B   40. E   41. E   42. E   43. D
44. C   45. C   46. C   47. A   48. E   49. A   50. D   51. C   52. D
53. D   54. A   55. D

四、写作题评分参考标准

56. 论证有效性分析

(1) 根据分析评论的内容给分，占15分。本样题中，题干的论证中存在若干漏洞，须指出题干论证中存在的漏洞。

① 蜜蜂实验只是特定环境下的一个生物行为实验，不能简单地将生物行为类推到企业行为，更不能把生物行为实验的结果一般化为企业应对不确定性的普遍性原则。

② 经济发展和技术发展总体上是有规律的。在具有模糊性与不确定性的经营环境中，虽然企业用随机试错的方法可能取得成功，但企业理性决策成功的概率要远远大于随机试错成功的概率。不能用小概率的随机试错成功的特例否定理性决策。在具有不确定性的经营环境中，企业需要根据环境的变化调整方向，但方向的调整需要理

性分析而不是随机试错。更不能否定企业朝着既定方向的执着努力。

③ 技术预测具有不确定性，并不意味着技术趋势不可预测，也不能说明进行预测是浪费时间的徒劳之举。实际上，对未来的预测是企业经营决策的重要依据。可预测时间的长短也不能作为否定预测必要性的根据。

④ 不能把对规则的遵循和对规则的突破的区别绝对化。对规则的突破并不意味着不遵循任何规则，而意味着突破或修改旧规则，创建并遵循新规则。企业经营环境的不确定性要求不能机械地遵循规则，这个正确的观点被偷换为企业经营环境的不确定性要求不遵循任何规则。

⑤ 在一个经常变化的世界里，混乱的行动和有序的衰亡并不是两种仅有的选择。没有理由因为反对有序的衰亡而提倡混乱的行动。

　　考生分析评论的内容超出以上参考答案者，只要言之有理，也应给分。

(2) 按文章结构与语言表达，分四类卷给分。

　　一类卷12～15分：论证或反驳有力，结构严谨，条理清楚，语言精练流畅。

　　二类卷8～11分：结构尚完整，条理较清楚，语句较通顺，少量语病。

　　三类卷4～7分：结构不够完整，语言欠连贯，较多语病，分析评论缺乏说服力。

　　四类卷0～3分：明显偏离题意，内容空洞，条理不清，语句严重不通。

(3) 不符合字数要求，或出现错别字，酌情扣分。书写清楚整洁，酌情加1～2分，但总分不得超过30分。

57. 论说文

(1) 按照内容、结构、语言三项综合评分。

　　一类卷30～35分：立意深刻，中心突出，结构完整，行文流畅。

　　二类卷24～29分：中心明确，结构较完整，层次较清楚，语句通顺。

　　三类卷18～23分：中心基本明确，结构尚完整，语句较通顺，有少量语病。

　　四类卷11～17分：中心不太明确，结构不够完整，语句不通顺，有较多语病。

　　五类卷10分以下：偏离题意，结构残缺，层次混乱，语句严重不通。

(2) 漏拟题目扣2分。每3个错别字扣1分，重复的不计，扣满2分为止。

(3) 卷面整洁清楚，标点正确，酌情加1～2分，但总分不得超过35分。

英语考试大纲

一、考试性质

工商管理硕士生入学考试是全国统一的选拔性考试，在教育部授权的工商管理硕士生培养院校范围内进行联考。联考科目包括综合能力、英语。本考试大纲的制定力求反映工商管理硕士专业学位的特点，科学、公平、准确、规范地测评考生的相关知识基础、基本素质和综合能力。英语考试的目的是测试考生的英语综合应用能力。

二、考试目标

考生应掌握下列语言知识和技能：

（一）语言知识

1. 语法知识
考生应能熟练地运用基本的语法知识，其中包括：
(1) 名词、代词的数和格的构成及其用法；
(2) 动词时态、语态的构成及其用法；
(3) 形容词与副词的比较级和最高级的构成及其用法；
(4) 常用连接词的词义及其用法；
(5) 非谓语动词（不定式、动名词、分词）的构成及其用法；
(6) 虚拟语气的构成及其用法；
(7) 各类从句（定语从句、主语从句、表语从句等）和强调句型的结构及其用法；
(8) 倒装句的结构及其用法。

2. 词汇
考生应能较熟练地掌握常用词汇5 800个左右（其中包括约10%的常用商务词汇），以及1 200个左右常用词组。考生应能根据具体语境、句子结构或上下文理解一些非常用词的词义。

（二）语言技能[⊖]

1. 阅读
考生应能读懂不同题材和体裁的文字材料。题材包括经济、管理、社会、文化、科普等。体裁包括说明文、议论文、记叙文等。
根据阅读材料，考生应能：
(1) 掌握文章的中心思想、主要内容和有关细节；

⊖ 由于听说能力的考查放在复试中进行，在这里只列出读、写两种技能的要求。

(2) 理解上下文的逻辑关系；

(3) 根据上下文推断重要生词或词组的含义；

(4) 进行一定的判断和推理；

(5) 理解作者的意图、观点或态度。

2. 写作

考生应能根据所给的提纲、情景或图表写出相应的短文，包括日常生活以及商务活动中涉及的短文。要求短文中心思想明确，切中题意，结构清晰，用词恰当，条理清楚，无重大语言错误。

三、考试内容与形式

本试卷满分为100分，考试时间为180分钟。答题方式为闭卷、笔试。

试卷由试题卷、答题卡和答题纸组成。词汇、综合填空、阅读理解的答案填涂在答题卡上，英译汉的答案和作文写在答题纸上。

试题分五部分，共62（或66）题，包括词汇、综合填空、阅读理解、英译汉和写作。

第一部分 词汇

考查考生对英语词汇知识的掌握情况。

由20道单句题组成，每小题0.5分，共10分。要求考生从每题的4个选择项中选出1个正确答案。

第二部分 综合填空

考查考生英语综合应用能力的掌握情况。

共20小题，每小题0.5分，共10分。

在一篇约350词的文章中留出20个空白，要求考生从每题给出的4个选项中选出最佳答案，使补全后的文章意思通顺、前后连贯、结构完整。

第三部分 阅读理解

主要考查考生获取信息、理解文章、猜测重要生词词义并进行推断等能力。共20题，每小题2分，共40分。

要求考生根据所提供的4篇或5篇（总长度约为1 800词）文章的内容，从每题所给出的4个选项中选出最佳答案。

第四部分 英译汉

考查考生理解所给英语语言材料，并将指定部分译成汉语的能力。译文应准确、完整、通顺。满分20分。该部分有以下两种形式，每次考试使用其中一种：

A. 要求考生阅读一篇约450词的文章，并将其中5个画线部分（约130词）译成汉语。

或

B. 要求考生阅读180词左右的一个（或几个）英语段落，并将其全部译成汉语。

第五部分 写作

考查考生的书面表达能力。共1题，20分。

要求考生根据所规定的情景或所给出的提纲，写出一篇150词以上的英语说明文或议论文。提供情景的形式为图画、图表或文字。

四、试卷结构表

内 容	为考生提供的信息	测试要点	题 型	题目数量	计分
第一部分：词汇	20个单句题	词汇知识	多项选择题 (四选一)	20	10
第二部分：综合填空	1篇文章(约350词)	英语综合应用能力	多项选择题 (四选一)	20	10
第三部分：阅读理解	4篇或5篇文章 (共约1 800词)	理解重要信息，掌握文章大意， 猜测生词词义并进行推断等	多项选择题 (四选一)	20	40
第四部分：英译汉 (A或B)	A. 1篇文章(约450词) 5处画线部分(约130词)	理解和表达的准确、完整、 通顺性	英译汉	5	20
	B. 1个段落(约180词)	理解和表达的准确、完整、 通顺性	英译汉	1	20
第五部分：写作	写作提纲、规定情景、 图、表等	书面表达	短文写作 (150词以上)	1	20
总计				66或 62	100

五、样卷

全国攻读工商管理硕士学位研究生入学考试

英语试题

考生注意事项

1. 考生必须严格遵守各项考场规则。

2. 答题前，考生将答题卡上的"考生姓名"、"报考单位"、"考生编号"等信息填写清楚，并与准考证上的一致。

3. 答案必须按要求填涂或写在指定的答题卡上。

(1) 词汇知识、综合填空、阅读理解的答案填涂在答题卡1上，英译汉的答案和作文写在答题卡2上。

(2) 填涂部分应该按照答题卡上的要求用2B铅笔完成。如要改动，必须用橡皮擦干净。书写部分（英译汉的答案和作文）必须用蓝（黑）色字迹钢笔、圆珠笔或签字笔在答题卡2上作答。

4. 答题卡严禁折叠。考试结束后，将答题卡1和答题卡2一起放入原试卷袋中，试卷交给监考人员。

Section I Vocabulary

Directions:

There are 20 incomplete sentences in this section. For each sentence there are four choices marked A, B, C and D. Choose the one that best completes the sentence and mark your answers on ANSWER SHEET 1. (10 points)

1. Diana's house was crowded with happy people whose _____ outbursts of song were accompanied by lively music.

   A. spontaneous   B. significant   C. skeptical   D. solitary

2. Scientists say there is no _____ evidence that power lines have anything to do with cancer.

   A. confidential   B. concise   C. convincing   D. concluding

3. Congress has a responsibility to ensure that all peaceful options are exhausted before _____ war.

   A. resorting to   B. relating to   C. referring to   D. conferring on

4. He expressed his _____ for what he called Saudi Arabia's moderate and realistic oil policies.

   A. appropriate   B. appreciation   C. appeal   D. adventure

5. When asked what a $30.35 meal for five people would cost each dinner, they were unable to _____ it _____.

   A. think, twice   B. set, apart   C. build, upon   D. work, out

6. China announced it would set up five new "super ministries", including its first one dedicated to environmental protection, in an effort to _____ government and fight corruption.

   A. nurture   B. streamline   C. engage   D. instruct

7. Capitalist social formations reflect the interaction, or _____, of different modes of production.

   A. illustration   B. expression   C. determination   D. manifestation

8. A _____ is a piece of business, for example an act of buying or selling something; a formal word.

   A. prescription   B. settlement   C. transaction   D. transmission

9. Every visitor to Georgia is overwhelmed by the kindness, charm and _____ of the people.

   A. humanity   B. hospitality   C. inscription   D. indignation

10. Since males are trained at an early age to be _____, males are more often chosen for key positions.

    A. alternative   B. primitive   C. aggressive   D. impressive

11. When the two young men met for the first time, they talked very _____ so as not to cause offence.

    A. dedicatedly   B. apparently   C. cautiously   D. charmingly

12. The worldwide environmental pollution is the main issue to be discussed at the General _____ of the United Nations to be held in Geneva this September.

    A. Congress   B. Convention   C. Session   D. Assembly

13. Cheers broke out immediately after the President's _____ remarks to the celebration of the victory of the national team in the final against Brazil.

    A. preceding   B. preliminary   C. previous   D. prior

14. The Nobel Prize winner has just promptly published his book that will _____ to the readers rough ideas of modern stock-marketing skills.

    A. convey   B. convert   C. transfer   D. deliver

15. In the past most scientists were men, but today, the number of women _____ this field is

climbing.

    A. engaging   B. dedicating   C. registering   D. pursuing

16. Lack of rain early in the season meant the fields _____ a poor crop.

    A. yielded   B. generated   C. surrendered   D. suffered

17. The earthquake destroyed many buildings and caused heavy _____.

    A. disasters   B. victims   C. casualties   D. ruins

18. Although the new library service has been successful, its future is _____ certain.

    A. at any rate   B. by all means   C. by any chance   D. by no means

19. The Meteorological Office reported 20 centimeters rain in October this year _____ only 14 last year.

    A. in comparison   B. as against   C. in contrast   D. contrary to

20. The strike was _____ owing to a last-minute agreement with the management.

    A. called off   B. broken up   C. set back   D. put down

Section II Cloze

Directions:

Read the following passage. For each numbered blank there are four choices marked A, B, C and D. Choose the best one and mark your answers on ANSWER SHEET 1. (10 points)

More than a third of all students are women. Although many women who have received higher education do not spend the whole of their lives 21 careers 22 their education has prepared them, 23 is accepted that the benefits of a university career are useful even for 24 do not work in the ordinary sense. Many women work as teachers, particularly in junior school; but only a minority of university teachers are women, and very few women are heads of departments or in other very senior 25 .

With 26 great a 27 of the young people 28 universities, there is a problem of maintaining academic standards. Half of students who embark on higher studies fail to graduate. Though there is evidence that even incomplete university study gives a person better career prospects than 29 at all, the number who drops out after 30 is 31 large. 32 , one 33 five of all who receive bachelors degrees go on to take higher degrees, so the number of people receiving higher degrees each year is 34 over 100,000.

There are also many junior colleges 35 students may be admitted 36 the end of their high school career, 37 only the first two years of university work. By 1964, there were nearly 600 junior colleges, most of 38 provided and controlled by the public authorities.

Obviously, with a total of 2 000 universities and colleges there must be great differences in quality and reputation among them. Many have 39 for them to be well known all over the world, but 40 there are a few which are outstanding in their reputation, both nationally and internationally.

21. A. on following   B. following   C. follow   D. to follow

22. A. for which   B. which   C. to which   D. for that

23. A. what   B. this   C. whatever   D. it

24. A. people   B. who   C. those who   D. ones who

25. A. jobs   B. careers   C. professions   D. positions
26. A. so   B. much   C. quite   D. such
27. A. proportion   B. portion   C. rate   D. scale
28. A. entering into B. entering   C. to enter into   D. enter
29. A. no   B. zero   C. none   D. nothing
30. A. a year or two B. one year or two C. one or two year   D. a or two years
31. A. surprising   B. surprisingly   C. surprised   D. surprise
32. A. By contrast   B. Above all   C. On the other hand   D. While
33. A. from   B. in   C. out   D. to
34. A. for now   B. by now   C. at now   D. just now
35. A. which   B. at which   C. to which   D. in which
36. A. in   B. by   C. to   D. at
37. A. providing   B. provided   C. provided that   D. provide
38. A. which   B. students   C. them   D. that
39. A. achievements enough great   B. enough great achievements
    C. great enough achievements   D. achievements great enough
40. A. among which   B. among these   C. between them   D. in them

Section III   Reading Comprehension

Directions:

Read the following four passages. Answer the questions below each passage by choosing A, B, C or D. Mark your answers on ANSWER SHEET 1. (40 points)

1

Most big corporations were once run by individual capitalists: by one shareholder with enough stock to dominate the board of directors and to dictate policy, a shareholder who was usually also the chief executive officer. Owning a majority or controlling interest, these capitalists did not have to concentrate on reshuffling (改组) assets to fight off raids from financial Vikings (海盗). They were free to make a living by producing new products or by producing old products more cheaply. Just as important, they were locked into their roles. They could not very well sell out for a quick profit—dumping large stock holdings on the market would have simply depressed the stock's price and cost them their jobs as captains of industry. So instead they sought to enhance their personal wealth by investing—by improving the long-run efficiency and productivity of the company.

Today, with very few exceptions, the stock of large U.S. corporations is held by financial institutions such as pension funds, foundations, or mutual funds—not by individual shareholders. And these financial institutions cannot legally become real capitalists who control what they own. How much they can invest in any one company is limited by law, as is how actively they can intervene in company decision making.

These shareholders and corporate managers have a very different agenda than dominant capitalists do, and therein lies the problem. They do not have the <u>clout</u> to change business decisions, corporate strategy, or incumbent (现任的) managers with their voting power. They can enhance their wealth only by buying and selling shares based on what they think is going to happen to short-term profits. Minority shareholders have no choice but to be short-term traders.

And since shareholders are by necessity interested only in short-term trading, it is not surprising that managers' compensation is based not on long-term performance, but on current profits or sales. Managerial compensation packages are completely congruent (全等的) with the short-run perspective of short run shareholders. Neither the manager nor the shareholder expects to be around very long. And neither has an incentive to watch out for the long term growth of the company.

We need to give managers and shareholders an incentive to nurture long-term corporate growth—in other words, to work as hard at enhancing productivity and output as they now work at improving short-term profitability.

41. Which of the following summarizes the main idea of the passage?

    A. Most big companies are run by individual capitalists.

    B. The problem with most big companies is that there are no incentives for productivity growth.

    C. Let's put capitalist back into capitalism.

    D. Individual capitalists or shareholders with enough stock should dominate big corporations.

42. It can be inferred from the passage that _____.

    A. shareholders and corporate managers like dominant capitalists have rights to manage corporations

    B. capitalists actually hold the stock of large U.S. corporations

    C. financial institutions cannot legally become real capitalists who control what they own

    D. financial institutions legally have chances to become real capitalists

43. Which of the following can best replace the word "clout" in paragraph 3?

    A. power   B. chance   C. device   D. tack

44. Most shareholders and corporate managers become wealthy _____.

    A. by short-term traders

    B. not on long-term performance, but on current profits or sales

    C. only by buying and selling shares based on short-term profits

    D. by the long term growth of the company

45. According to the passage, managers and shareholders should be given _____.

    A. more and more opportunities to buy and sell shares

    B. challenges to outperform other corporations

    C. abilities to enhance production and output

    D. an incentive to nurture long-term corporate growth

2

Internet commerce did not exist at the beginning of this decade, but now it is a supercharged engine driving the world economy. Industries are redesigning themselves around new methods of doing things. Survivors will be those that successfully adapt their processes in the New Economy, according to Robert D. Atkinson and Randolph H. Court. "Three main foundations will underpin (加固……的基础) strong and widely shared economic growth in the New Economy:

(1) development of a ubiquitous (普遍存在的) digital economy, (2) increased research and innovation, and (3) improved skills and knowledge of the work force," write Atkinson and Court.

The total U.S. Internet economy more than doubled in just one year, from $15.5 billion in 1996 to nearly $39 billion in 1997. By 2001, the Internet economy will soar to $350 billion, with business-to-business activity leading the way. Another sign of the growth of the digital economy is the mushrooming of Internet hosts, which are nearly doubling in the United States every year. More households, businesses, and schools are on the Net, too. The only laggard in the digital revolution is government: Local, state, and federal governments combined spent 9.4% more each year on computers between 1986 and 1996, while business spent 22% more a year in the same period.

Venture capitalists are pouring money into the development of growing companies, often becoming involved as board members and advisers, and helping *startups* refine business plans.

"It's important to keep an eye on the straight dollar amount of venture capital in the economy, but it's just as important to remember the exponential ripple effect (指数波动作用) of the cash," note Atkinson and Court. "Many of the gazelles (瞪羚般跳跃) of the New Economy are venture-backed companies, and they are having a profound impact—employment in venture-backed companies increased 34% annually between 1991 and 1995 while employment in Fortune 500 companies declined 3.6%. Moreover, venture-capital-backed firms are more technologically innovative than other firms."

The numbers of engineers and scientists are growing; jobs requiring science and engineering expertise will grow three times faster than other occupations between 1994 and 2005. Without adequately prepared homegrown workers to fill these jobs, and with decreased corporate spending on training programs, the demand for engineers and scientists will increasingly be met by immigrants. Already, almost one-fourth of engineers in the U.S. who earned Ph.D.s in the last five years are foreign born.

Atkinson and Court conclude: "The New Economy puts a premium on what Nobel laureate (诺贝尔奖获得者) economist Douglas North calls 'adaptive efficiency'—the ability of institutions to innovate, continuously learn, and productively change...If we are to ask workers to take the risks inherent in embracing the New Economy, we must equip them with the tools to allow them to prosper and cope with change and uncertainty. If we fail to invest in a knowledge infrastructure—world-class education, training, science, and technology—our enterprises will not have the skilled workers and cutting-edge tools they need to grow and create well-paying jobs."

46. We learn from the passage that _____ seems to be more important for a person to survive the New Economy.

    A. adaptability   B. diligence   C. intelligence   D. modesty

47. In the second paragraph, the author mainly concentrates on the _____.

    A. tendency of American economy

    B. contribution that American households have made to the economy

    C. low efficiency of the government

    D. progress toward digital transformation

48. The venture-capital-backed firms are more successful because they _____.
    A. have invested in innovation   B. are good at stock exchanges
    C. have abundant funds   D. have increased employment

49. The fact that "almost one-fourth of engineers in America who earned Ph. D. s are foreign born" implies that _____.
    A. the majority of American people are not interested in getting Ph. D.
    B. foreign students are more eager to get Ph. D.
    C. the American education has lagged behind in the New Economy
    D. American students are not as clever as foreign students

50. A suitable title of this passage might be _____.
    A. How to Develop US Economy
    B. The Relation between American Industry and New Economy
    C. Digital Engine Powers New Economy
    D. Our New Policy on Economy

3

By about ten thousand years ago, with virtually every part of the globe populated, however sparsely, humanity was in place for the advent of agriculture. At the time, hunting and gathering was the universal means of subsistence, each band of humans exploiting the seasonal offerings of the animal and plant kingdoms of its own locality. By now bow and arrow had been invented, both were important technological advances for hunting. The technology of plant and food gathering, however, remained simple: merely a container in which to carry fruits and nuts. Life was essentially unhurried, leisurely.

In general, hunting and gathering bands were relatively small. They would be part of a large and widespread tribe, sharing the language and culture of their neighbors but subsisting as a small, mobile band. Some hunter-gatherers, however, did not have to move camp every few weeks in search of new food sources. Some even built small villages, containing a hundred or more people. The reason for this unusual stability would have been a particularly rich food sources. One such village is in Lepenski Vir. There, on the eve of the agricultural revolution, a band of hunter-gatherers built a village perched above the rushing Danube. Although they gathered food from the surrounding countryside, their main subsistence was on fish from the river. In their village they carved faces on boulders, giving them fishy expressions.

An obvious first step from the straightforward gathering of abundant pant foods towards cultivating them is simply to help them grow a little better—by irrigation, for instance. Until not very long ago, the Paitute Indians did just this. They drug irrigation canals which they fed from dammed streams to enhance the growth of their plant foods, none of which they planted themselves. Taking care of growing plant is certainly a step towards agriculture, but the distinctive element is the actual sowing of the seeds, and even more the sowing of genetic selection for high yield and for resistance to diseases.

Maize was one of the first crops to be cultivated, and the initial steps in the selective breeding towards today's super cob were probably fortuitous. The simple act of gathering the tiny cobs would tend to select those in which the kernels fall out least readily: if the cobs are taken back to the village to be dried, the kernels that survive the journey will be those which stick most tenaciously in the cob. Once people had taken the conscious step of sowing seeds it was then just a matter of experience and insight to improve the crops by using seeds from healthiest plants of the previous season.

Whether, initially, deliberate sowing followed a conscious experiment, or was the result of keen observation of accidentally spilled seeds that had been meant for food, we shall never now.

51. At the time of the advent of agriculture, the global population _____.
   A. was restricted to particular types of land
   B. had begun to increase steadily
   C. was not evenly distributed
   D. had insufficient food supplies

52. What characterized the finding of food at that time?
   A. People's diet was varied throughout the year.
   B. Hunters traveled long distances to stalk their prey.
   C. Hunting was more significant than gathering.
   D. What people ate depended on the time of year.

53. The writer mentions the people of Lepenski Vir because _____.
   A. they showed creative talent
   B. they caught fish
   C. they settled in one place
   D. they were among the first farmers

54. What is the key element in the development of agriculture?
   A. growing pants from specially chosen seed
   B. taking care of growing pants
   C. the channeling of water
   D. finding plants that can resist disease

55. What first improved the quality of maize?
   A. People chose which plants to collect.
   B. It was a matter of chance.
   C. Plants were carefully tended.
   D. Farmers observed which plants did well

4

From its foundation in 1984 English Heritage has been an organization which has recognized the need to provide guidance on good conservation practice. Now, the organization has published *The Repair of Historic Buildings: advice on principles and methods*, a book that sets out the principles and methods that the group believes should be applied in the repair of historic buildings.

The primary purpose of repair, it says, is to restrain the process of decay without damaging the character of buildings, altering the features that give them their historic or architectural importance, or unnecessarily disturbing or destroying historic fabric. In short, the goal is to conserve as found.

The importance of understanding the historical development of buildings and making records of this before and during repair is stressed. So too is the need to analyze carefully and monitor existing defects before deciding on solutions. Existing materials and methods of construction should normally be matched in repairs, except where defects have clearly been caused by faulty specifications or design. In such cases, traditional alternatives are preferred to more recently developed and insufficiently proven techniques. Additions or alternations to a building are often important for the way they illustrate historical development. So they should be retained. There are cases where later changes detract from, rather than add to, the interest of the original, but it is now recognized by most that the restorations are important phases in the history of a building. Today, restoration back to the original structure is rare, usually only attempted when sufficient evidence exists, and where the later work is undisputedly of poor quality.

For practical measures, the book advises, the first line of defense is day-to-day maintenance that can be done by the owner of the building. This will include keeping gutters and rainwater pipes clear, removing vegetation and ensuring there is adequate ventilation. Then there is maintenance in the form of minor repairs—which usually requires the services of a builder. The longest section of the book discusses techniques of repair for each of the Main elements and associated materials ranging from structural stabilization to applying internal finishes such as plain and decorative plasterwork.

Inevitable there are techniques that are currently the subject of research, and alternatives to traditional methods which may be promising, but which have not yet been well proven. There are matters of approach about which there have long been differences of opinion among conservationists. But English Heritage intends to revise the book to take account of such development.

Opinions differ more about the approach to repairing stonework than about almost any other element of a historic building. In the case of valuable medieval fabric, especially where is a carved work, the object should be to conserve what is there, and replace the bare minimum. For general stonework repairs, decisions on the extent of replacement can be the subject of strong debate. Generally, English Heritage advises, stones of medieval buildings should only be replaced where they have lost their structural integrity because of deep erosion, a different approach may be appropriate for classical or Gothic revival buildings, particularly if they are the work of important architects and if there is a need to retain the integrity and clarity of design.

56. The new book suggests that, when restoring a building, it is important to _____.

    A. employ experts throughout the work

    B. emphasize the character of the building

    C. keep accurate records of the work

    D. conceal damaged sections from view

57. Alternative building materials are only recommended if _____.

    A. the original choice was unsuitable

    B. the building has developed defects

    C. traditional materials are unavailable

    D. the appearance of the building will not be affected

58. Later additions to buildings should be removed if they are _____.

    A. intended to hide original features

    B. badly constructed

C. in an inferior style

D. in different materials from the original construction

59. What is English Heritage's attitude to new repair techniques?

    A. They are an improvement on traditional methods.

    B. They should only be used as a last resort.

    C. they should be treated with caution.

    D. They stimulate useful discussion.

60. Medieval stonework should be replaced only if _____.

    A. it has no carving on it

    B. it has suffered severe cracking

    C. its condition is affecting the foundations

    D. it was not part of the architect's design

Section IV Translation

Directions:

In this section there is a passage in English. Translate it into Chinese and write your translation on ANSWER SHEET 2. (20 points)

There are different types of Business-to-Business (B2B) ecommerce sites that work in various ways and are broken into two major groups: the verticals and horizontals. Verticals are Business-to-Business (B2B) sites designed specifically to meet the needs of a particular industry, such as retail. Vertical sites are the most likely to contain community features like industry news, articles, and discussion groups. Horizontals provide products, goods, materials, or services that are not specific to a particular industry or company. Horizontals that retailers could use might provide travel, transportation services, office equipment, or maintenance and operating supplies.

Horizontals and verticals can connect buyers and sellers together directly or act as intermediaries who facilitate transactions. There isn't one model that appears everywhere for Business-to-Business ecommerce. Business-to-Business (B2B) sites vary from those providing simple lead generation, to complex marketplaces serving a variety of buyers and sellers, to private extranets. Auctions allow multiple buyers to bid competitively for products from individual suppliers. Auctions can be used to get rid of surplus inventory by item or lot, or excess fixed assets like display fixtures.

Section V Writing

Directions:

It is known that sports and games do much good to our health and make our life more colorful. The Beijing 2008 Olympic Games is not only a match of sports and games all over the world, but also an Olympic spirit that spreads in China, even in the world. The problem, however, is that there are some who try to boycott the Olympic Games. Write a composition entitled "Olympic Spirits" with more than 150 words neatly on ANSWER SHEET 2. (20 points)

六、样卷参考答案

全国攻读工商管理硕士学位研究生入学考试
英语试题参考答案

Section I   Vocabulary

1. A	2. C	3. A	4. B	5. D	6. B	7. D	8. C	9. B	10. C
11. C	12. D	13. B	14. A	15. D	16. B	17. C	18. D	19. B	20. A

Section II   Cloze

21. B	22. A	23. D	24. C	25. D	26. A	27. A	28. B	29. C	30. A
31. B	32. C	33. B	34. B	35. C	36. B	37. A	38. B	39. D	40. B

Section III   Reading Comprehension

41. B	42. C	43. A	44. C	45. D	46. A	47. D	48. A	49. C	50. C
51. B	52. C	53. C	54. A	55. B	56. B	57. A	58. B	59. D	60. B

Section IV   Translation

以各种各样方式工作的企业间电子商务网站有不同的类型，主要分为两大类：纵向网站和横向网站。// 企业间电子商务纵向网站是满足特殊行业（如零售）特定需要的网站。// 纵向网站几乎包含所有行业所需要的功能，如行业信息、文章和论坛。// 横向网站提供不针对特定行业或公司的产品、货物、原料或服务。// 零售商所能利用的横向网站可以提供旅行、运输服务、办公设备或者维护和运行补给。//

纵向网站和横向网站可以直接连接买卖双方，或扮演促进交易的中间人的角色。// 企业间电子商务在不同的地方有不同的模式。//企业间电子商务网站提供的服务从简单的引导，到给各种各样的买卖双方提供复杂的市场服务，以及提供专用的外联网，等等。// 拍卖让多个买主对单个供应商的产品竞价。// 拍卖可以逐个或全部地减少剩余库存，或减少多余的固定资产，如样品。//

Section V   Writing （略）

附录A VOCABULARY

A

a (用在以元音开始的词前为an) art. 一，一个；
每一(个)；(一类事物中的)任何一个

abandon vt. 放弃；抛弃

abatement n. 减(免)税，打折扣，冲销

abide v. (by) 坚持，遵守

ability n. 能力，才能

able a. 能够的，有能力的，能干的

abnormal a. 反常的，不正常的

aboard ad. 在船(或飞机、车)上
prep. 上船(或飞机、车)

abolish v. 废除，取消

abound vi. 多，大量存在，富于，充满

about prep. 关于，对于；在……附近
ad. 大约；在附近，到处

above prep. 在……之上，高于
a. 上述的
ad. 在上面；在前文

abroad ad. 国外，海外

absence n. 缺席，不在场；缺乏，不存在

absent a. 缺席的，不存在的；心不在焉的

absolute a. 绝对的，完全的

absorb vt. 吸收；吸引……的注意；吞并；兼并

abstract a. 抽象的
n. 摘要，提要，文摘

absurd a. 荒唐的

abundance n. 丰富，充裕

abundant a. 大量的，充裕的，丰富的

abuse v. / n. 滥用；虐待，谩骂

academic a. 学术的；学院的

academy n. 学院

accelerate v. 加速，促进

accent n. 口音；重音，重音符号

accept vt. 接受；承认；认可；承兑(票据等)

acceptable a. 可接受的，合意的

acceptance n. 接受，接纳，承认；(票据等的)承兑

access n. 进入，享用机会；通道；接近

accident n. 事故；意外的事

acclaim n. 喝彩，欢呼
v. 欢呼，称赞

accommodate vt. 留宿，收容；供应，供给

accommodation n. 住宿，膳宿；通融；贷款

accompany vt. 陪同，伴随；为……伴奏

accomplish vt. 完成，实现

accomplishment n. 完成，成就

accord n. 一致，符合，调和，协定
vt. 一致

accordance n. 一致

accordingly ad. 因此，于是；相应地

account a. 叙述，说明，账目，账户
vi. 说明，解释 (原因等)

accountant n. 会计(员)，会计师

accounting n. 会计，会计学；借贷对照表

accumulate v. 积累，积蓄，堆积

accuracy n. 准确，精确

accurate a. 准确的，精确的

accuse vt. 指责，控告

accustomed a. 惯常的，习惯的

ache v./ n. 痛，疼痛

achieve vt. 完成，达到，得到

achievement n. 完成，达到；成就，成绩

acid a. 酸的，酸性的
n. 酸，酸性物质

acknowledge n. 承认；致谢

acquaint v. (sb. with) 使认识，使了解

acquaintance n. 相识；熟人

acquire vt. 获得；学到 (知识等)

acquisition n. 获得；获得物

acre n. 英亩

across prep. 横过，越过；在……的对面
ad. 横过，穿过

act n. 行为；法令；(戏剧的)一幕
v. 表演；举动，起作用

action n. 行动；动作；作用

activate v. 使活动，起动

active a.积极的，活跃的

activity n.活动，行动，活跃

actor n.男演员

actress n.女演员

actual a.实际的，现实的，事实上的

actuals n.现货

acute a.敏锐的；剧烈的；严重的

AD 公元

ad（＝advertisement) n.广告

adapt v.(使)适应；改编，改写

add v.加上，增加；接着又说

addict vt.使沉溺，使上瘾
　　　　n.有瘾的人

addition n.加，加法；增加，附加物

additional a.附加的，追加的，另外的

address n.住址；称呼；演说
　　　　　vt.在……上写姓名地址；向……讲话

adequate a.足够的；适当的

adhere v.(to)黏附，胶着；坚持

adjective n.形容词

adjust vt.调整，改变……以适应

administrate v.掌管，料理……的事务；实施，

administration n.管理，经营；行政机关；政府

admire vt.赞赏，钦佩，羡慕

admission n.准许进入；承认，供认

admit v.承认，供认，让……进入

adolescent n.青少年
　　　　　　a.青春期的，青少年的

adopt v.采取，采用；收养

adult n.成年人

adulteration n.掺假；劣等货，假货，次品

advance vi.前进，推进，取得进展
　　　　　n.前进，进展；预付款

advanced a.先进的，高级的

advantage n.优势，优点，好处；利益

adventure n.冒险，奇遇，惊险活动

adverb n.副词

advertise v.为……做广告

advice n.劝告，忠告，意见

advisable a.明智的；可取的

advise vt.劝告，建议；告知

adviser n.导师，顾问

advocate n.提倡者，鼓吹者；辩护律师
　　　　　v.提倡

aeroplane(＝airplane) n.飞机

aerospace n.太空，宇宙空间

affair n.事情，事件；(pl.)事务

affect vt.影响；(使)感动

affection n.爱，感情

affiliate n.附属公司；联营公司

affirm v.断言，肯定；(在法庭上)证实

affix n.附件，附录
　　　vt.附贴，盖(章)，签署

affluent a.丰富的，富裕的

afford vt.买得起，花得起(时间)；提供

afraid a.害怕的；担心的；唯恐的

Africa n.非洲

African a.非洲的，非洲人的
　　　　 n.非洲人

after prep./conj.在……以后，在……后面
　　　 ad.以后，后来

aftermarket n.后继市场；零件市场

afternoon n.下午，午后

afterward(s) ad.后来，以后

again ad.又，再一次，重新

against prep.对着，靠着；反对；和……比

age n.年龄，时代
　　 v.(使)老化

aged a.年老的，陈年的

agency n.代理(办)处，机构

agenda n.议事日程

agent n.代理人，代理商

aggravate vt.恶化，加重，加剧

aggregate a.总的，累积的
　　　　　 ～GNP国民生产总值

aggression n.侵略

aggressive a.侵略的，好斗的；有进取心的

ago ad.以前

agony n.苦恼，痛苦

agree v.同意，赞同；适合

agreeable a.惬意的，令人愉快的；易相处的

agreement n.一致，同意，协议，合同

agriculture n.农业

ahead ad.在前，向前，提前

aid n.援助，助手，辅助手段
　　 v.帮助，援助

aim v.旨在，志在，瞄准，对准
　　 n.目标，目的；瞄准

air n.空气；天空；神气
　　v.使通风；晾干
air-conditioning n.空调，空调系统
aircraft n.飞机，飞行器
airline n.航空公司；(飞机的)航线
airliner n.客机，班机
airplane n.飞机
airport n.机场，航空港
aisle n.走廊，过道
alarm n.警报，警铃；惊恐
　　　v.向……报警；使惊慌
album n.集邮本，照相簿
alcohol n.酒精，乙醇
alert a.警惕的；机灵的
　　　n.警惕，警报
alien n.外侨；外星人
　　　a.外国的
alienation n.转让，让渡
alienator n.转让人，让渡人
alienee n.受让人
alike a.同样的，相像的
alive a.活着的；有活力的
all a.全部的，所有的
　　pron.全部，一切；大家
　　ad.完全地，很，都
allege v.断言，宣称
allocate v.分配，分派，把……拨给
allocation n.拨款(权)；分配
allow v.允许，准许
allowance n.津贴，补助(费)
alloy n.合金
ally n.同盟国，同盟者；支持者
almost ad.几乎，差不多
alms n.救济金；捐款
alone a.单独的，孤独的
　　　ad.单独地，独自地；仅仅
along prep.沿着
　　　ad.向前；一起
aloud ad.出声地，大声地
alphabet n.字母表
already ad.已经，早已
also ad.也；同样地
alter v.改变，变更
alternate a.交替的，轮换的

　　　v.交替，轮流
alternative a.两者挑一的
　　　　　n.可供选择的事物，替换物
although conj.虽然，尽管
altitude n.高度，海拔
altogether ad.完全地；总共
aluminum n.铝
always ad.总是；永远，始终
A.M. / a.m.上午
amateur a.业余的，外行的
　　　　n.业余爱好者
amaze v.使惊奇，使惊叹
ambition n.雄心，野心
ambitious a.有雄心的，野心勃勃的
ambulance n.救护车
amend v.修改，修正
amendment n.修正；赔款
America n.美洲，美国
American a.美洲的，美国的，美国人的
　　　　n.美国人
amid prep.在……中
among(st) prep.在……之中，在……之间
amortization n.摊销；摊还；分期偿付
amount n.数量，数额，总数
　　　v.共计，等于
ample a.充分的，富裕的；宽敞的，宽大的
amplify v.放大，增强
amuse v.给……提供娱乐；逗乐
analysis n.分析；解析
analytic a.分析的，分解的
analyze/-yse v.分析；解析
ancestor n.祖先，祖宗
anchor n.锚 v.抛锚，停泊
ancient a.古代的，古老的
and conj.和；而且
angel n.天使；可爱的人
anger n.愤怒；怒气
　　　v.发怒，激怒
angle n.角；角度，方面，观点
angry a.愤怒的，生气的
anguish n.痛苦，苦恼 v.(使)极痛苦
animal n.动物，牲畜
　　　a.动物的，野兽的
ankle n.踝

anniversary n.周年纪念(日)

announce vt.宣布，宣告；通知

annoy vt.使烦恼，使生气；打扰

annual a.每年的，年度的
　　　　n.年刊，年鉴

annuity n.年金；养老金

another a.另一，再一；别的
　　　　pron.另一个

answer v.回答，答复；响应
　　　　n.回答，答复；响应；答案

ant n.蚂蚁

anticipate vi.预料，期望；提前使用

anxiety n.焦急，忧虑；渴望，热望

anxious a.忧虑的，担心的，渴望的

any a.(否定、疑问、条件句中)什么；一些；任何的
　　　　pron.无论哪个，无论哪些

anybody pron.(否定、疑问、条件句中)任何人；无论谁；(肯定句中)随便哪一个人

anyhow ad.无论如何，不管怎样

anyone pron.任何人

anything pron.(否定、疑问、条件句中)任何东西、任何事物；(肯定句中)无论什么东西，无论什么事物

anyway ad.无论如何；无论用什么方式

anywhere ad.(否定、疑问、条件句中)在任何地方，无论哪里；(肯定句中)随便什么地方

apart ad.相隔；离去；除去

apartment n.一套公寓房间

apologize / -ise vi.道歉，认错

apology n.道歉，认错

apparatus n.器械，设备，仪器，装置

apparent a.明显的；表面上的

appeal vi.呼吁，恳求；申诉
　　　　n.呼吁，申诉；吸引力

appear vi.出现，显露；看来好像

appearance n.出现；出场；外表

appendix n.附录，附属物

appetite n.食欲，胃口；欲望

applaud v.喝彩，欢呼，鼓掌，称赞

applause n.鼓掌欢迎，欢呼

apple n.苹果

appliance n.用具，器具

applicable a.可适用的，能应用的

application n.请求，申请；应用

applied a.应用的，实用的

apply vt.请求，申请；应用；适用

appoint vt.任命；约定

appointment n.任命；约会

appraisal n.评价，估价，鉴定

appreciate v.欣赏；领会；评价；感激；增值

appreciation n.鉴赏；升值，增值

approach vi.靠近，接近
　　　　n.接近；途径；方法

appropriate n.拨出(款项等)；占用；挪用

approval n.赞成，批准

approve v.赞成，同意；批准

approximate a.近似的，大约的
　　　　v.近似，接近

approximately ad.近似地，大致

April n.四月

apt a.恰当的，适宜的；(习性)易于……的

Arabian a.阿拉伯(人)的
　　　　n.阿拉伯人

arbitrage n.套利，套汇

arch n.拱门，弓形结构，桥拱洞
　　　　v.拱起

architect n.建筑师

architecture n.建筑学；建筑术

arctic a.北极(区)的
　　　　n.[the A-]北极，北极圈

area n.地区；面积；范围；领域

argue v.争论，论述

argument n.辩论；论据

arise vi.出现，发生；产生；升起

arithmetic n.算术

arm n.手臂，臂状物；扶手
　　　　n.(pl.)武器，军火
　　　　v.武装；配备

armchair n.扶手椅

army n.军队；大群

around ad.在……周围；到处
　　　　prep.在……四周(或附近)

arouse v.唤醒，激起，引起

arrange v.安排；整理，布置

arrangement n.安排；整理，布置

array n.一系列，大量；排列
　　　 v.排列
arrears n.拖欠，欠款
arrest vt./n.逮捕，拘留
arrestment n.财产扣押，扣留
arrival n.到达，抵达；到达的人或物
arrive vi.到达，来到；达成
arrogant a.傲慢的，自大的
arrow n.箭；箭头(符号)，箭状物
art n.艺术，美术；(pl.)人文学科
article n.文章；条款；物件，商品；冠词
artificial a.人造的，人工的；做作的
artist n.艺术家，美术家
artistic a.艺术(家)的，美术(家)的
as conj.由于；正当；像……一样
　 prep.作为，当做
　 ad.同样地
ascend v.攀登，上升
ash n.灰烬
ashamed a.羞耻的，惭愧的
ashore ad.在岸上，上岸
Asia n.亚洲
Asian a.亚洲的，亚洲人的
　　　 n.亚洲人
aside ad.在一旁，在旁边
ask v.问，要求；邀请
asleep a.睡着的
aspect n.方面；外表
assault v./n.袭击，攻击
assemble v.集合；装配
assembly n.集会，集合；装配
assert v.断言，宣称
assess v.估价，评价
assessment n.评估；确定金额
assessor n.估计财产的人；确定税款的人
asset n.(单项)财产；(pl.)资产
　　　 ~account 资产账户
　　　 ~s income 资产收益
　　　 ~s settlement 资产决算
assign v.指派，指定；分配，过户；转让
assignment n.分配，指派；(分配的)任务；(布置的)作业；转让
assist v.协助，援助

assistance n.援助，帮助
assistant a.助理的，辅助的
　　　　　 n.助手，助理；助教
associate v.使联想；交往
　　　　　 n.伙伴，合作人
　　　　　 a.副的
association n.协会，社团；联想；交往
assume vt.假定，设想，承担
assumption n.假定，设想，采取；承担
assurance n.确信，断言；保证，担保
assure vt.保证，使确信
astonish vt.使吃惊，使惊讶
astronaut n.宇航员
at prep.在，于；向，对；在……时刻
athlete n.运动员
Atlantic a.大西洋的
atmosphere n.大气(层)；空气；气氛
atom n.原子；微量
atomic a.原子的；原子能的
attach vt.系上；使附属；加于……之上
attack v.攻击，进攻
　　　 n.攻击，进攻；(病)发作
attain v.达到，获得
attempt n./v.企图，试图；努力
attend v.出席；照料；专心于
attendance n.出席
attendant n.服务员，值班员；护理人员
attention n.注意，留心
attitude n.态度，看法；姿势
attorney n.代理人，被委托人
attract vt.吸引，引起……的注意
attraction n.吸引，吸引力
attractive a.有吸引力的，诱人的
attribute n.属性，品质，特征
　　　　　 v.(to)把……归于
auction n./vt.拍卖
audience n.观众，听众
audio a.音频的，声频的，声音的
audit n.审计，稽核，查账
　　　 vt.查账
auditing n.审计；查账；决算
August n.八月
aunt n.伯(婶)母，舅(姑)母

Australia n.澳大利亚，澳洲

Australian a.澳大利亚的，澳洲的

　　　　　n.澳大利亚人

author n.作者

authority n.权力；权威；(pl.)当局

auto(=automobile) n.汽车

automatic a.自动的

automation n.自动(化)

automobile(=auto) n.汽车

autonomy n.自治

autumn n.秋季

auxiliary a.辅助的，补助的

avail n.效益；营业收入

available a.可利用的，可得到的

avenue n.林荫道，大街

average n.平均，平均数，一般水平

　　　　a.平均的，中等的，平常的

　　　　v.平均为

avert v.防止，避免；转移(目光、注意力等)

aviation n.航空，航空学

avoid vt.避免，避开

avoidable a.可避免的

await vt.等候，等待

awake a.醒着的

　　　　v.唤醒；(使)觉醒，醒悟到

award n.奖，奖品

　　　　vt.颁奖，授予

aware a.意识到的，知道的

away ad.远离，离开

awe n.敬畏

　　　vt.敬畏

awful a.极坏的；可怕的；极度的

awkward a.笨拙的；尴尬的；棘手的

ax(e) n.斧子

axis n.轴(线)；构图中心线

B

baby n.婴儿

bachelor n.单身汉；[也作B-]学士(学位)

back ad.向后，在后面；回原处

　　　n.背，背部；后面，背面

　　　a.后面的

　　　v.向后退；支持；倒退

background n.背景；经历

backward a.向后的；落后的

　　　　　ad.-(s)向后，朝反方向

bacon n.咸肉，熏肉

bacterium n.细菌

bad a.坏的，质劣的；严重的

badly ad.厉害地，非常地

badminton n.羽毛球

bag n.袋子，提包

baggage n.行李

bail n.保释金；保释；保释人

bake v.烤，烘，焙，烧硬，焙干

balance vt.使平衡，使收支平衡

　　　　n.天平；平衡；结存，差额

bald a.秃的，秃头的

ball n.球，球状物；舞会

ballet n.芭蕾舞，芭蕾舞剧

balloon n.气球

ballooning n.股票上涨；非法操纵价格

ballot n.选举票，投票，票数

　　　　vi.投票

ban n./vt.禁止，禁令，取缔

banana n.香蕉

band n.乐队；带子；波段

bandage n.绷带

　　　　v.用绷带扎缚

band n.条，带，乐队；波段

bang n.砰砰的声音；猛撞

　　　　v.猛撞，猛击

bank n.银行，岸，堤

banker n.银行家

banking n.银行业；银行学

bankrupt n.破产者

　　　　vt.使破产

　　　　a.破产的

bankruptcy n.破产

banner n.旗，旗帜

banquet n.宴会

bar n.棍，棒；门闩，酒吧

　　vt.闩上；阻挡

barber n.理发师

bare a.赤裸的，光秃的；仅有的

　　　vt.裸露，露出

barely ad.无遮蔽地；仅仅，勉强，几乎没有

bargain n.交易；便宜货
　　　　vt.讨价还价

bark v.吠叫，咆哮
　　　n.吠声，狗叫声

barn n.谷仓，仓库

barrel n.桶；枪管，炮管

barrier n.障碍；栅栏

barter n.物物交换，以货易货，实物交易

base n.基础；基地
　　　vt.以……为基础

baseball n.棒球

basement n.建筑物的底部，地下室，地窖

basic a.基本的，基础的

basin n.盆，脸盆；盆地

basis n.基础，根据

basket n.篮，筐

basketball n.篮球，篮球运动

bat n.蝙蝠；球拍

batch n.一批，一组，一群

bath n.洗澡，浴缸

bathe v.洗澡；游泳

bathroom n.浴室；盥洗室

battery n.电池(组)

battle n.战斗，斗争
　　　vi.作战，斗争

bay n.海湾，(港)湾

BC 公元前

be vi.是，就是；在，存在

beach n.海滩

beam n.(横)梁；(光线的)束，柱
　　　v.微笑；发光

bean n.豆，豆类植物

bear v.忍受；承担；生育；结(果实)

bear n.熊；空头

beard n.胡须

bearer n.持票(指支票、票据、汇票等)人；持信人
　　　a.(持票人)可转让的；开给持票人的

bearish a.(行情)看跌的，卖空的

beast n.兽，牲畜，残忍的人

beat v.打；打败；(心脏的)跳动
　　　n.(心脏的)跳动，节拍

beautiful a.美丽的

beauty n.美丽；美的事物，美人

because conj.因为

become v.变成，成为

bed n.床；河床

bee n.蜜蜂

beef n.牛肉

beer n.啤酒

before prep.在……的前面；在……之前
　　　　conj.在……之前
　　　　ad.以前，从前

beforehand ad.事先，预先

beg v.乞求；恳求

beggar n.乞丐；穷人

begin v.开始

beginner n.初学者

beginning n.开始，开端

behalf n.利益

behave vi.举止；(机器等)运转

behavio(u)r n.行为，举止

behind prep.在……的后面，落后于
　　　　ad.在背后，落在后面

being n.存在；人，生物

belief n.相信；信念，信仰

believe v.相信，信仰；认为

bell n.钟，铃

belly n.腹部，胃
　　　vi.涨满

belong vi.属于；是……的一员

beloved a./n.受爱戴的，敬爱的；爱人，被心
　　　　爱的人

below prep.在……下面，低于……
　　　　ad.在下面

belt n.皮带，腰带

bench n.长凳；长椅

bend v.(使)弯曲，折弯
　　　n.弯曲，弯曲处

beneath prep.在……下方
　　　　ad.在下方

beneficial a.有益的，有利的

beneficiary n.受益人

benefit n.利益，好处
　　　　v.有益于；得益

beside prep.在……旁边

besides ad.此外，而且
　　　　prep.除……以外(还)

best a.最好的

ad. 最好地；最，极

bet　v. 赌，打赌

　　n. 打赌；赌注

betray　v. 背叛，出卖；暴露，流露，泄露

better　a. 较好的，更好的

　　ad. 较好地，更好地

between　prep. 在……(两者)之间

beverage　n. 饮料

beware　v. 当心，谨防

beyond　prep. 在……的那边；超出

bias　n. / v. (使有)偏见，偏心，偏袒

Bible　n. 《圣经》

bibliography　n. (有关某一专题的)书目；参考书目

bicycle(＝bike)　n. 自行车

bid　v. 投标；出价，报价

bidder　n. (拍卖时的)出价人，报价人；投标人

big　a. 大的；重要的

bill　n. 账单，清单；钞票；票据

billion　n. (美)十亿，(英)万亿

bin　n. 箱柜

bind　v. 捆，绑，包扎，束缚

binder　n. 临时契约，装订工

biology　n. 生物学

bird　n. 鸟

birth　n. 出生；出身；起源

birthday　n. 生日

biscuit　n. 饼干

bit　n. 一点，一些

bite　v. / n. 咬，叮

bitter　a. 苦的；痛苦的

black　a. 黑色的；黑暗的

　　n. 黑色；黑人

blackboard　n. 黑板

blade　n. 刀刃，刀片

blame　vt. 责备，责怪

　　n. 责任，过失

blank　a. 空白的；茫然的

　　n. 空白(处)，空格

blanket　n. 毛毯，毯子

blank note　n. 空白汇票

blast　n. 一阵(风)，一股(气流)；爆炸冲击波

blaze　n. 火焰；火光；闪光，光辉

　　v. 燃烧，冒火焰

bleak　a. 荒凉的；冷酷的；没有希望的

bleed　vi. 出血，流血

blend　n. 混合(物) v. 混合，混杂

bless　v. 祝福，保佑

blind　a. 瞎的，盲的；盲目的

　　vt. 使失明

block　n. 块；街区；障碍物

　　vt. 阻塞，封锁

blood　n. 血液，血统

bloody　a. 流血的，血腥的

bloom　n. / vi. 开花

blossom　n. 花　v. 开花

blouse　n. 宽松的上衣

blow　v. 吹；吹响；爆炸

　　n. 一击，打击

blue　a. 蓝色的；沮丧的

　　n. 蓝色

blueprint　n. 设计图，计划

　　vt. 制成蓝图，计划

blunder　v. 犯大错；跌跌跄跄地走

　　n. 大错

blush　n. / v. 脸红

board　n. 木板；伙食；董事会

　　vt. 上飞机(或船、车)

boast　v. 自夸，夸耀

　　n. 自夸，自吹自擂

boat　n. 船，小船

body　n. 身体；主体；尸体；物体

boil　v. 沸腾；煮沸

bold　a. 大胆的；冒失的；黑体字的

bomb　n. 炸弹

　　vt. 投弹于，轰炸

bond　n. 契约；债券；联结；监禁

bonded　n. 有担保的，保税的；抵押的

bone　n. 骨，骨骼

bonus　n. 额外津贴；奖金；红利

book　n. 书，书籍

　　vt. 预订，订(戏票、车票、房)

booking　n. 订货；未交订货；记账

bookstore(＝bookshop)　n. 书店

boom　a. 高涨；繁荣，兴旺

boost　v. 推进

boot　n. 长筒靴子

booth　n. 电话亭，货摊

border　n. 边；边界，国界

v. 与……接壤(毗邻)

bore vt. 使厌烦

　　　n. 令人厌烦的人或事

born a. 出生的；生来就……的

borrow v. 借，借入

borrowing n. 借款，贷款

boss n. 老板，上司

　　　vt. 指挥，对……发号施令

both a. 双方的

　　　pron. 两者(都)，双方(都)

bother v. 打搅，麻烦

　　　n. 麻烦；焦虑，烦恼

bottle n. 瓶

bottleneck n. 瓶颈；妨碍生产的卡脖子环节

bottom n. 底，底部；最低点

bounce n. 跳起，弹起

　　　v. (球)跳起，弹回

bound a. 必定的；有义务的；开往……的

boundary n. 分界线；边界

bow v. / n. 鞠躬，点头

　　　n. 弓(形)；蝴蝶结

bowl n. 碗，钵

bowling n. 保龄球

box n. 箱子，盒子，包厢

　　　v. 拳击；打耳光

boy n. 男孩

boycott n. / v. (联合)抵制，拒绝参与

brace v. 使防备；支撑；使(手等)绷紧

　　　n. 托架，支架

bracket n. 托架，支架；括号

brain n. 大脑；(pl.)智力

brainstorm vi. 动脑筋，出主意，想办法，献计献策

brake n. 制动器，刹车

　　　vi. 刹车，放慢速度

branch vt. 树枝；分部；分科

brand n. 商标，牌子

　　　vt. 打烙印于……

brandy n. 白兰地酒

brass n. 黄铜，黄铜器

brave a. 勇敢的

breach n. 违背，破坏，破裂，裂口

　　　vt. 打破，突破

bread n. 面包；食物；(喻)生计

breadth n. 宽度，幅度

break v. 打破；损坏；破坏；中断；(物价等)暴跌；倒闭

　　　n. (课间或工间)休息时间；破产

break-even n. 保本的，不盈不亏的，得失相当的，收支相抵的

breakfast n. 早餐

breast n. 胸脯，乳房

breath n. 呼吸，气息

breathe v. 呼吸

breed v. 繁殖；饲养

　　　n. 品种，种类

breeze n. 微风，和风

bribe n. 贿赂

　　　v. 贿赂

brick n. 砖

bride n. 新娘

bridge n. 桥，桥梁

brief a. 简短的，简洁的

　　　vt. 做简要介绍

briefcase n. 公文包

bright a. 明亮的；快乐的；伶俐的

brilliant a. 光辉的；卓越的

brim n. 边缘，帽檐

bring v. 拿来，带来，引起

Britain n. 不列颠，英国

British a. 英国(人)的

　　　n. (the British)英国人

broad a. 宽广的，宽阔的；广泛的

broadcast v. / n. 广播，播音

brochure n. 小册子

broke a. 破产的

broken a. 破了的，破碎的

broker n. 经纪人

brokerage n. 经纪人(或中间人)业务；付给经纪人的手续费，佣金，回扣

brook n. 小河，溪

broom n. 扫帚

brother n. 兄弟

brow n. 眉毛；额

brown a. 褐色的，棕色的

　　　n. 褐色，棕色

browse v. / n. 浏览，吃草，放牧

brush n. 刷子；画笔

brutal a. 残忍的；严峻的；严酷的

bubble n.高风险投资；泡；水泡

bucket n.水桶，吊桶

bud n.芽，花苞

　　v.发芽，含苞欲放

budget n.预算

bug n.臭虫；小毛病；窃听器

　　v.窃听

build vt.建造，建立

building n.建筑物，大楼

bulb n.电灯泡；球状物

bulk n.体积，容积，主体，大批，大量，大块

bulk-cheap n.薄利多销

bull n.公牛；粗壮的人；买空

bull-bear n.多头空头

bullet n.子弹

bulletin n.告示，公告

bullish a.股票行情看涨的；物价上涨的

bully n.欺凌弱小者

　　vt.威吓，威逼

bunch n.(一)束，(一)串

bundle n.捆，束，包

burden n.负担，重担

bureau n.(机构的)局，部，办事处

bureaucracy n.官僚，官僚作风，官僚机构

burglar n.夜盗，窃贼

burn v.燃烧；烧坏

　　n.烧伤

burst v.使爆炸；突然发生

　　n.爆炸；突然爆发

bury vt.埋葬；埋藏

bus n.公共汽车

bush n.灌木(丛)

business n.商业，生意；事务

busy a.忙的，繁忙的

but conj.但是，可是，然而

　　prep.除……以外

butcher n.屠夫，卖肉者

butter n.黄油

　　vt.涂黄油

butterfly n.蝴蝶

button n.纽扣；按钮

　　v.扣上，扣紧

buy v.买，购买

by prep.在……旁边，经由；(指时间)……之

　　前；被，由；根据，按照

　　ad.在近旁，经过

by-business n.副业，兼职

by-law n.公司章程；细则，附则

bypass n.旁路，迂回的旁道

byproduct n.副产品

C

cab n.出租车，计程车

cabbage n.洋白菜，卷心菜

cabin n.船舱；小木屋

cabinet n.橱柜；政府内阁

cable n.缆索；电缆；电报

cadre n.干部

cafe n.咖啡馆；小餐厅

cage n.笼，鸟笼

cake n.蛋糕；饼

calcium n.[化]钙

calculate v.计算；推算

calculator n.计算器

calendar n.日历，月历

call v.称为；叫喊；打电话

　　n.喊叫；访问；(一次)通话；付款要求(通

　　知书)

calm a.平静的；镇定的

　　v.(使)安静，(使)镇静

calorie n.卡路里

camel n.骆驼

camera n.照相机，摄像机

camp n.野营；营地

　　vi.设营，宿营

campaign n.战役；运动

campus n.大学校园

can v.能，会，可能

　　n.罐头

　　v.装罐头

Canada n.加拿大

Canadian a.加拿大(人)的

　　n.加拿大人

canal n.运河，沟渠

cancel vt.取消；删去

cancer n.癌

candidate n.报考者；候选人

candle n.蜡烛

candy n.糖果

canteen n.食堂

canvasser n.挨户推销商品的推销员

cap n.帽子；盖子

capable a.有能力的，能……的

capacity n.容量；能力；生产量

cape n.海角，岬

capital n.首都；资本；大写字母
　　　　a.主要的，基本的；资本的

capitalism n.资本主义

capitation n.人头税；按人头收费；按人计算

captain n.队长，船长；上尉

captive n.俘虏
　　　　a.被俘虏的，被监禁的

capture v./n.捕拿，俘获；夺取

car n.汽车，轿车

carbon n.碳

card n.卡片；名片

care vi.喜欢；关心，介意
　　　n.小心；关怀，照管

career n.职业；生涯

careful a.小心的，仔细的

careless a.粗心的，疏忽的

cargo n.货物，船货

carpenter n.木匠，木工

carpet n.地毯

carriage n.马车；(铁路)客车车厢；运输，运费

carrier n.搬运人；载体

carrot n.胡萝卜

carry v.携带，运载；输送

cart n.大车，手推车

cartoon n.漫画，幽默画；动画片

carve v.刻，雕刻

case n.事实，情况；病例；案件，案例；盒子，
　　　箱子

cash n.现金，现款
　　　v.兑现，付现

cashier n.收银员，出纳员

cassette n.盒式录音带

cast vt.扔，投；铸造

castle n.城堡

casual a.随便的；偶然的

casualty n.伤亡人员；受害人

cat n.猫

catalog(ue) n.目录
　　　　　　vt.把……编入目录

catch v.抓住；赶上；染患

category n.种类，类目

cater vi.备办食物，满足(需要)，投合

cathedral n.大教堂

Catholic a.天主教的
　　　　　n.天主教徒

cattle n.牛(总称)

cause n.原因；事业
　　　vt.引起，使产生

caution n.小心，谨慎
　　　　v.告诫，警告

cautious a.(of)小心的，谨慎的

cave n.洞，穴

cease v.停止，结束

ceiling n.天花板；(规定价格、工资等的)最高限
　　　　额(价)

celebrate vt.庆祝

cell n.细胞；小牢房；电池

cellar n.地窖，地下室

cement n.水泥
　　　　vt.黏结

cement n.水泥；胶泥，胶接剂
　　　　v.胶合；巩固，加强

census n.人口普查(调查)

cent n.分币(货币单位)

center / -tre n.中心，中央
　　　　　　　v.集中

centigrade n./a.摄氏温度(的)

centimeter / -tre n.厘米

central a.中央的，中心的；主要的

century n.世纪，一百年

cereal n.谷类食品，谷类

ceremony n.仪式，典礼

certain a.确实的，肯定的；某一(些)

certainty n.必然，肯定；必然的事

certificate n.证(明)书；单据

certify v.证明，证实；发证书(或执照)

chain n.链(条)；(pl.)镣铐；一连串，连锁

chair n.椅子；(会议)主席

chairman n.主席，议长，会长，董事长

chalk n.粉笔

challenge vt.向……挑战

n. 挑战(书)

chamber n. 房间，室

champagne n. 香槟酒，香槟色

champion n. 冠军；拥护者

chance n. 偶然性；机会，运气

　　　　v. 碰巧，偶然发生

change v. 改变；兑换；更换

　　　　n. 改变；零钱

channel n. 海峡；渠道；频道；途径

chapter n. (书的)章，回

character n. 性格；特性；人物；(汉)字

characteristic a. 特有的，典型的

　　　　　　n. 特征，特性

characterize v. 表示……的特性

charge v. 控告；索价；充电

　　　　n. 收费；费用；指控；充电

charity n. 慈善(团体)，仁慈，施舍

charm n. 吸引力；美貌

　　　　v. 迷人，(使)陶醉于

charming a. 迷人的，可爱的

chart n. 图表

chase vt. / n. 追猎，追赶

chat n. 闲谈

cheap a. 便宜的；劣质的

cheat v. 欺骗；作弊

　　　　n. 骗子；欺骗行为

check vt. 检查，核对；制止

　　　　n. 检查，核对；支票

cheek n. 面颊

cheer v. / n. (使)振作；喝彩

cheerful a. 快乐的，高兴的

cheese n. 干酪，乳酪

chemical a. 化学的

　　　　n. 化学制品

chemist n. 化学家；药剂师

chemistry n. 化学

cheque(美：check) n. 支票

cherish v. 珍爱；怀有

cherry n. 樱桃(树)

chess n. 国际象棋

chest n. 柜子；胸腔

chew v. 咀嚼；思量

chicken n. 小鸡；鸡肉

chief n. 领袖，首领

a. 首要的，主要的

child (pl. = children n. 小孩，儿童

childhood n. 童年

childish a. 孩子气的，幼稚的

chilly a. 寒冷的

chimney n. 烟囱

chin n. 下巴

china n. 瓷器

China n. 中国

Chinese a. 中国(人)的；中文的

　　　　n. 中国人；中文

chocolate n. 巧克力；深褐色

choice n. 选择；供选择的东西

　　　　a. 精选的，上等的

choose v. 挑选；甘愿

chop v. 砍，劈，斩

　　　　n. 排骨，肉块

chore n. (pl.)家庭杂务

chorus n. 合唱队；合唱

　　　　v. 异口同声地说，随声附和

Christ n. 救世主 (特指耶稣基督)

Christian n. 基督教徒

Christmas n. 圣诞节

chronic a. (疾病)慢性的；积习难改；严重的，坏的

church n. 教堂

cigar n. 雪茄烟

cigaret(te) n. 香烟

cinema n. 电影院

circle n. 圆 (周)；圈子，阶层

　　　　v. 环绕，旋转

circuit n. 电路；环行

circular a. 圆形的；循环的

circulate v. 循环；流通；流传

circulation n. 循环；流传；流通；报刊等的发行

　　　　(量)

circumstance n. 情况；(pl.)环境；状况

cite v. 举例；引证，引用

citizen n. 公民，市民

city n. 城市

civil a. 民用的；公民的；国内的

civilian n. 平民

　　　　a. 平民的；民用的

civilization n. 文明，文化；开化

civilize vt. 使文明，使开化

claim　vt.声称；要求；索赔
　　　　n.要求；主张，断言
clarify　v.澄清，阐明
clash　v./n.碰撞
　　　　n.碰撞声
clasp　n.扣子，拥抱
　　　　v.扣住，钩住；紧握，紧抱
class　n.班级；种类；等级，阶级
classic　n.(pl.)杰作，名著
　　　　a.不朽的，古典的
classical　a.古典的，经典的
classification　n.分类，分级
classify　vt.分类，把……分等级
classmate　n.同班同学
classroom　n.教室
clause　n.(合同)条款；从句，分句
clay　n.黏土，泥土
clean　a.清洁的，干净的
　　　　v.打扫
clear　a.晴朗的；清楚的，明白的
　　　　ad.清楚地
　　　　v.使清楚；清除
clearance　n.甩卖；(在票据交换所)调节借贷；
　　　　　　交换票据等
clerk　n.职员；店员
clever　a.聪明的，机敏的
click　v.发出滴答声
　　　　n.滴答声
client　n.委托人；顾客
cliff　n.悬崖，峭壁
climate　n.气候
climax　n.顶点，高潮
climb　v./n.爬，攀登
cling　v.(to)黏住；依附；坚持
clinic　n.门诊所
clip　v.剪，修剪；钳，夹住
　　　　n.夹，钳，回形针
cloak　n.外套，斗篷
　　　　v.掩盖，掩饰
clock　n.(时)钟
clone　n./v.克隆，无性繁殖，复制
close　v.关，关闭；结束，终止
　　　　a.接近的；亲近的；严密的
closed　a.关闭的；停止营业的
closedown　n.停业；倒闭

closet　n.壁橱，储藏室
　　　　vt.把……引入私室密谈
cloth　n.布，衣料；织物
clothe　vt.给……穿衣，为……提供衣服
clothes　n.衣服，服装
clothing　n.衣服，衣着(总称)
cloud　n.云，云状物；一大群
cloudy　a.多云的；模糊的
club　n.棍，球棒；俱乐部
clue　n.线索；思路；暗示
clumsy　a.笨手笨脚的，愚笨的
cluster　n.丛，群，串
　　　　v.群集，丛生
clutch　抓住，攫住，掌握
　　　　n.离合器
coach　n.长途汽车；教练
coal　n.煤；木炭
coarse　a.粗糙的；粗俗的
coast　n.海岸；海滨
coat　n.上衣，外套；覆盖物
　　　　vt.涂上，覆盖
cock　n.公鸡；旋塞
C.O.D(＝cash on delivery)　n.货到付款
code　n.代码，密码；法规
coffee　n.咖啡
coil　v.卷，盘绕　n.(一)卷，(一)圈；线圈，线组
coin　n.硬币
　　　　vt.创造(新词)
coincide　v.和……一致，相符，相同
coincidence　n.巧合，巧事；一致，符合
coke　n.可乐；焦炭
　　　　v.(使)成焦炭
cold　a.冷的；冷淡的
　　　　n.伤风，感冒；寒冷
collaborate　v.协作，合作
collapse　v./n.倒坍；崩溃；(价格)暴跌；倒闭，
　　　　　　破产
collar　n.衣领
colleague　n.同事
collect　v.收集；领取；收税，收账
collection　n.收集；募捐；收藏品；收款，收账
collective　a.集体的，共同的
　　　　n.集体，团体
college　n.学院，大学

collide v. 碰撞，冲突

colo(u)r n. 颜色；色彩；肤色
　　　　　 vt. 给……着色，染色

colony n. 殖民地；聚居区

column n. 柱；纵队；专栏

comb n. 梳子
　　　 vt. 梳理

combat v. / n. 战斗，搏斗，格斗

combination n. 结合，联合；化合物

combine v. 结合；化合

comb n. 梳子 v. 梳(理)

come vi. 来到；出现；成为

comfort n. 安慰；舒适
　　　　 vt. 安慰，使舒适

comfortable a. 舒适的

command v. 命令，指挥
　　　　　 n. 命令；掌握，运用能力

commander n. 指挥官

comment n. / vi. 评论，意见

commerce n. 商业；贸易

commercial a. 商业的，商务性的
　　　　　　 n. 商业广告

commission n. 委员会；佣金，手续费；授权；
　　　　　　　代办；委托

commit vt. 犯(错、罪)；使承担义务

committee n. 委员会

commodity n. 商品；日用品

common a. 共同的；普通的

commonplace a. 平凡的，陈腐的

communicate v. 交流，交际；传播

communication n. 通信，交流；联络；传达；
　　　　　　　　(pl.)通信联系；交通工具

communism n. 共产主义

communist a. 共产主义的
　　　　　　 n. 共产主义者

community n. 社区；社会

commute v. 乘公交车辆上下班

companion n. 同伴，伴侣

company n. 公司；陪伴；客人

comparable a. (with, to)可比较的，比得上的

comparative a. 比较的，相当的

compare v. 比较

comparison n. 比较；比拟

compass n. 指南针；(pl.)圆规

compassion n. 同情，怜悯

compatible a. 能和睦相处的，合得来的；兼容的

compel vt. 强迫

compensate v. (损坏)赔偿，补偿

compensation n. 报酬，赔偿金

compete vi. 竞争，比赛

competent a. 有能力的；有技能的

competition n. 竞争，比赛

competitive a. 竞争的，比赛的

competitor n. 竞争者

compile v. 编辑，汇编

complain vi. 抱怨；申诉

complaint n. 抱怨，诉苦；申诉

complement v. / n. 补充，补足(物)
　　　　　　 n. 余数；补语

complete a. 完整的；完成的
　　　　　 vt. 完成，使完整(结束)

complex a. 复杂的，综合的
　　　　　 n. 综合企业，综合体

complicate v. (使)变复杂

complicated a. 复杂的，难懂的

complication n 复杂，纠纷；并发症

compliment n. (pl.) 问候，致意
　　　　　　 n. / v. 称赞，恭维

comply v. (with)照做，遵照，应允

component n. 成分，组件，部件
　　　　　　 a. 组成的，合成的

compose v. 由……组成；写作，作曲

composition n. 构成；作文；乐曲

compound a. 复合的；合成的
　　　　　　 n. 化合物；复合词(句)

comprehend v. 理解，了解

comprehension n. 理解，领悟

comprehensive a. 广泛的，综合的

compress vt. 压缩，浓缩

compromise n. / vi. 妥协，折中

compute v. 计算，估计

computer n. 计算机

comrade n. 同志

conceal v. 隐藏，隐瞒

concede vt. 勉强，承认，退让
　　　　 vi. 让步

conceive v. (of)设想，构思，想象；以为；怀胎，
　　　　　怀有

concentrate v.集中，专心；浓缩
concentration n.(精神等)集中；浓度
concept n.概念，观念
conception n.概念，观念；设想，构想
concern vt.涉及；关心，挂念
　　　　n.关系；关心，担忧；公司，商号，企业
concerning prep.关于，论及
concert n.音乐会
concession n.迁就，让步
concise a.简明的，简洁的
conclude v.下结论；结束；缔结
conclusion n.结论；终结；议定
concrete a.具体的，实质性的
　　　　n.混凝土
condemn vt.谴责；宣判
condense v.凝结；压缩；精简
condition n.条件；状况；(pl.)环境
conduct n.举止，行为
　　　　v.处理；引导；导电，传热
conductor n.乐队指挥；导体；(公共汽车、电
　　　　车)售票员；列车员
confer v.商谈，商议；授予，赋予
conference n.(正式的)会议
confess v.承认，坦白
confidence n.信任，信心
confident a.有信心的，自信的
confidential a.秘密的，机密的；亲信的
confine v.(to, within)限制，局限于；管制，禁闭
confirm vt.进一步证实(确定)；批准
conflict n.冲突；抵触；争执
　　　　vi.冲突，抵触
conform v.(to)遵守，依照，符合，顺应
confront v.面对，(使)面临
confuse vt.使混乱，混淆
confusion n.混乱，混淆
conglomerate n.联合大企业
congratulate vt.祝贺
congratulation n.祝贺，祝贺词
congress n.国会；(代表)大会
conjunction n.连接，连接词
connect v.连接，联系
connection /-nexion n.连接，联系；关系
conquer vt.征服；战胜，克服
conscience n.良心

conscientious a.认真的，勤勤恳恳的
conscious a.有意识的；头脑清醒的
consent vi./n.同意；答应
consequence n.后果，影响
consequently ad.因而，所以
conservation n.保存，保持；守恒，不灭
conservative a.保守的
　　　　n.保守的人
consider v.考虑，细想；认为
considerable a.相当大的，可观的
considerate a.考虑周到的；体谅的
consideration n.考虑；体贴；审议；报酬
consignment n.寄售；发货；委托；交运货物
consist vi.由……组成；存在于
consistent a.(with)前后一致的，始终如一的
console vt.安慰，慰藉
　　　　n.[计]控制台
consolidation n.企业合并
constant a.经常的；始终如一的
　　　　n.常数，恒量
constitution n.宪法；体质；构成
construct vt.建造，建设
construction n.建设，建筑；建筑物，结构
consult vt.商量；咨询；查阅
consultant n.会诊医师，顾问医生；顾问
consume vt.消耗，消费
consumer n.消费者，用户
consumerism n.保护消费者利益主义；商品的消
　　　　费和销售性服务
consumption n.消耗，消费(量)
contact vt.接触，联系
　　　　n.接触，联系
contain vt.包含，容纳
container n.容器；集装箱
containerization n.集装箱化
contaminate v.弄脏，污染
contemporary a.当代的；同时代的
　　　　n.同时代人，同辈
contend v.竞争，斗争；坚决主张
content n.(pl.)内容，目录；含量
　　　　a.满足的，满意的
contest n./v.比赛，竞争
context n.上下文，文章前后关系
continent n.洲；大陆

continual a.连续不断的；频繁的

continue v.(使)继续；(使)连续

continuous a.连续不断的

contract n.合同，契约；承包
　　　　　v.订合同；收缩
　　　　　~for(of) purchase n.购货合同
　　　　　~for(of) service n.劳务合同
　　　　　~interest n.放定利息
　　　　　~life n.合同有效期限

contractor n.承包人；承包商

contradiction n.矛盾；反驳

contrary a.相反的
　　　　　n.相反，对立面

contrast n.对照
　　　　　v.使对照

contribute v.贡献出；有助于；投稿

contribution n.贡献；捐款

contributor n.捐助人；纳税人

control vt./n.控制，支配；克制，抑制

controller n.审计员；总会计师

controversy n.论争，辩论，论战

convenience n.便利，方便

convenient a.便利的，方便的

convention n.公约；习俗；大会

conventional a.常规的，习惯的，传统的

conversation n.会话，谈话

conversion n.变换，转化

convert vt.使转变，使转化；兑换(货币)

convertible a.可兑换的，可兑现的

convey vt.运送；传达

conveyance n.(不动产等的)转让，让与；转让证书

convict v.(经审讯)证明……有罪
　　　　　n.囚犯

conviction n.深信，确信

convince vt.使信服，使确信

cook v.烹调，煮，烧(饭、菜)
　　　n.厨师，炊事员

cooker n.炊事用具(尤指炉、锅等)

cool a.凉爽的；冷静的；冷淡的；好极了的，
　　　了不起的
　　　v.使变凉，使冷却

cooperate vt.合作，协作，相配合

cooperative a.合作的，协作的
　　　　　　　n.合作社

coordinate vt.协调，调节

cop n.警官，巡警

cope vi.对付；妥善处理

copper n.铜；铜币；铜制品

copy n.抄本，复制品；一本
　　　v.模仿；抄写；复制(印)

copyright n.版权，著作权

cord n.绳，索

core n.果核；核(心)；中心

corn n.玉米；谷物

corner n.角；拐角；街角

corporation n.(股份有限)公司；法人

correct vt.改进，纠正
　　　　　a.正确的；合适的

correction n.纠正，改正

correlate vt.使相互关联
　　　　　vi.和……相关

correspond vi.符合；相当于；通信

correspondence n.通信，信件；(with)符合，一致；

correspondent n.记者，通讯员；通信者

corresponding a.一致的；对应的

corridor n.走廊

corrupt v.腐蚀；使堕落
　　　　　a.腐败的，贪赃舞弊的

cost n.成本，费用；代价
　　　v.值(多少钱)；花费

costing n.成本会计，成本核算

costly a.昂贵的，代价高的

costume n.装束，服装

cottage n.村舍，小屋，别墅

cotton n.棉花；棉制品

couch n.睡椅，长沙发椅

cough v./n.咳嗽

could aux. v.(can的过去式)能，可能，可以

council n.理事会；(地方)议会

counsel v./n.劝告，忠告
　　　　　n.法律顾问，辩护人

counseling n.顾问服务

count v.数；计算；值得考虑
　　　　n.计算，合计

counter n.柜台；计数器
　　　　　a./ad.相反(的)
　　　　　v.反对

counterfeit n./v.伪造，假冒
　　　　　　 n.假货，伪造品
counterfoil n.(支票、邮局汇款单、收据等的)存
　　　　　　　 根，票根
counterpart n.对应的人(或物)
country n.国家；农村
countryside n.农村
county n.县，郡
couple n.一对，一双；夫妇
courage n.勇气，胆量
course n.课程；过程；一道菜
court n.法院；院子；球场
courtesy n.谦恭有礼；有礼貌的举止(或言词)
cousin n.堂(表)兄弟姊妹
cover vt.盖，覆盖；包括，论及；负担支付，
　　　　弥补(损失)，补空
　　　　n.盖子；(书的)封面
cow n.母牛，奶牛
crack n.裂纹，裂缝；爆裂声
　　　　v.(使)破裂
craft n.工艺，手艺，技巧；飞机，飞船
crane n.起重机；鹤
crash v.撞击；坠毁
　　　　n.撞击；坠毁，破裂声
crawl v./n.爬行，蠕动；缓慢(的)行进
crazy a.疯狂的；荒唐的；着迷的
cream n.奶油；奶油色
create vt.创造；引起
creative a.创造性的
creature n.生物；人
credit n.信贷；信誉；学分
　　　　vt.信任；计入贷方
creep v.爬，爬行；(植物)蔓延
crew n.全体船员(乘务员)；同事们
crime n.犯罪，罪行
criminal a.犯罪的，刑事的
　　　　　n.罪犯，刑事犯
crisis n.危机；紧急关头
critic n.批评家，评论家
critical a.危急的，关键性的；批判的
criticism n.批评；评论
criticize / -ise vt.批评；评论
crop n.收成；庄稼，作物；一批
cross v.穿过，越过；(使)交叉

n.十字形，叉形
crowd n.群众，人群
　　　　v.拥挤，挤满
crowded a.拥挤的
crow n.乌鸦
　　　　v./n.鸡啼，鸣叫
crown n.王冠
crucial a.至关重要的，决定性的
crude a.简陋的；天然的；粗野的
cruel a.残酷的
crush v.压碎；压垮，镇压
crust n.外皮，壳；地壳
cry v.哭；叫喊；大声地说
　　　n.哭声；叫喊声
crystal n.水晶，结晶，晶体
　　　　 a.晶体的，透明的
cube n.立方；立方体
cubic a.立方体的
cultivate vt.耕作，栽培；培养
culture n.文化；修养
cunning a.狡猾的，狡诈的
cup n.杯子；奖杯；一杯的量
cupboard n.碗橱
curb vt.制止，控制，抑制
　　　　n.场外证券市场，场外交易
cure vt.治愈；纠正
　　　　n.治愈；疗法
curiosity n.好奇(心)
curious a.好奇的
curl v.(使)卷曲，蜷缩
　　　　n.卷发；卷曲状；卷曲物
currency n.货币
current a.流行的；当今的；通用的
　　　　　n.水(气)流；电流；趋势
curriculum n.课程，(党校等的)全部课程
curse v./n.诅咒，咒骂
curtain n.窗(门)帘
curve n.曲线
　　　　v.使成曲线
cushion n.垫子，软垫
custom n.习惯；(pl.)海关，关税
customary a.习惯的，惯例的
customer n.顾客，用户
cut v.切，剪，削；削减

n. 切，割；伤口；削减

cutback n. 削减生产，削减人员

cyberspace n. 电脑空间

cycle n. 周期；循环；自行(摩托)车

　　　 vi. 骑自行(摩托)车；循环

D

dad n. [口语]爸爸

daily a. 每日的，日常的

　　　 ad. 每日

　　　 n. 日报

dairy n. 制酪业；牛奶场

dam n. 水坝

damage vt. / n. 毁坏，损害

　　　 n. (pl.) 损害赔偿费

damn v. 诅咒，谴责

damp a. 有湿气的，潮湿的

dance vi. 跳舞

　　　 n. 跳舞，舞蹈；舞会

danger n. 危险；威胁，危险事物

dangerous a. 危险的，不安全的

dare vt. 敢，敢于

　　　 aux. v. 敢，竟敢

dark a. 暗的，黑暗的；深色的

　　　 n. 黑暗，暗处

darling n. 心爱的人，亲爱的

dash v. 猛冲，飞奔；猛撞

　　　 n. 猛冲，突进，破折号

data n. 数据，资料

database n. [计] 数据库，资料库

date n. 日期；约会

　　　 v. 注明日期；约会

daughter n. 女儿

dawn vi. 破晓

　　　 n. 黎明，曙光

day n. 白天；日子；(一)天

daylight n. 日光；白昼

daytime n. 白天，日间

dazzle v. 使惊奇

　　　 n. 耀眼的光；令人赞叹的东西

dead a. 死的，无生命的；无感觉的；不景气的，

　　　 呆滞的；停顿的

deadline n. 期限

deadly a. 致命的，致死的

deaf a. 耳聋的；装聋的

deal v. 处理，安排；给予

　　　 n. 交易，买卖

dealer n. 买卖人，商人；经销商，证券商

dean n. (大学)院长，系主任，(基督教)教长

dear a. 亲爱的；贵重的

　　　 int. 啊，哎呀

death n. 死亡，逝世；消亡

debate n. / v. 辩论，讨论

debenture n. 债券；信用债券；(海关)退税凭单

debit n. 借方，借项，记入借方的款项

debt n. 债务，欠债

debtee n. 债权人

debtor n. 债务人；借方

debt-redden n. 负债累累

decade n. 十年

decay v. / n. 腐朽，腐烂；衰减，衰退

deceit n. 欺骗，欺骗行为

deceive v. 欺骗，蒙骗

December n. 十二月

decent a. 体面的，得体的

decide v. 决定，下决心；裁决

decimal a. 十进的，小数的，十进制的

　　　 n. 小数

decision n. 决定，决心；果断

decisive a. 决定性的

deck n. 甲板

declare vt. 宣布，声明；断言

decline v. 谢绝；下降

　　　 n. 减少，衰落

decorate vt. 装饰，装潢

decrease v. / n. 减少，减小

dedicate v. 奉献，把……用在

deduct v. 扣除；减去

deed n. 行为；功绩；契约；证件

deem v. 认为，相信

deep a. 深的；深刻的

　　　 ad. 深深地

deepen v. 使变深，深化

deer n. 鹿

default n. / v. 拖欠，违约

defeat vt. / n. 打败，战胜；挫败

defect n. 缺点，缺陷

defects n.不合格品

defence / -se n.防御，保卫；
　　　　　　(pl.)防御工事；辩护

defend vt.防守，防卫，辩护

deficit n.亏空，亏损；赤字，逆差

define vt.解释(定义)，下定义；规定

definite a.明确的，确定的

definition n.定义，释义

defy v.(公然)违抗；蔑视

degree n.度数；程度；学位

delay v. / n.推迟，耽搁，延误

delegate n.代表

delegation n.代表团

delete v.删除

deliberate a.深思熟虑的，故意的

delicate a.娇嫩的；精细的；微妙的

delicious a.美味的，芬芳的

delight n.快乐，高兴
　　　　　v.使欣喜，使高兴

delighted a.高兴的，快乐的

deliver vt.投递，送交；发表；分娩

delivery n.投递，送交，交付；交货

demand vt. / n.要求；需要；需求

democracy n.民主(制)；民主国家

democratic a.民主的；有民主作风(精神)的

demonstrate v.证明；演示；示威游行

denote v.表示，意味着

denounce vt.公开指责，公然抨击，谴责

dense a.密的，密集的；稠密的

density n.密集，密度，浓度

dental a.牙齿的

dentist n.牙医

deny vt.否认；拒绝

depart vi.离开，出发

department n.部，部门；(大学等的)系

departure n.离开，出发；新业务

depend vi.依靠，依赖；依……而定

dependence n.(on)依靠；依赖

dependent a.依靠的，依赖的

depict v.描绘，描写，描述

deposit vt.存放；储蓄；使沉积
　　　　　n.存款；押金；沉淀物

depreciation n.折旧；价值下降

depress v.压抑，降低；使沮丧，压下

depression n.萧条，不景气

deprive vi.剥夺，使丧失

depth n.深，深度；厚度

deputy n.代理人，代表
　　　　　a.副的，代理的

derive v.从……得到；源自；导出

descend v.下来，下降

descendant n.子孙，后代

descent n.下降，降下；斜坡；血统，家世

describe vt.描绘，叙述；把……说成

description n.描述，形容；种类

desert n.沙漠
　　　　　vt.遗弃；擅自离开

deserve vt.值得；应受

design v.谋划；设计，制图

designate v.指明，指出

desirable a.称心如意的；可取的

desire v.渴望；要求
　　　　　n.愿望，欲望，心愿

desk n.书桌；服务台

despair n. / vi.失望，绝望

desperate a.绝望的，铤而走险的

despise v.轻视，蔑视

despite prep.不管，任凭

dessert n.正餐后的水果或甜食

destination n.目的地，终点

destiny n.命运；天数，天命

destroy vt.摧毁；消灭；粉碎

destruction n.破坏，毁灭，消灭

destructive a.破坏性的

detail n.细节，详情
　　　　　vt.详述，细说

detain v.耽搁；扣留，拘留

detect vt.察觉，发现

detective n.侦探

determination n.决心；决定，确定

determine v.决定；下决心；测定

determined a.下定决心的；已决定的

devalue n.贬值

develop v.发展；发育，开发；显影

development n.发展；开发；新事物

device n.装置，设备，仪表；方法，设计

devil n.恶魔；家伙

devise v. 设计，想出，发明

devote vt. 献身于……；专心于……

dew n. 露水

diagnose v. 诊断

diagram n. 图表；图解

dial n. 刻度盘，钟面；拨号盘
　　　v. 拨电话

dialect n. 方言，土语

dialog(ue) n. 对话，对白

diameter n. 直径

diamond n. 钻石，金刚石；菱形

diary n. 日记；日记本

dictation n. 听写，口授笔录

dictionary n. 词典，字典

die vi. 死，死亡

diet n. 饮食，食物

differ vi. 意见分歧，不同，差异

difference n. 差别，差异；差额

different a. 不同的，差异的，各种的

differentiate v. 区分，区别；(使)不同

difficult a. 艰难的，费力的；难相处的

difficulty n. 困难，艰难，麻烦，困境

diffuse v. 扩散；传播，散布

dig v. 挖，掘

digest vt. 消化 (食物)；领会
　　　n. 摘要，文摘

digest v. 消化
　　　n. 摘要，文摘

digital a. 数字的

dignity n. (举止、态度等的)庄严，端庄；尊贵，
　　　高贵

dilemma n. (进退两难的)窘境，困境

diligent a. 勤奋的，用功的

dim a. 暗淡的，模糊的

dimension n. 尺寸，尺度；维(数)，度(数)，元

diminish v. 缩小，减少，递减

dine vi. 吃饭，进餐

dinner n. 正餐；晚宴

dip v. / n. 浸，蘸

diploma n. 毕业文凭，学位证书

direct a. 径直的，直接的
　　　v. 指向；指导，管理

direction n. 方向；指令；(pl.)用法说明

director n. 主管，主任；董事；导演

directory n. 人名地址录，(电话)号码簿

dirt n. 尘，土；污物

dirty a. 肮脏的；下流的

disable v. 使残废

disadvantage n. 不利地位(条件)

disagree vi. 意见不同；不相符

disappear vi. 消失；失踪

disappoint vt. 使失望，使扫兴

disappointment n. 失望

disapprove vi. 不赞成，不同意(批准)

disaster n. 灾难；天灾

disastrous a. 灾难性的

disc(＝disk) n. 圆盘，唱片，磁盘

discard v. 丢弃，抛弃

discern v. 认出，发现，辨别，识别

discharge vt. 放出；排出；发射
　　　　　n. 放出；排出；释放

discipline n. 纪律；训练；学科

disclose v. 揭示，泄露

discount n. (卖方给买方的)折扣，折价；贴现

discourage vt. 使失去勇气，使泄气

discover vt. 发现；暴露

discovery n. 发现

discriminate v. 区别，辨别；(against)有差别地
　　　　　　　对待，歧视

discuss vt. 讨论，商讨

discussion n. 讨论，商讨

disease n. 疾病

disgrace n. 失宠，耻辱
　　　　v. 使失宠，玷辱，使蒙羞

disguise n. / v. 伪装，隐瞒

dish n. 盘，餐盘；一道菜

dishonour n. / vt. 拒付(支票、汇票、票据等)

disinflation n. 反通货膨胀

dislike vt. / n. 不喜欢，厌恶

dismay n. / v. (使)惊恐，(使)惊愕；(使)绝望

dismiss vt. 免职，解雇；解散；不考虑

disorder n. 混乱；骚乱；小病，失调

dispatch v. 派遣，调遣，发送
　　　　n. 快信；新闻报道

disperse v. 分散，驱散，解散

displace v. 移置，转移；取代，置换

display vt. / n. 展览，陈列，展销；显示

disposal n. 处理，处置；布置，安排

dispose　v.(of)处理，处置；(for)布置，安排

dispute　v.争论，辩论

　　　　　n.争论，辩驳；争端

disregard　v./ n.不管，不顾

disrupt　v.使中断，使分裂，使陷于混乱，破坏

dissatisfy　v.(with, at)使不满，使不平

dissolution　n.解除(契约)；解散

dissolve　v.溶解，(使)融化；解散

distance　n.距离；远处

distant　a.远离的，久远的

distinct　a.(from)截然不同的；清楚的，明显的

distinction　n.差别，区分

distinguish　v.辨认出；区别，区分

distort　v.歪曲，扭曲

distract　v.分神，打扰；迷惑，扰乱

distrain　n.为抵债而扣押

distress　n.苦恼；危难；不幸

　　　　　v.使苦恼

distribute　vt.分发，分配；分布

distribution　n.分发，分配；分布

district　n.区域；行政区

disturb　vt.打扰，使烦恼；妨碍

ditch　n.(明)沟，沟渠

dive　vi./ n.跳水；潜水

diverse　a.多种多样的，(from)不同的

divert　v.转移，转向，使高兴

divide　v.划分；分配；隔开

dividend　n.股利，股息，红利

divine　a.神的，神圣的，非凡的

division　n.分开；分配；部门；除法

divorce　n./ v.离婚；(使)分离

do　v.做，干，引起，产生；进行；完成；行，
　　合适

dock　n.码头

docking　n.扣工资

doctor　n.医生；博士

document　n.文件，公文，文献

documentary　a.文献的

　　　　　　　n.纪录片

dog　n.狗

dole　n.失业救济

dollar　n.元，美元

doll　n.玩偶，玩具娃娃

domain　n.(活动、思想等)领域，范围；领地；
　　　　　势力范围

dome　n.圆屋顶

domestic　a.国内的；家庭的；驯养的

dominant　a.支配的，统治的，占优势的

dominate　v.支配，统治，控制；占优势

donate　v.捐赠，赠送

donkey　n.驴；笨蛋

doom　n.厄运，劫数

　　　　v.注定，命定

door　n.门

doorway　n.门口

dormitory(缩dorm)　n.(集体)宿舍

dose　n.剂量，一服(药)

dot　n.点，圆点

　　v.在……上打点

double　a.双倍的；双重的；双人的

　　　　　v.加倍，翻一番

doubt　v./ n.怀疑，疑问，不相信

doubtful　a.怀疑的，可疑的；难料的

dove　n.鸽子

down　ad.向下，在下面

　　　　prep.沿……向下，顺……而下

downpayment　n.预付定金；分期付款

downstairs　ad.在楼下，往楼下

　　　　　　　a.楼下的

downtown　n 城市的商业区

　　　　　　n./a.城市商业区(的)

downward　a.向下的

　　　　　　ad.(also -s)向下，往下

doze　v./ n.瞌睡，假寐

dozen　n.一打，十二个

draft　n.草稿，草图；汇票

　　　　vt.起草

drag　v.拖，曳

dragon　n.龙

drain　n.排水管(沟)；消耗

　　　　v.排(水)，放(水)

drama　n.戏剧，戏剧性事件

dramatic　a.戏剧性的；引人注目的

drastic　a.激烈的，严厉的

draw　v.绘，画；拖，拉，吸引；引出；提取；
　　　　推断出；来临

　　　　n.平局，不分胜负

drawback　n.收回税款，退税

drawer n. 抽屉

drawing n. 图画，图样，素描；提款；提存

dread v. / n. 害怕，恐惧

dream n. 做梦，幻想，梦想，愿望
　　　　v. 做梦，梦见；幻想

dress n. 服装；女服
　　　　v. 穿衣，打扮

drift v. / n. 漂，漂流

drill n. 钻孔；钻头；操练
　　　　v. 钻孔，操练

drink v. 喝，饮，饮酒
　　　　n. 饮料；酒

drip v. 滴下，漏水
　　　　n. 滴，水滴，点滴

drive v. 驱，赶；开车；迫使
　　　　n. 驾驶，驱车旅行；干劲

driver n. 驾驶员，司机

drop v. 投下，滴落；下降；降低
　　　　n. 滴；下降；微量

drought n. 干旱，旱灾

drown v. 淹死；淹没

drug n. 药物；(pl.)麻醉药；毒品
　　　　vt. 用药麻醉

drum n. 鼓；圆筒

drunk a. (酒)醉的

dry a. 干的，干燥的；干旱的
　　　　v. 使干，晒干

duck n. 鸭；鸭肉

due a. 预定的；应付的；到期的；应有的

dull a. 枯燥的；沉闷的；迟钝的

dumb a. 哑的；沉默的

dump vt. 倾倒；倾销

duplicate n. 复制品，副本

durable a. 耐久的，持久的

duration n. 持久；持续时间

during prep. 在……期间，在……时候

dusk n. 黄昏，傍晚

dust n. 灰尘，废品

duty n. 职责，义务；税

dwarf n. 矮子，侏儒
　　　　v. (使)变矮小

dwell v. 住，居留

dwelling n. 住宅，寓所

dye vt. 染色
　　　　n. 染色；染料

dynamic a. 动力的，电动的；有生气的

dynasty n. 王朝，朝代

E

each a. 各，每
　　　　pron. 各自，每个

eager a. 热切的，渴望的

eagle n. 鹰

ear n. 耳朵，听觉；穗

early a. 早的；初期的，早日的
　　　　ad. 早，在初期

earn vt. 挣得；获得

earnest a. 诚挚的，认真的，热心的

earnings n. (常pl.)收入，收益；利润

earth n. 地球；土地(壤)；陆地

earthquake n. 地震

ease n. 容易；舒适，安心
　　　　v. 减轻，缓和，放松

easily ad. 容易地，舒适地

east n. 东方，东部
　　　　a. 东方的，东部的
　　　　ad. 在东方，向东方

eastern a. 东方的，东部的

eastward ad. (also -s)向东
　　　　　　a. 向东的

easy a. 容易的；舒适的

eat v. 吃，喝；吃饭

echo n. 回声，反响
　　　　v. 发出回声；共鸣

eclipse n. 日食，月食

ecology n. 生态学

economic a. 经济的，经济学的

economical a. 节约的，节俭的

economics n. 经济学

economy n. 经济；节约

edge n. 边，边缘；刀口
　　　　v. 侧身移动，挤进

edible a. 可以吃的，可食用的

edit v. 编辑，校订

edition n. 版，版次；版本

editor n. 编辑，编者

educate v. 教育，培养

education n.教育，培养；教育学

educator n.教育工作者

effect n.结果，效果；作用，影响

effective a.有效的，有影响的

efficiency n.效率；功效

efficient a.效率高的；有能力的

effort n.努力；尽力

e.g. 例如

egg n.蛋，卵，鸡蛋

ego n.自我，利己主义，自负

eight num.八

eighteen num.十八

eighth num.第八

eighty num.八十

either pron.(两者中)任何一个

eject v.喷射，排出；驱逐

elaborate a.详尽的，精心的

     v.精心制作，详细说明

elapse vi.(时间)过去，消逝

    v.流逝

elastic a.弹性的

    n.松紧带，橡皮圈

elbow n.肘，弯头

    v.用肘挤

elder a.年长的

   n.长者，长辈

elderly a.上了年纪的，过了中年的

elect vt.选举，推选

election n.选举，推选

electric a.电的，电动的

electrical a.电的，电气科学的

electrician n.电学家，电工

electricity n.电，电流；电学

electrify v.使充电，使通电；使电气化

electron n.电子

electronic a.电子的；电子学的

electronics n.电子学

elegant a.优雅的，优美的，精致的

element n.元素；要素，成分

elementary a.基本的；初级的，初等的

elephant n.象

elevate v.抬起，升高

elevation n.高度

elevator n.电梯；升降机

eleven num.十一

eleventh num.第十一

eliminate vt.消灭，消除

elimination n.消除，排除

elite n.[总称]上层人士，掌权人物，精英

eloquent a.雄辩的，有说服力的；善辩的，口才

     流利的

else ad.另外，其他

elsewhere ad.在别处

e-mail n.电子邮件

embark v.(使)上船(或飞机、汽车等)

embarrass vt.使尴尬，使为难

embassy n.大使馆

embed vt.使插入，使嵌入，深留，嵌入

embezzle vt.贪污，盗用；挪用(公款、公物等)

embody v.体现，使具体化

embrace v.拥抱；包含

emerge vi.出现；显露，产生

emergency n.紧急情况，突然事件

emigrate v.(to, from)自本国移居他国

eminent a.显赫的，杰出的，有名的，优良的

emission n.散发，发射

emit vt.发出，放射

emotion n.感情，情感，情绪

emotional a.感情上的，情绪上的

emperor n.皇帝

emphasis n.强调，重点

emphasize / -ise vt.强调，着重，突出

empire n.帝国

employ vt.雇用；使用

employee n.雇员

employer n.雇主

employment n.雇用；职业；使用

empty a.空的，空洞的

    vt.倒空，弄空

enable vt.使……能够，使……可以

enclose v.围住，圈起，封入

enclosure n.附件(随函)

encounter vt.遇上，遭遇到

encourage vt.鼓励，促进

encouragement n.鼓励

encyclopedia n.百科全书

end n.尖，尾，末端；目标
v.结束，终止
endanger v.危及，危害
endeavor v./n.努力，尽力，力图
ending n.结尾，结局
endless a.无止境的，无限的
endorse n.(支票、汇票等)背书，背面签名；批注；赞成，同意
endorsee n.被背书人
endorsement n.背书(支票、汇票等)；签名；保险批单
endorser n.背书人
endow v.捐赠，赋予
endure v.忍受，忍耐；持续
enemy n.敌人
energetic a.精力充沛的，有力气的
energy n.精力，活力；能量
enforce vt.实施，实行；强制执行
engage v.使从事，聘用；订婚
engagement n.约会，约定；婚约，订婚
engine n.发动机；机车
engineer n.工程师；技师
engineering n.工程学
England n.英格兰，英国
English a.英格兰的，英国的；英格兰人的，英国人的；英语的
n.英格兰人，英国人；英语
Englishman n.英国人
enhance v.提高，增强
enjoy vt.欣赏；享有……的乐趣
enjoyment n.享受
enlarge vt.扩大；放大
enlighten v.启发，启蒙，教导
enormous a.巨大的，庞大的
enough a.足够的，充足的
n.足够，充分
enquire v.询问
enrich v.使富足；使肥沃
enroll v.招收，登记；入学
ensure vt.保证，确保
entail vt.使必需，使蒙受，使承担
enter v.进入；加入；登记，报名，过账，报关
enterprise n.事业心；企业(单位)
entertain v.款待；娱乐

entertainment n.招待，款待；表演文娱节目
enthusiasm n.热心，热情；积极性
enthusiastic a.热心的，热情的
entire a.全部的，完整的
entitle vt.给……权利；给……定名
entrance n.入口；入学
entry n.报关手续；报关单；入账
envelope n.信封
environment n.周围环境
envy vt./n.妒忌，羡慕
epidemic a.流行性的；传染的
n.流行病；传播
episode n.片断，(连续剧的)一集
epoch n.时期，时代
equal a.相等的；平等的；胜任的
n.(地位等)相同的匹敌者
vt.等于；比得上，敌得过
equality n.平等，同等
equator n.赤道
equip vt.装备，配备
equipment n.装备，设备，器材
equivalent a.(to)相等的，等值的
n.相等物，等值物
era n.纪元，时代
erase v.擦掉；删去
erect v.树立，建立，使竖立
a.直立的，垂直的
erosion n.腐蚀，磨损；削弱，减少
error n.谬误，错误，过失
erupt v.(尤指火山)爆发
escape v./n.逃跑；逃避
escort n.护卫(队)，
v.护卫，护送，陪同
especially ad.特别，尤其，格外
essay n.散文，短文，短论
essence n.本质，实质
essential a.必不可少的；本质的
n.(常pl.)本质，要素，要点
establish vt.建立，创办；确立
establishment n.建立，创办，设立；(建立的)机构、组织
estate n.地产，房地产
esteem vt.把……看做，尊重，认为
n.尊敬，尊重

estimate vt. 估计；评价

etc. (= et cetera) 等等

ethnic a. 人种的，种族的，异教徒的

Europe n. 欧洲

European a. 欧洲的

　　　　　n. 欧洲人

evacuate v. 疏散，撤出，排泄

evade v. 规避，逃避，躲避

evaluate vt. 评价，估价

evaporate v. (使)蒸发

evasion n. 逃避，偷漏(税)

eve n. 前夕

even ad. 甚至，连……都

　　　　a. 平坦的；均匀的；偶数的

evening n. 傍晚，晚上

event n. 事件，事变；比赛项目

eventually ad. 最后，终于

ever ad. 曾经，在任何时候

every a. 每，每个的，一切的

everybody pron. 每人，人人

everyday a. 日常的，每日的

everyone pron. 每人，人人

everything pron. 每件事，一切，凡事

everywhere ad. 到处，处处

evidence n. 证据；根据

evident a. 明显的，显而易见的

evil a. 坏的，邪恶的，罪恶的

　　　n. 恶行，邪恶；祸害

evoke vt. 唤起，引起，博得

evolution n. 进化；演变

evolve v. (使)发展，(使)进化

exact a. 精确的，确切的

exaggerate v. 夸大，夸张

exam(= examination) n. 考试

examination n. 考试；检查，审查

examine vt. 检查，细查；考试

example n. 例子，实例；榜样

exceed vt. 超过，胜过

excel v. 优秀，胜过他人

excellent a. 优秀的，杰出的，卓越的

except prep. 除……之外

exception n. 例外，除外

exceptional a. 例外的，异常的

excerpt n./vt. 摘录，引用

excess a. 过量的，额外的

　　　　n. 过量，过剩

excessive a. 过多的，过分的

exchange v. 交换；交流；兑换

　　　　　n. 交换；交流；兑换；交易所

excise n. 国内商品(烟、酒等)税，消费税

excite vt. 使兴奋，使激动；激发

excited a. 兴奋的

excitement n. 刺激，激动

exciting a. 令人兴奋的

exclaim v. 呼喊，惊叫，大声说

exclude vt. 把……除外，不包括

exclusive a. 专有的，独占的；除外的，排他的

excuse v. 原谅，宽恕

　　　　n. 借口，托辞

ex-dividend n. 无股利，无股息

execute vt. 执行；处决

executive a. 执行的，行政的

　　　　　n. 执行者，行政官；经理

executor n. 遗嘱执行人

exemplify v. 举例证明，是……的榜样

exempt v. 免除

　　　　a. 被免除的

exemption n. 豁免，免税额

exercise n. 练习；锻炼，运动

　　　　　v. 锻炼；运动；行使 (权力)

exert v. 尽(力)，施加(压力等)

exhaust vt. 耗尽；使精疲力竭

　　　　　n. 排气装置；废气

exhibit vt. 展览，陈列；展示

　　　　　n. 展品

exhibition n. 展览，展览会

exist vi. 存在，生存

existence n. 存在，生存

exit n. 出口，太平门；退场

　　　vi. 退场，退出

expand v. 扩大，扩张；膨胀

expansion n. 扩大，扩张；膨胀

expect vt. 期待，盼望；预期

expectation n. 期待，期望；预期；前程

expediter n. 稽查员

expel v. 把……开除；驱逐；排出

expend v. 消费，花费

expenditure n. 支出，开支

expense n. 花费，经费；(pl.)费用

expensive a.费钱的，昂贵的，高价的

experience n.经验；经历
　　　　　　 vt.经验，体验；遭受

experiment n./v.试验，实验

expert n.内行，专家，能手
　　　　 a.内行的，有经验的

expertise n.专门知识(或技能等)，专长

expire v.期满，终止

explain v.解释，说明

explanation n.解释，说明

explode v.爆炸，爆发

exploit vt.剥削；利用；开发

explore vt.勘探；探险；仔细察看

explosion n.爆炸，爆发

explosive a.爆炸性的，易爆炸的
　　　　　 n.炸药，爆炸物

export vt.出口，输出
　　　　 n.出口；出口商品

expose vt.暴露，揭露

exposure n.暴露，揭露；(to)受到

express vt.表达，表示
　　　　 a.特快的，快速的
　　　　 n.快车，快递

expression n.表达；措辞，词句；表情

extend v.延长，延伸；扩大；给予

extension n 延长，扩大，伸展；电话分机

extensive a.广泛的，广阔的

extent n.程度；广度；范围

exterior a.外部的，外面的
　　　　 n.外部

external a.额外的，外加的，超额的
　　　　 n.(常pl.)额外的项目、费用等

extinct a.灭绝的；熄灭了的

extinguish v.熄灭，扑灭

extra a.额外的，附加的
　　　 n.附加物，额外的东西

extract v./n.拔出，抽出；摘录

extraordinary a.特别的，非同寻常的

extravagant a.奢侈的；过分的；(言行等)放肆的

extreme a.极度的，极端的
　　　　 n.极端

eye n.眼睛；视力，视觉
　　　 vt.看，注视

eyebrow n.眉毛

eyesight n.视力，视野

<h1 style="text-align:center">F</h1>

fable n.寓言

fabric n.纺织品，织物；结构

fabricate v.捏造，编造(谎言、借口等)；建造，
　　　　　 制造

face n.脸，面孔；表面；外表
　　　 v.朝，面对；面临

facilitate v.使变得(更)容易，使便利

facility n.灵巧，熟练；容易；(pl.)设施，设
　　　　 备；便利

fact n.事实，真相

factor n.因素，要素

factory n.工厂

faculty n.才能；学院，系；(学院或系的)全体
　　　　 教学人员

fade v.枯萎，凋谢；逐渐消失；褪色

Fahrenheit n./a.华氏温度(的)

fail v.失败，不及格，衰退，减弱

failure n.失败，不及格；失败者，失败的事；
　　　　 失灵，故障，破产，无支付能力

faint a.微弱的
　　　 vi.发晕，昏倒

fair a.公平的，相当的，浅色的
　　　 n.定期集市；博览会；交易会

faith n.信仰，信任

faithful a.忠诚的，忠实的

fake n.伪造品

fall vi.落下，跌倒；陷落
　　　 n.落下；跌倒；陷落，秋季

false a.假的，伪造的；虚伪的

fame n.名声，名誉

familiar a.熟悉的，通晓的

family n.家，家庭；家族；系，属

famine n.饥荒

famous a.出名的，著名的

fan n.扇子，风扇；(影、球)迷
　　 vt.扇

fancy n.想象，幻想；爱好，迷恋
　　　 vt.想象，幻想

fantastic a.奇异的，幻想的，异想天开的，极好的

fantasy n.幻想，白日梦

far a.远，遥远；久远的

ad. 远，遥远；久远；……得多

fare n. 车(船)费

farm n. 农场，农田

　　　v. 耕作，经营农场

farmer n. 农场主，农夫

farming n. 农业，耕作

farther ad. 更远点；进一步

fascinate v. 迷住，强烈吸引

fashion n. 时髦，流行式样；方式

fashionable a. 时髦的，流行的

fast a. 快的，迅速的

　　　ad. 迅速地；牢固地

fasten v. 结牢，拴住；使固定

fat a. 肥胖的

　　n. 脂肪；肥肉

fatal a. 致命的；毁灭性的

fate n. 命运

father n. 父亲；创始人；神父

fatigue n. 疲乏，劳累

fault n. 缺点；过失，故障

faulty a. 有缺点的，有错误的

favo(u)r n. 好感；恩惠；善意；帮助

　　　　　vt. 赞成，支持；偏爱

favo(u)rable a. 有利的，赞成的

favo(u)rite a. 最喜爱的

　　　　　　n. 最喜爱的人或物

fax n. 传真

fear n. / v. 害怕，恐惧，畏惧

fearful a. 可怕的，吓人的；担心的

feasibility n. 可行性

feasible a. 可行的

feast n. 节日；宴会

　　　v. 设宴

feat n. 技艺，功绩，武艺，壮举

feather n. 羽毛

feature n. 特征，特色，(pl.)容貌

February n. 二月

federal a. 联邦的

federation n. 同盟，联邦，联合，联盟

fee n. 酬金；费用；学费

feeble a. 虚弱的，无力的

feed v. 喂(养)；(牛、马)吃，供给，供养

feedback n. 反馈

feel v. 触，摸；感觉，觉得；摸索；认为，以为

feeling n. 感情；感觉

fell v. 砍倒，砍伐

fellow n. 家伙；伙伴；同辈

fellowship n. 伙伴关系；联谊会，团体

female a. 女性的；雌性的

　　　　n. 女子；雌性动物

fence n. 栅栏，篱笆

fertile a. 肥沃的，富饶的

fertilizer n. 肥料

festival n. 节日；喜庆日

fetch vt. (去)取来，带来；请来

feudal a. 封建的

fever n. 发烧；狂热

few a. 很少的，几乎没有的

　　　n. 很少，几乎没有

fiber(＝fibre) n. 纤维

fiction n. 虚构，编造；小说

field n. 田地；领域；(电)磁场；运动场

fierce a. 凶猛的，残忍的

fifteen num. 十五

fifth num. 第五

fifty num. 五十

fight v. / n. 斗争，打仗；打架

figure n. 数字；轮廓；人物；图表；体型

　　　　v. 想出，领会到

file n. 档案，文件

　　　v. 把……归档

fill vt. 注满，充满；填写

film n. 电影；胶片；薄膜，薄层

　　　vt. 把……拍成电影

filter n. 过滤器

　　　vt. 过滤

final a. 最后的；最终的；决定性的

finally ad. 最后，最终

finance n. 财政(学)，金融；

　　　　　(pl.)财源，资产

　　　　　v. 资助，筹措资金；理财

financial a. 财政的，金融的

financier n. 金融家；资本家

financing n. 筹资，资金供应

find vt. 找到；发现；感到

finding n. 发现，发现物；(常pl.)调查(研究)结果

fine a.美好的，优秀的；晴朗的；精细的
    n./v.罚款
finger n.手指
finish v.完成，结束
finite a.有限的
fire n.火；火灾；炉火
    v.生火；开火，射击
fireman n.消防队员
fireplace n.壁炉
firm a.坚固的，结实的；坚定的
    n.公司，商行
first num.第一
    a.首要的，最初的
    ad.首先，最初
fiscal n.国库的，财政的；金融的；会计的
fish n.鱼
    vi.捕鱼，钓鱼
fisherman n.渔民
fishing n.渔业，钓鱼
fist n.拳头
fit a.适合的；健康的；合身的
fitting a.适合的，恰当的
    n.(常pl.)附件；装配
five num.五
fix v.固定，安装；修理；安排
flag n.旗(帜)
flame n.火焰；光辉；热情
flap n.垂下物，帽边，袋盖
    n./v.拍打，拍动
flare v./n.闪耀，闪烁
flash n.闪光，闪烁
    v.闪烁；闪现；掠过
flat a.平坦的；扁的；单调的；不景气的
    n.公寓住宅，一套房间
flatter v.奉承，使高兴
flavor n.味，风味
    v.给……调味
flaw n.裂缝；缺陷
flee v.逃走，逃避
fleet n.舰队，船队；车队
flesh n.肉，肌肉
flexible a.易弯曲的；灵活的
flight n.飞行；航班；一段楼梯
fling v.(用力地)扔，抛，丢

float vi.漂浮；浮动
flock n.一群(飞禽、牲畜)；众多
flood n.洪水，水灾
    v.泛滥，淹没
floor n.地板；楼层
floorwalker n.巡视员
flour n.面粉
flourish v.繁荣；兴旺
flow vi./n.流，流动
flower n.花，花卉
    vi.开花
flu n.流行性感冒
fluctuate v.使波动，使起伏
fluctuation n.波动，(价格)涨落
fluent a.流利的，流畅的
fluid a.流动的，流体的
    n.流体，液体
flush v.冲洗，n./v.脸红
fly v.飞；乘飞机，开飞机；飘扬
    n.苍蝇
foam v./n.泡沫，起泡沫
focus n.焦点；中心
    v.聚焦；集中于
fog n.雾
fold v.折叠，折起
    n.折页；折痕
folk n.人，人们
    a.民间的
follow v.跟随；顺……前进；领会；密切注意；遵循；结果是
following a.随后的；下列的
fond a.喜爱的，溺爱的
food n.食物，食品
fool n.笨蛋，呆子
    v.愚弄，欺骗
foolish a.愚笨的
foot n.脚，足；底部；英尺
football n.足球，足球运动
foot-note n.脚注，附注
footstep n.脚步(声)；足迹
for prep.为了；向，前往；计；给，适合；换；赞成；作为
    conj.因为，由于
forbid vt.禁止；不许，阻止
force n.力，力量；武力；(pl.)武装部队，兵力
    vt.强迫，迫使

fore a.在前部的，以前的

forecast vt./n.预测，预报

forehead n.额，前额

foreign a.外国的，对外的；外来的

foreigner n.外国人

foremost a.最初的，最前的
　　　　　ad.在最前面

foresee v.预见，预知

forest n.森林

forever ad.永远

forfeit n.罚金，罚款

forge v.锻造，伪造
　　　　n.锻工车间；锻炉

forget vt.忘记，遗忘

forgive v.原谅，宽恕

fork n.叉子；分叉，岔路

form n.形式，形状；表格；格式
　　　v.形成；构成

formal a.正式的；形式上的

format n.设计，安排，样式
　　　　v.使格式化

formation n.形成，构成

former a.以前的；在前的
　　　　n.前者

formula n.公式

formulate v.构想，规划；系统地阐述

forth ad.向前，向外

fortnight n.两星期

fortunate a.幸运的，侥幸的

fortune n.命运，运气；财富

forty num.四十

forum n.论坛，讨论会

forward a.向前的；前面的

fossil n.化石

foster vt.养育，抚育，培养，鼓励，抱(希望)

foul a.恶臭的；肮脏的；恶劣的(天气)
　　　v.弄脏；污染

found vt.建立，创立，创建

foundation n.建立；基础；基金会

fountain n.泉水，喷泉，源泉

four num. 四

fourteen num. 十四

fourth num. 第四

fox n.狐狸；狡猾的人

fraction n.小部分，碎片；分数

fracture n.裂缝(痕)；骨折
　　　　　v.(使)断裂，(使)折断

fragile a.易碎的，脆的

fragment n.碎片，小部分，片断

fragrant a.香的

frame n.框架；骨架；结构

framework n.框架；构架；组织；体制

France n.法国

franchise n.特许，特权；专营权，特许权

franchisee n.特许经营人

franchiser n.给别人经营联营特许权的公司或制
　　　　　　造厂

frank a.坦白的，直率的

fraud n.欺骗，欺诈行为，诡计，骗子，假货

free a.自由的；空闲的；免费的
　　　vt.使自由，解放

freedom n.自由

freeze v.结冰；冷冻，冻结

freight n.货运；(货运的)货物，运费

French a.法国(人)的；法语的
　　　　n.法国人；法语

frequency n.频率，频繁

frequent a.频繁的，时常发生的

fresh a.新鲜的；新近的；(水)淡的

friction n.摩擦，摩擦力

Friday n.星期五

friend n.朋友，友人

friendly a.友好的，友谊的

friendship n.友谊，友好

fright n.恐怖

frighten vt.使惊恐，吓唬

fringe n.边缘，须边，刘海

frog n.蛙

from prep.从，来自；免除；由，根据；出于

front a.前面的
　　　n.前面，阵线
　　　v.面对，朝向

frost n.霜，严寒

frown v.皱眉

frugal a.节约的，俭朴的

fruit n.水果；成果；产物

fruitful a.多产的，富有成果的

fry v.油煎，油炸

fuel n.燃料

      v.加燃料

fulfil(l) vt.完成，履行；实现

full a.(充)满的；完全的

fun n.玩笑；乐趣；有趣的人、事

function n.功能，作用；职责

        vi.起作用，运行

fund n.基金；(pl.)资金

fundamental a.基本的，根本的

          n.基本原理(原则)

funeral n.葬礼

funny a.有趣的，滑稽的，古怪的

fur n.毛皮，软毛

furious a.狂怒的，猛烈的

furnace n.火炉；熔炉

furnish v.供应，提供；装备，布置

furniture n.家具

further ad.进一步地；再往前

      a.更多的；更远的；另外的

      vt.促进，推进

furthermore ad.此外，而且

furthest a./ad.最远

fuse n.保险丝，导火线，引信

     v.熔化，熔合

fuss n./v.忙乱，大惊小怪

futile a.无用的，徒劳的；无价值的(人)

future n.将来；前途，远景

futures n.期货，期货交易

G

gain v.获得；获益；增加；(钟、表)走快

    n.获利，盈余；增加，(价格、价值、利润等)涨

galaxy n.星系；[the G-]银河(系)

gallery n.画廊，美术馆

gallon n.加仑

gamble n./v.赌博，投机

game n.游戏，比赛；猎物

gang n.一帮，一群，一伙

gap n.裂口；差距；隔阂；空白

garage n.车库；汽车修理站

garbage n.垃圾；废料

garden n.花园，菜园

      vi.从事园艺活动

gardener n.花匠，园丁

garlic n.大蒜，蒜头

garment n.(一件)衣服

gas n.气，气体；汽油

gasoline n.汽油

gasp n.喘息，气喘

     v.喘息；气吁吁地说

gate n.大门

gather v.聚集；收集；集合；推断

gathering n.聚会，集会

gay a.愉快的；色彩鲜艳的

gaze vi./n.盯，凝视，注视

gear n.齿轮，传动装置

    v.(to)调整，使适合

gene n.基因

general a.普通的，通用的，大体的

       n.将军

generalize v.归纳，概括；推广，普及

generally ad.一般地，大体上

generate vt.发生，产生

generation n.发生；代，一代

generator n.发电机；(信号等)发生器

generous a.慷慨的；宽宏大量的

genetic a.遗传的，起源的

genius n.天才；天才人物

gentle a.温和的，文雅的；轻柔的

gentleman n.绅士；先生

gently ad.文雅地，有礼貌地；轻轻地

genuine a.真正的，真实的；真诚的

geography n.地理，地理学

geology n.地质(学)

geometry n.几何(学)

germ n.病菌，细菌

German a.德国(人)的；德语的

      n.德国人；德语

Germany n.德意志，德国

gesture n.手势，姿势；姿态

get v.得到，收到；获得，拿来；变得；抵达；患(病)

ghost n.鬼，幽灵

giant n.巨人

a.巨大的

gift n.礼物，赠品；天赋

gigantic a.巨大的，庞大的

giggle v.哈哈地笑

　　　　n.傻笑

girl n.姑娘，女孩

giroback n.转账支票

give v.给，送给；交给，托付；提供；传递；

　　　举办；进行；发布

glad a.高兴的，乐意的

glamour n.魔力，魅力

　　　　　v.迷惑

glance v./n.一瞥，扫视

glare n./v.怒视，瞪眼

　　　v./n.闪耀，闪光

glass n.玻璃；玻璃杯；(pl.)眼镜

glide n./v.溜，滑行

glimpse n./v.一瞥，瞥见

glitter n.光辉，灿烂

　　　　v.闪耀

global a.全球性的

globe n.地球，地球仪；球体

gloomy a.阴沉的；阴暗的；忧伤的

glorious a.光荣的，辉煌的

glory n.光荣，荣誉

glove n.手套

glow vi.发光

　　　n.光亮，白热光

glue n.胶，胶水

　　　vt.胶合

glut n.存货过多，供过于求

go vi.去，走；通到，到达；变为；运转；消失

goal n.目标，终点，(足)球门

goat n.山羊

God n.上帝，神

gold n.黄金；金色

　　　a.金的，金制的；金色的

golden a.金的；金黄色的

golf n.高尔夫球

good a.好的，善良的；擅长……的

　　　n.好事，善行；好处，利益

goodby(e) int.再见

goodness n.善良，美德

goods n.货物，商品；财产

goodwill n.信誉，商誉

goose n.鹅

gossip n.流言蜚语；说长道短的人

govern v.统治；支配，指导

government n.政府；统治，管理

governor n.主管，地方长官；州长

gown n.长袍，法衣，礼服，睡袍

grab v./n.(at)抓(住)；夺(得)

grace n.优美，优雅；宽限

graceful a.优美的，优雅的

grade n.等级，年级；分数

　　　　vt.分等，分级

gradual a.逐渐的，渐进的

graduate n.(大学)毕业生；研究生

　　　　　vi.毕业，得学位

graft n.贪污，受贿；不义之财

grain n.谷物，谷粒；颗粒

gram(me) n.克

grammar n.语法；语法书

grammatical a.语法(上)的；符合语法规则的

grand a.宏伟的；盛大的；重大的

granddaughter n.孙女，外孙女

grandfather n.祖父，外祖父

grandmother n.祖母，外祖母

grandson n.孙子，外孙

grant vt.同意，准许；授予

　　　　n.(政府)拨款

grant-in-aid n.财政补贴

grape n.葡萄

graph n.图表，曲线图

graphic a.绘画似的，图解的

grasp v./n.抓住，掌握，理解

grass n.草，草地

grateful a.感激的，感谢的

gratitude n.感激，感谢

grave a.严肃的，庄重的；重大的

　　　　n.坟墓

gravity n.重力，地心引力；庄重

gravy n.利润，容易赚到的钱

gray(＝grey) a./n.灰色

graze v.放牧，擦过

　　　　n.放牧，牧草

grease n.动物脂，油脂，润滑脂

v.抹油，润滑

great a.伟大的，巨大的，极好的

Greece n.希腊

greedy a.贪吃的；贪婪的；渴望的

Greek a.希腊(人)的；希腊语的
　　　　n.希腊人；希腊语

green a.绿色的；无经验的
　　　　n.绿色；(pl.)青菜，蔬菜

greenback n.美钞

greenhouse n.温室

greet vt.迎接，致意

greeting n.问候，致意

grief n.悲哀，悲伤

grieve vt.使悲伤，使伤心

grim a.严厉的；冷酷无情的；倔强的，不屈的

grind v.磨(碎)，碾(碎)

grin n.露齿笑，咧嘴笑
　　　v.露齿而笑

grip v./n.紧握，抓牢；控制

groan v./n.呻吟

grocer n.食品杂货商

grocery n.食品杂货店

grope v./n.摸索

gross a.总的；毛重的
　　　n.总额

ground n.地面；场地；根据，理由

group n.群，小组；团体；集团(公司)
　　　　v.分组；聚集

grow v.生长，成长；渐渐变成；栽培，种植；
　　　发展

grown-up a.成人的
　　　　　n.成年人

growth n.生长；增长；发展

guarantee n.保证；保证书；担保
　　　　　vt.担保，保证

guard n.守卫，卫兵
　　　v.保卫，保护；防止

guess v.猜测，推测；以为
　　　n.猜测，推测；猜想

guest n.客人；宾客

guidance n.指导，引导

guide n.导游；指导；指南
　　　vt.领路，给……导游；指导

guideline n.指导方针

guilt n.罪过，内疚

guilty a.有罪的；内疚的

guitar n.吉他，六弦琴

gulf n.海湾

gum n.口香糖；树胶

gun n.枪，炮

guy n.家伙，伙计

gymnasium(缩gym) n.健身房，体育馆

H

habit n.习惯，习性

habitat n.生活环境，产地、栖息地，居留地

haggle vi.讨价还价；争论不休

hail v.下雹；欢呼，欢迎
　　　n.冰雹

hair n.毛，毛发；头发

haircut n.理发

half n.半，一半
　　　a.一半的，不完全的
　　　ad.一半(地)

hall n.大厅，会堂；门厅

halt v./n.停止，止步

ham n.火腿

hamburger n.汉堡包

hammer n.锤子，榔头
　　　　v.敲打，锤击

hamper v.妨碍，阻碍，牵制

hand n.手；人手；(钟、表)指针
　　　vt.交出，交给，递交

handbag n.(女用)手提包

handbook n.手册，指南

handful n.一把，一小撮，少数

handicap v.妨碍，使不利
　　　　n.缺陷

handkerchief n.手帕

handle n.柄，把手，拉手
　　　vt.触，摸；抚弄；操纵；应付

handsome a.漂亮的，英俊的；可观的

handwriting n.笔迹，书法

handy a.手边的，近便的，方便的

hang v.吊，悬挂；吊(绞)死

happen vi.发生；碰巧

happiness n.幸福，幸运

happy a.幸福的，快乐的

harbo(u)r n.港口；避难所

hard a.(坚)硬的，艰难的，艰苦的；冷酷无情的
　　　ad.努力地，猛烈地

hardly ad.几乎不，简直不

hardship n.艰难，困苦

hardware n.金属制品；(计算机)硬件

harm n./vt.伤害，损害，危害

harmful a.有害的

harmless a.无害的，无恶意的

harmony n.和谐，融洽；调和

harness v.治理，利用

harsh a.粗糙的，荒芜的，苛刻的，刺耳的，刺
　　　目的

harvest n./vt.收获，收割

haste n.匆忙，急速，仓促

hasty a.匆忙的，仓促的；草率的

hat n.帽子

hatch v.孵，孵出；策划，图谋
　　　n.舱口，小门

hate vt.不喜欢，不愿，憎恨
　　　n.恨，憎恨

hateful a.可恨的；讨厌的

hatred n.敌意，憎恨，仇恨

haul v.拖曳，拖运，用力拖

have vt.有，具有；进行，从事，经受，遭受；
　　　使，让，拿，吃，喝，饮，吸(烟)；得
　　　到，取得

hay n.(做饲料用的)干草

hazard n.危险；冒险

he pron.他

head n.头；前端；首脑(长)
　　　v.率领；朝……行进；带头

headache n.头痛

heading n.标题

headline n.大字标题；(pl.)新闻提要

headmaster n.校长

headquarters n.司令部，指挥部；总部

heal v.治愈，愈合

health n.健康，卫生

healthy a.健康的，有益于健康的

heap n.(一)堆；许多
　　　vt.堆，堆起

hear v.听到；听说；倾听；听证

hearing n.听，倾听；听力；审讯

heart n.心，心脏；内心；中心；勇气

heat n.热，热量；热度；热烈
　　　v.加热，发热

heating n.加热；供热；暖气装置

heave v./n.举起

heaven n.天，天堂，(pl.)天空

heavily ad.沉重地；大量地；猛烈地

heavy a.重的；沉重的；大量的

hedge n.篱笆，树篱，障碍物
　　　v.用树篱围住

heel n.脚后跟；鞋跟

height n.高，高度；高处；顶点

heighten v.提高，加高

heir n.继承人

helicopter n.直升(飞)机

hell n.地狱；苦难的经历

hello int.喂

helmet n.头盔，钢盔

help v.帮助，援助；促进
　　　n.帮助，援助

helper n.帮手，助手

helpful a.有帮助的，肯帮忙的

helpless a.无依无靠的；无助的

hemisphere n.半球

hen n.母鸡

hence ad.今后；因此

her pron.她；她的(宾格)

herb n.药草，香草

herd n.兽群，牧群
　　　vt.放牧

here ad.这里；这时；在这一点上

heritage n.遗产，继承物；传统

hero n.英雄；男主角，男主人公

heroic a.英雄的，英勇的

heroin n.海洛因

heroine n.女英雄；女主角，女主人公

hers pron.她的(所有物)

herself pron.她自己，她亲自

hesitate vi.犹豫；迟疑

hi int.[表示惊讶、喜悦、疑问等]嗨，嘿

hide v.隐藏，隐瞒；躲藏

high a.高的；高级的；高度的

ad. 高，高度地

highland n. 高地，高原

highlight v. 使显著；强调
           n. 最精彩的部分

highly ad. 高度地，很，非常；赞许地

highway n. (高速)公路，大路

hijack v. 劫持

hill n. 小山，丘陵

hillside n. 山腰，山坡

him pron. 他 (宾格)

himself pron. 他自己，他亲自

hinder v. 阻止，妨碍

hinge n. 合页，铰链

hint n./v. 暗示，提示

hip n. 臀

hire vt. 租用；雇用

his pron. 他的；他的 (所有物)

historian n. 历史学家

historic a. 历史性的，有历史意义的

historical a. 历史上的，有关历史的

history n. 历史；来历，履历

hit v. 打，击，击中
    n. 击，打击；击中；轰动 (流行)一时的人或
       事

hobby n. 嗜好，业余爱好

hoe n. 锄头

hoist v. 举起，升起，吊起

hold v. 握住；持有，容纳，盛；认为；举行；
        守住；担任
      n. 船舱；掌握

holder n. 持有者，占有者；(台、架等)支持物

hole n. 洞，孔

holiday n. 假日；节日；假期

hollow a. 空的，中空的；空洞的

holy a. 神圣的，圣洁的

home n. 家；家乡；本国
      a. 家庭的；家乡的；本国的
      ad. 在家，回家

homeless a. 无家可归的

homesick a. 想家的

homework n. 家庭(课外)作业

honest a. 正直的，诚实的

honesty n. 诚实，老实

honey n. 蜂蜜

honeymoon n. 蜜月

hono(u)r n. 光荣，荣誉
          vt. 给予荣誉；尊敬；承兑(承认并如期
              付款)

hono(u)rable a. 光荣的，可尊敬的

hook n. 钩 v. 用钩钩住

hop v. 单脚跳，(鸟、蛙等)跳跃

hope n./v. 希望，期望

hopeful a. 有希望的

hopeless a. 没有希望的，绝望的

horizon n. 地平线，水平线；(常pl.)见识，眼界

horizontal a. 横的，水平的

horn n. (动物的)角；号，喇叭

horrible a. 可怕的，可恶的

horror n. 恐怖；厌恶

horse n. 马

horsepower n. 马力

hose n. 水龙带，软管
      v. 用软管(淋浇、冲洗)

hospital n. 医院

hospitality n. 好客，殷勤

host n. 男主人；一大群

hostage n. 人质

hostess n. 女主人

hostile a. 敌方的；敌意的，敌对的

hot a. 热的；辣的；激烈的

hotel n. 旅馆

hound n. 猎犬
       vt. 带猎犬狩猎，追捕，激励，使追逐

hour n. 小时；钟点；课时

house n. 房子，住宅；议院；所，商行
       vt. 给……房子住

household n. 家庭，户
           a. 家庭的

housewife n. 家庭主妇

housework n. 家务劳动

housing n. (总称)住房；房地产

hover vi./n. (价格)盘旋

how ad. 怎么，怎样；多少，多么

however ad. 无论如何，不管怎样
         conj. 不过，可是，然而

howl v. 嚎叫，怒吼，

n.嚎叫，怒号，嚎哭

huckster n.零售商；(沿街叫卖的)小贩；商业广告员

vi. 销售；零卖

huddle v.拥挤，蜷缩，

n.一群人，杂乱的一堆

hug v. / n.热烈拥抱，紧抱

huge a.巨大的，庞大的

hum v.嗡嗡叫，哼

n.嗡嗡声，嘈杂声

human a.人的，人类的

n.人

humanity n.人类，人性，人情；

(pl.)人文科学

humble a.谦卑的；地位或职务低下的

humid a.湿的，湿气重的

humiliate v.羞辱，使丢脸，耻辱

humo(u)r n.幽默

humo(u)rous a.幽默的，风趣的

hundred num.一百；(pl.)数以百计

hunger n.饥饿；渴望

hungry a.饥饿的，渴望的

hunt v. / n.狩猎；搜寻

hunter n.猎人；猎犬

hurl vt.用力投掷，愤慨地说出 n.用力投掷

hurricane n.飓风，狂风

hurry n. / v.赶忙，匆忙，慌忙

hurt v.使伤痛，使伤害；损害；使伤感情，使人痛心

n.伤害，创伤

husband n.丈夫

hut n.棚(茅)屋

hydrogen n.氢，氢气

hyperinflation n.恶性通货膨胀

hypermarket n.特大百货商场，特大超级市场

hypothecation n.抵押

hypothesis n.假说，假设，前提

I

I pron.我

i.e.(＝that is) (拉丁文)即，也就是说

ice n.冰，冰块

v.冰冻，冷藏

ice-cream n.冰激淋

icy a.冰的；冰冷的；结冰的，多冰的

idea n.思想；想法，意见

ideal a.理想的

n.理想，理想的东西

identical a.(to，with)同一的，同样的

identification n.识别，鉴别

identify vt.认出，识别；鉴定

identity n.同一性，身份，一致，特性

ideology n.意识形态

idiom n.习语，成语

idiot n.白痴，愚人，傻瓜

idle a.闲置的，懒散的

vi.懒散，虚度

if conj.如果，假定；是否

ignite v.点火，引燃

ignorance n.无知，愚昧；不知道

ignorant a.无知的，愚昧的

ignore vt.不理；不顾；忽视

ill a.有病的，坏的，恶意的

illegal a.不合法的，违法的

illicit a.非法的，禁止的

illiterate n. / a.文盲(的)

illness n.病，疾病

illuminate v.照亮，照明

illusion n.幻想

illustrate vt.说明；图解，例解

illustration n.说明；图解，例解

image n.像；形象，映像，影像

imaginary a.想象的，虚构的

imagination n.想象；想象力；空想

imaginative a.富有想象力的，爱想象的

imagine vt.想象，设想；猜想

imitate v.模仿，仿效；仿造，伪造

imitation n.模仿，仿效；仿制；仿造品

immediate a.立即的；最接近的

immense a.巨大的，广大的

immerse v.使沉浸在；使浸没

immigrant n.移民，侨民

a.(从国外)移来的，移民的

immune a.免疫的，有免疫力的；免除的，豁免的

immunity n.优惠；免除；豁免，豁免权

impact　n. / v. 冲击，碰撞；效果，影响

impair　v. 损害，损伤；削弱，减少

impart　vt. 给予，传授，告知，透露

impatient　a. 不耐烦的，急躁的

imperialism　n. 帝国主义

implement　n. (常 pl.)工具，器具
　　　　　　 v. 贯彻，实现

implication　n. 暗示，含意

implicit　a. 不言明的，含蓄的；(in)固有的；无
　　　　　疑问的

imply　vt. 意指；隐含；暗示

import　vt. 输入，进口
　　　　 n. 输入，进口；
　　　　 (pl.)进口商品

importance　n. 重要，重要性

important　a. 重要的，重大的；显要的

impose　v. 强加；使负担；征税

impossible　a. 不可能的；做不到的

impost　n. 税，进口税，关税

impress　vt. 使铭记，给……深刻印象

impression　n. 印象，感想

impressive　a. 感人的，给人以深刻印象的

imprison　v. 关押，监禁

improper　a. 不适当的，不合适的，不正确的，
　　　　　不合礼仪的

improve　v. 改善，改进；变得更好

improvement　n. 改善，改进；改进措施

impulse　v. 推动
　　　　 n. 推动；冲动，刺激

impurity　n. 不洁，不纯；杂质

in　prep. 在……里面；在……上；在……期间，
　　　　在……以后；在……方面，处于……状
　　　　态；用，以……方式

inability　n. 无能 (力)，无能为力

inaccessible　a. (to)达不到的

inadequate　a. (for, to)不充足的，不适当的

incapable　a. (of)无能力的，不会的

incentive　n. 奖励，刺激

inch　n. 英寸

incident　n. 事件，事变

incidentally　ad. 附带地，顺便提及

incline　v. (使)倾斜，(使)倾向于
　　　　 n. 斜坡

include　vt. 包括，包含

income　n. 收入，所得 (工资等)

incorporation　n. 合并；组建公司

incorrect　a. 不正确的，错误的

increase　v. / n. 增加，增长，增多

increasingly　ad. 不断增加地，日益

incredible　a. 不可相信的，惊人的，不可思议的

increment　n. 增值，增价；提薪，增加工资

incur　v. 招致，惹起，遭受

indebted　a. 负债的；法律上有义务偿还的

indeed　ad. 的确地，确实地；真正地

indent　n. 订单，代购订单，委托采购，国外商
　　　　品订货单

indentor　n. 国外订货商

independence　n. 独立；自力，自主

independent　a. 独立的，自主的

index　n. 索引；指数
　　　 vt. 编入索引

India　n. 印度

Indian　a. 印度的；印度人的；印第安的；印第
　　　　安语的
　　　　n. 印度人；印第安人；印第安语

indicate　vt. 指出，表示；表明

indication　n. 指出，迹象；暗示

indicative　a. (of)批示的，暗示的

indifferent　a. 冷淡的，不关心的，不积极的

indignant　a. 愤慨的，愤愤不平的

indignation　n. 愤怒，愤慨

indirect　a. 间接的；迂回的

indispensable　a. 不可缺少的，必需的

individual　a. 个别的；独特的
　　　　　　 n. 个人，个体

indoors　ad. 在室内，在户内

induce　v. 引诱，劝使；引起，导致；感应

indulge　v. 纵容

indulgence　n. 付款延期

industrial　a. 工业的，产业的；实业的

industrialist　n. 实业家

industrialize　v. (使)工业化

industrious　a. 勤劳的，勤奋的

industry　n. 工业；勤勉

inefficient　a. 效率低的

inevitable　a. 不可避免的，必然发生的

inexpensive　a. 廉价的，花费不多的

infant　n. 婴儿，幼儿

infect vt. [医] 传染，感染

infer vt. 推理，推论

inference n. 推论

inferior a. 次的，低劣的；下级的

infinite a. 无限的，无穷的

　　　　　n. 无限

infinity n. 无限，无穷；大量

inflate vt. 使通货膨胀，使物价上涨

inflatee n. 通货膨胀受害人

inflation n. 通货膨胀

influence n. 影响，感化；权力，权势

　　　　　vt. 影响

influential a. 有影响的，有势力的

inform v. 通知，告诉；告发，告密

information n. 信息，消息，资料

infrared a. / n. 红外线(的)

ingredient n. 组成部分，成分

inhabit v. 居住，栖息

inhabitant n. 居民，住户

inhale vt. 吸入

　　　　vi. 吸气

inherit vt. 继承

inhibit vt. 抑制，约束

initial a. 开始的，最初的

　　　　n. 首字母

initiate v. 开始，发动

initiative a. 创始的，起始的

　　　　　n. 第一步，创始，主动精神

inject v. 注射，注入

injection n. 注射，打针，注入

injure vt. 损害，伤害

injury n. 损害，伤害，毁坏

ink n. 墨水

inland a. /ad. 国内，内地，内陆

inn n. 小旅馆

inner a. 内部的，里面的；内心的

innocent a. 无辜的，无罪的；天真的

innovation n. 革新

innumerable a. 无数的，数不清的

input n. 输入；投入(资金或物质)

inquire(＝enquire) vt. 询问，打听；调查

inquiry(＝enquiry) n. 询问，打听；调查

inscribing n. 注册；买或卖股票；登记

inscription n. 证券持有人的登记

insect n. 虫，昆虫

insert vt. 插入，写进

inside prep. 在……内，在……里

　　　　n. 内部，里面

　　　　ad. 在内部，在里面

　　　　a. 内部的，里面的

insight n. 洞察力，见识

insist v. 坚持；坚决主张

inspect vt. 视察；检查

inspection n. 视察，检查

inspector n. 检查员，监察员，视察者

inspiration n. 灵感，鼓舞，激励

inspire vt. 鼓励，鼓舞；使产生灵感

instability n. 不稳定(性)

instal(l) vt. 安装，设置

installation n. 安装；装置，设备

installment n. 分期付款；分期收款

instance n. 例子，实例，例证

instant n. 瞬间，即刻

　　　　a. 即刻的；急迫的；(食品)速溶的，方便的

instead ad. 代替；反而，却

instinct n. 本能，直觉；天性

institute n. 学院，研究所；机构

institution n. 惯例，制度；协会；社会团体，机构

instruct vt. 教，教授；指导，指示

instruction n. 讲授；指导；(常pl.)用法说明；指示

instrument n. 工具，仪器，乐器

instrumental a. 仪器的，器械的，乐器的

insufficient a. 不足的，不够的

insulate v. 隔离，孤立；使绝缘，使绝热

insulator n. 绝缘体，绝缘子

insult n. / vt. 侮辱，凌辱

insurance n. 保险；保险业

insure vt. 保险，保证

integral a. 构成整体所必需的；完整的

integrate v. 联合；一体化

integrity n. 正直，诚实；完整，完全

intellectual n. 知识分子

　　　　　a. 智力的

intelligence n. 智力，智慧；情报

intelligent a. 聪明的，智慧的

intend vt. 打算，意欲

intense a. 强烈的，热烈的

intensity n. 强度；紧张；强烈

intensive a. 加强的，集中的，充分的

intention n.意图，意向，目的

interact v.互相作用，互相影响

interaction n.相互作用，相互影响

intercourse n.交际，往来

interest n.兴趣；利益；利息，股权

interested a.感兴趣的；关心的

interest-free n.无息的

interesting a.有趣的，引人入胜的

interface n.[地质]分界面，接触面，[物、化]界面

interfere vi.干涉，干扰；妨碍

interference n.干涉，干扰；妨碍

interior a.内部的，里面的
　　　　　n.内部，内地

intermediary n.中间商，中间人
　　　　　　　a.中间的

intermediate a.中间的，居中的；中级的

internal a.内部的，国内的

international a.国际的

Internet n.因特网，国际互联网络，网际网

interpool n.国际联营

interpret v.解释，说明；口译

interpretation n.解释，说明；口译

interpreter n.译员，口译者

interrupt v.中断，打断；阻碍

intersection n.[数]交集；十字路口，交叉点

interval n.间隔；间歇；(工间、课间)休息

intervene v.(in)干涉，干预，插入，介入

interview n.接见；面试；采访

intimate a.亲密的，密切的

into prep.进入……内，到……里；(表示变化)成为

intricate a.错综复杂的，复杂精细的

intrigue n.阴谋，诡计
　　　　　vi.密谋，私通

introduce vt.介绍；引进，采用

introduction n.介绍；引进；引言

intrude vi.闯入，侵入
　　　　　vt.强挤入

intuition n.直觉

invade vt.侵略，侵占，侵犯

invalid a.无效的，失效的；作废的

invaluable a.非常宝贵的，无价的

invariable a.不变的，永恒的

　　　　　　n.[数]不变量

invasion n.侵入，侵略

invent vt.发明，创造；捏造

invention n.发明，创造；发明物

inventor n.发明者(家)

inventory n.存货清单；商品清单

inverse a.倒转的，反转的
　　　　　n.反面
　　　　　v.倒转

invert v.倒置，倒转，颠倒

invest v.投资

investee n.接受投资者

investigate vt.调查，调查研究

investigation n.调查，调查研究

investment n.投资，投资额

investor n.投资者，投资人

invisible a.看不见的，无形的

invitation n.邀请；请帖，请柬

invite vt.邀请，聘请

invoice n.发票

involve vt.卷入，陷入；连累；包括

inward ad.向内
　　　　　a.向内的

IOU(=I owe you) n.借据

iron n.铁；熨斗
　　　　vt.熨平，烫平

irregular n.(pl.)等外品，有小缺陷的商品

irregularity n.不规则，无规律

irrigate v.灌溉，修水利

irritate v.激怒，恼火，使急躁

island n.岛，岛屿

isolate vt.孤立，隔离

issue v.发行，发布
　　　　n.问题，争端；发行(物)

it pron.它

Italian a.意大利(人)的；意大利语的
　　　　　n.意大利人；意大利语

Italy n.意大利

item n.项目；条款；一则(新闻等)；商品

its pron.它的

itself pron.它自己，它本身

J

jacket n.短上衣，夹克衫

jail n.监狱

vt. 监禁

jam v. 堵塞；拥挤，挤满

　　　n. 拥挤的人群；果酱

January n. 一月

Japan n. 日本

Japanese a. 日本 (人) 的；日语的

　　　　n. 日本人；日语

jar n. 罐，广口瓶

jazz n. 爵士乐

jealous a. 嫉妒的

jeans n. 斜纹布裤，牛仔裤

jeep n. 吉普车

jet n. 喷气式飞机；喷射；喷嘴

jewel n. 宝石(饰物)

jewelry n. [总称]珠宝

Jewish a. 犹太人的

job n. 工作，职业

jobber n. 批发商，经纪人；做零工的人；股票
　　　　买卖经纪人

job-holder n. 有固定职业者；公务员，政府雇员

job-hop vi. 经常换职业

　　　　~er n. 经常换职业者

jobhunter n. 求职者

jog v. 慢跑

join v. 参加，加入；连接

joint n. 连接处；关节

　　　a. 共有的，联合的，合资的

　　　~adventure n. 合资经营，合资企业

joke n. 笑话，玩笑

　　　vi. 开玩笑

jolly a. 欢乐的，高兴的

　　　ad. 非常

journal n. 期刊，杂志；日记

journalist n. 记者，新闻工作者

journey n. 旅行，旅程

joy n. 喜悦，快乐；乐事，乐趣

joyful a. 欢乐的，令人欢欣的

judg(e)ment n. 审判；意见；判断力

judge v. 审判；裁判；评判

　　　n. 法官，裁判员

judicial a. 司法的，法院的，公正的，明断的

juice n. 液，汁，浆

July n. 七月

jump v. 跳，跃；跳动

n. 跳，跃；猛增 (涨)

junction n. 连接，接合；交叉点，接合处，枢纽站

June n. 六月

junior a. 年少的；等级低的

　　　n. 年少者，晚辈；下级

junk n. 无用，无价值的东西，废物

jury n. 陪审团；全体评审员

just ad. 刚才；正好；仅仅

　　　a. 正义的，公正的；应得的

justice n. 正义，公正；司法

justify vt. 认为有理，证明正当

juvenile a. 青少年的，幼稚的

　　　　n. 少年读物

K

keen a. 锐利的；敏锐的；热心的

keep v. 保留；保持，继续；赡养，饲养；管
　　　理；遵循；抑制

keeper n. 保管员，看守人

kettle n. 水壶

key n. 钥匙；键；答案；关键

　　　a. 主要的，关键的

keyboard n. 键盘

kick v. / n. 踢 (一脚)

kickback n. 酬金；佣金，回扣

kid n. 小孩子

　　　v. 戏弄，取笑

kidnap v. 绑架

kidney n. 肾，肾脏

kill v. 杀死；毁灭；消磨 (时间)

killing n. 巨额利润；突然赚大钱，发大财

kilogram(me) n. 千克，公斤

kilometer / -tre n. 千米，公里

kin n. 家属(集合称)，亲戚，同族类的

kind n. 种类

　　　a. 善良的，仁慈的

kindergarten n. 幼儿园

kind-hearted a. 仁慈的，好心的

kindness n. 仁慈；好意，友好(行为)

king n. 国王

kingdom n. 王国；领域

kiss v. / n. 吻，接吻

kit n. 成套工具，用具包，工具箱

kitchen n. 厨房

kite n. 风筝；空头支票

kite-flyer n. 开空头支票者

knee n. 膝，膝盖

kneel vi. 跪着，下跪

knife n. 小刀，餐刀

knit v. 编织，编结；接合，黏合

knob n. 门把，拉手；旋钮

knock v. 敲，敲打；碰撞

knocker n. 挨户敲门的推销员，上门推销员

knot n. (绳)结；(树)结；节
　　　v. 打结

know v. 知道，懂得；认识；识别

know-how n. 知识；技术；诀窍

knowledge n. 知道；知识，学问

known a. 大家知道的；知名的；已知的

L

lab n. 实验室

label n. 标签
　　　vt. 贴标签

labo(u)r n. 劳动；劳力；劳方
　　　　v. 劳动，苦干

laboratory(=lab) n. 实验室，研究室

lace n. 花边；带子；鞋带

lack n./v. 缺乏，不足

lad n. 男孩，小伙子

ladder n. 梯子

lady n. 女士，夫人

lag v./n. 落后

lake n. 湖，湖泊

lamb n. 羔羊

lame a. 跛的，站不住脚的，有缺陷的

lamp n. 灯

land n. 陆地；土地；国土
　　　v. 着陆，登陆

landlady n. 女房东，女地主

landlord n. 房东，地主

landscape n. 景色，风景

lane n. 小巷；车道

language n. 语言

lantern n. 灯笼

lap n. (坐时的)大腿前部

lapse n. 失误，过失，流逝
　　　　v. 失检，背离；

laptop n. 膝上型电脑

large a. 大的；大规模的；众多的

largely ad. 主要地，基本上；大量地，大规模地

laser n. 激光

lash n. 鞭子，鞭打，睫毛，责骂，讽刺

last a. 最后的；刚过去的
　　　n. 最后；最后一次
　　　ad. 最后，最近一次
　　　vi. 持续，够……之用

late a. 迟的，迟到的；新近的；晚期的；已故的
　　　ad. 迟，迟到，最近

lately ad. 最近，不久前

latent a. 潜在的，潜伏的，不易察觉的

later ad. 后来，过后

lateral a. 侧面的，旁边的

Latin a. 拉丁人的；拉丁语的
　　　n. 拉丁人；拉丁语

latitude n. 纬度

latter a. 后面的；后者的
　　　n. 后者

laugh vi./n. 笑，发笑

laughter n. 笑，笑声

launch v. 使(船)下水；发射(上天)；发动，开
　　　　展；投放市场

laundry n. 洗衣店

lavatory n. 卫生间，洗手间

law n. 法律；法则；规律

lawful a. 法定的，合法的

lawn n. 草坪，草地

lawyer n. 律师

lay v. 放；铺设；布置，安排

layer n. 层

layoff n. 临时解雇；关闭；停歇

layout n. 设计，布局

lazy a. 懒惰的，懒散的

lead¹ v. 指引；通向；导致；领导，带领；领先
　　　n. 领导，引导；领先

lead² n. 铅

leader n. 领导人，领袖；畅销商品；先导指数(标)

leadership n. 领导

leading a.领导的；第一位的；最主要的

leaf n.叶，叶子，页；薄金属片

leaflet n.小叶，嫩叶；传单，活页

league n.联盟；社团

leak v.渗漏；泄漏
　　　n.漏洞

lean v.倾斜；依靠，靠在……上
　　　a.瘦的，无脂肪的

leap vi./n.跳跃；跃进

learn v.学习；学会；听说，获悉

learned a.有学问的，博学的

learning n.学问，知识；学习

lease n.租赁，租约

leasehold n.租赁，租约；租赁权；租赁期
　　　　　a.租(来)的

leaseholder n.租赁人，承租人

leaser n.出租人

least a.最小的，最少的

leather n.皮革

leave v.离开；忘带，留下；让，听任；交给
　　　n.许可；准假，假期

lecture n./v.演讲，讲课

left a.左边的
　　　ad.往左，向左
　　　n.左边

leg n.腿，腿部

legacy n.遗赠(物)，遗产(祖先传下来)

legal a.合法的；正当的

legend n.传说，传奇

legislation n.立法，法律的制定(或通过)

legitimate a.合法的，合理的，正统的
　　　　　v.合法

leisure n.空闲；悠闲，安逸

lemon n.柠檬

lend vt.借给，借出

length n.长，长度

lens n.透镜，镜头

less a.较少的，较小的
　　　ad.较少，较小

lessen v.减少；减轻，贬低

lesson n.功课；教训

lest conj.以免，唯恐

let v.让，允许；出租

letter n.信；字母

level n.水平，水准；级，标准

lever n.杠杆

levy n.征收税或其他款项；征收额

liability n.责任，义务；(pl.)债务

liable a.易于……的，有……倾向的

liar n.说谎的人

liberal a.大方的，宽容的；自由的，思想开明的

liberate vt.解放；释放

liberation n.解放

liberty n.自由；准许

librarian n.图书馆馆长(或管理员)

library n.图书馆

license/-ce v.准许，认可
　　　　　　n.执照，许可证

lick v./n.舔

lid n.盖子

lie¹ vi.躺，卧；平放

lie² vi.说谎
　　　n.谎言

life n.生命；生物；生活；寿命

lifetime n.一生，终身

lift v.举起，抬起；(云等)消散
　　　n.电梯，升降机

light n.灯，光；光亮，光线
　　　v.点燃，照亮
　　　a.明亮的；轻的；淡色的

lighter n.打火机

lightning n.闪电

light-year n.光年

like v.喜欢，喜爱；愿意
　　　a.同样的，相似的
　　　prep.像(如)……一样

likelihood n.可能性

likely a.可能的；有希望的
　　　ad.很可能；大概，多半

likewise ad.同样地，照样地

limb n.肢，臂，腿，树枝

lime n.石灰

limit n.限度，限制；范围
　　　vt.限制，限定

limitation n.限制，限定，局限性

limited a.有限的，被限制的

limitless a.无限制的

limp a.柔软的，易曲的

v. / n. 蹒跚，跛行

line n. 线；排；行；线路；路线，航线；行业

　　 v. 排队，排成行

liner n. 班机，班轮

linger v. 逗留，徘徊，拖延

linguistic a. 语言上的，语言学上的

link n. / v. 连接，联系

lion n. 狮子

lip n. 嘴唇

liquid a. 液体的，液态的

　　 n. 液体

liquor n. 酒，烈性酒

list n. 目录，名单；清单，货单

　　 vt. 列表，列举

listen vi. 听，听从

listener n. 听者，听众

liter / -tre n. 升，公升

literacy n. 有文化，有教养，有读写能力

literally ad. 照字面意义，逐字地；确实

literary a. 文学的

literature n. 文学，文学作品；文献资料

litter n. 乱七八糟的东西，担架

　　 v. 乱丢，乱扔

little a. 小的；矮小的；渺小的

　　 ad. 很少，毫不，几乎没有

　　 n. 少，小；少许，几乎没有

live¹ v. 活着；生活；居住

live² a. 活的，有生命的；现场直播的

lively a. 充满生气的；逼真的

liver n. 肝脏

living a. 活着的，现存的

　　 n. 生计，生活

livingroom n. 起居室

load n. 负载，负担

　　 v. 装载；装货

loaf n. 一条面包

loan n. 贷款；借款

　　 vt. 借给，借贷

loanee n. 债务人

loaner n. 债权人

lobby n. 门廊，门厅，(会议)休息厅

local a. 地方的，本地的；局部的

locality n. 位置，地点

locate vt. 把……设置在，使……坐落在；找出，

查出

location n. 地点，位置，场所

lock n. 锁 v. 上锁，锁住

locker n. 更衣箱

loco n. 当地交货

lodge v. 住宿，投宿，留宿

lofty a. 高耸的，崇高的，高傲的

log n. 木头，原木

　　 vt. 记入日志

logic n. 逻辑，逻辑学

logical a. 逻辑上的，符合逻辑的

lonely a. 孤单的，寂寞的；荒凉的

long a. 长的，远的；久的

　　 ad. 长久地，长期地

　　 vi. 渴望，极想

longitude n. 经度

look v. 看，注视；看起来，好像

　　 n. 看，注视；外表；面貌

loom n. 织布机，织机

　　 v. 隐现，迫近

loop n. 圈，环

loose a. 松的，宽的；松散的

loosen vt. 解开，松开

lord n. 贵族；上帝

lorry n. 卡车，载重汽车

lose v. 丢失，丧失，失去；迷路；输，失败

loss n. 丧失；损失，亏损；输

lot n. 许多；大量；签，抽签

loud a. 大声的，吵闹的

　　 ad. 大声地，响亮地

loudspeaker n. 扩音器，喇叭

lounge n. 休息室，起居室，客厅

love n. / vt. 爱；热爱；爱戴

lovely a. 可爱的；令人愉快的

lover n. 爱好者；情人

low a. 低的，矮的；低等的

lower vt. 降低，减低

　　 a. 较低的；下游的

loyal a. 忠诚的，忠心的

loyalty n. 忠诚，忠心

lubricate v. 润滑，加润滑油

luck n. 运气；好运

lucky a. 好运的，幸运的

luggage n.行李

lumber n.木材，木料

lump n.团，块
  v.(使)成团，(使)成块

lunar a.月的，月亮的

lunch n.午餐

lung n.肺

luxurious a.奢侈的，豪华的

luxury n.豪华，奢侈；奢侈品

M

machine n.机器，机械

machinery n.(总称)机器，机械

macroeconomics n.宏观经济学

macroscopic a.宏观的

mad a.发疯的；着迷的；狂怒的

madam n.女士，夫人，太太

magazine n.杂志，期刊

magic n.魔术；魔法

magnet n.磁铁，磁体

magnetic a.有磁性的；有吸引力的

magnificent a.壮丽的，宏伟；极好的

magnify v.放大，扩大

magnitude n.大小，数量；巨大，广大

maid n.少女，处女，女仆

maiden n.处女
  a.处女的

mail n.邮政，邮件
  vt.邮寄

main a.主要的，总的

mainland n.大陆，本土

maintain vt.保持；主张；保养，维修

maintenance n.保持；维修，保养

majesty n.最高权威，王权，雄伟

major a.较大的，主要的
  n.主修课程；专业学生
  v.主修，专攻

majority n.大多数

make v.做，制造；使做，使成为；获得，挣
  得；总计，等于
  n.牌子，式样

male a.男性的；雄性的
  n.男性；雄性动物

mammal n.哺乳动物

man n.男人；人，人类

manage v.经营，处理；设法办到

management n.管理，经营；管理部门

manager n.经理

manifest v.表明，证明，显示
  a.明白的，明了的

manipulate vt.操纵；篡改、伪造(账目等)

mankind n.人类

manly a.有男子气概的；果断的

man-made a.人造的

manner n.方式；举止；(pl.)礼貌

manoeuvre n.策略，调动
  v.用策略，调动

manpower n.人力；劳动力数量

manual a.手工的，体力的
  n.手册，指南

manufacture vt.(大量)制造，加工
  n.制造，制造业；产品

manufacturer n.制造商；制造厂

manuscript n.手稿，原稿

many a.多的，许多的
  pron.许多，许多人

map n.图，地图

marble n.大理石

March n.三月

march v./n.行进，行军；游行

margin n.页边空白，边缘；余地，(成本与售价
  的)价差，利润

marine a.海的，海上的；航海的

marital a.婚姻的

mark n.标记，符号；分数
  vt.标明；评分

markdown n.减价，标价商品价格

marked a.显著的

market n.市场；销路

marketing n.市场营销；销售术

markup n.提高标价，成本加价；毛利；赊账

marriage n.婚姻；结婚

married a.已婚的

marry v.结婚，娶，嫁

marvel(l)ous a.奇迹般的，了不起的

Marxism n.马克思主义

masculine a.男性的，男子气概的

mask n.面具，面罩；伪装

mass n.团，堆；大量；质量；(pl.)群众，大众

massacre n.残杀，大屠杀
          v.残杀，集体屠杀

massive a.大而重的，粗大的；大规模的

master n.主人；师傅，大师；硕士
        vt.精通，掌握

masterpiece n.名著，杰作

mat n.席子，垫子

match n.火柴；比赛；对手
       v.与……相配；与……匹敌

mate n.伙伴，同伴；配偶

material a.物质的，实物的
          n.材料，原料；资料

materialism n.唯物主义

mathematics(＝maths) n.数学

matter n.物质，物体；事情；毛病
        vi.要紧，关系重要

mature a.成熟的；考虑周到的；到期的
        v.成熟

maturity n.成熟；到期日，偿还日

maximum n.最大限度
         a.最大的，最高的

may aux. v.可能，或许；可以

May n.五月

maybe ad.大概，或许，可能

mayor n.市长

me pron.我(宾格)

meadow n.草地，牧场

meal n.膳食，一餐饭

mean v.意思是，意味着；意欲
      a.吝啬的；卑鄙的；平均的
      n.平均数(值)

meaning n.意义，意思，含义

meaningful a.富有意义的，意味深长的

meaningless a.无意义的

means n.方法，方式，手段；资金

meantime n.其间，其时
          ad.当时，与此同时

meanwhile n.其间，其时
           ad.当时，与此同时

measure n.测量；措施，办法
         v.测量，计量

measurement n.测量；度量；尺码

meat n.肉，肉类

mechanic n.技工，机械工

mechanical a.机械的，机械学的

mechanics n.机械学；力学

mechanism n.机械装置，机构；机制

mechanize vt.使机械化

medal n.奖章，勋章；纪念章

mediator n.调解人；中介人

medical a.医学的，医药的

medicine n.医学，医药

medieval a.中世纪的，老式的，[贬]原始的

meditate v.想，考虑，(尤指宗教上的)沉思，冥想

medium(pl.＝media) n.中间；媒介(物)；方法，
                    手段；渠道
                    a.中间的，适中的

meet v.遇见；相会；迎接；满足，符合；开会

meeting n.会议；会见

melody n.优美的旋律，歌曲，曲调

melon n.(甜)瓜

melt v.(使)融化，(使)溶化

member n.成员，会员

membership n.会员资格，成员资格

memorial a.纪念的，追悼的
          n.纪念碑(堂)，纪念仪式

memory n.记忆，记忆力；回忆

mend vt.修理，修补

mental a.智力的；精神的；脑力的

mention vt.提及，说起，写到

menu n.菜单

merchandise n.商品，货物

merchant n.商人

merciful a.仁慈的，宽大的

mercury n.水银，汞

mercy n.仁慈，怜悯，宽恕

mere a.仅仅；纯粹的

merely ad.仅仅，只，不过

merge v.合并

merger n.企业合并，并吞

merit n.优点，价值，功绩

merry a.快乐的，兴高采烈的

mess n.混乱，杂乱，脏乱

message n.消息；电文；要旨

messenger n.信使

mess　n.混乱，脏乱
　　　v.弄脏，弄乱，搞糟
metal　n.金属，金属制品
meter(＝metre)　n.米，公尺；计，仪表
method　n.方法，办法
metric　a.米制的，公制的
metropolitan　a.首都的，主要都市的，大城市的
microbe　n.微生物，细菌
microcomputer　n.微型计算机
microeconomics　n.微观经济学
microphone　n.麦克风，话筒
microprocessor　n.微处理器
microscope　n.显微镜
midday　n.正午
middle　a.中间的，中部的
　　　　　n.中间，中部
midnight　n.午夜，子夜
might　aux. v.也许；会，可能
　　　　　　n.力量，威力
migrate　v.迁移，移居(国外)
mild　a.温和的；轻微的；暖和的
mile　n.英里
militant　a.好战的，积极从事或支持使用武力的
military　a.军事的，军用的
militia　n.民兵，民兵组织
milk　n.乳；牛奶
　　　　vt.挤奶
mill　n.磨坊；工厂
millimeter／-tre　n.毫米
million　num./n. 百万
millionaire　n.百万富翁，大富豪
mind　n.头脑；心神，心胸；理智；思想；想法
　　　v.介意；注意，留心
mine　pron.我的(所属东西)
　　　　n.矿，矿山；地雷
　　　　v.开矿，采矿
miner　n.矿工
mineral　n.矿物的，矿物质的
　　　　　a.矿物
mingle　v.(使)混合
miniature　n.缩图
　　　　　　a.微型的，缩小的
mini-computer　n.微型计算机
minimize　v.使减少到最少，使降到最低
minimum　n.最小限度

　　　　　a.最低的，最小的
minister　n.部长，大臣；牧师
ministry　n.(政府的)部
minor　a.较小的，较少的；次要的
　　　　n.辅修学科
　　　　v.辅修
minority　n.少数派；少数民族
minus　prep.减，减去
　　　　a.减去的，负的
　　　　n.减号，负号
minute^1　n.分钟；片刻；(pl.)会议记录
minute^2　a.微细的，微小的；详细的
miracle　n.奇迹；奇事
mirror　n.镜子
　　　　vt.反映出，反射出
mischief　n.损害，伤害，危害；捣蛋，胡闹
miserable　a.悲惨的，痛苦的
misery　n.痛苦，悲惨，不幸
misfortune　n.不幸，灾难
mislead　vt.领错路；使误解
mismanage　v.管理不善
Miss　n.小姐
miss　v.未击中；没赶上；遗漏；省去；惦念
missile　n.导弹；发射物
missing　a.缺掉的，失踪的
mission　n.使团；使命，任务
missionary　a.传教的，传教士的
　　　　　　　n.传教士
mist　n.薄雾
mistake　n./ v.错误，过失；误会
mister　n.(缩Mr.)先生
mistress　n.(缩Mrs.)夫人；情妇
misunderstand　vt.误解，误会
misuse　n.误用，滥用
mix　v.混合；混淆
mixture　n.混合；混合物
moan　n.呻吟声，悲叹声
　　　　v.呻吟，悲叹声
mob　n.(集合词)暴徒，(盗贼等的)一群
mobile　a.活动的；机动的，流动的
mobilize　v.动员
mock　v.嘲笑，讥笑
mode　n.方式，样式
model　n.模型；模范；模特儿；类型

moderate　a.中等的，适度的，温和的，稳健的
modern　a.现代的，新式的
modernization　n.现代化
modernize　vt.使现代化
modest　a.谦虚的；端庄的；朴素的
modify　vt.更改，修改
module　n.模数，模块；登月舱，指令舱
moist　a.潮湿的
moist　a.潮湿的，湿润的
moisture　n.潮湿，湿度
mold　n.模子，铸型
　　　　v.浇铸，造型，塑造
molecule　n.分子
moment　n.瞬间，片刻；时刻
monarch　n.君主
Monday　n.星期一
monetary　a.金融的，货币的
money　n.金钱，货币
monitor　n.班长，监视器，监听器
　　　　　v.监视，监听；监控
monkey　n.猴子
monopoly　n.垄断
monster　n.怪物，妖怪
month　n.月，月份
monthly　a.每月的
　　　　　ad.每月，按月
　　　　　n.月刊
monument　n.纪念碑
mood　n.情绪，心境；语气(语法)
moon　n.月亮，月球
moonlighting　n.兼职，同时兼两份工作或职业
moral　a.道德上的；有道德的
morality　n.道德，美德
more　a.更多的，较多的
　　　　ad.更，更加
　　　　n.更多的量(人或物)
moreover　ad.而且，此外，再者
morning　n.早晨，上午
mortal　a.致命的；终有一死的；人世间的
　　　　　n.凡人
mortgage　n.抵押；抵押契据
mosquito　n.蚊子
most　a.最大(多)的；大多数的
　　　　ad.最；非常，很

　　　　n.最大量，大多数，大部分
most-favored-nation　n.最惠国
mostly　ad.主要地，多半地，基本上
motel　n.汽车旅馆
mother　n.母亲，妈妈
motion　n.运动，动；提议，动议
　　　　　v.提议，动议
motivate　v.激发
motive　n.动机，目的
motor　n.发动机，马达
mount　v.登上，爬上，骑上；安装
　　　　n.山，峰
mountain　n.山，高山；(pl.)山脉
mourn　v.哀痛，哀悼
mouse　n.鼠，耗子
mouse　n.鼠；(计算机的)鼠标
mouth　n.嘴，口
mouthful　n.一口；少量
move　v.移动；搬家；感动
　　　　n.行动，移动
movement　n.活动；移动；运动
movie　n.电影
Mr.　n.先生
Mrs.　n.夫人
Ms.　n.女士
much　a.大量的，许多的
　　　　ad.很，非常；……得多，更加……
　　　　n.大量，许多
mud　n.泥，泥浆
mug　n.杯子
multinational　a.多国的；跨国的
　　　　　　　　n.跨国公司
multiple　a.多样的，多重的，多倍的
　　　　　　n.倍数
multiples　n.跨国公司
multiplexing　n.连锁商店；多路传输
multiply　v.使相乘；增加；繁殖
multitude　n.众多，大量
municipal　a.市的，市政的；市立的
murder　n./v.谋杀，凶杀
murderer　n.凶手，杀人犯
muscle　n.肌肉；力量
muscular　a.肌肉的；肌肉发达的；强健的
museum　n.博物馆
mushroom　n.蘑菇

vi. 迅速生长

music　n. 音乐，乐曲

musical　a. 音乐的；爱好音乐的；悦耳的；有音乐才能的

musician　n. 音乐家

must　aux. v. 必须，应当；必定；一定

mute　a. 哑的，缄默的

　　　n. 哑巴；弱音器

mutton　n. 羊肉

mutual　a. 相互的；共同的

my　pron. 我的

myself　pron. 我自己；我亲自，我本人

mysterious　a. 神秘的，可疑的

mystery　n. 神秘，神秘的事物

myth　n. 神话

N

nail　n. 指甲；钉子

　　　vt. 钉，钉住

naive　a. 天真的

naked　a. 裸体的，无遮盖的

name　n. 名字，名称；名声

　　　vt. 命名，取名，指名

namely　ad. 即，换句话说

nap　n. 小睡，打盹

napkin　n. 餐巾，餐巾纸，[英] 尿布

narrate　v. 讲，叙述

narrative　a. 叙述性的

　　　　　n. 叙述

narrow　a. 窄的，狭窄的

nasty　a. 肮脏的，下流的

nation　n. 国家，民族

national　a. 国家的，民族的；国有的；全国性的，全民的

nationality　n. 国籍；民族

nationalize　v. 国有化

nation-wide　a. 全国的

native　a. 本地的；本国的

　　　n. 本地人；本国人

natural　a. 自然的；天然的；天生的

nature　n. 自然；本性，特性，天性

naught　n. 无；零

naughty　a. 顽皮的，淘气的

naval　a. 海军的

navigation　n. 航海，航空；导航

navy　n. 海军

near　ad. 接近，附近

　　　prep. 接近，靠近

　　　a. 近的，接近的；亲近的

nearby　a. 附近的

　　　　ad. 在附近

nearly　ad. 几乎，差不多

neat　a. 整洁的，干净的，简洁的

necessarily　ad. 必然，必定

necessary　a. 必要的；必然的

necessity　n. 必需，急需；(pl.) 必需品

neck　n. 颈，脖子

necklace　n. 项链

need　vt. 需要；必须

　　　n. 必要，需要；缺乏；贫困

needle　n. 针，针状物；指针

needless　a. 不需要的

negative　a. 否定的；消极的；负的

　　　　　n. 负数；底片，负片

neglect　vt. 疏忽，忽视；忽略

negligible　a. 可以忽略的，微不足道的

negotiate　v. 谈判，交涉，商议

negotiation　n. 谈判

Negro　n. 黑人

　　　　a. 黑人的

neighbo(u)r　n. 邻居

neighbo(u)rhood　n. 街坊，四邻；附近地区

neither　a. 两者都不的

　　　　pron. 两者都不

　　　　conj. / ad. 也不

nephew　n. 侄子，外甥

nepotism　n. 任人唯亲；裙带关系

nerve　n. 神经；勇气，胆量

nervous　a. 神经(质)的；紧张不安的

nest　n. 窝，巢

　　　v. 筑巢

net　n. 网

　　　a. 净的，纯净的

network　n. 网络，网络系统；广播(电视)网

neutral　a. 中立的；中性的

never　ad. 从不，永不；绝不

nevertheless ad.仍然，不过
new a.新的，最近的；不熟悉的
newly ad.新近，最近
news n.新闻，消息
newspaper n.报纸
next a.其次的；紧接着的
        ad.其次；然后
nice a.好的，令人愉快的
nickel n.镍；镍币；五美分
nickname n.绰号
            v.给……起绰号
niece n.侄女，外甥女
night n.夜，夜晚
nightmare n.梦魇，噩梦，可怕的事物
nine num.九
nineteen num.十九
ninety num.九十
ninth num.第九
nitrogen n.氮
no a.没有；绝非；不许
    ad.不，不是
noble a.高尚的；高贵的，贵族的
nobody pron.谁也不，无人
nod v./n.点头；打瞌睡
noise n.噪声，吵闹声
noisy a.嘈杂的，吵闹的
nominal a.名义上的；(金额、租金)微不足道的
nominate v.提名，任命
none pron.没有任何人(或东西)；谁也不，哪
            个也不，一点也不
nonetheless conj./ad.虽然如此
nonsense n.胡说，废话
nonsmoker n.不抽烟者
noodle n.面条
noon n.中午，正午
nor conj.也不，也没有
normal a.正常的；正规的；标准的
normalization n.正常化，标准化
north n.北，北方，北部
        a.北的，北方的，北部的
        ad.向北方，在北方
northeast n.东北，东北部
            a.东北的，东北部的
            ad.向东北，在东北

northern a.北的，北方的，北部的
northward(s) ad.向北
            a.向北的
northwest n.西北，西北部
            a.西北的，西北部的
            ad.向西北，在西北
nose n.鼻子
not ad.不，没，不是
notable a.值得注意的，显著的，著名的
notary n.公证人；公证员
note n.笔记；便条；注释；钞票；票据；通知书
        vt.记下；注意到，留心
notebook n.笔记本
noted a.著名的
nothing n.没有东西；什么也没有；无关紧要的
            人或事
notice vt.注意到
        n.注意；通知，通告
noticeable a.显而易见的
notify v.通知，告知，报告
notion n.概念，想法，意念，看法，观点
notorious a.臭名昭著的，声名狼藉的
noun n.名词
nourish v.提供养分，养育
novel n.(长篇)小说
        a.新颖的，新奇的
novelty n.新奇，新颖
November n.十一月
now ad.现在，目前；此刻
nowadays ad.现在，如今
nowhere ad./n.无处，任何地方都不
nuclear a.核心的；(原子)核的；核能的
nucleus n.核，核心，原子核
nuisance n.讨厌的人或事，麻烦事
number n.数，数字；号码
numb a.麻木的，失去感觉的
        v.使麻木
numerical a.数字的，用数表示的
numerous a.许多的，众多的
nurse n.护士；保姆
        vt.护理，照料
nursery n.托儿所；苗圃
nurture n.养育，教育，营养品

vt. 养育

nut n. 干果；螺丝帽

nutrition n. 营养

nylon n. 尼龙

O

oak n. 栎树，橡树，橡木
　　a. 橡木的

oar n. 桨橹

oath n. 誓言，誓约；咒骂，诅咒语

obedience n. 服从，顺从

obedient a. 服从的，顺从的

obey v. 服从，顺从，听话

object n. 物体；对象；目标；宾语
　　vi. 反对，拒绝接受

objection n. 反对，异议

objective a. 客观的
　　n. 目标，任务

obligation n. 义务，责任

oblige vt. 迫使，责成；施恩于

obligee n. 债权人；权利人

obligor n. 债务人，欠债者

obscure a. 暗的，朦胧的；模糊的，晦涩的

observation n. 观察，注视；评论；(常 pl.)观察资料(数据)

observe v. 观察；遵守，奉行；评述

observer n. 观察员，观察家

obsolete a. 已废弃的，过时的

obstacle n. 障碍，障碍物

obstruct v. 阻隔，阻塞
　　n. 阻碍物，障碍物

obtain v. 获得，得到

obvious a. 明显的，显而易见的

occasion n. 场合；时机；重大活动

occasional a. 偶然的，不时的

occupation n. 占领；职业；工种

occupy vt. 占领，占有；使忙碌

occur vi. 发生，出现；被想起

occurrence n. 发生，出现；事故

ocean n. 海洋

oceania n. 大洋洲

o'clock ad. (……)点钟

October n. 十月

odd a. 奇数的；单(个)的；零头的；古怪的；

临时的

odds n. 不平等，差异；机会

odor n. 气味，臭气，香味

of prep. ……的；由……制成(组成)的；……所做的；有关……的；在……方面；经，由；由于

off ad. 离开；……掉；休止；完，光
　　prep. 从……离开，脱离；离，从

offend v. 得罪；触怒

offensive a. 冒犯的，攻击的
　　n. 攻势，进攻

offer v. 提供，提出，给予；出价
　　n. 提供，提议

offeree n. 受盘人，被发价人

offerer n. 发盘人，发价人

office n. 办公室，办事处；处，局；公职

officer n. 官员；军官；警官

official a. 官方的，正式的
　　n. 行政官员，公务员

offset n. 分支，补偿
　　v. 抵消，补偿

offspring n. 子孙，后代；结果，产物

often ad. 常常，时常

oh int. 啊，哎哟

oil n. 油；石油

okay(= okey, O. K.) a. /ad. 好，行，不错
　　n. 同意

old a. ……岁的；古老的；旧的

omit vt. 省略，删去；遗漏，忽略

on prep. 在……上；在……时；处于……情况中；关于；是……成员
　　ad. 在上；向前；下去

once ad. 一次；曾经
　　n. 一次
　　conj. 一旦……(就)

one num. 一 pron. 一个，(任何)一个人

oneself pron. 自己；亲自，本人

onion n. 洋葱

only a. 唯一的，仅有的
　　ad. 只，仅仅
　　conj. 但是，不过

onto prep. 在……上，在……之上

open a. 开着的，开放的；公开的；开阔的；坦率的；营业的

v. 打开；开张；开通

open-end a. 开放的；不受限制的；允许借用的

opening a. 开始的

　　　　n. 开始，开端；口子；(职位)空缺

opera n. 歌剧

operate v. 操作，开动，实行；动手术

operation n. 操作，运转；手术

operational a. 操作的，运转的

operator n. 操作人员；电话接线员

opinion n. 意见，看法，主张

opponent n. 对手，敌手

opportunity n. 机会，机遇

　　　　　～cost 机会成本

oppose v. 反对，反抗

opposite a. 相反的；对面的

　　　　　n. 对立面(物)

　　　　　prep. 在……的对面

opposition n. 反对，反抗

oppress vt. 压迫，压制

opt vi. (接for)决定做；选择

optical a. 眼的，视力的；光学的

optimistic a. 乐观的

optimize v. 使优化

optimum n. 最适宜

　　　　　a. 最适宜的

option n. 选择权；优先购买权

optional a. 可以任选的，非强制的

or conj. 或者，或是；即；否则

oral a. 口头的

orange n. 橙，柑

orbit n. 轨道

　　　　vi. 沿轨道运行

orchard n. 果园

orchestra n. 交响乐团

order n. 顺序；秩序，正常状态；命令；订购；
　　　　订货单

　　　　vt. 下令；订货，点菜 (饮料)

orderly a. 有秩序的，整齐的

ordinary a. 普通的，平凡的；平常的

ore n. 矿石

organ n. 器官；机构；风琴

organic a. 器官的；有机的；有机体的

organism n. 生物体，有机体

organization n. 组织；团体，机构

organize/-nise vt. 组织，编组

orient n. [the O-]东方

　　　　v. 定……的方位

orientation n. 方向(位)；熟悉，适应

origin n. 起源，由来，血统

original a. 原来的；独创的

　　　　　n. 原文；正文

originate v. (in, from)起源，发生；首创，创造

ornament n. / v. 装饰

orphan n. 孤儿

other a. 另外的，其他的

　　　　n. /pron. 另一个人(或事)

otherwise ad. 否则，不然；以另外的方式

ought aux. v. 应该，本当

ounce n. 盎司

our a. 我们的

ours pron. 我们的(所属东西)

ourselves pron. 我们自己；我们亲自

out ad. 在(到)外；出(来)；熄灭；完结

outbreak n. 爆发

outcome n. 结果，结局

outdoor a. 室外的，野外的

outdoors ad. 在户外(野外)

outer a. 外部的，外面的，外层的

outermost a. 最外层的，远离中心的

outfit n. 装备，供给

outing n. 外出，旅行，散步

outlet n. 出路，出口；发泄方法，排遣

outline n. 轮廓；提纲，概要

outlook n. 景色，风光；观点，见解；展望，前
　　　　　景

out-of-stock n. 缺货；脱销

output n. 产量，生产额；输出功率

outrage n. 暴行，侮辱，愤怒

　　　　　vt. 强奸

outset n. 开始，开端

outside n. 外部，外边，外面

　　　　　ad. 向外面，在外面

　　　　　prep. 在……外

　　　　　a. 外部的

outskirts n. 郊区

outstanding a. 杰出的；突出的，显著的

outward(s) ad. 向外，在外 a. 向外的，

oval a. 卵形的，椭圆形的

n.卵形，椭圆形

oven n.炉，灶

over ad.太，过分地；结束
  prep.在……上方；在……对面；超过，越
   过；遍及
  a.结束的

overall a.全面的，全部的

overcoat n.大衣，外套

overcome vt.克服，战胜

overdraft v./n.透支

overdraw n.透支，超支

overdue a.过期的；过期未付的

overestimate v.估计过高，过高评价

overflow v.(使)外溢，(使)溢出；漫出

overhead a./ad.在头顶上

overhear vt.从旁听到

overlap v.重叠，与……交迭
   n.重叠

overlook vt.俯视；没注意到；宽容

overnight ad.一夜间；突然地

overpass n.过街天桥

overproduction n.生产过剩，过量生产

override n.佣金

overseas a.海外的，国外的
   ad.在海外，在国外

overtake vt.追上，赶上；超过

overthrow v./n.推翻，颠覆

overtime a./ad.超时，加班

overturn n.倾覆，破灭，垮台
   v.颠倒，颠覆

overvalued n.定价过高

overwhelm v.压倒，制服

overwhelming a.势不可挡的，压倒的

overwork v.工作过度

owe v.欠，欠债；把……归功于

owing a.欠的，未付的

owl n.猫头鹰

own a./pron.自己的
  v.有，拥有

owner n.物主，所有者

ownership n.所有权，所有制

ox n.牛

oxygen n.氧气

ozone n.新鲜的空气，[化]臭氧

P

pace n.步子；速度；节奏
  v.踱步

Pacific n./a.太平洋(的)

pack n.包
  v.包装；挤满

package n.包袱；包裹；一揽子交易

packet n.小包，小盒

packing n.包装

pact n.合同，公约，协定

pad n.垫，衬垫；便笺簿；拍纸簿
  v.填塞

paddle n.桨
   v.用桨划

page n.页

pail n.提桶

pain n.痛苦；疼痛；(pl.)努力，辛苦

painful a.痛苦的，疼痛的

painstaking n./a.苦干(的)；煞费苦心(的)

paint v.上油漆；绘，画
  n.油漆；颜料

painter n.油漆工；油画家

painting n.油漆；绘画；油画

pair n.一双，一对
  v.配对，成双

palace n.宫殿

pale a.苍白的；淡色的

palm n.手掌

pamphlet n.小册子

pan n.平底锅

panda n.熊猫

pane n.面，板；控制板，仪表盘；专门小组

panic n.恐慌，惊慌

pant n.喘气
  v.喘，气喘吁吁地说

paper n.纸；纸制品；报纸；(pl.)文件；试卷；
   论文

paperback n.平装本，纸面本

par a.等价；票面价值

parachute n.降落伞
   v.跳伞

parade n.检阅；游行
   v.列队行进，游行

paradise n.天堂

paradox n.似非而是的话(反论)

paragraph n.(文章的)段，段落

parallel a.平行的；类似的；并列的
　　　　　n.平行线；对比

paralyze v.使瘫痪(麻痹)；使丧失作用

parameter n.参数；系数

parasite n.寄生虫

parcel n.包裹，邮包

pardon vt./n.原谅，饶恕

parent n.父亲；母亲；(pl.)双亲，家长

parity n.平价，等价

park n.公园；停车场
　　　vt.停放(车辆)

parliament n.国会，议会

part n.部分；角色；零件
　　　v.分离，使分开

partial a.部分的，局部的；偏心的

participant n.参加者，参与者

participate vi.参与，参加

particle n.粒子

particular a.特定的；特殊的；挑剔的
　　　　　　n.(常pl.)详情，细目

partly ad.部分地；在一定程度上

partner n.伙伴，合作者；搭档

partnership n.合伙，合作企业

party n.政党；聚会；一方，当事人

pass v.通过；及格，合格；传递；(时间)流逝；
　　　消磨(时间)
　　　n.通行证；关隘

passage n.过道；(时间)流逝；(文章的)一节，
　　　　　一段

passbook n.存折；顾客赊欠账簿

passenger n.乘客，旅客

passerby n.过路人，行人

passion n.热情，激情；酷爱

passive a.消极的，被动的

passport n.护照

past a.过去的，往昔的
　　　prep.过，经过
　　　n.过去，往日

paste n.糨糊
　　　vt.黏，贴

pastime n.消遣，娱乐

pasture n.牧草地，牧场

pat vt./n.轻拍，抚摩

patch n.补丁，补片；小块，小片
　　　v.补，修补

patent n.专利(权)
　　　a.专利的，特许的

path n.小路；途径

patience n.忍耐；耐心

patient a.耐心的，能容忍的
　　　　n.病人，患者

patriotic a.爱国的

patrol v.出巡，巡逻
　　　n.巡逻

patron n.赞助人，资助人；老顾客；主顾

pattern n.型；式样；图案

pause n./vi.中止，停顿，暂停

pave vt.铺砌，铺路

pavement n.人行道

paw n.爪

pay v.付款；付出(代价)；给予(注意)；致以(问
　　　候)；进行(访问)
　　　n.工资，薪金

payable a.到期应付的

payee n.收款人，取款人

payer n.付款人；交付人；付款单位

payment n.付款，支付

payroll n.工资表；发放工资额；在册职工人数

pea n.豌豆

peace n.和平；宁静

peaceful a.和平的；宁静的

peach n.桃子

peak n.山峰，顶点

peanut n.花生

pear n.梨子

pearl n.珍珠

peasant n.农民，小农

pebble n.卵石

peculate vt.挪用公款；盗用；贪污

peculiar a.独特的，奇怪的，异常的

pedal n.踏板
　　　v.踩踏，骑自行车

pedestrian n.步行者
　　　　　　a.徒步的，平凡的，通俗的

peel　n. 果皮
　　　　v. 削皮，剥皮
peep　vi. 偷看，窥视
peer　n. 同等的人，贵族
　　　　vi. 凝视，窥视
peg　n. 稳定价格
pen　n. 钢笔
penalty　n. 惩罚；罚金
pencil　n. 铅笔
pendulum　n. 摆，钟摆
penetrate　v. 穿透，渗入
penicillin　n. 青霉素
peninsula　n. 半岛
penny　n. 便士
pension　n. 养老金；抚恤金
people　n. 人，人们；人民；民族
pepper　n. 胡椒，辣椒
per　prep. 每，每一；(比率)几分之几
perceive　vt. 察觉；领悟；感知
percent(= per cent)　n. 百分之……
percentage　n. 百分率，百分数
perfect　a. 完美的；完满的
　　　　vt. 使完美
perfection　n. 尽善尽美，完美
perform　v. 做，履行；表演
performance　n. 操作；演出；业绩；表现
perfume　n. 香味，香料
　　　　v. 使发香，洒香水于
perhaps　ad. 或许，可能，多半
period　n. 时期；课时；句号
periodical　n. 期刊，杂志
　　　　a. 周期的，定期的
perish　v. 丧生；凋谢；毁灭，消亡
perk　n. 额外津贴；赏钱；小费；
permanent　a. 永久的，持久的
permeate　vt. 弥漫，渗透，充满
　　　　vi. 透入
permission　n. 允许，许可
permit　v. 允许；许可
　　　　n. 许可证，执照
persecute　v. 迫害
persevere　v. 坚持
persist　vt. 坚持，执意；持续
person　n. 人；人称

personal　a. 个人的，私人的；亲自的
personality　n. 人格，个性
personnel　n. (总称)人员，员工
perspective　n. 前景；观点，看法
persuade　vt. 劝说；说服
pessimistic　a. 悲观(主义)的
pest　n. 害虫
pet　n. 宠物；宠儿
　　　　a. 宠爱的
petrol　n. 汽油
petroleum　n. 石油
petty　a. 小的，琐碎的；气量小的
pharmacy　n. 药房，药剂学，制药业
phase　n. 阶段，时期；方面
　　　　v. 定相
phenomenon　n. 现象
philosopher　n. 哲学家
philosophy　n. 哲学
phone　n. 电话　v. 打电话
photo(graph)　n. 照片
phrase　n. 词组，短语，习惯用语
physical　a. 物质的；身体的；物理学的
physician　n. 内科医生
physicist　n. 物理学家
physics　n. 物理学
physiology　n. 生理学
piano　n. 钢琴
pick　v. 拾，摘，采；挑选
　　　　n. 镐
picnic　n. / vi. 野餐，郊游
picture　n. 图画，照片；电影
　　　　vt. 想象；(生动地)描述
pie　n. 馅饼
piece　n. 片，块，件，张；碎块
piecework　n. 计件工作
pierce　v. 刺穿，刺破
pig　n. 猪
pigeon　n. 鸽子
pile　n. 堆，叠
　　　　vt. 堆积
pill　n. 药丸
pillar　n. 柱子；栋梁
pillow　n. 枕头
pilot　n. 飞行员；引航员

vt. 驾驶 (飞机)；(给船) 引航
a. 试验性的

pin　n. 大头针，别针；饰针
　　　vt. 别住

pinch　v. 捏，掐，拧，挟
　　　　n. 捏，掐；

pine　n. 松树

pink　a. 粉红色的
　　　n. 粉红色

pint　n. 品脱

pioneer　n. 开拓者；先驱

pipe　n. 管道，烟斗
　　　vt. 用管道输送

pirate　n. / v. 海盗，盗版

pistol　n. 手枪

piston　n. 活塞

pit　n. 坑；矿井

pitch　vt. 投掷
　　　　n. 沥青

pity　n. 怜悯，同情；憾事
　　　vt. 怜悯，同情

place　n. 地方，地点；位置；名次
　　　　vt. 放置，安置

plague　n. 瘟疫，灾害

plain　a. 平常的；简单的；易懂的
　　　　n. 平原

plan　n. 计划，规划；平面图
　　　vt. 计划，规划；设计

plane　n. 飞机；平面

planet　n. 行星

plant　vt. 种植，栽培
　　　　n. 植物；工厂

plantation　n. 种植园，大农场

plaster　n. 灰泥；熟石膏；膏药

plastic　n. (pl.) 塑料；塑料制品
　　　　a. 塑料的，可塑的

plate　n. 盘子；金属板
　　　　vt. 电镀

plateau　n. 高原

platform　n. 平台，讲台；站台

plausible　a. 似乎合理的，似乎可信的

play　v. 玩，游戏，演奏；扮演
　　　n. 游戏；比赛；剧 (本)

player　n. 运动员；演奏者；演员

playground　n. 运动场；游乐场

plea　n. 恳求，请求，辩解，借口

plead　v. 恳求，请求；为……辩护

pleasant　a. 令人愉快的，舒适的

please　v. 使愉快，使喜欢
　　　　ad. 请

pleasure　n. 愉快，欢乐；乐趣

pledge　n. 誓约；保证
　　　　v. 发誓；保证

plentiful　a. 富裕的，丰富的

plenty　n. 丰富；大量，充足

plot　n. 小块地；情节；阴谋
　　　vt. 密谋，策划

plough(＝plow)　n. 犁
　　　　　　　　vt. 犁，耕

plug　n. 塞子，插头　v. 堵塞

plumber　n. 水管工人

plunge　v. (into)(使)投入，(使)插进，陷入；猛冲

plural　a. 复数的
　　　　n. 复数

plus　prep. 加，加上
　　　a. 加的，正的
　　　n. 加号，正号

PM /p.m. (＝post meridiem)　下午，午后

pocket　n. 衣袋，口袋
　　　　a. 袖珍的，小型的
　　　　vt. 把……装入口袋

poem　n. 诗，诗篇

poet　n. 诗人

poetry　n. 诗歌

point　n. 尖，末端；点，小数点，要点，论点；得分
　　　v. 指，指向，指出

poison　n. 毒药，毒物
　　　　vt. 毒害；放毒

poisonous　a. 有毒的，有害的

poke　v. 戳，刺，捅，伸出，刺探，闲荡

polar　a. [天] 两极的，极地的，正好相反的

pole　n. 杆，柱；地(电、磁)极

police　n. 警察(局)

policeman　n. 警察，警员

policy　n. 政策，方针

polish　v. 擦亮，磨光

polite　a. 有礼貌的；有教养的

political a.政治(上)的
politician n.政客，政治家
politics n.政治；政治学
poll n.民意测验；(pl.)政治选举，大选
pollutant n.污染物质
pollute vt.污染，弄脏
pollution n.污染
pond n.池塘
ponder v.沉思，考虑
pool n.水塘；水池，游泳池
　　　vt.集中，共用，联营
poor a.贫穷的；贫乏的；劣质的
pop n.流行曲，通俗音乐；砰的一声
　　　v.突然出现(发生)
pope n.罗马教皇，主教，
popular a.流行的，普及的；大众的；广受欢迎的
popularity n.普及，流行；名望
population n.人口
porcelain n.瓷器
　　　　　a.精制的，瓷器的
porch n.门廊
pork n.猪肉
port n.港口
portable a.轻便的，手提式的
porter n.搬运工人
portion n.部分，一份
portrait n.肖像，画像
portray v.描绘
Portuguese a.葡萄牙的，葡萄牙人的，葡萄牙语的
pose v.造成(困难等)；提出(问题等)
position n.位置；职务；见解
positive a.肯定的；积极的；正面的；正数的；
　　　　　阳性的
possess vt.拥有，占有
possession n.拥有，占有；(pl.)所有物
possibility n.可能，可能性
possible a.可能的；做得到的
possibly ad.可能，也许
post n.邮政；邮件；岗位；职位；柱，杆
　　　v.邮寄；贴出，公告
postage n.邮资，邮费
postcard n.明信片
poster n.招贴(画)，海报，广告

postgraduate n.研究生
posting n.过账；记账；登账
postman n.邮递员
postpone vt.延期，推迟
posture n.姿势，态度
　　　　 v.摆姿势，故作姿态
pot n.罐，壶
potato n.马铃薯
potential a.潜在的
　　　　　n.可能性，潜力
poultry n.家禽
pound n.磅；英镑
　　　　v.敲击；捣碎
pour v.倒，灌，注；流出
poverty n.贫穷，贫困
powder n.粉末；火药
power n.力量，能力；权力，势力；政权；动
　　　　力，电力，功率；幂
powerful a.强大的；有权的；大功率的
practical a.实际的；实用的；可行的
practically ad.实际上；几乎，简直
practice n.实践，做法；练习；业务
practise / -tice v.实施，实践；练习；开业
practitioner n.从业者，开业者
praise vt. / n.称赞，表扬
pray v.请求；祈祷
prayer n.祈祷，祷告，祷文
preach v.宣讲(教义)，布道；竭力鼓吹
precaution n.预防，警惕；预防措施
precede v.领先(于)，在(……之)前；优先，先
　　　　于
precedent n.先例
preceding a.在前的，在先的
precious a.珍贵的；宝贵的
precise a.准确的，精确的
precision n.精确，精密度
predecessor n.前辈，前任，(被取代的)原有事物
predict vt.预言，预告
prediction n.预言，预见
preface n.序言，前言
prefer vt.更喜欢，宁愿
preferable a.(to)更可取的，更好的
preference n.偏爱；优先

pregnant　a. 怀孕的

prehistoric　a. 史前的，远古的

prejudice　n. 成见，偏见

preliminary　a. 预备的，初步的

premier　n. 总理，首相

premise　n. [逻] [法] 前提，(pl.)房产

premium　n. 奖金，盈利；保险费；溢价

prepackaged　n. 预先包装好的商品

preparation　n. 准备，预备

prepare　v. 准备，预备

prepay　v. 预付

preposition　n. 介词

prescribe　v. 开药方；指定，规定

prescription　n. 处方；命令，法规

presence　n. 出席，在场；存在

present　a. 出席的，在场的；现在的
　　　　　n. 现在，目前

present　vt. 赠送；呈交；引见

present　n. 礼物

presently　ad. 不久，一会儿

preserve　vt. 保护；保存；腌制

preside　v. (at, over)主持

president　n. 总统，主席；(大学)校长

press　v. 压，按，榨；逼迫；催促
　　　　n. 出版业，新闻界；压力机

pressure　n. 压力，强制

prestige　n. 信誉，威望，声望

presumably　ad. 推测起来，大概

presume　v. 假定，假设，认为；揣测

pretend　v. 假装

pretext　n. 借口，托词

pretty　a. 漂亮的，秀丽的
　　　　ad. 颇，相当地

prevail　v. (over, against)取胜；流行，盛行

prevalent　a. 流行的，普遍的

prevent　vt. 预防，防止；阻止

previous　a. 先，前；先前

price　n. 价格，价钱；代价
　　　　vt. 标价

prick　v. 刺伤，刺痛，刺孔
　　　　n. 刺伤，刺痛

pride　n. 自豪；骄傲，自满

priest　n. 神父，教父

primarily　ad. 首先，主要地

primary　a. 初级的；主要的；基本的

prime　a. 首要的；头等的
　　　　n. 青春；全盛期

primitive　a. 原始的；简单的

prince　n. 王子，亲王

princess　n. 公主；王妃

principal　a. 最重要的；资本的，本金的
　　　　　n. 负责人，首长，校长；委托人；本金

principle　n. 原理；原则

print　n. 印刷；印刷品
　　　　vt. 印刷

printing　n. 印刷术

prior　a. 在……之前，优先的

priority　n. 先，前；优先，优先权

prison　n. 监狱

prisoner　n. 囚犯，犯人

privacy　n. 隐居；私事，隐私

private　a. 私人的；私有的；秘密的

privilege　n. 特权；优惠

prize　n. 奖品，奖金，奖赏
　　　　vt. 珍视，珍惜

probability　n. 可能性；概率

probable　a. 很可能的

probably　ad. 很可能，或许，大概

probe　n. 探针
　　　　v. (以探针等)探查，穿刺，查究

problem　n. 问题，难题

procedure　n. 程序；手续，过程

proceed　vi. 继续进行

proceeding　n. 行动，进行，(pl.)会议录，学报

process　n. 过程；工序
　　　　vt. 加工，处理

processor　n. 处理程序；信息处理机

proclaim　v. 宣布，声明

produce　vt. 生产；制造；出示；上演
　　　　　n. (总称)农产品

product　n. 产品，产物

production　n. 生产，制造；出示，拿出

productive　a. 生产的，多产的

productivity　n. 生产率；生产能力

profession　n. 职业

professional　a. 专业的，职业的
　　　　　　n. 专业人员，内行

professor　n. 教授

proficiency n.(in)熟练，精通

profit n.利润；得益
v.有利于；得益

profitable a.有利可图的，有益的

profound a.意味深长的；深刻的

program(me) n.计划；方案；程序；节目
vt.编制程序

progress n./vi.进步；进展；前进

progressive a.进步的；循序渐进的

prohibit vt.禁止，不准

project n.规划；工程；项目
v.设计；放映，投射

prolong v.拉长，延长

prominent a.突起的，凸出的；突出的，杰出的

promise n.诺言；希望，出息
v.允诺，答应；有指望

promisee n.受约人；承诺人

promiser n.立约人

promising a.有希望的，有前途的

promote vt.促进；提升；提倡，促销

promotion n.促进；提升；提倡；促销

prompt vt.促使，推动
a.敏捷的；即时的

prone a.倾向于

pronoun n.代词

pronounce v.发音；宣告，宣布

pronunciation n.发音

proof n.证明；证据；校样

propaganda n.宣传，宣传机关；传道

proper a.适当的；合乎规矩的；本身的

property n.财产；性能，特性

prophet n.先知，预言者，提倡者

proportion n.部分；比例；均衡

proposal n.建议，提议，求婚

propose vt.建议，提议，求婚

proposition n.主张，建议；陈述，命题

proprietary n.财产权；所有权

proprietorship n.独资企业

prose n.散文

prosecute vt.告发；进行
vi.告发，起诉，做检察官

prospect n.前景；展望；可能的主顾

prospective a.预期的

prosper v.繁荣，使繁荣，使成功

prosperity n.繁荣，兴旺，富有

prosperous a.繁荣的，昌盛的

protect vt.保护，防卫

protection n.保护，防卫

protein n.蛋白质

protest v.抗议，反对

prototype n.原型

proud a.自豪的；骄傲的

prove v.证明，证实；结果是

proverb n.谚语，格言

provide v.供给；提供；规定

provided conj.只要；假如；若是

province n.省；领域

provision n.供应；准备；条款；给养，口粮

provoke v.挑动，激发；招惹

proxy n.代理权，代表权；(对代理人的)委托
书；代理人

prudent a.谨慎的

psychological a.心理上的，心理学的

psychology n.心理学

pub n.酒馆，客栈

public a.公众的；公共的；公开的
n.公众，民众，大众

publication n.出版物；出版；公布

publicity n.宣传，宣扬；公众的注意，名声

publish vt.出版；公布，发表

pudding n.布丁

puff n.一口(气)，一阵(风)
v.喘气，喷气

pull v./n.拉，拖，牵，拔

pulse n.脉搏，脉冲

pump n.泵，抽水机
v.抽水；打气

punch n.冲压机，冲床；穿孔机
v.冲压，穿孔

punctual a.准时的，正点的

punish vt.处罚，惩罚

punishment n.处罚，惩罚

pupil n.小学生；(眼睛的)瞳孔

puppet n.木偶；傀儡

purchase vt.买，购买
n.购买；购买的物品

pure a.纯净的；十足的；纯理论的

purify v.净化

purple　a.紫色的
　　　　n.紫色
purpose　n.目的，意图；用途
purse　n.钱包
pursue　vt.追逐；追求，从事
pursuit　n.追求；职业；事务
push　v./n.推，推进，推动
put　vt.放，搁，置；表达；使处于……状态；记下
puzzle　v.(使)困惑，(使)为难；(使)难解
　　　　n.难题；迷惑；谜
pyramid　n.金字塔

Q

quake　n.地震
qualification　n.资格，合格；限定，条件；合格证
qualify　v.使合格，使胜任
qualitative　n.性质上的，定性的
quality　n.素质；质量；特性
quantify　v.确定数量
quantitative　a.数量的，定量的
quantity　n.量，数量；大量
quarrel　n./vi.吵架，争吵，口角
quart　n.夸脱
quarter　n.四分之一；一刻钟；一季；(pl.)住处
quarterly　a.每季的 ad.每季一次 n.季刊
quartz　n.石英
queen　n.女王；王后，皇后
queer　a.奇怪的，古怪的
quench　v.熄灭，扑灭，解(渴)
quest　n.寻求
question　n.问题；议题；疑问
　　　　v.询问；审问；怀疑
queue　n.长队
　　　　vi.排长队
quick　a.快的；机敏的
　　　　ad.快，迅速地
quicken　v.加快，加速
quiet　a.安静的，宁静的；轻声的
　　　　n.安静，平静
　　　　v.使安静，使平静
quilt　n.被子
quit　v.离开，退出；放弃
quite　ad.十分地；相当地；的确

quiver　v./n.颤抖，抖动
quiz　n.小型考试，测验，问答比赛
quota　n.定额，配额
quotation　n.引用；引语，语录；报价
quote　vt.引用；引证；报价

R

rabbit　n.兔子
race　v.赛跑，比赛；疾行
　　　　n.赛跑；种族
racial　a.种族的
rack　n.挂物架，搁物架
　　　　v.使痛苦，折磨
radar　n.雷达
radiant　a.发光的，辐射的，容光焕发的
radiate　v.放射，辐射；散布，传播
radical　a.基本的；激进的，极端的；根本的
radio　n.收音机
radioactive　a.放射性的，放射引起的
radius　n.半径
rag　n.碎布，破布
rage　n.愤怒
raid　n./v.袭击，搜查
rail　n.栏杆；(pl.)铁轨；铁路
railroad(＝railway)　n.铁路
rain　n.雨
　　　　vi.下雨
rainbow　n.虹，彩虹
raincoat　n.雨衣
rainfall　n.降雨量
rainy　a.下雨的，多雨的
raise　vt.举起；提高，提升；增加；提出；引起；饲养；养育
rake　n.耙子，耙机
　　　　v.耙，搜索，探索
rally　n./v.价格止跌；回升
random　a.随机的，随意的
　　　　n.随机，随意
range　n.范围；山脉；一系列
　　　　v.排列；变动；涉及
rank　n.军衔，等级；地位
　　　　v.分等级；列为
ransom　n.赎金
　　　　vt.赎回；赎出

rap n.轻敲，斥责
　　v.敲，拍，

rape n./vt.掠夺，强奸

rapid a.快的，急速的
　　n.(pl.)急流

rare a.稀有的，罕见的；稀疏的

rarely ad.难得，罕见

rash a.轻率的，匆忙的，鲁莽的
　　n.[医]皮疹

rat n.鼠

rat race n.商业上竞争；事业上竞争

ratal n.纳税额

rate n.(比)率；速度；等级；费用

rather ad.有些，相当；宁可，宁愿

rating n.估价；财产评估

ratio n.比，比率

ration v./n.定量配给

rational a.理性的，合理的

rationalize vt.使合理化

rat-race n.商业竞争；事业竞争

raw a.生的；未加工的；原始的

ray n.线，光线，射线

razor n.剃刀

reach v.抵达，达到；伸手，够到
　　n.能达到的范围

react vt.反应；起作用；起反作用

reaction n.反应；反作用(力)

read v.阅读；看懂；显示

reader n.读者；读物

readily ad.容易地，乐意地，欣然地

reading n.读书；读物；(仪器等)读数

ready a.准备好的；乐意(做某事)的；现成的

real a.真正的，现实的

realistic a.现实(主义)的

reality n.现实，实际

realize / -lise vt.实现；意识到

really ad.确实，实在，真正地，果然

realm n.(知识)领域；王国

realty n.不动产；房地产

reap v.收割，收获

rear a.后(尾)部的，背后的
　　n.后方，后部，背后

reason n.理由，原因；道理
　　v.推理

reasonable a.通情达理的；公道的

reassure vt.使……安心，再保证

rebate v./n.折扣；回扣；退款
　　vt.给……回扣，给……打折扣

rebel v.反抗，反叛，起义
　　n.叛逆者

rebellion n.叛乱，反抗，起义

rebuild v.重建

recall vt.回忆，想起；收回

recede v.后退

receipt n.收到；收据，收条

receivable a.应收的；可收的

receive v.收到；接待；遭到

receiver n.收件人；电话听筒

recent a.新近的，近来的

reception n.接收；接待(处)；招待会

reception n.接待，招待会；接收，接受，接收
　　效果

recession n.不景气，经济衰退

recipe n.烹饪法，食谱；诀窍，方法

recite v.背诵

reckless a.粗心大意的；鲁莽的

reckon v.认为，估计；指望，想要；测算

reclaim v.要求归还，收回；开垦

recognition n.识别；认可；承认

recognize / -nise vt.认出；承认

recollect v.回忆，追想

recommend vt.推荐，介绍；劝告

recommendation n.推荐；劝告，建议

reconcile v.对账；使一致

record vt.记录，记载；录音
　　n.记录；履历；唱片

recorder n.录音(像)机

recover v.康复；收回；重新获得

recovery n.复原；收回；复得；复苏

recreation n.娱乐，消遣

recruit v.招募(新兵)，
　　n.新兵，新成员

rectangle n.长方形，矩形

rectify v.纠正，整顿

recur vi.复发，重现，再来

recycle v.回收利用

red a.红色的
　　n.红色

reduce v.减少，缩小；简化

reduction n.减少，缩小，缩减

redundant a.多余的

reeducate v.再教育

reel n.卷筒，线轴 v.卷，绕

refer v.参考，查阅；提到，指

referee n.裁判员；仲裁人；代表人；鉴定人

reference n.提及；参考；参考文献

refine v.精炼，提纯

reflect v.反射，反映；思考

reflection n映像，倒影；反省，沉思

reform v./n.改革，改良，改造

reformer n.改革者

refrain v.节制，避免，制止
　　　　 n.重复，叠句

refresh vt.提神，振作；使清新

refreshment n.(pl.)茶点，点心

refrigerator n.冰箱，冷冻机，冷藏库

refuge n.避难处，藏身处

refugee n.难民，流亡者

refund n./v.退款，还款

refusal n.拒绝，回绝

refuse v.拒绝，谢绝
　　　 n.废物，垃圾

refute v.反驳，驳斥

regard vt.视为，认为；注重
　　　 n.(pl.)敬重；致意，问候

regarding prep.关于

regardless a.不留心的，不注意的；(of)不管

regime n.政体，制度

region n.地区，区域

register n.注册，花名册，登记簿
　　　　 v.登记，注册；(邮件)挂号

regret vt./n.遗憾，抱歉；懊悔

regular a.定期的；匀称的；经常的；规则的

regulate vt.控制；调整

regulation n.规章；法规；控制，调节

rehearsal n.排练，彩排

reign v.(over)统治，支配；盛行，占优势
　　　 n.统治

reimbursement n.付还；偿还(钱款)；报销；
　　　　　　　　 赔偿，补偿

rein n.缰绳，统治，支配
　　　 vt.以缰绳控制，统治

reinforce vt.加强，增援

reject vt.拒绝，抵制；丢弃；驳回
　　　 n.次品，废品；不合格物品

rejoice v.(使)欣喜，(使)高兴

relate v.讲述；有关，联系

related a.相关的，与……有关的

relation n.关系，联系；亲属

relationship n.关系，联系

relative a.相对的，比较的
　　　　 n.亲属，亲戚

relativity n.相关(性)；相对论

relax v.放松，休息；松懈

relay v.中继，转播，接力
　　　 n.接替人员，替班

release vt.释放；解除；发行，发表

relevant a.(to)有关的，相应的；适当的，中
　　　　 肯的

reliability n.可靠性

reliable a.可靠的

reliance n.依赖，依靠

relief n.缓解，解除；救济

relieve vt.解除；救济

religion n.宗教，信仰

religious a.宗教(上)的；虔诚的

reluctant a.勉强的，不情愿的

rely vi.依靠，依赖，信赖

remain vi.剩下，余留；依然是
　　　　 n.(pl.)残余，遗迹，遗体

remainder n.剩余物，剩下的；余数，余项

remark v.说，议论，评论
　　　　 n.话语，评论，意见

remarkable a.显著的，值得注意的，异常的

remedy n.药品；治疗办法，补救办法
　　　　 vt.补救，纠正；治疗

remember v.记住；记得；代……问候

remind vt.提醒；使想起

reminder n.催付单

remit a.汇款；减轻；免除；推迟

remittance n.汇款，寄款，汇兑

remittee n.汇款领取人

remitter n.汇款人

remnant n.残余，剩余
　　　　 a.剩余的，残留的

remote a.远距离的；偏僻的；遥控的

removal n.移动，迁居；除去

remove v.排除，去掉；搬迁

renaissance n.复兴，复活；文艺复兴时期

render v.使得，致使；提出，提供，呈报

renew vt.更新；继续；重新开始

renewal n.(契约等的)展期；续订

renovate v.革新，更新，修复

rent n.租金
　　　　v.租用；出租

rental n.租赁，出租；出租业

repair v.修理，纠正，补救
　　　　n.修理，修补

repay v.付还，偿还；报答

repayment n.偿还

repeat v.重复；重说(写、做)
　　　　n.重复

repeatedly ad.再三地，反复地

repel v.击退，抵制，拒绝，排斥

repetition n.重复，反复

replace vt.放回原处；取代

reply v./n.回答，答复

report n.报告，报道
　　　　v.报告，汇报；报道

reporter n.记者

represent vt.表示；描述；代表

representative n.代表，代理人
　　　　　　　　a.典型的，有代表性的

repression n.镇压，抑制，抑压

reproach v./n.责备，指责

reproduce v.复制；繁殖

reptile n.爬行动物

republic n.共和国，共和政体

republican a.共和的

reputation n.名声，名誉，声望

request n./vt.请求，要求

require vt.需要；要求

requirement n.需要，要求；必要条件

requisition n.正式订购；订购单

rescue vt./n.营救，救援

research n./vi.研究，调查

researcher n.研究人员

resemblance n.相似，相似处

resemble vt.像，类似

resent v.对……表示愤恨，怨恨

reservation n.保留，保留意见；预定，预订

reserve vt.保留；预订
　　　　n.储备(资金)

reservoir n.水库，蓄水池

residence n.住宅，住处

resident a.居住的，住校的，住院的
　　　　　n.居民，常住者

resign v.辞职；放弃；听从

resist v.抵抗，抵制

resistance n.抵抗，抵制；阻力，电阻

resistant a.(to)抵抗的，有抵抗力的

resolute a.坚决的，果断的

resolution n.决心，决议；解决

resolve v.决定，决议；解决，解答
　　　　　n.决心，决定

resort vi.凭借，求助；采取
　　　　n.常去之地，胜地

resource n.(pl.)资源，财力；谋略

respect n.尊重，敬意，方面
　　　　　vt.尊敬，尊重

respectful a.尊重人的，恭敬的

respective a.各自的，各个的

respond vi.答复；响应，反应

response n.答复，响应

responsibility n.责任；职责

responsible a.(应)负责任的；可靠的

rest n.休息，静止；(the rest)其余部分
　　　v.休息；中止；搁置；依赖

restaurant n.餐馆，饭店

restless a.焦躁的，不安的

restore vt.恢复；修复；归还

restrain vt.抑制，制止

restrict vt.限制，约束

result n.结果；成果；成绩
　　　　vi.产生于；结果导致

resultant a.作为结果而发生的；合成的

resume vt.重新开始；继续，恢复

retail n.零售

retailer n.零售商，零售商店

retain vt.保留，保持

retell v.复述

retire v.离开；退休；就寝

retirement n.退休

retort v.反驳，反击，回报

retreat vi.撤退，退却

retrieve　v. 重新得到

　　　　　n. 找回

retrospect　n. 回顾

return　v. 回来；归还；回报

　　　　n. 回来，返回；偿还；(pl.)受益，盈利

reveal　vt. 揭露；泄露；显示

revenge　n. 报复，复仇

　　　　　v. 替……报仇

revenue　n. 营业收入；收入总额；国家的岁入；

　　　　　税收；效益

reverse　n. 相反，反转，颠倒；背面，后面

review　n. / v. 回顾，审核；复习；评论

revise　vt. 修订，修改；复习

revive　v. 振兴，重振

revolt　v. / n. 反抗，起义

revolution　n. 革命，旋转，转数

revolutionary　a. 革命的；革新的

　　　　　　　n. 革命者

revolve　v. (使)旋转

reward　n. / vt. 酬劳；奖赏

rhythm　n. 节奏，韵律

rib　n. 肋骨，肋状物

ribbon　n. 带，缎带，丝带

rice　n. 稻，米，米饭

rich　a. 富的，有钱的；富饶的；盛产……的

rid　v. (of)使摆脱，使去掉

riddle　n. 谜，谜语

ride　v. / n. 骑，乘，坐

ridge　n. 岭，山脉；屋脊；鼻梁

ridiculous　a. 可笑的，荒谬的

rifle　n. 步枪

right　a. 右边的；正确的；恰当的

　　　ad. 正确地；直接地

　　　n. 右边，权利

rigid　a. 刚性的，刻板的；严厉的

rigorous　a. 严格的，严厉的

rim　n. (圆物的)边，轮缘；边界

ring　n. 圆环；戒指；钟(铃)声；(打)电话

　　　v. 敲钟；按铃；打电话

riot　n. 暴乱，骚动；成功的人或事

　　　v. 骚乱，动

rip　v. 扯裂，撕裂

　　　n. 裂口，裂缝

ripe　a. 熟的，成熟的

rise　vi. 升起，升高；起床，起身；上涨，增长

　　　n. 上涨，增长；起源；出现

risk　n. 危险，风险

　　　vt. 冒……的危险

ritual　n. 典礼，(宗教)仪式，礼节

　　　　a. 典礼的

rival　n. 竞争对手，敌手

　　　　a. 竞争的

　　　　vt. 与……竞争

river　n. 江，河

road　n. 路，道路

roar　v. 吼，咆哮，怒号

roast　v. 烤，烘

rob　vt. 抢劫；盗取；非法剥夺

robbery　n. 抢劫；盗取

robe　n. 长袍，长衣

robot　n. 机器人，自动机械

robust　a. 精力充沛的

rock　n. 岩石，石块

　　　v. 摇动，摇摆

rocket　n. 火箭

　　　　vi. 飞速上升

rod　n. 杆，棒

ROI(＝return on investment)　n. 投资收益率(利润率)

role　n. 任务；角色；作用

roll　n. 卷，卷状物；名册

　　　v. 卷，绕；滚动，转动

Roman　a. 罗马的

　　　　n. 罗马人

romance　n. 传奇，爱情故事

romantic　a. 浪漫的；不切实际的

roof　n. 屋顶

room　n. 房间；空间；余地

root　n. 根；根源；词根

　　　v. 生根，扎根

rope　n. 绳，索

rose　n. 玫瑰

rot　v. (使)腐烂，(使)腐败，腐朽

rotate　v. (使)旋转

rotten　a. 腐烂的；腐朽的

rough　a. 粗(制)的；粗暴的；粗略的

round　a. 圆的，圆形的

　　　　prep. 环绕，围绕

　　　　ad. 在周围

v. 使成圆形

n. 一圈，一周；一回合

roundabout a. 迂回的，转弯抹角的

n. 环状交叉路

roundsman(pl.)~men n. 推销员；稽查员

rouse vt. 惊起，唤起，唤醒

route n. 路线；航线

routine n. 常规，惯例，例行公事

row v. 划船 n. 一排，一列

royal a. 王室的，皇家的

royalty n. 皇家，皇族

rub v. 擦，摩擦

rubber n. 橡胶（制品）；橡皮擦；(pl.)胶鞋

a. 橡胶的

rubbish n. 废物，垃圾；废话

ruby n. 红宝石

rude a. 粗鲁的；粗陋的

ruin vt. 毁坏，毁灭

n. 毁灭；崩溃

(pl.)废墟

rule n. 规则；惯例；统治

v. 统治，支配，裁定

ruler n. 统治者；尺子

rumo(u)r n. 谣言；传闻

run v. 奔跑；行驶；流；开动(机器)；经营，管理

n. 运行，运转

rural a. 农村的

rush v./n. 冲，奔；匆忙；催促；急速流动

a. 繁忙的

Russia n. 俄罗斯

Russian a. 俄罗斯(人)的；俄语的

n. 俄罗斯人；俄语

rust n. 锈

v. 生锈

ruthless a. 残酷的，无情的

S

sack n. 麻袋，大包

vt. 解雇

sacred a. 神圣的

sacrifice n. 牺牲；牺牲品；祭品

v. 祭祀；牺牲，献身

sad a. 悲哀的，忧愁的

saddle n. 鞍，马鞍，鞍状物

sadness n. 悲痛，悲哀

safe a. 安全的；牢靠的

n. 保险箱

safeguard v. 维护，保护，捍卫

n. 安全措施

safety n. 安全，平安

sail n. 帆；航行

v. 驾船，航行

sailor n. 海员，水手

saint n. 圣人，圣徒

sake n. 缘故，理由

salad n. 色拉，凉拌菜；生食菜

salary n. 薪水

sale n. 卖，销售；削价销售；(常pl.)销售额

salesman n. 售货员，推销员

saleswoman n. 女售货员，女推销员

salt n. 食盐

vt. 用盐腌

salty a. 咸的

salute v./n. 敬礼，鸣礼炮；迎接，欢迎

same a. 相同的，一样的

pron. 同样的人或事

sample n. 样品，标本

vt. 抽样，取样

sampling n. 抽样检验，抽样调查

sanction n. 批准，许可(pl.)；经济制裁

sand n. 沙；(pl.)沙滩

sandwich n. 三明治

sane a. 健全的

satellite n. 卫星，人造卫星

satiety n. (市场的)充分供应；饱和

satisfaction n. 满足，满意，称心

satisfactory a. 令人满意的

satisfy vt. 使满足，使满意

saturate v. 使饱和，浸透，使充满

Saturday n. 星期六

sauce n. 酱汁，调味汁

saucer n. 碟子，茶托

sausage n. 香肠，腊肠

save v. 拯救；储蓄；节省

saving n. 储蓄；节省；(pl.)存款

saw n. 锯子

v. 锯，锯开

say v. 说，讲；说明

n. 发言，发言权；意见

saying n.格言，俗语

scale n.刻度；比例尺；规模，(pl.)天平，秤，
　　　　等级，比例

scan v.浏览，略读；扫描

scandal n.丑行，丑闻，诽谤

scarce a.缺乏的；稀少的

scarcely ad.几乎不，简直不；刚刚，才

scare vt.受惊，惊恐

scarf n.围巾，头巾

scatter v.驱散；撒

scene n.场面；舞台；风景；(电影、戏剧)一场

scenery n.天然景色；舞台布景

scent n.气味，香味；香水

schedule n.时间表，进度表
　　　　　 vt.安排，预定

scheme n.计划，规划；阴谋

scholar n.学者

scholarship n.奖学金；学识

school n.学校；学派；学院

science n.科学，学科

scientific a.科学(上)的

scientist n.科学家

scissors n.(pl.)剪刀

scold v.训斥，责骂

scope n.(活动、影响的)范围；(发挥能力的)余
　　　　地，机会

score n.得分，分数；二十
　　　　v.评分，计分

scorn n./v.轻视，藐视

scrap n.碎片；废料
　　　　v.废弃，报废

scrape v.刮，擦去
　　　　n.刮削，

scratch v.抓，搔，扒
　　　　　n.抓，搔，抓痕；起跑线

scream v./n.尖叫，发出刺耳声

screen n.屏幕；屏风
　　　　v.遮蔽，掩蔽

screw n.螺丝钉
　　　　v.拧紧

screwdriver n.螺丝起子

script n.手稿，剧本，考生的笔试卷

sculpture n.雕刻，雕刻品，雕塑

sea n.海，海洋

seal n.印章；封条

v.密封

seaport n.海港

search v./n.搜索，寻找，查究

seasick a.晕船的

seaside n.海滨，海边

season n.季节；时节

seat n.座位；底座；所在地
　　　vt.使就座

second num.第二
　　　　a.二等的，次等的
　　　　n.秒
　　　　vt.附议，赞成

secondary a.中级的；次要的

secondly ad.第二(点)，其次

secret a.秘密的，保密的
　　　　n.秘密，机密

secretary n.秘书；书记；部长

section n.部分；章，节；断面；部，科，处，组

secure a.安全的；放心的
　　　　vt.使安全；获得

security n.安全；保证，保证金

see v.看到，看见；看出，明白；会见，见面；
　　　目睹；经历

seed n.种子

seek v.寻找；追求；探索

seem vi.似乎，仿佛，好像是

seemingly ad.表面上地

segment n.段，片，节，部分

segregate v.隔离

seize v.抓住，捉住；夺取，查封；没收

seizure n.没收；占有；抵押

seldom ad.很少，不常

select vt.选择，挑选
　　　　a.挑选的，精选的

selection n.挑选；精选品；文选

self n.自我，自己，本身

selfish a.自私的，利己的

sell v.卖，销售

seller n.卖主

semester n.(美)学期

semiconductor n.半导体

seminar n.(大学的)研究班，研讨会

senate n.参议院，上院

senator (sen.) n.参议员

send　v.送，递，寄；派遣；打发；发射

senior　a.年长的，资格老的

sensation　n.感觉，知觉；激动，轰动，轰动一时的事情

sense　n.感官；感觉；见识；意义
　　　vt.感觉到，意识到

sensible　a.明智的，合情理的

sensitive　a.敏感的；灵敏的

sentence　n.句子；判决
　　　　　vt.宣判，判决

sentiment　n.情操，情感，情绪，多愁善感

sentimental　a.多愁善感的，感伤的

separate　a.分离的，单独的
　　　　　v.分开，分离

September　n.九月

sequence　n.先后，次序；连续，数列

serial　a.连续的

series　n.一系列，连续；丛书

serious　a.严重的；严肃的；认真的

seriousness　n.严肃，认真

servant　n.仆人

serve　v.为……服务；侍候；招待；适用

service　n.服务，效劳；公共设施
　　　　vt.维修，保养

session　n.会议，一届会议

set　v.摆，放，安置；树立，调整；使处某状态（位置）；(星、月、日)落山
　　a.规定的，固定不变的
　　n.套，副，组，装置

setback　n.挫折

setting　n.安置，安装；落山；环境

settle　v.解决；定居；安排；停息；付还；结算，结账

settlement　n.解决；调停；居留地；清算；结账

set-up　n.计划，安排

seven　num.七

seventeen　num.十七

seventh　num.第七

seventy　num.七十

several　a.几个，若干，数个

severe　a.严重的；严厉的；艰难的

sew　v.缝纫，缝制

sex　n.性，性别

shade　n.阴影，阴凉处

vt.遮蔽，遮光

shadow　n.阴影，影子；阴暗处

shady　a.成荫的，多荫的；可疑的，靠不住的

shaft　n.轴，杆状物

shake　v.摇动，震动；发抖

shall　aux. v.将；必须，应该

shallow　a.浅的；肤浅的

sham　n./a.假冒(的)，虚伪(的)

shame　n.耻辱，羞耻，憾事

shameful　a.可耻的，不道德的

shampoo　n.洗发膏，香波；洗发，洗头
　　　　　v.洗发，洗头

shape　n.外形，形状；状况
　　　v.成形，形成

share　v.分享，分担；均分，共用；分配，分派
　　　n.份额；股份

shareholder　n.股东，股票持有人

shark　n.鲨鱼

sharp　a.尖的，锋利的；鲜明的；敏锐的；猛烈的；刺耳的
　　　ad.整，准时地

shatter　v.打碎，使散开，粉碎，破坏

shave　v.剃，刮，削，刨，理发
　　　n.修面，刮脸

she　pron.她

shear　v.剪，修剪

shed　v.流出；发散，散发，脱落，脱去
　　　n.棚，小屋

sheep　n.羊，绵羊

sheer　a.纯粹的，十足的，全然的；陡峭的，险峻的

sheet　n.被单；(一)张，(一)片

shelf　n.架子

shell　n.壳，贝壳；炮弹

shelter　n.遮蔽物，避难所
　　　　v.掩蔽，遮蔽

shield　n.防护物，护罩；盾，盾状物
　　　　v.保护，防护

shift　v.变换，转换，移动
　　　n.转换，转变；轮(换)班

shilling　n.先令

shine　v.发光，照耀
　　　n.光辉，光亮

ship　n.大船，舰艇

　　　　　v.装运，航运，运送；发货

shipment　n.装船；装载的货物，装货量

shipping　n.运货；装运

shipwreck　n.船舶失事，海难

shirt　n.衬衫

shiver　vi./n.战栗，发抖

shock　n.冲击，震动；震惊；休克

　　　　　vt.震动；震惊

shoe　n.鞋

shoemaker　n.鞋匠

shoestring　n.小额资本；零星资本

　　　　　　a.小本经营的；小规模的

shoot　v.射击；(球)射门；发芽

　　　　　n.苗，嫩枝；发射

shop　n.商店；车间

　　　　　vi.购物

shopkeeper　n.店主

shopping　n.买东西，购物

shore　n.岸，海岸，河岸，湖岸

short　a.短的，矮的；缺乏的

　　　　　n.(pl.)短裤

shortage　n.缺乏，不足

shortcoming　n.缺点，短处

shortcut　n.捷径

shorten　vt.缩短，减少

shorthand　n.速记

shortly　ad.立刻，马上

shot　n.开枪，射击；投篮；弹丸，炮弹，子弹

should　aux. v.(过去式)将，应当，应该；可能

shoulder　n.肩膀

　　　　　vt.肩负，承担

shout　v./n.呼喊，叫喊

show　v.说明，表明；显示，给看；教，告知

　　　　　n.展览，展销，演出

shower　n.阵雨；淋浴；(一)阵

shrewd　a.机灵的，敏锐的；精明的

shrink　v.起皱，收缩，退缩，畏缩

shrug　n./v.耸肩

shut　v.关上，关闭；闭上

shutter　n.百叶窗；(照相机)快门

shuttle　n.往返汽车(列车、飞机)

shy　a.害羞的，腼腆的

sick　a.生病的，恶心的

sickness　n.疾病

side　n.一边(面、方、侧)；侧面，旁边

　　　　　vi.支持，站在……的一边

sideways　ad./a.向旁边(的)，侧身

sigh　vi./n.叹气，叹息

sight　n.视力；望见；景物

sightseeing　n.观光，游览

sign　n.符号；标示；征兆

　　　　　v.签字，签名

signal　n.信号，暗号

　　　　　v.发信号

signature　n.签字，署名

significance　n.意义；重要性

significant　a.重要的；有意义的

signify　v.表示，意味；要紧，有重要性

silence　n.寂静；沉默

　　　　　vt.使安静，使沉默

silent　a.寂静的，沉默的

silicon　n.硅

silk　n.丝绸，绸缎

silly　a.愚蠢的，糊涂的

silver　n.银，银器

similar　a.相似的，类似的

similarity　n.相似，类似

simple　a.简单的，朴素的；单纯的

simplicity　n.简单，简易；朴素；直率，单纯

simplify　vt.简化

simply　ad.简单地；只不过；简直

simulate　v.模仿，模拟；假装，冒充

sin　n.罪，罪恶

　　　　　v.犯罪

since　prep.自从，从……以来

　　　　　conj.从……以来；因为

　　　　　ad.从那以后，后来

sincere　a.真诚的，诚挚的

sincerity　n.诚挚，真实

sing　v.唱，唱歌

singer　n.歌唱家

single　a.单一的，单身的；单人的

singular　a.独特的，非凡的；单数的

sink　v.下沉；下降

　　　　　n.水槽，水池

sip　v.吸吮

sir　n.先生，阁下

siren　n.警报声，警报器

sister　n.姐，妹

sit　vi.坐，就座

site　n.场所，地点，工地

situated　a.坐落在……的

situation　n.形势，处境，局面

six　num.六

sixteen　num.十六

sixth　num.第六

sixty　num.六十

size　n.大小，尺寸；号码

skate　n.冰鞋

　　　　vi.滑冰，溜冰

skeleton　n.骨骼；骨架，框架；梗概，提要

skeptical　a.怀疑的，好怀疑的，[口]无神论的

sketch　n.素描，速写；略图，草图；梗概，大意

ski　n.雪橇

　　　v.滑雪

skil (l) ful　a.灵巧的，熟练的

skill　n.技巧；手艺，技能

skilled　a.熟练的，有技能的

skim　v.浏览，略读；掠过；撇(去)

skin　n.皮，皮肤；毛皮

　　　v.剥皮，去皮

skip　v.跳，蹦；跳读，遗漏

　　　n.跳跃

skirt　n.裙子

skull　n.头脑，头骨

sky　n.天，天空

skyscrapers　n.摩天大楼

slack　a.萧条的；呆滞的

slam　v.砰地关上，砰地放下

slap　n./v.拍，掌击

slash　v.(大幅度地)削减；减低

slaughter　v./n.屠宰，残杀，屠杀

slave　n.奴隶；苦工

slavery　n.奴役；奴隶制

sleep　n./v.睡眠，睡觉

sleepless　a.失眠的

sleepy　a.想睡的，困乏的

sleeve　n.袖子

slender　a.苗条的，微薄的

slice　n.薄片，切片；一份；部分切(片)

slide　v.滑动，滑落

　　　n.滑坡；滑道，幻灯

slight　a.轻微的，微小的；纤细的，瘦弱的

slightly　ad.有点，稍微

slim　a.苗条的，薄的；(机会)少的

slip　v.滑倒；溜走

　　　n.失误，疏忽

slipper　n.便鞋，拖鞋

slipper　n.拖鞋

slippery　a.滑的，滑溜的

slit　v.切开，截开，纵割

　　　n.细长裂缝，狭长切口

slogan　n.标语，口号

slope　n.斜坡，斜面

　　　v.倾斜

slot　n.缝，狭槽，硬币投币口，狭通道，足迹

slow　a.慢的，缓慢的；迟钝的

sluggish　n.萧条的，停滞的

slum　n.贫民窟

slump　n.暴跌；经济衰退期

sly　a.狡猾的，偷偷摸摸的

small　a.小的，小型的

smart　a.精明的；时髦的，漂亮的

smash　v./n.打碎，粉碎

smell　v.闻，嗅；散发出气味

　　　n.嗅觉；气味

smile　v./n.微笑

smog　n.烟雾

smoke　n.烟，冒烟

　　　　v.冒烟；吸烟

smoker　n.吸烟者

smooth　a.平滑的；平稳的；流畅的

smuggle　v.走私

snack　n.快餐，小吃，点心

snake　n.蛇

snap　v.突然折断；猛咬

　　　n.猛咬；突然折断

snatch　n./v.攫取，抢夺

sneak　v.偷偷地走；[口]偷窃

　　　n.鬼鬼祟祟的人

sneeze　n.喷嚏

　　　　vi.打喷嚏

sniff　v.用力吸气，闻到，发觉，轻视

snip　n.便宜货；廉价货

snow　n.雪，积雪

snowstorm n.暴风雪

so ad.如此，那么；这样，那样；同样地，也；
　　很，非常

　　conj.因此，所以，那么

soak v.浸，泡；浸湿；使湿透

soap n.肥皂

soar v.剧增；猛涨

sob v./n.哭泣，呜咽

sober a.清醒的；认真的，冷静的，适度的

so-called a.所谓的，号称的

soccer n.足球

sociable a.好交际的，友善的，增进友谊的

social a.社会的；社交的，交际的

socialism n.社会主义

socialist n.社会主义的
　　　　　　a.社会主义者

society n.社会；团体；社交界

sociology n.社会学

sock n.(pl.)短袜

soda n.苏打，汽水

sofa n.长沙发

soft a.软的，柔软的；温柔的

software n.软件

soil n.土壤，泥土；土地
　　v.弄脏，弄污

solar a.太阳的，日光的

soldier n.士兵，军人

sole a.唯一的，单独的
　　n.脚垫，鞋底

solemn a.庄严的，严肃的

solid a.固体的；实心的；结实的
　　n.固体

solidarity n.团结

solitary a.孤独的

solo n.独奏曲
　　a.单独的

soluble a.可溶的

solution n.解决(办法)；溶解；溶液

solve vt.解决，解答

solvent a.有偿还能力的

some a.一些，若干；某一，某些
　　pron.一些，若干
　　ad.大约，稍微

somebody pron.某人，有人

somehow ad.以某种方式(方法)；不知怎么地

someone pron.某人，有人

something pron.某事，某物

sometime ad.曾经；在某个时候

sometimes ad.有时，间或

somewhat ad.有几分，稍微

somewhere ad.在某处，到某处

son n.儿子

song n.歌曲；歌声

soon ad.即刻，不久；快，早

sop n.贿赂

sophisticated a.尖端的，复杂的，先进的；老练
　　　　　　　　的

sophomore n.(大学)两年级学生

sore a.疼痛的；令人痛心的
　　n.痛处，疮口

sorrow n.悲痛，悲哀

sorry a.遗憾的，抱歉的；难过的；对不起

sort n.种类，类别
　　v.分类，整理

soul n.灵魂，心灵；人

sound n.声音，响声
　　vi.发声，听起来

sound a.健全的；坚实的；合理的

soup n.汤

sour a.酸味的；脾气坏的

source n.来源，出处；根源

south n.南方，南部
　　ad.在南方
　　a.南方的，南部的

southeast n.东南方，东南部
　　　　　　ad.在东南方
　　　　　　a.东南方的，东南部的

southern a.南方的，南部的

southwest n.西南方，西南部
　　　　　　ad.在西南方
　　　　　　a.西南方的，西南部的

souvenir n.纪念品

sovereign n.君主，统治
　　　　　　a.至高无上的

Soviet a.苏联的，苏维埃的
　　　　n.苏维埃

sow v.播(种)

space n.太空，空间；空地；间隔
　　 v.分隔开，留间隔
spacecraft n.航天器，宇宙飞船
spaceship n.宇宙飞船
spacious a.广大的，大规模的
spade n.铁锹，铲子
Spain n.西班牙
span n.一段时间；跨度，跨距
Spanish a.西班牙(人)的；西班牙语的
　　　 n.西班牙人；西班牙语
span n.跨度，跨距
spare v.让给，抽出(时间)；饶恕；保留，节省
　　 a.剩余的；备用的；空闲的
spark n.火花
　　 vi.发火花
sparkle v.发火花，闪耀
speak v.说，讲；发言，演说
speaker n.发言人，演讲者
spear n.矛，枪
special a.特殊的，专门的
specialist n.专家
specialize/-ise v.专门研究，专攻；专营
specialty n.特性，特质；专业，专长
species n.(物)种，种类
specific a.具体的；特定的；明确的
specification n.规格，说明书
specify vt.具体指定，详细说明
specimen n.样本，标本
spectacle n.大场面；奇观；(pl.)眼镜
spectacular a.壮观的，引人注目的
speculate v.(about, on)推测，推断；投机
speculation n.投机买卖
speech n.发言，讲话，演讲
speed n.速度；快速
　　 v.急行；加速
spell v.拼写
spelling n.拼写，拼法
spend v.花费；消耗；度过；消磨
sphere n.球体；天体；范围
spicy a.加香料的；辛辣的，有风味的
spider n.蜘蛛
spill v.溢出，溅出
　　 n.摔下，跌下
spin v.纺纱；旋转

n.旋转，自转
spine n.脊柱，书脊
spiral n./v.螺旋式上升
spirit n.精神，心灵；气概；(pl.)心情，情绪；
　　　 烈酒
spiritual a.精神上的，非物质的
spit v.吐痰；吐口水
spite n.恶意，怨恨
splash v.溅，泼
　　　 n.溅，飞溅声
splendid a.辉煌的；极好的
split v.劈开，撕开；分裂
　　 n.裂口；分裂
spoil v.损坏，使无用；宠坏
spokesman n.发言人
sponge n.海绵
sponsor n.主办人，发起人
　　　 vt.发起，主办；赞助
spontaneous a.自发的，自然产生的
spoon n.匙，调羹
sport n.体育运动；(pl.)运动会
sportsman n.运动员
spot n.斑点，污点；地点
　　 v.认出，发现
spouse n.配偶(指夫或妻)
spray n.喷雾，飞沫，浪花，水花
　　 v.喷，喷射
spread v./n.伸展，铺开；散布；传播；蔓延
spring n.跳跃；弹簧；春天(季)
　　　 v.跳，跳跃；涌现
sprinkle n.洒，喷，淋
sprout v.抽条，发芽
　　　 n.芽，幼苗
spy n.间谍，特务，密探
square n.正方形；广场；直角尺；平方
　　　 vt.求平方，求面积
squeeze v.挤压，压榨
stability n.稳定，稳定性；安定
stable a.稳定的；安定的
　　　 n.马厩，马房
stab v./n.刺，戳
stack n.堆，一堆
　　 v.堆积，堆起
stadium n.(周围有看台的露天)体育场
staff n.全体职员；(军队)参谋部

vt. 配备人员

stage n. 阶段；舞台

stagnation n. 停滞

stain v. 着色，污染

　　　 n. 污点，污迹

stainless a. 不锈的

stair n. (常pl.) 楼梯

staircase n. 楼梯

stake n. 投资本金

stale a. 不新鲜的；陈腐的

stalk n. 茎，柄，梗，秆

stall n. 货摊；畜栏，厩

stamp v. 压印；踏脚，踩踏

　　　 n. 邮票；印记；踏脚

stand v. 站，立；坐落；忍受

　　　 n. 台，座，摊

standard n. 标准，水平，规格

　　　 a. 标准的，合规格的

standpoint n. 立场，观点

staple n. 订书钉；主要产品

star n. 星，恒星；明星

stare v. 盯，凝视

start v. 开始，着手；动身，出发；发起，创办；惊起，惊跳

startle v. 惊吓，使吃惊

starve v. 饥饿；饿死

state n. 状态；国家

　　　 vt. 陈述，声明

statement n. 陈述，声明

statesman n. 政治家

static a. 静态的，静力的

station n. 站，台，所，局；车站

stationary a. 静止的，固定的

statistical a. 统计的，统计学的

statistics n. 统计(数字)；统计学

statue n. 雕像，塑像

status n. 地位，身份

statute n. 法令，条例

stay v./n. 停留，逗留；作客

steady a. 稳定的；稳重的；扎实的

　　　 v. 使稳定

steak n. 牛排，肉片

steal v. 偷，盗，窃取

steam n. 蒸汽，水蒸气

v. 用蒸汽开动；蒸煮

steamer n. 汽船，轮船

steel n. 钢，钢铁

steep a. 陡峭的，险峻的

steer v. 驾驶，掌舵

stem n. 干，茎；词根

　　　 vi. 起源于

step n. 脚步；步骤，措施；台阶

　　　 v. 踩，踏上；走，跨步

stereo n./a. 立体声(的)

stern a. 严厉的，苛刻的；坚决的

steward n. 乘务员

stewardess n. 空中小姐

stick n. 棍，棒；拐杖

　　　 v. 刺，戳，黏贴；坚持

sticky a. 硬的，僵直的；拘谨的；

stiff a. 僵硬的；呆板的；费劲的

still a. 静止的，不动的；寂静的

　　 ad. 仍然，还要；更加，愈发

stimulate vt. 刺激；激发；激励

sting v./n. 刺，刺痛，剧痛；刺，叮

stir v. 搅拌；摇动，激起

　　 n. 惊动，轰动

stitch n. 一针，针脚

　　　 v. 缝，缝合

stock n. 库存；现货；股票

　　　 vt. 储备，储存

stockbroker n. 证券经纪人

stockholder n. 股东；持股人

stockholding n. 股金，股份

stocking n. (pl.) (女式) 长袜

stockjobber n. 证券批发商；股票投机商

stockpile n. 囤储物资

stocktaking n. 存货盘点，盘货

stomach n. 胃；胃口，食欲

stomachache n. 胃痛，肚子痛

stone n. 石，石头

stool n. 凳子

stoop v. 弯腰，俯身

　　　 n. 弯腰，曲背

stop v. 停止，阻塞；阻止

　　　 n. 停止；停车站

stor(e)y n. 层楼

storage n. 储存，保管；储藏

store n. 商店；储藏，储存

vt. 储藏，储存

storm n. 暴风雨，暴风雪

story n. 故事，小说，传说；层楼

stove n. 炉子，火炉

stove n. 炉子，火炉

straight a. 直的，正直的，坦率的
　　　　ad. 直接地；一直地

straightforward a. 正直的，坦率的；简单的

strain v. 拉紧；尽力，过劳；扭伤
　　　n. 极度紧张，过度疲劳

strange a. 奇怪的；陌生的；外地的

stranger n. 陌生人；外地人

strap n. 带，皮带
　　　v. 捆扎

strategy n. 战略，策略，计谋

straw n. 稻草，麦秸，吸管

strawberry n. 草莓

stream n. 小河，溪流

streamline vt. 使简单化；使……效率更高

street n. 街道

strength n. 力，力量；实力

strengthen vt. 加强，巩固

stress n. 压力；重点；重音
　　　vt. 强调，着重；重读

stretch v. 伸展，延伸
　　　n. 拉长；伸展，舒展；一段时间，一段
　　　　路程

strict a. 严格的，严谨的；精确的

stride v. 大步走(过)，迈进

strife n. 斗争，冲突，竞争

strike v. 打，击，袭击，敲响，罢工，使突然想
　　　　到；给以深刻的印象
　　　n. 罢工

striking a. 显著的，惊人的

string n. 弦，线，细绳

strip v. 剥，剥去

stripe n. 条纹

strive v. 奋斗，努力

stroke n. 钟声，一击，一笔，一划，中风
　　　vt. / n. 抚摸

stroll n. 漫步，闲逛，于

strong a. 强壮的，强大的；强烈的

structural a. 结构的，构造的

structure n. 结构；建筑物
　　　　vt. 建造，构造

struggle vi. / n. 斗争；奋斗

stubborn a. 顽固的，倔强的

student n. 学生，大学生

studio n. 画室；播音室；(电影)制片厂

study v. 学习，研究
　　　n. 学习；书房

stuff n. 材料，原料；东西
　　　vt. 填满，塞满

stuffy a. 不透气的，闷热的

stumble v. / n. 跌，绊

stun vt. 使晕倒，使惊吓，打晕

stupid a. 愚笨的；迟钝的

sturdy a. 强健的，结实的

style n. 文体，风格；式样；作风

subcontract n. 转包合同；分契；对象

subdivide v. 再分，细分

subject n. 主题，话题；学科；主语；对象
　　　a. 受……支配的
　　　vt. 使遭受；使从属；使服从

subjective a. 主观的；想象中的

sublet v. 转租；分租

submarine a. 水底的，海底的
　　　n. 潜水艇

submit v. 屈服，服从；呈交

subordinate n. 部下，下属

subscribe v. 订购，订阅

subsequent a. 随后的，后来的

subsidy n. 补贴；补助金

substance n. 物质；实质，要旨；财产

substantial a. 实质的，真实的，坚固的

substitute n. 代替，代用品
　　　vt. 替换；取代

subtle a. 精巧的，巧妙的；细微的，微妙的

subtract vt. 减去

suburb n. 郊区

subway n. 地下铁道

succeed v. 成功；继承

success n. 成功，成就

successful a. 成功的，有成就的

succession n. 接续；继任

successive a. 接连的，连续的

successor n. 接班人，继承人

such a. 如此的，这样的
　　　ad. 那么

　　　　　　pron. 这样的人，这样的事

suck vt. 吸，吮

sudden a. 突然的，意料不到的

sue v. 控告，对……提出诉讼，起诉

suffer v. 遭受(磨难)；忍受；受痛苦，患病

suffering n. 痛苦，苦难

suffice vi. 足够，有能力

　　　　　　vt. 使满足

sufficient a. 足够的，充分的

sufficiently ad. 足够地，充分地

sugar n. 糖

suggest vt. 建议；使想到；暗示

suggestion n. 建议，意见；暗示

suicide n. / v. 自杀

suit n. 一套西服；诉讼

　　　　vt. 适合；合身

suitable a. 合适的，适当的

suitcase n. 手提箱

suite n. (一批)随员

sulfur n. (sulphur)硫

sum n. 总数，总和；金额

　　　　v. 总计；概括；总结

summarize vt. 概括，总结，概述

summary n. 摘要，概略

summer n. 夏季，夏天

summit n. 顶峰，顶点，最高阶层

summon v. 召唤；召集；传讯，传唤

sun n. 太阳，日光

sunbathe v. 晒日光浴

Sunday n. 星期日

sunglasses n. 太阳镜，墨镜

sunlight n. 阳光，日光

sunny a. 阳光充足的；欢乐的

sunrise n. 日出

sunset n. 日落

sunshine n. 日光，日照

super a. 超级的，极好的

superficial a. 表面的；肤浅的

superior a. 优越的；优于……的

superiority n. 优势，优越性

supermarket n. 超级市场

supersonic a. 超声的，超声速的

superstition n. 迷信

supervise v. 监督；管理

supper n. 晚餐

supplement n. 增刊；补遗

　　　　　　vt. 增补，补充

supply vt. 供应；提供

　　　　n. 供给；供应量

support vt. 支持，拥护；支撑；供养

　　　　　n. 支持；支撑；赡养费

supporter n. 支持者

suppose vt. 料想，猜测；(用于祈使句)让，假定，

　　　　　设想

suppress v. 镇压，抑制；隐瞒；查禁

supreme a. 最高的；最重要的

sure a. 确信的，肯定的；必定的

surface n. 表面；外表，外观

surge n. / v. 汹涌，澎湃，(感情)起伏，高涨

surgeon n. 外科医生

surgery n. 外科，外科手术；手术室

surname n. 姓

surpass v. 超越，胜过

surplus n. 过剩；结余

surprise n. 惊奇，惊愕；突然袭击

　　　　　vt. 使惊奇，使感到意外

surprising a. 惊人的，使人惊奇的

surrender v. 投降；屈服于；放弃

surround vt. 围绕；包围

surroundings n. (pl.)环境，周围的事物

survey vt. / n. 眺望；测量，勘查，调查

survival n. 幸存，生存；幸存(者)，残存物

survive v. 幸存，活下来；比……命长

suspect vt. / n. 猜疑；怀疑

suspend v. 吊，悬挂；推迟，暂停

suspicion n. 猜疑，怀疑，疑心

suspicious a. (of)可疑的，多疑的，疑心的

sustain v. 支撑，撑住；维持，持续，经受，忍耐

swallow v. 吞下，咽下

　　　　　n. 燕子

swamp n. 沼泽，沼地

swarm n. 群，蜂群

　　　　v. 云集，充满

sway v. 摇摆，摇动

swear v. 发誓，宣誓；咒骂

sweat n. 汗

　　　　v. 出汗

sweater n. 羊毛衫

sweep v. 打扫；冲走；掠过

sweet a. 甜的；芳香的；温柔的
　　　　n. 甜点；(pl.) 糖果
swell v./n. 膨胀，增大；鼓起
swift a. 迅速的，敏捷的
swim v./n. 游泳
swimmer n. 游泳者
swing v. 摆动；转动
　　　　n. 摆动；秋千
Swiss a. 瑞士(人)的
　　　　n. 瑞士人
switch n. 开关；转换
　　　　v. 变换，转换
sword n. 剑，刀
syllable n. 音节
symbol n. 象征；标记，符号
symmetry n. 对称(性)；匀称，整齐
sympathetic a. 感到同情的
sympathize v. 同情；共鸣，怜悯
sympathy n. 同情，同感
symptom n. 症状，症候
synthesis n. 合成；综合
synthetic a. 合成的，人造的
system n. 系统；体制，制度
systematic a. 成体系的；分类的

T

table n. 桌子；表格；目录
tablet n. 药片；碑，匾
tackle v. 处理，解决，对付
　　　　n. 用具，器械；滑车
tactics n. 策略，战术
tag n. 标签
tail n. 尾巴；尾部
tailor n. 裁缝
　　　　vt. 裁制 (衣服)
take v. 拿，取，带；吃，喝，服；
　　　　需要，花费；接受，采取
take-off n. 起飞
takeover n. 兼并；接收
tale n. 故事，传说
talent n. 才能；天才；人才
talk v. 谈，讲；谈论，议论
　　　　n. 谈话，会谈，讲演，报告
talkative a. 话多的，健谈的
tall a. 高的，身材高的

tame a. 驯服的；乏味的
　　　　vt. 驯服，制服
tan n. 黝黑
　　　　a. 棕褐色的
　　　　v. 晒黑
tangle n. 混乱状态
　　　　v. 处于混乱状态
tank n. 槽，箱，罐，坦克
tanker n. 油船
tap v. 轻叩，轻敲；利用，开发
　　　　n. 塞子
tape n. 带子；磁带
tar n. 柏油，焦油
target n. 靶子；目标，指标
tariff n. 关税；收费表
task n. 任务，工作
taste v. 品尝；体验；吃起来，味道像……
　　　　n. 味道，滋味；趣味；鉴赏力
tax n. 税；负担
　　　　vt. 征税
taxation n. 征税，纳税
taxi n. 出租汽车
taxpayer n. 纳税人
tea n. 茶，茶叶；茶点
teach v. 教，讲授；教训
teacher n. 教师
teaching n. 教学；教导
team n. 队，团队，组
teamwork n. 配合，协力
tear v. 撕，撕裂，撕开
　　　　n. 眼泪
tease v. 戏弄，取笑；挑逗，撩拨
　　　　n. 戏弄，挑逗
technical a. 技术的；工艺的
technician n. 技术员
technique n. 技术；手艺
technology n. 技术；工艺；工艺学
tedious a. 乏味的，冗长的
teenager n. (～岁的) 青少年
telegram n. 电报
telegraph n. 电报机，电报
　　　　v. 打电报，发电报
telephone n. 电话
　　　　v. 打电话

telescope n. 望远镜

television (＝TV) n. 电视；电视机

tell v. 告诉；吩咐；泄露；识别

teller n. 出纳员

temper n. 性情；脾气

temperature n. 温度，体温；发烧

temple n. 寺庙，神殿

tempo n. 节奏，行进速度；(音乐的)速度

temporary a. 临时的，暂时的

tempt vt. 吸引；引诱，诱惑

temptation n. 引诱，诱惑

ten num. 十

tend v. 照料，看护；倾向，趋向

tendency n. 倾向，趋势

tender a. 温柔的；体贴的；脆嫩的

tenderer n. 投标人

tennis n. 网球

tense a. 拉紧的；紧张的
　　　　n. (动词的)时态

tension n. 紧张，绷紧

tent n. 帐篷

tenth num. 第十

term n. 学期；措辞，俗语；(pl.)条件，条款

terminal n. 终点站；终端，接线端；计算机终端

terminate v. 停止，终止

terrible a. 可怕的；糟透的

terrific a. 极好的，非常的

terrify vt. 使恐怖，恐吓

territory n. 领土；领域

terror n. 恐怖；恐怖的人(或事)

tertiary-industry n. 第三产业

test n. /vt. 测验；试验；检验

testify v. (to)证明，证实

text n. 课文；正文

textbook n. 课本，教科书

textile a. 纺织的 n. 纺织品

than conj. 比，比较

thank vt. / n. 感谢

Thanksgiving n. 感恩节

that a. 那，那个
　　　pron. 那，那个
　　　ad. 那么，那样

the art. 这个，那个

theater/-tre n. 剧院；阶梯教室

theft n. 偷窃，失窃

their pron. 他 (她、它) 们的

theirs pron. 他 (她、它) 们的(所有物)

them pron. 他 (她、它) 们(宾格)

theme n. 主题，题目

themselves pron. 他(她、它)们自己

then ad. 那时，当时；然而，可是；那么，因而

theoretical a. 理论(上)的

theory n. 理论，学说；见解

therapy n. 治疗，理疗

there ad. 在 (到、向)那里(那边)；在那一点上

thereby ad. 因此，从而

therefore ad. 因此，所以

thermal a. 热的，由热造成的；保暖的

thermometer n. 温度计

these pron. 这些

thesis n. 论文；论题；论点

they pron. 他 (她、它)们

thick a. 厚，粗；浓，稠
　　　ad. 厚，浓，密

thief n. 小偷

thigh n. 大腿，股

thin a. 细，薄，瘦；稀，淡
　　　v. 变细，变薄，变稀

thing n. 东西；事情，事物；(pl.)局面，事态

think v. 想，思考；认为；考虑

thinking n. 思考，想法

third num. 第三

thirst n. 口渴；渴望

thirsty a. 口渴的；渴望的

thirteen num. 十三

thirty num. 三十

this a. 这，这个；今，本
　　　pron. 这，这个
　　　ad. 这，这样

thorn n. 刺，荆棘

thorough a. 彻底的，完全的；精心的

those pron. 那些

though conj. 尽管；虽然
　　　　ad. 可是，然而

thought n. 思想；思维；想法

thoughtful a. 深思的；体贴的，关心的

thousand num. 一千；(pl.)许多

thread n. 线；线索，思路

vt. 穿线；穿过

threat n. 威胁，恐吓，凶兆

threaten v. 威胁，恐吓；有……危险

three num. 三

threshold n. 门槛；入门，开端

thrift n. 节约，节俭

thrill n. 令人激动的事

　　　v. 使激动，使兴奋

thrive vi. 兴旺，繁荣

throat n. 咽喉，嗓子

throne n. 王位，君权

through prep. 通过，穿过；因为

　　　　ad. 自始至终地，彻底地

throughout prep. 遍及，贯穿

　　　　　ad. 到处；始终，全部

throw v. 扔，投，掷，抛

thrust v. 刺，戳，插入

　　　n. 推力，刺，戳，插入

thumb n. 拇指

thunder n. 雷；轰隆声

　　　　v. 打雷；轰响；大声喊

Thursday n. 星期四

thus ad. 如此，这样；因此，从而

ticket n. 票，入场券；罚款传票

tick n. 滴答声；勾号

　　　v. 滴答响；打勾号于

tide n. 潮汐；潮流，趋势

tidy a. 整洁的，整齐的

　　　v. 整理，收拾

tie v. 捆，绑，扎，系，结，拴

　　　n. 领带；联系，纽带

tie-in-sale n. 搭配销售，搭卖

tiger n. 虎

tight a. 紧的，牢固的；密封的；银根紧的

tile n. 瓦片，瓷砖

till prep. /conj. 直到(……为止)

timber n. 木材，木料

time n. 时间，时刻，时机，机会；回，次；

　　　　倍，乘；(pl.)时代

timely a. 及时的，适时的

timetable n. 时间表，时刻表；课表

timid a. 胆怯的，怯懦的

timing n. 时间安排；时间选择

tin n. 锡；罐，听；罐头

tiny a. 微小的，极小的

tip n. 小费；末端，尖端

　　　v. 给小费；倾倒，弄歪

tire/tyre n. 轮胎

tired a. 疲劳的，疲倦的

tiresome a. 使人厌倦的，讨厌的

tissue n. 组织；纸巾

title n. 标题，题目，称号，头衔；所有权

to prep. 向，往；到，达，比，对，给

toast n. 烤面包片；祝酒

　　　v. 烘，烤；为……祝酒(干杯)

tobacco n. 烟草

today n. /ad. 今天；现代

toe n. 脚趾，脚尖

together ad. 一起，共同

toilet n. 厕所，洗手间

token n. 表示；标志，象征；记号；信物

tolerance n. 容忍，耐性；公差

tolerant a. 容忍的，宽容的

tolerate vt. 忍受；容忍

toll n. (路、桥等)通行费；(重大)损失

tomato n. 西红柿

tomb n. 坟

tomorrow n. /ad. 明天；未来

ton n. 吨

tone n. 音调；腔调，语气；风格

tongue n. 舌头；语言

tonight n. /ad. 今晚，今夜

too ad. 也，又，还；太，过于

tool n. 工具，用具

tooth n. 牙齿

top n. 顶，顶端；最高位

　　　a. 最高的，最好的

topic n. 题目，话题，主题

torch n. 手电筒；火把，火炬

torment n. 痛苦

　　　　v. 折磨

torrent n. 激流，山洪

torture n. /vt. 拷打，拷问；折磨

toss v. 向上扔；摇摆，颠簸；辗转反侧

total a. 完全的，全体的

　　　n. 总数，合计

　　　　vt.总计，合计

touch　v.触，摸，碰；触动，感动
　　　　n.接触，联系；一点儿

tough　a.坚韧的；棘手的；困难的；强壮的，吃
　　　　苦耐劳的

tour　n./v.旅行，游历

tourist　n.旅游者，观光者

tout　v.推销；招徕；兜售；吹捧；劝诱

tow　v./n.拖，牵引

toward(s)　prep.向，朝，将近，对于

towel　n.毛巾，手巾

tower　n.塔

town　n.城镇，市镇，城市

toxic　a.有毒的，中毒的

toy　n.玩具

trace　vt.跟踪，追踪，查找
　　　　n.痕迹，踪迹；少许

track　n.跑道；轨道；足迹
　　　　vt.跟踪，追踪，尾随

tractor　n.拖拉机，牵引机

trade　n.贸易，商行，行业
　　　　v.交易，做生意

trademark　n.商标

tradition　n.传统，惯例

traditional　a.传统的，惯例的

traffic　n.交通(量)

tragedy　n.悲剧；惨事，灾难

tragic　a.悲剧的，悲惨的

trail　n.踪迹，痕迹；(乡间)小道

train　n.火车；一列，一串
　　　　v.训练，培养

training　n.训练，培养

trait　n.特征，特点，特性

traitor　n.叛徒，卖国贼

tramp　n.流浪者，步行，跋涉
　　　　v.步行，跋涉

transact　v.做交易；办理

transaction　n.交易

transcend　vt.超越，胜过

transfer　v./n.迁移，调动；转车，转学，转让，
　　　　过户

transform　vt.转变；改造，变换；变压

transformation　n.变化，转变；改造，改革

transistor　n.晶体管；晶体管收音机

transistor　n.晶体管，晶体管收音机

transition　n.转变，过渡

translate　vt.翻译

translation　n.翻译；译文

transmission　n.播送，发射；传动，传送

transmit　vt.传递；传播，播送

transparent　a.透明的；明显的

transplant　v./n.移植

transport　vt.运输，搬运
　　　　n.运输，运输工具

transportation　n.运输；运输工具

trap　n.陷阱，圈套
　　　　vt.设陷阱；诱捕；使陷困境

trash　n.无价值之物，垃圾，废物

travel　v.旅行；行进，传播
　　　　n.旅行

tray　n.盘，碟，托盘

treasure　n.财富；宝贝
　　　　vt.珍爱，珍视

treat　v.对待，处理；治疗；请客
　　　　n.请客，款待

treatment　n.对待，处理；待遇；治疗

treaty　n.条约；协定

tree　n.树

tremble　vi.发抖，颤抖；摇动

tremendous　a.巨大的，惊人的

trench　n.沟，沟渠

trend　n./vi.倾向，趋势

trial　n.审讯；试验

triangle　n.三角，三角形

tribe　n.部落

trick　n.诡计，花招，骗局
　　　　vt.欺骗，哄骗

trifle　n.少量；小事，琐事

trigger　vt.引发，引起，触发
　　　　n.扳机

trim　a.整齐的，整洁的
　　　　v./n.整理，修整

trip　n.旅行，远足
　　　　v.绊倒，失足

triple　a.三部分的，三方的；三倍的，三重的

triumph　n.胜利，凯旋

vi.战胜，获胜

trivial a.琐碎的；无足轻重的

trolley n.手推车，小车；(=bus)[英]无轨电车

troop n.（常pl.)军队，部队；一群

tropic n.(天球的)回归线，热带

tropical a.热带的

trouble v.使苦恼；费神，打扰
　　　　n.麻烦，烦恼，困境；故障；费神；(常pl.)动乱

troublesome a.麻烦的，令人烦恼的

trousers n.(pl.)裤子，长裤

truck n.卡车，载重汽车

true a.正确的，真正的；忠实的

truly ad.真正地，真实地

trumpet n.喇叭，小号

trunk n.树干；躯干；衣箱

trust n./v.信赖，信任；委托

truth n.事实，真相；真理

try v./n.试图，努力；试用；审问

tub n.木盆，澡盆

tube n.管；软管；地铁；电子管，显像管

tuck v.卷起；塞进

Tuesday n.星期二

tug v.用力拖(或拉)
　　n.猛拉，

tuition n.学费

tumble v.(使)摔倒，打滚，翻腾
　　　　n.摔跤

tumour n.瘤

tune n.曲调，调子；和谐
　　　v.调谐，调节

tunnel n.地道，隧道

turbulent a.狂暴的，无秩序的

turkey n.火鸡(肉)

turn v.旋转，转动；转向；转变
　　　n.转动，转向；轮流

turning n.旋转，转向；转弯处

turnip n.萝卜，芜菁

turnover n.营业额，销售额；人员调整；周转

tutor n.指导教师

twelfth num.第十二

twelve num.十二

twentieth num.第二十

twenty num.二十

twice ad.两次，两倍

twin n.双胞胎
　　　a.成双的；孪生的

twinkle v./n.闪烁，闪亮

twist v.捻，搓；绞，拧；歪曲，曲解
　　　n.搓，拧

two num.二

type n.类型，种类，样式
　　　v.打字

typewriter n.打字机

typhoon n.台风

typical a.典型的，有代表性的

typist n.打字员

U

UFO(=unidentified flying object) n.不明飞行物，飞碟

ugly a.难看的，丑陋的；讨厌的

ultimate a.最后的，最终的

umbrella n.伞

UN(=the United Nations) n.联合国

unable a.不能的，不会的，无能的

unanimous a.全体一致的，一致同意的

unaware a.不知道的，没注意的

unbearable a.不堪忍受的

uncertain a.不确定的；靠不住的

uncertainty n.易变，靠不住；不确知，不确定的事物

uncle n.叔（伯）父，舅（姑、姨）父

uncomfortable a.不舒服的，不自在的

unconscious a.失去知觉的；无意识的

uncover v.揭开，揭露

under prep.在……下面；低于，小于；在……情况下

underestimate v.低估

undergo vt.经历，遭受

undergraduate n.本科大学生

underground ad.在地下；秘密地
　　　　　　　a.地下的；秘密的

underlie v.位于……之下，成为……的基础

underline vt.在……下画线；强调

underlying a.含蓄的，潜在的；在下面的

undermine v.暗中破坏，逐渐削弱；侵蚀……的基础

underneath prep. 在……下面
　　　　　　ad. 在下面，在底下
understand vt. 懂，理解；得知；听说
understanding n. 理解(力)；谅解
undertake vt. 承担；保证；着手
undertaking n. 保证，许诺；事业
undo v. 松开，解开
undoubtedly ad. 必定，无疑
uneasy a. 担心的，忧虑的
unemployed a. 失业的
unemployment n. 失业
unexpected a. 意外的，想不到的
unfair a. 不公平的
unfavourable a. 不利的，不适宜的
unfold v. 展开，打开；显示，展示
unfortunate a. 不幸的；令人遗憾的
unhappy a. 不快乐的；悲惨的
uniform a. 一致的，一律的
　　　　　n. 制服，军服
unify v. 使联合，统一；使相同，使一致
union n. 工会；联合；团结
unique a. 独特的，独一无二的
unit n. 单位；单元；部件
unite v. 联合；团结，结合
unity n. 联合，统一，一致
universal a. 普遍的；通用的；全世界的
universe n. 宇宙，万物
university n. (综合性)大学
unjust a. 不公平的，非正义的
unknown a. 不知名的；未知的
unless conj. 除非，如果不
unlike a. 不同的，不相似的
　　　　prep. 不像，不同于
unlikely a. 未必的，不大可靠的
unload vt. 卸货
unlucky a. 不吉利的，不幸的
unnecessary a. 不必要的，无用的
unpleasant a. 令人不快的，讨厌的
unreasonable a. 不合理的，无理的
unsatisfactory a. 不能令人满意的
unstable a. 不稳定的，易变的
unsuitable a. 不合适的

until prep./conj. 直到……(为止)，直到……(才)
unusual a. 不平常的，罕见的；独特的
unwilling a. 不情愿的，勉强的
up ad. 向上；……起来；……上；……完，……光；
　　起床
　　prep. 向上
update v. 更新，使现代化
upgrade v. 提升，使升级
uphold v. 举起；坚持，拥护
upon prep. 在……之上
upper a. 较高的，上部的，上面的
upright a. 垂直的，直立的
　　　　ad. 竖立着
uproar n. 骚动，喧嚷，鼎沸
upset v. 使不安，使苦恼；弄翻
upstairs ad. 在楼上
　　　　　a. 楼上的
up-to-date a. 新式的；现代的，最新的
upward a. 向上的 ad. [-(s)]向上，往上
urban a. 城市的
urge vt. 鼓励，催促，力劝
　　　　n. 迫切的要求，强烈的愿望
urgent a. 紧急的，急迫的
us pron. 我们(宾格)
US/U. S. (=the United States) n. 美国
USA/U. S. A. (=the United States of America)
　　　　　　n. 美利坚合众国，美国
usage n. 用法；惯用法；习语
use vt. 用，使用，运用；耗费
　　　n. 使用，应用；用途
used a. 用过了的，旧的；习惯于
　　　v. 过去常常
useful a. 有用的，有益的
useless a. 无用的；无效的
user n. 用户，使用者
usual a. 通常的，平常的
usually ad. 通常，平常
utility n. 效用，有用
utilize vt. 使用，利用
utmost a. 极度的；最远的
　　　　n. 极度，最大可能
utter a. 完全的，彻底的，绝对的
　　　vt. 说，讲；发出(声音)

V

vacant a.空的；未被占用的

vacation n.休假，假期

vacuum n.真空；真空吸尘器

vague a.模糊的，不明确的

vain a.徒劳的；爱虚荣的
　　　n.徒劳，枉然

valid a.有效的；合理的，有根据的

validity n.有效性；合法化

valley n.峡谷；流域

valuable a.有价值的，贵重的
　　　　　n.(pl.)贵重物品

value n.价值；实用性；(pl.)价值观
　　　vt.估价，评价；尊重

valve n.阀，[英]电子管，真空管

van n.有篷汽车；有蓬货运车厢

vanish vi.消失，消散；消灭

vanity n.虚荣心，浮华

vapo(u)r n.汽，(水)蒸气

variable a.易变的；可变的
　　　　　n.变数，变量

variation n.变化，变动，变种，变异

varied a.各种各样的，不相同的

variety n.多种多样，变化；品种

various a.各种各样的；多方面的

vary v.变化，改变；相异

vase n.花瓶，瓶

vast a.巨大的，广阔的；大量的

VAT(=value added tax) n.增值税

vegetable n.蔬菜；植物
　　　　　a.蔬菜的；植物的

vegetarian n.素食主义者

vegetation n.植物，草木

vehicle n.车辆；传播媒介，手段

veil n.面纱；遮蔽物
　　　v.用面纱掩盖，掩饰

vein n.血管，静脉，叶脉，纹理；性情，心绪

velocity n.速度，速率

vendor n.卖主，小贩

venture n.冒险，投机
　　　　v.冒险；大胆……

verb n.动词

verbal a.用言辞的，用文字的；口头的；动词的

verdict n.裁定；定论；判断；意见

verge n.边，边缘
　　　v.接近，濒临

verify vt.证明，证实；查清

verse n.韵文，诗；诗节，诗句

version n.型，版本；译本，译文；说法，看法

versus(缩vs.) prep.(诉讼、比赛中)对

vertical a.垂直的，竖的

very ad.很，非常；真正地，完全地
　　　a.正是那个，恰好的

vessel n.容器，器皿；船，舰；管，血管

vest n.背心，马甲；汗衫，内衣

veteran n.老手，老兵

veto n./v.否决

via prep.经，通过

vibrate v.(使)振动，(使)摇摆

vice a.副的，代理的
　　　n.恶习，罪恶；缺点

vice versa ad.反过来(也是这样)

vicinity n.邻近，附近

victim n.牺牲品；受害者

victory n.胜利

video a.录像的
　　　n.录像(机)

view n.观点；视野，眼界；景象
　　　vt.观看；考虑；看待

viewpoint n.观点，看法

vigorous a.精力充沛的，生气勃勃的

village n.乡村，村庄

vinegar n.醋

violate v.违犯，违背

violence n.暴力，暴行；剧烈

violent a.强暴的；猛烈的

violet n.紫罗兰，紫色

violin n.小提琴

virtual a.实际上的，事实上的；[物]虚的

virtue n.美德；优点

virus n.病毒；(精神、道德方面的)有害影响

visa n./vt.签证

visible a.可看得见的；有形的

vision n.视觉，视力；眼力，想象力

visit v./n.参观，访问

visitor n.参观(访问)者，客人

visual a.看的，视觉的

vital a.生死攸关的；极为重要的

vitamin n.维生素

vivid a.生动的，栩栩如生的

vocabulary n.词汇量；词汇表

vocal a.声音的，有声的，口头的，歌唱的

vocation n.职业，行业

voice n.嗓音，声音；呼声；语态

    vt.说出，表达

void a.无效的，作废的

volcano n.火山

volleyball n.排球，排球运动

voltage n.电压

volt n.伏特

volume n.卷，册；体积，容量；音量

voluntary a.自愿的，志愿的

volunteer n.志愿者(兵)

vote n.投票，表决；选票(数)

    v.表决，选举

voyage n./vi.航行，航海

vulgar a.粗俗的，庸俗的，普通的

vulnerable a.易受攻击的

W

wage n.(常pl.)工资

wagon n.运货马车，运货车；敞篷车箱

waist n.腰，腰部

wait v.等，等待；侍候

    n.等候，等候时间

waiter n.(餐厅、旅馆的)服务员，侍者

waitress n.女服务员，女侍者

wake v.醒来；唤醒；唤起；觉醒

waken v.醒来；唤醒

walk v.行走，散步

    n.步行，散步；人行道

walker n.步行者

wall n.墙，围墙

    vt.筑围墙

wallet n.皮夹子，钱包

wander vi.漫步；走神

want v.想要，希望；需要；缺乏

    n.需要；缺乏；必需品

war n.战争

ward n.病房

wardrobe n.衣柜，衣橱；全部服装，行头(总称)

ward n.病房；行政区；受监护人

warehouse n.货仓，货栈

warfare n.战争(状态)；斗争；冲突

warm a.温暖的；暖和的；热心的

    v.变暖

warmth n.温暖，暖和；热心

warn vt.警告，告诫

warning n.警告

warrant n.正当理由；委任状

    v.保证，担保

warranty n.保证书，担保书

warship n.军舰

wash v.洗，冲洗；洗衣；洗脸

    n.洗涤；洗涤物

waste a.荒芜的；无用的，废弃的

    v.浪费，滥用

    n.浪费，糟蹋；废料

wasteful a.浪费的

watch n.手表；看管，监视

    v.注视，观看；看管，监视

watchful a.注意的，警惕的

water n.水

    v.浇水

waterfall n.瀑布

waterproof a.不透水的，防水的

watt n.瓦，瓦特

wave v.波动，飘动，向……挥手

    n.波浪；飘扬；挥手

wavelength n.波长

wax n.蜡，蜂蜡

    v.打蜡

way n.道路；路途；方法；方面；(常pl.)习俗，
    作风

we pron.我们

weak a.虚弱的；薄弱的；差的

weaken v.变弱；削弱

weakness n.虚弱；弱点，短处

wealth n.财富；大量

wealthy a.富有的，富裕的

weapon n.武器，兵器

wear v.穿，戴；磨损，用旧

weary a.疲倦的；令人厌烦的

    v.使疲倦，使厌烦

weather n.天气，气象

weave v.编，编织

web　n. 网，蜘蛛网

wedding　n. 婚礼

wedge　n. 楔，楔形

　　　　v. 楔牢，楔入，挤进

Wednesday　n. 星期三

weed　n. 杂草，野草

　　　v. 除草

week　n. 星期

weekday　n. 工作日

weekend　n. 周末

weekly　a. 每周一次的

　　　　n. 周刊，周报

weep　v. 哭泣，流泪

weigh　v. 称重量；考虑，权衡

weight　n. 重量；重压；重要性

welcome　vt. 欢迎

　　　　　a. 受欢迎的

weld　v. 焊接，锻接

　　　n. 焊接，焊缝

welfare　n. 福利，福利事业

well　a. 健康的

　　　ad. 好；充分地，彻底地；适当地，

　　　　有理由地

　　　n. 井，水井

　　　int. 好吧，那么，嗯

well-known　a. 众所周知的，著名的

west　n. 西方，西部

　　　a. 西方的，西部的

　　　ad. 在西方，在西部

western　a. 西方的，西部的

westward　ad. (also -s)向西

　　　　　a. 向西的

wet　a. 湿的，潮湿的；多雨的

　　　vt. 弄湿

whale　n. 鲸

　　　　v. 捕鲸

what　pron. 什么；所……的事(或人)

　　　　a. 什么，多么，何等

whatever　pron. 无论什么，不管什么

　　　　　a. 无论什么样的，不管怎样的

wheat　n. 小麦

wheel　n. 轮，轮子

when　ad. 什么时候；在……时

　　　conj. 当……的时候；在那时，然后，

　　　　可是，然而

　　　pron. 什么时候

whenever　ad. /conj. 每当；无论何时

where　ad. 在哪里，到哪里；在……的地方；在那

　　　　里

　　　conj. 在……地方，到……地方；然而，

　　　　但是

　　　pron. 那里，什么地方

whereas　conj. 而，却，反之

wherever　ad. /conj. 无论哪里，究竟哪里

whether　conj. 是否；无论……(还是)

which　pron. /a. 哪一个，哪一些

whichever　a. /pron. 无论哪个，无论哪些

while　conj. 当……时；和……同时；而；虽然

　　　n. 一会儿，一段时间

　　　vt. 消磨(时间)

whip　n. 鞭子

　　　v. 鞭打

whirl　v. (使)旋转，打转

　　　n. 旋转，急转

whisky　n. 威士忌酒

whisper　v. / n. 低语，耳语

whistle　n. 口哨声，汽笛声

　　　　v. 吹口哨，鸣汽笛

white　a. 白的，白色的；白种的

　　　n. 白色

whitewash　v. 粉刷，掩饰

　　　　　n. 石灰水，粉刷，掩饰

who　pron. 谁；……的人；该人

whoever　pron. 无论是谁；究竟是谁

whole　a. 全部的；整个的；完整的

　　　n. 全部，全体；整体

wholesale　n. 批发

wholesaler　n. 批发商

wholesome　a. 卫生的；有益健康的

wholly　ad. 完全地，全部地

whom　pron. (who的宾格)谁

whose　pron. 谁的；那(个)人的，那些(人)的

why　ad. 为什么

　　　int. 咳，哎呀

wicked　a. 邪恶的，恶劣的；恶意的

wide　a. 宽的；宽阔的；广泛的

widen　v. 加宽，放宽

widespread　a. 分布广的，流传广的

width n.宽度；广阔

wife n.妻子，太太

wild a.野生的；野性的；荒凉的；狂热的

will aux. v.将，会，想，愿
　　　　n.意志，决心；遗嘱

willing a.乐意的；心甘情愿的

win v.赢得；获胜
　　n.赢，胜利

wind n.风
　　　v.缠，绕；上发条

winding n.绕，缠；绕组，线圈

window n.窗，窗户

windy a.多风的，刮风的

wine n.（葡萄）酒

wing n.翅膀，翼

wink n.眨眼，使眼色，瞬间
　　　v.眨眼，使眼色

winner n.得胜者，获奖者

winter n.冬天，冬季

wipe vt.擦，揩，抹；擦掉，除去

wire n.金属线，电线，电报
　　v.装电线；拍电报

wireless a.无线电的
　　　　n.无线电收音机

wisdom n.智慧；明智；名言

wise a.有智慧的；聪明的

wish v.祝愿；希望，想要；但愿
　　n.愿望，希望；祝愿

wit n.智力，才智；机智

witch n.巫婆，女巫
　　　vt.施巫术，迷惑

with prep.有，带有，用，以；随着；跟，同，
　　　　和……一起；对……，关于；因为，
　　　　由于

withdraw vt.收回，撤退；提款

withdrawal n.提款；撤回

withhold v.拒绝，不给；使停止，阻挡

within prep.在……内，在……里
　　　　ad.在内

without prep.无，没有，缺乏；不

withstand v.抵挡，经受住

witness n.目击者，证人；证据
　　　　v.目睹，作证

witty a.机智的；风趣的

wolf n.狼

woman n.女人，妇女

wonder n.奇迹，壮举；惊奇
　　　　v.惊奇，觉得疑惑，想知道

wonderful a.惊人的；奇妙的，极好的

wood n.木材，木头

wooden a.木制的；呆笨的

wool n.羊毛；毛线；毛纺织品

word n.词，单词，字；诺言；消息，音讯；
　　　（pl.）话，言语

work n.工作，劳动；职业；成果；（常pl.）著作，
　　　作品，（常pl.）工厂；作坊
　　　v.工作，劳动，运转；起作用

worker n.工人，工作者

workshop n.车间，工场

world n.世界；地球；世人；世间；
　　　……界，领域

worldwide a.世界范围的，全世界的

worm n.虫，蠕虫

worry v./n.发愁，担心，烦恼

worse a./ad.更坏，更差；更严重，更糟糕

worship v./n.崇拜，敬仰，敬奉

worst a./n.最坏，最差，最糟

worth a.值，值得
　　　n.价值

worthless a.无价值的，无用的

worthwhile a.值得做的

worthy a.值得……的；有价值的；可尊敬的；
　　　　配得上的

would aux. v.老是，总会；愿，想；也许，大
　　　　概

wound n.负伤，伤口
　　　　vt.受伤，伤害

wrap v.包，卷，裹
　　　n.围巾，披肩

wreath n.花环，花圈

wreck n.遇难，失事，残骸
　　　vt.（船、飞机）遇难，失事

wretched a.可怜的，悲惨的，肮脏的，恶劣的

wrinkle n.皱纹
　　　　v.起皱，皱眉

wrist n.手腕，腕关节

write v.写，写字；写信，写作

writer n.作家，作者

writing　n. 笔迹；写作；(pl.)作品

wrong　a. 错的，不正确的

　　　　ad. 错误地，不正确地

　　　　n. 坏事，错误

　　　　v. 委屈，冤枉

XYZ

x-ray　n. X光，X射线

xerox　v. 复印，影印

yard　n. 庭院；场地；码

yawn　vi. / n. 打呵欠

year　n. 年，年份

yearly　a. 每年的

　　　　ad. 每年，一年一次地

yeast　n. 酵母

yell　v. 叫喊

yellow　a. 黄的

　　　　n. 黄色

yes　ad. 是，对，是的

yesterday　n. /ad. 昨天

yet　ad. 还，尚，仍，已经；甚至，更

　　　conj. 可是，然而

yield　v. 产生，出产；让步，屈服，倒塌，垮掉

　　　　n. 产量，收获量；(投资等的)收益

you　pron. 你，你们

young　a. 年轻的，年幼的

　　　　n. 青年人

youngster　n. 年轻人，少年

your　pron. 你的，你们的

yours　pron. 你的，你们的(所有物)

yourself　pron. 你自己，你亲自

yourselves　pron. 你们自己，你们亲自

youth　n. 青年时代；青年，青年人

youthful　a. 年轻的，有青春活力的

yuan　n. 元(中国货币单位)

zeal　n. 热情，热忱

zebra　n. 斑马

　　　　a. 有条纹的

zero　num. 零

　　　　n. 零点，零位，零度

zigzag　n. /a. 之字形(的)

　　　　v. 使曲折，曲折盘旋

zinc　n. 锌

zip　n. 拉链

　　　v. 拉开或拉上

zone　n. 地区，区域，地带

zoo　n. 动物园

zoom　n. 急速上升，陡直上升，图像电子放大，缩放

　　　　vi. 突然扩大，急速上升，摄像机移动

附录B PHRASES

A

a bit   一点，一些
a body of   一片，一批；大量
a couple of   两个，数个
a far cry from   天壤之别
a few   几个，少数
a good/great deal   大量（不可数）
a good/great many   大量（可数）
a little   一些，少许；略微
a lot   很，非常
a lot of/lots of   大量的，许多的
a number of   许多的
a sea of   大量，许多
a series of   一连串，一系列
a variety of   多种的
abide by   坚持，遵守
above all   首先，尤其是
according to   依照
account for   说明，占，解决，得分
accuse sb. of sth.   指控某人干某事
act on   对……起作用，按……行动
add up   合计
add up to   总计；意味着
after all   毕竟，终究
again and again   再三地，反复地
ahead of   在……之前，早于
ahead of schedule   提前
all along   自始至终，一直
all at once   突然，忽然；同时，一起
all but   差不多，几乎；除了……都
all of a sudden   突然
all over   到处，遍及，结束，(相貌)非常像
all over again   重新，再一遍
all right   好，良好，顺利，确实
all the same   仍然，照样地
all the time   一直，始终；三番五次地
all the way   从远道，自始至终，一路上

all the while   一直，始终
allow for   考虑；允许
along with   连同……一起，随同……一起
amount to   总计
and so on/forth   等等
answer for   对……负责
anything but   绝不，一点也不；单单除……之外
apart from   除……之外
apply to   将……应用于
arm in arm   臂挽臂
around/ round the corner   在拐角处
as a matter of fact   事实上，其实
as a result   结果，因此
as a result of   由于……的结果
as a rule   通常，照样地
as a whole   总体上
as far as   远到，直到；就……而言
as far as ... be concerned   就……而论
as follows   如下
as for/to   关于，至于；就……方面说
as good as   和……几乎一样，实际上等于
as if/though   好像，仿佛
as it is   实际上，其实
as it were   宛如，好像
as opposed to   相反，而不是
as regards   关于
as soon as   一……就，刚……便
as such   同样地，同量地
as well as   也，又，以及，和……一样，除……之外
as well   同样，也，倒不如，还是……的好
as yet   至今
as/so far as ... be concerned   就……而言
as/so long as   只要，如果；既然，由于
as ... as   像……一样
aside from   除……以外
ask after   问候
ask for   要求，请求

at a glance 一眼就

at a loss 困惑，不知所措

at a stretch 一口气地

at a time 每次，在某时

at all costs 不惜任何代价；无论如何

at all events 无论如何，不管怎样

at all times 任何时候；随时，总是

at all 完全，全然；究竟；根本

at any price 无论如何

at any rate 无论如何

at best 最多

at ease 安逸，自由自在

at first 起先

at first sight 乍看，初见

at hand 在近处，在手边；即将来临

at heart 内心里；实质上

at home 在家，在本地，在国内，熟悉

at intervals 不时，每隔……时间 (或距离)

at large 自由地；一般地；整体地

at least 至少

at leisure 空闲着，从容地

at length 最后，详细地

at most 最多，至多

at no time 从不，决不

at once 马上，立刻；同时

at one time 曾经，一度；同时

at peace 处于和平状态

at present 现在，目前

at risk 在危险中

at sb.'s disposal 由某人任意使用

at stake 危如累卵，危险

at the cost of 牺牲，以……为代价

at the expense of 归……付费，在损害……的情况下

at the latest 最迟

at the mercy of 受……支配

at the moment 此刻，目前

at the risk of 冒……之危险

at the same time 同时，然而，不过

at times 有时

at will 随意，任意

at work 在工作，在运转

B

back and forth 来回，前后

back away 逐渐后退

back down 放弃要求，让步

back off 后退

back up 支持；堵塞；后退

badly off 穷的，缺少的

be about to 刚要，即将

be aware of 知道

be bound up with 与……有密切关系

be composed of 由……组成

be fed up with 饱受，厌烦

be friends with 与……交友

be in debt 负债

be in for 要遭到，参加

be mad about 疯狂于

be made up of 由……组成

be to blame 该受责备，应承担责任

be/get used to doing sth. 习惯于做某事

bear with 宽容，忍受

bear/keep in mind 记住

beat up 痛打，打(蛋)，抬(价)，惊动，召集，搅拌

because of 因为

become of 降临，遭遇

before long 不久以后

behind sb.'s back 背着某人

behind the scenes 在后台，在幕后

behind the times 过时，落伍，赶不上时代

believe in 信仰

beside the point 离题，不中肯

better off 经济状况好的，富裕的

beyond (a) doubt 无疑

beyond (all) question 毫无疑问

beyond belief 难以置信

beyond measure 无可估量，极度

beyond/without compare 无与伦比

bit by bit 渐渐，一点一点

black and blue 遍体鳞伤的

block off 阻挡，隔开

blow up 使充气，爆炸，放大

boil down to 归结为

book in 登记，预订

border on   接壤；类似，非常像
both ... and ...   ……和……(两者)都；既……
　　　　　　　又……；不仅……而且……
break away   摆脱，逃跑
break down   (机器等)出故障；中断；分解
break in   插嘴，闯入；训练
break into   打断；突然开始；闯入
break off   突然停止；中断；脱落，暂停
break out   爆发；突然发生
break the ice   打破沉默
break through   突破，克服；挣脱而出
break up   打碎；中断；分解，变坏
bring about   引起，造成
bring around /round   把……带来；说服，使信服
bring back   拿回来，使回忆起来，使恢复
bring down   使倒下；使下降；使受挫折
bring forth   提出，出示，展示
bring forward   提出；提前
bring into being   使形成
bring into operation   实施，使生效，使运行
bring into play   发挥，发动
bring on   引起，导致，使发展，提出
bring out   显示出来；出版；生产
bring to life   使苏醒
bring to light   发现，揭发
bring to   使恢复知觉
bring up   提出；教育，培养
bring/ put into operation   使生效
bring/carry/ put into effect   实行，实施
bring ... home to   使……十分清楚
brush aside   扫除，漠视
brush off   刷去，脱落，丢弃
build into   把……做成，使成为
build in   安装，固定
build on/upon   把……建立于；依靠，信赖
build up   树立；增长；积累
bump into   撞击
bundle up   把……捆扎，使穿暖
burn down   烧毁，烧掉；烧为平地
burn out   烧光，熄灭；疲乏
burn up   烧尽；烧旺；烧掉；发怒
burst into   闯入，开出，突然出现
burst out   闯出来，大声喊，突发
but for   要是没有，要不是

buy into   买进
buy off   收买
buy up   全买
by accident   偶然，不小心
by all means   尽一切办法，务必
by and by   不久，不一会儿
by and large   一般地说来，大体上
by any chance   万一
by chance   偶然，意外地
by degrees   逐渐地
by far   ……得多；显然，到目前为止
by hand   用手；由专人送的；用体力
by heart   熟记
by itself   自动地，单独地
by means of   通过……手段；借助于，用
by mistake   弄错，错误地
by no means   绝不；根本没有，一点也不
by oneself   单独地，独自地
by reason of   由于，因为
by the by   顺便提一句
by the way   顺便说；在途中，在路上
by trial and error   经过反复试
by turns   轮流，交替
by virtue of   由于，因为
by way of   取道；用……方法，通过
by/ in comparison   与……相比
by/in contrast   与……对照

C

call back   叫回来，收回，打回电
call for   要求，需要；邀请
call in   召集，召来，来访
call off   取消，停止；叫走，放弃
call on/upon   看望，拜访；号召
call out   出动，唤起，大声叫唤
call up   打电话；使人想起；召集
calm down   平静下来，镇定下来
can not but   不得不
can/could not help   禁不住，忍不住
capable of   有能力的；可以……的；能够
care for   照顾，关心；喜欢
carry forward   发扬，结转
carry off   拿走，抓走；赢得(奖章等)

carry on 继续下去；从事

carry out 执行，贯彻；实现

carry through 完成；进行到底

carve up 瓜分，划分

cash down 用现金支付

cash in on 靠……赚钱，乘机利用

cast aside 消除，废除

cast off 丢弃，摆脱

cast out 驱逐

catch (on) fire 着火

catch at 想抓住，渴望获得

catch one's breath 喘息，屏息

catch on 抓牢，理解，流行

catch sb. out 发现某人有错误

catch sb.'s eye 引起注意

catch sight of 看到，发现

catch up with 赶上

catch/get/take hold of 抓住

chance on/upon 偶然找到，偶然遇到

change hands 转手

change one's mind 改变主意

charge sb. with sth. 指控某人

cheat on 作弊，作假；不忠

check in 办理登记手续

check out 结账后离开，检验，检查

check up(on) 检查，检验

cheer on 向……欢呼；鼓励

cheer up 使振奋，感到振奋

choke back 抑制

choke up 闷住，噎住，阻塞

clean out 清除，打扫干净

clean up 打扫干净，整理，赚钱，获利

clear away 把……清除掉；扫除

clear off 清除，摆脱，走开，消散

clear up 清理；澄清，(天气)放晴

close by 在……近旁

close down 关闭，封闭，停止播音

come about 发生，产生

come across 碰到，遇到；讲清楚

come along 一道走；进展，成功

come around /round 苏醒；让步；转向

come at 袭击，达到，得到

come between 在……中间，离间

come by 经过，得到

come down (to) 可归结为；落到……地步；谈论到

come in 进来，到达终点，流行起来，当选，(钱)到手

come into 进入，得到，继承

come into being 形成，产生

come into effect 生效

come off 发生；举行；成功

come on 快点；走吧；有进展

come out 出来；结果是；出版

come out with 发表，公布，说出，展出，供应

come round/around 再现；恢复知觉；改变看法

come through 经历；获得成功

come to 苏醒；达到，总数为

come to life 苏醒过来，变得活跃，显得逼真

come to light 暴露，被发现

come to terms 达成协议，妥协，让步

come true 实现，达到

come up 发生；走上前来；(时间)快到

come up against 碰到 (困难)

come up to 达到 (高度、程度)；符合

come up with 赶上；提出

come/ draw to a close 渐进结束

come/ go into operation 生效，开始工作

come/go into effect 被实施，生效

compare notes 交换意见

compare to 把……比做，比为

compare with 比较，与……相比

confide in 信任

cook up 伪造，虚构

cope with 与……竞争，应付

count down 倒计数，倒计时

count in 把……计算在内

count on/upon 依靠，指望

count out 点数，拳击中判输

count up 算出……的总数，共计

cover up 掩盖，掩饰

crop up 突然出现

cross out 删去，注销

crowd in 挤，涌

cure sb. of sth. 治愈某人的病

curl up 卷起

cut across 绕近道穿过，对直通过

cut back 削减；中止；急忙返回

cut down   砍倒；削减，减少

cut in   插嘴，打断；突然出来

cut off   切断；中断；隔绝

cut out   删掉，戒掉

cut short   中断，打断，缩短

cut up   切碎，抨击，歼灭，使丧气，胡闹

D

date back   回溯至

date from   日期从……起

dawn on   渐渐被理解

day and night   白天和夜晚；日夜，昼夜，

day off   休假

day to day   天天，日复一日

deal in   买卖，经营

deal out   分配

deal with   论述；涉及；与……打交道

decide on/upon   对……做出决定

die away   (风，声音)渐息，渐弱，(树木等)渐渐凋零

die down   逐渐消失；变弱

die of   因某病而死

die out   消失，灭绝

dig out   掘出，发现

dig up   掘起，挖出，发现，开垦

dip into   浏览，稍加研究

dispose of   处理，安排，转让，解决

do away with   消灭，去掉

do justice to   公平对待，适当处理

do one's utmost   竭力

do sb. good   对某人有好处

do up   束起，重新整修，收拾齐整，疲乏，包好

do with   利用，忍受，需要，乐意做

do without   没有……也行；免除；不用

do/try one's best   尽最大努力

down with   打倒，把……拿下

doze off   打瞌睡

drag on/out   拖延

draw in   (汽车、火车) 到达，到站，吸收；紧缩开支

draw into   (车船等)驶进，开到

draw on   利用；支取；吸

draw out   抽出，拉长，使说出实情，拟订

draw up   起草，制定；(使)停住

dress up   穿上盛装，打扮，装饰，伪装

drive away   赶走，开走

drive out   驾车外出，逐出

drop by/in   顺便来访；非正式访问

drop off   掉下；入睡；散去；逐渐减少；(让)……下车

drop out   退出；退学；掉出

dry up   干涸，枯竭

due to   由于，因为

dwell on/upon   细想；详述

E

each other   互相

ease off/up   放松，缓和，减轻

either ... or   或……或……

end in   以……为结果

end up   竖着，结束，死

enjoy oneself   过得快活，得到乐趣

enter into   进入，参加，成为……的一部分，研讨，讨论

enter on /upon   开始，着手，开始讨论

even if/though   即使，虽然

ever so   即使如此，虽然如此

every now and then   常常，不时地

every other   每隔一个的

except for   除了……以外

F

face to face   面对面地

face up to   大胆面向，勇敢对待；正视；承认

fall apart   崩溃，土崩瓦解

fall away   背离，离开，消失，消瘦，倾斜

fall back on   求助于；转而依靠

fall behind   落后

fall down   倒下，跪拜

fall in with   同意，依从

fall in love with sb.   爱上某人

fall off   下降，跌落，减少，衰退，离开

fall on /upon   袭击，攻击；突然遇到

fall out   争吵；脱落

fall out   争吵，吵架，闹翻，结果是，离队

fall short of   不足，缺乏，达不到，不符合

fall through　落空；失败

far and wide　到处，广泛地

far from　绝不，绝非；远离

feel like　想要；感觉到；摸上去如同

fight back　抵抗，还击

fight off　击退，排斥，竭力避免

figure out　计算出，想出；断定；领会到

fill in/out　填写

fill up　填补，装满，淤积

find fault　找错，找茬，挑剔，吹毛求疵

find out　查明，找出，发现

finish up　结束，完成，对……进行最后加工，用光

first and foremost　首先，首要地

first of all　首先

fish for　攫取，拐弯抹角地打听

fit in with　适合，符合，适应

fit into　适应于，符合于

fix on　确定，决定

fix up　安排，修补，修理，解决，商妥

follow up　穷追，把……探究到底，用继续行动来
　　　　加强效果

fool about /around　闲荡，干蠢事

for all　尽管，虽然

for anything　无论如何(不)，绝(不)

for certain　肯定地

for ever　永远；终身

for example/instance　例如，比如；举例说

for fear of /that　担心，害怕

for free　免费

for fun　开玩笑地

for good　永久地；一劳永逸地

for life　终身，为逃命

for nothing　免费，徒然

for one thing　首先；一则；举例说

for one's part　对某人来说

for real　真正的，确实的

for sale　待售

for short　简称，缩写

for sure　确实，毫无疑问地

for that matter　就此而言

for the better　好转，向好的方向发展

for the moment　暂时；目前

for the present　暂时

for the sake of　为了；因为

for the time being　暂时；眼下；目前

from time to time　时常；不时

G

gear up　使换快挡，促进，增加

get about　走动，旅行，传开，参加社会活动

get across　解释清楚；使人了解；通过

get ahead　（使）走在前面，进步，获得成功

get along　相处；有进展，有起色

get around /round　到处走动，传播出去

get at　得到；够得着；查明

get away　离开；出发；逃脱

get back to　回到

get by　通过；逃脱；过

get down to　开始，着手

get down to business　认真着手办事

get even with　报复

get hold of　抓住；掌握；获得；找到

get in　收获；进入；到达

get into　进入；对……发生兴趣；促使某人卷入
　　　　某事

get off　下(车等)；逃脱惩罚

get on　上(车等)；进展，融洽相处

get on to　转入(另一话题或活动)；同……联系

get on with　继续做；在……方面获得成功；相
　　　　处

get out　泄露；说出；离去

get over　克服(困难)；解决；恢复过来

get rid of　避免；摆脱；除去

get round　避免，说服，走动，传开来

get the better of　占上风；胜过

get through　完成；接通电话

get to know　得知

get together　集会；召集；收集

get up　起床，站起来

get/have the better of　赢，打败，胜过

give away　送掉，分发，放弃，泄露，出卖，让
　　　　步，陷下

give away to　泄漏；赠送；告发

give back　送还；恢复

give back　归还，恢复，后退，反射(声、光等)

give birth to　产生

give in　屈服，让步；交上，呈上

give off　释放出；辐射出；发生

give out　放出，发表；用完

give rise to　产生；使发生，引起，导致

give up　投降，放弃；辞去

give way　让位，让路，让步，(情感等)失控

go about　着手做，从事，走动，传开

go after　追求，追逐

go against　反对，违反，不利于

go ahead　继续下去；开始

go along　前进，进行，赞同，支持

go along with　赞同，支持；随行

go around/round　足够分配；走来走去；传播

go away　走开，[口]当做祈使句时，别傻了！

go back on　违背(诺言)

go by　(时间)过去；经过，遵守

go down　下降；下沉；下跌；被接受，传下去

go for　去；选择；想要；攻击

go from bad to worse　每况愈下

go halves　平分，分摊

go in　进去，放得进，参加

go in for　从事，爱好；参加(竞赛、考试)

go into　研究，调查，从事

go off　离开；爆炸；(食品)变坏；断电

go on　继续进行；发生

go out　离开；熄灭；过时

go out of business　歇业

go over　浏览，仔细查看，检查，审查

go through　通过；经历(苦难等)；仔细检查

go through　经历，经受，仔细检查，用完，被通
　　　　　　过，参加，搜查，履行

go to bed　去睡觉，就寝

go to extremes　走极端

go to great lengths　竭尽全力

go up　上升，增长；涨价

go wild　(气得或喜得)发狂

go without　没有……也行

go with　伴随，与……相配，和(异性)交朋友

go wrong　出毛病，发生故障；走错路

grow into　成长为；变得成熟有经验

grow out　出芽，长出，向外生长

grow up　长大，成人，崛起

guard against　提防，预防

H

hack into　非法闯入

had better　最好还是；应该

had/ would rather (than)　宁愿，宁可

hand back　退还，物归原主

hand down　传下去；传递，传给

hand in　交上；递交

hand in hand　手拉手，联合

hand on　传下来；传递

hand out　分发；散发

hand over　交出；移交

hang about　闲荡，闲呆着

hang around　留在附近

hang on　抓紧不放；由……决定

hang on to　紧紧握住

hang up　挂断，拖延，把……挂起来

have a good time　过得快乐

have in mind　想到；考虑；打算

have nothing to do with　与……毫无关系

have on　穿着，戴着，对……有安排

have something to do with　与……有点关系

head for　向……方向前进；驶向

head on　迎面地，船首对准

heart and soul　全心全意地，完全地

help oneself(to)　自取所需(食物)；随意拿取

help out　帮助(某人)，帮助(某人)解决困难

here and now　眼下，立刻，马上

here and there　各处，到处

hinge on /upon　靠……转动；取决于

hit back　抵抗，反击

hit on /upon　偶然发现

hold back　踌躇，阻止，保密

hold down　压制，抑制，缩减，牵制，垂下

hold off　不接近，拖延，不使接近

hold on　抓住；坚持

hold one's breath　屏息

hold one's own　坚持住，支撑住

hold out　伸出；坚持，不屈服

hold over　拖延，继任，以……威胁

hold together　使结合，使团结

hold up　举起；阻挡

how about　(你觉得)……怎么样

how come　[口]为什么；怎么会；怎么搞的
hurry up　使赶快，匆匆完成
hush up　肃静，隐瞒，掩遮

I

if only　要是……多好
in a hurry　匆忙，急于
in a mess　零乱；肮脏；陷于窘境
in a moment　马上，立刻；一会儿
in a row　成一排，连续
in a sense　从某种意义上说
in a way　在某种程度上，有点，在某一方面
in a word　简言之，总之
in abundance　大量
in accordance with　与……一致，按照，根据
in addition　另外，加之
in addition to　除……之外
in advance　预先，事先
in all　总共，合计
in answer to　回答，响应
in any case/event　无论如何，不管怎样
in between　在中间
in black and white　白纸黑字；书面的
in brief　简单地说
in business　在做买卖
in case　假使，以防万一
in case of　假如；万一；如果发生
in charge of　负责，主管
in check　在控制中；被阻止
in common　共同的，共有的
in comparison with　与……比较
in concert　异口同声地，齐声
in connection with　与……有关，连同
in consequence　因此，结果
in consequence of　由于……的缘故
in contrast to /with　和……形成对比(对照)
in control of　控制，管理，掌握
in debt　欠债，欠情
in demand　有需要，销路好
in depth　深入地，在深部，在底部
in detail　详细地
in difficulties　处境困难
in dispute　在争论中，未决的

in doubt　怀疑
in due course　适当的时候
in earnest　认真地，诚挚地
in effect　实际上，事实上；结果一样
in essence　本质上；大体上
in evidence　明显
in excess of　超过，较……为多
in fact　其实，事实上
in fashion　流行
in favor of　赞成，支持；有利于
in front of　在前面，面对
in full　充足，以全文，用完整的词(不缩写)
in full blossom　开满花，繁荣兴旺
in future　今后，从今以后
in future　今后，往后
in general　大体上，一般说来，通常
in good shape　处于良好状态，健康情况良好
in half　成两半
in hand　在进行中，待办理
in harmony with　与……协调一致
in haste　急速地，急忙地，草率地
in honor of　向……表示敬意；为纪念……，为庆
　　　　　　祝……
in itself　本身，实际上
in line with　与……一致，按照
in line　成一直线，排成一行；服从
in memory of　纪念
in no case　绝不
in no time　立即，马上
in no way　绝不
in operation　运转着，生效
in order　整齐，状况良好，适宜
in order that　以便，以至于；结果
in order to　为了，以……为目的
in other words　也就是说，换言之
in part　部分地，有几分
in particular　特别，尤其是；详细地
in person　亲自，本人
in place　恰当的，在适当的位置
in place of　代替，取代
in practice　在实践中，实际上
in private　私下，秘密地
in proportion to　与……成比例，按比例
in public　当众，公开地

in quantity　大量

in question　在讨论中

in reality　实际上，事实上

in regard to　关于，至于

in relation to　关于，考虑到；与……相比

in response to　响应，反应

in return　作为回报，作为报答

in reverse　在背面；反过来；与……相反

in search of　寻找

in season　当令，及时，及早

in secret　秘密地

in short　简言之，总之

in sight　看得见；在望，临近

in spite of　不顾，不管

in step with　与……一致，协调

in step　同步；合拍；并肩

in stock　有库存，有现货

in store　储藏着，保存着，准备着

in sum　总而言之，大体上

in summary　概括地说

in tears　流着泪，含泪，哭

in terms of　根据，按照，用……的话，在……方面

in the air　在空中，悬而未决，在流传中

in the course of　在……期间，在……过程中

in the distance　在远处

in the end　最后，最终

in the event　结果，如果

in the event of　如果……发生，万一

in the event that　如果；在……情况下

in the extreme　非常，极端

in(the)face of　不顾；在……面前

in the first instance　首先，起初

in the first place　起初；本来；第一

in the future　将来

in the habit of　有……的习惯，常常

in the interests of　为……利益；为……起见

in the least　一点，丝毫，极少

in the light of　鉴于，由于，按照，根据

in the long run　从长远看来(归根结底)，结局

in the middle of　在……的中间

in the name of　以……的名义，凭

in the open　在野外

in the right　正确，有理

in the short run　在短期内，暂时

in the way　挡道的，妨碍人的；在场

in the world　究竟，到底

in the wrong　错误，不对，不正确

in the/sb.'s way　挡道

in time　及时

in total　整个地

in touch　保持联系

in trouble　处于不幸中；在监禁中

in turn　反过来；依次地，轮流地

in use　使用中，被……使用；在工作时

in vain　徒劳，无效

in view of　考虑到，由于

in/ under the circumstances　在这种情况下，因为这种情况

inquire into　探究

instead of　代替，而不是

J

join hands　携手，合伙

join in　参加，加入

jump to a conclusion　草率决定

just about　几乎，正是

just as well　幸好，无妨

just now　刚才；现在，眼下

K

keep abreast of　保持与……并列

keep an eye on　留意，照看

keep at a distance　别靠近

keep at　坚持，继续努力干

keep back　阻止，阻挡，隐瞒，保留

keep down　控制；减少

keep from　阻止，隐瞒，抑制

keep in mind　记住

keep in touch　保持联络

keep off　不接近；避开

keep on　继续下去；反复地做

keep one's head　保持镇静

keep one's word　守信用

keep pace with　(与……)齐步前进

keep to　遵守，信守；坚持

keep up　不低落，维持，继续

keep up with　跟上，赶上

key in　[计]键入

kick off　踢脱(鞋等)，中线开球

kick out　[口]把球踢出界，逐出，解雇，开除

kick up　踢起，向上弯曲

kind of　有点儿，有几分

knock down　撞倒，击倒；拆掉

knock off　敲掉，击倒，[口](从价格、账单等中)减去，除去

knock out　击昏，击倒

knock over　打翻，搜查，吃掉

L

lack of　缺乏

later on　稍后

laugh at　因……而笑；嘲笑

launch into　投入，进入；开始做，开始

lay aside　把……搁置一旁，收起；积累

lay down　放下；拟订，规定

lay in　储藏，储存，预备

lay off　(临时)解雇；休息；戒

lay out　设计，安排；展示

lead the way　带路，引路

lean on　依赖，靠在……上

learn by heart　记住，背诵

least of all　最不

leave alone　不打扰，听其自然

leave behind　忘了带，不带；遗留；落后

leave off　停止，中断

leave out　漏掉，删掉，省略

let alone　更不用说，更别提

let down　放下，降低；使失望

let go(of)　放开，松手

let in　放进，允许……进入，嵌入

let off　排放；放过，宽恕；(在……)下车

let out　放走，释放，发出(声音)；泄漏

light up　点燃

line up　排队，排成一行

line up　整队，排列起

link up　连接，会合

listen to　听

little by little　逐渐，一点一点的

live in　住进

live off　住在……外，靠……生活

live on　靠……生活；维持生命

live out　活过，住在外面

live through　经受住，度过

live up to　不辜负；遵守诺言

live with　寄宿在……家，与……同居，[口]承认，忍受(不愉快的事)

lock in　禁闭

lock up　锁上

log in　[计]在网络上连接主机(服务器)的操作

log out　退出，注销

look after　照顾；关心；寻求

look ahead　计划未来，预测未来

look around/round　到处寻找，察看，观光，游览

look at　看；观察，查阅

look back　回头看；回顾

look down on/upon　看不起，轻视

look for　寻找，寻求；期望

look forward to　盼望，期待

look in　顺便拜访，顺便看看

look into　调查，深入了解

look like　像……，似……，外表特征是

look on　观看，旁观

look out　注意，留神

look out for　留心，期待，物色

look over　把……看一遍；检查，审查

look round　环顾，观光，察看

look through　(从头到尾)浏览；详细调查

look to　照看，注意，指望

look up　向上看，尊敬，查阅，查出，看望

look up to　尊敬，仰望

lose heart　丧失勇气，失去信心

lose one's head　惊惶失措，失去理智

lose one's temper　发脾气；发怒

lose oneself in　迷路于；全神贯注于

lose out　失败，输掉

lose sight of　看不见；忘记，忽略

lose track of　失去线索

M

make a/the difference　区别对待；起（重要)作用；有影响

make a fool of　嘲弄，欺骗

make a fuss of /over   对某人过分关心

make a point of   重视，强调

make an example of   惩罚，罚一儆百

make believe   假装，假扮

make for   快速走向，向……前进；促进

make friends with   与……交友

make fun of   嘲弄，取笑

make into   把……制成

make it   [口]达到预定目标，及时抵达，走完路程，(病痛等)好转

make of   用……制造，了解，对待，解释

make off   离开，(尤指做了错事后)匆忙离开，逃走

make one's way   一路前进，向前

make out   理解，领悟，写出；辩论出

make peace   讲和

make sense   有意义；讲得通；言之有理

make sure   弄确实，弄肯定，查明

make the best/most of   尽管利用，充分利用

make up for   弥补，补偿

make up of   由……组成；包含有

make up one's mind   决心，决定

make up   组成，占……比例；弥补，补偿；捏造

make use of   使用，利用

make way   让路，腾出地方(或位置)

many a   许多，很多

many a time   屡次，一次又一次

map out   绘制，在地图上标出

mark down   记下，削减……的价目，标低价格

may as well   最好；还不如，不妨

measure up   合格，符合标准

meet up   偶然相遇

meet with   偶遇，遭受

mess up   搞糟，陷入困境，粗暴地处理

miss out   遗漏，省略

mix up   混合，混淆，搞乱，搞糊涂

more and more   越来越多

more often than not   时常

more or less   或多或少，有点儿

most of all   尤其是，首先

move around   走来走去

move away   离开

move down   将……移至低处；将……调到低班

move on   继续前进

move out   搬出，开始行动

move over   挪开，让位

move up   提前，上升

N

neither ... nor   既不……也不……

never mind   不要紧，不要放在心里

next door   隔壁；接近

night and day   夜以继日

no doubt   无疑地，很可能

no end   非常；无限，大量

no good   不行，没有用

no less than   和……一样；不少于

no longer   不再

no matter how(what, when, ect.)   无论怎样 (无论什么，无论何时，等)

no more   不再，不再存在

no more than   至多；同……一样不；仅仅

no sooner ... than   一……就……

no way   不，绝不

no wonder   难怪，不足为奇

none but   只有

none other than   不是别的，正是

not in the least   绝不，一点也不

not only ... but also   不但……而且……

not so much ... as   与其……不如……

not to mention   不必提及

nothing but   只，只不过

now and then   时而，偶尔

now that   既然

O

of course   当然；自然；无疑

off and on   断断续续地，间歇地，有时

off balance   不平衡

off duty   下班

off one's guard   疏忽，大意，不提防

on (the)one hand   一方面

on a diet   吃规定的饮食，节食

on a large scale   大规模地

on a small scale   小规模地

on account of   因为，由于

on and on 继续不停地

on average 平均；按平均数计算；通常，一般

on behalf of 代表；为了

on board 在船(或车、飞机)上

on business 办事；因公出差

on condition that 如果；在……条件下

on demand 在要求时，一经请求

on duty 值班，当班

on earth 地球上，世界上；究竟；到底

on end 竖着，连续地

on file 存档，记录下来备查

on fire 起火，非常激动

on foot 步行

on guard 站岗，值班

on hand 在手边；临近

on loan 借贷

on no account 绝不

on occasion(s) 有时，间或地

on one's guard 警惕

on one's own 独自，独立地

on purpose 故意，有意

on purpose 故意，故意地

on record 记录在案，公开宣布的

on sale 上市，出售；减价，贱卖

on schedule 按时间表，准时

on second thoughts 经重新考虑；一转念

on the average 平均，通常

on the contrary 正相反

on the go [口]在进行活动，忙碌；刚要动身

on the grounds of 根据，以……为理由

on the other hand 另一方面

on the part of 在某人方面；就某人来说

on the point of 即将……的时候

on the quiet 秘密地

on the run 滚动着，跑着，逃跑，奔走

on the side 作为兼职，作为副业；私下

on the spot 在现场，当场

on the table 在桌面上，公开地

on the whole 总的看来，大体上，基本上

on the/an average 平均，按平均数计算

on time 准时

on top 在上面，成功，领先，另外

on/in behalf of 代表……

once again/more 再一次

once for all 永远地，一劳永逸地

once in a while 偶尔，有时

once more /again 再一次

once upon a time 从前

one after another 接连地

one another 互相

one by one 一个接一个

one day 有一天，总有一天

one way or another 无论如何

open up 展开，打开，开发，揭露，开始

operate on 对……实施手术

or else 否则，要不然

or so 大约

other than 除……之外，除非

out of breath 喘不过气来，上气不接下气

out of breath 上气不接下气

out of control 不受控制

out of date 过时的，落后的

out of doors 在户外

out of fashion 不流行

out of luck 运气不好

out of 越出……之外；从里面；从……中；离
开；由于；没有

out of order 发生故障，失调，(工作)不正常

out of place 不适当的，不相称

out of practice 久不练习，荒疏

out of question 无疑

out of season 过时，不合时令

out of sight 看不见，在视野之外

out of stock 已脱销

out of the blue 突然地

out of the ordinary 不平常的，非凡的；例外的

out of the question 不可能的，办不到的

out of touch 不联系，不接触

out of use 不被使用，废弃

out of work 失业，不能工作（的）

outside of 在……的外面

over and over (again) 反复；一再地

owing to 由于，因为

P

pack up 把……打包，整理

part with 跟……分手，放弃，丧失，卖掉，辞退

pass away 去世，死了

pass by 经过，掠过

pass on 通过，传给，传递

pass over 忽略，省略

pass through 经过，通过

pay attention to 注意

pay back 还钱，偿还，报复

pay off 还清(债)；得到好结果

pay up 全部付清

peel off 去皮，离群

phase in 逐步采用

pick out 选出，挑出，辨认出

pick up 拾起；学会；(车、船等)在半路上搭人；加快

piece together 拼合

pile up 堆积，积累，搁浅，撞毁

pin down 使受约束，阻止，压制

pin up 钉住，加固，支撑

play a part in 在……中起作用

play at 参加，假装，敷衍

play back 播放，把球打回给对方

play with fire 玩火；冒险

plug in 插上电源

point out 指出，指明

pop up 突然出现

pour into (使)川流不息地涌入(出)

pour out 诉说，倾吐

prior to 在……之前

pull away 脱身，离开

pull down 拆毁；降低

pull out 拔出，抽出；(车、船等)驶出

pull up 拔起；停下，停车

push on 推动，推进，努力向前

push through 完成，穿过

put across 解释清楚；使人接受

put aside 放在一边，储存；保留

put away 放好，收好

put back 放回原处，向后移，推迟，倒退，使后退

put down 记下，写下；镇压

put forward 提出；推荐；把……提前

put in 放进，伸进；提出；提交；申请，请求

put into effect 实行，执行

put into operation 实施，使生效，使运行

put into practice 实行，实现

put off 推迟，延期；关掉；阻止，妨碍

put on 穿上，带上；上演；增加(体重)

put out 熄灭，关灯；生产出；出版

put to use 使用，利用

put up 举起；修建；提供

put up with 忍受，容忍

Q

qualify for 有资格，合格

queue up 排队等候

quite a few 不少，相当多的

R

rather than 而不，而不是；与其说是……不如说是……

refer to 把……提交；参考，查阅；提到

refer to ... as 把……称做，把……当做

regarded as 被视为，把……认作

regardless of 不管，不顾

rely on 依赖，依靠

right away 立即，立刻，马上

right now 就在此刻，立刻

ring off 挂断电话

ring up [美] 把(款项)记入现金记录机，打电话给某人，登录

rise to 奋起应付

rise up 起义，叛变，起来

round the clock 昼夜不停，连续一整天

rule out 划去，排除，取消

run across 无意中碰到，遇到

run around 东奔西跑，奔忙，(尤指孩子)到处玩耍游逛

run away 潜逃，失控

run down (被) 耗尽；(健康) 衰退；撞倒；诽谤；减少

run into 偶然遇到；碰到(困难等)；与……相撞

run out(of) 用完；期满

run over 匆匆地看一遍；浏览；(车) 碾过

run through 浏览，匆匆读完

S

safe and sound 安然无恙的

save for 除……之外

save up 储蓄，贮存

scale down 按比例缩减(小)，按比例减少(降低)

scarcely ... when （刚)一……就……

see about 查询，留意于

see eye to eye （常与with连用）意见一致

see off 给……送行

see red 发怒，大为生气

see through 看透；识破

see to 留心，照料，注意

see to it that ... 设法使，务必要，保证

seeing that 因为

seek out 搜出，挑出，想获得

seize on /upon 抓紧，利用

sell out 卖完，出卖，背叛

send away 发送，派遣，驱逐，解雇

send for 派人去请

send in 呈送，提交

send off 送别；发送，邮寄

send out 发送，派遣，放出

set about 开始做，着手

set apart 使分离，使分开；使显得突出

set aside 留出，拨出；不理会

set back 推迟，阻碍；使花费

set down 写下，记下

set fire to 点燃，放火燃烧

set free 释放

set in 开始，到来，上涨，插入，嵌入

set off 动身出发；引起

set one's heart on 决心要(某物或做某事)

set on 攻击，前进，怂恿，使开始

set out 动身出发；开始；陈述

set sail 出航，起航，开船

set the pace 领先，起领头作用

set up 建立，创立；引起

settle down 定居；安下心来

settle up 付清，了结

shake off 摆脱，甩掉

shake up 摇匀，摇松，摇醒，震惊，把……打散后重新组合，震动

share in 分享，分担

shoot down 击落，击毙

shoot out 出，伸出，抽出

shoot up 射出，发芽，暴涨

show off 醒目；炫耀，卖弄，出风头

show up 出现；露面；暴露

shut down （把窗子等)放下关下，[机](使)机器等关闭，停车

shut in 关进，禁闭，笼罩

shut off 关掉，切断

shut out 关在外面，遮住，排除，使不能得分

shut up 关闭，关上……的全部门窗，监禁，住口，保藏

side by side 肩并肩；一起；同时

sign in 签到，记录到达时间，签收

sit by 袖手旁观，无动于衷

sit down 坐下，扎营，坐下来商讨，停止，降落

sit out/through 看完，听完，一直挨到……结束

sit up 坐起，端坐，熬夜

size up 估计……的大小(或多少)，[口]品评，符合要求

sleep off 睡过(时候)，睡掉(忧愁等)，用睡眠治好(头痛等)

slow down /up （使)慢下来

so and so 某某；如此这般

so as to 以便；以致

so far 到目前为止，迄今为止

so long 再见

so so 一般

so that 以便，为的是；结果是

so to speak 可以说，可谓

something of 在某种程度上；有点儿

sooner or later 迟早，早晚

sort of 有几分地

sort out 挑选出

speak out /up 大胆地说，大声地说

speed up 加速

split up 分裂

spread out 传播开，伸展开，扩大

stamp out 扑灭，踩灭

stand back 往后站，退后

stand by 支持；遵守诺言；袖手旁观

stand for 代表；支持；容忍

stand out 突出，显眼，杰出

stand up 站起来；(论点、证据等)站得住脚

stand up for 支持；拥护

stand up to 经受得住；勇敢地面对

stay in 在家，不外出

stay out 不在家，外出，呆在户外，坚持到……结束

stay up 不睡觉

step aside /down 避开，退让

step by step 逐步地，一步一步地

step down 走下，逐步减低，辞职，下台

step in 走进，插手帮助，做短时间的非正式访问

step up 加快，增加，逐步提高

stick to 坚持；忠于，紧跟，黏贴在……上

stir up 激起，鼓动，煽动

straight away /off 立即，马上

strip off 脱衣，剥落

such as 例如，诸如

such as 例如……，像这种的

suck up 吮吸，吸取

sum up 总结，概括

switch off 关掉，转换

switch on 开启

T

tail off 缩小，变少

take a chance 冒险，投机

take account of 考虑到，注意到

take advantage of 利用，趁……之机

take after 与……相像

take apart/to piece 拆卸 (机器)

take away 拿走；使离开；消除 (病痛等)

take back 送还，接回，取消，使回忆起

take care of 照顾，照料，承担

take care 当心，谨慎

take charge of 负责，接管

take down 记下来；拆掉

take effect 生效，起作用

take for granted 想当然，认为……是理所当然

take in 吸收，接收；领会；欺骗

take into account 考虑进去，考虑到；重视，考虑

take into consideration 考虑到

take note of 注意到

take off 起飞；匆匆离去；脱下

take on 呈现；采纳；承担，从事

take one's time 不要着急，慢慢地做

take out 拿出，取出，去掉，出发，取得，扣除，抵充，发泄

take over 接收，接管，取代

take pains 尽力，煞费苦心

take part in 参加，参与

take place 发生，进行，举行

take root 生根，扎根

take stock of 估计，观察

take the place of 代替，取代

take to 喜欢；养成……的习惯

take turns 依次，轮流

take turns 轮流，依次

take up 占去，占据；开始；从事

take ... for (错)当做，(误)认为

talk back 顶嘴，反驳，(在电台等的对讲电路上)回话

talk into 说服某人做某事

tear apart 扯开，把……弄乱；使心碎

tear down 扯下，拆卸，逐条驳斥，诋毁

tear up 撕碎

tell apart 分辨

tell lies 撒谎

tell the truth 说实话

tend to 注意，趋向

thanks to 由于；多亏

that is 就是说，即

that is to say 就是说，换言之

the moment(that) 一……就……

the more ... the more 越……越……

the same ... as 与……一致，与……相同

then and there /there and then 当时，当场

think back 回想

think better of 改变主意，重新考虑之后决定不做

think of 想起，想到，考虑；关心

think of ... as 把……看做，以为……是

think out 彻底思考，设计出，解决，发现

think over 仔细考虑

think through 思考……得出结论

think up 想出，发明，捏造，虚构

throw away 扔掉，抛弃；浪费

throw light on/upon sth 阐明某事，使人了解某事

throw off (从……)扔开，去掉(伪装)，摆脱掉，

散发出

tie in with　和……联系一起

tie up　绑好，缚牢，包扎，占用，停泊

tighten up　使紧密；加强

time after time /time and again　反复，一次又一次

time out　时间到(了)，中止连接；暂停时间，休息

tire out　使十分疲劳

to a certain extent　在一定程度上，有几分

to a/the day　恰好；一天也不差

to begin with　首先，本来

to date　至今，到此为止

to excess　过度，过分

to one's heart's content　尽兴地

to one's knowledge　就某人所知

to some degree　在某种程度上

to start with　作为开始，首先

to the effect that　大意是，以便

to the point　中肯，扼要

together with　和，加之

touch off　触发，使炸裂，激起，勾画出

touch on　说到，涉及；触及

try on　试穿

try out　试验，试用

turn a blind eye to　熟视无睹

turn a deaf ear　装聋，充耳不闻

turn against　(使)变成和……敌对

turn around /round　回转，转向

turn away　不准……入内，走开，转过脸，解雇，避免，防止

turn back　使停止往前，往回走，翻回到，重新提到，折转，挡住

turn down　关小，调低；拒绝

turn in　拐入，上床睡觉，上缴，出卖，把……向内折，告发，做出，取得

turn into　进入，(使)变成

turn off　关上 (电灯、自来水等)；转弯；解雇；生产

turn one's back on　背弃，抛弃

turn on　开启，变得兴奋，突然装出，开始

turn out　关上；生产，制造；结果是

turn over　翻转；交付；反复考虑

turn to　求助于，转向

turn up　出现；开大

type in　键入

U

under control　在……控制下

under no circumstances　绝不

under the circumstances　在这种情况下，(情况)既然如此

under way　在进行中；(船)在航行中

up against　面临，遭遇

up and down　来回，上上下下，前前后后，到处

up to　直到，高到，达到；取决于

up to date　现代化的，切合目前情况的

use up　用光，用尽；精疲力竭

used to　惯常，惯于

V

vice verse　反过来也一样

vote down　否决

vote for　投票赞成

vote on　就……表决

W

wake up　醒来

walk away　走开

walk out　走出，退席，罢工，把(某人)带走

walk up　请进，沿……走，走上

walks of life　各行各业，各界

wall in　筑墙围住

warm up　变热，加热；兴奋起来

wash up　洗(餐具)；洗手洗脸

watch out for　当心，提防

wear away　磨损，消逝，衰退，磨减，消磨，虚度

wear off　逐渐消逝

wear out　用破，磨损；使精疲力竭

what about　怎么样

what if　如果……将会怎么样

what is more　更甚者

what is worse　更糟的是

whether ... or　是……还是……，不管……还是……

why not　干吗不……

win over　争取过来，拉过来，战胜

wind up　上发条，使紧张，兴奋，结束

wipe out　擦掉，擦干净；消灭，彻底摧毁

with a view to　着眼于，以……为目的，考虑到

with reference to   关于
with regard to   关于
with respect to   关于，至于
with the click of a mouse   点击一下鼠标
with the exception of   除……之外
with/in regard to   关于
without question   毫无疑问
word for word   逐字地
ork at   钻研；从事于，致力于
work out   解决；想出，制定出

worthy of   值得的，应得的
would rather than   宁愿……也不……
would sooner   宁愿
wrap up   掩饰，伪装，使全神贯注，围好围巾，包起来
write down   写下，把……描写成
write off   取消，注销，勾销

Y

year after/by year   年年，每年

附录C 127所院校MBA教育项目简介

(按学校代码排序)

1. 北京大学

北京大学光华管理学院是唯一提供北京大学MBA教育项目并授予北京大学MBA学历和学位的机构。光华管理学院秉承了北大悠久的人文传统、深邃的学术思想和深厚的文化底蕴，处于中国经济发展与企业管理研究和实践的前沿，以提供具有国际水准的管理教育为己任。

光华管理学院MBA项目致力于培养具有社会责任感和全球视野的高级管理者与未来商界领袖。借助于北大深厚的人文底蕴、系统创新的课程设置以及丰富的课外活动，使学生了解前沿的商业知识，具备跨文化的敏感性与人际沟通技能，成为在复杂环境下具有分析解决问题能力、勇于承担未来挑战的创新性人才。

光华管理学院MBA项目始于1994年，迄今已招收了15届MBA学生共计5 600余名。现有国际MBA、全日制MBA、在职MBA（春季和秋季）、深圳MBA（春季）和双学位MBA项目。15年来，在学校及社会各方的大力支持下，在学院全体教职员工的共同努力下，光华管理学院的MBA项目取得了长足的进步，并形成了自己具有竞争力的项目特色：

(1) **强大的师资团队。** 光华管理学院师资力量雄厚，拥有多位在国内外有广泛影响、享有崇高声望的著名学者。截止到2008年5月，学院拥有全职教师105人，其中教授32人，副教授37人。授课教师中99人拥有博士学位，63人在海外获得博士学位。有博士学位和海外博士学位的教师比例居全国最高。学院还聘请了海外访问教授23人。光华管理学院的大多数教师都具有企业咨询顾问经验，能随时捕捉国内外企业管理的动态，不断推陈出新，为学生提供了国外先进管理理论与中国管理实践相结合的独特视角。

(2) **系统而创新的课程设置。** 光华管理学院MBA课程分为核心课程和选修课程。13门核心课程是MBA学生必须掌握的管理学与经济学基础知识和技能，每年120多门次的选修课程按照通用管理和8个专业方向设置。学生可以在掌握综合基础知识和技能的前提下，结合自己的职业规划，选择1~2个符合自己发展方向的选修课程。目前设置的专业方向有：金融管理、会计与财务管理、市场营销、人力资源与组织行为、决策与信息管理、战略与国际企业管理、健康产业管理、创业与创新管理8个方向。

(3) **多样化教学与丰富的第二课堂。** 光华管理学院在强化基本理论教学的基础上，强调运用案例教学，帮助学生运用管理学理论来分析解决实际问题。学院设有中国企业管理案例研究中心，通过与企业的联系，开发撰写管理案例。学院拥有极为丰富的第二课堂，每周都会邀请多个国内外知名专家学者、著名企业家以及政府高级官员举办专题讲座。MBA项目更是将企业讲座与课程相结合。第二课堂使MBA学生能及时获得国内外最新研究成果、管理经验，能密切跟踪中国经济与管理中的热点问题，能透彻理解国家的大政方针与政策措施。

(4) **与世界著名商学院互换交流。** 光华管理学院与美国西北大学KELLOGG商学院、芝加哥大学商学院、宾夕法尼亚大学Wharton商学院、纽约大学Stern商学院、加利福尼亚大学洛杉矶分校Anderson商学院、德国曼海姆大学、荷兰Erasmus大学鹿特丹商学院、香港科技大学商学院以及其他国家和地区的60多家世界知名商学院分别签订了学生交流项目协议。为MBA学生到国外商学院学习提供了大量的机会。通过一个学期的交流，使学生充分体验国外学习环境，亲自了解当地商业特色，接触异国文化，从而丰富人生经历，拓展国际视野，在全球化的职场平台上更具竞争力。

(5) **独具特色的双学位国际MBA项目**。所谓双学位国际MBA项目，就是一年在北大学习一年在国外留学，最终获得两个MBA学位的双学位项目。自2001年创办以来，双学位国际MBA项目的毕业生深受企业的欢迎，也是很多考生的兴趣点之一。目前有5家与光华管理学院合作的双学位项目合作商学院：新加坡国立大学、法国ESSEC商学院、加拿大约克大学Schulich商学院、美国得克萨斯大学奥斯汀分校、韩国首尔大学。毕业生不仅能运用两种语言，而且能同时学到东西方的商业理念、知识、技能。双学位MBA的毕业生绝大部分都能够在著名跨国公司找到管理职位，为他们最终成为国际商业精英奠定了坚实的基础。

(6) **实践项目与实践活动**。光华管理学院非常重视给学生提供实践锻炼的机会。MBA学生在校就读期间，可能参与的实践项目有：全日制MBA（含国际MBA）在第一学年课程结束后的暑期实习项目；企业咨询项目，如与Wharton合作的GCP 项目，参与老师的企业调研项目等。学院组织学生参加国内国际案例大赛、创业大赛，为学生实践和检验学习成果提供了机会。此外，学生通过组织各种大型论坛、大型文艺晚会、文体竞技等活动中锻炼了组织能力和领导能力。北大MBA联合会是在校MBA学生组成的学生联合组织，由北大MBA联合会组织创办的光华新年论坛已经成为中国最具影响力的公开学术论坛之一。

(7) **专业化的就业指导与服务**。光华管理学院设有职业发展中心，对MBA学生的职业生涯发展提供支持并进行专业的管理，帮助学生达到既具有挑战性又具有现实性的职业目标。通过提供职业测评工具和"一对一"的职业咨询辅导、举行职业规划研讨会等协助学生完成个性化的职业定位和职业规划；通过系列的就职前培训，包括简历写作、面试技巧，有效获取职业信息，协助学生提升职场竞争力；通过整合各种资源，邀请国内外著名企业举办校园活动和招聘宣讲会，指导学生建立人际网络；积极搭建在校学生与校友和企业之间的桥梁，每年举办招聘活动近百场，并且定期举行大型招聘会、专场招聘会以及与企业交流的多种形式的活动，为学生提供广泛的实践、实习和就业机会；学生通过充分利用职业发展中心的服务实现个人职业发展的短期和长期目标。

(8) **丰富的校友资源**。光华校友联络中心是校友与母校交流互动的理想平台。校友们相互交流有利于知识的互补和新知识的汲取，有利于思想的碰撞和创造，有利于各种资源的整合和发挥资源的最大效能。

光华管理学院MBA招生严格遵循公平、公开、公正的原则，从笔试和面试两个方面来评价考生。在面试过程中注重考生的教育背景、学习能力、成长为未来商界精英所需要的个人特质以及职业发展潜力。

地址：北京市海淀区颐和园路5号　　　　　　　　邮编：100871
北京大学研究生招生办公室：电话（010）62751354
光华管理学院MBA办公室地址：北京大学光华管理学院大楼113室
电话：（010）62751665，62754858，62757781；　　传真：（010）62757754
光华管理学院深圳办公室地址：深圳科技园南区深港产学研基地大楼E411室
电话：（0755）26737425，26737426
E-mail: mbaadmi@gsm.pku.edu.cn　　　　　　　网址：http://mba.pku.edu.cn
MSN：pku-mba@hotmail.com / QQ：93350081 (MSN/QQ每周一、四下午3:00～5:00)

2. 中国人民大学

中国人民大学是中国著名的人文社科类重点大学，经济管理学科门类齐全，师资力量雄厚。广大师生发扬"立学为民，治学报国"的人大精神，积极探索，求真务实，使学校成为我国人文社会科学高等教育和研究的重要基地。

中国人民大学商学院前身为中国人民大学工业经济系、贸易经济系和会计系，成立于1950年，是我国工商管理教育的重要基地。自1983年起，商学院与加拿大麦吉尔大学等4所大学合作，先后开设两期MBA暑期课程班，为我校培训了大量的青年教师。1986年，商学院与麦吉尔大学合作开办两期MBA班，培养MBA学生近100名。1993年1月，我国第一批获得中国MBA学位的39名毕业生从中国人民大学走上新的工作岗位，美国CNN电视台就此作专题报导，认为这是中国企业走向市场运作的强烈信号。

截止到2007年9月，中国人民大学商学院已有MBA毕业生约4 000余人，在校MBA学生834人。50%以上的毕业生选择在IT、电信、金融、投资、汽车等行业就业。

中国人民大学MBA教育以"求真、创新、团队、诚信"为基本宗旨，具有以下办学特色：

(1) 实力雄厚的商学院。中国人民大学商学院是我国MBA教育的主要基地之一，素有"中国工商企业管理的摇篮"之称。中国人民大学商学院下设企业管理、组织与人力资源、管理科学与工程、贸易经济、市场营销、会计、财务管理7个系，现有企业管理、产业经济和会计学3个全国重点二级学科和全国重点一级学科工商管理；拥有产业经济学、企业管理、会计学、技术经济、财务管理、市场营销、旅游管理、流通经济8个博士点；拥有企业管理、旅游管理、管理科学、会计学、技术经济及管理、国际贸易学、产业经济学、流通经济学、市场营销管理、财务管理、工商管理硕士（MBA）、高级管理人员工商管理硕士（EMBA）、会计硕士专业学位（MPAcc）13个硕士点以及工商管理、市场营销、工程管理、会计学、财务管理、贸易经济6个本科专业。据2007年3月教育部学位中心的最新评估结果，中国人民大学工商管理学科名列全国第3位。学院师资力量完备，教学科研实力雄厚，商学院现有专职教师136人，教授46人（其中博士生导师45人）、副教授53人。

(2) 独具特色的MBA精品课程。中国人民大学商学院MBA项目以培养视野开阔、思维活跃、实际操作能力与社会责任感强的商界领袖为目标，凝聚商学院半个多世纪以来管理理论研究与企业实践的精髓，汲取欧美当代MBA教育的精华，形成了"前沿专题与系统课程并重，资深教授与企业家联袂，西学精英与本国经验融合，模拟训练与案例研讨互动"的一整套具有自己特色的MBA精品课程。中国人民大学商学院高度重视MBA案例教学，专门组织教师编写了15本MBA案例集，翻译了一整套哈佛商学院MBA案例，推出数十本英文MBA精品教材。商学院与很多知名企业建立了紧密合作的MBA实习基地，经常组织MBA学生赴企业考察和实习，使他们了解企业管理实践发展的最新动态。

商学院的MBA课堂以教师讲授生动、理论与实践结合紧密而深得学生的好评，在社会上形成了良好的声誉。

(3) 深厚的人文底蕴。中国人民大学是国内著名的以人文科学、社会科学为主的综合性研究型全国重点大学，人文基础扎实，经济管理学科门类齐全，师资力量雄厚，拥有25个全国重点学科，每年可以为MBA学生提供400门以上相关的选修课程。MBA学生除了可以聆听商学院著名教授的课程以外，还可以选修和旁听其他院系著名教授的课程。这种学科融合优势有利于塑造未来商界领袖的人文气质。

(4) **丰富多彩的第二课堂**。中国人民大学商学院经常邀请外籍教师参与MBA教学工作，并聘请跨国公司在华经理及国内著名的企业家前来讲学。近3年来，应邀来商学院为MBA学生作专题讲座的企业高层管理者有100余位，其中包括联想集团董事会前任主席柳传志、中远集团总裁魏家福、摩托罗拉全球副总裁梁念坚等。丰富多彩的第二课堂使MBA学生有机会近距离接触杰出人士，不断开阔自己的眼界，提升自己的修养。2008年，中国人民大学商学院根据市场的需求和变化，调整MBA培养方案，实现课程创新，增设更加贴近市场的课程。另外，商学院还将邀请国内外知名企业家直接为MBA学生授课，部分MBA课程由企业家全程授课。

(5) **形式多样的国际交流项目**。中国人民大学商学院已经与美国得克萨斯大学圣安东尼奥分校、法国马赛商学院、丹麦阿尔胡斯商学院、加拿大卡尔顿大学、芬兰斯坦佩雷科技大学、日本九州大学、台湾大学等众多商学院建立了长期合作关系。2007年，中国人民大学商学院与意大利都灵无线基金会（Torino Wireless Foundation）合作推出针对MBA的国际课程ExMP（Excellence Match Program），该项目专门针对意大利企业赴华开展业务开设商业计划书写作课程，充分体现了中国人民大学MBA项目理论与实践紧密结合、国际化与本土化紧密结合的办学特色。

(6) **服务完善的MBA职业发展中心**。商学院开设了MBA职业发展中心，利用网络资源，建立就业信息库，与众多知名企业合作建立MBA实习、就业基地，与中外知名企业建立长期联系渠道，积极搭建企业与商学院MBA学生之间的沟通平台，为商学院的MBA学生提供最新、最全面的职业信息以及职业发展规划咨询和求职技能培训。

2009年，中国人民大学商学院计划招生320人。中国人民大学商学院将加大对成绩优秀的MBA学生的奖励力度，以鼓励优秀学生报考。

地址：北京市海淀区中关村大街59号　　　　　　邮编：100872
研究生招生办公室电话：(010) 62515340
商学院MBA项目中心地址：中国人民大学明德商学楼0611室
电话：(010) 82509166，62511373，62510212
传真：(010) 82509167
E-mail: mbarbs@ruc.edu.cn　　　　　　网址：http://www.rbs.org.cn/mba

3. 清华大学

清华大学在经济管理领域的教育实践可以追溯到1926年设立的清华大学经济系。1979年，清华大学恢复设立经济管理工程系，1984年成立经济管理学院。清华大学经济管理学院以"造就未来中国乃至世界的商业领袖，贡献学术新知，推动民族经济的伟大复兴"为自己的使命。跻身世界一流商学院之列，是清华大学经济管理学院的目标。

清华大学经济管理学院拥有管理科学与工程、工商管理、理论经济学、应用经济学4个一级学科的博士学位授予权。博士学位授予权的覆盖面在全国管理学院中最宽，国家重点学科点的数目在全国管理学院中最多。学院还拥有现代管理理论研究中心和技术创新研究中心两个教育部人文社科重点研究基地，同时也是国家哲学社会科学创新基地。在教育部学位与研究生教育发展中心组织的两次全国一级学科评估中，清华大学工商管理学科整体水平都名列第一。

清华大学经济管理学院是目前中国内地唯一获得AACSB和EQUIS两大全球管理教育顶

级认证的商学院，也是亚太地区同时拥有三项国际认证（AACSB Business，AACSB Accounting和EQUIS）的三家商学院之一。取得AACSB和EQUIS认证资格是能够提供全球公认的优秀管理教育的重要标志，它表明清华大学经济管理学院与国际上其他通过该认证的优秀商学院站在同一平台。

清华大学MBA项目是中国最具影响力和品牌效应的主流MBA项目之一，自1991年创办以来，始终秉承"自强不息，厚德载物"的清华校训，发扬"行胜于言，追求完美"的经管精神，努力培养具有国际视野、领导能力、创新意识和优良商业道德，掌握综合管理知识和技能，有志为国家乃至世界做出杰出贡献的领导人才。MBA项目在国务院学位办公室组织的全国MBA教学合格评估中排名第一，并荣获过国家级教学优秀成果二等奖和北京市教学优秀成果一等奖。经过17年的项目建设，清华MBA项目依托清华大学深厚的文化底蕴和经济管理学院丰富的教学资源，凭借严谨的学风、优质的生源和不断的创新，形成了独有的竞争优势。

清华大学MBA教育的主要特色有：

(1) 一流的师资队伍和丰富的教学资源。清华经管学院现有136位全职教师，其中教授44人，副教授49人。50人在国内外一流大学获得博士学位，80%以上的教师有在海外学习和合作研究的经历。学院还聘请了20位在国际学术界有较大影响的世界一流大学及研究机构的教授担任特聘教授，以及一批国内外知名学者、专家和企业家担任兼职（客座）教授。在经济管理学院每年举办各类专题报告和讲座逾300场。清华MBA项目在教学中采用理论教学与案例教学相结合的教学方式，通过互动式学习，能使学生更好地掌握分析和解决问题的方法。为支持案例教学，学院筹资建设了"中国工商管理案例库"，并取得加拿大毅伟商学院及哈佛案例库的使用权，为MBA教学提供了丰富的国际与本土案例资源。2008年，MBA项目推出"THING-LAB"计划，旨在加强对中国企业案例的自主开发与应用。

(2) 软硬搭配，通专结合的课程安排。清华MBA项目以培养未来的商界领袖为目标。为适应这一目标的要求，在课程安排上"软"、"硬"搭配，"通"、"专"结合。既强调领导素质的培养，也强调解决具体问题能力的训练。既重视基础理论学习和面向综合管理的通识教育，也重视面向职能部门管理的专业特长培养。在MBA基础课程学习结束后，为MBA学生提供包括市场营销、人力资源管理、金融与财务、电子商务与供应链、企业创新与创业管理、财务分析与管理控制等在内的多个专业方向的课程组合，供学生选修。学院鼓励MBA学生结合个人职业发展目标设计方向性课程组合。通识与专长的结合，使MBA学生的知识结构能更好地适应就业市场需要。

(3) 国际化、开放式办学独具魅力。2000年成立的清华大学经济管理学院顾问委员会由全球50位著名跨国公司的董事长、总裁以及国际著名学者组成，70%的委员来自海外。顾问委员会作为学院和世界联系的纽带，在推动学院跻身世界一流商学院的同时，也推动了MBA项目的国际化。从1997年开始，清华经济管理学院与美国麻省理工学院斯隆管理院(MIT Sloan)合作举办国际MBA项目。这一全英文的项目约有50%的海外学生，分别来自10多个国家。多元化的学生构成促进了学生的跨文化融合与交流。通过与沃顿、MIT、HEC、斯坦福等世界一流商学院的海外师资培训计划，学院教师队伍的研究和教学与国际学术前沿保持同步发展。

(4) 海外交换与海外交流学习。清华MBA项目广泛开展与世界著名商学院的学生交流，目前已与全球66所商学院签署互免学费的学生交换协议，成为亚洲最大的海外交换平台。通过学生交换，每年有近百名来自世界各国的MBA学生走进清华校园与清华学子共同学习一个学期。同样数目的清华MBA学生有机会走向世界各地在国外著名商学院学习一个学期。海外交换机会向所有清华MBA学生开放，具备良好的英语基础是参与选拔的基本条件。此外，MBA项目还开展多个短期海外交流项目，国际MBA项目的学生可以申请与美国麻省理工学院斯隆管理院(MIT Sloan)合作的ChinaLab项目，与斯坦福大学商学院合作的STEP交流项目，以及与智利天主教大学合作的Doing Business in Chile项目。

(5) **实践学习氛围浓郁活跃**。清华MBA新生入学后通过入学导向（ORIENTATION）活动迅速融入清华MBA团队。在学期间可以通过丰富的"第二课堂"、俱乐部系列沙龙、案例比赛、MBA实践学习之旅等活动，广泛接触国内外学界名流和商界英才，第一学年结束后，与国际接轨的暑期实习模式，使学生有机会参加著名企业的管理实践。清华MBA学生成立了清华大学互联网协会（THU-IRSA）、清华大学学生管理咨询协会、金融俱乐部、IT和通信俱乐部、房地产俱乐部、创业与投资俱乐部、人力资源俱乐部、户外俱乐部等众多社会团体。学生通过组织讲座、论坛、参观、调研等活动，加强与企业的联系，汲取营养，锻炼领导和组织能力。MBA教育中心为每个MBA班聘请了EMBA辅导员、企业家班主任，为MBA学生与商界交流提供便利。

(6) **高水平的职业发展辅导与就业咨询服务**。学院专设职业发展中心（CDC），帮助学生设计职业生涯，制定职业发展规划，为学生提供"一对一"的职业发展辅导和就业咨询服务，开设系列职业发展讲座。同时，职业发展中心在企业和学生之间搭建起人才供需的桥梁，发布大量企业全职招聘及暑期实习的信息。许多优秀的清华MBA毕业生在职业发展中心的帮助下，实现了跻身国内外知名企业、提升职业竞争力的愿望。2006年清华共有全日制MBA毕业生255人，通过职业发展中心到学院招聘MBA的企业有600多家，提供招聘名额1 800多个。

(7) **优秀的校友团队，活跃的校友网络**。清华MBA学生拥有中国最大的MBA校友网络。学院专设合作与校友事务办公室，与5 200多清华MBA校友保持着紧密的联系，经常组织校友活动，形成了独特的校友文化和活跃的校友网络。清华MBA项目还在学生中展开"薪火相传——清华MBA校友导师计划"（AMP），为在校学生和校友建立沟通桥梁，使在校MBA学生可以获得事业指点，分享人生经验，拓展人际网络，携手传承清华MBA品牌精神。

清华MBA招生始终坚持公开、公正、公平的原则。按照清华MBA项目培养目标的要求，以长期职业发展为导向选拔学生，重视考察考生的工作经验、综合素质和发展潜质，择优录取。全日制学生可将户口和档案转入清华大学。对于在清华落选但达到教育部录取分数线的考生，清华积极帮助考生调剂第二志愿院校。

清华大学经济管理学院现有国际MBA项目（International MBA Program）、全日制MBA项目、秋季在职MBA项目，以及分别在北京和深圳授课的清华—香港中文大学金融MBA项目，全年接受申请和咨询，请登录http://mba.sem.tsinghua.edu.cn，填写您的个人信息，以便及时获得"清华MBA之声"项目最新动态和报考信息。报名联系方式如下：

研究生招生办公室
电话：(010) 62773824，62782192　　　　传真：(010) 62770325
E-mail: yjszb@tsinghua.edu.cn
地址：北京市海淀区清华园1号　　　　　　邮编：100084
经济管理学院MBA招生推广部
电话：(010) 62772945，62788144，62785535　　　传真：(010) 62785535
E-mail: mbaadmissions@sem.tsinghua.edu.cn
经济管理学院网址：http://www.sem.tsinghua.edu.cn

MBA中心网址：http://mba.sem.tsinghua.edu.cn

地址：北京清华大学经济管理学院舜德楼119室　　邮编：100084

清华—香港中文大学金融MBA项目（北京）

电话：(010) 62789683，62794227　　传真：(010) 62789967

E-mail：finmba@sem.tsinghua.edu.cn

网址：http://mba.sem.tsinghua.edu.cn/fmba

地址：北京清华大学经济管理学院舜德楼116室　　邮编：100084

清华—香港中文大学金融MBA项目（深圳）

电话：(0755) 26036122，26036375，26032690　　传真：(0755) 26036887

E-mail：finmba@sz.tsinghua.edu.cn

地址：深圳南山区西丽大学城清华校区B栋101室　　邮编：518055

4. 北京交通大学

北京交通大学是首批进入国家"211工程"建设的全国重点大学，前身可以追溯到前清政府创办的北京铁路管理传习所，是中国第一所专门培养管理人才的高等学校。1996年，北京交通大学经济管理学院成立，它秉承了北京交通大学管理学科百年发展的底蕴，以"培养一流创新人才、创造前沿学术新知、服务现代经济社会"为己任，恪守"求实、创新、奉献、关爱、和谐"的核心理念，培养了大批为社会经济发展做出贡献的企业家、创业者和高级管理人才，成果丰硕、成绩斐然。

北京交通大学MBA项目1994年开始在全国招生。迄今已招14届MBA学生共计3 100余名，在校生1 000余名。北京交通大学MBA项目现有高级MBA、国际MBA、全日制MBA、在职MBA以及在职攻读工商管理硕士学位班（北京班、深圳班；济南班、行业班和企业班）。北京交通大学MBA，除了通用型MBA以外，还有下列专业方向：物流管理、工程管理、战略管理、市场营销、人力资源管理、财务会计、旅游管理、信息管理、金融与投资、产业经济与区域规划。

北京交通大学MBA教育的培养目标是：系统提升MBA学生的"融会贯通"（融入国际、敢想会做、学贯中西、通经达变）能力，培养具有社会责任感、务实进取、团队协作，具有战略视野和领导力的最受业界欢迎的高级管理人才。

北京交通大学MBA项目恪守"追求卓越品质，推动学生成功"的价值追求，经过14年的发展，规模和质量品牌都达到一定水平。MBA毕业生得到企业界的充分肯定。

北京交通大学MBA项目已经逐步形成了自己的优势：

(1) 一流的师资队伍和丰富的教学资源。 北京交通大学经管学院现有教职工187人，其中中国工程院院士1人，国务院参事1人，30名教授，79名副教授。目前拥有应用经济学、工商管理博士后流动站2个，管理科学与工程和工商管理2个一级学科博士点，拥有10个二级学科博士点，拥有7个专业学位硕士点。学院设有物流管理、企业管理、经济、信息管理、会计、金融、公共管理、工程管理、旅游管理9个系；建有金融与证券模拟等7个实验室和中国企业竞争力研究中心等16个科研机构。

北京交通大学MBA项目师资队伍由专任教师、企业家、政府专家组成，绝大多数具有博士学位和高级职称，具有丰富的企业咨询顾问经验和实战经验，能很好地把先进的企业管理理论和中国企业的管理实践相结合，为MBA学生提供一套发现问题、分析问题、解决问题的独特的思考路径。

(2) **独具特色的"MBA人"教育平台。**北京交通大学的MBA教育始终秉承"知行"校训，实践"知识引领进步、教育创造未来"的神圣使命，以行业需求为主导，配置、整合、优化MBA教育的管理者、师资队伍和学生资源，构建"面向产业、协调互动、竞争激励、动态创新"的"MBA人"教育平台，实现"与中国国情对接、与行业发展对接、与企业实践对接、与中国文化对接"。从2008年起，北京交通大学实行MBA教育质量提升"双十"计划（名师、名课、优秀毕业论文、优秀指导教师、学习团队小组、知名企业调研、MBA对抗赛、优秀MBA学生奖励、MBA论坛、MBA精英评选），全面提升北京交通大学MBA的教育质量，着力张扬北京交通大学MBA的品牌内涵、系统彰显北京交通大学MBA的社会影响力。

(3) **形式多样的国际交流与合作。**为使MBA教育与国际接轨，北京交通大学经管学院广泛开展了国际学术交流，目前已与美国宾夕法尼亚大学沃顿商学院、杜肯大学、夏威夷大学、密歇根州立大学、科罗拉多大学、瑞典乌普萨拉大学、达那拉大学等建立了固定的合作关系。经教育部批准，北京交通大学从2000年开始与澳大利亚维多利亚大学合作成立了中澳商学院，培养IMBA，单独考试、单独录取，学成后授予维多利亚大学的工商管理硕士学位。

(4) **丰富多彩的学习与生活。**从1996年开始，北京交通大学组织MBA学生参加了历届国际企业管理挑战赛，并获得1996年中国赛区冠军、国际决赛第3名；2004年获得MBA学生企业竞争模拟比赛团体一等奖；有7位MBA校友荣获"MBA成就奖"。北京交通大学鼓励MBA学生到各企业去开展深入的社会实践，参加导师的科研课题，"MBA企业行"活动带领学生奔赴燕京啤酒、现代汽车、汇源饮料、清华同方等大型企业参观学习和调研；举办了数百期"MBA周末论坛"，参加了9届"中国MBA发展论坛"；2006年12月承办了第二届北京高校MBA精英论坛，连续组织了7期全体MBA学生拓展训练活动。丰富多彩的社会活动使MBA学生开拓了视野，强健了体魄，陶冶了性情，提升了能力。

(5) **个性化的职业发展服务体系。**北京交通大学长年聘请职业规划师对学生个人发展和求职做专业的培训和辅导。依托北京交通大学90万人的海内外校友资源和广泛丰富的企业网络以及EMBA资源（EMBA兼任MBA学生的导师），在学生和企业之间开展积极的就业与招聘服务，建立学生简历数据库，通过实习基地创造更多的学生就业机会。在服务学生和企业的同时为学校的教学、育人提供积极的反馈和支持系统，构筑MBA学生的终身学习和资源共享体系。

地址：北京市海淀区西直门外上园村3号   邮编：100044
北京交通大学研究生院招生办公室
电话：(010) 51688153，51688162
经济管理学院MBA招生办公室地址：北京交通大学思源东楼MBA教育中心
联系人：苗老师，滕老师
电话：(010) 51687043，51685574，51687046，51688110，51688411
传真：(010) 51684926
网址：http://sem.njtu.edu.cn/mba/main.asp   E-mail: mba@center.njtu.edu.cn

5. 北京航空航天大学

北京航空航天大学成立于1952年，是一所具有航空航天特色和工程技术优势的多科性、开放式、研究型大学，是国家"211工程"和"985计划"建设的重点高校。

北京航空航天大学经济管理学院起源于1956年成立的航空工程经济系，是我国理工科大学中最早成立的管理类院系之一。50多年来已培养出5 000多名本科生、硕士生、博士生和博士后人员。

学院现有企业管理、信息系统、管理科学与工程、国际贸易、保险与风险管理、金融、会计7个系，有中国循环经济研究中心、复杂数据分析研究中心、国防经济与管理研究中心、金融研究中心4个研究中心，有系统管理与金融工程、先进管理与技术、多媒体案例、国际贸易与金融4个实验室。

学院现有专任教师89人，60%的教师拥有博士学位，大多数有国外留学、进修和国际合作研究的经历。教师队伍中，有1名国务院学科评议组成员，1名教育部科技委员会委员，2名国家自然科学基金委员会管理科学部学科评议组专家，2名国家杰出青年科学基金获得者，1名新世纪百千万人才工程国家级人选，1名中国青年科学家提名奖获得者，2名全国百篇优秀博士论文获得者，6名新（跨）世纪优秀人才和1个国家自然科学基金委员会创新研究群体。有3名教师担任国际学术刊物（SCI、SSCI）编委，8名教师担任国内20多种学术刊物的编委，10余名教师担任全国性学术团体的副理事长、常务理事和理事。

学院位于北京航空航天大学新主楼A座6、7、9、10、11层，总使用面积12 000平方米。其中多媒体教室、案例教室、案例讨论室、实验中心等教学面积4 500平方米。

北京航空航天大学从1998年开始招收第一批MBA学生，已累计培养1 500余名MBA学生。经过10余年的发展，北京航空航天大学MBA项目已经成为中国最具影响力和品牌效应的MBA项目之一。

北京航空航天大学MBA植根于雄厚的科技沃土，旨在培养懂经济管理、懂专业技术、知识广博、思想创新、勇于开拓的中高层管理者。学院开设物流系统与供应链管理、电子商务技术与管理、信息技术与信息管理、计算机模拟与辅助决策、科技创新与管理等一系列面向高科技管理的课程，使北京航空航天大学MBA教育立足于科技与管理的双重优势；同时，学院围绕国际贸易、国际金融、国际企业管理方向开设相关课程，并辅以商务英语、外教口语、商务沟通等外语类课程，突出了北京航空航天大学MBA的教育适应企业国际化竞争的要求。

北京航空航天大学MBA与美国、英国、法国、德国、加拿大、澳大利亚等国建立了定期的科研教学合作交流关系，并从海外招收培养留学生。目前，由北京航空航天大学经济管理学院与澳大利亚昆士兰大学联合培养MBA项目，与澳大利亚新南威尔士大学、北京技术交流中心合作培养国际会计和金融学硕士（MC）项目正在进行中。同时，与加拿大Concordia大学联合培养民航管理MBA项目在2004年正式开始。国际MBA、MC培养和国内MBA培养相互促进、资源共享，将极大促进北京航空航天大学的MBA教育，使学院向"国内一流、世界知名"商学院目标迈进。

北京航空航天大学MBA学生在入学和学习期间，将有机会获得新生奖学金、优秀研究生、光华奖学金、国际互换交流奖学金、优秀毕业生等一系列奖励。北京航空航天大学MBA学生入校后，均自然成为北京航空航天大学MBA联合会会员。学院领导非常注重北京航空航天大学MBA联合会的发展和建设，MBA联合会每年组织新生拓展训练，举办迎新酒会、年会、校友会、社会兼职导师聘请、实习基地建设等活动，并协助IPMP考试辅导组织和职业发展中心的相关工作。

在院校领导与MBA中心的指导下，北京航空航天大学MBA联合会组织MBA同学积极开展多种学术文化活动，与知名企业举办管理论坛，积极参与企业实际运作，提高同学们的实际工作水平。北京航空航天大学MBA联合会秉承"合理的才能长久、共享的才能发展，团结的必然成功"的核心理念，团结合作，追求卓越，打造最具团队精神的MBA。

北京航空航天大学MBA教育中心电话：(010) 82317578，82338230
传真：(010) 82328037
地址：北京市海淀区学院路37号   邮编：100083
E-mail: buaamba@263.net.cn
网址：http://mba.buaa.edu.cn，http://www.buaamba.net

6. 北京理工大学

北京理工大学是中国共产党创建的第一所理工科大学，是国家首批"211工程"建设的高校，2000年进入国家高水平大学建设的"985计划"行列。

北京理工大学管理与经济学院创办于1980年，是国内较早设立管理学专业的学院，20余年来，为国家培养了大批高层次管理人才。学院设有6个本科专业，10余个硕士学位授予点和3个博士学位授予点。其中，管理科学与工程为一级学科博士点，并设有博士后流动站，2002年被评为北京市重点学科。学院现有教职工130余名，博士生导师15名，教授、研究员29名，副教授及相当职称人员46名。另外，学院还聘请一些国内外知名学者、政府和企业高级管理专家作为学院的兼职教授。

近年来，学院教师积极开展科学研究和教学改革，目前已完成和正在开展的科研项目有百余项，其中包括多项国家级和省部级科研项目，教学科研成果获得了国家级优秀教学成果奖、北京市优秀教学成果奖、中国高教学会成果奖、国防科工委科技进步奖、北京市科学技术奖和多项省部级科技进步奖。

学院积极加强同社会的联系，与航天科技集团、航天科工集团、兵器工业集团、浪潮集团、长岭黄河集团、北京燕京啤酒集团、胜利油田、辽河油田、唐山钢铁公司和华北制药集团等几百家国有大中型企业合作，承接科研项目，为企业开发管理信息系统，制定发展战略，创建质量体系，设计营销方案等，对企业进行咨询诊断，改善管理，促进企业健康发展。

北京理工大学是经教育部批准的具有MBA学位授予权的前两批26所院校之一，MBA项目始办于1994年，经过10余年的发展，已经成为中国最具影响力和品牌效应的MBA项目之一。

北京理工大学MBA项目从开办至今已向社会输送了1 700余名MBA毕业生，形成了富有凝聚力的庞大校友网络。目前，很多优秀的MBA毕业生都担任着大型企业或政府部门的重要领导职务，北京理工大学MBA教育的质量也因此赢得了社会与企业的广泛认可与欢迎。北京理工大学在MBA教育方面积极借鉴国内外经验，并结合学校的实际情况不断发展与创新，形成了自己的办学特色。在MBA培养过程中，注重教学的内涵和外延，注重团队凝聚力建设，鼓励学生和企业的交流，强化务实和严谨的工作作风。

北京理工大学MBA项目一贯重视与国内外学术界的交流与合作，已同美国乔治亚理工大学、美国田纳西州立大学、美国伊利诺伊理工大学、英国雷丁大学、德国柏林工业大学、德国卡尔斯鲁厄大学、德国帕特伯恩大学、泰国亚洲理工大学、日本名古屋大学、日本庆应大学等著名大学建立了合作交流关系，每年选派学生和教师赴境外访问、交流、参加学术会议，逐步形成了国际化的育人环境，借鉴国际一流商学院的经验，不断提高办学水平。学生有机会通过国际交换项目获得为期一学期的境外学习交流，完成部分课程，了解和学习不同的社会文化和商业文明。

北京理工大学具有出色的MBA学生团队，MBA学生秉承北京理工大学"严谨、务实、创新"的学风，是最具发展潜质的管理人才。他们来自五湖四海，学生可以在彼此交流中获益与提升。我校MBA学生多次组队参加国内外各类大型赛事，并取得了骄人的成绩。其中，北京理工大学MBA学生代表队多次参加"全国MBA培养院校企业竞争模拟比赛"并蝉联冠军；2006年，我校MBA学生代表队参加第26届"国际企业管理挑战赛"（GMC），战胜20多个国家和地区参赛对手，获得全球总冠军。

北京理工大学有全日制MBA项目、在职MBA秋季项目和春季项目，2009年计划招收180名MBA学生。

地址：北京市海淀区中关村南大街5号　　　　邮编：100081
北京理工大学研究生院招生办公室
电话：（010）68912286，68913123
网址：http://grd.bit.edu.cn
管理与经济学院MBA教育中心（北京理工大学中心教学楼1014房间）
电话：（010）68948012　　　　　　　　传真：（010）68944998
网址：http://www.bitsme.cn/Web/tabid/81/Default.aspx
E-mail：mba@bit.edu.cn

7. 北京科技大学

北京科技大学管理学院是北京科技大学的九个学院之一，成立于1981年，前身为1954年建立的冶金经济及企业组织教研室。经过几代师生员工的共同努力，已发展成具有相当水平和规模，在国内外有一定影响的管理教育与研究机构。

学院现有5个系：管理科学与工程系、工商管理系、财务与会计系、经济贸易系、金融工程系；3个研究所：管理科学研究所、电子商务研究所、企业与产业发展研究所。学院拥有管理科学与工程专业博士学位授予点，管理科学与工程、企业管理、工商管理（MBA）、会计学、工业工程、国际贸易、技术经济、金融工程、项目管理9个硕士学位授予点和信息管理与信息系统、会计学、国际经济与贸易、工商管理、金融工程5个本科专业。

学院目前在职教师70人，其中博士生导师9人，教授20人，副教授30人，其他绝大部分都拥有硕士学位。学院聘有40余名国内外社会名流和知名专家为名誉教授或兼职教授。学院与美国、英国、加拿大、德国、澳大利亚、日本、比利时等国的著名大学的商学院有长期、密切的人员互访及学术交流的合作关系。近10年来，学院先后派出近百名教师赴外进修、访问、讲学或参加学术活动。

学院目前拥有4个多媒体教室、4个案例讨论室，会计、证券等4个实验室，1个图书情报中心。拟建的新院馆于2006年落成，建筑面积1.5万平方米。

学院以培养适应建设有中国特色社会主义需要的经济管理人才为宗旨，借鉴、引进国内外优秀管理学院的教学内容、方法和手段，不断改进教学工作，提高教学水平。建院20年来，共为国家培养本科生、研究生和各类管理干部近万人，目前在校学生2 000余人。

经国务院学位委员会批准，北京科技大学管理学院从1998年起开始招收MBA研究生，于2001年9月，顺利通过由国务院学位委员会办公室组织的办学评估，并获得好评。学院的MBA项目招收有实践经验并具有一定管理素质的各专业大学本科毕业生，通过理论与实践相结合的教学方式，致力于培养掌握市场经济的一般规律，熟悉其运行规则，了解企业实情，具有国际视野、创新精神、领导才能以及良好职业道德的高素质企业管理人才。

学院面向社会招收脱产学习和在职学习的MBA学生，也与多家国有大中型企业和政府部门联合培养在职MBA学生。目前各类在校MBA学生近700人。

经国务院学位办和教育部批准，学院从2002年起与美国得克萨斯大学阿灵顿商学院合作招收EMBA。该项目使中国优秀在职人员有机会获得经美国最高商学院评定机构(AACSB)认证的美国得克萨斯大学阿灵顿商学院(UTA)的EMBA学位。该EMBA项目在设置上体现系统化、国际化、实用性和高质量的思想与目标。目前，该项目已经招收了三届学生，共252人，学生们大多来自世界著名企业。2004年秋季该项目开始与国资委合作，招收了85名国有骨干企业的优秀中高层管理人员。

在MBA教学实践中，北京科技大学逐渐形成了以下特色：

(1) **勤奋严谨的教风学风。**学院一贯秉承 "学风严谨、崇尚实践"的校训，强调扎实的基本训练，注重理论联系实际、求真务实，重视引进国际先进经验，重视结合中国实际国情，坚持以人为本。

(2) **经验丰富的师资队伍。**学院遵循"引进、优化和培养"的方针，从学科建设出发，积极引进人才。从事MBA教学工作的教师全部具有高级职称，大多曾长期在欧美发达国家大学的工商管理等专业学习或从事合作研究，具有丰富教学和实践经验。

(3) **前沿精辟的案例教学。**根据工商管理硕士注重实际的特点，学院MBA项目的培养重视案例教学，通过分析中外典型案例，增强学生的竞争意识、风险意识、经营决策能力和现场管理能力，到目前为止共自编案例百余个。

(4) **广泛深入的国际合作。**学院非常重视国际合作与交流，曾在20世纪80年代中期与加拿大麦克马斯特大学合作举办MBA类型的硕士学位班，为学院的MBA办学奠定了基础。从2002年起与美国得克萨斯大学阿灵顿商学院合作招收EMBA研究生。

(5) **丰富多彩的学生活动。**学院MBA学生在入学后统一到校外基地进行拓展训练，并将其与MBA课程结合起来，进行创新精神、团队精神、沟通精神、领导能力、意志力等素质的拓展。

MBA联合会组织了足球协会、篮球协会、网球协会、排球协会、英语协会、演讲协会、管理协会等学生社团，积极开展与兄弟院校的联谊活动，并多次组队参加首都高校MBA足球联赛、羽毛球联赛、篮球联赛、国际企业管理挑战赛。

学院定期组织MBA学生到企业参观学习，并指导学生利用暑期到各企业进行短期实习。

学院定期邀请国内外经济管理专家、企业高管和政府官员走进学院进行客座报告与专题讲座，使学院MBA学生有机会了解国内外的最新研究成果、管理实践和政策动态。

(6) **全面有效的就业服务。**学院开展了MBA学生就业指导服务，指导学生进行职业生涯规划，帮助学生提高职场竞争力和求职技巧，协助安排企业到学院的招聘活动，为学生提供及时的就业招聘信息。学院还与许多知名企业建立了长期的合作，每年向这些企业输送实习生和毕业生。

北京科技大学MBA毕业生的基础知识扎实，实践技能娴熟。目前分布于全国各地，活跃在各类企事业单位的经营和管理岗位上，并取得了显著的工作业绩。

地址：北京市海淀区学院路30号　　　　　　　邮编：100083
管理学院招生办公室
电话：(010) 62334699　　　　　　　　　　　传真：(010) 62333582
研究生院招生办公室
电话：(010) 62332484
网页：http://www.ustb.edu.cn/yjsy/index3.htm
E-mail：mba@manage.ustb.edu.cn
与美国得克萨斯大学阿灵顿商学院合作EMBA项目网页：
http://www.embauta.com/RECRUIT/consulting.asp

8. 北京工商大学

北京工商大学是北京市重点建设的多科性大学，1999年6月由北京轻工业学院与北京商学院合并，北京机械管理干部学院并入组建而成。北京商学院创建于1950年，1959年经国务院批准改名为中央商学院，1960年改名为北京商学院，先后隶属于商业部和国内贸易部。主要为商业服务业培养经济、商务、法律等方面的高级专门人才，是国务院批准的第一批具有硕士学位授予权的高等学校。北京轻工业学院创建于1958年，是我国最早建立的一所轻工业高等学校，先后隶属于轻工业部和中国轻工总会，于1986年获得硕士学位授予权，主要面向轻工行业培养高级专门人才。两所学校在原行业领域处于领先地位。

北京工商大学拥有工商管理、管理科学与工程、会计学、财务管理、旅游管理、物流管理等与MBA专业学位教育有关的硕士点18个，为了统筹MBA专业学位教育，学校设立了MBA教育中心。MBA教育中心汇聚全校优质师资，组建了一支学历层次高、专业结构好、实践经验丰富、具有全球化视野的MBA教师队伍，80%以上的MBA教师具有企业管理经验。北京工商大学MBA项目采用双导师制，聘请国内外著名企业的高级管理人员、政府部门领导与著名院校的知名学者担任MBA兼职导师。

北京工商大学MBA项目招收有实际工作经验的管理人员，培养具有广博知识与较强实践应用能力的复合型人才。在MBA核心课程学习的基础上，MBA教育中心提供物流管理、创业投资与风险投资、财务与投资、会计与审计、商业企业管理、市场营销、金融与保险、项目管理等专业方向课程组，供学生结合未来的择业需要选修。

北京工商大学MBA项目采用双向交流的案例教学方式，建立了"研究型学习＋参与式科研＋团队化实践"的创新能力培养机制，力求学术性教育和职业性教育相结合、能力培养与职业规划相结合，构建课内课外相互融合的创新教学体系，在培养过程中充分体现"教"的主导性、"学"的主体性以及教与学的双向互动性。互动性实践模拟训练取得了良好效果，北京工商大学MBA在2007年和2008年全国MBA案例大赛中分别取得冠军和亚军。

北京工商大学拥有企业经营管理全流程仿真模拟实践基地，该基地2007年被评为"北京市实验教学示范中心"。同时，学校还建立了80多个校外实践基地。

北京工商大学MBA项目重视学生的职业规划并向MBA学生提供专业的就业指导服务，包括职业定位、求职技巧、就业指导讲座、模拟招聘等，并充分利用学校的校友网络资源，为MBA学生提供就业帮助。

北京工商大学MBA项目招生严格按照教育部有关规定执行。学生可根据自身情况在以下两种学习方式中选择一种方式学习。全日制脱产学习，学制2年，人事档案和户口转入学校。学校安排住宿，费用自理。毕业时按"双向选择"方式落实工作单位，学校签发派遣证。

在职业余学习，周末或晚上上课，学制3年，学生根据本人意愿可将人事档案和户口转入学校。学校可安排住宿，费用自理。

地址：北京市阜成路33号　　　　　　　　　邮编：100037
研究生招生办公室
电话：(010) 68984643　　　　　　　　　传真：(010) 68987086
网址：http://yjsc.btbu.edu.cn　　　　　　　E-mail：yzb@btbu.edu.cn
MBA教育中心
电话：(010) 68988713　　　　　　　　　传真：(010) 68984702
网址：http://sxy.btbu.edu.cn　　　　　　　E-mail：sxy@pub.btbu.edu.cn

9. 北京邮电大学

北京邮电大学创建于1955年，是以信息科技为特色，工学门类为主体，工、管、文、理相结合的多科性全国重点大学。北京邮电大学MBA教育由经济管理学院承担，经济管理学院的前身是1955年建校时成立的工程经济系，学院现设立工程管理、工商管理、信息管理与信息系统、经济学、电子商务和会计学6个本科专业，管理科学与工程、信息管理与信息系统、产业经济学、企业管理、技术经济及管理、工商管理硕士和项目管理7个硕士研究生招生专业，其中管理科学与工程具有博士学位授予权。

北京邮电大学MBA教育从1995年开始筹备，1998年开始招收MBA，MBA教育充分依靠和发挥北京邮电大学的教育资源优势，尤其注重在通信与信息领域的研究，注重培养IT类的专业人才，有明确的办学目的和突出的办学特色。生源主要来自邮政、电信、IT行业的各大国内公司及外企在华分支机构。

北京邮电大学拥有一支年龄结构、知识结构合理的MBA师资队伍，一批教师已经成为国内外知名的通信业专家、学者，约1/3的教师是从美国、日本、瑞典、瑞士、德国、澳大利亚以及英国回国的留学人员。同时，学院还从国内外聘请了中国工程院院士李京文、日本京都大学长谷川利治、丹麦理工大学V. B. 伊沃森、国际电联标准局局长赵厚麟、国际电联电信发展咨询集团副主席戴维·米勒等和一大批国内知名的大企业家、业界知名人士作为客座教授，定期和不定期地举办各种形式的讲座以促进学术交流，开阔学生视野。

北京邮电大学的MBA项目采用启发式与研讨式教学，重视案例分析，重视理论与实践的结合，授课方式以课堂教学为主，兼以案例分析、模拟训练、专题讲座等多种方式。并聘请了很多有丰富企业管理经验的大公司高层管理者为学院的兼职教授，以通信、信息产业为主体的MBA论坛独具特色。旨在培养适应市场经济条件的企业（由于是信息通信企业）、经济、管理部门的职业经理人和创业型人才。

学院重视MBA教学基础设施建设和现代化教学手段使用，建有MBA专用的多媒体教室，实验室以及案例研讨室，已初步形成了自身的办学特色。

北京邮电大学的MBA项目为学生提供了多个专业方向的课程，包括：通信管理与系统工程、企业经济分析、服务营销、企业财务会计分析、企业战略管理、邮电经营管理与市场营销、电信发展政策研究与战略、电子商务、企业信息化与企业资源管理、企业生产运作与项目管理、电信服务贸易及现代企业制度、企业知识产权战略等。

MBA联合会是由北京邮电大学MBA学生组成的组织，旨在联合所有北京邮电大学MBA，开发校内外资源，为MBA的成长、成才和事业发展服务。职责包括建立务实进取、共同发展的人才和资源的网络；举办务实的专题讲座、学术研讨、社会实践等活动，开展丰富多彩的联谊和文体活动；加强与社会各界特别是企业界的广泛联系，塑造北京邮电大学MBA的良好形象，展示北京邮电大学MBA的时代风采，宣传北京邮电大学MBA的优秀代表，并积极向企业界举荐北京邮电大学MBA学生，加强与国内外MBA的广泛交流与合作，推动全国MBA共同事业的发展。

备受社会瞩目的北京邮电大学MBA新年论坛已经成功地举办了六届，其规模和影响也越来越大。每年的论坛学院都会邀请资深学者、信息产业界的精英和政府高官做专题演讲，与师生共同分享国内外最新的科研成果、管理经验和政府动态，使MBA学生能及时地获得最新最前沿的学术信息、先进的管理理念和宝贵的商务经验，在学生和企业之间建立了有效的沟通平台，使学生的视野更加开阔，知识更为渊博。

北京邮电大学MBA具有良好的实习机会和实习单位，目前中国移动、中国联通、中国网通、SKT中国等多家公司与北京邮电大学签约作为实习基地，每年都有部分实习生被公司正式录取。已毕业的MBA大多供职于信息产业部、中国移动、中国联通、中国电信、中国网通和中国卫通等知名通信企业以及大唐、中兴、巨龙、华为、普天等国内知名的信息产品制造业，其中大部分人已经担任了公司或部门的重要领导职务。

北京邮电大学MBA就业指导中心旨在学生和招聘单位间架起一座桥梁，向应届MBA学生及其校友提供招聘信息和咨询，以帮助他们实现职业发展目标。同时，通过我们的服务，帮助所有招聘单位找到理想的雇员。

北京邮电大学MBA硕士学位教育已成为培养中国信息产业企业家的摇篮。

地址：北京市海淀区西土城路10号北京邮电大学经济管理学院（明光楼517房间）
邮编：100876
北京邮电大学研究生院招生办公室
电话：(010) 62285173，62282136　　　　　　网址：http://www.grs.bupt.cn
北京邮电大学经济管理学院MBA中心
电话：(010) 62282069，62283277（兼传真）　　网址：http://www.sem.bupt.cn/mba

10. 中国农业大学

中国农业大学是首批进入国家"211工程"的全国重点综合性大学，也是国家"985计划"重点建设院校，历经百年积淀，产、学、研结合紧密，师资力量雄厚，办学理念先进，国际交流广泛。

中国农业大学MBA秉持"厚德、务实、专注、创新"的核心理念，走专业化、特色化的办学道路，与行业发展、企业实践、中国文化和中国国情紧密结合，以职业、能力、素质和市场为办学导向，实行双导师制和个性化培养。中国农业大学MBA课程教学一般分为两个部分：70%的时间由主讲老师讲授基本知识，30%的时间由优秀的职业经理人结合自己的工作实际授课。所开设的期货与金融衍生品、民营企业管理、食品与农业企业管理、项目管理和农产品国际贸易5个专业方向，均为人才市场需求非常旺盛的专业。

目前，中国农业大学MBA项目每年春、秋两季招生。其中，国际MBA班为学校精品教学工程，致力于培养具有行业背景、专业背景、国际背景，语言技能纯熟的高级管理人才、金融界精英。通过该班学习，学生不仅接受了系统的MBA训练，提高了管理能力，而且将具备较强的英文应用能力，并对海内外管理文化和背景有更深的理解与认识，其就业领域和事业空间相对来说将更为广阔。

地址：北京市海淀区圆明园西路2号中国农业大学经济管理学院210室

邮编：100094

电话：(010) 62733128，62731330，62731315　　　传真：(010) 62731315

E-mail：cemky@cau.edu.cn　　　　　　网址：http://www.caumba.com

11. 北京工业大学

北京工业大学创建于1960年，是一所以工为主，理工、经管、文法相结合的多科性重点大学，是教育部批准的第一批硕士学位授予单位，1985年成为博士学位授予单位，是国家"211工程"重点建设大学。

北京工业大学经济与管理学院依托北京工业大学理工学科的优势，在经过25年的调整和扩充后，已经逐步成为具有特色的教学科研型育人基地。学院现有管理科学与工程博士后流动站、管理科学与工程一级学科博士、硕士授予点，应用经济学一级学科硕士授予点，企业管理硕士点，同时还可招收项目管理、工业工程和物流工程领域的工程硕士。经教育部批准，学院与美国新泽西理工大学联合培养工程管理硕士研究生。

学院设有中国经济转型研究中心、中国能源政策研究中心、人力资源研究中心、北京现代制造业发展研究基地等科研机构。在"211工程"项目支持下，投资约1 000万元进行教学与科研软硬件环境建设，已经建成计算机模拟教学实验室、电子商务实验室、管理信息系统实验室、国际贸易实务模拟实验室、研究生创新基地、商务智能研究室、企业管理模拟与仿真实验室以及技术与工程管理实验室，为教学和科研提供了有力的支持。

著名经济学家李京文院士担任经济与管理学院院长。学院已形成学历层次高、结构合理、实践经验丰富的师资队伍。参加MBA教学的教师中拥有企业咨询经历的占46%，具有博士学位的教师占79%，拥有海外经历的教师占75%，他们都拥有高级职称。

北京工业大学MBA项目秉承"知行结合"的理念，注重学生的实践和创新能力，在2007年国际企业管理挑战赛中取得了全国总冠军和全球亚军的成绩。通过参加国际企业管理挑战赛，锻炼了学生在营销、人力资源、财务、研发等多方面的综合能力。

北京工业大学MBA项目的市场定位是依托北京工业大学的工程技术背景，重点培养两类人才：一是为北京现代制造业发展培养以灵捷、柔性、精益生产管理以及产品质量管理为主要特征的现代制造业管理高级专门人才；二是为北京软件行业培养高级管理人才。

北京工业大学MBA项目坚持走本土化与国际化结合的道路，坚持以质量创品牌，重视MBA学生创新意识与合作精神的培养，重视MBA学生诚信品格和创业激情培养。

北京工业大学MBA项目坚持教学与科研相结合，强调MBA教育的实践性和实战性。北京工业大学多年来一直将制造业和软件定为研究方向，积著了相当优越的研究条件。将这些条件用在MBA人才培养上，会在实习、实践课程安排、案例研究中为制造业和软件人才培养带来方便。

北京工业大学MBA项目强调学生的学术实践与职业生涯对接。北京工业大学利用区位优势，聘请国内国际著名企业家参与教学和学术实践指导，组织学生到不同类型的企业开展学术实践活动，增强学生的实践能力，为学生的职业发展奠定良好的基础。此外，北京工业大学MBA项目还成立了各种俱乐部，学生们可以通过参加丰富多彩的活动提升个人的实践能力。

北京工业大学MBA项目特别欢迎具有工程知识背景和计算机软件知识背景的工程技术人员和中高层管理人员报考，特别欢迎在CBD和BDA地区工作的考生报考。MBA学生在入学和学习期间将获得优秀新生奖学金、学习优秀奖学金、优秀研究生奖学金、优秀毕业生等一系列奖励。

北京工业大学MBA项目在招生中坚持公开、公平、公正的原则，学生除必须参加国家教育部统一组织的MBA联考以外，还需要参加由学院组织的面试，通过小组面试和个人面试，了解考生的教育背景、工作经历、道德意识、综合分析能力、灵活反应能力、合作意识、表达能力、风度气质等方面的情况，以判断考生的培养潜力，择优录取。

北京工业大学MBA项目采用全日制脱产学习和在职业余学习两种方式。在职班春季和秋季招生。北京工业大学MBA教育中心全年接受申请和咨询。

地址：北京市朝阳区平乐园100号　　　　邮编：100022
北京工业大学研究生招生办公室：
电话：(010) 67392533　　　　　　　　　传真：(010) 67391600
北京工业大学经济与管理学院MBA教育中心
电话：(010) 67396548，67396564（兼传真）
网址：http://www.bjut.edu.cn　　　　　E-mail：bjutmba@bjut.edu.cn

12. 北京师范大学

北京师范大学有逾百年的办学历史，是列入"211工程"和"985计划"、国家与北京市重点支持建设的大学之一。

北京师范大学MBA教育中心设在经济与工商管理学院。经济与工商管理学院的前身是1979年成立的经济系，1996年组建为经济学院，后更名为经济与工商管理学院。学院学科涵盖经济学和管理学两大学科门类，拥有工商管理等4个与MBA教育相关的一级学科；6个本科专业，11个硕士学位授予点；5个博士学位授予点、1个博士后流动站和2个北京市重点学科。学院还根据社会发展需要，先后成立了教育经济研究所、世界经济研究中心、金融研究中心、公司治理研究与企业发展研究中心、创业教育与研究中心、商务咨询中心和电子商务研究中心。学院未来将按照"建一流学院、创一流学科、办一流专业、育一流人才"的目标，在规模扩张、结构调整、水平提高三个方面齐头并进，实现跨越式发展，办成国内一流的商学院。

北京师范大学MBA教育的主要特色有：

(1) 百年学府的人文沉淀和品牌效应。100多年来秉承"学为人师、行为世范"的教书育人理念，锻造了经久不衰、持续创新的教学体系和浓郁的人文氛围，能够让MBA学生在激烈商战之余沉淀人心的清静；"清北人师"口碑的品牌效应，能够凝聚八方学子，让MBA

学生接触、结识四海精英。

(2) 雄厚的师资力量和教学资源。 学院拥有一支结构合理、学术功底扎实、充满活力的高素质的师资队伍。拥有多位在国内外具有广泛影响的著名学者，现有全职教师70余人，其中教授24人，副教授22人，博士生导师21人，硕士生导师38人，同时还聘请了具有丰富MBA教学经验的外籍教授和专家，能为MBA学生提供扎实的专业课程和实用的实训课程。此外，学院还聘请了一批优秀的国内外兼职教授和企业家，以及具有丰富实践经验的国内外企业高级管理人员担任我校的兼职教授。学院的实验教学示范中心、案例研究室、讨论室、资料室，以及国外合作大学的共享教学资源等均十分丰富，能够满足MBA教育的多种需求。

(3) 多学科交叉和优势学科支持。 心理学、教育学等蜚声国内外的优势人文学科将对MBA教育的深化形成有力的支持。北京师范大学MBA项目将以丰厚的人文积淀为基础，大力开发有特色的选修课，满足MBA学生丰富学识、拓宽视野的要求。

(4) 丰富的国际化交流和企业实践。 经济与工商管理学院十分重视对外交流，与美国、德国、日本、韩国、英国、加拿大、澳大利亚、挪威、奥地利等国的世界名校建立了密切的学术交流和师生交换关系，经常邀请国外知名专家学者和企业家来院授课与讲学，每年选送学生赴国外大学和企业进行学习或实习，还与IBM公司、美国迪士尼公司、方太公司等国内外著名企业开展教学、培训和研究等方面的合作，并建立了相关的学生实践基地，这些为MBA学生提供了国际交流和企业实践的平台，并为第二课堂建设、校友网络发展和MBA学生就业提供了良好的条件。

北京师范大学招收的MBA专业学位研究生的培养，采取脱产全日制和在职兼读非全日制两种方式，实行弹性学制，学制2~4年，至少修满45个学分。北京师范大学MBA项目招生严格按照教育部有关规定执行。北京师范大学MBA教育中心全年接受申请和咨询。

地址：北京市新街口外大街19号主楼B区512   邮编：100875
MBA教育中心招生咨询电话：(010) 58801847   传真：(010) 58805253
网址：http://www.seba.bnu.edu.cn
E-mail：mba@bnu.edu.cn

13. 中央财经大学

中央财经大学是教育部直属的以经济学和管理学为主，法学、文学、理学、工学等学科相互支撑、协调发展的多科性大学，是国家"211工程"重点建设学校之一。

学校现拥有金融学国家级重点学科和会计学等3个北京市重点学科，在工商管理、应用经济学、理论经济学等一级学科下设有金融学、会计学、产业经济学、劳动经济学、国际贸易学等16个博士点，企业管理学、金融学、会计学、经济法学等44个硕士点，拥有MBA、会计硕士（MPAcc）、公共管理硕士（MPA）、法律硕士（J.M）4个专业学位点，1个博士后流动站。经过50多年的积累与建设，中央财经大学已形成强大的办学实力，拥有鲜明特色和一流水平的财经类学科群，具有实力雄厚的师资队伍和良好的教学环境，为举办MBA项目奠定了良好的基础。

学校高度重视MBA教育，针对财经院校的特点，实行MBA集中管理体制，专门设立学校MBA教育中心，统一配置全校教育资源，充分发挥学校整体优势，以实现MBA项目高起点的快速发展。MBA教育中心则秉承"忠诚、团结、求实、创新"的校训，积极进取、扎实工作，着力打造特色化、精品化的中央财经大学MBA品牌，努力培养掌握市场经济一般规律，熟悉现代管理技能、善于科学分析、决策和领导，具有创新精神和良好职业道德的高层次管理人才。

中央财经大学MBA项目办学特色主要体现在：

(1) **突出财经特点的课程设置和培养体系**。中央财经大学MBA项目现设有金融管理、会计与财务管理、企业战略与管理三个研究方向，课程按模块设置，基础模块为必修课程，金融、会计、管理模块为方向性选修课，综合模块为各方向公共选修课。开设40门课程，其中基础课程12门，方向性选修课程18门，公共选修课程10门。

(2) **高素质专门化的师资队伍**。中央财经大学MBA授课教师是集全校优质资源，由学校商学院、金融学院、会计学院、经济学院、财政与公共管理学院、法学院、信息学院等10多个院系的50余名教师组成，其中具有教授和副教授职称或取得博士学位者占90%以上，具有海外学习经历或企业管理经验者占60%以上，此外，还聘请国内外知名学者、企业高管为MBA学生授课。

(3) **广泛的国内、国际交流与合作**。学校已与国内多家金融企业建立了紧密合作关系和实习基地，同时广泛进行国际交流与合作，逐步提高MBA项目在师资队伍、授课内容、教材及生源的国际化程度。

(4) **个性化的职业发展服务**。学校专门设立职业发展中心（CDC），由专职教师负责，为MBA学生职业发展与就业进行规划和指导，帮助MBA学生获得实现其职业发展飞跃的职业素质和求职技能，提升其综合素质和个人竞争力。职业发展服务的内容包括：学生拓展培训、新生入学导向教育、MBA职业生涯规划与定位、职业测评与职业定位、行业导向教育、毕业后跟踪服务等。

(5) **系统化的就业指导服务体系**。学校建有MBA学生信息数据库、企业信息资料数据库、企业家信息库，形成了高效快捷的就业资源库，同时职业发展中心与企业界有着密切的联系和合作，向用人单位推荐优秀人才。MBA就业服务内容包括：就业指导培训课程和讲座，发布就业信息、举办专场招聘会，建立实习基地、提供实习信息，简历人才库和企业信息库建设等。此外，还专门设立了就业咨询中心，提供一对一的就业咨询指导服务。

(6) **应用性强的第二课堂教育**。学校"MBA论坛"是MBA教学中非常重要的一个方面。MBA第二课堂教育内容主要包括：以财经管理为主题的各种大型论坛，如部长论坛、金融财富论坛、名家讲坛等；聘请知名企业家、人力资源部经理进行专题报告或到企业参观实习等。

(7) **丰富多彩的学生活动**。学生活动的开展以MBA社团自主管理为主，学校给予指导和支持，由此提高学生的管理、组织、沟通等方面的能力。已开展的活动有：MBA联合会及各专业社团（如MBA金融研究会、房地产研究会、财务管理研究会和企业管理案例研究会等）定期举办的各种主题活动；策划、组织并参与GMC挑战赛、模拟股市汇市大赛；参加全国MBA发展论坛、MBA联合会主席峰会、中央电视台"对话"、"绝对挑战"节目等。

地址：北京市海淀区学院南路39号中央财经大学MBA教育中心

邮编：100081

招生咨询电话：(010) 62288130   传真：(010) 62288130

E-mail：mbazs@cufe.edu.cn   网址：http://www.cufe.edu.cn

MBA教育中心网址：http://mba.cufe.edu.cn

14. 对外经济贸易大学

对外经济贸易大学是国内最早设置工商管理专业的高校之一，早在1982年学校便创建了企业管理专业，成立伊始就全面引进美国工商管理教育方式和西方企业管理、市场营销、财务管理、会计学等学科的教材体系，并在此基础上结合中国企业管理实践，创建了中西贯通的管理教育体系。

对外经济贸易大学于1987年获得联合国（UNDP/ITC）项目的支持，成立了国际工商管理教育中心，该项目是迄今为止在国际工商管理教育方面，联合国对华援助的最大项目，投资达数百万美元，全部师资被派往英、美和加拿大著名大学培训学习，引进了欧美全套课程体系、教材、参考书和教学方法，执行了本科和研究生两大课程体系建设。1988年，美国纽约州立大学董事会在对课程体系、教学质量以及学生质量进行严格考评的基础上，颁发证书承认对外经济贸易大学企业管理硕士学位等同于美国的工商管理硕士学位，这意味着该董事会下属的美国20余所大学均承认对外经济贸易大学上述学位，这在国内尚属首例。1991年成立国际工商管理学院，2005年更名为国际商学院。经国务院学位委员会批准，对外经济贸易大学于1993年开始招收MBA学生。

对外经济贸易大学的MBA项目旨在培养品德好、身心健康、具有强烈的事业心和创新意识、掌握企业管理学科的理论基础知识和先进的专业知识、拥有国际视野、通晓国际惯例与规则、熟练掌握英语的国际化、复合型企业经营和管理人才。

对外经济贸易大学MBA项目拥有一支高素质的教师队伍和管理队伍，现有教师60人，其中教授30人，副教授25人，外籍教师6人，客座教授15人。为MBA授课的教师大多具有丰富的企业实践经验和扎实的理论基础，大部分教师具有留学的经历，能够进行双语教学的教师占92%以上。有相当一部分教师拥有英国特许公认会计师公会（ACCA）、加拿大注册会计师（CGA）等国际专业团体会员资格。

对外经济贸易大学的MBA项目具有鲜明的国际化特色，大量使用英文原版教材和案例授课，注重跟踪国际上MBA教育的发展动向，不断调整和更新课程体系与教学方法。在教学中注重理论与实践相结合，强调教授授课与"第二课堂"活动相结合。

对外经济贸易大学MBA项目具有鲜明的办学特色、突出的教学质量和广泛的学术交流在国内外教育界与学术界享有盛誉。学院研究生代表队曾于1997～2001年连续五年蝉联全球企业管理挑战赛（GMC）中国赛区第一名，2000年、2001年代表中国连续两年夺得GMC全球总决赛冠军。在第四届欧莱雅全球在线商业策略竞赛中获得MBA组东亚区亚军，在第五届欧莱雅全球在线商业策略竞赛中代表中国获得MBA组世界季军。

对外经济贸易大学MBA项目具有鲜明的学科特色，利用学校的学科优势，MBA项目设有国际企业管理和会计与财务管理两个专业方向，其中国际企业管理分为企业管理、营销管理、运营管理、人力资源管理4个子方向，会计与财务管理分为会计、财务管理2个子方向。

地址：北京市朝阳区惠新东街10号对外经济贸易大学宁远楼814、815、816、819室
邮编：100029
电话：(010) 64494150，64494376，64494383   传真：(010) 64494376
E-mail：mba@uibe.edu.cn   网址：http://mba.uibe.edu.cn

15. 南开大学

南开大学创建于1919年，创建之初的南开大学本着"文以治国、理以强国、商以富国"的办学思想，设文、理、商三科。1923年，商学院设立了普通商学系、银行学系、会计学系。到20世纪50年代初期，南开大学的工商管理教育已建成包括财政、金融、贸易、企业管理、统计、会计6个系在内的比较健全的体系。

进入20世纪80年代，南开大学与加拿大约克大学等三所大学联合开展了管理专业博士和硕士研究生培养项目，被誉为"南开—约克模式"在国内外享有很高的声誉。作为国内首批9所工商管理硕士（MBA）试点院校之一，南开大学1991年正式招生，至今已招收13届MBA学生。1998年与美国宾夕法尼亚州立大学、MOTOROLA公司合作，面向MBA学生设立人力资源培训与开发方向。1999年，南开大学MBA中心正式成立，不仅面向全国招生，而且开设台湾班、韩国班，招收包括台湾地区在内的海外MBA学生。2000年11月，教育部对MBA试点院校进行了首次教学评估，南开大学以总分90.48分荣获全国第三名。2002年南开大学被批准第一批招收EMBA，首届招收3个班，学生来自全国十几个省市的大中型国有企业、外商投资企业、股份制企业和民营企业。南开大学MBA项目的竞争力在快速提升，近年来，南开大学MBA报名人数一直处于全国前列。

南开大学MBA项目依托于商学院，全方位地整合校内外的资源，旨在培养中国的企业家和高层次的管理者。南开大学MBA项目目前下设组织与战略管理、营销管理、财务与金融管理、人力资源开发与管理、创业管理、项目管理、国际商务等研究方向。除全国MBA指导委员会指定的课程外，还开设了《公司治理》、《企业家精神》、《项目管理》、《职业生涯开发与管理》、《创业与企业成长》、《服务管理》等一系列选修课程，选课学生超过10名即可开课，选修课两年进行一次系统的评价和调整更新。注重营造互动式的教学环境，综合运用案例教学、决策模拟、商业游戏等教学手段，突出MBA教育特色，培养学生分析解决问题的能力。为了促进理论与实践相结合，提升培养质量，2001年南开大学在国内首创"双导师"制度，即为每一位MBA学生配备两名导师，一名是校内导师，一名是校外实业界导师，中央电视台和国内很多媒体专门给予报道。

南开大学商学院下设企业管理系、会计学系、旅游学系、市场营销系、财务管理系、信息管理与信息系统系、人力资源管理系、图书馆学系、现代管理研究所、MBA中心、虚拟经济研究中心，公司治理研究中心、创业管理研究中心、泽尔腾实验室等教学和研究机构，是国内目前工商管理学科门类最为齐全、教学科研水平先进的一流商学院。

南开大学国际商学院师资力量雄厚，现有教师117名，其中博士生导师33名，教授43名，副教授52名，有博士学位的教师71人，具有企业实践经验的教师占90%。另外，学院还聘请了几十位兼职教授和名誉教授，其中有世界著名经济学家、诺贝尔奖获得者泽尔腾教授、莫里斯教授，还有知名企业家和格朗鲁斯等十几位国际管理学界的知名学者。

南开大学国际商学院拥有国内第一批企业管理博士点和工商管理博士后流动站；拥有硕士学位授权学科（专业）10个，本科专业10个；2001年，企业管理专业被评为国家重点建设学科；2007年，南开大学工商管理学科在教育部全国一级学科评估中排名第三。

南开大学研究生院招生办公室
电话：（022）23505623，23508447   传真：（022）23505623

南开大学MBA中心
地址：天津市南开区白堤路南开大学商学院大楼B601   邮编：300071
电话：(022) 23509396，23501128   传真：(022) 23508269
网址：http://www.nankaimba.org   E-mail：mbazx@public.tpt.tj.cn

16. 天津大学

天津大学是教育部直属国家重点大学，是一所享誉海内外的百年名校，成立于1895年，前身是中国近代教育史上第一所大学——北洋大学。天津大学以悠久的历史、深厚的文化底蕴、美丽的校园风光、丰富多彩的校园生活，历来成为莘莘学子孜孜以求的学术殿堂。

天津大学管理学院于1984年成立。现在管理学院暨公共管理学院一体化运营，拥有1个博士后流动站、1个国家级重点学科、9个博士点、25个硕士点、7个本科专业，涉及管理学、经济学、工学3个学科门类，在管理学门类中覆盖了管理科学与工程、工商管理、公共管理三大一级学科。管理学院现有教师132人，其中博士生导师35人，硕士生导师90人，教授37人，副教授72人，具有博士学位者84人。2006年，学院承担科研项目159项，科研经费1 100多万元，在国内外重要刊物上发表论文570篇，正式出版教材、专著和译著及专用教材等共92余部。凭借雄厚的师资力量、强劲的科研实力、独具特色的管理理念和办学模式，天津大学管理学院已成为全国高校中管理学科门类最齐全的管理学院。

天津大学是1991年3月经国务院学位委员会批准首批开展工商管理硕士（MBA）教育试点的院校，2002年获得全国首批高级EMBA的办学资格。学校对MBA教育非常重视，成立了天津大学MBA教育中心，对MBA的发展规模、办学特色、发展方向等进行总体规范和具体指导。天津大学以"精术、明法、求道"为宗旨，精心打造"天大MBA"教育品牌。2006年管理学院新大楼投入使用，丰富的图书资料、完善的教学设施和服务系统为MBA教育创造了良好的条件。

多年来天津大学MBA教育形成了自己鲜明的特色：

(1) **灵活多样的培养方式**。有全日制学习和业余时间在职学习两种方式，MBA学生根据自己的情况选择学习方式。

(2) **先进的教学方法**。借鉴国外MBA培养的成功经验，不断探索与改进教学内容和教学方法，形成了以现代经济理论和管理理论为基础，以定性、定量分析方法和现代信息技术为支持，以全方位管理职能为核心，以国际市场竞争为导向的课程模式与培养体系。学院高度重视案例教学，重视结合国情案例库开展建设，许多案例来自教师科研及咨询成果。

(3) **依托管理学院雄厚的科研实力，强调课程学习与研究实践相联系**。鼓励学生参加导师的科研项目，以拓展学生的科技知识，强化科技创新意识和解决工作实际问题的能力。

(4) **注重第二课堂**。学院MBA教育强调学生综合素质的提高，组织学生到企业进行参观实习，开展企业咨询，举办相关的专题讲座。在MBA学位论文阶段结合具体单位或行业、区域的实际管理问题进行研究，以专题研究报告、企业诊断报告及案例的形式完成论文。

(5) **对外学术交流活跃**。天津大学管理学院先后与20多个国家、地区及组织建立了广泛的教学科研合作及学术交流关系。2006年院聘请了46名境外大学教授及有关专家来天津大学交流，接待了近50位来自台湾的学者、EMBA学生和企业家。天津大学管理学院每年选派教师出国深造及进修。多年来，在科研经费、教学设施、学科建设等方面得到了国际、国内多方机构的资助。合作及交流有力地促进了教学科研水平的提高，使学院能及时地了解最新的管理理念和管理研究动态。

天津大学MBA项目设有8个专业方向：企业管理、金融工程与金融管理、生产与运作管理、会计与财务管理、物流工程与管理、管理信息与电子商务、房地产经营管理、项目管理。

天津大学MBA学习方式分为两种：全日制脱产学习，学制2年；在职学习，学制2～2.5年。以上两种学习方式，培养方案课程设置相同，在学期间修满学分成绩合格，完成论文并通过答辩方可取得MBA毕业证书和学位证书。同时也招收企业管理人员在职攻读MBA学位（春季MBA）学生。

MBA学生的就业方向主要是国有大中型企业、民营企业、外资与合资企业（包括各商业银行、各外贸公司、各种服务业公司与各种集团公司）的管理工作岗位。毕业生还可以到政府经济管理部门和专业性管理咨询公司工作。由于天津大学MBA教育特色鲜明，学生有较强的解决实际问题的能力，毕业生深受用人单位的欢迎，就业形势很好。

天津大学MBA项目始终坚持拓宽学科基础、优化知识结构、注重管理实践、反映国际前沿的MBA培养思路。目前，天津大学已经培养出20多届优秀的MBA毕业生，他们正活跃在我国各级管理领域中，为经济建设和社会发展做出贡献。

地址：天津市南开区卫津路92号　　　　　　邮编：300072
研究生招生办公室
电话：(022) 27404743，27406405　　　　传真：(022) 27404743
E-mail：yzb@tju.edu.cn　　　　　　　　　网址：http://gs.tju.edu.cn
管理学院MBA教育中心
电话：(022) 87402152，27891423　　　　传真：(022) 27891423
E-mail：mba@tju.edu.cn　　　　　　　　　网址：http://mba.tju.edu.cn

17. 天津工业大学

天津工业大学是教育部与天津市共建、天津市重点建设的全日制高等学校，是一所以工为主，工理结合，工、理、文、管、经、法协调发展的多科性大学。学校历史悠久，最早的系始建于1912年。

天津工业大学工商学院拥有企业管理学、技术经济及管理、会计学3个硕士学位授权点及工商管理、财务管理、人力资源管理和会计学4个本科专业。现有全日制在校研究生、本科生1 890人。学院有教职工63人，其中教授、副教授24人，近90%的教师具有硕士和博士学位。

学院建有MBA专用多媒体教室2间、电子阅览室1间、图书阅览室1个，拥有中外文图书资料2万余册，中外文期刊100多种，美国ABI/BPO光盘文献资料数据检索系统1套，可检索1 000余种英文期刊文章摘要和500余种期刊的全文。学校图书馆、计算中心、网络中心、电教中心、信息中心等，也可为MBA教育提供强大的支持。

工商学院根据专业的特点，注重培养学生的综合素质和实践能力，狠抓实践环节，搭建了实验教学体系平台，规划了层次化、系统性的实验教学体系。经过多年的办学实践，与政府、企业及社会各界进行了多种形式的合作，取得了良好的社会效益和经济效益。学院还借助国外优势教育资源，与加拿大北阿尔伯塔理工学院联合开办"应用会计"专业，培养具有国际意识和专业能力的外向型人才。

天津工业大学MBA项目以培养知识广博、富有创新思维、勇于开拓、善于沟通合作、能适应市场经济发展需要的综合型、复合型管理人才为目标，主要特色为：

(1) **高素质的教师队伍**。具有一批实践经验丰富、有双语教学能力、擅长案例教学的专职教师。同时，聘请外教及具有留学背景的资深教授进行中英文双语授课。聘请企业高级主管、知名企业家等担任兼职导师。邀请加拿大北阿尔伯塔理工学院高级访问学者及加拿大注册会计师协会专家参与MBA课堂教学。通过多种途径优化和提高师资队伍，保证MBA的教学质量。

(2) **以学生为中心的教学方案**。以培养具有国际视野和本土化行动能力的职业经理人为目标，着力提升MBA学生"修德、敬业、分享、进取"的理念。50%以上的MBA核心课程，选用全英文教材，采取案例教学法和启发式与研讨式为主的教学方式，重视中外案例的结合，配以小组讨论、计算机模拟、参与咨询项目等环节，提高MBA学生的沟通力、创新力、分析力、决策力、领导力以及团队管理能力，努力把最具发展潜质的管理人才培养成真正的企业精英。

(3) **注重实效的官、产、学、研互动平台**。以项目为平台，鼓励师生与企业、兄弟院校、政府的沟通及合作，为MBA学生更好地了解社会、服务社会奠定坚实的基础。根据课程设计，聘请跨国公司在华经理及国内著名的企业家、学者举办专题讲座，组织学生到企业考察、实习。定期邀请政府官员向学生介绍有关国家产业政策、经济体制改革的最新信息。

(4) **严格的教学质量控制体系和职业发展服务体系**。MBA教育中心负责MBA教育的全面指导与管理工作。该中心通过师资选聘、课程建设、日常教学管理、教学效果跟踪、学位评审等一系列管理环节严格控制教学质量。MBA教育中心拟设职业规划部，负责学生职业生涯设计、就业渠道开发、就业动态跟踪、就业信息发布和就业指导服务，切实为MBA学生服务。

天津工业大学MBA项目有全日制脱产学习和业余在职学习两种方式。除招收纳入教育部招生计划的MBA学生以外，也招收企业管理人员在职攻读MBA学位（春季班）学生。天津工业大学MBA项目招生严格按照教育部有关规定执行。MBA教育中心全年接受申请和咨询。

地址：天津市河东区成林道63号　　　　　邮编：300160
研究生招生办公室
电话：(022) 24528418　　　　　　　　传真：(022) 24528016
网址：http://yjsb.tjpu.edu.cn
工商管理学院MBA教育中心
网址：http://gs.eyw.edu.cn　　　　　　E-mail：wy@tjpu.edu.cn
电话：(022) 83956942　　　　　　　　传真：(022) 83956073

18. 天津财经大学

天津财经大学是新中国最早建立的财经大学之一，是一所以应用经济和工商管理学科为主干，兼有文学、法学、理学、工学、教育七大学科门类交叉渗透、协调发展的多科性大学。学校始建于1958年，是以南开大学经济类专业为基础，并从华北、东北地区高校汇聚一批经济学领域享有盛誉的名师组建起来的。经过50年的建设和发展，学校发生了巨大的变化，成为天津市市属重点大学和我国北方培养高级经济管理人才的重要基地。学校现拥有应用经济学和工商管理学2个一级学科博士点和博士后流动站，拥有14个博士点、24个硕士点和MBA、MPAcc、MPA等专业硕士点。金融学、会计学、国际贸易学、财政学是天津市重点学科，企业管理学是天津市重点发展学科。

天津财经大学是我国最早与国外合作举办学历教育并授予美国MBA学位的院校之一，从1987年至今，已与美国俄克拉荷马市大学合作举办了15期MBA班。学校同20多个国家和地区的50多所高校和科研机构保持协作关系，为天津财经大学MBA学生提供了国际交流和学习的机会与平台。

天津财经大学MBA教育的目标是培养知识广博、富有创新思维和国际化视野、具有较高经济、管理理论水平，精通某一管理领域专业知识和技能，英语交流能力强，具备企业家素质的复合型、务实型国际化高级管理人才。为了确保天津财经大学MBA的教学质量，天津财经大学依托财经类和管理类雄厚的教学与科研实力，集中优秀的教师资源，打造了一支高水平、高学历、高职称的经验丰富的师资队伍。与此同时，天津财经大学还聘请了一批成功的企业家作为MBA的兼职教授，定期举办各类实务讲座。在教学方式上采用课堂讲授、案例教学、情景模拟、沙盘演练等方式，并组织学生直接参与企业诊断、策划和咨询活动，以培养学生扎实的理论基础、系统的思维方式和创造性的分析问题、解决问题的能力。

天津财经大学MBA项目有以下几个方面的特色：

(1) **课程特色**。天津财经大学MBA项目在课程体系设置上既注重为MBA学生建立系统的理论思维体系，同时又强调应用能力的培养，特别是在管理类课程的教学秉承了天津财经大学经济、管理类课程的务实教风，为MBA学生提供了知性而务实的课程体系。

(2) **强化英语**。天津财经大学MBA项目专门聘请外籍教师对MBA学生进行口语强化训练，部分专业课聘请有留学背景的资深教授运用全英文、中英文双语授课，使学生突破英语语言障碍，在学习工商管理理论和方法的同时，具备很强的英语交流和沟通能力。

(3) **第二课堂**。天津财经大学MBA项目开设了"天财MBA讲堂"，定期聘请国内外著名企业家、知名学者、政府部门高层人员为学生作贴身讲座。

(4) **培养方向**。天津财经大学MBA项目有企业管理、财务管理、金融管理等3个供学生选修的专业方向，下设人力资源管理、战略管理、生产管理、营销管理、创业管理、跨国公司会计与财务、资本市场与金融工程等多个子方向。

(5) **项目设置**。天津财经大学MBA项目为满足MBA学生多元化的学习需要，提供3种采用不同学习方式的项目：

① 国际企业管理班：采用脱产与不脱产相结合的学习方式。第一学年全脱产学习，学习学位课、部分必修课和选修课，强化英语。除学习英语听、说、读、写课程并进行口语强化外，2/3的必修课用中英文双语授课；第二学年不脱产学习，学习部分必修课和选修课，学生可根据自己的需要选择周末班或集中班学习。

② 周末班：采用不脱产的学习方式。2~3门必修课用中英文双语授课，每周六、日授课。

③ 集中班：采用阶段性集中学习的方式。2~3门必修课用中英文双语授课，每月连续4天集中授课（包括一个六、日和两个工作日）。

MBA中心

地址：天津市河西区珠江道25号　　　　　邮编：300222

电话：(022) 28171151，88181330　　　　传真：(022) 28171151

网址：http://cpm.tjufe.edu.cn/mbacn/index.htm

E-mail：mba@tjufe.edu.cn

19. 河北大学

河北大学始建于1921年，是河北省属重点大学和"省部共建"大学。在与MBA相关的学科中，河北大学拥有世界经济博士点；拥有管理科学与工程、理论经济学2个一级学科硕士点；拥有企业管理、会计学、金融学、区域经济学等20多个管理学与应用经济学二级学科硕士点；有工商管理、市场营销、人力资源管理、会计学等18个本科专业。经过几年的重点建设，形成了相互融合、协调发展的学科布局，学科实力日益增强，为开展MBA教育奠定了坚实的基础。

河北大学MBA教育中心秉承河北大学悠久的历史和深厚的文化底蕴，恪守"实事求是，笃学诚行"的校训，顺应时代潮流，培养商界精英。

河北大学MBA教育的培养目标是：培养掌握市场经济一般规律与运行规则，掌握现代经济管理理论与企业管理专业知识，具有战略眼光、创新精神、领导能力以及良好职业道德的高素质管理人才。河北大学MBA教育项目将持续整合优化MBA教育资源，致力于形成自己的项目特色。

河北大学MBA项目师资力量雄厚，具有教授、副教授职称的教师占94%，有博士学位的教师约占35%，一批优秀教师曾到国内外知名大学进修。学校还聘请了省内外一些知名企业的高层管理者作为MBA兼职导师。近几年，MBA项目任课教师积极参与企业实践，担任企业的管理顾问或负责企业咨询项目，并对企业的经验和问题提炼总结，实现"以教促研、以研促教"的良性互动。他们承担了大量与企业管理实践相关的科研项目，在国内核心期刊上发表学术论文数百篇。这些成果形成了MBA项目的重要知识库。

河北大学MBA项目重视案例教学，重视理论与实践的结合，拟通过案例教学和实践教学培养学生解决实际问题的能力，增强学生的竞争意识、风险意识、经营决策能力和现场管理能力。河北大学MBA项目结合本校的学科优势，设置了企业战略管理、企业投融资、电子商务和人力资源管理4个专业方向。

河北大学MBA项目的教学设施齐备，已建成规范化的MBA教学案例室6个、多媒体教室8个、语音室1个、教学实验室4个。学校设有经济管理实验教学中心，下设ERP实验室、电子商务实验室、企业模拟对抗实验室、经济与管理科学实验室、会计实验室、金融实验室。图书馆中与MBA教学相关的图书有15万余册、期刊258种。

河北大学拥有广泛的全国性校友网络。MBA教育中心配备了精干高效的专业队伍，在企业与学生之间建立信息和沟通的桥梁，为学生的职业发展增加助推力。

河北大学MBA学习方式分为全日制脱产学习和业余时间在职学习两种。全日制学习采用学分制，学习期限为2～3年；非全日制学习采用学分制和弹性学制，学习期限为2～4年。MBA项目招生严格按照教育部有关规定执行。河北大学MBA教育项目全年接受申请和咨询。

学科建设与学位管理办公室
电话：(0312) 5977058
地址：河北省保定市五四东路180号河北大学主楼   邮编：071002
E-mail: xueweiban2003@hbu.edu.cn
MBA教育中心
电话：(0312) 5073169
地址：河北大学第二校区B1-211室   传真：(0312) 5073169

E-mail:mba@hbu.cn 　　　　　　　网址：http://mba.hbu.cn

全日制MBA咨询电话：（0312）5079488，5079489

20. 华北电力大学

华北电力大学MBA的培养目标是：培养具有良好的职业操守和社会责任感、高度的敬业和进取精神、掌握先进管理理念和手段、适应中国国情的中高级管理人才。华北电力大学MBA项目特色有：

(1) **阵容强大的师资队伍。** 华北电力大学MBA项目教师队伍由校内名师、兼职教授、企业人士三部分人员组成。作为MBA课程主要承担主体的工商管理学院教学科研力量雄厚，拥有工商管理博士后流动站、管理科学与工程一级学科博士点、技术经济及管理博士点以及7个硕士点。全院教师181人，其中教授29人，副教授65人，此外，MBA项目还整合电气工程学院、能源与动力工程学院、外国语学院等院系的优秀老师为MBA开设相关选修课程。华北电力大学MBA项目充分发挥北京地区优势，聘请了中国人民大学、对外经济贸易大学等高校的10多位优秀教师担任兼职教授；为了增强课程的实战性，还聘请企业人士开设管理技巧类选修课程和案例课程。

(2) **内外结合的双导师制。** 华北电力大学MBA项目实行双导师制，校内名师主要负责学生的理论学习、论文指导，并有针对性地组织学生参与实践项目，社会导师重点指导MBA学生的职业生涯规划和管理实践。目前受聘的社会导师包括原国家电力公司副总经理谢松林、中国电力工程顾问集团副总经理姚强、华北电网副总经理崔吉峰、北京仁创集团董事长秦升益等近40位。社会导师们以高度的责任心和奉献精神，为华北电力大学MBA项目做出了积极的贡献。

(3) **丰富多彩的第二课堂。** 华北电力大学MBA讲坛邀请企业家、政府官员、专家学者前来讲学，传播管理理念，共享成功经验，每年举办30余期，是华北电力大学MBA课堂学习的重要补充。华北电力大学MBA第二课堂还是MBA学生锻炼自己能力、展示自己才华的大舞台，MBA学生自主组织了"分享MBA"系列活动，组建了"电力MBA俱乐部"、演讲技巧、人力资源等兴趣团队，交流分享同学们之间的资源和经验。

(4) **优势明显的电力特色。** 华北电力大学开设的电力MBA方向对于具有电力背景且愿意继续致力于电力事业发展的考生是最佳选择。作为电力行业的"黄埔军校"，华北电力大学MBA项目以培养电力相关行业管理人才为己任，具有明显的学科优势和社会资源优势。在学科方面，华北电力大学是国内唯一以电力为特色的教育部直属重点高校，始终处于国际电力学科领域的前沿，工商管理学院、电气工程学院、能源与动力工程学院的优秀教师为MBA开设了多门电力企业管理选修课程；在社会资源方面，华北电力大学董事会成员包括国家电网、南方电网和五大发电集团，华北电力大学校友遍布全国电力相关行业，华北电力大学MBA社会导师也有相当部分来自电力行业高层，华北电力大学与国家电网、国电集团、华北电网、辽宁电网等单位的MBA合作项目被用人单位列为重点人才工程。电力MBA特色鲜明，优势突出，是华北电力大学MBA的一面旗帜。

(5) **认真负责的办学态度。** 华北电力大学以认真、负责的态度开展MBA教育，本着"一切为了MBA学生，为了MBA学生的一切"的原则建设MBA项目。MBA中心广泛吸取国内外一流商学院MBA管理经验，推动MBA项目国际化和教学管理规范化。MBA中心高度重视

MBA职业发展工作，在职业指导、实习基地建设、职业推介等方面为MBA同学服务。

为了满足MBA学生的不同需求，华北电力大学秋季MBA项目有3种学习方式：全脱产班、周末班和集中班。全脱产班在校上课，学制2年；集中班每学期一次集中20天左右在校学习，学制3年；周末班每周周末上课，学制3年。

华北电力大学MBA的核心理念是"修德、敬业、分享、进取"，欢迎认同这一理念的有志之士报考华北电力大学MBA。

地址：北京市德胜门外朱辛庄　　　　　　　邮编：102206
研究生招生办公室电话：(010) 80798475
MBA教育中心电话：(010) 80798610　　　传真：(010) 80798480
网址：http://www.epmba.com　　　　　　 E-mail：hdmba@126.com

21. 河北工业大学

河北工业大学是国家"211工程"重点建设大学，坐落于天津市红桥区。2000年10月18日，经国务院学位办批准成为MBA培养单位。管理学院具体承担MBA的培养任务。河北工业大学管理学院设工商管理系、国际经贸系、管理工程系、管理科学研究所、信息系统研究所、经济研究所。除MBA学位授予权外，学院还有管理科学与工程一级学科博士学位授予权、技术经济及管理学科博士学位授予权，企业管理、技术经济及管理、数量经济学、管理科学与工程产业经济学、国际贸易学硕士学位授予权，以及工业工程领域和项目管理领域工程硕士（ME）学位授予权。

河北工业大学管理学院从1986年获得第一个硕士学位授权点以来，积累了丰富的研究生教学经验，形成了力量雄厚的师资队伍。河北工业大学管理学院借鉴其他MBA院校的先进经验，以培养具有坚实理论根基、卓越领导才能、高尚职业道德和开拓创新精神的高级职业经理人与企业家为目标，坚持高起点发展MBA教育。为了实现MBA的培养目标，管理学院为MBA教育配备了最优秀的师资力量，MBA国内任课教师中95%的教师具有高级职称或已获得博士学位，30%的教师曾在国外著名大学学习或研修，90%的教师曾多次参加企业管理研究项目，另聘有多名国内外大学知名教授和公司企业领导为MBA兼职教授。

河北工业大学管理学院自建院以来一直奉行开放办学的宗旨，借以不断提高其办学水平。与国内外多所重点大学、著名企业、科研院所及政府部门建立了全面合作与学术交流关系，可以为MBA学生提供良好的对外交流和实践环境。

2005年，河北工业大学MBA教育项目以优异成绩通过国务院学位委员会组织的教学合格评估，同年，河北工业大学MBA办公室升格成为河北工业大学MBA教育中心。中心及其教学楼功能完善、环境优美、学习方便。学术报告厅、多媒体教室、案例研讨室、图书资料及多媒体音像阅览室、综合实验室等基础设施一应俱全。学生可利用良好的校园网络条件接受各种远程教育，通过学院网站与外界建立更为快捷的信息联系。

进入21世纪，河北工业大学管理学院全体师生以高昂的士气，团结进取，向着建设国内一流管理学院的目标迈进。河北工业大学管理学院将以一流的教学、一流的服务协助广大MBA学生圆事业成功之梦。

地址：天津市红桥区丁字沽一号路8号　　　邮编：300130
MBA教育中心

电话：（022）26564102　　　　　　传真：（022）60204102

网址：http://www.hebut.edu.cn　　　　E-mail: mba_hebut@vip.sina.com.cn

22. 山西大学

山西大学源于1902年开办的山西大学堂，根植于华夏古老黄河文明的沃土，诞生于中华民族觉醒的20世纪初。在100余年的办学历程中，山西大学师生不懈追求，形成了"中西会通、求真至善、登崇俊良、自强报国"的文化传统和"勤奋严谨、信实创新"的优良校风。2003年，经国务院学位委员会和国家教育部批准成为工商管理硕士（MBA）培养单位。2005年，山西大学成为山西省和教育部共同建设的省部共建大学。

山西大学MBA项目依托具有悠久办学历史和深厚文化底蕴的山西大学，整合教育资源，立足于中国国情和山西省情，以培养有道德、强实践、会创新的工商管理人才为宗旨，力求创建国内区域性知名MBA教育品牌，成为山西省新型能源和工业基地MBA人才培养的重要高地。

山西大学MBA项目由山西大学MBA教育中心具体运作，主要依托经济与工商管理学院、管理学院和旅游学院及工商管理研究所、晋商学研究所、企业竞争力研究中心、企业咨询诊断研究中心等。目前，MBA项目所依托的这些单位拥有管理科学与工程博士点（一级学科博士点、山西省重点学科）和经济史博士点（山西省重点建设学科），拥有企业管理、管理科学与工程、旅游管理、会计学等11个硕士点，目前有教授21人、副教授28人，其中博士生导师6人、硕士生导师32人，8人兼任上市公司、集团公司的独立董事、监事、高级顾问。

山西大学MBA培养方式有脱产班和半脱产班(双休日班、集中授课班)，全日制学制2年，半脱产学制2.5年。现设有企业战略管理、市场营销管理、财务管理、人力资源管理、旅游管理5个教学模块。山西大学MBA项目将整合运用案例分析、小组讨论、计算机模拟、参加咨询项目、参加高层论坛及研讨会、进行团队集体式训练、邀请国内知名的商学院教授来院讲课、请有关政府部门官员和富有成功经验的企业家举办讲座等多种形式，让MBA学生在山西大学这个具有综合优势的高等学府学到最新的管理知识和方法，激发出创新思维，提高分析问题和解决问题的能力。

上风上水上山大，创新创业创天下。山西大学MBA教育中心决心以一流的教授理解人，以一流的教育集聚人，以一流的技能服务人，以一流的品牌吸引人，以一流的发展赢得人。

地址：山西省太原市坞城路92号山西大学MBA教育中心　　邮编：030006

招生部电话：（0351）7019951，7019952　　　传真：（0351）7018644

办公室电话：（0351）7018644

教学管理部电话：（0351）7018744

E-mail: mba@sxu.edu.cn　　　　　　　　　网址：http://www.mba.sxu.edu.cn

23. 山西财经大学

山西财经大学始建于1951年，是一所以经济学、管理学、法学为主干优势学科，经、管、法、文、理、工、教相互支撑的多科性财经大学。

山西财经大学地处历史文化名城太原市，环境优美，交通便利。2000年，经国务院学位办批准成为MBA培养单位。学校拥有政治经济学、金融学、统计学3个博士点，有理论经济学、应用经济学、管理科学与工程、工商管理4个一级学科硕士点。与MBA相关的统计学、金融学、产业经济学、会计学、管理科学与工程、经济法学等学科是省级重点建设学科。

山西财经大学MBA教育中心全面负责MBA项目教学与管理工作，受学校MBA教育指导委员会的领导。学校高度重视MBA课程师资力量的加强和教学质量的提高，积极探索课程体系和教学内容的创新，不断改善教学条件和改进教学方法，努力加强与国内外高校和企业界的交流与合作。

山西财经大学MBA项目实行弹性学制，学生可以考虑自己工作的特点和实际情况，在2.5～4年内有选择地完成学业。

在课程设置方面，力求体现MBA培养面向市场，面向未来，突出应用性、综合性、创新性的特点，在全国MBA教育指导委员会规定的必修课的基础上，还设置了6个专业方向（包括现代企业经营管理、财务管理、金融与投资管理、人力资源管理、电子商务、文化产业经营管理）的模块课程，每个模块设有5门方向选修课（所设课程根据经济与社会发展的状况适时调整）。另外，设有公共选修课，学生可以根据自己的职业和爱好选择修课。

为了培养学生的团队意识和合作精神，山西财经大学MBA学生入学后进行拓展训练。MBA各门课程广泛采用多媒体教学、情景教学和案例教学等互动教学方式。MBA教育中心定期邀请知名企业家和知名管理学专家来校开设"管理前沿报告"与"MBA企业家论坛"。

学校拥有丰富的经济学和管理学师资力量，MBA主讲教师选聘校内实践经验丰富、教学效果好的高水平教师担任，同时还聘请国内重点大学名师来校交流授课。MBA论文指导实行双导师制，即校内指导教师和校外企业家共同指导MBA的毕业（学位）论文。

MBA教育中心建有专门的多功能教室、U型及小型案例讨论室、计算机实验室、资料室和MBA专用网站，保证了MBA的教学条件，还保证了学校与社会、教师与学生之间的信息沟通和交流。学校学术氛围浓厚，办学条件优越，教学设施先进，实验设备齐全。图书馆面积为18 925平方米，藏书235万册，中外期刊（含电子期刊）18 700余种。拥有各种专业实验室、重点学科实验室、语音室、计算机室、校园网等现代化教学设施，拥有一批教学科研实习基地。编辑出版《山西财经大学学报》（经济版、高等教育版）和《经济研究资料》等学术刊物。

MBA教育中心和美国威斯康星大学工商管理学院建立了稳定的交流关系，每年选派一定数量优秀的MBA在校学生到该校进行短期的学习与交流。学校还将不断开展与英国、澳大利亚等国家高校MBA教育的交流与合作。此外，学校还与省内外一些知名企业合作建立了MBA实践基地或短期实习工作站。

地址：太原市南内环街339号　　　　　　　邮编：030012

研究生学院招生办公室电话：(0351) 7668131　　传真：(0351) 7668384

MBA教育中心电话：(0351) 7668120, 7668044　　传真：(0351) 7668044

网址：http://www.mba.sx.cn　　　　　　　E-mail: zfc@sina.com

24. 内蒙古大学

内蒙古大学创建于1957年，位于内蒙古自治区首府呼和浩特市，是新中国成立之后在少数民族地区最早创立的一所综合性大学，是内蒙古自治区人民政府和国家教育部共建学校，是国家"211工程"重点建设的百所大学之一。

内蒙古大学经济管理学院是我国少数民族自治地区最早成立的商科学院之一，也是较早开展工商管理教育和培训的学院。学院拥有一座建筑面积8 000平方米的教学办公大楼，其中80%用于MBA项目。有全面联网的仿真实验中心、一流的多媒体实验室和设备先进的案例讨论室、学生活动室。学院现有教授14人，副教授26人，博士、硕士学位获得者18人，师资队伍的整体学历和职称水平居内蒙古自治区相关专业前列。学院同国内著名大学的商学院建立了长期的学术交流与合作关系，能够及时把握学科前沿和学术动态。2008年3月，学院获得了"中国西部MBA师资开发及办学能力建设计划"新加坡淡马锡集团专项基金的资助，将有18位MBA主讲教师和6位管理人员赴清华大学经济管理学院学习进修。

2000年10月18日，教育部授权内蒙古大学试办工商管理（MBA）教育。2005年10月，内蒙古大学顺利通过MBA项目教学合格评估。

内蒙古大学MBA教育一开始就按照高起点、高规格、高质量的要求进行。内蒙古大学MBA教育中心秉承"经世致用，管人悟道"的办学理念，适应中国经济发展和市场需要，根据学生的构成和要求，开设公司理财、市场营销、运营与信息管理、人力资源管理和金融投资管理5大方向，并针对某些特殊产业开设特色化的MBA方向。内蒙古大学MBA项目根据国务院学位办和全国MBA教育指导委员会的统一要求，结合内蒙古大学的特色设计课程体系，充分体现了国际化与本土化的特征。

内蒙古大学MBA项目有以下办学特色：

(1) 课程设置注重专业特色、民族特色与时代特色的有机结合。注重管理理论研究与少数民族企业实践精髓的有机结合。"内蒙古经济与企业发展"、"产业与竞争分析"、"民族地区创业学"等特色课程和讲座的开设与教学，增添了MBA学生的英雄文化气质，加深了MBA学生的本土化情结。

(2) 国外经典教材与少数民族地区本土化案例的有机结合。MBA教育中心组织主讲教师和在读学生，以MBA独特的视角，引入了"蒙牛"、"伊利"、"兆君"、"鄂尔多斯"、"小肥羊"、"稀土高科"等体现民族、地区优势特色的数十个经典案例，将其应用到MBA的教学与研究中，取得了显著的教学效果。

(3) 整合全自治区的师资资源为内蒙古大学MBA授课。以充满挑战魅力的教学舞台、以相对丰厚的授课薪酬公开选聘，挖掘了内蒙古自治区工商管理学科的带头人、知名教授。同时，聘请国内外名校具有丰富教学经验的MBA主讲教师，讲授了12门次的核心课程。尤其值得一提的是还培养了一批少数民族特别是蒙古族MBA主讲教师队伍，目前，少数民族MBA主讲教师已占到全部主讲教师43人的20%。2005年3月，内蒙古大学MBA教育项目被内蒙古自治区政府授予优秀教学成果一等奖。为了丰富学生的第二课堂，我们还聘请了20余位学者、专家、企业家担任顾问教授或兼职教授、客座教授来讲学，交流管理思想，分享成功的经验。

(4) 设置职业发展辅导与就业咨询服务。内蒙古大学MBA教育项目鼓励学生结合自己的职业发展目标与方向性课程组合来学习，努力做到基础知识与专长相结合使学生的知识结构能更好地适应就业市场的需要。我们已经设立了MBA职业发展、就业服务的专向岗位，提供全面有效的就业服务。

经过近几年的发展，内蒙古大学MBA教育项目正在从初创走向成熟，累计招生已达1 079人，毕业438人，目前在校学生966人。内蒙古大学MBA取得了广泛的社会影响力，并成为少数民族地区MBA教育的重要基地。目前，内蒙古大学MBA学生已几乎分布在自治区所有重点行业、企业和政府部门的关键管理岗位上，并得到了用人单位的高度评价，聘用意向应接不暇。2006年，在呼和浩特市委宣传部主办的首府百姓最满意的品牌评选活动中，内蒙古大学MBA教育项目获得首府百姓最满意的教育品牌。

作为在少数民族地区开展的MBA教育，内蒙古大学MBA教育项目在坚持规范化、高标准的同时，也在着力打造少数民族地区MBA教育的特色。我们将继续贯彻"孕育财富、创新社会"的办学宗旨，整合、利用内蒙古大学的教学资源，不断提高自身的办学水平，为民族地区、西部地区和全国的经济发展服务。

地址：呼和浩特市大学西路235号内蒙古大学MBA教育中心　邮编：010021

电话：(0471) 4993529，4990702　　　　　　　传真：(0471) 4969071

E-mail:nmgdxmba@163.com　　　　　　　　　网址：http://www.mba-imu.cn

25. 内蒙古工业大学

内蒙古工业大学始建于1951年，开展研究生教育已有20多年历史。目前拥有管理科学与工程和工商管理2个一级学科硕士点和12个经济和管理类二级学科硕士点。学校建有ERP模拟、电子商务、财务会计、管理沙盘模拟、物流管理、国际贸易实务等管理情境模拟实验室，具备发展MBA教育良好的学科生态支持环境。

内蒙古工业大学管理学科的师资毕业于中国、美国、澳大利亚、日本等国家和地区的30多所院校，具有较强的科研能力、实践经验与较高的教学水平，曾获得内蒙古社会科学优秀成果一等奖、内蒙古科技进步二等奖等多项自治区政府科研奖励和自治区教学成果一等奖。

内蒙古工业大学MBA教育项目以专业化与务实风格为特色，重点培养学生的创新能力、微观管理能力、实证研究能力与应用计算机解决管理问题的能力。在MBA核心课程模块与专业知识模块基础上，设有实证分析与运用模块课程，包括：企业经营计算机模拟、企业经营沙盘模拟、商业计划书、质量管理案例分析与设计、ERP系统模拟、会计系统模拟分析、财务报表案例分析、项目管理评价分析与研究、投资项目评价分析与研究、市场营销案例分析与研究等。

内蒙古工业大学管理学科培养的学生具有较强的创新能力和执行力，在各类体现创新能力的竞赛中获得了突出的成绩。内蒙古工业大学的MBA项目秉持"博采众长、明德自强"的教育理念，整合全球的优秀师资源和中国企业家网络，打造西部一流的MBA教育品牌。经过几年的发展，已经逐渐成熟，形成了自己的特色，成为内蒙古自治区培养专家型高级职业经理人和管理者的重要基地。

内蒙古工业大学的MBA项目以严格的入学门槛、高质量的培养过程、系统的管理技能训练，人性化的学生服务，以及毕业后的追踪服务，在社会和企业界树立了"学在工大"的良好口碑。内蒙古工业大学MBA项目招生录取分数享受国家西部优惠政策。

地址：内蒙古呼和浩特市爱民街49号　　　　邮编：010051

MBA教育中心：内蒙古工业大学新教学楼313室

电话：(0471) 6577191　　　　　　　　传真：(0471) 6577494

研究生招生办公室：内蒙古工业大学新教学楼317室

电话：(0471) 6578901　　　　　　　　传真：(0471) 6513739

网址: http://mba.imut.edu.cn

E-mail: mba@imut.edu.cn，mba6577191@126.com，mbazs@yahoo.com.cn

26. 辽宁大学

辽宁大学位于辽宁省沈阳市，1948年建校，1997年7月被国家教委审定为21世纪全国百所重点建设的大学之一。辽宁大学经济和管理学科拥有雄厚的教学科研力量，有3个博士后流动站（工商管理、理论经济学、应用经济学）、25个博士点和31个硕士点。

辽宁大学工商管理硕士（MBA）教育中心于1997年成立，1998年开始招收培养MBA。该中心依托辽宁大学的经济、管理学科优势，从全校遴选任课教师，任课教师研究的专业领域覆盖了文学、哲学、法学、经济学、管理学、理学、工学7大学科，以中青年博士生导师领衔，全部是具有博士或硕士学位的教授或副教授。该中心还外聘有国外和国内企事业单位的兼职教授；学校设有MBA教学指导委员会，还设有专职管理人员和办公机构。

辽宁大学MBA教育中心，作为学校的派出机构，挂靠在工商管理学院，负责具体的教学组织管理工作。该中心拥有现代化的多媒体教学设施和手段，在教学中广泛使用计算机多媒体软件，有网络教研室、电子图书馆等技术支持和保障。

辽宁大学MBA教育中心按国家规定，面向全省、全国招收培养MBA学生和企业管理人员在职攻读MBA学位学生。该中心常年为欲报考者开办招生考试的考前辅导班，招生条件严格执行教育部规定。招生人数每年200人左右。

地址: 沈阳市皇姑区崇山中路66号辽宁大学MBA教育中心
邮编: 110036
电话: (024) 86864314，62202243　　　　传真: (024) 86859938
网址: http://www.lnumba.com

27. 大连理工大学

大连理工大学是伴随着新中国的诞生而成立的一所以理工为主，经、管、文、法等学科综合发展的综合性研究型大学，是国家"211工程"、"985计划"重点建设大学。1960年被确定为教育部直属全国重点大学。

大连理工大学是国内最早建立管理学科的6个学校之一，大连理工大学管理学院是国内最早成立的管理学院之一。1984年大连理工大学在国内率先开办MBA教育项目，是中国最早的MBA教育基地。大连理工大学在国内最早开展案例教学研究和本土案例采编工作，最早成立案例研究中心，最早建立MBA教学案例库。案例库现收录各种案例2 000多个，案例研究中心定期出版《管理案例研究》，为推动管理案例教学在中国的传播和应用做出了有目共睹的贡献。2007年，大连理工大学被全国MBA教育指导委员会确立为全国MBA培养院校案例共享中心的承办单位。

大连理工大学管理学院拥有强势的管理学科群和优秀的师资队伍。目前,管理学院的学科领域有管理科学与工程、工商管理2个一级学科博士点，13个二级学科博士点，17个硕士点和MBA、EMBA、工程硕士（项目管理、物流工程）三个专业学位授予权。管理科学与工程在全国一级学科评估中排在前三名。学院现有教职员工127人，其中教授27人，副教授44人，博士生导师26人。学院首任院长王众托院士是我国著名的管理系统工程领域专家，是中国工程院工程管理学部最早的来自高校的院士。曾担任中国工业科技管理大连培训中心中方教务长的余凯成教授,被誉为"中国管理案例教学之父"。另外,学校还聘请海外学者9人,来自企业的有实际经验的兼职教授33人。

管理学院已与美国、加拿大、法国、荷兰、日本、澳大利亚以及我国台湾、香港、澳门等地区的多所大学建立了学术交流、合作研究与合作办学等伙伴关系。

大连理工大学MBA教育的宗旨是"造就卓越经理,倍增学生价值"。基于这一宗旨,学院为MBA学生素质的提高和职业发展提供了全方位的支持与服务。截止到2008年4月,学院累计招收MBA学生3 804人,其中2 575人已获MBA学位。大连理工大学MBA项目为国家大中型企业培养了一大批管理人才。

大连理工大学MBA项目在教育理念上突出前卫性,注重全球视野与本土文化的结合;在教学内容上强调体系的完整性,主干课程统领全局,课程模块层次清晰;在教学方法上强调案例的实战性和沟通的有效性,学院鼓励和支持任课教师深入企业采编案例并运用到教学中,鼓励和要求学生在学习过程中积极参与,师生互动。

MBA项目专属教学区在主校园三星级写字楼内,并在市中心设有教学区便于在职学生上课。在大连理工大学,MBA学生的校园生活丰富多彩。入学之初,学院就组织学生拓展训练,以磨炼学生心智、挖掘学生潜能、培养团队合作精神。学院为MBA学生开设了多种专业方向课程,如IT方向、SAP方向、项目管理方向、人力资源方向、财政金融方向、物流管理方向等。学院聘请有实践经验的企业家担任讲座教师,支持MBA联合会开展活动,组织开展MBA校友论坛,邀请优秀校友回校做报告,为学生提供与学校和社会沟通的平台。学校将脱产学生纳入全校就业服务体系,享有学校统一提供的就业网络服务。

地址:辽宁省大连市凌工路2号大连理工大学管理学院MBA教育中心(校正门科技园大厦C座202室)

邮编:116024

电话:(0411)84707420,84707704,84708948(兼传真)

E-mail:mba@dlut.edu.cn   网址:http://mba.dlut.edu.cn

28. 沈阳工业大学

沈阳工业大学是一所以工为主,涵盖工学、理学、管理学、法学、经济学、哲学、文学七大学科门类,具有学士、硕士、博士三级学位授予权的多科性教学研究型大学。学校拥有国家级重点学科、国家级工程技术研究中心和大学科技园。学校立足辽宁,以服务地方经济建设为主,辐射全国装备制造业和其他行业领域,主要培养应用型高级工程技术人才及经营管理人才,同时培养研究型人才和复合技能型人才。

沈阳工业大学具有MBA教育的良好学科基础,拥有管理科学与工程一级学科硕士点、工商管理一级学科硕士点(含企业管理、会计、技术经济及管理、旅游管理等二级学科)、国际贸易学硕士点,以及工业工程、项目管理和物流工程等3个领域的工程硕士点。经教育部批准,企业管理学硕士点有与国外高校合作培养企业管理硕士的资格。学校的微观管理理论与应用研究中心是辽宁省高等学校人文社会科学重点研究基地。

沈阳工业大学拥有学历层次高,学科结构、知识结构、年龄结构、职称结构合理的师资队伍。承担MBA课程教学的专职教师都具有高级职称或博士学位,其中教授15名、副教授

18名，所占比例为89%；博士学位获得者17名，所占比例为45%，其中30%曾在美国、欧洲等国家做过长期访问学者；84%以上的教师具有较为丰富的实践经验，他们有的担任市级政府和国有大中型企业的高级咨询专家和顾问。90%以上主持或参加国家级、省部级重大课题和企业委托的横向课题。此外，学校还聘请了一些大中型企业和政府经济管理部门的资深管理者，作为MBA案例教学和论文指导的兼职教师。

沈阳工业大学MBA项目有以下特色：

(1) 模块化和个性化的专业方向选修课。沈阳工业大学MBA教育在体现MBA人才知识结构、能力要求及核心课程设置等方面的基础上，开设了3个专业主修方向：财会与金融；物流与营销；科技与项目管理。针对不同专业领域和管理职能的特点，为学生提供分专业领域和管理职能的选修课程模块，并针对性地开展案例教学、专题研究和实践训练。

(2) 与实务紧密结合的能力强化训练。沈阳工业大学MBA项目通过企业咨询实习、案例讨论、管理实训与情景模拟、业务拓展与创业策划、半结构化问题解决方案设计等环节，培养提高学生解决实际问题的综合实践能力和创新能力。同时，与沈阳市铁西区的工业新区企业及国家级大学科技园的入园企业合作建设MBA实习基地，为学生的能力强化训练提供良好的环境和条件。

(3) 人文社科氛围与科学技术氛围并重相融。沈阳工业大学利用多学科交叉优势，营造经济、管理与工程技术并重相融，人文社科与科学技术交叉复合的环境氛围。在MBA教育过程中，聘请著名的企业家、管理专家、科技专家，围绕创业经验、领域专题、发展前沿这三种主题，开设企业家、人文社科、科学技术三个系列讲座，通过三类专家、三种主题、三个系列的讲座，使学生开阔眼界、拓展思路、建立新理念，了解有关领域发展前沿，综合集成相关知识。

地址：辽宁省沈阳市铁西区兴顺街南十三路1号
邮编：110023
电话：(024) 25690322，25691541，25690387（兼传真）
E-mail：mba@sut.edu.cn

29. 东北大学

东北大学坐落于辽宁省沈阳市科技文化集中的南湖之滨，始建于1927年，创建人张学良先生1993～2001年兼任过东北大学名誉校长。东北大学是教育部直属的、首批进入国家"211工程"和"985计划"建设的国家重点高校之一。目前，在全校师生的共同努力下，正朝着"多科性、研究型、国际化"的现代一流大学方向迈进。

东北大学的商科教育可追溯到1939年6月在原东北大学法学院的基础上增设的工商管理系。东北大学工商管理学院自1994年建院以来，秉承东北大学的爱国主义传统和"自强不息、知行合一"的校训，以创建一流高水平研究型的管理学院为目标，在学科建设、科学研究、管理教育、人才培养、社会服务，尤其是在MBA教育、学院文化建设等方面取得了长足的发展。

东北大学工商管理学院MBA项目的目标是：在经济全球化的大背景下，依托东北老工业基地，为中国经济和地方经济的发展，培养一流的商界精英和领袖。

学院非常重视MBA教育，成立了以优秀MBA授课教师为主的指导委员会，全面设计培养计划，并监督MBA培养过程中各个环节的教学质量。

东北大学MBA项目采用理论教学和实战教学相结合的教学方式，从全方位、多角度培养MBA学生，逐渐形成自己的办学特色。主要表现在：强调理论教学与案例教学相结合，第一课堂生动活泼，丰富多彩；开辟第二课堂，邀请国内外知名的学者和企业界的精英以及国内的政府官员来东北大学讲学；开展拓展训练和军事训练，加强对MBA学生的团队精神与战胜困难的毅力和品质的培养。东北大学工商管理学院还与美国卡内基-梅隆大学等20多个国家的大学在国际网上合作开展Management game公司经营模拟管理训练项目，深受MBA学生的欢迎。

东北大学MBA教育经过10年的发展，已经形成了一个稳定的、业务能力很强的教师队伍，有教授12人（博士生导师10人），副教授42人，其中大部分具有博士学位。建院11年来，科研成果层出不穷，科研水平逐年提高。近两年共获国家自然科学基金项目6项、国家社会科学基金项目2项、中国博士后科学基金4项、省博士启动基金3项、教育部青年骨干教师1项、省社会科学基金5项、省自然基金1项。东北大学工商管理学院还聘请国内外知名的学者和企业界精英作为MBA教学的兼职教师。

东北大学MBA教育中心利用网络资源和学校内的人才市场以及丰富的校友资源，建立MBA就业指导信息库，为MBA学生提供就业服务。

学院每年都举行各种文体活动和大型联谊晚会以及各种沙龙，给MBA学生搭建一个沟通交流的平台，使学生与学生之间交流的机会大大增加，从而加强了团结，增加了凝聚力。

地址：辽宁省沈阳市文化路三号巷11号　　　邮编：110004
研究生招生办公室
电话：(024) 83687556　　　　　　　　　传真：(024) 23890920
工商管理学院
电话：(024) 83685412，83689005　　　　传真：(024) 23891569
MBA咨询电话：(024) 83681936，83681953
E-mail：xrlv@mail.neu.edu.cn　　　　　　网址：http://www.neu.edu.cn

30. 大连海事大学

大连海事大学（原大连海运学院）历史悠久，其前身可追溯到1909年晚清邮传部上海高等实业学堂（南洋公学）船政科。1997年，被国家批准纳入 "211工程"进行重点建设；1998年学校的质量管理体系通过国家港务监督局和挪威船级社（DNV）的认证，成为我国第一所获得ISO 9001质量管理体系认证证书和DNV三个认证规则证书的大学，是世界上少数几所被国际海事组织认定为 "享有国际盛誉"的海事院校之一。

大连海事大学的MBA教育将在以下几个方面展示其特色：

(1) 借助国际合作办学的资源和经验，推动MBA项目质量的提高。大连海事大学十分注重对外交往和校际交流，先后与20余所国际著名的航海院校正式建立了校际合作关系，在合作办学、互派访问学者和留学生、合作科研等方面一直保持着实质性的联系，合作的领域正在不断拓宽。与多个国际组织和机构建立了长期合作关系，其中包括：国际海事组织（IMO）、国际劳工组织（ILO）、国际海事大学联合会（IAMU）、亚太经合组织（APEC）、国际航运协会（ISF）等。学校积极开展教育创新，不断拓宽办学渠道，引进教育资源，1992年成立了由百余家港航企事业单位参加的校企董事会，多年来，对学校的建设和发展给予了积极的支持与帮助。

学校将探索与港航企业，尤其是国际著名大型航运企业以及国外名校的合作，共同开展MBA教育。部分MBA课程将由国外名校教授及具有实践经验和理论造诣的业界知名人士讲授。

(2) **强调案例教学，提供特色讲座**。在MBA教学中，大力提倡"土洋结合"的案例教学，要求每一位中外任课教师写案例、讲案例，并拟编辑和出版具有特色的MBA教学案例集。与此同时，还将充分利用国内外丰富的社会教育资源开设大量开放式讲座，作为案例教学的补充。将开设国外企业家讲座、名博士讲座、博士生导师讲座和中国企业家讲座四大系列讲座。

(3) **优化培养方案，开设特色专业方向**。结合学校特点优化MBA培养方案，重宽度、顾深度，压缩必修课，拓展选修课。在进一步借鉴国外著名MBA教学计划的基础上，将必修课分解为公共必修课和专业方向必修课，结合论文选题设置专业方向。这种课程设置更好地体现了博中有专的原则。并结合学校的优势资源，面向来自港航企业、交通运输、物流以及相关行政管理部门的学生开设特色课程。

(4) **不断完善教学监控体系**。提高教学质量是大连海事大学MBA教学中永恒的主题。学校坚持把提高教学质量作为MBA教学管理工作的核心，注重MBA教学监控体系的建设。它包括教学检查、学生评教、课程评估、教学考核等一系列内容，特别是学院设立的专家委员会，使教学督导有组织保障，确保教学监控目标的实现。

(5) **突出海事大学特色，培育港航业专门人才**。借鉴国内外知名学府的教学培养计划，结合海事大学在港航业的专业特点，大连海事大学MBA教育将侧重于结合本领域的特点，设置与港口管理、航运管理、物流管理等相关的课程，为港航业培育具有专业管理能力的高端人才。

地址：辽宁省大连市甘井子区凌海路1号　　　　邮编：116026
研究生招生办公室
电话：(0411) 84729493　　　　　　　　传真：(0411) 84728329
经济与管理学院MBA教育中心（大连海事大学科技会馆4楼）
电话：(0411) 84729306，84724239，84725898　　　传真：(0411) 84729239
网址：http://www.dlmu.edu.cn
E-mail：mba@newmail.dlmu.edu.cn

31. 东北财经大学

东北财经大学位于北方明珠城市——大连，是一所以经济学、管理学为主，包括经济学、管理学、法学、文学、理学5个学科门类的多科性教学研究型大学。学校始建于1952年，现有应用经济学和工商管理2个一级学科博士后流动站，拥有理论经济学、应用经济学、工商管理和管理科学与工程4个一级学科博士学位授权点，下设34个二级学科博士点、54个硕士点。在现有各学科中，产业经济学和会计学为国家级重点学科。东北财经大学是国务院学位办较早批准的MBA培养院校之一。

东北财经大学MBA学院是按照国际公认模式组建的专门从事MBA和EMBA教育的专业学院，集MBA招生录取、课程设置、教学管理、论文答辩和学位授予等功能于一体，是符合国际惯例的"研究生院"，现开展春季MBA、秋季MBA和EMBA三种教育项目。

东北财经大学MBA学院以"不求规模，但求特色"为办学宗旨，积极探索适应财经类院校开展MBA教育的办学体制与模式，充分利用全校的资源优势，整合全校优秀师资，以规范的教学管理与组织、现代化的教学设施、与国际接轨的教学方式和教学内容等在国内外享有较高的声誉。

东北财经大学MBA教育融合中国传统文化精华和现代经济管理理论。提倡MBA学生树立"超越自我，追求卓越"，"修身、齐家、治国、平天下"的志向，引导MBA学生欣赏"处无为之事，行不言之教"的智慧，帮助MBA学生理解"小企业靠老板，大企业靠文化"、"管理既是科学，又是艺术"等理念。

东北财经大学产业组织与企业组织研究中心是教育部人文社会科学重点研究基地。MBA学院院长于立教授兼任产业组织与企业组织研究中心主任。MBA学院与研究中心在教师培养、教材与案例建设、社会调研、论文指导等方面相辅相成、优势互补，推崇"刚柔相济，天人合一"的管理哲学。

东北财经大学MBA学院经过10多年的发展，正逐步形成自己独具特色的管理模式。每月定期举办"CEO论坛"，以经济、管理理论与实践中的热点或前沿性问题为主题，内容强调战略性和决策导向，具有很强的现实针对性和启发性。尝试探索"多人会讲教育模式"，针对少数课程或与现实联系紧密的专题讲座，同时安排不同专业的两位教授同堂授课；或教师与有成就的企业家同堂报告；或一人报告，另一人点评；或两人辩论。开设"太极拳"课程，培养MBA学生"人法地，地法天，天法道，道法自然"的"天人合一"的观念和思维方法。

东北财经大学MBA学院实行弹性学制，对全日制学生和在职学习学生实行不同的教学安排与管理办法。全日制学生可调转户口和档案，并解决住宿。对于全日制学生，设有专项奖学金。学院非常注重提高MBA学生的综合素质，经常性地组织MBA学生进行社会实践及调研，支持、鼓励并积极组织MBA学生参加企业管理挑战赛等各类全国性比赛，积极为毕业生提供择业咨询与指导。学院设有MBA职业发展中心（CDC），专门为MBA学生提供择业指导与服务，极大地提高了MBA毕业生择业的有效性和成功率。已毕业的MBA学生在社会企业和事业单位发挥着突出的作用，有的已走上了重要的领导岗位，有的创办了自己的公司，脱产生毕业去向主要是上海、北京、深圳等地，多分布在金融、证券、管理咨询等领域，这都显示出东北财经大学培养的MBA毕业生优良的思想品质和专业素质及驾驭各项工作的能力。

地址：辽宁省大连市沙河口区尖山街217号东北财经大学MBA学院

邮编：116025

电话：（0411）84713094，84710386　　　　传真：（0411）84713094

E-mail：info@mba-edu.net　　　　网址：http://www.mba-edu.net

32. 吉林大学

吉林大学地处东北文化名城长春，是教育部直属的一所重点综合性大学，是首批进入"211工程"国家重点建设的大学之一，也是"985计划"国家重点建设的大学之一。吉林大学MBA教育中心设在吉林大学研究生院，下设两个办学单元：吉林大学商学院MBA教育中心和吉林大学管理学院MBA教育中心。

吉林大学商学院是在原吉林大学经济管理系基础上成立的。现拥有数量经济学、企业管理、产业经济学、金融学4个博士学位授权点，有应用经济学和工商管理2个博士后科研流动站；有数量经济学、企业管理、会计学、管理科学与工程、产业经济学和金融学6个硕士学位授权点；有工商管理硕士（MBA）、工程硕士（项目管理）、会计硕士（MPACC）3个专业学位硕士点。其中数量经济学专业是国家级重点学科和该专业唯一的教育部人文社科重点研究基地。商学院现有专职教师115名，其中教授33名（含20名博士生导师）、副教授34名，大多数教师有博士学位。学院还聘请了诺贝尔经济学奖获得者，前世界银行副总裁斯蒂格里茨教授等多位知名人士为名誉教授或客座教授。

　　吉林大学商学院MBA教育的宗旨是将中国最具发展潜质的学生培养成为适应我国经济建设和社会发展需要，善于运用和借鉴国内外先进管理理念和方法，富有实干精神和创新能力的中国未来卓越管理者和商界精英。商学院MBA项目坚持务实、创新的教育理念，致力于培养学生的人本精神、开拓能力和精英素质。在教学上兼顾理论教学、案例教学和模拟教学，教授授课与企业高层管理专家讲座相结合，使学生在决策理念和决策能力两方面都能获益。

　　吉林大学商学院MBA教育强调开放式和国际化，MBA中心不定期地邀请国外院校MBA教授授课或讲座。目前商学院已经先后和美国伊利诺伊大学、澳大利亚科廷理工大学、新西兰奥塔古大学、韩国汉城国立大学、韩国高丽大学等达成了MBA教育合作意向和学生交流协议。

　　为了适应企业对专业性MBA人才的需要，充分发挥各类学生的潜质，培养专业化的MBA学生，商学院设有金融与财务决策、企业战略决策与管理、人力资源开发与管理、营销管理、项目管理、会计学、信息管理与电子商务、国际商务、服务管理、信用管理、创业管理、商务与物流管理等多个专业方向供学生选择。

　　吉林大学管理学院前身是成立于1985年的原吉林工业大学管理学院，该学院是全国理工科院校中最早设立的六所管理学院之一，学院历史可追溯到吉林工业大学1955年创建的工程经济专业和1958年设立的工程经济系。

　　学院现有工商管理一级学科博士点和管理科学与工程一级学科博士点，有技术经济及管理、情报学、图书馆学和工业工程4个二级学科博士点；有工商管理一级学科博士后流动站；有管理科学与工程、工程管理、会计学、企业管理、技术经济及管理、图书馆学、情报学、档案学和国际贸易学9个硕士学位授权点；并培养工商管理硕士（MBA）、工业工程领域和项目管理领域的工程硕士和会计硕士。

　　管理学院拥有一支年龄结构、学历结构和知识结构合理的师资队伍。学院现有专职教师86人，其中教授32人，其中博士生导师17人，副教授30人，拥有博士学位的教师54人，在职攻读博士学位的教师17人，中国工程院院士1人，国家杰出青年基金获得者1人，霍英东教育基金获得者1人，对国家有突出贡献并享受政府特殊津贴的专家4人。

　　管理学院拥有4 800平方米的管理大楼和2 600多平方米的MBA教育基地，基地内设学术报告厅、多媒体案例教室和研讨室、图书资料室和阅览室、计算机实验室、企业管理模拟中心和ERP实验室等。

　　吉林大学管理学院从1998年招收首批MBA学生。学院秉承"人本、尚和、求是、创新"的办学理念，致力于培养掌握坚实的理论基础，具有多维的知识结构和复合的能力结构，懂技术、善经营、会管理，具有创新精神的复合型高级管理人才。学院面向经济全球化和信息化，从务实性、创新性和国际性的角度设计与开发MBA课程，采用理论讲述、案例分析和专题研讨相结合的互动式的教学方法，通过与大型企业共建管理实践基地锻炼学生的实践能力，经过多年的发展，在MBA办学上已经形成了自己的特色。

　　管理学院MBA项目设有8个专业方向：投资经济与管理、战略管理、企业运营管理、财务管理、国际商务管理、项目管理、企业信息管理、组织与人力资源管理。

地址：吉林省长春市人民大街5988号　　　　　邮编：130022
商学院MBA教育中心
电话：(0431) 85654685，85166123，85159222

传真：(0431) 85166257, 85168388

网址：http://bsoj.cn, http://www.jlumba.com

E-mail：bschoolc@jlu.edu.cn, byli@jlu.edu.cn

管理学院MBA教育中心

电话：(0431) 85697417, 85094578, 85692079   传真：(0431) 85697417

E-mail：jlumba@163.com mba@jlu.edu.cn

网址：http://www.jlumba.cn

33. 长春税务学院

长春税务学院是一所以应用经济学科及管理学科为主，兼有法学、文学、工学、理学等多学科的综合性高等财经院校，已有58年的办学历史。其作为省属重点院校，在吉林省"十一五"教育发展规划中已被确定为吉林省工商管理与财经类人才培养的重要基地。1958年开始招收本科生，1983年招收硕士研究生。全院设有29个本科专业，具有经济学、管理学、法学、文学、工学、理学6大学科学士学位的授予权，拥有企业管理、会计学、统计学、数量经济学、金融学、财政学、国际贸易学、行政管理、政治经济学、西方经济学等18个二级学科与理论经济学和应用经济学两个一级学科的硕士学位授予权。经过近60年的发展，培养了大批高层次管理人才。长春税务学院现有教授90人、副教授170人，博士生及硕士生导师104人。在任课教师中，32%具有博士学位，35%曾在国外进修或学习，82%具有企业实践经验或企业研究经历。另外，学院长期聘请一批来自企业和实际部门的高层管理者作为兼职教授。学院校区建有面积为16 032平方米的实验楼，设有高标准的案例研讨室4个，6个专门用于MBA教学的多媒体教室。另设有企业管理沙盘模拟实验室、ERP实验室、会计电算化实验室、电子商务实验室、国际贸易实务实验室、银行业务实验室、证券投资模拟实验室、统计学模拟实验室、税务模拟实验室、法学实验室10个专业模拟实验室。购置了相应的专业教学软件。核心课程都有多媒体教学课件，并具备先进的多媒体教学设施。图书馆与MBA相关专业的藏书达到40多万册，中外文报刊资料1 600余种，另有大量电子图书。学院建有网络中心、校园网、电子阅览室、网络教室等，为MBA学生提供丰富的数据库资源及上机条件。

长春税务学院一贯以培养理论基础扎实、实践能力强、综合素质高的应用型、复合型的高层次经营管理人才为办学宗旨和特色，以财经管理专业比较齐全和历史积淀深厚为办学优势，以为国家和地方经济建设服务为基本职能。

长春税务学院MBA项目以"造就管理者"为教育理念、以培养学生的创新能力和管理实践能力为主线、以塑造具有战略眼光与创新意识的应用型、复合型和国际导向型的中高层次的经营管理人才为目标，实现从"教管理"到"造就管理者"、从传统的培养"学术型"人才、"技能型"人才向培养"管理型"人才的现代人才培养理念转变。

长春税务学院MBA教育的指导思想是：高起点、特色鲜明、与国际标准接轨、国际化与本土化有机融合。在教育理念、培养模式、教授内容、授课方法等方面与国际接轨，在教育内容上充分融入中国元素，反映中国本土特色。

长春税务学院MBA项目以培养企业部门经理为基础层级目标，以培养企业总经理为高层级目标。人才培养的规格定位是培养应用型、复合型、国际导向型专门人才。为了达到此目标，充分利用长春税务学院财经类专业比较齐全和历史积淀深厚的优势，集中全校力量和整合全校的资源来办MBA教育。选择最能体现我院专业优势的6个方向作为专业方向，在全校遴选出最优秀、最适合MBA教学的教师为MBA学生授课等。在课程体系设计上，注意处理好综合性课程与职能性课程的关系。

长春税务学院MBA项目鼓励教师积极开展教学方式与方法的探索和创新，鼓励进行案例教学法的研究，提倡案例教学、模拟教学和情景式实验教学。通过案例教学和体验式、互动式学习，培养MBA学生的团队合作精神，提升MBA学生发现、分析和解决管理中实际问题的能力。学院已建立了企业管理沙盘模拟实验室、ERP实验室、会计电算化实验室、电子商务实验室、国际贸易实务实验室、银行业务实验室、证券投资模拟实验室等10个专业模拟实验室，为MBA学生提供了实验实训条件。学院还将按照"面向社会、依托企业、校企结合、联合共建"的思路，为MBA学生提供企业实践的机会和条件。

学院还将强化MBA项目的外语教学，充分利用学院与国际、国内各高校的校际关系，积极开展国际合作。

长春税务学院MBA项目有全日制脱产学习和在职不脱产学习两种学习方式。学院将对MBA培养的全过程实行精细化管理，加强与MBA学生的沟通和联系，为他们提供良好的学习环境和服务。

地址：吉林省长春市净月大街3699号　　　　邮编：130117
研究生招生办公室
电话：（0431）84539140　　　　　　　网址：http://www.ctu.cc.jl.cn
MBA招生管理办公室
电话：（0431）84539408　　　　　　　传真：（0431）84539408
E-mail：gsx8993292@sohu.com

34. 黑龙江大学

黑龙江大学是一所省属综合性大学，1958年在高教部直属哈尔滨外国语学院的基础上扩建而成。

黑龙江大学经济与工商管理学院前身为1958年成立的经济系，几经扩展，于1992年正式成立目前的学院。学院包括经济学和管理学两个学科，下设工商管理、会计学、统计学、国际经济与贸易、市场营销、金融学、人力资源管理和经济学8个本科专业，拥有企业管理、旅游管理、会计学、国际贸易学、产业经济学、国民经济学、区域经济学以及理论经济学硕士一级学科授权点。经济与工商管理学院担负着为黑龙江省培养经济建设需要人才的重任。在国家振兴东北老工业基地的战略中，黑龙江大学经济与工商管理学院承担着为企业改革和改造输送急需的管理人才的重大责任。黑龙江大学经济与工商管理学院也是MBA教育的主要基地。

黑龙江大学工商管理学科及相关专业拥有一支职称结构、年龄结构、学缘结构和学历层次结构合理的教师队伍。其中具有MBA教学经历和经验的教师40余名，具有博士学位或在读博士的教师占50%，有EMBA、MBA学位的教师占40%，教授、副教授占90%，有60%的教授从事过企业管理或咨询的工作。另外，还有一个15人的企业家和管理专家的兼职队伍。

黑龙江大学MBA项目面向东北老工业基地，面向周边国际市场，培养具有国际市场眼光和视野、了解东北老工业基地的改造、了解中国改革开放进程和国内市场、熟悉跨国经营的高级职业经理人。黑龙江大学具有招收多国学生的优势，有多种语言和多种文化并存的国际环境，有对俄罗斯和东北亚地区研究的基础，能培养学生面向国际市场和开展国际合作的能力。MBA将招收有企业经验的中外学生。

黑龙江大学MBA项目依托实力雄厚的经济与工商管理学院，突出MBA的职业性训练，采用理论教学、案例教学、企业项目研究和毕业论文相结合的教学模式。强调案例教学，突出开放性、专业性和国际化，着力提升MBA学生的综合管理能力和实践能力。

黑龙江大学MBA项目将采取全日制脱产学习和业余在职学习两种方式。

地址：黑龙江省哈尔滨市南岗区学府路74号　　　邮编：150080
研究生招生办公室
电话：(0451) 86609102　　　　　　　　传真：(0451) 86609102
MBA教育中心
电话：(0451) 86608816, 86608916　　　　传真：(0451) 86608816
E-mail: mba@hlju.edu.cn　　　　　　　网址：http://www.mba.hlju.edu.cn

35. 哈尔滨工业大学

哈尔滨工业大学创建于1920年，是一所历史悠久、实力雄厚、发展建设迅速的高等学府，是我国最早建立经济管理类专业的院校。1955年成立了"工程经济系"，是我国高等工科院校中建立的第一个经济管理方面的科系，为我国高校的工程经济专业和工业企业培养了大批师资和管理人才，成为我国工程经济管理教育的摇篮。1978年改为"管理工程系"。1984年8月，经原国家教委批准成立了"哈尔滨工业大学管理学院"，是国内理工科大学首批建立的4所管理学院之一。

1986年设立管理工程博士点，1993年设立我国第一个建筑经济及管理博士点，1994年设立管理科学与工程博士后流动站。

管理学院设有管理科学与工程、工商管理两个一级学科和行政管理二级学科博士学位授予点以及管理科学与工程博士后流动站，其中管理科学与工程学科（一级学科）是国家重点学科，2002年在全国一级学科综合水平评估中排名第三。学院设有管理科学与工程、企业管理、技术经济与管理、会计学、行政管理、国际贸易学、土地资源管理、金融学等8个硕士学位授予点，是我国培养MBA、EMBA和MPA的首批试点院校之一，并培养工程项目管理、工业工程、物流工程等3个专业领域的工程硕士。学院下设管理科学与工程系、营造与房地产系、工商管理系、金融与贸易系、会计系、公共管理系、分别设有信息管理与信息系统、工程管理、工商管理、市场营销、旅游管理、金融学、国际经济与贸易、会计学、财务管理、电子商务等10个本科专业。设有管理科学研究所、信息管理与信息系统研究所、系统工程研究所、技术经济及管理研究中心、交通工程研究中心等14个研究所与研究中心；设有3个编辑部，正式出版全国发行的综合性学术刊物《管理科学》（原名为《决策借鉴》）、《公共管理学报》和《建筑管理现代化》。学院现有教师142人，教授40人（含博士导师26人），副教授72人。

哈尔滨工业大学管理学院作为全国首批MBA培养院校之一，自1991年起开始招收MBA学生，已有16届MBA学生完成学业毕业，截至2008年5月，累计招生2624人，授予工商管理硕士学位1 801人。学院在MBA教育的课程设置、教材建设、师资队伍建设和教学管理方面，积累了丰富的经验，形成了规模培养的MBA的能力。现已建成的现代化MBA中心大楼，设置16间现代化的专用多媒体教室和10间案例讨论室，配备了目前最先进的教学设施。2002年，教育部批准哈尔滨工业大学试办EMBA教育，现已招收七届学生共计447人。

哈尔滨工业大学在MBA教学环境与培养方式上已形成如下特色：

(1) 继承和发扬了哈尔滨工业大学"规格严格、功夫到家"的光荣传统，坚持质量第一，把全面提高MBA教育质量作为工作重点，本着科学、高效、服务的指导思想，为工商企业锻造"脊梁"。为国家培养了大量的各种层次、各种规格的高级管理人才，其中有在国家部委、省、市政府部门任职的领导、全国十大杰出青年、管理特大型国有企业和知名民营企业的企业家和高级经理人才。

(2) 坚持全方位素质教育，在MBA培养中德育与智慧并重，课内教学与鼓励学生课外提高发展并重，有形教育与无形的氛围熏陶并重，努力使学生在MBA学习期间在思想素质、业务能力、创新意识和社会责任感等方面得到全面的提高。

(3) 理论的学习、技能的训练、分析与解决问题能力的提高并重。教会学生勤"思考"，懂经营，会管理。整个培养过程包括课程学习和论文撰写两个主要阶段，课程学习采取讲课与案例讨论相结合，院内专任教师主讲与聘请国内外知名学者和具有实际工商管理经验的企业家相结合的方式。学院聘请了40多位专家作为校外MBA兼职教授，定期来校举办专题报告和讲座。

(4) 重视国内外学术交流，现已与欧美二十多所著名大学和公司建立了稳定的合作交流关系。自1993年起，管理学院与俄罗斯莫斯科国立管理大学每年联合举办一次管理科学与工程国际会议，从1995年开始，该会议论文集已被国际四大检索的ISTP全部收录。最近，已与加拿大卡尔顿大学签署了联合培养MPA研究生的协议。

(5) 论文阶段实行由指导教师负责的按培养方向管理模式。学生在完成课程学习后，根据本人工作需要，可以选择在某个培养方向下，结合实际开展论文的研究与撰写工作。

目前，哈尔滨工业大学MBA培养方向分为：管理信息系统方向（含信息资源管理、企业过程创新、决策支持系统）、会计与财务管理方向、企业管理方向（含市场营销）、技术经济及管理方向（含技术开发管理、项目评估投资分析等）、金融方向（含证券、银行、保险、国际金融等）和公共管理方向。

哈尔滨工业大学研究生院招生办公室
地址：哈尔滨市西大直街92号　　　　　　　　邮编：150001
电话：(0451) 86416113　　　　　　　　　　　传真：(0451) 86415167
哈尔滨工业大学MBA教育中心
通信地址：哈尔滨工业大学科学园　　　　　　邮编：150001
　　　　　　（南岗区一匡街2号2H栋143室）
电话：(0451) 86412748　　　　　　　　　　　传真：(0451) 86402839
E-mail：mba@hit.edu.cn

36. 燕山大学

燕山大学是一所以工为主，文、理、经、管、法、教多学科并存的全国重点大学，校园座落在风光绮丽的沿海开放城市秦皇岛。

燕山大学源于哈尔滨工业大学，始建于1920年，1958年在国家工业重镇齐齐哈尔市建立哈尔滨工业大学重型机械学院，1960年定名为东北重型机械学院，1978年被国务院确定为88所全国重点大学之一，1985年在秦皇岛建立分校，1997年更名为燕山大学，如今已成为国内外具有特色的知名学府。

燕山大学经济管理学院是在经济管理专业的基础上发展起来的，至今已有20年的历史了，目前有工商管理、公共事业管理、会计学、旅游管理、国际经济与贸易、工业工程和电子商务7个本科专业；行政管理、区域经济学、管理科学与工程、企业管理、旅游管理、会计学、技术经济与管理和工商管理8个硕士学位授权学科；设有MBA、物流管理、项目管理、工业工程等4个专业学位授权学科，拥有管理科学与工程一级学科博士授权点和运筹与管理二级学科博士点。1998年经国家学位办批准同美国都灵大学联合培养MBA，有中外合作办学经验，是河北省委组织部处级干部研究生课程进修的唯一培训基地。学院现已培养出一批大中型企业高层管理者和政府领导。

燕山大学经济管理学院师资力量雄厚，现有专职教师120余名，其中教授（博导）占教师数的1/3，大多数中青年教师具有博士学位或正在攻读博士学位。这些教师具有较高的学术水平、丰富的实践经验和案例教学经验。学院还聘请汪同三等知名经济学家和管理专家、企业家为兼职教授和客座教授，他们为学院的教学带来了大量的前沿研究成果和充实的富有创意的实践经验，极大地丰富了MBA的教学内容，有助于学生获得驾驭企业必须的知识和能力。

燕山大学经济管理学院涵盖经济学、管理学两大门类，并有社会学作为支撑，已形成完善的学科体系，现有的专业完全能覆盖MBA所需的知识，确保MBA的教学质量。学校多学科交叉互动的教学体系，有助于MBA学生形成最好的知识结构。学校现有的研究机构及有长期合作关系的大中型企业实习基地，可以为MBA学生提供实践机会与条件。

燕山大学为MBA学生提供了良好的学习条件和生活环境。学院建立了专门的案例教室和经营决策模拟教室，并结合企业家论坛、团队训练、课堂讨论、专题报告讲座和实习基地等多种学习和能力培养途径，营造真实的企业经营气氛，打造合格的中高级经营管理人才。

地址：河北省秦皇岛市海港区河北大街西段438号
研究生招生办公室
电话：(0335) 8057077
研究生学院
电话：(0335) 8074700
MBA教育中心
电话：(0335) 8387778
网址：http://www.ysu.edu.cn

37. 哈尔滨工程大学

哈尔滨工程大学前身是1953年创办的中国人民解放军军事工程学院。1978年2月，被国务院教育部确定为全国88所重点高等院校之一，1993年被国防科工委确定为重点建设的十所重点大学之一。1996年学校被列为国家首批"211"工程和"九五"期间首批重点建设的大学。2002年科技部、教育部正式批准哈尔滨工程大学启动"国家大学科技园"。2002年国防科工委与黑龙江省人民政府签署重点共建哈尔滨工程大学协议。

哈尔滨工程大学经济管理学院是全国著名的商学院之一，拥有雄厚的教学资源。学院现拥有一个管理科学与工程一级学科博士点和一个博士后流动站，有管理科学与工程、工商管理和应用经济学3个一级学科硕士点和教育经济与管理、政治经济学2个二级学科硕士点，拥有MBA、MPA专业学位点及工业工程、项目管理2个工程硕士招生领域。学院工商管理专业全国排名从2003年的第12位上升至2006年的第6位，实力逐年提升。学院坚持走开放式办学之路，目前除与国内各大知名院校合作外，还与美国华盛顿大学、英国城市大学、澳大利亚堪培拉大学等多所世界著名大学开展各种形式的合作；黑龙江省管理学学会的常设机构设在学院；学院与欧洲危机事件响应与管理信息系统学会 (ISCRAM)合作，举办每年一度的国际危机响应与管理信息系统中国研讨会 (ISCRAM-CHINA)，2006年和2007年中国研讨会全部会议论文都已被ISTP检索全文收录。

哈尔滨工程大学MBA项目拥有一支高质量的师资队伍。经济管理学院现有博士生导师14人，教授、副教授60余人，教师中有博士学位者占60%。MBA任课教师均具有博士学位或副教授以上技术职称。大部分MBA任课教师被省、市政府聘为专家顾问，或担任大中型企业高级管理咨询顾问，直接参与企业的管理、咨询、策划及决策，具有丰富的经济管理实战经验。

哈尔滨工程大学MBA项目有良好的教学条件。哈尔滨工程大学经济管理学院拥有5个设施齐全、功能完备的多媒体教室，7个案例讨论室，一个具有多媒体功能的综合案例分析室和一个具有高级会议系统功能的综合案例分析室。学院拥有MBA专用计算机房和占地700平方米的情报资料中心，情报资料中心目前有经管类中外文藏书两万余册，中外文现刊两百多种，声像资料百余种。

哈尔滨工程大学MBA项目1997年开始招生，经过10多年的发展，形成了以下特色：

(1) 注重素质教育和实战技能培养。哈尔滨工程大学自开办MBA教育以来，本着"中西合璧、博古贯今、融炼百家、自成风格"的原则，以"面向企业，服务社会"为办学宗旨，致力于经营管理英才的培养，重点从素质和能力两方面塑造高级职业经理人。MBA教学强调理论与实践相结合，注重实际技能的操作训练，教学形式包括教师讲授，案例分析，集体、分组讨论，计算机模拟，实地考查，研讨报告会，实际项目咨询等。通过丰富、灵活、务实的教学活动，提高学生的实战能力、创新能力。同时，通过组织拓展，激发个人潜能，强化团队合作精神。

(2) 完善的项目管理和人性化的服务。哈尔滨工程大学拥有一整套针对MBA项目的管理机制和保障措施。为保证学生能够顺利通过论文答辩，设立了论文匿名评审制度，通过专家评审小组对论文进行质量把关；为保证授课质量，设立了MBA专任教师遴选制度和MBA专任教师监督和测评机制。本着人性化管理与服务的理念，实行了弹性学制，将学制设为2.5~5年，学生可以根据情况申请提前或延迟毕业；对学历学位MBA学生负责户口调转，安排住宿等事宜；对于非定向及自筹经费学生可调转人事档案和户口，毕业发派遣证。

(3) 积极发挥作用的MBA联合会和活跃的内外交流。MBA联合会作为联结内外的纽带，一方面加强了MBA学生尤其是应届与往届学生之间的沟通与交流，同时也扩大了工程大学MBA对外的联系。如今MBA联合会已经与国内数十家MBA院校和相关企业、媒体建立了广泛、深入的伙伴关系。从组织和参加各种校内外以及校企间各种联谊活动到案例大赛，从筹办中国MBA东北联盟到联盟成立大会的胜利召开，MBA联合会正在不断再创造与延伸哈尔滨工程大学MBA的价值，对于每位MBA学生而言，它是一个可资利用的不竭资源。

为了开阔MBA学生的视野，学院每年不定期邀请知名专家学者及著名企业家来校举办讲座、论坛，使学生近距离接触最新的管理理论和实践，从中得到启发、获得灵感、汲取智慧、提升能力。

地址：黑龙江省哈尔滨市南岗区南通大街145号　　邮编：150001
研究生院招生办公室
电话：(0451) 82519679　　　　　　　　　　传真：(0451) 82518314

网址：http://yjsy.hrbeu.edu.cn
MBA教育中心
地址：黑龙江省哈尔滨市南岗区南通大街145号   邮编：150001
经济管理学院MBA中心
电话：(0451) 82519747, 82519943   传真：(0451) 82519747
E-mail：gcdxmba@163.com   网址：http://mba.hrbeu.edu.cn

38.哈尔滨商业大学

哈尔滨商业大学的前身黑龙江商学院是中国第一所商业高等院校，在工商管理类学科具有丰富的教学经验。哈尔滨商业大学现在设有工商管理学院、贸易经济学院、会计学院、金融学院、财政管理学院、法学院、旅游学院、外语学院、信息工程学院等相关学院及其所设立的20多个系和几十个专业。门类齐全的院系和专业学科设置对MBA教学构成了强有力的学科力量支持。

哈商大在财政、金融、财务、会计等学科有较高的教学水平。学校设有企业研究中心、经济研究中心、市场营销研究所、财政金融研究所、国际贸易研究所和金融实验室、财会实验室、模拟法庭等机构，这些机构为MBA教学提供了必要条件。

哈尔滨商业大学高度重视MBA教育，专门设立了由国内外著名专家、学者组成的"MBA教育专业委员会"和由国内外各类著名企业家和相关政府官员组成的"MBA教育咨询委员会"。这两个委员会的设立有助于从教学和实践两个方面保证MBA教育的质量，同时也使育人和用人这两个环节得以衔接和畅通。

哈尔滨商业大学把MBA教育当作全校教育工作的重中之重，整合全校教育资源全力以赴支持MBA教学，同时重点投入，现已完成对MBA教育中心的现代化改造任务，按国际标准建成全套MBA教育设施。

哈尔滨商业大学还广泛聘请国内外的著名学者和企业家作特聘教授，来校为MBA学生上课。他们之中有国家统计局局长谢伏瞻、著名经济学家茅于轼、《中国工业经济》杂志社社长李海舰、著名学者顾海兵、原中信公司加拿大总裁崔丕胜、美国密苏里大学教授DR.HAMILTON、美国道亨集团副总裁李统毅博士、英国隆比亚大学教授DR.JOHN ADEMS等人。

哈尔滨商业大学MBA项目采取开放式办学方式，学校为每位MBA学生指定了校内教授和校外企业家两名导师，实行校内教学和校外实习调研相结合的模式，确保学生文武双全。学校还通过建立广泛的企业网络，将课程教学和开辟就业途径结合起来，通过深入企业开展实践教学，促进MBA学生与企业建立联系。力争使每位学生都有更理想的就业前途。

哈尔滨商业大学MBA项目现设有九个专业方向：公司战略管理、人力资源管理、市场营销、项目管理、财务管理、金融与财税管理、旅游管理、国际贸易和会展管理。

哈尔滨商业大学MBA教育中心奉行以学生为本，一切为学生、一切为教学、一切为教师的理念，实行人性化管理，让每一位学生都感到MBA中心是自己的家。

地址：哈尔滨商业大学江北校区学海路1号   邮编：150028
电话：(0451) 84865172, 84865019
传真：(0451) 84865019
网址：http://mba.hrbcu.edu.cn

39. 复旦大学

　　复旦大学是我国大学中最早开展工商管理教育的学校，早在1917年就创设了商科，并在1929年正式成立了商学院。原国务院副总理李岚清就是复旦大学商学院1952年的毕业生。改革开放之后，复旦大学又是最早恢复管理教育的高校，1979年成立了管理科学系，1985年恢复组建了管理学院。 目前学院设有信息管理与信息系统系、管理科学系、会计学系、统计学系、企业管理系、市场营销系、财务金融系、产业经济系8个系，1个高级经理培训部，以及19个跨学科研究中心或研究所和1个管理咨询公司。学院现有9个博士学位授予点、16个硕士学位（科学学位）授予点和MBA、EMBA、MPAcc3个专业硕士学位授予点，并设立了管理科学、工商管理和应用经济学3个博士后流动站。1991年3月被国务院学位委员会和国家教育委员会确定为首批授予MBA学位的试点单位，于2001年获得教育部国家级唯一的优秀教学成果一等奖。

　　复旦大学管理学院现有教师137人，其中教授45人(博导36人)，副教授50人，85%的教师具有博士学位，其中取得境外博士学位的有22人，占总人数的17%。复旦大学的MBA教学强调理论联系实际，强调实务与操作的训练，力争与国际接轨。为把学生打造成为高素质的未来商界精英，复旦致力于为学生提供多元化实践的舞台。依托"MBA论坛"和学生自创的"聚劲论坛"邀请国际、国内商界精英和政界名流来校讲演，让学生有机会聆听大师的教诲；并与国际知名企业如渣打银行、花旗银行、英特尔公司、易初莲花公司等联合举办实务课程，提高学生的实际操作技能，使学生在复旦大学这个具有综合优势的高等学府学到最新的管理知识和方法，激发出创新的思维，提高分析问题和解决问题的能力。

　　每年麻省理工学院、哈佛大学、斯坦福大学等著名大学的MBA学生来复旦访问和MBA学生交流；复旦每年选派部分MBA学生去北美、欧洲的学校学习交流。复旦MBA学生先后获得过欧莱雅全球在线商业策略大赛2004年全球第2名和2003年全球第7名、"亚洲MOOTCORP创业计划竞赛"1999年和2001年两次冠军、全球"纳斯达克"创业大赛2001年亚洲区冠军、世界创业计划大赛1999年亚洲区冠军和全球总决赛"杰出表现奖"、"荣誉提名奖"等优异成绩。在世界性的舞台上和其他商学院的学生同台竞争，充分展示复旦大学MBA的风采。

　　复旦MBA学生自己策划执行新生"入学典礼"、"Orientation"和"毕业典礼"等活动，提高学生的组织、领导和营销推广技能；学院还大力支持学生开展多种社团、俱乐部、班级等活动，努力把学生打造成具有个性化的管理人才。

　　成立于1999年11月的职业发展中心，是复旦大学管理学院的职能部门之一。主要负责复旦大学管理学院学生职业发展，特别是MBA学生的职业发展工作。该中心旨在为学生的职业发展提供指导和服务，为各类企业招聘适合企业发展需要的MBA学生、研究生和本科生提供通道和最周到的服务。中心与国内外许多知名企业建立了良好关系，如德意志银行、美林证券、中国人民银行、华一银行、申银万国研究所、波士顿咨询、毕博管理咨询、IBM、西门子、上海实业、上海电信、欧莱雅、利乐（中国）有限公司、金光纸业、埃克森-美孚、拜耳公司、溢达集团、印尼嘉丰、哈佛商业评论、福布斯等国内外知名企业每年均到我校招收MBA学生。

　　报考复旦大学MBA的考生在联考成绩达到复旦自定的复试线后，可以参加复试。复旦大学将从考生的笔试成绩、面试成绩和个人背景三个方面来全面衡量和制定录取标准。被录取后，考生需和复旦大学签署相关协议书。学生毕业后可回工作单位或通过双向选择就业。

全脱产学生可申请住宿（费用另付）可转户口及档案。

复旦大学MBA项目现有6种类型：

(1) 在职学习的MBA项目。每周半个工作日连晚上加一个双休日上课，学制2.5年。报考资格要求：至入学时本科毕业后有3年及3年以上工作经验，或大专毕业后有5年及5年以上工作经验，或已获得硕士学位或博士学位并有2年及2年以上工作经验。2009年计划招收240人。

(2) 国际MBA项目。复旦大学与美国麻省理工学院斯隆管理学院合作项目，全脱产学习，考生可转户口及档案，学制2年。参加该项目学习的学生，修完全部课程并通过论文答辩，可获得复旦大学的毕业证书和学位证书，并同时获得MIT Sloan授予的学习证明书。报考资格要求：至入学时本科毕业后有3年及3年以上工作经验（有学士学位），或已获得硕士学位或博士学位并有2年及2年以上工作经验。2009年计划招收120人。

(3) AsiaMBA项目。该项目于2008年2月由复旦大学、新加坡国立大学、韩国高丽大学合作设立，全脱产学习，学制2年。采用全英文授课。

学生将分别在复旦大学、高丽大学和新加坡国立大学各完成一个学期的学习。由三校派出高水平师资授课，采用国际水准的英文版教材及案例，同时注重学生对亚洲经济和文化的理解。学生完成规定课程学习，考试成绩合格，并在第四学期通过论文答辩，可获得复旦大学研究生毕业证书和工商管理硕士学位证书，同时可以申请韩国高丽大学或新加坡国立大学工商管理硕士学位证书，以及三所大学联合颁发的S3 Asia MBA项目学习证书。

报考要求：至入学时本科毕业后有3年及3年以上工作经验（有学士学位），或已获得硕士学位或博士学位并有2年及2年以上工作经验，年龄在40周岁以下。

(4) 在职攻读工商管理硕士学位班（春季班）。复旦大学从1997年开始招收在职攻读工商管理硕士学位学生，每年秋季考试，春季入学。参加该项目学习的学生，修完全部课程并通过论文答辩，可获得复旦大学的学位证书。招生人数、分数由复旦自定。该班每周用半个工作日连晚上加1个双休日上课，学制2.5年。2009年计划招生120人。报考要求：国民教育序列大学本科毕业（一般应有学士学位）后工作3年以上。

(5) 复旦大学—香港大学MBA（国际）项目。该项目是经国务院学位委员会批准的复旦大学与香港大学合办的MBA项目。参加该项目学习的学生，作为香港大学正式注册的学生，学制两年。修完全部课程，可获得香港大学工商管理(国际)硕士学位，并由复旦大学管理学院授予证书。该项目入学考试采用笔试加面试的方式，要求考生有学士学位。

该项目有两种授课方式：

半脱产班　每周半个工作日连晚上加一个双休日上课。考生可以用1月份MBA联考成绩或者GMAT成绩申请面试资格。

模块式授课班　平均1～1.5个月集中授课一次，每次4天（含双休日）。考生如有7年以上工作经验、3年以上中高层管理经验，可填写初审表申请面试资格。

(6) 复旦大学—BI挪威管理学院MBA项目。复旦大学—BI挪威管理学院MBA项目是1996年经国务院学位办批准，两校合作开办的业余工商管理硕士项目。本项目面向具有跨国企业从业背景的中高级经理，采用模块式教学，全英文授课。由两校具备丰富MBA教学经验和管理咨询经验的资深教授担任主讲，复旦大学管理学院为每门课程配备师资辅助授课。教学地点在复旦大学管理学院。

学生完成所有课程模块，通过考试，并完成小组项目论文，可以获得BI挪威管理学院颁发的MBA学位和复旦大学管理学院颁发的学习证明书。

项目自主招生，入学考试以面试为主。考生须有学士学位，5年以上工作经验（或大专学历、10年以上工作经验）以及良好英文水平。

地址：上海市国顺路670号复旦大学管理学院　　　邮编：200433

电话：(021) 55664888

网址：http://www.fdms.fudan.edu.cn

40. 同济大学

同济大学是国家"211工程"和"985计划"重点建设的教育部直属重点大学，也是我国最早开办经济管理专业教育的高校之一。同济大学经济与管理学院现有7个博士学位授权点、13个硕士学位授权点，有1个博士后流动站和4个专业学位（MBA、EMBA、MPA、工程硕士）授予点。

同济MBA项目包括全日制MBA、在职MBA和国际MBA。全日制MBA上课时间安排在周一至周五，在职MBA上课时间一般安排在工作日晚上和双休日，上课地点可以选择上海、苏州、宁波、深圳。培养方式有自筹经费和委托培养两种，自筹经费学生可转户口。MBA项目实行弹性学制，学制为2年，最长不超过4年。课程学习实行学分制，MBA学生修满规定的学分，成绩合格，并通过学位论文答辩，可获得同济大学颁发的工商管理硕士学位证书。2009年同济MBA企业管理、物流管理、投资管理和项目管理等4个专业方向。

同济MBA项目十分重视国际合作与国际交流。经济与管理学院与德国、法国、美国、加拿大、爱尔兰、丹麦、比利时、瑞士、奥地利、澳大利亚、日本等国家，以及我国港、澳、台地区的大学有广泛的科研合作和学术交流。为建设国际一流的MBA师资队伍网络，近年来，学院派遣了一大批MBA授课教师前往美国、法国、德国、加拿大等国进修。多名MBA授课教师也应邀前往美国、加拿大、意大利、法国等商学院讲授MBA课程。同济MBA项目与美国Texas San Antonio、NYIT、法国Audencia Nantes、ESSEC、Euromed Marseille、德国European Business School、Katholische、西班牙IEDE等商学院建立了长期合作关系，每年有近20名学生被派送到国外知名商学院进行交流学习。2004年，同济大学开设了面向全球招生，采用全英文授课的国际MBA项目，该项目聘请富有专业经验的国内外教授以及跨国企业高层人员任教，中外学生可以在独特的多元化文化氛围中相互切磋，共同提高。

同济大学MBA教育强调理论联系实际，强调实务操作、案例教学和应用训练。同济MBA项目不仅配备了以校内外专家为主体、国内外结合具有高水准的专业教师队伍，还聘请了一支以优秀企业家、金融家、实业家为主体的职业化教师队伍，作为MBA复试面试考官和MBA论文导师。

同济大学十分重视MBA教学管理，设立了MBA专业指导委员会，设置了MBA教学管理中心和MBA职业发展中心。同济大学MBA职业发展中心通过创建多层次的MBA职业发展平台、拓展MBA学生的职业发展空间，对MBA学生进行职业发展咨询辅导、为MBA学生提供全程、全方位的职业发展服务。

同济MBA网站目前是国内最有影响力的MBA网站之一，致力于传递同济MBA教育最新教育信息，为MBA校友提供职业发展、经验交流、友情传递的舞台。

同济大学MBA招生录取坚持公开、公正、公平原则，并主动接受社会监督。在面试中综合考察考生的教育背景、工作经历、综合分析能力和合作协同等各方面的素质和能力。从中选拔出具有管理潜质和高素质的优秀人才。

地址：上海市四平路1239号   邮编：200092
同济大学研究生院专业学位管理办公室
电话：(021) 65983834   传真：(021) 65983834
同济大学经济与管理学院MBA教学管理中心
电话：(021) 65982618，65988654   传真：(021) 65980310
E-mail: mbacenter@mail.tongji.edu.cn   网址：http://www.tongjimba.com

41. 上海交通大学

上海交通大学是教育部和上海市共建的教育部直属全国重点大学，前身是创办于1896年的南洋公学，是我国历史最悠久的高等学府之一。一个多世纪以来为国家培养了十多万优秀人才，包括一批杰出政治家、社会活动家、实业家、科学家，如江泽民、陆定一、丁关根、汪道涵、钱学森等著名校友，为国家的繁荣和科技的发展做出了重要的贡献。上海交通大学安泰经济与管理学院始前身为上海交通大学铁路管理科，始建于1918年。1984年经教育部批准重建管理学院。1996年，美国安泰国际集团出资与我校共建管理学院，2000年更名为上海交通大学安泰管理学院。2006年3月，学院改名为上海交通大学安泰经济与管理学院。学院的目标是要建成国内领先、亚洲一流、世界知名，进而成为国际一流商学院。

上海交通大学MBA项目秉承交大"起点高、基础厚、要求严、重实践、求创新"的优良传统和办学特色，坚持"以规范保质量，以质量创品牌，以品牌求发展"的办学宗旨，致力于培养具有全球经济视野、掌握现代管理理论与方法的管理精英和职业经理人，培养高新技术产业、金融与风险投资的高级管理人才，培养国际化的企业经营管理人才。

上海交通大学MBA项目按授课时间分为全日制和业余制；按办班特色分为国际班、制造业领袖（CLFM）班、技术管理班、金融班和综合班；按授课地点分为上海、深圳和新加坡教学点。在综合MBA教育中还设置几个专业方向：创业与投资、公司财务与金融、物流与供应链、国际商务与企业管理、市场营销与战略、企业商务智能与IT应用集成等方向。

上海交通大学MBA项目按照"严进严出"创名牌的办学思路，建立了一套规范化的招生流程。在全国统一的工商管理硕士研究生入学联考基础上，强调面试考核，注重对考生阅历和潜力的考察。面试实行"随机抽组、随机抽题、独立打分"和"考官和考生双盲抽签"，以体现公开、公平、公正、公信的招生原则。

上海交通大学MBA项目建立了一套严格规范的管理制度和管理程序。2008年4月，上海交通大学MBA项目通过AMBA认证，2008年6月，上海交通大学安泰经济与管理学院又通过了欧洲质量发展认证体系EQUIS的商学院认证，成为中国内地第二家获此项认证的大学商学院，也成为唯一的同时获得AMBA、EQUIS两项国际认证的中国内地商学院。交大MBA的品牌效应日益突显。2008年2月25日英国《金融时报》2008年度MBA全球百强排行榜新鲜出炉，上海交通大学安泰经济与管理学院MBA项目首次参评便取得佳绩，位列全球第41位，亚太第5位。其中有两项指标排名全球第一：交大安泰毕业生的"薪资增长百分比"达到177%；毕业生的"毕业后三个月就业率"为100%，两项指标高居全球第一。

上海交通大学MBA项目全年接受申请和咨询。

研究生院招生办公室
地址：上海市闵行区东川路800号陈瑞球楼339室   邮编：200240
电话：(021) 62821069   传真：(021) 34206841

网址：http://www.gs.sjtu.edu.cn

安泰经济与管理学院MBA办公室：

地址：上海市法华镇路535号安泰教学楼215室　　邮编：200052

电话：(021) 62933249，62932594　　　　　　传真：(021) 62933660

E-mail：sjmba@sjtu.edu.cn　　　　　　　　　网址：http://www.asom.sjtu.edu.cn

深圳教学点：深圳青年学院MBA办公室

地址：深圳市梅林路11号　　　　　　　　　　邮编：518049

电话：(0755) 83543515　　　　　　　　　　传真：(021) 83319112

E-mail：szmba@163.com　　　　　　　　　　网址：http://www.syedu.net

42. 华东理工大学

　　华东理工大学地处中国经济发展的前沿——上海市，是国家"211工程"重点建设的教育部直属重点高校。

　　华东理工大学于1998年开始举办MBA教育项目，是教育部较早审批的开办MBA教育项目的院校。MBA项目是华东理工大学商学院重点建设项目之一。通过引进国外先进教学管理模式，借鉴国内外著名大学先进的MBA课程设置和教学方法，凭借雄厚的师资力量、先进教学设施、一流的项目管理，华理MBA项目得到了MBA学生和用人单位的好评。学院在保证生源质量和教学质量的前提下，将适度扩大招生规模。

　　华理MBA项目的使命是为国际企业和本土跨国企业培养商界精英。华理MBA项目秉持"4P"办学理念：宏大愿景（Perspective）、执着坚定（Persistence）、准确精炼（Precise）、务实能干（Practice）。

　　华理MBA项目有以下特色：

　　(1) 流程工业项目管理特色方向。华理MBA项目依托本校学科优势，已逐步形成流程工业项目管理的特色方向。在这一特色方向，学校有厚重学术积累，教师有丰富的实践经验。课堂中国际经典案例和本土案例的结合，取得了良好的教学效果。学院除优选国内资深教授、成功企业家和专家学者授课外，还聘请大量的国外知名人士授课和举办讲座。

　　(2) 国际化办学。华理MBA项目开办了全英文授课的国际班，英语水平高的学生可以申请。国际班授课师资80%来自海外。学校同时开发了若干国际互换双学位项目，使学生能够体验不同的社会文化和商务环境，从全球经济的国际化视角来分析和处理国际商务问题。在海外交换学习一年可同时获得交换学校的硕士学位。

　　(3) 技能型MBA（Versatile MBA）。将4P办学理念贯穿整个教学培养中，鼓励MBA学生毕业时能一张文凭，多张技能证书在手，在日益激烈的职场上彰显其竞争力。华理MBA已将美国注册管理会计师（CMA）考试、英国剑桥商务英语（BEC）考试，以及国家人事部职业经理人资质考试的内容引入选修课中，为学生提供增值服务。使全日制MBA学生在确定自己的职业发展方向后，通过获得相关的权威性的国际或国内的职业资质证书，提高他们在职场上的竞争力。

　　华理MBA项目发扬华东理工大学务实稳健的优良办学传统，始终把提高教学质量、做好学生的职业发展规划和拓宽学生的就业渠道作为工作的重点，努力打造华理MBA教育品牌。

地址：上海市梅陇路130号   邮编：200237
MBA招生办公室（逸夫楼210室）
电话：(021) 64252634，64244527   传真：(021) 64252314
E-mail：mba@ecust.edu.cn   网址：http://www.ecustmba.org

43. 上海理工大学

上海理工大学文脉源远流长，军工路校区起源于1906年创办的沪江大学，是享誉全国的沪上名校；复兴路校区起源于1907创办的同济德文医工学堂。经过近百年的沿革，上海理工大学目前已成为一所工、管、经、理、文协调发展的上海市市属重点大学。学校先后培育了雷洁琼、谢希德、徐志摩、李道豫、徐匡迪、孟建柱等多位杰出校友。

上海理工大学管理学院是学校规模最大的一个学院，1982年就开始招生第一届管理专业的研究生，现有"管理科学与工程"博士后流动站，"管理科学与工程"一级学科博士学位授予权，"系统分析与集成"二级学科博士学位授予权，以及"管理科学与工程、应用经济学、系统科学、公共管理"等一级学科硕士学位授予权，师资力量极为雄厚。

上海理工MBA教育秉承上海理工"立足上海、面向世界、育人为本、服务社会"的办学宗旨，借助上海国际大都市的各种优势，在MBA教育中通过互动式案例、情景模拟对抗教学、大型基地专业实习、企业家讲座、英语沙龙、跨国交流等形式，着力培养出一批具有国际视野、切合本土实际、理论基础扎实、应用技能突出的经营管理者，在上海享有相当的知名度与美誉度。

上海理工大学MBA项目设有3个专题培养方向：财务金融方向、运营管理方向、战略规划方向。近年来，为适应特色行业发展的需要，上海理工大学结合自身学科优势，推出了专业化MBA，如与上海金融学院合作推出的金融MBA项目；与我校医疗器械与食品学院联合推出的医疗器械MBA项目；与上海理工大学出版印刷与艺术设计学院联合推出的印刷与传媒MBA项目，以培养具有行业特长的专业人才。

研究生部招生办公室
地址：上海市军工路516号   邮编：200093
电话：(021) 55272521   传真：(021) 55272089
管理学院MBA教育中心
地址：上海复兴中路1195号上海理工大学MBA中心 邮编：200031
电话：(021) 64316836，64745255   传真：(021) 64749798
E-mail：usstmba@163.cm   网址：http://mba.usst.edu.cn

44. 上海海事大学

上海海事大学（原上海海运学院，2004年5月教育部批准更名为上海海事大学）是一所有近百年历史的，以航运技术与经济管理为重点的，拥有工学、管理学、经济学、法学、理学和文学等学科门类的多科性大学。学校现地处上海浦东新区陆家嘴金融贸易区，2007年将在上海临港新城建成占地2 000亩的新校区，并在浦东新区保留举办各类MBA项目的MBA教育中心。

上海海事大学经济管理学院以海运、物流及相关临港产业经济管理问题为主要教学内容和研究对象，立足上海、辐射长江三角洲地区和沿海沿江地区、面向海内外，追求人才培养、科学研究、社会服务三种功能的协调发展，是上海国际航运中心建设经济管理人才的重要培养基地和经济管理问题的重要研究基地，为全国海运、物流及相关临港产业提供经济管理人才支持和相关的智力和决策支持，保持着在海内外同领域学术对话中的话语权。学院的使命是：培养在全球海运与物流产业具有显著竞争力的明日商界领导人；在应用经济学、工商管理、管理科学与工程等领域创新知识，并着重应用于海运与物流领域。

学院设有工商与公共管理系、管理科学系、物流经济系、国际经济贸易系和财务与会计学系，涉及企业管理、会计学、管理科学与工程、技术经济与管理、项目管理、物流管理、旅游管理、电子商务、产业经济学、国际贸易学、金融学、交通运输经济与管理等学科，拥有1个博士点、9个硕士点和11个本科专业。学院在海运与物流管理领域具有雄厚的科研实力，目前在研的国家自然科学基金项目3项、国家社会科学基金项目1项。

1996年，经国务院学位委员会批准，上海海事大学经济管理学院与荷兰马斯特里赫特管理学院（MSM）开始合作举办MBA项目，该合作项目一直持续至今。1998年，经国务院学位委员会批准，上海海事大学独立试办MBA教育，2001年通过国务院学位办组织的MBA教育合格评估。2002年，国务院学位委员会批准上海海事大学为全国30家试办EMBA教育的单位之一，2005年通过国务院学位办组织的EMBA教育合格评估。

上海海事大学的MBA教育坚持"统一规格、自主模式、多样资源、规范管理"的办学方针，形成了"以临港产业与国际物流管理教育为主要品牌、兼顾通用型管理教育"的办学特色。学院MBA校友遍布世界各地，他们中不少已成为大型企业尤其是海运、港口和物流企业的CEO、CFO、CLO及其他高层管理人员，其中有的取得了"上海市十大杰出青年"、"中国物流十大风云人物"、"中国MBA十大创业英雄"等荣誉。

根据国内外社会经济与科技的发展趋势以及学院长期以来在海运、物流及相关临港产业经济管理方面研究、教育和社会服务中的积累，目前学院向社会提供4种MBA项目：临港产业与国际物流P&L EMBA；通用型EMBA；临港产业与国际物流P&L MBA（包括春季学位班和秋季学位学历班）；通用型GMBA（包括春季学位班和秋季学位学历班）和中荷合作MBA项目。P&L EMBA项目和P&L MBA项目面向物流及临港产业，通用型EMBA和GMBA项目培养适用于多种产业领域管理人才；中荷合作MBA项目培养有国际视野和战略眼光、适应经济全球化趋势的职业经理人。

四个项目均面向全国招生。EMBA项目由学校自主组织入学考试；MBA学位项目（春季班）和MBA学位学历项目（秋季班）由国家统一组织入学联考；中荷MBA项目由上海海事大学与马斯特里赫特管理学院联合组织入学考试，马斯特里赫特管理学院授予学位。

EMBA项目采取每月集中3天（即周五至周日）的方法授课，其他项目均利用业余时间授课。EMBA的学制为21个月，国内MBA项目的学制为2.5年，中荷MBA项目的学制为2年。

地址：上海市浦东大道1550号　　　　　　　　　邮编：200135
联系人：上海海事大学研究生招生办公室　蔡老师，彭老师
电话：(021) 68537753，58855200 - 4107　　　E-mail：yzb@shmtu.edu.cn
联系人：上海海事大学MBA教育中心办公室 马老师（负责MBA和EMBA招生）
　　　　唐老师（负责中荷MBA招生）
电话：(021) 58854751，58855200-2405，58855200-2307

E-mail：xmma@sem.shmtu.edu.cn（全国联考MBA招生邮箱）

smumba@shmtu.edu.cn（中荷MBA招生邮箱）

网址：http://smusem.shmtu.edu.cn

45. 东华大学

东华大学（原中国纺织大学）创建于1951年，毗邻上海虹桥经济开发区，是教育部直属的全国重点大学，也是列入国家"211工程"重点建设的高校之一。东华大学现已发展成为以工为主，工、理、管、文等学科协调发展的多科性大学。

东华大学工商管理学院是学校最大的学院，跨越经济和管理两大学科门类，设企业管理系、市场营销系、会计学系（含财务管理）、国际贸易系、国际金融系、信息管理系、电子商务系和物流管理系8个系，有9个本科专业，有管理科学与工程、企业管理、国际贸易和产业经济学4个学术型硕士点以及MBA和工程硕士2个专业学位点，管理科学与工程一级学科有博士学位授予权。学院建有上海高校联合电子商务研究所、旭日管理研究所、信息管理研究所、纺织经济研究所、瀚洋投资银行研究所、经济发展与合作研究所等研究机构。

学院有一支教学经验丰富、学术水平较高的师资队伍，现有教职工120余名，其中教授20名，副教授30余名，现有MBA核心课程的任课教师均为管理学院资深正副教授或博士，均曾赴美、德、加、英等国学习、进修或做访问学者。他们熟悉经济管理的理论和发展趋势，具有分析工商管理实际问题的能力。学院还聘请了多位国内外著名大学的教授和知名企业成功人士主讲MBA专业课程和举办专题讲座。

东华MBA项目拥有优良的教学环境。MBA专用教室全部配备多媒体教学设施和空调。多个案例讨论室，多媒体语言教室，演讲厅可供教学、讨论、演讲及各类活动之用。学院经济管理图书馆有中外文藏书12 000多册，中外文期刊250余种，馆内计算机与国际互联网连接，全天候向MBA学生开放。学院经贸管理实验室，有4个机房200余台计算机供MBA学生使用，可直拨国际互联网，并配有局域网，沪深股市信息系统和世华国际金融信息系统。更有宽敞、明亮、幽雅的休闲区，让学生在课余轻松交流、休息。

东华大学工商管理学院本着"亲和、奉献、求实、卓越"的精神，以"海纳百川、追求卓越"之胸怀，努力建设东华MBA教育品牌。东华MBA项目的目标是要主动适应经济全球化的发展趋势，培养有世界战略眼光，具有国际竞争能力的高素质、高水平的经营管理人才。东华大学旭日工商管理学院MBA项目教育特色如下：

(1) 强调创新与国际化的办学理念。 东华MBA项目的办学理念是：以规范管理为基础，不断创新，塑造东华MBA特色品牌；依托虹桥，结合中国本土特色，实现东华MBA教育的国际化。

东华MBA非常注重MBA教学质量的提高。在教材的编订、选用，案例的选择，教学方法和教学模式上不断创新。同时，依托学校和学院资源，注重MBA的特色教育。目前设有时尚创意管理、创业创新管理、人力资源管理、财务金融、物流管理、销售与客户管理等6个专业方向。

东华大学工商管理学院积极开展国际合作与交流。学院与哈佛大学，波士顿大学，圣约瑟夫大学、匹兹堡大学，德国应用科技大学，加拿大维多利亚大学、卡尔顿大学等多所国外大学进行过交流合作。并与加拿大卡尔顿大学和美国波士顿大学、圣约瑟夫大学合作开办MBA项目。这些国际合作项目实行双语教学，聘请海外教授及在国外深造过的教师授课，推动了东华MBA项目在教学内容，方法和手段方面与国际接轨。

(2) **丰富多彩的学生活动和第二课堂。** 东华MBA联合会成立于2000年。为了提高MBA学生的实践能力，创新能力，在课程教学以外，MBA联合会积极举办并组织MBA学生参加创业大赛、全国MBA论坛、校际体育比赛等校内外各种活动；先后成功举办了四届东华MBA论坛；成功举办了首届哈佛商业评论杯案例大赛；组织MBA学生参加第四届"挑战杯"中国大学生创业计划竞赛并获得银奖；举办新生Orientation活动等，得到MBA同学的广泛认同。

(3) **全面周到的职业发展指导和就业服务。** 东华大学工商管理学院于2005年1月成立MBA职业发展中心，为学生提供全面、周到的职业发展指导与和就业服务。职业发展中心聘请著名企业家作为顾问并开设各类专题讲座，组织学生参观知名企业，加强东华MBA与企业和社会各界的联系。职业发展中心利用网络资源建立了就业信息库，与中外知名企业合作建立MBA实习就业基地，在学生和企业之间架设起桥梁。为提高MBA学生的职业素质，职业发展中心为全日制MBA学生配备职业导师。

地址：上海市延安西路1882号 　　　　　　　邮编：200051
研究生招生办公室
电话：(021) 62373355 　　　　　　　　　　传真：(021) 62194241
网址：http://gs.dhu.edu.cn
管理学院MBA教育中心
招生电话：(021) 62373535，62708697 　　　传真：(021) 62378856
E-mail：mba@dhu.edu.cn 　　　　　　　　　　网址：http://mba.dhu.edu.cn

46. 华东师范大学

华东师范大学是列入国家"211工程"和"985计划"重点建设的大学之一，有着悠久的办学历史。1959年，华东师范大学就被确定为全国首批16所重点院校之一，也是全国首批建立研究生院的33所高等院校之一，现已基本形成了综合性研究型大学的格局。

华东师范大学具有开展MBA教育的良好基础。1993年华东师范大学商学院成立，下设经济学系、金融学系、工商管理系、信息学系、旅游学系，拥有世界经济和金融学博士点，拥有工商管理、理论经济学等3个一级学科硕士点和应用经济学等17个二级学科硕士点。其中，世界经济博士点于1981年最早在国内招收国际金融方向博士研究生，1996年列为上海市教委重点学科。2007年为推进金融学科的建设与发展，学校组建了金融与统计学院。目前已培养了经济管理类硕士生千余名，博士生百余名，本科生数千名。20多年来，华东师范大学为大中型企业举办了上百期世界经济、金融、旅游管理、国际企业管理、人力资源管理、物流管理、房地产管理等专业的工商管理培训，为政府和企业培养了一大批应用型高级管理人才。

华东师范大学MBA教育的主要特色有：

(1) **多学科支撑的综合优势。** 华东师范大学学科涵盖哲学、经济学、法学、教育学、文学、历史学、理学、工学、管理学9大学科门类，人文社会科学学术底蕴丰厚。学校在人才培养上强调有深厚的文化底蕴、扎实的知识基础、活跃的理论思维、积极的创新素质、综合的实践能力，学校在学科方面的综合优势有利于培养MBA学生的管理素养。

(2) **丰富的商科教育资源。** 华东师范大学商学院和金融统计学院拥有雄厚的师资力量，

MBA专任教师中60%以上拥有博士学位，100%拥有副教授以上职称，40%以上拥有长期或者短期海外学习的经历。华东师大开设的MBA课程采用中英文双语授课。在教学方式上，除了注重案例分析与小组讨论外，还开设管理论坛、商业大赛、企业考察、拓展训练等活动类课程，并将增设管理心理学、管理伦理学、管理哲学等课程。学校依托上海作为中国经济中心的优势，与国际知名企业、长三角知名企业联合开设相关专业的选修课程，以增强MBA课程的适用性及本土化教学特色。

(3) **广泛的国内外合作与交流**。学校十分重视国内外合作与交流，已与英、法、德、日、美、加、澳、韩和俄等国100多所高校、科研机构和产业部门建立校际学术合作与交流关系，与法国高师集团、里昂商学院、美国宾夕法尼亚大学、美国纽约大学等世界知名大学建立了互派教师讲学，研究生交流等固定合作关系，MBA学生都有机会去国外商学院进行为期1~3个月的学习交流。同时学校和长三角地区各类企业建立了良好的合作关系，能为学生了解企业运作、实习及就业提供更多机会与资源。

(4) **个性化的职业发展辅导与就业咨询服务**。学校特设MBA职业发展中心，开设职业发展培训课程，根据学生的个性特点，帮助学生设计职业生涯，制定职业发展规划，帮助学生提高求职技巧和职场竞争力。

华东师范大学的MBA学生在学期间，将有机会获得奖学金和国际交流资助金。

研究生招生办公室
地址：上海市东川路500号　　　　　　邮编：200241
电话：(021) 54344721　　　　　　　传真：(021) 54344721
网址：http://www.yjsy.ecnu.edu.cn
MBA教育中心办公室
地址：上海市中山北路3663号　　　　邮编：200062
电话：(021) 62232951　　　　　　　传真：(021) 62577854
E-mail: xchli@ecnu.edu.cn

47. 上海财经大学

上海财经大学是一所以经济管理学科为主，经、管、法、文、理协调发展的多科性大学，是国家"211工程"重点建设的大学之一。上海财经大学办学历史悠久，前身是1917年南京高等师范学校创办的商科。1921年秋，商科东迁上海，成立上海商科大学；1928年改名为中央大学商学院；1932年，从中央大学划出独立，定名为国立上海商学院，1950年改名为上海财政经济学院，1952年改名为上海财经学院，1985年更名为上海财经大学。学校原属国家财政部领导，并由财政部与上海市人民政府共建，2000年2月划转教育部领导。在上海财经大学的发展史上，名人辈出，如马寅初、孙冶方、宋承先等先后担任过教务长和院长或是在校任教。

学校拥有一支高水平的教师队伍，现有专任教师860余人，教授、副教授430余人，其中MBA教师130余人。近年来，学校引进了一批优秀的海内外高学历中青年教师，优化了师资队伍结构。目前，学校拥有国家级重点学科3个，国家重点培育学科1个，国家级教学科研基地2个，省部级重点学科7个，本科专业点37个，拥有理论经济学、应用经济学、工商管理和管理科学与工程4个一级学科博士学位授权点和博士后流动站，拥有二级学科博士学位授权点42个，硕士学位授权点74个（含MBA、MPA、MPAcc、JM、教育专业硕士5个专业学位点）。

上海财经大学于1991年获准举办MBA教育，是我国首批开展MBA教育的9所高校之一，目前已毕业MBA学生2059名；1996年，获教育部批准，学校与美国韦伯斯特大学开展合作，举办工商管理专业外国硕士学位项目；2002年，学校又成为全国首批获得EMBA培养资格的30所院校之一；同年，学校展开与中国银行、伦敦城市大学合作，举办国际合作EMBA培养项目。

上海财经大学的MBA培养工作由MBA学院组织实施。MBA学院以上海财经大学雄厚的师资力量为依托，在举校体制的有力支持下，上海财经大学MBA项目迅速发展，成为我国最具影响力和号召力的MBA教育项目之一。所谓举校体制，即举全校之力，将学校最具优势的专业、最优秀的老师引入到MBA教育之中，大力发展MBA。

秉承"厚德博学，经济匡时"的校训，上海财经大学MBA教育在17年的发展过程中，逐步形成了自己的鲜明特色，主要体现在：

(1) **注重国际合作，强调国际化教育**。上海财经大学非常注重MBA的国际合作与国际化教育。早在1996年就与美国韦伯斯特大学开始在MBA教育方面进行合作。2002年开始，探索与金融机构（中国银行）和国外名校（伦敦城市大学）三方合办EMBA项目，其中的2/3课程由英方教授讲授。借助国际合作办学的资源和经验，上海财经大学有力地推动了国内MBA项目质量的提高。

(2) **发扬案例教学的优势，提供具有特色的讲座**。上海财经大学在MBA教学中，大力弘扬"土洋结合"的案例教学法，为此，投入了比较充足的资金，要求每一位中外任课教师写案例、讲案例，目前，已编辑出版了2辑具有特色的MBA教学案例集，在教学中发挥了良好的作用，得到了校内外的一致好评。近几年，上海财经大学充分利用国内外丰富的社会教育资源，成功开设了四大系列讲座（国外企业家讲座、名博士讲座、博士生导师讲座和中国企业家讲座），这些讲座既具有学术的前沿性，也为MBA教育提供了鲜活的案例。

(3) **根据学校专业特点，开设6个特色专业方向**。上海财经大学的MBA教育依托于其雄厚的师资力量，实行举校体制（即全校优秀的老师通过竞争上岗成为MBA课程老师和论文指导老师）。在此基础上，整合优势资源，对全校实力最强与社会影响力最大的专业加以提取和改造，借鉴国外著名商学院的教学经验，根据课程和论文选题，共设置6个专业方向（财务会计、企业管理、金融证券、市场营销、电子商务与物流、人力资源管理），这6个方向基本上对应了上海财经大学的所有优势学科，更好地体现了博中有专的原则。

(4) **不断完善的教学监控体系**。提高教学质量是上海财经大学MBA教学中永恒的主题，自1991年试办MBA以来，上海财经大学坚持把提高教学质量作为MBA教学管理工作的核心，注重MBA教学监控体系的建设。它包括教学检查、学生评教、课程评估、教学考核等一系列内容，特别是MBA学院设立的专家委员会，使教学督导有了组织保障，确保了教学监控目标的实现。

目前上海财经大学开办了以下MBA教育项目：

MBA学位项目 也称春季MBA，主要为国有大中型企业培养懂管理、精业务的复合型、综合型人才。每年7月份报名，10月份考试，次年3月份入学。报考者需具有本科文凭，并且有3年或3年以上工作经验。考生必须参加10月份的全国MBA联考。该项目在职学习2.5年，毕业颁发上海财经大学工商管理硕士学位证书。

MBA学历学位项目 也称秋季MBA，主要目标是培养掌握现代化管理知识和方法，具有管理创新能力的高层次管理人才，为社会主义市场经济建设服务。依托上海财经大学优势专业，主要设置了财务管理、会计学、财务报表分析、管理会计、金融工程、商务银行管理、证券投资、兼并与收购、战略管理、运筹学、人力资源管理、管理信息系统、组织行为学、国际商务、系统分析与设计、服务营销、市场调研与营销策划、网络营销、营销管理、企业资源计划、薪酬设计与管理、绩效管理等特色课程。考生必须参加1月份的全国MBA联考。学生可全日制学习2年或在职学习2.5年。毕业颁发上海财经大学研究生毕业证书和工商管理硕士学位证书。

上海财经大学于1996年开始和美国韦伯斯特大学合作举办工商管理硕士学位教育项目，至今已经有12年历史。中美合作MBA项目在教学过程中，始终坚持"高标准、严要求"的理念，英文教学，外教数量不低于50%。长期不懈的努力换来了累累硕果，该项目先后获得了上海市教学成果一等奖、国家优秀教学成果二等奖等，更重要的是为社会输送了逾900名懂得管理、精于业务的高素质工商管理国际型人才，受到用人单位特别是外资企业、涉外公司的好评。该项目开设Finance和Marketing两个方向，由上海财经大学和美国韦伯斯特大学联合自主招生，自主组织考试（英语、管理综合知识），学制两年，毕业颁发美国韦伯斯特大学工商管理硕士学位证书和上海财经大学结业证书。

上海财经大学研究生招生办公室
地址：上海市武川路111号　　　　　　　　　邮编：200433
电话：(021) 65903795, 65903941　　　　　传真：(021) 65904319
网址：http://www.shufe.edu.cn/yjsb/index.asp
上海财经大学MBA学院
地址：上海市中山北一路369号　　　　　　　邮编：200083
电话：(021) 65314146, 65362973, 55510930
传真：(021) 65365189, 65361956
网址：http://mba.shufe.edu.cn

48. 南京大学

南京大学MBA专业自1994年招生以来，以"办一流教育、育一流人才、出一流成果"为宗旨，不断提高培养质量，努力建立优质品牌，社会影响逐步扩大。

南京大学商学院拥有一批具有学术水平较高、学术影响较大，年富力强的师资队伍，其中教授51人，副教授41人，拥有博士学位的教师比例为79%，超过50%的教师担任上市公司独立董事或企业长期顾问。另外，商学院还聘请了近60名企业及政府高层管理者担任MBA校外兼职指导教师，他们给MBA学生开讲座，提供实习机会，协助指导学位论文。

南京大学的MBA课程分为基础课、核心课、方向选修课和讲座课程4种类型。选修课分为8个方向（企业战略、市场营销、人力资源、金融投资、企业投资与成长、电子商务、财务管理与国际贸易），每个方向有4~5门课。选修课程注重与实践的紧密结合，突出内容的前沿性和实用性。此外，每年至少有4门课程用英文授课，供学生选修。讲座课程专门为MBA举办，由名师或企业家主讲，涵盖人文社科、经济管理等各个方面。

南京大学MBA项目的课程教学始终瞄准市场经济和企业管理的前沿课题，注重理论与实践的紧密结合，鼓励教师采取案例教学，引入企业管理项目及案例开发项目，以小组为单位，深入企业解决实际问题。部分课程安排短期实习与考察活动，规定每门课程必须邀请一名有丰富企业管理经验的人士结合课堂教学内容开一个讲座，倡导学生把学校所学的知识用到具体工作实践中去。为了增加学生的实习与就业机会，商学院已经与国内外的一些教育机构及著名企业建立了良好的合作与交流关系。目前已在旭日集团、金鹰国际、A.O.SMITH公司、菲尼克斯电气及东方智业等单位建立了学生实习基地。学校还与江苏康克投资股份有限公司等合作举办创业大赛等活动，鼓励学生创业，帮助学生寻找风险投资公司。

南京大学MBA项目以"社会责任、全球视野、系统思考、解决之道"为教育目标，注重应用、培养能力、提高素质，帮助MBA学生树立远大志向，承担社会责任，充实新鲜知识，挖掘潜在能力，培养缜密思维。自1994年招生以来，已累计培养了近3000名毕业生。学生毕业后，有的在原工作单位得到升迁，有的找到了更适合于个人发展的工作，有的自主创业，开办了新公司，其中一些已经有较大规模和较强实力。

南京大学MBA项目重视国际交流与合作。目前与美国纽约州立大学莱文管理学院、圣地亚哥大学、密苏里·圣路易斯大学、日本九州大学、新加坡南洋理工大学、法国斯特拉斯堡管理研究生院、葡萄牙高等工商管理学院（ISCTE）、波兰大学、韩国全南大学等学校有交换生项目。一般每校每年有2～3个交换名额，交换项目跨度为一学期，在国外学习期间免学费，食宿交通费自理。

南京大学商学院与美国密苏里·圣路易斯大学（University of Missouri-St.Louis）于2004年签订了合作培养MBA学生计划，根据合作协议，国际MBA班学生在中国学习一年，全英文授课，在美国学习一年，其中最后三个月由密苏里·圣路易斯大学安排在圣路易斯市的跨国公司实习。留学期满回国参加论文答辩。论文答辩通过后可获得南京大学及密苏里州立大学的学位。IMBA的报名条件是：全国MBA联考达到分数线，通过南京大学商学院MBA面试并被录取为春季或秋季班学生，托福与GMAT考试达到对方学校的要求并通过中美双方联合面试。这个项目有部分学生在带薪实习后被跨国公司留用，或归国后被外资企业录用，成长为国际企业管理人才。

南京大学商学院欢迎有志于从事工商企业管理且有一定管理经验或管理潜质的考生报考。考生需通过MBA联考（笔试），达到复试分数线，参加包括英文水平（口语）、时事政治、管理理论、沟通能力等内容的复试（面试）。复试比率一般为1.3∶1。综合两次考试成绩择优录取。

南京大学MBA项目有日制班、集中班、周末班、分授班、苏州班。全日制班：学制两年（周一～周五全天上课）；集中班：学制2.5年（每学期集中4次，每次集中9天）；周末班：学制2.5年（每周六、周日全天）；分授班：学制2.5年（每周一～周五选两个晚上，周末一天全天）；IMBA班：学制2.5年（周末两天全天）；苏州班：学制2.5年（在苏州独墅湖高教区南京大学研究生院大楼上课，每月一次，一次上课4天，从周四～周日）。学生可自行选择班级，通常在面试后进行选择，每班人数一般在30～50人之间。

地址：南京市汉口路22号南京大学商学院MBA教育中心　　邮编：210093
电话：(025) 83597001，83596553，83621006
E-mail：zmmba@nju.edu.cn，mbamao@nju.edu.cn，sangbn@nju.edu.cn
网址：http://www.mbanju.com

49. 苏州大学

苏州大学是我国"211工程"重点建设高校,是江苏省省属重点综合性大学。其前身为创建于1900年的东吴大学。1952年全国院系调整时东吴大学与苏南文学院、江南大学数理系合并为江苏师范学院,1982年经国务院批准更名为苏州大学。目前,苏州大学已发展为一所具有相当规模,基础较为雄厚,在国内外具有一定知名度的地方综合性大学。

苏州大学商学院前身为苏州大学财经学院,成立于1984年7月,是较早从事经济管理教育的院校,下设工商管理系、金融系、会计系、财政系、贸经系、经济系、电子商务教研室、企业与财务管理研究所、区域经济研究所、世界经济研究所,拥有金融学博士点,企业管理、金融学、会计学、农业经济管理、世界经济、政治经济学、财政学、区域经济等九个硕士点,以及经济学、财政学、会计学、金融学、工商管理、国际经济与贸易、市场营销专业、财务管理专业、电子商务专业等九个本科专业。有两个省级重点学科,现代经济管理被列为211重点建设学科。

苏州大学商学院师资力量雄厚,现有教职工132人,专任教师105人,其中教授18人,博士生导师4人,副教授44人,讲师38人,享受国务院特殊津贴专家2人,省级中青年骨干教师2人。学院现有30位能胜任MBA课程教学的专职教师,其中博士学位获得者为18名,比例达60%。师资队伍具有合理的学科结构和知识结构,在金融、财务、会计和管理方面具有较大优势。每门MBA核心课程及重要必修课程配备2名以上教学经验丰富的任课教师,其中,教授、副教授比例在90%以上;MBA核心课程及重要必修课程的任课教师中,具有管理实践或企业研究经验者比例在85%以上;并聘请30多位海外资深教授和国内知名教授以及来自实际部门的资深管理者作为兼职教授。

在科学研究方面,近5年来苏大商学院教师共发表813篇论文,出版学术专著37部,获得省部级奖共13项。目前承担科研项目共30项,其中国家自然科学、社会科学基金项目达4项,国家及国务院各部门项目5项。在仪器设备方面,苏大商学院拥有全新的计算机房、多媒体教室、企业管理和电子商务实验室、金融证券实验室、英语语言实验室、会计模拟实验室及学术报告厅等现代化教学设施和设备。

苏州大学MBA教育的主要特色表现为:

(1) 培养实战型的MBA。 苏州大学MBA项目强调"注重综合应用、培养创新能力",目标是帮助MBA学生树立远大志向,培养知识广博,富有创新思维,勇于开拓,能适应外向型经济发展需要的综合型、复合型人才,通过MBA教育,使取得这一学位的学生能够胜任工商企业管理部门的高层管理工作。

(2) 重视案例实践教育。 苏州大学MBA项目在授课中利用案例分析、小组讨论、计算机模拟、参加咨询项目、参加校内外高质量的研讨会,请来有关政府部门官员和有实践经验的企业家,管理人员举办讲座,邀请国际知名的企业家和商学院教授来院讲课等多种形式,让学生在学习期间能学到最新的管理知识和方法,激发出创新思维,提高分析问题和解决问题的能力。有些课程还要安排一定的短期实习与考察活动。苏州大学商学院已在苏南地区选择了一批较为成功的大企业如春兰集团、小天鹅集团等,建立稳定的联系,作为MBA的教学实验基地。目前正利用苏州外资企业中大型跨国公司多的优势,择优与更多的企业合作。

(3) 重视MBA教育的国际化。 学院和海外知名大学积极合作,开展形式多样的MBA合作教育,并积极创造条件,引进海外最新原版教材,聘请国外资深教授来院授课,一些课程采用英语或双语教学,注重MBA学生的国际交流,与加拿大Royal Roads,美国Portland大学,澳大利亚Bond大学，德国Fortwangen应用技术大学开展了互派学生等多样化交流。

苏州大学MBA实行学分制和弹性学制。学生修满规定的50学分，并完成论文，通过论文答辩者准予毕业。全脱产的学生学制2年；半脱产学制为3年。苏州大学2004年秋季计划招收MBA研究生100名左右。为了使学生既有较为宽广的现代管理知识和扎实的基础理论，又有一定专长，苏州大学MBA的培养分企业管理、金融管理、财务管理、信息管理、人力资源管理等若干专业方向。

苏州大学MBA招生参加全国统一联考，参照国家教育部规定的录取分数线，本着公平、公开、公正的原则，结合对学生工作实绩的考核，择优录取。

地址：江苏省苏州市十梓街1号　　　　　　邮编：215006
苏州大学研究生招生办公室
电话：(0512) 65112816，65112544　　　传真：(0512) 65112816
苏州大学商学院MBA教育中心
电话：(0512) 67162577　　　　　　　　传真：(0512) 67411088
E-mail：taohong@suda.edu.cn　　　　　　网址：http//www.suda.edu.cn

50. 东南大学

东南大学是教育部直属的全国重点大学，位于六朝古都南京。经过100年的发展，如今已成为一所以工为主，工、理、医、文、管、艺协调发展的多学科、综合性的全国重点大学。历来有"北大以文史哲著称、东大以科学名世"之誉。近年来，学校大力加强学科建设，取得了丰硕的成果。2001年，"211工程""九五"期间建设项目顺利通过教育部验收。目前，学校拥有10个国家重点学科，13个一级学科博士学位授权点，53个二级学科博士点，10个博士后科研流动站，104个硕士点。

东南大学MBA自1998年开始招生，每年招生数200人，其中秋季MBA招生80人，春季MBA学位班招生120人，学制3年。现共有在校学生近600多人。东南大学MBA的培育目标是：为各类企业、金融投资机构、对外贸易部门及政府经济管理部门培育与国际接轨的、适应市场需求的高层次、务实型、综合型管理人才与职业经理人。

东南大学MBA师资力量雄厚，教学设施完备。专任教师中大多数是具有博士学位的教授，许多教授不仅具有扎实的理论功底，而且有着丰富的实践经验，熟悉了解国情和企业实际，许多知名教授在教学任务以外还担任企业的管理顾问，在省内乃至全国都有一定的影响。

东南大学MBA教学着重培养学生在企业竞争战略、市场营销、人力资源、国际商务、现代生产管理、公司理财、财务会计等领域的专业知识与特长。要求学生在两年内完成45个以上课程学分的学习，第三学年开始企业调查与实践不少于3个月，并要求学生结合企业实际完成学位论文。

东南大学将依托一流的师资和教学环境，开拓创新，为培养具有国际竞争力的高素质的MBA而不懈努力。

地址：南京市四牌楼2号　　　　　　　　邮编：210096
东南大学招生办公室
电话：(025) 83792452　　传真：(025) 83792593　语音信箱：(025) 16888322
E-mail：zhaoban@seu.edu.cn　　　　　网址：http://xsc.seu.edu.cn/zsb
东南大学MBA教育中心联系人
电话：(025) 83795481　　　　　　　　传真：(025) 83794731

51. 南京航空航天大学

南京航空航天大学创建于1952年，是一所具有航空、航天、民航特色，以工为主，工、管、理、经、文、法、哲、教等多学科协调发展的国家"211工程"建设的全国重点大学，是全国56所设立研究生院的大学之一，首批成为具有博士、硕士学位授予权的单位。经济与管理学科始建于1984年，目前经济与管理学院院长为灰色系统理论及不确定决策研究专家刘思峰教授。

南京航空航天大学有丰富的工商管理教育经验。早在1984年被航空工业部确定为航空企业厂长经理培训基地，1985年被航空工业部确定为全国5个总经济师培训中心之一，1997年被国家经贸委确定为大中型企业领导干部工商管理培训基地。1998年南京航空航天大学管理学科经教育部批准招收境外研究生，同年开始与澳门特区政府合作开办"工商管理学方向研究生班"，2000年开始与澳大利亚南澳大学合作开办工商管理研究生班，学校积极与各级政府部门和工商企业开展联合办学。受国防科工委、民航总局和地方政府及企业委托举办各类领导干部、厂长（经理）研究生课程进修班和培训60多期，接收学生达5 000人次。经过多年的教育实践，南京航空航天大学经济与管理学院已形成一套完善的教学组织、监督和质量测评体系及一套行之有效的课程管理体系。

南京航空航天大学经济与管理学院本着"强化特色、博采众长、面向市场、服务国防"的办学方针，在学科建设、人才培养与科学研究等方面取得了显著成就。经济与管理学院现有管理科学与工程一级学科博士点和博士后流动站，有管理科学与工程、工商管理、应用经济学3个一级学科硕士点，以及系统工程、行政管理学、教育经济及管理、情报学4个二级学科硕士学位点，另外可在工业工程、物流工程、项目管理等6个工程硕士授权领域和9个经济管理类本科专业招生，上述学科为MBA教育提供了强大的学科支撑。

南京航空航天大学经济与管理学院现有专任教师95人，其中教授24人，副教授48人，其中国家及省部级有突出贡献的中青年专家2人、博士生导师16人，具有博士学位的教师35人。大多数教师具有企事业单位的科研工作背景或管理咨询工作经验，此外还聘有来自于企事业单位和国内外著名高校的兼职教授40余名，形成了一支年龄结构、知识结构、职称结构合理，具备较强科研实力和实践经验的师资队伍。

南京航空航天大学MBA项目的师资队伍以本校具有指导硕士研究生资格的正、副教授为主体，并根据需要聘请国内外资深专家和实践经验丰富的企业家参与教学，开设专题讲座。学校还以各种方式积极寻求与国内外著名高校联合办学，重视MBA教育的国际化，致力于将其办成特色鲜明的精品教育项目。学校已制订与实施了教师留学计划，每年派遣3~5名经济管理类教师出国学习，积极推进MBA课程的双语教学和国际化。

南京航空航天大学MBA项目的培养目标是：培养适应社会主义市场经济发展需要，目光远大、知识广博、勇于开拓、善于沟通与合作的工商企业及经济管理部门需要的高层次务实型综合管理人才。针对这一培养目标，南京航空航天大学MBA项目将学生的精神塑造和潜能开发作为主要的教学目的，树立学生主体意识，注重培养互动、信任的新型师生关系。南京航空航天大学MBA项目的教育理念是：理论与实践相结合，以实践能力培训为主；概念学习与技能学习相结合，以技能学习为主；个体学习与团队学习相结合，以团队学习为主；教师讲授与师生互动教学相结合，以师生互动教学为主。学校重视案例教学和案例建设，在MBA教学中引入管理游戏，创新教学方式，加强实战训练，注重能力培养。学校鼓励并创造条件让学生参与企业的实际项目研究。

南京航空航天大学MBA培养过程包括课程学习和论文撰写两个阶段。学生须通过学校组织的课程考试，成绩合格者可取得该门课的学分；修满规定学分者进入撰写学位论文阶段；考虑市场需求和南京航空航天大学的特点，MBA教育暂设战略管理、人力资源与组织发展、生产与服务运作管理、金融投资、财务管理、项目管理、企业信息化与电子商务、航空运输管理、技术创新与高技术管理、营销管理等培养方向。

南京航空航天大学MBA项目实行以学分制为基础的弹性学制。分全日制和非全日制两种形式：全日制学制为2年；非全日制学制2.5年，视其修满学分与完成论文情况，学制最长不超过5年。

在培养模式上，采取灵活多样的形式。学校尽可能与经济产业部门、企事业单位等联合培养。在确保质量的前提下，根据具体情况，采取在职学习与脱产学习相结合、在校培养与企业内训相结合等多样化培养方式。学校已在32家企事业单位建立了教学实习基地，并大力推进与国内外著名企业的战略合作，不断提升实践教学质量，为MBA学生的职业发展开辟更加广阔的渠道。

地址：江苏省南京市御道街29号　　　　　　邮编：210016
南京航空航天大学研究生院
电话：(025) 84896170 （学位办公室），84892487 （招生办公室）
南京航空航天大学MBA教育中心
电话：(025) 84895967，84895760　　　　传真：(025) 84895760
　　13913834175 魏老师
E-mail：mba@nuaa.edu.cn，Weibeibei0326@163.com(魏老师)
网址：http://www.nuaa.edu.cn

52. 南京理工大学

南京理工大学是国家"211工程"重点建设院校，也是全国首批重点大学之一，座落于钟灵毓秀的南京中山陵风景区。学校秉承和发扬"团结、献身、求是、创新"的优良校风，坚持"以人为本，厚德博学"的办学理念，现已发展成为以工为主，理、工、经、管、文、法、教等多学科综合配套、协调发展的理工科大学，现隶属于国防科学技术工业委员会。

经济管理学院成立于1981年。现有教职工118人，其中高级职称60名。各类在校生约3 000人，其中硕士以上研究生1 000多名。学院设有管理科学与工程、企业管理、会计学、国际贸易学、应用经济学、信息管理6个系以及软科学所、应用经济研究所、现代物流研究所、电子商务研究所、现代管理研究所、管理信息技术研究所、人力资源管理研究中心7个研究所（中心）。学院拥有管理科学与工程一级学科博士学位授权点，有管理科学与工程、会计学、产业经济学、情报学、国际贸易学、劳动经济学、企业管理、金融学8个硕士点以及10个本科专业，拥有MBA和工程硕士（工业工程、物流工程、项目管理领域）专业学位教育授权。学院拥有良好的教学、科研和办公条件，新落成的经济管理学院大楼功能齐全、设备先进，为高层次经济管理人才的培养创造了更优良的条件和环境。

南京理工大学经济管理学院的MBA项目始于1997年，迄今已有千余名MBA毕业生走上工作岗位，目前在校生人数500多人。南京理工大学MBA项目有全日制MBA和在职MBA，在职MBA的授课方式有集中授课班和周末授课班。在职MBA除在南京本部授课外，还在常州、南通、盐城等地设有教学点。同时，南京理工大学MBA项目还为有特殊需求的行业或地区制定个性化的培养方案和选择合适的授课地点。南京理工大学MBA项目目前设有企业发展战略与营销管理、工业工程与运作管理、公司金融与投资经济、国际贸易与跨国经营、人力资源、财务管理、信息管理与电子商务等方向。

南京理工大学MBA项目坚持走"依托理工背景，面向企业发展"的办学道路。在国内率先实施MBA教育"双导师制"，聘请了数十位著名企业家参与MBA全过程的培养。"双导师制"的推行，使南京理工大学MBA项目的课程更加丰富、生动，课堂教育的效果更为明显，同时也使南京理工大学的MBA教育更切合企业的需要。学院特别注重教学与实践经验积累，并在师资培训、案例积累、对外交流、外聘教师等方面做了大量的投入，并不断根据市场需求调整专业方向和教学形式。

南京理工大学MBA项目以"学生受益是MBA项目持续发展的基础"为信念，通过全体MBA学生和全体教师多年的不懈努力，在社会各界的支持与帮助下，已经形成了自身的竞争优势。学院新落成的经管大楼，软硬件各方面资源如图书资料、计算机房、网络数据库系统、模拟软件、案例讨论室和语音实验室等能够优先满足MBA教育发展的需要。

地址：南京市孝陵卫200号　　　　　　　　邮编：210094
南京理工大学研究生招生办公室
电话：(025) 84315498，84315499
南京理工大学经济管理学院MBA中心
电话：(025) 84315191　　　　　　　　传真（电话）：(025)84315555
E-mail：nustmba@vip.sina.com　　　　　网址：http://sem.njust.edu.cn

53. 中国矿业大学

中国矿业大学前身创办于1909年。中国矿业大学是教育部直属的全国重点大学，是国家"211工程"和"985计划""优势学科创新平台项目"重点建设的高校之一，学校设有研究生院。

中国矿业大学管理学院创办于1953年，1954年正式招收本科生。1981年被批准具有管理工程学科硕士学位授权点，是全国最早被批准管理工程专业硕士点的院校之一。1986年被批准具有管理工程学科博士学位授权点。1995年管理工程学科被评为煤炭工业部部级重点学科。1998年管理科学与工程学科被批准设立博士后科研流动站，成为全国最早的15个设站单位之一。2002年管理科学与工程学科被评为江苏省重点学科，2005年管理科学与工程学科被确定为江苏省高校国家重点学科培育建设点，在教育部2006年学科评估中管理科学与工程学科名列全国第12名。1998年企业管理专业被批准具有硕士学位授权点，1998年被批准试办、2001年通过评估正式举办MBA教育。

学院现有在职专业教师121人，其中教授23人、副教授42人，具有博士学位和攻读博士学位的教师占56%。聘请国内外知名兼职教授16人。在教师队伍中，享受国务院政府津贴的专家4人，进入江苏省"333"工程5人，"青蓝工程"3人，校青年学科带头人7人，校优秀青年骨干教师14人。

学院设有经济与管理复杂性研究所、能源经济与管理研究所、金融工程与风险管理研究所、企业管理研究所、财务与会计研究所等研究机构，设置有会计学系、工商管理系、人力资源管理系、经济学系、管理科学与工程系等教学系。学院现有按一级学科博士学位研究生招生专业1个，按二级学科博士学位研究生招生专业3个，硕士学位研究生招生专业11个，本科生招生专业7个。

近年来，学院各学科发表学术和教学论文1 900多篇，出版著作、教材等100余部，完成科研报告150多项，科研经费3 000余万元，获得国家优秀教学成果二等奖1项、省优秀教学成果一等奖1项、教育部人文社科优秀成果奖2项、江苏省哲学社会科学优秀成果奖15项、省部级科技进步奖40余项，承担和完成国家自然科学基金21项，国家社会科学基金5项。

学院具有良好的办学条件，拥有16 000平米的管理学院新型大楼，拥有江苏省哲学社会科学研究基地1个，江苏省经济管理实验教学示范中心1个，教育部财政部人才培养模式创新试验区1个。学院具有设施先进的多媒体教室、案例讨论室、经济管理电脑模拟实验室、企业经营决策沙盘模拟实验室、团队精神实训基地和现代图书信息中心。

学院注重学生创新意识和开拓精神的培养，通过理论学习、案例分析、学术讲座、团队训练和企业实地考察等教学方式，提高学生创新和创业能力，培养学生分析问题、解决问题的能力，通过统计分析工具应用技能训练、英语听说训练、团队精神训练、决策模拟训练等方面形成了鲜明的办学特色。学院的MBA学生曾获首届全国MBA论文大奖赛唯一的一等奖。MBA毕业生就业形势持续向好，受到用人单位的赞赏。

学院积极开展国际交流与合作，邀请美国、加拿大、澳大利亚、德国等国家的专家和学者来院讲学，委派教师去国内外著名大学进修。学院与加拿大魁北克大学(UQAM)合作培养MBA学生，已成功举办了3届；与澳大利亚斯威本科技大学合作建立了电子商务研究中心，并以"2+2"模式使学生有机会去澳大利亚学习，并获得两国学位。管理学院积极与企业和政府合作，举办各种类型、多种层次的教育培训，不断探索各种联合办学的新模式。

地址：江苏省徐州市中国矿业大学　　　　　　邮编：221116
研究生招生办公室
电话：(0516) 83885990
MBA教育中心
电话：(0516)83591292
传真：(0516) 83591292
E-mail：mba@cumt.edu.cn

54. 河海大学

河海大学地处六朝古都南京，是教育部直属的全国重点大学，是国务院学位委员会批准的首批可以授予学士、硕士、博士学位和自行审定教授、博士生导师的高校，是国家"211工程"重点建设以及全国56所设立研究生院的高校之一。

MBA教育中心设在商学院。学院始建于1983年，是我国首批设立管理学科的院系之一。20多年来，学院以"求天下学问，做工商精英"为办学宗旨，以"教育、科研、咨询、培训"四轮驱动为发展模式，师生携手励精图治、开拓创新，现已成为一所融工商管理、管理科学与工程、应用经济学3个一级学科为一体和具有博士后、博士、硕士、学士等多层次人才培养能力的商学院。

学院现拥有工商管理博士后流动站，管理科学与工程、技术经济及管理2个博士点，产业经济学、区域经济学、国民经济学、金融学、国际贸易学、数量经济学、管理科学与工程、会计学、企业管理、技术经济及管理、情报学、工商管理、人口资源与环境经济学、应用经济学14个硕士点，MBA、工程硕士（工业工程、物流工程、项目管理领域）、高等学校教师在职攻读硕士等3个专业学位授权点。

学院设有会计学系、理财学系、管理学系、营销学系、管理科学与信息系统系、工程管理系和经济学系7个系，战略管理研究所、应用经济研究所、工程管理研究所、资产经营管理研究所、应用管理科学研究所、水利经济研究所6个研究所，以及人力资源研究中心、管理实验中心、河海大学—马里兰大学IT培训与研究中心3个中心，中美河海王朝国际工商管理实践基地及江苏河海管理咨询公司。

学院具有雄厚的教学、科研能力和一流的办学设施，现有教师124人，其中教授36名（博导16名），副教授58名，具有博士学位的教师50%以上。学院开展了广泛的国际国内交流与合作，与美国、德国、澳大利亚等国家的一些国际著名大学以及世界银行建立了长期的合作与交流关系。

河海大学MBA项目旨在培养掌握市场经济一般规律和运行规则，了解企业实情，具有全球战略意识、国际视野、创新精神、领导能力以及良好职业道德、能够适应全球化竞争的高素质职业经理人和社会需要的工商管理人才。学院秉承"求天下学问、做工商精英"的办学宗旨，按照受市场驱动、为市场服务、受市场检验的发展模式，以开拓创新和务求实效的精神发展MBA教育，把MBA教育作为学校、学院的重要品牌来维护和经营。河海大学MBA项目的特色有：

(1) 提供宽松的学习氛围，允许各种思想和观点相互交流、相互碰撞、相互启迪，以最大限度地激发MBA学生自主性和创造性。

(2) 加强对抗性情景模拟和案例教学方法，在模拟中激发学生的创新精神和冒险精神，在案例分析讨论中拓展学生的视野和对企业实情的把握。

(3) 加强工商管理的基础知识和技能的训练，培养学生的分析能力和良好的决策能力，培养能够适应全球化竞争的职业经理人。

(4) 在学生入学时就指导其进行职业生涯设计，规划其职业发展的基本方向，并在学习和实践过程中加以检验和调整；与企事业单位建立和保持良好关系，广开渠道提供就业指导和就业机会。

(5) 采取开放式的教学方式，学生每学期都可以自由选择参加集中、周末或其他形式的学习，以修满学分为准。

河海大学MBA教育设有人力资源管理、企业战略管理与跨国经营、电子商务、市场营销、财务分析与控制、项目管理等专业方向。

河海大学面向全国招收MBA春季班和秋季班学生。

研究生院招生与就业指导办公室
地址：江苏省南京市西康路1号   邮编：210098
电话：(025) 83786303   传真：(025) 83787385
E-mail：hhuyzb@hhu.edu.cn   网址：http://gs.hhu.edu.cn
MBA教育中心
地址：江苏省南京市西康路1号   邮编：210098
　　　河海大学商学院管理馆204室
电话：(025) 83787509   传真：(025) 83733015
E-mail：mba@hhu.edu.cn   网址：http://mba.hhu.edu.cn
地址：江苏省常州市常澄路5号   邮编：213022
　　　河海大学商学院（常州）
电话：(0519) 85191800   传真：(0519) 85105522

55. 江南大学

江南大学是教育部直属的国家"211工程"重点建设高校。学校座落于风景秀丽、经济发达的江南历史名城——无锡市。2004年启用的蠡湖新校区占地3200多亩，为学校21世纪研究生教育的发展奠定了良好基础。

江南大学是国务院学位委员会首批批准的具有研究生学位授予权的单位，学校的学位点覆盖工学、理学、文学、医学、经济学、法学、农学、管理学和教育学9大学科门类。

江南大学商学院现有工商管理、管理科学与工程、人力资源管理、物流管理、会计学、国际经济与贸易、旅游管理、金融学8个本科专业，有管理科学与工程一级学科硕士点和企业管理、国际贸易学2个二级学科硕士点，与食品学院联合培养食品贸易与文化博士生。目前商学院拥有现代化多媒体实验室、国际商务模拟仿真实验室、ERP实验室和人力资源管理实验室等7个专业教学实验室，为高质量培养专业人才提供了较强的综合实力支撑和优良的培养环境。

江南大学商学院拥有一支以中青年骨干教师为主体，职称结构、年龄结构和学历层次结构较为合理，素质好、实力强的师资队伍。通过师资资源的整合，能为MBA专业学位教育提供充足而合格的师资力量。目前能胜任MBA课程教学的专职教师30余人，其中拥有博士学位及在读博士达60%以上，教授（含博导）、副教授职称人员达95%，大多数教师具有企业咨询管理经验。任课教师丰富的实践经验有助于提升MBA核心课程的教学质量，从而实现理论与实践的有效结合。学院还聘请了海内外众多专家及知名企业家担任兼职教授和客座教授，使得MBA教学更加贴近学术前沿和企业管理实践。

江南大学MBA教育的目标是培养目光远大、知识广博、勇于开拓、富有创新思维、善于沟通与合作的综合型、复合型人才，强调培养学生分析实际问题、解决实际问题的能力。

江南大学MBA教育的特色定位：以高质量的人才培养服务地方经济建设，彰显轻工特色，面向中小企业，培养具有国际化视野的中小企业职业经理人高级管理人才。

主要特色有：

(1) 强调企业家精神的培养。在强调MBA通用能力培养的同时，我校将加大创业、创新及企业家伦理的课程，增强学生的创新能力和创业意识，培养企业家精神。

(2) 强调学以致用。在强调理论基础、知识的宽厚和广博的同时，注重培养方式和教学手段的改革，以适应苏南地区产业结构、经济发展的调整，使学生能够学以致用。

(3) 强调理论与实践相结合。授课方式凸显案例教学特色。每一门课的教学都包含案例分析、课堂讨论或实践环节。通过案例分析、小组讨论、计算机模拟、参加咨询项目等方式增强学生的实践能力。通过举办各种研讨会、企业家讲座、请国际知名的企业家和教授来校讲课等多种形式，让学生在学习期间能学到最新的管理知识和方法，激发出创新思维，提高分析问题和解决问题的能力。此外，学校还将结合相关课程安排一定的短期实习与考察活动。

(4) 积极开展国际交流与合作。学校积极与海外知名大学合作，开展形式多样的MBA教育合作，引进最新的MBA教学理念，并注重引进海外最新原版教材，聘请国外资深教授来院授课，部分课程采用英语或双语教学，注重培养MBA学生的国际交流的能力。

江南大学MBA项目采取全日制脱产学习和业余在职学习两种方式。在招收纳入教育部招生计划的MBA学生以外，也招收企业管理人员在职攻读MBA学位学生。江南大学MBA教育中心全年接受申请和咨询。

地址：江苏无锡市蠡湖大道1800号   邮编：214122
研究生处专业学位办公室
电话：(0510) 85919213   传真：(0510) 85913637
E-mail: liuqinghua100@126.com   网址：http://yjsb.jiangnan.edu.cn
商学院MBA教育中心：
电话：(0510) 85327186，85919790   传真：(0510) 85913593
手机：15995290150（孙老师），13013627277（周老师），13093088806（沈老师）
传真：(0510) 85913593
E-mail: jndxmba@126.com   网址：http://www.jndxmba.org

56. 江苏大学

江苏大学是一所具有百年办学历史的综合性大学，学科涵盖工学、管理学、经济学、理学、医学、文学、法学、历史学、教育学9大门类。是全国首批具有博士、硕士、学士学位授予权的高校之一。

江苏大学MBA项目设在工商管理学院，工商管理学院拥有管理科学与工程一级学科博士点和博士后流动站，有6个硕士点（管理科学与工程、会计、统计、企业管理、技术经济及管理、国际经济与贸易）。有MBA和工程硕士（工业工程领域、物流工程领域）2个专业学位学位授权点。江苏大学管理学科的特长是中小企业管理，被原国家经贸委中小企业司授予"中国中小企业研究和培训基地"。

工商管理学院现有教职工140余人，其中博士生导师6人、教授近20人、副教授40余人。学院建有中小企业发展研究中心、经济与管理系统实验研究中心、现代生产集成系统实验室、物流工程实验室、管理与伦理研究所、经济研究所、全国营销员资格培训认证工作站、教学案例研究中心等，为教学科研提供了重要的辅助手段。多年来，受原机械工业部及国家、省经贸委委托，举办了多届厂长、经理人员培训班，为培养高级在职管理人员打下良好的基础。

江苏大学MBA教育的目标是培养具有全新的管理理念，掌握先进的管理方法，熟悉市场经济运行规则，胜任全球化管理需要的高级职业管理人。办学思路是"立足江苏、辐射全国、走向世界"。工商管理学院为MBA教学配备了一支以校内专家为主体、国内外专家相结合的专业教师队伍，已经聘请了10余位具有博士和硕士学位、来自知名企业的高级经理人员作为MBA研究生的兼职教师。学院重视通过与国内外名牌大学的合作与交流，引进先进的教育管理模式和理念。2003年，学校与澳大利亚南昆士兰州立大学签订了合作培养MBA研究生的协议。学校还与国内外著名的企业建立了良好的合作关系，这有助于为学生提供更好的实习环境和更多的就业机会。

江苏大学同时招收全日制MBA和在职MBA，采用学分制。在职MBA的授课时间为周末或每月集中上课；全日制MBA学校安排住宿。

地址：江苏省镇江市学府路301号   邮编：212013
江苏大学研究生办公室
电话：(0511) 88780086   传真：(0511) 88780086
江苏大学MBA教育中心
电话：(0511) 88791486   传真：(0511) 88791486
E-mail: hd@mbaujs.com   网址：http://www.mbaujs.com

57. 浙江大学

　　浙江大学是一所具有百年历史的中国著名高等学府，素有"东方剑桥"之美称。是一所基础坚实、实力雄厚、特色鲜明，居于国内一流水平，在国际上有较大影响的研究型、综合型大学，是首批进入国家"211工程"和"985计划"建设的若干所重点大学之一。学校位于中国历史文化名城、世界著名的风景游览胜地——浙江省杭州市。校园依山傍水，环境幽雅，花木繁茂，碧草如茵，景色宜人，与西湖美景交相辉映，相得益彰，是读书治学的理想之处。

　　浙江大学MBA教育中心设在浙江大学管理学院。浙江大学管理学院是我国培养各种高层次管理人才的重要基地，学院拥有管理科学与工程一级学科国家重点学科，学院拥有管理科学与工程、工商管理、农林经济管理3个一级学科博士点、博士后流动站，8个硕士点、MBA、EMBA和工程硕士（项目管理、物流工程）专业学位点，11个本科专业。与兄弟学院共建5个硕士点及MPA专业学位点。学院下设管理科学与工程、企业管理、会计与财务管理、旅游管理、农业经济与管理5个系以及农业现代化与农业发展研究中心、技术创新与科技产业发展研究中心、人力资源与战略发展研究中心、创新与发展研究中心、房地产研究中心、民本经济与管理研究中心、资本市场与会计研究中心、企业成长研究中心、科教发展研究中心9个研究中心及12个研究所。学院院址位于浙江大学紫金港校区智能化大楼，各类教学设施齐全，建有现代化教学实验中心、图书情报信息中心和完善的教学、科研、管理与服务系统。

　　浙江大学1994年开始招收MBA学生。浙江大学MBA项目始终坚持"求是"校训，以把握时代脉搏，培养具有高度社会责任感和职业素养的创业人才和管理精英为己任，为中国经济建设与发展培养出了一大批具有国际化视野、系统的管理理念和解决实际问题能力的高级管理人才。

　　经过十几年的努力，浙江大学MBA项目形成了自己的特色：

　　(1) 齐全的管理学科。浙江大学拥有全国高校最齐全的管理学科，MBA项目所依托的浙江大学管理学院拥有管理科学与工程、工商管理、农林经济管理3个一级学科博士点和博士后流动站，学科覆盖MBA教育的所有领域。

　　(2) 一流的师资队伍。浙江大学管理学院拥有强大的师资队伍和许多领域国内一流的专家。学院拥有中国工程院院士1人，博士生导师20人，教授42人，教师中具有博士学位和在职博士的比例达80%以上。MBA任课教师均具备优秀的理论研究能力和丰富的管理咨询经验。

　　(3) 鲜明的办学特色。依托浙江大学齐全的管理学科和最富创新精神的浙江民营经济，浙江大学MBA项目在创业管理、创新管理、技术管理、战略管理、人力资源管理、民营企业管理等方面具有自己的优势和特色。

　　(4) 卓越的质量体系。2006年12月，浙江大学MBA项目通过全球三大权威管理教育认证体系之一的AMBA国际认证，成为国内第一个通过国际权威认证的MBA项目，这标志着浙江大学MBA教育已达到国际标准。

　　(5) 特色的培养模式。浙江大学管理学院非常注重MBA能力的培养，通过由教授和职业经理人共同授课、企业课堂、企业实习等方式组成的"多段式"教学模式，由教授和职业经理人共同进行论文指导的"双导师"模式等，增强MBA解决问题的能力。

　　(6) 专业的服务体系。浙江大学管理学院拥有专业的MBA服务体系，在MBA教学支撑、

MBA就业指导、MBA企业合作、MBA校友资源利用、MBA国际论坛举办等方面拥有丰富的经验。

(7) **广泛的国际交流。**浙江大学管理学院与多个国家和地区建立了广泛的国际合作,选送学生到斯坦福大学、法国ESCEM商学院、瑞典隆德大学、新加坡国立大学、香港科技大学等院校进行学生交换、暑期学习和海外参访等,增强MBA的国际化视野。

(8) **人性化的学习模式。**浙江大学管理学院为MBA提供多种学习模式。全日制学习(全日制脱产完成全部课程和论文)、集中学习(在职学习,每月集中一次或两周集中一次上课)、业余学习(在职学习,每周周末一天加平时两个晚上上课)。

浙江大学MBA教育中心
地址:杭州市浙江大学紫金港校区管理学院　　　邮编:310058
电话:(0571) 88206812
网址:http://www.zjumba.org
浙江大学研究生院招生办公室
地址:杭州市浙江大学玉泉校区　　　邮编:310027
电话:(0571) 87951349
网址:http://grs.zju.edu.cn

58. 浙江工业大学

浙江工业大学坐落在风景秀丽的杭州市,始建于1953年,是一所以工为主,文、理、法、经济、医药、工商管理、艺术、教育等兼容的综合性省属重点大学,拥有博士、硕士学位授予权、工程硕士专业学位授予权和留学生、港澳台学生招生权。

浙江工业大学十分重视MBA的教育,坚持以人才培养为中心,以教学质量为生命线,注重学生基础知识、创新精神和实践能力的培养,依托学校综合性的学科背景和经贸管理学院丰富的办学经验、创新的办学理念和开放的办学特色,致力于培养务实、创新、复合型的具有全球战略眼光、良好职业素质和持续开拓精神的优秀高级管理人才、职业经理人和创业型企业家。

浙江工业大学MBA项目由经贸管理学院具体承办。经贸管理学院是学校最具特色与活力的院系之一。学院共有教职员工116人,其中专任教师96人,教授27人,副教授28人,博士41人,2005年在校本科生2 200余人,硕士研究生320余人。现有技术经济与管理、国际贸易学2个博士点,管理科学与工程、企业管理2个硕士点,MBA、工程硕士(工业工程和物流工程领域)2个专业硕士学位点,并开办了中英"国际贸易与金融硕士"合作项目。

经贸管理学院科研力量雄厚,现有技术经济与管理、国际贸易学、管理科学与工程3个省重点学科,设有中小企业发展研究所、企业战略研究所、国际贸易与国际投资研究中心、信息管理与决策研究所、会计研究所、技术经济研究所、房地产研究所和浙江省企业高级管理人才培训中心。学院1995年以来承担了国家自然科学基金、国家哲学社会科学基金等国家级和省部级课题79项。在国内外学术刊物或国际会议上发表学术论著1 000余篇,主编或参编教材近百部。

近年来,学校、学院在教学和科研上与国际接轨,对外交流活动日趋活跃,学院先后与美国威廉帕特森大学、英国利兹城市大学、澳大利亚皇家理工学院、德国吕贝克技术学院、澳大利亚拉筹伯大学、英国诺丁汉大学等国外高校签订了合作协议,合作内容包括合作培养国际贸易与金融专业硕士、MBA及其他高级经贸人才，教师互访、本科生互派等。

　　浙江工业大学MBA项目将引入企业家讲坛，充分挖掘浙江经济的特色和成功经验，利用浙江省与沿海发达地区改革开放的优秀成果，强化MBA教育的务实性与创新性。

　　浙江工业大学MBA项目现有在职人员MBA项目和全日制MBA项目，采用学分制和弹性学制，学制一般为2.5年，采取业余授课和全脱产上课两种方式，设企业战略与经营管理、企业信息战略规划、国际直接投资与跨国经营、投资项目技术经济分析、人力资源开发与管理、公司理财、民营企业与中小企业管理等专业方向。

　　地址：浙江省杭州市朝晖六区18号　　　　　　邮编：310014
　　　　　浙江工业大学研究生院（筹）招生办公室
　　电话：(0571) 88320517　　　　　　　　　　传真：(0571) 88320517
　　网址：http://www.grad.zjut.edu.cn
　　浙江工业大学经贸管理学院
　　电话：(0571) 85290278　　　　　　　　　　传真：(0571) 88320381
　　网址：http://www.cba.zjut.edu.cn
　　浙江工业大学MBA教育中心
　　电话：(0571) 88320780　　　　　　　　　　传真：(0571) 88320381
　　E-mail：MBA@zjut.edu.cn

59. 浙江工商大学

　　浙江工商大学创办于1911年，前身为杭州中等商业学堂。2004年由杭州商学院改名为浙江工商大学。是一所拥有管理学、经济学、工学、文学、法学、理学6大学科的多科性大学，有专任教师894人，副高以上职称415人。有3个博士点、20个硕士点和32个本科专业，在校全日制学生15 000人。

　　浙江工商大学以经济管理类学科见长，拥有企业管理博士点，企业管理，国际贸易、产业经济学、金融、会计、统计、技术经济与管理等20多个硕士点，企业管理学科和管理科学与工程学科是省级重点学科。工商管理学院、经济学院、金融学院、财务与会计学院等十几个相关的二级学院，共同为打造优势MBA项目提供了有力的支撑。

　　浙江工商大学高度重视MBA项目。学校成立了由分管副校长任组长的MBA教育领导小组和由相关学院及职能部门领导组成MBA教学指导委员会，组建了MBA中心。同时学校还出台政策，在体制、机制、办学投入上全力扶持MBA中心创造品牌，全校形成了合力扶持MBA教育中心发展的共识和氛围。

　　浙江工商大学MBA项目的办学思路是：将科学精神、人文精神与MBA教育有机结合，将管理哲学、管理科学、管理技术、管理文化和管理艺术融为一体，整合全校的资源，动员社会力量，培养全球化、信息化时代的中小企业创业人才、现代商贸人才、现代营销人才，打造特色MBA品牌。具体措施是：

　　(1)发展传统优势，打造特色MBA项目。浙江工商大学原属商业部，商贸研究领域具有传统优势。2004年，浙江工商大学现代商贸研究中心被评为教育部省属高校人文社科类重点研究基地，成为国内商贸研究的学术交流中心、人才培养中心和信息资料中心。浙江工商大学MBA项目将依托现代商贸研究中心，发挥重点研究基地的学科优势和人才优势，在MBA教育中突出现代商贸流通、营销管理、现代物流和电子商务等方面的特色。

浙江省是民营中小企业最为发达和活跃的一片热土，浙商精神和形象闻名遐迩，中小企业创业实战案例丰富。浙江工商大学MBA项目将依托浙商研究中心，发挥在东方管理学和企业家学说等领域的研究优势，在MBA教育中突出中小企业创业方面的特色。

(2) **整合学科资源，调动社会力量，合力打造MBA品牌。** 浙江工商大学MBA项目将充分利用各相关学科的力量，整合全校资源，搭建开放式的MBA教育平台，同时与政府有关部门和企业建立了良好的合作关系，积极引进校外知名专家和企业家参与MBA教学工作，举办讲座，担任兼职教授和MBA指导教师，调动社会力量，实施"精品课程工程"、"精品讲座工程"和"精品案例建设工程"，合力打造MBA品牌。

(3) **发扬浙商精神，塑造浙商MBA文化。** 浙江工商大学MBA项目将从入学开始就指导学生做好学涯规划和职涯规划。通过课程学习、企业调查、社会实践和学生活动塑造崇尚行动，精于谋划，善于创新，追求卓越的MBA文化。

浙江工商大学MBA项目的目标是：适应21世纪企业国际化经营的需要，培养理论与实务并重，能够在国际竞争环境中及不同文化背景下，胜任企业中高层管理工作的复合型、应用型、创新型人才；培养根植于中国传统文化的土壤，反映区域经济和文化特点的务实型高级管理人才；重点培养适应全球化、信息化发展需要的中小企业创业人才、现代商贸人才、现代营销人才。

地址：杭州市教工路149号MBA教育中心　　　　邮编：310035
电话：(0571) 88055297　　　　　　　　　　传真：(0571) 88055297
E-mail：mba@mail.hzic.edu.cn　　　　　　　网址：http://www.zbumba.org

60. 安徽大学

安徽大学是安徽省唯一的省属重点综合大学，具有悠久的办学历史。1928年在安庆建校，1958年在合肥重建，毛泽东主席亲笔题写校名。通过实施"211工程"，学校已初步建设成为一所办学水平较高、享有较高声誉的教学研究型综合大学，在安徽经济建设和社会发展中发挥着不可替代的作用。

学校兼具文、理、工、哲、经、管、法、史、艺等学科门类，丰富全面的学科门类为MBA提供了大量的选修课程。

安徽大学工商管理学院前身是始建于1961年安徽大学经济系。学院现下设工商管理系、会计学系和旅游管理系，设有工商管理、会计学、旅游管理、财务管理、市场营销等本科专业，拥有企业管理、会计学、旅游管理、技术经济与管理4个硕士点和工商管理第二学士学位专业。学院工商管理本科专业有着26年的办学历史，为安徽省地方经济培养工商管理各专业本科生、研究生、培养学习MBA课程的学生，企业管理专业研究生课程进修班学生数千人，已经积累了丰富的MBA教学与管理经验。

安徽大学工商管理学科及相关专业系科拥有一支以中青年骨干教师为主体，职称结构、年龄结构和学历层次结构较为合理，并具有一定规模且素质较好、实力较强的师资队伍，能为MBA专业学位教育提供充足而合格的师资力量。通过师资资源的整合，可为MBA专业学位教育提供40余人的专职教师队伍，其中在读博士和拥有博士学位的占60%，有副教授、教授职称的达98%，大多数教师具有企业咨询管理顾问的经验，学校还聘请了学术造诣深厚，富有实际管理经验的专家学者作为兼职教授和兼职教师。

安徽大学MBA教育的主要特色有：

(1) 强调MBA项目的国际视野。安徽大学强调MBA项目的国际视野，采用双向交流的方式培养MBA所需要的师资，积极拓展与国外MBA院校的学生交换项目，聘请一流公司和跨国公司的总裁或首席执行官、知名学者组成安徽大学MBA顾问委员会。近年来，安徽大学工商管理学院与美国马里兰大学、美国普度大学、日本神户大学、台湾云林科技大学、菲律宾德拉塞尔大学等建立了交流合作关系，为MBA项目的交流打下了良好的基础。

(2) 强调MBA项目的实战性。安徽大学MBA项目重视案例教学，通过理论教学和案例教学的结合，使学生更好地掌握工商管理分析问题和解决问题的方法。通过借用案例和自编案例的使用，提高学生解决实际问题的能力。学院计划在MBA试办期间内，完善MBA案例库的建设，与中国的大中型企业和大量存在的中小企业建立案例搜寻和管理咨询体系，形成以MBA项目为核心的双向服务体系。

(3) 通才培养与专项发展相结合。安徽大学MBA项目利用综合大学的学科优势，在实施MBA基础课程以后，根据学校自身的条件和办学优势，适时推出现代企业管理、营销管理、财务与会计等方向的专业课程组合，以供学生根据自己的实际情况选修，通过选修方向课程的开设，为学生提供专向发展空间，塑造个性化的MBA教育。

(4) MBA项目与学生职业生涯对接。为了使MBA项目与学生的职业生涯对接，安徽大学工商管理学院利用自己在区域范围内的优势，与知名企业建立稳定的人事代理制度，把MBA毕业生输送到用人需求非常明确的单位或岗位上去。

安徽大学MBA项目招生坚持公开、公平、公正的原则，考生须参加教育部统一组织的MBA联考和由学院组织的面试，综合考虑考生在知识基础、教育背景、工作经历、道德意识、综合分析能力、灵活反应能力、合作意识、表达能力、风度气质等方面的情况，择优录取。

安徽大学MBA项目采用全日制脱产学习和业余在职学习两种方式。在招收纳入教育部招生计划的MBA学生以外，也招收企业管理人员在职攻读MBA学位（春季班）学生。

地址：合肥市肥西路3号　　　　　　　　　邮编：230039
研究生招生办公室
电话：(0551) 5106505　　　　　　　　　　传真：(0551) 5107408
工商管理学院MBA教育中心
电话：(0551) 5108247，5108206　　　　传真：(0551) 5108048
E-mail：ahumba@265.com　　　　　　　　网址：http://gshglxy.ahu.edu.cn

61. 中国科学技术大学

中国科学技术大学是一所以前沿科学和高新技术为主、兼有以科技为背景的管理和人文学科的综合性全国重点大学。

中国科大管理学院的宗旨是培养具有坚实的数理分析和计算机应用能力基础的，掌握现代管理思想和方法的高水平管理创新人才。科大管理学院拥有信息管理与信息系统、管理科学与工程、金融学和统计学4个本科专业，管理科学与工程、概率论与数理统计、行政管理、金融工程和企业管理5个硕士点，MBA、MPA和物流工程硕士（MLE）3个专业学位点，拥有管理科学与工程、概率论与数理统计博士点，其中概率论与数理统计为国家重点学科。

中国科学技术大学MBA教育始于1997年。借助学校雄厚的科研底蕴，形成了自己的

MBA培养模式,设立了企业战略管理、财务与金融管理、人力资源管理、信息管理等多个培养方向。除了在校本部(合肥)设立MBA教学点,还在分别中国科学技术大学上海研究院、苏州研究院和深圳研究院设立MBA教学点。

中国科学技术大学MBA项目制定了"三三战略发展规划",启动了"十、百、千、万"工程。"三三战略发展规划"的核心内容是"三大要素、三大工程、三大成果":优秀的教师队伍、优秀的学生和优秀的教材,构成三大要素;十门精品课程、百场名家报告会、千个精品案例的案例库,构成三大工程;优秀的生源、杰出的校友、卓越的MBA/MPA品牌,构成三大成果。十门精品课程、百场报告会、千个自主开发案例加上MBA教育"万"里行,构成"十、百、千、万"工程。

中国科学技术大学MBA教育实行开放式办学,最大限度地积聚教育资源。学院注重外部师资的吸纳,坚持聘请知名企业家和高价管理人员参与MBA专业学位教育全过程。从担任入学面试官,到专题讲座,到论文评审及答辩,实践一线人士的丰富经验给予了学生更多实用性的指导,更好地完成"理实交融"的目标。自2004年至今,已邀请了包括诺贝尔经济学奖得主马科维茨、第三世界科学院院士、科学院可持续发展首席科学家牛文元、台湾成功大学校长高强、国务院发展研究中心经济学家李善同等在内的100余位著名学者与政企精英报告。学院还聘请了十几位厅级和大企业正职领导担任课程教授。

学院积极开展国际合作。中国科学技术大学管理学院与香港城市大学建立了联合培养机制,在苏州设立了联合培养研究院;与我国台湾成功大学、印度国家管理学院等建立定期学术交流与师生参访机制;两次组织美国、加拿大MBA研究生来中国科学技术大学与管理学院各类研究生交流;组织科大教师20多人次赴欧美访问进修;聘请过近20名外籍教师来管理学院授课。

中国科学技术大学MBA教育重视文化建设。积极培育MBA研究生的"科大精神",通过入学教育,让新生从入学开始就了解科大、热爱科大;教学场所张贴和悬挂经济、管理和企业界重要人物图像、名篇、名著、格言,让学生了解这些人物的人格魅力以及他们创造的人类精神与文化。作为老师、MBA研究生、学企之间长期的内部交流平台和文化阵地,中国科学技术大学的"MBA人"杂志在全国具有相当高的知名度。

中国科学技术大学MBA教育十分重视校友工作。所有校友都是"中国科学技术大学MBA/MPA大家庭"的一员。学校对毕业校友推行"无限学习与合作计划",通过短信与网站平台建立广泛的联系,每位毕业校友都会及时收到学校百场报告与大型活动的邀请信息;每年举办的"大家庭"活动成为校友定期欢聚的场所。

研究生招生办公室
电话 (0551) 3606625
MBA中心招生推广部
电话: (0551) 3492022   传真: (0551) 3492146
地址: 合肥市美菱大道121号   邮编: 230052
E-mail: mba001@ustc.edu.cn   网址: http://mba.ustc.edu.cn

62. 合肥工业大学

合肥工业大学是教育部直属高校,国家"211工程"重点建设大学。学校创建于1945年,1960年被批准为全国重点大学,是一所工、理、文、经、管、法、教育等综合的多科性全国重点大学。

合肥工业大学管理学院创建于1979年，是国内较早建立管理学科的院校之一。学院拥有管理科学与工程博士后科研流动站，管理科学与工程一级学科博士学位授权点、企业管理博士学位授权点，工商管理、管理科学与工程一级学科硕士学位授权点，MBA、MPA专业硕士学位授权点，物流工程、项目管理工程硕士授权领域。

经过多年坚持不懈的努力特别是近十年的快速发展，合肥工业大学管理学院拥有国内一流的教学设施，形成一支高水平的教学团队，其中长江学者讲座教授2人、教授18人、副教授40人。学院现有"企业会计学"、"管理信息学"、"电子商务概论"3门国家级精品课程；《企业管理学》等9部教材入选教育部国家级"十一五"规划教材。

2006年，合肥工业大学管理学院再创辉煌，获得国家科技进步二等奖一项、"决策科学与信息系统技术"创新团队当选为教育部管理学科第一支创新团队。

20多年的发展形成了信息化与管理变革、企业资源管理、资本运营与投资决策3个主要研究方向，凝炼出"我们拥有共同的事业"的学院文化。合肥工业大学MBA教育项目紧密依托学科特色和优势，以MBA学生的职业生涯规划作为切入点，从丰富知识、提高技能、积累经验、锤炼素养四个方面来安排培养环节，融学院文化于MBA培养环节中，通过职业化的教学服务来培养具备"勤奋、严谨、求实、创新"素养的职业经理人。合肥工业大学MBA项目的主要特色是：

(1) **强调构建全新、完善的管理知识体系**。作为未来的职业经理人，MBA学生必须有一个合理的知识结构。合肥工业大学MBA教育的课程设置围绕专业特色，紧随社会经济发展步伐，力求为MBA学生提供一个全新的理论知识体系。

(2) **以2+1的培养模式全力打造MBA学生的综合能力**。合肥工业大学MBA培养实行校内和校外"双导师制"，同时学生在MBA合作企业资源库内选择1家企业实习，通过理论和实践相结合的培养模式来全力打造MBA学生的综合能力。

合肥工业大学MBA项目设企业管理（战略管理、人力资源、市场营销、生产运作管理）、信息管理与电子商务、资本运营与财务管理、金融与保险、跨国经营管理等6个方向；实行学分制和弹性学制，总计46学分，学制为2~4年；录取方式分为委托培养和自筹经费；学习方式分为脱产学习和在职学习。

研究生招生办公室
地址：合肥市屯溪路193号　　　　　　　邮编：230009
电话：(0551) 2901228
MBA管理中心
地址：合肥市屯溪路193号
电话：(0551) 2904981, 2904987　　　　传真：(0551) 2904985

63. 安徽财经大学

安徽财经大学创建于1959年5月，是一所以培养经济管理类人才为主，跨经济学、管理学、法学、文学、理学、工学、史学7大学科门类的多科性大学。

安徽财经大学拥有工商管理、应用经济学两个一级学科硕士学位授予权，设有企业管理、技术经济及管理、金融学、会计学、农业经济管理学、劳动经济学、旅游管理等30个硕士学位授权点，有39个本科专业。毕业生质量获得社会的广泛认可和高度赞誉。

安徽财经大学MBA教育旨在适应我国对外开放形势和经济建设的发展要求，立足安徽，培养具有坚定正确的政治方向，懂经营、善管理、高素质，具有开放意识、竞争观念、团队作风、创新能力、领导艺术的务实型中高级经营管理人才，为地方经济建设与社会发展服务。

安徽财经大学MBA教育项目的特色有：

(1) **富有针对性的专业方向设计**。安徽财经大学MBA项目设置创业管理、财务管理、人力资源开发与管理、营销管理、金融投资与管理5个方向。其中，创业管理侧重于培养学生把握创业机会的能力和企业家精神；财务管理方向旨在提高学生应对复杂环境的财务管理和科学决策能力；人力资源开发与管理方向着重培养学生组织和人力资源管理的能力；营销管理方向重在培养学生应对多变市场的分析判断能力、策划能力和营销执行能力；金融投资与管理方向旨在提高学生应对金融业对外开放环境以及处理内部复杂管理问题的能力。

(2) **注重实际操作和应用能力训练**。安徽财经大学MBA项目积极探索案例教学、团队项目、角色扮演、课堂模拟、企业调研、专题研讨等教学方法，充分利用高科技网络平台开展互动式教学科研活动。学校成立了课程教学小组，注重不断从海内外引进博士或知名专家充实师资队伍。学校与多家优秀企业建立长期的联系与合作，定期组织学生前往企业参观、学习和调研，开展企业咨询等多种形式的实践活动，定期组织各种应用型竞赛，如CIS策划比赛、职业生涯设计大赛、股市模拟竞赛等，学生可以通过参与这些活动，真正了解企业的现实问题，学会运用自己的知识来解决现实的经济管理问题。

(3) **实施国际化教育合作项目**。安徽财经大学MBA项目与国际劳工组织、国际合作联盟、加拿大国际教育中心等国际组织一直保持着紧密的教育合作和稳定的学术交流。学校先后选派60余名专家教授到美国、英国以及香港特区、台湾地区等国家和地区20多个高等院校进行学术交流，签订了合作科研、互派学者协议，并就开展MBA教育合作达成初步意向，可以选派优秀的MBA学生到国外攻读学位、短期学习和企业考察。

(4) **理论知识与管理经验丰富的师资队伍**。安徽财经大学拥有一支知识结构、学历结构、职称结构、年龄结构较为合理的工商管理类及相关专业系科专任教师队伍。MBA核心课程主讲教师均具有教授或博士学位的副教授职称，具有扎实的理论基础，丰富的实践经验，善于洞察经济发展趋势和把握企业管理的发展方向，并通过管理案例采编、实践教学、管理咨询等活动，保持着与企业的密切联系。MBA导师组中，有5人为企业独立董事，14人为企业高级顾问，8人为地方政府顾问。同时，我校还聘请26位资深高级管理者作为客座教授讲授相关课程。

报考安徽财经大学MBA研究生的考生，必须参加全国MBA联考。通过全国MBA联考的学生还必须参加学校组织的面试，以了解学生的教育背景、工作经历、道德意识和培养潜能。安徽财经大学采用全日制脱产学习和在职学习两种方式招收攻读MBA学位的学生。安徽财经大学MBA教育中心全年接受申请和咨询。

MBA教育中心
地址：安徽省蚌埠市曹山路962号   邮编：233030
电话：(0552) 3178355   传真：(0552) 3173068
E-mail: acmba@126.com   网址：http://www.mba.aufe.edu.cn
研究生招生办公室
地址：安徽省蚌埠市宏业路255号   邮编：233041
电话：(0552) 3112004   传真：(0552) 3112004
E-mail: acyzb@sina.com   网址：http://www.aufe.edu.cn

64.厦门大学

厦门大学的MBA教育始于1983年。1983年，厦门大学作为参加中国政府和加拿大政府正式签署的"中加管理教育交流项目"（CCMEP）的8所中方大学之一，与加拿大的达尔豪西大学（Dalhousie University）和圣玛丽大学（Saint Mary's University）等结成友好学校，展开合作与交流。在1983～1992年期间，厦门大学先后派出70多位中青年教师赴加拿大各大学管理学院留学、进修和研究。他们学成后陆续回母校服务，并将先进的教学方法、优秀的教材及课程体系介绍、引进和应用于教学中，有力地推动了厦门大学工商管理教育的建设与发展。1986年，根据中加管理教育交流项目第二周期合作协议，厦门大学成立了工商管理教育中心，并开始与加拿大达尔豪西大学及圣玛丽大学等联合招收和培养MBA研究生。1991年，经国务院学位委员会和国家教委批准，厦门大学成为我国首批培养MBA的9所院校之一。厦门大学现有在校MBA研究生1 300多名，累计培养MBA研究生2 000余名，是我国MBA研究生培养的重要基地之一。

厦门大学MBA教育水平居全国高校前列。2000年，厦门大学MBA研究生教育项目通过由国务院学位委员会全国研究生和学位评估中心组织的全国高校MBA教学质量评价，名列全国第六位。

MBA教育中心拥有一支熟悉国内外MBA教育发展动态、专门从事MBA教育的高素质师资队伍，现有MBA专职教师24名，主要由留学归国的学者、外国专家组成，其中教授10人、副教授10人，教师中有博士学位者占90%。同时，MBA教育中心在海内知名大学外聘请了一批相应学科的专家和实际工作部门的专家或企业家担任兼职教授，建立了一支"专职为主、兼职为辅"的"四合一"（MBA中心专职师资+校内非本中心兼职教师+短期外国专家+咨询管理公司等企业管理专家）MBA师资队伍。

在长期的MBA教育实践中，厦门大学MBA教育创建了"5C+1L"的教育模式，即在课堂教学和论文撰写、答辩过程中始终贯穿培养学生的"竞争能力（Competition）、自信心（Confidence）、合作精神（Cooperation）、创造性（Creation）和诚信（Creditability）"，使之通过管理实践，成长为能够迎接21世纪挑战的"企业领导人"（Leadership），形成了颇具特色的教育风格。另外，MBA中心十分注重创业家精神教育的培养，开设了具有国际水平的创业管理课程，邀请成功创业人士到课堂介绍他们的创业经历和心得、组织创业计划书大赛等一系列精心设计的活动。

厦门大学MBA项目设有9个研究方向：财务会计与管理会计、公司理财、证券与投资、人力资源管理、营销管理、战略管理、信息管理与电子商务、供应链与物流管理、旅游管理，为MBA研究生提供系统的管理理论与实践课程。每年春季和秋季两次招生，实行弹性学制，可以脱产学习，也可以不脱产学习（晚上和周末上课）。全脱产学生参加国际MBA项目的学习，住校学习，每月发放研究生津贴，学制2年；半脱产学生利用晚上和周末在校或在福州教学点学习。厦门大学针对IMBA学生设立了5名新生奖学金，每位获奖者可减免学费15 000元。

地址：厦门大学管理学院MBA教育中心　　　　邮编：361005
电话：(0592) 2186441, 2186169　　　　　传真：(0592) 2187289
联系人：卢老师　　　　　　　　　　　　　　E-mail：mba1@xmu.edu.cn

65. 华侨大学

华侨大学是在周恩来总理的关怀下于1960年创办的综合性大学。学校地处中国闽南金三角，主校区分别设在泉州、厦门。学校直属国务院侨务办公室领导，是国家重点建设的大学和首批获得中国教育部本科教学工作水平评估优秀的大学，是中国面向海外开展华文教育的主要基地。

华侨大学在20世纪80年代初就开始从事工商管理本科教育，在国内最早向海外招收"工商管理"专业学生。学校工商管理学科设有企业管理系、人力资源管理系、市场营销系、信息管理系和电子商务系，拥有企业管理学科博士点、管理科学与工程和工商管理（含企业管理、技术经济及管理、会计学）2个一级学科硕士点，有7个本科专业，2个部级重点学科，1个福建省高校人文社科研究基金（东方企业管理研究中心）。学校自办学以来，已培养各类学生3000多人，其中境外生500多人。积累了丰富的教学与管理经验。

华侨大学工商管理学科及相关专业系科拥有一支以中青年骨干教师为主体，职称结构、年龄结构和学历层次结构较为合理，素质较好、实力较强的师资队伍，能为MBA教育提供充足而合格的师资力量。通过师资的整合，可为MBA专业学位教育提供60余人的专职教师队伍，其中在读博士和拥有博士学位的占80%，全部拥有副教授、教授职称，大多数教师具有企业咨询管理顾问的经验。学校还聘请了若干国内外知名学者担任兼职教授。

华侨大学MBA教育的主要特色有：

(1) 强调国际化与本土化的有机统一。华侨大学MBA项目强调国际化与本土化的有机统一，学校按照"博采众长，自成一家"的办学方针，积极开展与国内外一流商学院的交流活动，采用双向交流的方式培养MBA所需要的师资，积极拓展与我国香港、澳门、台湾及国外MBA院校的学生交换项目，聘请优秀国内公司和跨国公司的总裁或首席执行官、知名学者组成华侨大学MBA顾问委员会，加强学院与国内外知名企业和大学的联系，积极学习世界上优秀管理学院的教学内容、方法和手段。

(2) 强调实战性。华侨大学MBA项目教学注重学生参与和实战操练，拟广泛采用案例教学、情景模拟、角色扮演、计算机模拟、小组讨论、专家讲座等形式进行课程教学。将组织学生直接参与企业诊断、策划咨询等实践活动，培养学生扎实的理论基础、综合思维方式和创造性分析解决管理问题的能力。拟采用社会导师与校内导师相结合的办法，将MBA毕业论文工作与工商企业管理实践紧密结合起来，提高MBA教育的实际应用效果。

(3) 通才培养与专项发展并重。华侨大学MBA项目采用通才培养与专项发展并重设计思路。学院每年能为MBA开设的各类选修课程100余门次，涵盖企业管理、金融与财务、企业与财务、企业创新与创业管理、电子商务、财务分析与管理控制、国际工商管理等门类。MBA学生可以根据自身情况选修需要的课程，进行个性化的学习。所有MBA学生至少可修读一门用英语授课的专业课程。

(4) 优质的职业发展服务。华侨大学MBA学生从入学开始，就有职业发展中心提供的全程的职业发展指导和服务，内容包括职业发展培训、职业生涯发展系列讲座、行业介绍系列讲座、MBA求职技能训练活动、职业测评与职业定位、一对一职业咨询等。华侨大学工商管理学院利用自己在区域范围内的优势，与知名企业建立稳定的合作制度，把本院毕业的MBA学生输送到用人需求非常明确的单位或岗位上去。

华侨大学MBA项目采用全日制脱产学习和业余在职学习两种方式。华侨大学MBA教育中心全年接受申请和咨询。

地址：福建省泉州市华侨大学　　　　　　　邮编：362021
学校研究生招生办公室：
电话：(0595) 22692540　　　　　　　　　传真：(0595) 22692540
华侨大学MBA教育中心
电话：(0595) 22692651，22693652　　　　传真：(0595) 22690072
E-mail：sunrui@hqu.edu.cn　　　　　　　网址：http://ggxy.hqu.edu.cn

66. 福州大学

福州大学是一所以工为主，理、工、经、管、文、法、艺协调发展的多科性大学，是"211工程"重点建设的福建省属重点高校。

福州大学MBA专业学位点设在管理学院。管理学院现下设工商管理系、管理科学与工程系、会计系、经济贸易系、财政金融系、统计学系，教学科研领域涵盖经济学和管理学两大学科门类。学院现有教职工156人；专职教学科研人员114人，其中教授21名，副教授45名，博士生导师4名，正副教授占教师总数58%；拥有企业管理、会计学、技术经济及管理、国际贸易学、统计学、西方经济学、产业经济学、金融学、数量经济学9个硕士点，以及工商管理（MBA）、工业工程2个专业硕士授权点，工业工程博士专业方向，管理科学与工程联合培养博士专业。管理学院还设有经济管理研究所、管理科学研究所、加拿大研究所、西欧研究所、不动产研究所、营销管理研究所、会计审计研究所、数量经济研究所、产业经济研究所、信息管理与现代物流研究所、福建省高级管理人才培训中心以及与英国阿尔斯特大学联合成立的中英中小企业管理研究咨询中心等研究、咨询与服务机构。

福州大学管理学院在高级工商管理人才培养方面，与美国北弗吉尼亚大学、澳大利亚国立南澳大学等海外院校有多年的联合办学经验积累。 MBA教育中心有良好的教学环境，全新的多媒体教室、专用案例讨论室，为学生提供便利的教学实验条件，并拥有一批合作关系良好，包括各类外资企业、上市公司、知名高科技企业在内的MBA教学实践基地。

福州大学地处经济繁荣的东南沿海，东南沿海经济发展迅速，经济外向度高，对中高层次的人才需求量大，福州大学MBA教育的发展根据社会需求，把握MBA培养的特色定位，结合高校的教学科研优势和外部优势资源，注重应用性和实务型的高层次管理人才培养。目标是通过科学、严谨、务实的学习和系统训练，培养具有坚实的经济管理基础理论和系统的管理专门知识、视野开阔、知识广博、具有团队意识、勇于开拓创新的务实型的高层次综合管理人才，培养能胜任工商企业和经济管理部门中高层管理职务的工作，适应未来社会激烈竞争，懂技术、善管理，适应新经济发展的复合型管理人才。

福州大学MBA教育根据社会需求，整合专业师资力量，注重高等院校和经济产业部门、工商企业、工程建设等单位联合培养。学习方式灵活多样，有脱产学习或者业余学习等形式，采取学分制。采用案例教学和启发式、研讨式教学方法，尤其注意采用具有中国特色的案例教学。教学过程中注意理论联系实际，重视培养学生的思维能力及分析问题和解决问题的能力。

福州大学MBA教育注重实践训练环节，根据学生的不同情况作多种实践训练安排，可以是调查研究企业的管理经验与问题，也可以是实习与案例编写相结合，时间一般不少于3个月。学院成立MBA导师组，发挥集体培养指导的作用，导师组以具有指导硕士研究生资格的正、副教授为主，并吸收各经济产业部门与企业中具有高级专业技术职务的管理人员参加。

福州大学MBA教育采用通才培养与个人专长拓展并重的模式。在基础课程学习结束后，为MBA学生开设了公司战略、营销管理、公司理财、组织行为管理、金融与投资分析、创业与中小企业管理等多个专业方向的课程组合，供学生选修。同时还聘请海内外学者和知名教授、有丰富实践经验的企业家讲课或开设专题讲座，使MBA学生既具备广博的知识基础，又具备某个方面的专业优势，以便更好地适应知识经济的挑战和就业市场的需求。

管理学院MBA教育中心

地址：福建省福州市工业路523号　　　　　邮编：350002

电话：(0591) 87893057, 83737195　　　　传真：(0591) 83737664

E-mail：gyyjsb3057@163.com　　　　　　　网址：http://glxy.fzu.edu.cn

67. 南昌大学

南昌大学是由原江西大学、江西工业大学和江西医学院合并组建的一所综合性大学，是江西省人民政府和教育部共建的国家"211工程"重点建设大学。学校拥有文、史、哲、经、管、法、理、工、农、医、教育11个学科。

南昌大学以"格物致新，厚德泽人"为校训，致力于培养基础扎实、知识面宽、综合素质高、知识结构合理、具有创新精神和实践能力的高级专门人才。经教育部批准，学校1997年开始与法国合作培养工商管理硕士。

南昌大学拥有MBA授予权，学校专门成立的MBA教学中心挂靠经济与管理学院。经济与管理学院设有10个本科专业、15个硕士点和1个博士点，具有较强的教学、科研实力，并拥有完善的学习与实验条件和丰富的图书资料。

南昌大学MBA教育依托校内外雄厚的师资力量、省内一流的教学设施和环境、广泛的社会实践基地，培养具有现代管理思想、具备综合管理素质的工商管理精英。南昌大学MBA项目将利用学校在江西省的区域学科优势，突出特色，不断发展与完善。

南昌大学MBA教育中心有一支高效、敬业、团结、创新的管理团队，竭诚为社会上有志于工商管理领域发展的仁人志士服务。

南昌大学MBA教育中心下设部门：行政办公室、招生宣传部、教学管理部、学生事务部（职业发展中心）、项目发展部。

地址：江西省南昌市南京东路235号　　　　邮编：330047

电话：(0791) 8304514, 8320289　　　　　传真：(0791) 8320289

网址：http://www.ncumba.com　　　　　　E-mail：mba@ncu.edu.cn

　　　　http://www.ncumba.com.cn　　　　　　　　bgs@ncumba.com.cn

　　　　http://mba.ncu.edu.cn

68. 华东交通大学

华东交通大学位于南昌，是一所以工为主，经、管、文、理等学科协调发展的多科性大学。1971年9月22日，国务院和中央军委决定将上海交通大学机车车辆系和同济大学铁道工程专业并入上海铁道学院迁往江西，改名为华东交通大学。

华东交通大学经济管理学院设有会计系、经济系、管理系和统计与信息系，开设了9个本科专业，学院现有管理科学与工程（一级）、企业管理、会计学、交通运输规划与管理、劳动经济学、统计学、产业经济学7个硕士点，其中企业管理、会计学和劳动经济学3个学科为江西省重点学科。另外，学院还有交通运输工程和物流工程2个工程硕士专业授权领域。

华东交通大学经济管理学院以及相关专业系科拥有一支以中青年骨干教师为主体的师资队伍，职称结构和学历结构较为合理，能为MBA项目上课和指导MBA研究生的正副教授有58人，获得博士学位者28人，具有国外学习背景的教师19人，具有企业管理实践或企业研究经验的教师23人，这些教师能为MBA专业学位教育提供充足而合格的师资力量。另外，学校还聘请了20余位具有深厚理论功底，同时又富有实际管理经验的专家学者和企业高管担任兼职教授。

华东交通大学MBA教育力争在以下方面形成自己的特色：

(1) 本土案例丰富课程内容。学院计划与有关企业合作开发具有本土特色的案例，结合经典案例用于MBA教学，定期邀请国内外著名学者和企业家为MBA学生现场剖析管理案例，使学生感悟管理理论真谛。

(2) 实训基地提高学生素质。华东交通大学将以在长期的教学和科研活动中建立合作关系的企业为实训基地，为MBA教育提供实践的场所和机会，将课程内容延伸到企业实践，提高学生的综合素质和实战能力。

(3) 网络互动增强学习效果。华东交通大学具有良好的网络教学平台，MBA学生可以利用网络课程学习系统查阅学习资料，进行课程学习，在线练习、在线讨论、在线答疑、提交作业，为在职学生提供方便并增强学习效果。

(4) 国际交流拓展学生视野。华东交通大学积极开展国际间的交流和合作，已与美国匹兹堡州立大学、托伊大学、鲍尔州立大学、英国索福大学、伦敦会计学院、加拿大新不伦瑞克大学、日本九州工业大学、澳大利亚斯威本科技大学、德国克劳斯塔尔工业大学、俄罗斯伊尔库茨克国立铁道大学等结为姊妹学校。MBA学生可以在广泛的国际交流活动中拓展视野。

(5) "通""专"结合塑造学生个性。华东交通大学MBA教育将利用学校工、管、经、文、法多科性的学科优势，结合学院自身的办学条件和办学传统，将通才教育与专项发展相结合。在开出通用型MBA课程的同时，根据学生的不同来源，广泛开设选修课程，为学生提供专项发展空间，打造个性化的MBA教育。

(6) 环环相扣确保培养质量。华东交通大学MBA将通过遴选优秀师资、配备专任学生学习顾问、实行导师组制度、聘请学生社会导师等一系列环节，确保MBA培养质量，加强学生的综合素质和实际管理能力。

华东交通大学MBA项目招生坚持公开、公平和公正的原则，学生除了必须参加国家教育部统一组织的MBA联考外，还要参加由学院组织的面试，以全面了解学生的综合素质，择优录取。华东交通大学以招收在职MBA学生为主，也招收全日制脱产学生。华东交通大学MBA教育中心全年接受申请和咨询。

地址：南昌市双港路　　　　　　　　　　　　邮编：330013
学校研究生招生办公室
电话：(0791) 7046600　　　　　　　　　　传真：(0791) 7046543
经济管理学院MBA教育中心
电话：(0791) 7045023, 7045020　　　　　　传真：(0791) 7045021
网址：http://www.ecjtu.jx.cn　　　　　　　　E-mail:mba@ecjtu.jx.cn

69. 江西财经大学

江西财经大学源于1923年成立的江西省立商业学校，是一所以经济、管理类学科为主，兼有理、工、文、法、艺术的多科性高等财经院校。学校拥有博士学位、硕士学位、MBA、法律硕士专业学位授予权，现有博士点4个、硕士点28个和本科专业43个。

江西财经大学是经国家教育主管部门批准的江西省首家MBA培养单位。自1998年起开始招收MBA研究生。目前拥有春季MBA、秋季MBA、中美合作培养MBA和中澳合作培养MBA 4个项目，现有各类在校MBA研究生799人。在2001年中国高校第二次MBA培养院校教学评估中名列第14位。

经过几年的建设，江西财经大学的MBA教育事业稳步发展，初步形成了自身的办学特色。江西财经大学的MBA教育旨在培养务实型、全面型、高层次的适应社会主义现代化建设及国际经济发展新趋势的管理人才。在教学内容上注重理论联系实际，培养解决实际问题的能力，在教学方式上，强调案例教学、课堂讨论、情景教学结合，同时，辅以经常性的实践参观等形式，在教学手段上，任课教师全部采用多媒体教学。

江西财经大学秋季MBA研究生的培养模式有：（1）全日制MBA班，学制2.5年。（2）半脱产MBA班，学制3年，采取定期集中面授培养方式。现设有MBA专业方向3个：企业管理与创业、金融与财务管理、营销管理。

地址：江西南昌市昌北   邮编：330013
联系人：郑宁
电话：(0791) 3816962，3816893   传真：(0791) 3816271
网址：http://www.jcmba.net   E-mail：mba@jcmba.net

70. 山东大学

山东大学是一所具有百年历史的著名学府，是教育部直属的重点综合性大学，是全国最早招收和培养研究生的高校之一，是我国首批获得博士、硕士学位授予权的单位，也是山东省最早具有MBA学位授予权的学校。

山东大学MBA教育中心设在管理学院。该院设有工商管理系、会计学系、市场营销系、旅游管理系、信息管理系、管理科学与工程系6个系和企业管理、人力资源管理、市场营销、国际商务、会计学、旅游管理、管理科学、技术经济、工业工程、信息管理与信息系统、图书馆学、电子商务、产业组织与企业组织、项目管理14个研究所。有企业管理、管理科学与工程2个博士点，以及企业管理、会计学、旅游管理、管理科学与工程、技术经济与管理、图书馆学、情报学7个硕士点，13个本科专业。该院拥有160余名教职工，其中正副教授96人，同时还聘请国内外有实践经验的专家、教授、企业家前来授课、讲座。

山东大学MBA教育旨在培养务实型、复合型、高层次的适应社会主义市场经济需要的企业家和高级管理人才。注重师资队伍培养和现代化教学条件建设，具有鲜明的办学特色：

(1) 在教学内容上，国际惯例与中国特色并重。通过对不同国家和地区企业管理理论与实践的比较，使学生既具有国际视野，通晓国际惯例，又了解中国国情，能够权变管理。

(2) 在教学方式上，通才培养与专业发展并重。在必修课程之外，设置了多门专业方向课程，供不同专业方向的学生选择。

(3) 注重案例教学。除采用部分国外典型案例外，还广泛采纳国内编写的优秀案例，形成了符合中国国情的案例教学体系。

(4) **注重国内外学术交流**。聘请外籍教师和跨国公司在华经理来院讲学，选派教师与MBA学生赴国外学习。

(5) **重视对学生实践能力的培养**。在课堂上通过模拟教学、角色扮演、沙盘模拟训练等先进教学方法，结合课外科研调查、经营实战操作、素质拓展等多种方式提高学生的实践能力，特别注重学生创新意识的培养及创新能力的提高。

山东大学MBA教育设有8个研究方向，包括国际经营与战略管理、组织行为与人力资源管理、会计与财务管理、国际贸易与市场营销、信息管理与电子商务、生产与运作管理、旅游管理、项目管理。

山东大学MBA教育秉承山东大学博大精深、历久弥新的文化底蕴，本着"担承社会责任，致力学术繁荣；培育民族中坚，服务社会发展；探索科学真理，引领文明进步"的办学理念，逐步形成了"诚信、团结、坚韧、创新"的MBA文化。

地址：济南市山大南路27号山东大学东区新校经管楼423　　邮编：250100
电话：(0531) 88564826，88363021　　　　　　　　传真：(0531) 88564664
MBA教育中心网址：http://www.mba.sdu.edu.cn
管理学院网址：http://www.glxy.sdu.edu.cn

71. 中国海洋大学

中国海洋大学始建于1924年，是一所以海洋和水产学科为特色，包括理学、工学、农（水产）学、经济学、管理学、文学、医（药）学、法学、教育学、历史学等学科门类较为齐全的教育部直属重点综合性大学，是国家"211工程"和"985计划"重点建设高校之一。

中国海洋大学管理学院成立于1987年。经过近20年的积累和成长，现已发展成为师资力量雄厚、结构合理、学科优势突出，在国内相关领域具有较大影响的学院。

管理学院下设工商管理系、会计学系、营销与电子商务系、旅游学系；设有应用会计研究所、管理科学与工程研究所、农业经济管理研究所、企业发展战略研究所、财务管理研究所、审计与管理咨询研究所、营销与品牌形象研究所、区域旅游开发管理研究所，以及中国名牌企业研究中心和中国海洋管理研究中心等教学与科研机构。

管理学院现有教师80余人，其中教授21人，副教授22人。管理学院设有工商管理系、会计学系、营销与电子商务系、旅游学系、应用会计研究所、管理科学与工程研究所、农业经济研究所等教学与科研机构，有工商管理、会计学、市场营销、电子商务、旅游管理、财务管理6个本科专业，有会计学和农业经济管理2个博士点，有企业管理、会计学、农业经济与管理、旅游管理、管理科学与工程、技术经济管理6个硕士点，拥有工商管理和管理科学与工程2个一级学科硕士学位授予权，有MBA和工程硕士两个专业学位点。现有在校本科生936人，研究生312人。管理学院的企业管理专业是山东省重点学科和山东省哲学社会科学重点研究基地。学院历年均承担国家级、省部级科研课题和地方政府、大型企业委托的研究项目，取得了一系列具有广泛影响的科研成果。

中国海洋大学于2003年获批准试办MBA教育。为了加强MBA教育的管理，学校成立了MBA教育中心，由管理学院院长担任中心主任。该中心下设MBA教学指导委员会、MBA事务委员会和中心办公室。创建了有主要面向MBA教育的图书资料室、多媒体教室、案例讨论室、计算机房和实验室，此外，学校图书馆、电子阅览室也向MBA学生全面开放。

中国海洋大学MBA项目的目标是培养具有国际竞争力的优秀的企业中高层管理人才。为实现此目标，MBA教育中心根据工商管理硕士培养特点，把MBA课程分为核心课程与选修课程两类。核心课程为所有MBA学生必须掌握的管理学和经济学知识与技能，选修课则强调了不同管理领域的专业知识和技能。在学习核心课程的基础上，通过选修课的学习，MBA学生可以更加深入地了解自己最感兴趣的管理方向与领域，具备在该领域从事有效管理的专业知识与技能。目前，中国海洋大学MBA教育的专业方向主要有会计与财务管理、企业战略管理、人力资源与组织管理、营销管理、旅游管理、金融与投资管理、海洋管理和国际商务管理等。

青岛是全国著名的品牌之城，为突出办学特色，中国海洋大学积极探讨与所在地区名牌企业在MBA教育方面的合作。同时，借鉴国外大学MBA教学经验，邀请校外有丰富实践经验的管理专家和企业家到学校讲课。教学内容贯彻理论与实践相结合的原则，采用讲授、研讨、案例分析、实地调研等教学方法。学制为2～3年，实行学分制。

中国海洋大学研究生教育中心
地址：山东省青岛市松龄路238号　　　　　　邮编：266100
电话：(0532) 66786605　　　　　　　　　传真：(0532) 66786605
E-mail：jjyfy@ouc.edu.cn
中国海洋大学MBA教育中心
地址：山东省青岛市香港东路23号　　　　　邮编：266071
电话：(0532) 85901879　　　　　　　　　传真：(0532) 85901879
E-mail：mbajyzx@ouc.edu.cn

72. 山东经济学院

山东经济学院（原名山东财经学院）创办于1958年，是我国较早成立的高等财经院校之一，学科专业以经济学、管理学为主，兼有文、理、法、工等多学科。有10余个与MBA教育相关的经济、管理类硕士点。经过多年的发展和建设，学校已经在软、硬件各方面打下了坚实的基础，2003年被国务院学位办公室正式批准为MBA培养试点院校，2004年开始向全国招生。山东经济学院MBA项目培养目标是：培养德、智、体全面发展的，适应我国改革开放和社会主义市场经济体制需要的工商企业或管理部门的高层次实务型管理人才。

山东经济学院在MBA教学上，强调理论联系实际，注重案例教学，部分课程采用英语或双语教学。根据市场需要设置了企业家与企业管理、电子商务、财政金融与财务管理3个专业方向模块。学校鼓励学生参加各种形式的实践和科研活动。

山东经济学院在MBA教育方面拥有雄厚的师资力量。学校有一批从事MBA教学的专职教师，其中不乏在国内有重要影响的教授或有在海外学习和合作研究经历的教师。另外，学校聘请了一部分优秀的企业家和资深管理者作为兼职教授，可以为MBA教育中的案例教学、仿真培训等提供良好的条件。

学院拥有先进教学设施。学校配备了专用多媒体电子投影设备、MBA专用教室和讨论室，能满足案例教学需要。学校拥有相当数量的与MBA教育有关的专业图书和近千种中外文专业报刊，并且配置了超星电子图书系统和电子期刊，全面、优先向MBA学生提供借阅条件。学校建成了覆盖全校的计算机信息网络，完全能满足MBA学生课内外上机、上网的需要。

　　根据MBA教育注重实际的特点，学校重视案例教学，采用理论教学与案例教学相结合的教学方式。学校还组织学生到企业考察，使他们了解企业实情和国家改革开放与经济发展的最新信息。对授课教师，学院加强教学评估工作，及时将学生的意见反馈给教师。MBA学生入学后要接受"团队训练"。在学期间通过互动式学习，掌握分析和解决问题的方法；通过丰富的、高层次的"第二课堂"广泛接触国内外学界名流和商界英才；通过形式多样的学生活动开阔眼界，分享经验，提高能力。

　　学校利用与国外大学和教育组织的联系，开展以"走出去"为特色的学生对外交流活动，组织MBA学生参加国际工商管理研讨班、参观国外企业、与海外的企业家及学生交流互动，了解国外工商管理的最新发展，接受"全球化"理念的熏陶，体验全球化的经营理念，培养国际竞争意识。

　　山东经济学院设立了MBA教育中心，具体负责MBA项目的招生、教学管理、学生服务、项目开拓和国际交流。山东经济学院秉承"自强不息、博学炼识、厚德载物"的校训，以"敬事而信，睿思致新"的理念凝练齐鲁儒商团队，竭力为国家培养诚信严谨的管理精英。

地址：济南市历下区二环东路7266号　　　　邮编：250014
山东经济学院研究生部办公室　　　　　　　电话：(0531) 88525292
山东经济学院MBA教育中心
电话：(0531) 88596201　　　　　　　　　传真：(0531) 88525292
网址：http://www.sdie.edu.cn　　　　　　　E-mail：yjsb@sdie.edu.cn

73. 郑州大学

　　新郑州大学成立于2000年7月，由原郑州大学、郑州工业大学和河南医科大学合并组建而成，是国家"211工程"和"985计划"重点建设高校。2000年10月国务院学位办批准郑州大学为第四批MBA培养院校。

　　郑州大学MBA项目由商学院负责日常的教学管理。郑州大学商学院成立于1993年，其前身是1980年成立的经济系、工商管理系、会计系、金融系。现有教职工94人，教授、副教授49人，具有博士、硕士学位的教师占教师总数的41%，30%以上的教师有在海外学习和合作研究的经历，学院设有6个本科专业（工商管理学、会计学、统计学、金融学、国际经济与贸易、经济学）。7个硕士学位授权点（企业管理学、产业经济学、金融学、国民经济学、数量经济学、西方经济学、区域经济学）；1个专业硕士学位（MBA）。形成了应用经济学、理论经济学与工商管理学相结合，协调发展的多学科、多层次办学体系。学院现有在校本科生1 600余人，普通研究生200余人，MBA学生300余人。

　　郑州大学MBA教育项目注重理论与实践相结合，提倡案例教学，注重计算机技术的应用。在要求学生系统掌握经济学和管理学基本理论的同时，着重开拓学生观察分析问题的能力，培养学生的创新意识、国际视野、沟通能力、责任感和团队合作精神。学院为MBA教学配备了强大的教师阵容，成立了课程研究中心，学院还聘请了20多位学术造诣浓厚和富有实际管理经验的企业家学者作为学院的兼职教授，师资力量雄厚，并不断从国内外引进高层次人才充实教师队伍。

　　郑州大学十分重视MBA教学管理，设立了MBA专业指导委员会，设置了MBA教育中心等，从组织上保证了MBA的教学管理质量。在教学设施方面，学院拥有现代化的多媒体教室、案例讨论室和工商管理模拟实验室、电子阅览室、多功能教室等专用设施，并提供大量的中外文书刊供MBA研究生参考。在郑州市郊区设有功能齐全的拓展训练基地,以适应MBA学生体验式学习的需要。

郑州大学MBA教育项目立足中原,面向全国。以培养具有全球视野,创新意识、沟通能力、责任感和团队合作精神的职业经理人和企业家,服务地方经济建设为目标。面向全国招生,实行弹性学制,学习形式为脱产学习或半脱产学习。学制为2.5~3年,最长不超过5年。

地址: 河南省郑州市大学北路75号　　　　邮编: 450052
电话: (0371) 67763101, 67763136　　　传真: (0371) 67767232
网址: http://www.mbazzu.com　　　　　　E-mail: zzmba@zzu.edu.cn

74. 河南科技大学

河南科技大学是河南省重点建设的三所综合性大学之一。经过50多年的发展,形成了完善的本科、研究生教育体系,涵盖工学、理学、医学、农学、经济学、法学、文学、管理学、历史学9大学科门类。

河南科技大学经济与管理学院下设企业管理系、旅游管理系、信息管理系、电子商务系、会计系、国际经济与贸易系、金融系和一个实验中心,设有7个本科专业,管理科学与工程、企业管理、技术经济及管理、旅游管理、区域经济学5个硕士点和工商管理硕士(MBA)专业学位点。学院现有教职工共120余人,教授、副教授、博士50余人。

河南科技大学具有开展MBA教育的良好基础。洛阳是全国闻名的先进制造业基地,河南科技大学是省、市政府确定的先进制造业干部培训基地。学校现有现代物流技术实验室、物流仿真实验室、ERP实验室3个专业实验室。已对中国一拖集团、中信重机公司、洛阳轴研科技股份有限公司、中航光电科技股份有限公司、洛轴集团、河科大齿轮制造有限公司等企业高层管理人员进行了多期ERP培训,积累了丰富的教学与管理经验。

中原地区民营经济正在崛起,随着洛阳先进制造业基地的发展,一批中小企业正在成长之中。河南科技大学对"中小企业管理"已进行了多年研究,与数十家中小企业联系密切。古都洛阳旅游资源得天独厚,旅游产业发展潜力巨大。河南科技大学是河南省最早开设旅游管理专业的高校,并与当地的旅游企业、文化产业保持着长期的密切合作。广泛的校企联系可以为河南科技大学MBA项目的实践提供强有力的支持。

河南科技大学MBA项目坚持特色优势办学方向。在面向装备制造业、旅游业和中小企业管理的基础上,根据社会需要,进一步拓展会计与金融、税务与审计、人力资源、商贸与营销、现代物流等职业经理人培养项目。

河南科技大学MBA项目强调互动式案例教学和实践教学,在采用国际经典案例的同时,鼓励教师开发和采用中国本土案例。配合案例教学,学校拟聘请有丰富实践经验的兼职教授和专家学者讲学或开设讲座。实践教学环节时间一般不少于3个月。学校拟根据学生的实际情况以各种方式安排专业实习,或在对典型企业进行深入调研的基础上编写管理案例,或结合本职工作制定管理方案与实施计划。学校拟成立由教师、经济管理部门和企业高级管理人员组成的MBA导师组给予指导。

河南科技大学MBA项目采用全日制脱产学习和业余在职学习两种方式。

地址: 河南科技大学(新校区)经济与管理学院　　邮编: 471003

电话：(0379) 64231270，65626165，64270219
网址：http://www.haust.edu.cn/www2/jingguan E-mail：hkdjgmba@126.com

75. 河南大学

河南大学是一所拥有文、史、哲、经、管、法、理、工、医、农、教育11个学科门类的综合性大学。

河南大学在经济、管理类方面拥有比较雄厚的专业基础，拥有区域经济学、国民经济学、政治经济学博士点，管理科学与工程、工商管理、应用经济学和理论经济学一级学科硕士点，有10个经济、管理类本科专业。拥有1个与MBA教育相关的国家人文社科研究基地、5个省级重点学科、11个重点科研机构，为MBA教育提供了坚实基础。

河南大学有70多位具备丰富教学经验的教授、副教授可以为MBA项目授课，多数教师具备工商管理实践经验，另外还有数十名来自实践部门的资深管理者作为外聘导师参与MBA教育。

河南大学坚持具有中原特色的办学与研究方向。在企业投融资管理、企业技术创新管理、企业财务分析与控制、企业战略管理、企业服务营销、企业人力资源管理、企业跨文化沟通与管理、生产精细化管理等传统优势研究方向的基础上，依据系统性和连续性、研究和视野上的多视角性和跨学科性、理论研究与教学和实践指导相结合等原则，根据河南企业发展的实际和河南省企业家和职业经理提高管理创新能力的需要，河南大学不断探索和开发了中原优势企业持续发展、黄河文明与现代企业管理、中原旅游资源开发与管理、河南高新技术企业创新管理、河南大型集团公司财务分析与控制和河南企业集群与中小企业成长等具体研究方向，为MBA项目的开展奠定了坚实基础。

河南大学MBA招生坚持公开、公正、公平的原则。既重视考生的笔试成绩，也重视考生的工作经验、综合素质和发展潜质，重视考生的个人品质和志向抱负，综合考虑笔试成绩和面试成绩择优录取。

河南大学MBA项目采用全日制脱产、半脱产和业余在职学习多种方式。河南大学MBA教育中心全年接受申请和咨询。

地址：河南省开封市河南大学金明校区工商管理学院　　邮编：475004
学校研究生招生办公室
电话：(0378) 2869091　　　　　　　　　　　　　　传真：(0378) 2867124
工商管理学院MBA教育中心
电话：(0378) 3887722，3887711　　　　　　　　　传真：(0378) 3887722
网址：http://sba.henu.edu.cn:82　　　　　　　　　　E-mail：hndx_mba@126.com

76. 河南财经学院

河南财经学院建立于1983年，地处郑州市。学院现有工商管理、计算机科学、会计学、国际贸易、金融学等13个系，13个硕士点。企业管理、技术经济及管理、产业经济学为河南省重点学科。

MBA教育中心现有硕士生导师22人，教授14人，多数教师具有在企业工作的经历，为河南财经学院MBA教育奠定了扎实的基础。

河南财经学院于2003年被批准为MBA培养院校，从2004年开始招收MBA学生。旨在培养懂经济管理、懂专业技术、知识广博、思想创新、勇于开拓的中高层管理者。开设有投资学、财务管理、战略管理、管理信息系统、资本经营、资本市场分析、会计学、国际经济、民商法和数据、模型与决策等一系列面向高科技管理的课程，学院建有人力资源开发实验室、管理模拟实验室、教学案例研究中心等，为教学科研提供了重要的辅助手段。MBA教育中心有良好的教学环境，全新的多媒体教室、专用案例讨论室，为学生提供便利的上网条件等。

在MBA教学上，强调理论联系实际，注重案例教学，部分课程采用英语或双语教学。使MBA的教育适应企业国际化竞争的要求。

MBA学生入校后，积极开展多种学术文化交流活动，与知名企业举办管理论坛，积极参与企业管理方面的运作。

地址：河南省郑州市文化路80号   邮编：450002
河南财经学院MBA招生办公室
电话：(0371) 63519063   E-mail：siqi_w@263.net
河南财经学院MBA教育中心（MBA教育中心办公室在10号综合楼909室）
电话：(0371) 63519153，63518453   传真：(0371) 63519151
网址：http://www.hnife.edu.cn   E-mail：cy_mba@sina.com

77. 武汉大学

武汉大学是教育部直属的重点综合性大学。

武汉大学的经济与管理学科源远流长，可追溯至1893年清末湖广总督张之洞创办"自强学堂"设立的"商务门"。2001年1月，原武汉大学经济学院、管理学院、旅游管理学院、原武汉水利电力大学经济管理学院、原武汉测绘科技大学人文管理学院市场营销专业合并组建成武汉大学商学院。2005年8月更名为经济与管理学院。

经济与管理学院涵盖经济、管理学两个学科门类。有理论经济学、应用经济学、管理科学与工程、工商管理4个一级学科，全部具有一级学科博士学位授予权。理论经济学、工商管理设有博士后科研流动站。世界经济和西方经济学是国家重点学科。经济发展研究中心是教育部人文社会科学重点研究基地。发展经济学与国际经济发展是"211工程"重点学科建设项目，此外还设有国家经济学基础人才培养基地。学院现有14个博士点，19个硕士点和工商管理硕士、会计学硕士、工程硕士（项目管理领域）3个专业学位点。

经济与管理学院设有8个系、6个研究所及若干研究中心。现有教授86人（其中博士生导师61人），副教授78人。专任教师中具有博士学位的占46%。3万平方米的经济与管理学院大楼已于2005年7月正式投入使用。

武汉大学1994年开始招收培养MBA，并以其特有的综合优势，逐步形成了改革创新、求真务实、管理规范、注重MBA能力培养的教育特点，已为企业界、金融界和政府部门培养出了一批高层次的管理人才。

武汉大学MBA项目办学的理念是：努力打造武汉大学的MBA品牌；结合武汉大学百年老校的丰富人文底蕴，强调理论基础，注重知识的宽厚和广博；注意新时代人才的需求，注重MBA学生思想、理念的提升；结合实际，增强学生的创新能力和竞争意识，培养团队合作精神；MBA市场目标定位是培养具备创业精神和风险意识的公司优秀中高层管理人才；结合武汉大学百年老校的优良办学传统，注重综合知识和能力的形成，突出人力资源管理、财务管理、市场营销和战略管理人才的培养。

武汉大学MBA项目坚持以能力培养为中心，适应MBA教育的特点，在教学内容、教学方法与手段、教学管理等方面不断改革与创新。现已开设了人文系列专题讲座、企业家专题报告等特色课程，并准备逐步地推广使用外文教材，推进双语教学。为更好地适应人才市场的需要，在MBA教学组织形式上已开办了全脱产班和周末班。开设的主要课程有：管理经济学、宏观经济学、会计学、管理统计学、商法、市场营销管理、组织行为学、人力资源管理、企业财务管理、管理信息系统、企业生产管理、企业战略管理等。共设4个专业方向：金融与市场方向、国际企业经营与管理方向、市场营销与电子商务方向、财务管理与会计方向，并拟在近期设置现代物流方向。

武汉大学MBA项目实行每位教师只能对MBA学生讲授一门自己最具优势课程的制度。为进一步提高MBA课程授课水平，引入竞争机制，公开招聘MBA任课老师实行经常性的质量评估制度、MBA任课教师资格的竞争与淘汰制度。建立了MBA教育发展奖励基金，对优秀的MBA任课教师、MBA学生以及管理人员实行奖励并资助教师进行教学改革。

在MBA培养过程中，武汉大学经济与管理学院坚持国际化和本土化的有机结合，已开始与我国香港、台湾地区，以及发达国家的管理学界开展全面的合作与交流。武汉大学经济与管理学院正在为适应中国社会主义市场经济深入发展的需要，适应经济全球化挑战的需要，全力抓好MBA教学、师资培训和学生培养的工作，为中国MBA教育的发展做出自己的贡献。

地址：武汉市武昌珞珈山　　　　　　　　　　邮编：430072
研究生院招生办公室
电话：(027) 87212602　　　　　　　　　　传真：(027) 87212075
MBA教育中心
电话：(027) 87682891　　　　　　　　　　传真：(027) 87870791
网址：http://mba.whu.edu.cn　　　　　　　　E-mail：mba@whu.edu.cn

78. 华中科技大学

华中科技大学是目前国内规模最大、水平一流的全国重点综合性大学之一，是涵盖理、工、医、文、管等多学科的教育部直属高校，是首批列入国家"211工程"重点建设的大学。

华中科技大学管理学院是改革开放后全国最早成立的管理学院之一。学院现有"管理科学与工程"、"工商管理"2个一级学科博士学位授权点、8个硕士点和7个本科专业，设有管理科学与工程和工商管理博士后流动站。

学院具有雄厚的科研实力，先后承担科研课题800项，其中国家自然科学基金项目、国家社会科学基金项目、国家高技术863项目等140余项。学院教师出版的专著、教材和译著约200部，发表论文3 000余篇，近年来每年发表学术论文都在500篇以上。

华中科技大学于1994年经批准开始培养工商管理硕士，2002年获准招收EMBA学生，2007年招收MBA学生近500名。在2000年由国务院学位办公室和全国MBA教育指导委员会举办的MBA首次教学合格评估中名列全国第七位。华中科技大学MBA项目有两种学习方式：脱产学习学制2年；不脱产学习学制2.5年。

华中科技大学MBA教育的目标是创建一流的MBA项目，培养具有全球战略眼光、创新精神、领导才能和优良商业品德，了解中国企业实情，未来能为国家经济发展做出贡献的高素质管理人才。华中科技大学培养的MBA学生要有顽强的意志、坚定的信心、稳定的情绪和积极的心态；不仅要有经济管理知识和法律知识，而且要有哲学知识、科技知识和人文素养；不仅要知事明理，而且要知窍识人；不仅要有书本知识，而且要有解决实际问题的能力；不仅要有为事业献身的精神，而且还要有充沛的精力和健康的体魄。

华中科技大学MBA教育具有如下的特色：

(1) **一流的师资队伍和教学条件**。华中科技大学管理学院现有教授33人（其中24位博士生导师），副教授及副研究员46人。60多位MBA课程主讲教师基本都有企业管理实践和企业咨询经验，其中有40%被聘为企业管理咨询顾问，多名教授被聘为上市公司董事会独立董事。高水平的科研工作和丰富的管理实践和咨询经验提高了教师创造知识和应用知识的水平，也提高了教师为MBA学生授业解惑的能力。

学院拥有建筑面积近3万平方米的教学科研办公大楼，配有齐全的现代化教学和科研设施，包括一流的多媒体教室、案例讨论室和现代化电子图书馆，具有国内一流的教学科研和学习条件。

(2) **独具特色的教学安排**。华中科技大学MBA教育在入学教育、选修课程、特色课程和案例教学等方面独具特色。

MBA学生一入校就要接受导入教育。导入教育的内容包括MBA课程体系、专业方向、特色课程及教学管理规定；面对大量教学材料、案例及阅读材料的情况下的课前预习准备技能；学习小组组建和小组讨论技能；课堂参与和课堂讨论技能；案例分析技能；书面报告撰写技能；口头报告技能；利用图书馆电子资源的技能等。

学院围绕技术管理、营销管理、财务管理、人力资源管理、生产与物流管理、电子商务与信息管理、财税金融管理、会计信息与管理控制等专业方向开设了30多门系列选修课程。MBA学生通过选择一定专业方向的系列选修课程，可以形成专业特长，提高就业竞争力。

在教学与课程设置方面，实行"精学时、多选择、抓案例、开专题"，每门课程都使用案例教学，经常组织学生进行案例分析和小组讨论，开展社会调查。

管理学院开辟了华中管理论坛，定期邀请国内外知名学者、企业家和政府要员到院里举办讲座，使MBA学生在掌握知识的同时，培养创新精神和全面提高实际运作能力，从而拥有高层次管理人才所必备的各种素质。

(3) **贴近实践的学习过程**。华中科技大学管理学院从企业界聘请了30多名兼职教授，他们定期来学校为MBA学生开设专题系列讲座。此外，学院还经常邀请国内外知名企业家来校为MBA学生作演讲，帮助MBA学生充分了解企业管理的现实问题。

学院把毕业论文撰写作为MBA学生系统总结所学知识、综合把握管理方法，提高实际应用能力的重要环节。学生可以从专题研究、企业诊断、企业调查报告和案例分析4种毕业论文类型中进行选择，学院强调毕业论文要结合实际，重视通过撰写毕业论文培养学生界定企业问题、用所学理论方法分析企业问题、提出备选方案、设计实施项目的技能。

(4) **严格的教学管理和质量控制**。华中科技大学MBA项目以严格规范的教学管理著称。华中科技大学管理学院在MBA招生录取、课程考核、教学评估等环节进行了有效的质量控制。

(5) **MBA项目与国际接轨**。华中科技大学MBA项目有30%课程采用英文教材并采用双语教学；每年都邀请若干名国外知名教授来校为MBA作讲座和授课；学校还准备聘请国外知名教授担任各系的顾问，以加强管理学院各学科与外界的联系和沟通。学校也制定了与国外知名大学的合作计划。

（6）专业的职业发展辅导与就业服务。华中科技大学MBA项目为学生提供专业的职业发展辅导，包括：职业发展培训、职业生涯发展系列讲座、行业系列讲座、MBA求职技能训练活动、职业测评与职业定位、一对一职业咨询。

华中科技大学管理学院职业发展中心致力于帮助学生拓宽应聘渠道，增加就业机会；为企业提供从信息发布到最终录用的全程招聘服务。

地址：武汉市武昌喻家山　　　　　　　　　　邮编：430074
研究生院招生办公室
电话：（027）87541746，87557422　　　　　传真：（027）87541509
网址：http://gs.hust.edu.cn
管理学院MBA教育中心
电话：（027）87541915，87541806　　　　　传真：（027）87541806
网址：http://cm.hust.edu.cn　　　　　　　　E-mail：mba@hust.edu.cn

79. 中国地质大学

中国地质大学是一所首批进入"211工程"的教育部直属多科性大学。学校创建于1952年，前身是北京大学、清华大学、天津大学等系（科）合并组建而成的北京地质学院，1960年被国家确定为全国重点院校，1987年经国家教委批准更名为中国地质大学。

中国地质大学拥有管理科学与工程、地质资源与地质工程、环境科学与工程3个一级学科博士学位授予点和土地资源管理、资源管理工程、资源产业经济3个二级学科博士学位授予点，拥有工商管理、管理科学与工程、公共管理、理论经济、应用经济5个一级学科硕士学位授予点和企业管理、旅游管理、会计学、技术经济及管理、环境资源保护法学等22个二级学科硕士学位授予点。

中国地质大学（武汉）经济管理学院现有工商管理、管理科学与工程、会计学、旅游管理、经济学、国际经济与贸易、统计学7个系，设有资源环境经济研究中心（湖北省高等学校人文社科重点研究基地）、旅游发展研究院（国家乙级）、电子商务国际合作中心、管理咨询研究所、企业管理研究所、市场营销策划中心、产业经济研究所、理论经济研究所、区域经济研究所、现代项目管理研究所等研究机构。

学院现有教授25人、副教授52人，其中博士生导师8人，具有博士学位教师61人，90%以上具有管理实践或企业研究经验。30多位国内外知名学者、专家和企业家应聘担任兼职（客座）教授或副教授。近年来，承担相关科研项目300余项，涉及国家自然科学基金项目、国家社会科学基金、国家软科学项目、国家863子项目、国际合作项目以及国家部委和企业合作项目，获省部级以上科研成果奖、优秀教学成果奖、优秀教材奖等18项。

中国地质大学（武汉）一直致力于管理学科与学校优势学科的交叉与渗透，现已在矿产资源经营管理、旅游资源开发管理、营销管理与电子商务等领域形成了鲜明的特色。自20世纪80年代初开展管理教育以来，学校注重与政府部门和工商企业的合作，长期不间断地举办各类领导干部、企业经理、后备人才管理培训班，为MBA教育奠定了良好的基础。在长期的教学科研中形成了一批高质量案例资料，已建立MBA教学案例库，具有全套课程教学大纲，拥有与MBA专业学位教育有关的专用教材和案例。

中国地质大学（武汉）坚持"注重基础、强化实践、追踪前沿、不断创新"的教育理念，发扬理论与案例相融合的教学风格，在长期教学实践中探索出了独具特色的"觅食式"、"权变式"教学法和"严+良"教学管理模式，提高学生的学习兴趣，激发学生的创新思维，培养学生的学习和研究能力。从2001年起率先在工商管理专业进行全程英语化教学试点，相继邀请美国、日本、韩国、加拿大等国家的专家教授来管理学院授课，具备MBA教学的良好基础。

中国地质大学（武汉）于2007年被国务院学位委员会正式授权招收MBA学生。中国地质大学（武汉）MBA教育中心设在经济管理学院。中国地质大学（武汉）MBA项目结合学校实际情况，设立了企业家与战略管理、财务管理、营销管理、旅游资源开发管理、矿产资源经营管理5个方向。

中国地质大学（武汉）MBA项目主要有脱产MBA班、在职MBA班等。在职班主要招收企业管理人员在职学习和在职攻读工商管理硕士学位。

中国地质大学（北京）于2008年获准招收MBA学生。中国地质大学（北京）MBA项目致力于培养复合型、实践型、创新型和具有国际化视野的高层次管理人才。

中国地质大学（北京）MBA项目立足于"特色+精品"的办学理念，在全面加强战略管理、人力资源管理、营销与物流管理、财务管理、金融与投资等专业课程训练的同时，努力推进管理学科与学校地学优势学科的交叉与渗透，培养矿产资源经营管理、旅游资源开发管理等特色型MBA人才，尤其注重于培养国有大中型企业的高、中层管理者。

中国地质大学（北京）MBA项目将整合社会资源，聘请20多位知名企业家和企业高级管理人员任兼职导师，尽可能为每位MBA学生配备一名理论导师和一名企业家导师联合指导其社会实践和论文，从而形成一种开放互补的培养机制。

中国地质大学（北京）MBA学生入校后，自然成为MBA联合会会员。MBA联合会每年将组织新生拓展训练，举办迎新会、年会、校友会、社会兼职导师聘请、实习基地建设、参与我校同企业、媒体联合组织的奇正管理俱乐部沙龙等活动。

中国地质大学（北京）MBA项目有集中学习和周末分散学习两种学习方式。学习年限为2～4年，其中在校学习时间应不少于6个月。

中国地质大学（武汉）
地址：湖北省武汉市洪山区鲁磨路388号   邮编：430074
研究生招生办公室
电话：(027) 67885156   传真：(027) 67885156
网址：http://www.cug.edu.cn
中国地质大学（武汉）MBA教育中心办公室
电话：(027) 67883409   传真：(027) 67883659
网址：http://jgxy.cug.edu.cn   E-mail：mba@cug.edu.cn
中国地质大学（北京）
地址：北京市海淀区学院路29号   邮编：100083
研究生招生办公室电话：(010) 82322323 纪老师   E-mail：yzb@ cugb.edu.cn
MBA教育中心传真：(010) 82322190
电话：(010) 82322190 黄老师 (15011290762)，82322190 陈老师 (15011290752)
网址：http://www.cugb.edu.cn   E-mail： didabj_mba@sina.com

80. 武汉理工大学

武汉理工大学是国家"211工程"重点建设的教育部直属全国重点大学，现有各类在校生5万多人，其规模位居全国高校前列。

武汉理工大学管理学院是全国较早创办管理专业的工科院校之一，学院现有管理科学与工程博士后流动站、管理科学与工程一级学科博士学位授权点和技术经济与管理、企业管理等6个二级学科博士学位授权点、12个硕士授权点、1个MBA授权点和8个本科专业。1987年，管理科学与工程专业被评为部重点学科，1988年，技术经济与管理专业被评为湖北省重点学科。

学院现有教职工210人。其中博士生导师17人，教授42人，副教授71人，师资力量雄厚。学院在MBA办学方面已积累了丰富的经验，教学效果显著，受到学生的普遍好评。学院拥有良好的MBA教学条件，近几年，学院投入大量经费进行教学基础设施建设，建立了ERP实验室、电子商务模拟实验和会计电算化模拟实验室、情商与心智训练中心和MBA多功能教育大厅。

武汉理工大学MBA项目采取讲授、案例、讨论、辩论、模拟等多种形式教学，全部课程均采用多媒体教学，注重双语教学，重点课程由知名教授、博士生导师主讲。学院教学与科研相结合，MBA学生在导师的指导下，结合企业实际进行现场诊断分析与实战训练，学院鼓励学生将本单位的管理难题带到学校进行课题研讨。学院开设了管理论坛，聘请了许多企业家和校外专家学者为MBA学生开设系列讲座。

学校在MBA国际化方面取得了显著成效，已招收来自20余个国家的100多名MBA留学生（全英文授课）。一年一度的国际学术会议、多渠道的教师国际化交流均为MBA国际化培养模式注入了活力。

地址：湖北省武汉市武昌珞狮路205号　　　　邮编：430070
　　　武汉理工大学管理学院MBA办公室
电话：(027) 87859039，87858478　　　　传真：(027) 87859304，87859231
网址：http://www.whut.edu.cn　　　　　　E-mail：gljxb@ whut.edu.cn

81. 湖北大学

湖北大学是湖北省省属重点综合性大学，已有77年的建校历史，学校秉承"日思日睿、笃志笃行"的校训和"自强不息、克难奋进"的精神，经过不懈努力，办学实力不断增强，现已拥有文、史、哲、理、工、经、法、管、教、医10个学科门类。

湖北大学商科办学主要集中在商学院。商学院目前有工商管理、旅游管理、人力资源管理、市场营销等10个与MBA教育相关的本科专业；有企业管理、会计学、旅游管理等12个硕士点以及世界经济博士点；有企业管理、旅游管理、世界经济3个省级重点学科，拥有湖北省旅游开发与管理研究中心、湖北省开放经济研究中心2个省级文科重点研究基地；有旅游管理省级品牌专业和"旅游规划与管理"、"管理学"、"会计学"、"国际商法"、"金融学"5门国家或省部级精品课程。

商学院现有专任教师134人，其中教授26人，副教授48人，博士生导师5人，具有博士学位的教师32个（另有在读博士34人），有36人具有在国外知名大学和研究机构访问、讲学、进修、从事合作研究或者获得学位的经历，有7位教师享受国务院和省政府津贴。学校还聘请了一批校外知名专家学者和知名企业家担任兼职教授与硕士生导师。

湖北大学MBA教育坚持"四个面向",即面向湖北地方经济、面向中小企业、面向有潜质的企业家和管理者、面向学生未来职业生涯发展。湖北大学MBA教育将利用优质教育资源,不断开发具有特色的MBA项目和课程。以更新学生管理知识、启发学生管理思维、提升学生管理技能、发展学生职业生涯为使命。

湖北大学将根据办学条件、学科优势、湖北省及全国企业管理人才培养的实际需要和生源情况,设置8个MBA专业方向:营销管理、生产与物流管理、旅游管理、国际商务管理、人力资源管理、公司财务管理、金融工程、企业信息化管理。

湖北大学MBA教育遵循"博学、审问、慎思、明辨、力行"的理念,在MBA教育中兼顾理论教学和案例教学,在向MBA学生传授现代企业专业理论知识的同时,加强对MBA学生创新思维的训练,全面提高MBA学生的综合分析能力和沟通能力,增强MBA学生的战略决策能力,着力培养MBA学生的企业家精神。

在MBA培养过程中,将根据国内、国际经济走势,充分利用湖北大学的"校企联盟"平台,紧密联系课堂教学与企业实际,邀请国内知名企业家来学校做专题讲座,拓展MBA学生的管理视野。近年来,湖北大学商学院与美国宾夕法尼亚州立大学、美国布拉德利大学、美国佛罗里达州巴里大学、美国伊利诺伊州立大学、荷兰马斯特里赫特管理学院、加拿大柏洛克大学等学校和院系进行了交流与合作,为MBA教育与国际接轨奠定了坚实的基础。

湖北大学MBA项目采取全日制脱产学习和业余在职学习两种方式。MBA教育中心全年接受申请和咨询。

地址:湖北省武汉市武昌区学院路11号   邮编:430062
学校研究生招生办公室
电话:(027)88663060   传真:(027)88663060
网址:http://gs.hubu.edu.cn
湖北大学MBA教育中心
电话:(027)88665896   传真:(027)88665616
网址:http://bs.hubu.edu.cn/mba   E-mail:hubumba@163.com

82. 中南财经政法大学

中南财经政法大学是国家教育部直属的一所以经济学、法学、管理学为主干,兼有文学、史学、哲学、理学、工学等8大学科门类的普通高等学校,是国家"211工程"重点建设高校之一。由原隶属财政部的中南财经大学和原隶属司法部的中南政法学院合并组建而成。学校现有两个校区,首义校区位于历史悠久的黄鹤楼下,南湖校区位于风景秀丽的南湖畔。

中南财经政法大学有财政学、会计学两个国家级重点学科,省部级重点学科19个,有理论经济学、应用经济学、工商管理3个博士后流动站,32个博士学位授权点,64个硕士学位授权点和工商管理硕士、高级管理人员工商管理硕士、法律专业硕士、会计专业硕士和公共管理硕士等专业硕士授权点。学校齐全的学科门类,雄厚的师资力量,为MBA的教育和发展提供了良好的基础。

中南财经政法大学于1994年开始招收MBA硕士研究生,是全国第二批开展工商管理硕士教育试点院校之一。2002年,经国务院学位委员会批准,又成为全国30所高级管理人员工商管理硕士招生院校之一。2004年中南财经政法大学成立了独立的MBA学院,是符合国际惯例的专门从事MBA和EMBA教育的专业学位学院。

中南财经政法大学的MBA教育目标是培养熟练运用现代财经分析工具和能从容应对各类法律事务的高级专业管理人才。在十余年的办学历程中，以清晰的培养目标、特色的教学实践、周到的管理服务，把现代经济和管理理论与我国社会主义市场经济的实践紧密结合，造就了一大批"精管理、通财务、懂法律、善投资"的复合型高级专业人才，许多MBA毕业生已经走进政府和企业的高层管理岗位。

中南财经政法大学已经与美国圣选戈大学、加拿大圣玛丽大学、比利时鲁汶根特商学院等学校签定了MBA、EMBA教育合作协议。同时学校还承担湖北省人事厅与澳大利亚拉筹伯大学的MBA政府合作项目的国内教学任务。

中南财经政法大学将充分利用学校的教育资源优势，整合国内外的优势资源，为培养有中国特色的商界精英做出应有的贡献。

地址：湖北省武汉市武珞路114号　　　　　　　邮编：430060
中南财经政法大学（首义校区）MBA学院
电话（兼传真）：(027) 88384619，88384443
网址：http://www.znmba.com/index.asp　　　　http://mba.znufe.edu.cn
E-mail：mba@znufe.edu.cn

83. 湘潭大学

湘潭大学创办于1958年，毛泽东同志亲笔题写校名，是一所综合性全国重点大学。

湘潭大学MBA教育由商学院具体负责实施。商学院1978年开始招收硕士研究生，目前有政治经济学博士点，有工商管理、管理科学与工程、理论经济学、应用经济学等4个一级学科硕士点，另有教育经济与管理硕士点和MBA专业硕士学位点。学院设有社会主义经济理论研究中心、消费经济研究所、人口资源与环境经济研究所3个省级研究机构，其中社会主义经济理论研究中心是省哲学社会科学重点研究基地。学院的政治经济学是湖南省重点学科、湖南省精品课程。商学院现有教职工121人，其中教授28人（博导8人），副教授38人，讲师40多人。湘潭大学的MBA项目有一支学历结构、职称结构、年龄结构、学缘结构均较合理的师资队伍。MBA项目专任教师32人，全部具有高级职称，有博士学位的教师占83%。

湘潭大学的MBA教育的目标是培养具有国际视野、战略思维、领导能力、管理技能和良好职业道德的高层复合型管理人才。湘潭大学MBA教育将在以下几个方面办出特色：

(1) **重视国际交流**。湘潭大学MBA项目采用国际通行的MBA权威教材，积极推行双语教学和国际交流；通过聘请国外著名大学专家授课与选派本院教师出国交流学习，引进国外先进的MBA教育理念与管理经验。迄今已与英国卡迪夫大学、美国图南大学、西班牙马德里大学、日本鹿儿岛大学、大阪市立大学等10多所院校建立了长期的合作关系。

(2) **理论结合实践**。强调案例教学，结合现场教学、沙盘模拟、专题讲座等多种形式进行实践教学。在引进国内外经典案例的同时，积极开发具有区域特色的本土案例，学院与近30家企业签订了实践教学基地的长期合作协议，开发了部分学生所在企业的案例，使教学能更紧密地与实践结合。

(3) **注重能力素质培养**。湘潭大学MBA项目注重学生沟通能力、表达能力、组织能力、决策能力、思维能力，以及思想道德素质、身心素质和人文素质的提高。学院将通过各种能力训练模块，努力促成学生能力素质的提高。

地址：湖南省湘潭市西郊   邮编：411105
研究生招生办公室
电话：(0732) 8292051，8292840
MBA中心
电话：(0732) 8293486，8293467，8293906   传真：(0732) 8293906
网址：http://business.xtu.edu.cn，http://mba.xtu.edu.cn   E-mail：mba@xtu.edu.cn

84. 湖南大学

　　湖南大学坐落在湖南省长沙市岳麓山下，其渊源可追溯到世界上最古老的高等学府岳麓书院，有"千年学府"之美誉。 工商管理学院是湖南大学最具活力和特色的院系之一。目前拥有管理科学与工程、企业管理、技术经济与管理、旅游管理4个博士点和管理科学与工程博士后流动站，学院现有专任教师90人，其中教授28人，副教授30人，博士生导师17人，具有博士学位的教师30人，在职攻读博士学位教师27人。每年承担国家和省部级科研项目近70项。湖南大学MBA项目始于1994年，2002年被批准开办EMBA教育项目。

　　湖南大学工商管理学院与同学科领域中处于国际领先水平的美国纽约大学Stern商学院、荷兰Twente大学管理学院建立起了密切的合作研究、合作指导关系；与中国科学院数学与系统科学研究院、香港城市大学、湘财证券公司联合开展研究工作或互派学者交流。

　　湖南大学MBA项目秉承以社会、学生需求为出发点，锐意进取、勇为人先的办学理念，根据MBA专业学位培养方式的规范要求，结合工商业界对MBA学生管理技能、就业能力的实际要求，对MBA培养教育方式进行了改革和创新。压缩原有的理论讲授环节，增大MBA学生的职业修养、管理技能和就业能力的培养内容。现已形成了特色鲜明的MBA培养教育模式。

　　湖南大学MBA项目将培养体系划分为经理人职业素质训练模块、理论知识讲授模块和实习运用模块3个部分。

　　经理人职业素质训练模块着重提高MBA学生的职业素质和修养，运用场景训练和专题讲座的方式，进行经理人品质修养和管理技巧的培养。理论知识讲授模块为MBA学生提供系统的管理理论知识。通过理论知识的讲授，培养并提高学生的逻辑分析能力；通过压缩教学时间精炼课程体系，引导学生自主学习，提高学习能力。实习运用模块主要通过深入企业基地和企业导师的参与，了解企业的现实经营管理问题，提高MBA学生运用管理知识解决实际问题的能力。

　　湖南大学MBA项目定期邀请国内外著名专家学者、知名企业家和政府官员来校开展各类讲座、论坛活动。与师生分享国内外最新研究成果，探讨市场经济环境下企业管理的热点问题，交流先进的管理经验，为MBA学生全面打造信息交流平台，开拓学生的知识视野。

　　作为湖南大学工商管理学院MBA新生入学的第一门必修课，野外团队拓展训练有效地营造了开放、合作的团队氛围，伴随艰苦、紧张、活泼的训练项目的展开，学生们敞开心扉，真诚沟通，有效地提高了学生处理分歧、解决问题、迎对困境的能力，让学生充分感受团队合作的必要性，体验内心释放的轻松愉悦，享受目标达成时的喜悦，提升个人的沟通、协作能力，激发团队荣誉感和个人创造力。

　　湖南大学MBA项目重视学生务实作风和解决问题能力的培养，努力促进MBA教育与企业经营管理实践的融合。学校采用现场实习、撰写调查报告、案例研究等多种形式，优化学生的知识结构，致力于打造理论基础扎实、熟悉企业运作规则、了解市场经济动态的职业经理人。

学校在知名企业中聘请了50余位兼职导师，实行MBA学生双导师制。学术导师和企业导师在各自相关领域的研究成果、管理经验和社会影响力已成为湖南大学MBA教育的宝贵资源。学校创建了近60个MBA教育基地，形成了包括MBA实习基地、案例教学研究基地和MBA团队培训基地等多种校企联合形式。这些MBA教育基地已成为学校、企业、MBA学生以及学术导师和企业导师沟通的平台。

从2005年开始，学校组织了别开生面的MBA移动课堂活动。学校从MBA教育实习基地中选择最具代表性的企业，组织学生走进企业，将企业现场作为课堂，通过任课教师、企业高层管理人员以及MBA学生三方的现场互动，提高MBA学生对课程知识的领悟能力。

湖南大学MBA项目重视学生的职业发展，MBA职业发展工作已经初见成效。学校充分利用"MBA案例教学研究基地"的专家资源，为MBA学生提供职业生涯设计方面的指导；充分利用"MBA团队培训基地"的专家资源，为MBA学生提供心理、个性和职业测试方面的指导；充分利用MBA兼职导师的职业经验，为MBA学生提供职业选择方面的指导；充分利用"MBA教育实习基地"，为MBA学生提供就业实习和职场体验机会。

随着湖南大学MBA品牌影响力的不断提升，湖南大学MBA学生的能力和素质得到了企业的广泛认同。目前，已有多家企业与湖南大学携手设立MBA专项奖学金。MBA专项奖学金的设立，不仅激发了MBA学生的学习积极性，而且为加强湖南大学MBA教育与企业管理实践之间的紧密合作，进一步提升MBA教育质量和水平奠定了坚实的基础。

湖南大学工商管理学院MBA项目管理中心
地址：湖南省长沙市岳麓山　　　　　　　邮编：410082
电话：(0731) 8823903　　　　　　　　传真：(0731) 8823903
E-mail：hndxmba_xmzx@126.com　　　　网址：http://www.hnumba.com

85. 中南大学

中南大学是教育部直属的全国重点大学，由原中南工业大学、湖南医科大学和长沙铁道学院合并组建而成，是一所学科门类齐全、师资力量雄厚、具有鲜明特色、居于国内先进水平的综合性大学。

中南大学商学院拥有"工商管理"和"管理科学与工程"2个一级学科博士点和管理科学与工程博士后科研流动站，有9个二级学科博士点（包括自主设置）和包括MBA、工程硕士在内的一批专业学位硕士点。管理科学与工程一级学科在全国学科评估中排名第10位，工商管理一级学科排名第17位。学院现有博士后、博士生、硕士生和MBA学生1 780多人，全日制本科生2 800多人。学院共有教职工152人，有中国工程院管理学部院士1人，教授32人（博士生导师21人），副教授37人。学院还聘请了一批著名学者和企业家为名誉教授或兼职教授。学院设有中国中部崛起战略研究中心、中小企业发展研究中心、金融创新研究中心、南方证券与期货研究中心等学术机构，在管理信息系统与决策支持系统、企业融资理论与实践、技术创新与技术管理、企业战略与资本运营、工程管理等研究方向上形成了自己的特色和优势。

较为齐全的学科体系、优越的教学条件、雄厚的师资力量和强大的科研实力对中南大学MBA教育提供了强有力的支撑。中南大学MBA教育有以下办学特色：

(1) **用企业项目管理的方法管理MBA项目。** 把MBA教育作为一个项目来管理，建立了专门的MBA管理中心，按MBA教育的特点将中心分成几个职能部门，在招生宣传、考前辅导、学生面试、录取、培养过程管理、教学管理、论文指导与答辩以及MBA就业服务等环节由MBA管理中心按企业项目管理的方法来管理，强调市场化运作，中心集行政管理与专业指导于一身。在MBA项目的重要职能部门设立专家指导委员会，形成直线型的组织机构，充分发挥专家的指导作用，跟踪国际、国内MBA教育发展变化的趋势，采取对策并由MBA管理中心具体实行。

(2) **理论教育和实践教育相结合。** 在全国60多家大型企业和上市公司建立了中南大学MBA研究基地，聘请了86位来自政府和企业的精英成为MBA学生的兼职导师。每周定期举办企业家学术讲座和MBA学生与企业家的创业沙龙，给MBA学生提供了与企业家交流的平台。

(3) **多元化的MBA教学方法。** 在传统的讲授和案例教学之外，还通过企业现场调研、计算机模拟决策、学者和企业家讲座、企业项目咨询、专题讨论、参观学习、角色演示、经验训练、小组讨论等方式培养MBA学生的实际工作能力。

(4) **先进的教学手段和设施。** 学院有20间设施齐全的多媒体MBA专用教室和案例讨论室，全部MBA课程都实现了多媒体课件教学。通过网络把课堂和商场、证券市场、企业现场连接起来，给MBA学生营造了一种公司化的学习环境。学院创建了6个各类决策模拟软件的MBA专业实验室以及图书馆和电子阅览室。

(5) **注重学科融合的MBA课程体系设置。** 结合理工大学的特点，重视对MBA学生进行管理技术和数量分析的培训，强调管理科学的严谨与理性。同时适应中国企业和中国管理现状，不断进行教学内容创新，在国内较早开始了中小企业经营管理、中小企业信用担保管理、基金管理、企业执行力管理等全新课程。

(6) **建立院企双赢的MBA流动工作站。** 加强与各行业企业的联系，充分发挥学院各个学科的科研实力，在企业以及学院各研究中心建立接纳MBA学生从事实践研究的MBA流动工作站。

(7) **MBA就业服务。** 中南大学一直非常重视对MBA学生的就业服务，较早地建立了MBA学生就业网站，该网站已成为国内众多猎头公司重点关注的对象。中南大学的MBA毕业生已遍布国内外，形成了一个以中南大学为中心的MBA学生资源网络。

中南大学商学院立足湖南，面向全国，放眼世界，致力于培养一批掌握现代管理理论与方法，具有开拓精神，具有国际战略眼光，富有实践经验的高层次MBA人才。

地址：湖南省长沙市麓山南路22号中南大学管理楼　邮编：410083
研究生院
电话：(0731) 8836916
商学院
电话：(0731) 8830317, 8836711, 8836434　　　　传真：(0731) 8710006
网址：http://bs.csu.edu.cn　　　　　　　　　　E-mail：x-ygzx@mail.csu.edu.cn

86. 长沙理工大学

长沙理工大学是一所面向全国招生的文理交融、学科互补的多科性大学，由长沙交通学院和长沙电力学院合并组建而成。

长沙理工大学管理学院长期面向交通、电力等行业培养经济管理学科专业的高级专门人才，在人才培养上形成了鲜明的特色，办学质量受到交通、电力等行业的充分肯定。学院拥有工商管理（含会计学、企业管理、技术经济与管理）和管理科学与工程一级学科硕士学位授予权和项目管理工程硕士学位授予权。学院现有教授17人，副教授41人，博士15人。学院还聘请部分客座教授，其中有交通、电力行业的企业资深管理者10人。一大批具有丰富的交通、电力行业实践经验和深厚管理理论知识的优秀教师为长沙理工大学开展交通和电力行业的MBA专业教育提供了强有力的支持。

学院积极开展应用性科学研究，在企业管理等学科方向取得了较多有影响的研究成果。2001年以来，学院教师主持国家自然科学基金项目3项、国家社会科学基金项目4项、省自然科学基金项目和省社会科学基金项目等省部级项目40余项，获省部级科技进步奖、社会科学优秀成果奖20项，其中一等奖2项，二等奖6项；出版专著、教材60多部，在《经济研究》、《会计研究》等国内外学术刊物发表论文500余篇。

长沙理工大学MBA教育的指导思想是，适应社会主义市场经济特别是交通、电力改革和发展以及区域经济建设和发展的需要，遵循MBA人才培养规律；加强行业纽带作用，突出专业化MBA培养模式；以专业化求特色，以特色求质量，以质量求发展；培养应用型、复合型的MBA专门人才。

长沙理工大学MBA教育定位于交通、电力行业企业管理者或潜在管理者，适用型大众化MBA，行业内品牌。学院具有交通、电力行业的学科优势，长沙理工大学MBA教育所有课程都将尽量结合行业背景，使用交通、电力企业案例讲授，或由交通、电力企业经营者直接讲授，在模拟教学中强调模拟交通、电力企业经营管理的实际问题。对于具有交通或电力背景且愿意继续致力于交通或电力事业的广大技术和管理人员来说，长沙理工大学MBA将是继续深造的最佳选择。

MBA专业实习将结合学生的工作背景，采用校内校外双导师指导和管理模式进行。在交通、电力企业建立MBA教学实习基地，为学生提供参观考查、专题研究、企业调查、管理咨询和挂职锻炼等方面的实践机会。与企业及政府机构合作举办各种大型专题讨论会，一方面解决企业或政府的问题，另一方面为学生提供实践、实习和实训机会。

学院鼓励学生积极参与各种全国竞赛，如国际企业管理挑战赛，全国国际企业管理挑战赛，全国企业决策模拟挑战赛。把竞赛作为实训项目，既培养知识又锻炼能力。

学院成立MBA联合会，专门为MBA学友提供相互交流、相互帮助、相互学习、共同发展的平台，并共同致力于推动长沙理工大学MBA资源整合。学院MBA职业发展中心帮助学生制定职业生涯规划，利用长沙理工大学MBA网站，形成在校学生之间，在校学生与毕业生、在校学生与用人单位之间的信息交流中心。把职业发展中心办成交通、电力企业经营管理人才的虚拟俱乐部。长沙理工大学MBA教育中心全面负责MBA项目的招生、教学管理和就业指导等工作。

地址：湖南省长沙市赤岭路45号　　　　　　　邮编：410076

长沙理工大学研究生招生办公室

电话：(0731) 5219058

MBA教育中心地址：长沙理工大学管理学院大楼205室

电话：(0731)2309115, 2309207　　　　　传真：(0731)2309115

网址：http://www.csust.edu.cn

E-mail: changshalsq@163.com, hoogunn@126.com

87. 中山大学

中山大学历史渊源悠久，是孙中山先生创办的著名高等学府，是一所包括人文科学、社会科学、自然科学、技术科学、工学、医学、药学和管理科学等在内的综合性大学，也是我国首批博士、硕士学位授予单位和首批建立博士生后科研流动站单位之一。目前在校各类学生7万多人，其中博士研究生4 000多人，硕士研究生9 000多人，在职硕士研究生5 000多人，本科生3万多人，外国留学生1 400多人。

中山大学1996年开始MBA教育，目前MBA在校学生1 840余人。2009年，中山大学管理学院和岭南学院继续面向国内外招改MBA专业硕士学位研究生。

中山大学管理学院成立于1985年，是国内最早成立的专门从事工商管理教育和研究的学院之一，也是一所具有全国性影响的著名商学院。自成立以来，依托中山大学深厚的文化传统和学术底蕴，并得到香港何氏教育基金、霍英东基金、培华基金等海内外基金的大力支持，现已成为中国培养高素质职业经理人和企业家的重要基地。

管理学院拥有工商管理和管理科学与工程2个一级学科，其中工商管理为国家重点一级学科；现有工商管理、会计学、市场学、财务与投资、旅游酒店管理、管理科学6个系，拥有8个博士学位点、13个硕士学位点、7个本科学士学位点，20个科研机构。

1996年，中山大学管理学院经国务院学位委员会和教育部正式批准，开办MBA教育。2001年，中山大学MBA项目在全国第二批MBA评估的28所院校中名列第一。2002年获"AACSB协会会员资格"。

中山大学管理学院将"培养具有全球战略意识的企业家和适应能够全球化竞争的职业经理人"作为MBA的培养目标。学院开设的MBA课程强调理论联系实际，强调"国际教育，本土回应"。除由强大的国内外教师队伍授课外，还采用"3M教育"（MBA、MPAcc、MPM专业互选课程）、专题项目研究、企业调研和专题讲座等多种形式，使学生学到最新的管理知识和方法，提高分析问题和解决问题的能力。

管理学院注重开展对外交流与合作，交流合作院校遍布欧洲、北美、东南亚等世界各地。2007～2008年海外交流交换机会多达40人次。学生通过这些机会参观外国企业，与海外的企业家、MBA学生进行交流，了解工商管理学科的最新动态及发展成果，身临其境地感受"世界经济全球化"。

中山大学管理学院MBA课程开设6个选修方向（企业家、企业全球化经营、金融与财务管理、营销管理、公司财务管理和人力资源管理），以满足来自不同行业学生的需要，同时帮助学生更深入地了解行业发展趋势，增强学生竞争力。

中山大学管理学院MBA面向全国招收MBA学生，并招收港澳台学生及国外留学生。MBA培养方式分为全日制脱产学习（国际IMBA和双语MBA）和在职学习（双语班、英文班）两种。此外，中山大学管理学院还招收企业管理人员在职攻读工商管理硕士（春季MBA）专业学位。

岭南学院自1987年成立以来，致力于工商管理等学科，理论经济学和应用经济学的建设和发展。岭南学院坚持国际化教育方向，并在工商管理教育方面取得瞩目的成绩。岭南学院MBA教育中心全面负责岭南学院MBA招生、教学管理和就业指导等工作。

岭南学院MBA教育中心遵循"博学、审问、慎思、明辨、笃行"的校训，秉承岭南学院"作育英才，服务社会"的传统，以"全球视野，未来领袖"为培养目标，以"打造具有全球视野的未来商业领袖"为使命，倡导"理性，高尚，和谐，开拓，致远"的价值观，致力于培养能够适应经济全球化、具有进行国际化经营管理能力的商业精英。

岭南学院MBA分为：全日制国际MBA（全英文）、非全日制国际MBA（全英文）、非全日制MBA（双语），每年秋季招生，通过笔试和面试择优录取。

岭南学院国际MBA始于1999年，是中山大学岭南学院与美国麻省理工斯隆管理学院合办的项目。国际MBA采用麻省理工大学斯隆管理学院的教学体系和大部分课程设置，采用全英文教学。国际MBA现有两种学习形式，全日制2年，非全日制3年。国际MBA学生完成培养方案规定的课程和必修环节，通过论文答辩，获得由中山大学颁发的国家承认的学历和学位以及麻省理工学院斯隆管理学院颁发的课程证书。

岭南学院非全日制MBA的培养特点体现为理论与实践相结合，国际与本土案例并用和中英文双语教学，学习形式为非全日制三年。非全日制MBA学生完成培养方案规定的课程和必修环节，通过论文答辩，获得由中山大学颁发的国家承认的学历和学位。

岭南学院MBA教育中心充分利用国内外的教育资源，坚持国际化教育方向，致力于给MBA学生提供国际化的学习体验。除了课堂学习之外，岭南学院MBA教育中心通过ORIENTATION入学拓展活动、课堂教学、专题讲座、企业考察、商业计划比赛、国际比赛、海内外实习、国际交换和国内外游学等活动培养能适应经济全球化的未来商界领袖所需要的技能、智慧、勇气和领导力。

中山大学研究生院招生办公室
地址：广东省广州市新港西路135号　　　　　邮编：510275
电话：(020) 84111686，84113696　　　　传真：(020) 84039222
网址：http://graduate.sysu.edu.cn　　　　E-mail:yzba@mail.sysu.edu.cn
中山大学管理学院MBA教育中心
地址：广东省广州市新港西路135号中山大学管理学院MBA大楼　　邮编：510275
电话：(020) 84113622，84115585，84115584　　传真：(020) 84113626
管理学院网址：http://mns.sysu.edu.cn
MBA教育中心网址：http://www.mbazd.com　　E-mail: mnmba@mail.sysu.edu.cn
中山大学岭南学院MBA教育中心
地址：广州市新港西路135号中山大学叶葆定堂一楼　　邮编：510275
电话：(020) 84115222，84112820，84115012　　传真：(020) 84111918
网址：http://www.lnimba.com, www.lingnan.net　　E-mail：lnimba@mail.sysu.edu.cn

88. 暨南大学

暨南大学是一所著名的华侨学府，以其悠久的历史和办学特色而享誉国内外。"始有暨南，便有商科"，早在1918年，暨南大学就开始设立商科，是中国最早开展商科教育的国立高等学府之一。1993年国务院学位办公室批准暨南大学试办MBA专业学位教育，成为全国范围内首批开办MBA教育的26所院校之一。2002年国务院学位办准予暨南大学自主招收在职人员攻读MBA研究生，同时批准暨南大学成为国内首批承办EMBA学位教育的院校之一。

暨南大学MBA项目有以下特色：

(1) **侨校加名校的多元文化特色**。暨南大学是百年名校，作为国内最大的"华侨高等学府"，有着显著的侨校特色与多元文化特色：来自全球五大洲70余个国家和地区的学生总数超过1万人，占在校学生总数的一半，高居全国高校第一；来自境外的研究生占全国所有高校总数的1/4强。良好的多元文化和国际化特色，使学生更具有开放的视野，为MBA的培育提供了良好的校园文化环境。

(2) 强大的学科支撑和丰富的教学资源。 暨南大学拥有工商管理、管理科学与工程2个一级学科博士点，一大批国家重点学科、广东省A类重点学科、"211工程"重点建设项目、国务院侨办重点学科和省名牌专业，以及EMBA、MPAcc、MPA和ME等齐全的专业学位设置，形成了强大的管理类学科支撑优势。新投入使用的管理学院教学大楼提供了一流的商学院教学设施。暨南大学MBA项目有包括中国工程院院士在内的百余名正、副教授所组成的优秀的师资队伍，采用国际先进商学院教学模式，办学经验丰富。

(3) 与国外著名商学院合作办学。 暨南大学MBA教育自开办之初，就注重走国际化合作办学道路，近年来，与包括美、英、德、加、澳等国外大学建立起MBA合作渠道。如与美国斯坦福大学合作培养EMBA，与美国宾夕法尼亚州立大学、加拿大不列颠哥伦比亚大学等签署协议联合培养MBA等。加强国外合作，扩大交换生计划，是暨南大学MBA教育发展的一个重要方向。

(4) 广泛的校友资源及活跃的MBA校友会组织。 暨南大学是华南地区开办MBA教育最早的高校，是珠江三角洲地区目前培育MBA毕业生最多的学府。暨南大学还是全国最早成立MBA校友联谊会的学校之一。校友会经常组织校友之间、校企之间、校际之间的MBA联谊与交流活动。暨南大学MBA联谊会倡议成立了华南地区MBA联盟，并担任该联盟的首届轮值主席。

(5) 服务MBA的职业发展和资源共享体系。 暨南大学MBA教育中心设立了专门的学生事务和职业发展办公室，为学生提供专业的职业测评、素质拓展和职业发展服务。一朝就学，终生向学。MBA教育中心还通过设立即时信息平台、组织内容丰富的各种论坛、开展学术交流和管理实践经验交流活动等方式建立了MBA学生终生学习和资源共享体系。

暨南大学管理学院MBA教育中心

电话：(020) 85220049   传真：(020) 85222876

网址：http://www.jnmba.com   E-mail：omba@jnu.edu.cn
　　　http://www.yz.jnu.edu.cn   oysc@jnu.edu.cn

89. 华南理工大学

华南理工大学是直属教育部的全国重点大学，是国家"211工程"和"985计划"重点建设的大学之一。经过50多年的建设和发展，华南理工大学成为立足华南，面向全国，以工见长，理工结合，管、经、文、法多学科协调发展的综合性大学。华南理工大学50多年来培养了很多杰出的企业管理人才和工程技术人才，在社会上发挥着巨大的力量，学校因此被誉为"知识与技术创新的重要基地"。

华南理工大学工商管理学院拥有管理科学与工程一级学科博士点（含博士后流动站），管理决策与系统理论、工业工程与管理工程、金融工程与经济系统决策分析、物流工程与管理以及企业管理5个二级学科博士点。其中，"管理科学与工程"被评为广东省重点学科；学院拥有7个硕士学位授权点（管理科学与工程、企业管理、会计学、技术经济及管理、教育经济与管理、工商管理硕士、工程硕士）和4个本科专业（工商管理、市场营销、会计学、人力资源）。学院下设新型工业化发展研究院和广东省中小企业研究咨询中心。

　　学院在包括战略管理、组织行为、人力资源管理、财务管理、企业文化、市场营销等工商管理主流学科领域建立了自己独特的优势，拥有一支在解决企业管理问题方面具有很强实践经验与能力的师资队伍，还聘请了一批国内外知名学者企业家作为兼职客座教授。学院与工业企业建立了密切的联系。

　　在过去20多年的发展过程中，工商管理学院充分发挥学科优势，本着"开放、务实、求新"的学院文化和教学风格，致力于为华南地区经济发展提供高水平的研究型人才，致力于为企业培养大量高素质的应用型管理人才，努力为华南理工大学成为"华南地区高层次科技和管理人才的摇篮"而发挥作用。在泛珠三角迈向"世界级经济圈"的同时，华南理工大学工商管理学院也将向世界知名商学院不断迈进。

　　华南理工大学工商管理学院是华南地区最早开办MBA、EMBA教育的单位，经历了中国MBA起步、迅猛发展和稳步提升的整个历程，华南理工大学工商管理学院以其"眼界决定境界"办学理念，树立了独特的高端形象，并以其注重解决问题的教学方针培养了大批有创造力的知名企业家。14年来，华南理工大学已毕业MBA学生1 400多名，这些学生主要分布在珠江三角洲地区的各行各业，已经成为一股新型的经济力量。

　　华南理工大学MBA项目立足华南，面向全国，通过整合师资，开拓教育市场。在注重"本土特色"的同时，强调"本土化与国际化结合"，通过邀请国内外著名专家教授，设立国际MBA项目，开办每周管理论坛等。拓展MBA学生的国际视野和战略眼光，为他们毕业后走向事业的巅峰打下了基础。

　　华南理工大学MBA项目强调培养学生敏锐的市场触觉和解决实际问题的能力，学院充分发挥与企业关系密切的优势，让学生通过对企业的调研，了解在市场经济和竞争中企业存在的问题，推动了他们寻找符合市场经济规律的解决方案。

　　华南理工大学MBA项目课程集中于中国工商管理的最新发现及信息化时代的全球竞争战略，除了常规教学，还通过专题研讨，案例分析，情景模拟，企业观摩，名家论坛，团体作业，商务考察等方式，提升学生职业经理人的素养和团队精神。

　　学院建立了广泛的国际联系，先后与美国、英国、法国、意大利、日本、新加坡等10多个国家和地区的近20所高等院校和研究机构建立了多种形式的交流、合作关系。合作方式有开展合作研究、联合授课、学生交换、学术讲座、举办双语课程、互访活动等，目前的合作伙伴主要来自意大利、美国、英国、日本、新加坡和中国香港。

　　学院专设了职业发展中心，为MBA学生提供从职业生涯规划到就业技巧等各方面的指导与培训。广泛的社会联系，丰富的校友资源，为MBA学生提供了更多的就业信息和就业机会。

　　华南理工大学MBA项目有全日制学习和在职学习两种学习方式。为满足不同类型学生的需要，学院设有英语授课的国际MBA项目，还开设了市场营销、金融与财务等方向性课程。

地址：广东省广州市五山路华南理工大学　　　　　邮编：510640
研究生招生办公室
电话：(020) 87113401　　　　　　　　　　　传真：(020) 87110608
工商管理学院MBA教育中心
电话：(020) 87114096　　　　　　　　　　　传真：(020) 87110387
网址：http://www.cnsba.com　　　　　　　　E-mail：scutmba@scut.edu.cn

90. 海南大学

海南大学建于1983年，是海南省唯一的重点综合性大学。海南大学经济管理学院现有2个硕士研究生专业：世界经济与工商管理硕士；4个本科专业：国际经济与贸易、金融学、会计学、工商管理；设有海南大学国际经济研究中心、海南大学工商管理研究所、海南大学证券投资研究所等科研机构。世界经济学科是海南大学重点学科。学院现有研究生250多人，本科生2 000多人，成人教育学生500多人，是海南大学专业最多、学生规模最大的学院之一。

经济管理学院有一支学历学位层次较高、梯队结构合理、研究能力较强的师资队伍，现有专职教师60多人，其中，教授、副教授30多人，博士、博士后20多人。自1998年来，海南大学及经济管理学院先后与瑞典卡尔斯达特大学、韩国釜山国立大学、俄罗斯阿斯特拉罕国立大学、新加坡南洋理工大学、法国佩皮尼昂大学、法国里昂第三大学、英国布鲁尔大学、英国威尔士大学等境外多所高校签订了互派师生、联合召开研讨会等方面的协议。

海南大学MBA项目由MBA教育中心管理。通过管理创新与不断开拓，海南大学MBA项目教学质量迅速提高，得到全国各地学生和MBA教育界的认可，报考海南大学的考生遍布全国20多个省市，每年申请入学的考生人数增长速度在50%以上。

海南大学MBA项目旨在培养一大批掌握市场经济规律，熟悉市场运行规则，又了解中国企业实情的职业经理人，并从中成长出一批区域性、全国性的商业领袖与企业精英。为保证MBA培养质量，中心已选派30多位教师到国内外著名高校管理学院进修深造，并聘请了20多位国内外知名管理学专家及知名企业家来校担任兼职教授。中心开办的"海南大学MBA名师论坛"已邀请20余位在国内外有重大影响的管理学专家来海南大学传道授业，在省内外获得了良好反应。

学校现有多媒体课室38个、MBA案例教室8个及其他现代教学手段、场所及设备。优美的生态环境、良好的软硬件设施、优秀的师资队伍、高效的管理团队，可以让广大MBA学生充分享受到现代化、前沿性、国际化的当代管理学教育。

根据国际管理学科的发展动态以及国内外MBA的发展趋势，海南大学MBA项目设有公司理财、市场营销、金融投资管理、对外贸易、中小企业管理、旅游管理等研究方向。

海南大学MBA教育中心热忱欢迎全国各地的商业精英与企业管理干部来风景如画、四季常青的海南经济特区进一步学习深造。

地址：海口市海南大学MBA教育中心　　　　　邮编：570228
电话：(0898) 66279201，66279309，66280491
传真：(0898) 66279309，66281196，66277855
网址：http://www.hainu.edu.cn/mba
E-mail：mba@hainu.edu.cn, lls9898@sina.com,
　　　　clh32003@yahoo.com.cn, sunrong2000@yahoo.com

91. 深圳大学

深圳大学是经国务院批准，由深圳市人民政府主办的全日制综合性大学。深圳大学管理学院于1997年6月由原管理系、行政学系和软科学系合并组建而成。学院秉承"以改革创新为动力、以人才培养为根本、以教学科研为中心、以学科建设为杠杆、以培养质量和特色为导向"的办学思想，坚持教学与科研互动，规模与水平并重，锐意进取，开拓创新，已形成重点领域优先发展，各学科协调并进的格局。

学院有一支学历层次高、科研能力强、教学经验丰富的师资队伍。现有专职教师83人，其中教授19人，副教授41人，教师中50人具有博士学位，同时学院还聘任多位海内外知名专家、学者及著名企业CEO为客座教授。

学院现设工商管理、公共管理、信息与系统管理、人力资源管理、市场营销5个系，现有在读硕士研究生200余人，全日制本科生2 480余人，中外合作办学学生120余人。

学院坚持国际化发展道路，先后与美国、英国、日本、加拿大、中国台湾、中国香港等国家和地区的高校建立校际交流与合作关系，先后举办各种国际学术研讨会，互派访问学者、互派学生。海内外学术交流与合作活动的展开，拓展了国际视野，促进了教师教学科研水平的提高，也使学院产生了重要的学术影响。

深圳大学MBA教育力争在以下方面形成自己的特色：

(1) 紧密围绕深圳经济建设最需要的支柱产业和重点产业方向，开办高新企业创业管理、金融管理、电子商务和物流管理、文化产业管理、房地产经营管理等深圳急需的5个专业方向，积极为深圳经济建设和发展培养人才。

(2) 系统讲授工商管理核心理论课程的基础上，采取企业实地考察、企业家讲座与座谈、角色模拟、案例分析竞赛等形式，大量导入特区工商企业的经营管理实践，用深圳本地化的案例来训练学生的思维方法、提升学生的实战能力。

(3) 课程设置贴近MBA学生需求，针对学生的行业与个人特点，设置系统全面、与国际接轨、体现深圳特色的课程体系。实行学期课程评估制，根据评估结果对教学方法、教学内容进行调整和替换。

(4) 以培养学生的国际视野和战略思维能力为重点，把强化实践性外语能力作为突破口，提升MBA学生的国际交往能力，强化MBA学生综合素质。

深圳大学管理学院MBA项目的目标是创建一流的MBA项目，提供一流的管理教育，培养本土化的一流人才，将具发展潜质的学生培养成掌握市场经济一般规律，熟悉其运行规则，了解企业实情，具有国际化视野、创新精神、领导才能以及良好职业道德的高素质企业管理人才。学院充分利用地处市场经济最前沿及毗邻香港的地缘优势，坚持立足于培养现代管理人才，既重视学生理论基础的夯实，又注重创新与实践能力的培养，既重视管理能力的训练，又注重人文精神的积淀，力求全方位提升学生的综合素质，以适应市场经济和信息社会对管理人才的要求。

公平、公正、公开是深圳大学MBA招生的基本原则。深圳大学重视考生的职业经验、工作业绩和综合素质。符合规定的报考资格，初试成绩达到深圳大学复试要求的考生可参加复试。通过复试，学校综合评估考生的学习能力和发展潜质，择优录取。

地址：深圳市深圳大学文科楼　　　　　　　　邮编：518060
研究生招生办公室
电话：(0755) 26534074　　　　　　　　　　传真：(0755) 26534074
管理学院MBA招生咨询办公室
电话：(0755) 26535170　　　　　　　　　　传真：(0755) 26534451
网址：http://ma.szu.edu.cn　　　　　　　　　E-mail：mba@szu.edu.cn

92. 广西大学

广西大学于2001年开始招收MBA学生,是广西区内唯一具有MBA培养资格的院校。2005年9月,广西大学通过了国务院学位办组织的MBA教学合格评估,多媒体教学条件、教学服务与激励、教学管理制度及文件管理、教学大纲、使用案例数、课程教学效果及学生评价、论文质量等多项指标被评为"优秀"。2006年广西大学MBA学生组织的"尖兵队"在"国际企业管理挑战赛"中力挫群雄,取得了中国赛区季军的好成绩。

以"谦逊坚毅、勤思好学、做正确事、正确做事"为宗旨,广西大学MBA教育正朝着区域化、国际化的方向迅速发展,自招生以来,为党政部门和企事业培养了一批中高级管理人才。至2008年4月,广西大学已累计招收MBA学生1 084人,已毕业473人,目前在校生611人。

广西大学面向全国招收春季MBA（单证）和秋季MBA（双证）学生。

地址：广西南宁市大学东路100号   邮编：530004
广西大学研究生院招生办公室
电话：(0771) 3231243
广西大学商学院MBA教育中心
电话：(0771) 3232133
网址：http://www.gxumba.cn   E-mail：sxymba@gxu.edu.cn

93. 重庆大学

重庆大学经济与工商管理学院的前身是创建于1937年的重庆大学商学院,是当时全国实力最为雄厚的商学院之一,学院现设有经济、管理、金融、会计、市场学和信息管理6个系,以及中国企业改革发展研究中心、管理现代化研究所、证券研究所和日本研究所；在经济学和管理学两大学科门类中,有2个一级学科博士学位授权点、6个二级学科博士学位授权点、10个硕士学位授权点（含MBA学位点）、2个博士后流动站和1个国家重点学科点。在职教师中有教授31人、副教授39人、讲师39人,多数教师具有国外或境外学习、研究的背景。

学院积极承担国家和地方的科研项目,取得了丰硕的成果,同时为政府和企事业单位开展各类经济管理人才培训项目,与政府各部门及企事业单位保持着良好的关系。

重庆大学经济与工商管理学院MBA项目始于1998年。为保证MBA教育的高起点、高标准、高质量要求,学院先后选派了MBA任课教师在国内外进修学习,任课教师90%以上具有教授、副教授职称,80%以上拥有博士学位,全部教师均具有企业咨询顾问经验。在教学过程中,学院还邀请了大量的专家和政府、企业界知名人士来院讲学,并投资兴建了经济与工商管理学院大楼,配置了现代化的MBA专用多媒体教室17个。在2001年全国MBA教育第二次评估中,学校名列第4名。

重庆大学经济与工商管理学院MBA项目课程设置除全国工商管理硕士教育指导委员会规定的MBA核心课程外,还开设了组织行为学、宏观经济学、经济法学和人力资源开发与管理等必修课,并开设了企业管理、营销管理、财务管理、信息管理4个专业方向分组选修课。

重庆大学经济与工商管理学院招收全日制（全脱产）MBA和不脱产MBA,其中全日制MBA学制为2年,学校可提供住宿（费用自理）；不脱产MBA学制为3年,主要利用周末学习。

地址：重庆市沙坪坝区沙正街174号　　　　邮编：400030
研究生招生办公室
电话：(023) 65105286　　　　　　　　传真：(023) 65111374
网址：http://graduate.cqu.edu.cn
经济与工商管理学院MBA办公室
电话：(023) 65106383，65106957　　　　传真：(023) 65106383
网址：http://seba.cqu.edu.cn

94. 西南交通大学

西南交通大学是我国最早的高等学府之一，是首批进入"211工程"的教育部直属重点大学。经济管理学院是隶属西南交通大学的教学、科研单位，拥有西南地区唯一的"管理科学与工程"博士后流动站，现拥有管理科学与工程、企业管理、决策科学、项目管理、资源优化与管理、公共工程组织与管理6个博士点。

西南交通大学MBA项目始终以"培养学习型的职业经理人、培养具有国际视野的企业家"为宗旨，注重师资队伍的建设和理论与实践的有机结合，为MBA学生提供精湛的理论指导、精彩的案例分析、丰富的实践活动，培养出了一大批职场精英，努力打造西南交通大学国际化的MBA品牌形象。

西南交通大学MBA项目注重国际学术交流与合作，积极为MBA学生创造海外学习和交流的机会。与美国、英国、日本、新加坡、澳大利亚等国家和中国香港、中国台湾等地区的著名高校建立了密切的学术合作交流关系，并常年聘请10名以上外籍教授为MBA学生授课。

西南交通大学MBA项目重视案例教学，注重理论与实践的密切联系，注重职业经理人素质培养。学校先后在中铁二局、中铁八局、东方电气集团、东方电机股份有限公司、中国第七化学建设工程公司、新希望集团、大连实德集团、成都置信集团等大型企业建立了MBA教育实习基地，为MBA新学生开展为期一个月的外语强化训练和野外生存拓展训练。西南交通大学MBA项目重视MBA学生之间的沟通，定期举办MBA沙龙，增进学生之间的团队合作；成立了西南交通大学MBA联合会，加强了MBA学生与MBA校友、工商企业、政府机构和兄弟院校的联系和交流。

西南交通大学MBA项目设立了6个专业方向：企业战略管理、市场营销、投资与金融管理、项目管理、物流管理、人力资源管理，并提供脱产学习、周末学习、集中学习三种方式，供学生根据自己的情况灵活选择。

地址：成都市二环路北一段111号　　　　邮编：610031
研究生招生办公室
电话：(028) 87600296　　　　　　　　传真：(028) 87601437
经济管理学院MBA教育中心
电话：(028) 87600828　　　　　　　　传真：(028) 87600826

95. 电子科技大学

电子科技大学（原成都电讯工程学院）是一所被誉为"中国民族电子工业摇篮"的全国著名重点大学。学校始建于1956年，是在周恩来总理亲自关怀下，以上海交通大学、华南工学院、南京工学院三所著名院校的电子类学科为基础合并组建而成，在1960年就被确定为全国重点大学。

电子科技大学是国家"211工程"和"985计划"重点建设的大学，是一所以电子信息科学技术为核心，理、工、管、文相结合的大学，在国内外尤其是在信息科学技术领域具有重要的影响。

电子科技大学MBA教育以管理学院为办学主体。管理学院拥有一支力量雄厚、专业合理的师资队伍和完善的教学、科研实验环境与信息文献资料，承担了包括国家杰出青年科学基金、教育部跨世纪优秀人才培养计划基金、国家自然科学基金等在内的众多科研项目，成果丰硕，获得国家科技进步三等奖、四川省科技进步一等奖、电子部级科技进步一等奖和其他十多项省部级以上奖项。

为满足我国信息化与信息产业高速发展对高层次人才的巨大需要，充分发挥学校在信息科学技术领域的综合学科优势，电子科技大学确定了"IT(信息技术)导向，创新与创业并重，走技术MBA之路"的MBA教育战略定位与发展思路，培养知识全面、基础扎实并具有优秀管理才能与良好技术素养的、推进企业、行业、区域信息化的高级管理人才。

根据MBA培养目标和特色要求，电子科技大学IT—技术MBA培养模式，致力于研究信息经济时代与信息化条件下的管理思想、理论、经营模式、组织结构等的特点与变革，并将这种研究成果融入MBA教育；整合学院、学校与社会资源，既将信息技术融入MBA教育课程体系设计、教学内容，探索新的教学模式与方法，又根据MBA考生的不同背景，实施分类培养指导；通过"高新技术前沿"等系列课程和论文的双导师制，着力培养、强化MBA学生在信息经济时代的"信息视野"和分析决策能力、创新创业能力；通过广泛的国际交流与合作，积极推动MBA项目教育与师资的国际化进程，引进国外优秀师资力量，讲授部分专业课程，帮助学生跟踪世界经济管理发展前沿，以增强学生在国际经济一体化潮流中的竞争力。

电子科技大学IT—技术MBA培养模式，特色鲜明，效果显著，受到国内外专家的高度赞扬。2001年9月，全国第二批MBA教育合格评估中，电子科技大学MBA教育的综合成绩居全国第2名、西南地区第1名，办学特色居全国第一。2004年12月，由管理学院完成的《IT—技术MBA培养模式的研究与实践》教学成果顺利通过专家鉴定，获得了四川省教学成果一等奖。

电子科技大学IT—技术MBA，也得到了社会的广泛认可，管理学院不仅与省内外多家大中型企业或高科技企业建立了MBA教学实习基地，为MBA学生提供良好的实习与实践机会。

凭借在开展MBA教育中的优异成绩，电子科技大学于2002年8月成为国务院学位办批准的全国首批30所开办EMBA（高级MBA）项目的院校之一，也是西南地区高校中唯一同时开办EMBA、IMBA和MBA项目的高校。项目间的资源共享，特别是师资资源的共享，为电子科技大学MBA价值的提升奠定了坚实的基础，更为MBA学生提升自我价值提供了有力保障。电子科技大学MBA教育中心还设立专职的MBA学生职业规划与就业指导中心，通过专业的职业规划与就业指导，凭借电子科技大学丰富的校友资源，与学生共创电子科技大学MBA的美好未来。

地址：四川省成都市建设北路二段四号　　　　邮编：610054
电话：(028) 83207285, 83200422, 83208817, 83202681, 83202313
网址：http://www.mba.uestc.edu.cn, http://www.uestcms.net
E-mail：mba@uestc.edu.cn

96. 西南财经大学

西南财经大学也是国家"211工程"重点建设的教育部直属重点大学。西南财经大学于1993年被国务院学位办批准为MBA培养试点单位之一，是西南地区最早的具有工商管理硕士授予权的学校。现已招收了MBA研究生14届，已有11届毕业生就职于金融证券业、制造业、商业以及政府经济管理部门，社会评价较高。2002年西南财经大学获得教育部授权，成为全国首批开办EMBA项目的院校之一。2009年西南财大预计招收MBA学生200人。

西南财大MBA项目现设7个培养方向：企业管理与市场营销、财务管理与资本运作、金融管理、项目管理、房地产与物业管理、现代投资管理、运营管理与商务智能。各个培养方向设置统一的学位课程及相应方向的必修课，学生在完成课程学习任务后，可结合自己所选的培养方向选修课程和撰写学位论文，在导师指导下，对本方向的专题做进一步深入研究。

西南财经大学高度重视MBA教育，配备了较强的师资力量，MBA课程教师中有多位学术专家。为了了解最新的学术动态，进一步提高MBA教学质量，学校还经常派MBA课程教师到国内外学习、交流。高素质的师资队伍，MBA教育提供了有力的保障。西南财经大学MBA项目实行启发式与研讨式教学方法，授课内容少而精，注重理论联系实际。

西南财经大学MBA项目根据学生的不同情况及要求，分为脱产学习和不脱产学习两种类型及三种相应的学习方式。

脱产学习的学生要全日制住校学习，一般学习年限为2年，也可以适当延长。对于不脱产学习的学生，可选的学习方式有两种：一是每学期集中8周时间脱产住校学习（白班），二是每学期集中12周在周一至周五晚上和星期六走读学习（晚班）。学习年限一般为2年，最多不超过4年，具体学习年限根据修满学分和完成学位论文的时间而定。

西南财经大学对MBA联考成绩前10名的考生，将给予不同程度的奖励：第1名全免学费，第2名只交10%学费，第3名交20%学费，第4名交30%学费，依次类推，第10名交纳90%学费。

地址：四川省成都市外西光华村西南财经大学研究生部招生办公室
邮编：610074
电话：（028）87352244，87352887（兼传真）
网址：http://graduate.swufe.edu.cn   E-mail:yzb@swufe.edu.cn

97. 西南民族大学

西南民族大学是一所包括哲、经、法、教、文、史、理、工、农、管、医11个学科门类的综合性民族高等学校。经过改革开放30年来的努力，学校现有管理学本科专业8个，管理学硕士授权点5个，中国少数民族经济和民族学博士授权点各1个，学校已成为西南民族地区培养中高级管理人才的重要基地。2005年、2006年和2007年管理学院学生分别获得国际企业管理挑战赛中国赛区团体冠军、亚军和季军。

西南民族大学现有胜任MBA课程教学的专职教师36人，其中教授（研究员）14人，副教授18人；博士后3人；博士10人；四川省学术技术带头人后备人选2人；博士生导师2人，硕士生导师21人，享受政府特殊津贴的专家1人。每门MBA核心课程及重要必修课程均可配备2名及以上教学经验丰富的任课教师，其中教授和副教授所占比例为88.9%；MBA核心课程及重要必修课程的任课教师中，具有管理实践或企业研究经验者的比例为90.9%；西南民族大学聘请知名企业的领导人和资深管理者作为MBA兼职教师；现有客座教授15人，其中来自企业的有10人，来自国内外著名院校和研究机构的有5人。

西南民族大学于2007年被批准为MBA培养单位。在以下方面形成MBA教育的特色：

(1) **多民族的MBA项目。**西南民族大学MBA项目以多民族MBA教育为特色，面向各民族培养高层次经营管理人才。学校拥有在海内外有很大影响的藏学文献中心，拥有国内规模最大的彝学文献中心。学校将根据社会和经济发展要求及时调整MBA方向，更新教学内容，在实践中总结经验，不断提高MBA教学质量。

(2) **注重MBA项目的实战训练。**西南民族大学MBA项目注重能力培养，强化实践环节，组织MBA学生到企业考察、调研与实践。管理学院与10家不同类型的企业签订了稳定的校企合作协议，能够为MBA学生提供优良的实战场所。2003年学校完全实现信息化、数字化和网络化，建设了管理学实验室，在2008年获得财政部财政专项资金200万元支持MBA项目建设。

(3) **注重MBA项目的国际化。**西南民族大学MBA项目采取双向交流方式培养MBA所需师资，积极拓展与国外MBA院校的学生交换项目，现已建立与英国威尔士大学联合开展工商管理专业硕士研究生"1+1"模式的国际合作项目。

(4) **重视MBA学生的职业发展。**西南民族大学MBA项目根据各民族的特点，帮助每位MBA学生共同制定职业发展计划。学校利用在西南地区的区域优势，建立与知名企业的稳定合作关系，共同为MBA学生创造良好的事业平台，实现MBA学生与企业的双赢目标。

地址：四川省成都市一环路南四段　　　　　　邮编：610041
研究生部招生办公室
电话：(028) 85522031
MBA教育中心
电话：(028) 85529199　　　　　　　　　传真：(028) 85529228
管理学院
电话：(028) 85522331，85522332，85522333　　传真：(028) 85522332
网址：http://www.swunmba.com　　　　　　E-mail：swunmba@126.com

98. 贵州大学

贵州大学是贵州省属重点综合性大学，是贵州省人民政府与教育部共建的"211工程"重点建设大学，其前身是1902年创建的贵州大学堂。1997年8月，贵州大学、贵州农学院、贵州艺术高等专科学校、贵州省农业管理干部学院合并组建为贵州大学，2004年8月，贵州大学与贵州工业大学合并组建为新的贵州大学。

贵州大学MBA项目始于2001年。2001年3月，经国务院学位委员会批准，原贵州工业大学成为全国第四批MBA试办单位之一。新的贵州大学组建后，学校高度重视MBA建设，成立了MBA学位教育工作指导委员会，由分管研究生教育的常务副校长担任主任。专门设立了依托于管理学院的MBA教育中心，具体负责MBA教育管理工作。加大在人力、物力、财力等方面的投入，改善了办学条件。集中学校管理、经济、系统工程、计算机等学科资源形成了以财务管理、投资与理财、营销管理、企业战略管理、人力资源管理、运营管理、国际商务、项目管理、现代企业制度与设计、经济分析与决策为研究方向的优势学科群。

贵州大学的MBA教育旨在培养知识广博、富有创新思维、勇于开拓、善于沟通合作、能适应市场经济发展需要的复合型管理人才。为保证MBA项目教学质量，贵州大学整合省内外优质教育资源，聘请了一批相应学科的专家和企业家担任MBA兼职教师。在MBA论文指导方面,实行双导师制，不仅有学校的论文指导教师，同时聘请有丰富的企业管理实践经验、对企业管理有深入研究的企业家或管理者担任导师。贵州大学通过引进高学历人才，选派优秀的青年教师到国内外著名高校进修和学习等多种途径逐步提高师资队伍水平，已经形成了具有一定规模和较高水平的MBA师资队伍。贵州大学已建成能适应MBA教学的高标准多媒体教室12间。拥有数字图书馆、电子阅览室。MBA专用图书室有中外图书资料1万余册、中外文期刊100多种，拥有配套完善的后勤服务系统，为MBA教育提供了有力的保障。

贵州大学研究生院学位办公室

地址：贵州省贵阳市花溪大道1902号贵州大学花溪北校区　　邮编：550025

电话：(0851) 3624290

贵州大学MBA教育中心

地址：贵州省贵阳市花溪大道1902号贵州大学花溪北校区致远楼　　邮编：550025

电话：(0851) 4733077，13385149731，13385149732

传真：(0851) 4733077

E-mail：gzumba@163.com　　　　　　　　　　　网址：http://210.40.32.30/mba

99. 贵州财经学院

贵州财经学院创建于1958年，是以经济、管理类学科为主体，"经、管、法、文、理、工、教"互为支撑的多科性财经类大学。学校在2006年全国本科教学水平评估中获得了"优秀"。自1995年以来，贵州财经学院先后与南京大学、武汉大学、四川大学和中南财经政法大学等多所重点院校联合举办过多期MBA研究生班。

贵州财经学院MBA项目秉承"厚德、博学、笃行、鼎新"的校训，发扬"儒魂商才"的经济、管理高层次人才培养宗旨，注重MBA学生综合素质教育。学校通过建设校园文化，开设人文、科技选修课，开展各种知识、技能比赛，常年聘请国内外著名经济、管理学者、两院院士举办"人文论坛"、"经济论坛"、"科技论坛"，促进MBA学生综合素质的提高。学校特别重视案例教学，强调课程内容的实战性，强调通过理论教学和案例教学紧密结合，提高学生分析和解决问题的能力。

贵州财经学院MBA教育在当地有以下相对优势：

(1) **具有一定优势的管理学科师资队伍**。贵州财经学院200多名具有高级职称的教师中，经济管理类教授、副教授占70%以上。学校聘请了海内外经济学、管理学专家、学者40余人担任兼职或客座教授，还聘请了一批知名企业家作为MBA兼职教师。

(2) **具有一定优势的经济管理学科群**。贵州财经学院有32个本科专业，21个硕士点，1个应用经济学一级学科硕士点，在21个硕士点中，经济与管理类占80%。经济与管理类硕士点数目占全省总数的51%。学校建有贵州省唯一的省级经济、管理类人文社科研究基地，有7个省级重点学科点（均为经济管理类学科，占全省经济管理类省级重点学科70%），形成了在省内具有一定优势的经济、管理类学科群和科研力量。

(3) **具有一定优势的开放式办学基础**。学校十分重视对外交流与合作，先后与武汉大学、上海财经大学等大学建立了经济管理高层次人才培养的合作关系,同时与加拿大麦吉尔大学、美国加州州立富乐敦大学、奥克兰大学、法国波尔多第四大学、日本大阪经济大学、东京经济大学等保持长期的教学、科研和人才培养合作联系。

(4) 具有一定优势的校企合作网络。贵州财经学院长期与茅台集团、贵阳市商业银行、黄果树卷烟销售公司、贵州铝厂、贵州广电集团、毕博全球管理咨询公司西南区分公司、宏福磷肥厂、中铝贵州分公司、中国电信贵州分公司、中国邮政贵州分公司等企业保持合作关系，这为MBA学生培养实战能力提供了有利条件。

贵州财经学院MBA项目在招生、管理、培养和就业全过程中坚持公开、公平和公正原则，为所有学生竭尽所能地提供最优质的服务。

贵州财经学院MBA中心有全日制脱产学习和在职学习两种方式。贵州财经学院MBA中心全年接受申请和咨询。

地址：贵州省贵阳市鹿冲关路276号   邮编：550004
研究生招生办公室
电话：(0851) 6902523   传真：(0851) 6902829
贵州财经学院MBA中心招生咨询办公室
电话：(0851) 6902523   传真：(0851) 6902829
网址：http://www.gzife.edu.cn   E-mail：mba@mail.gzife.edu.cn

100. 云南大学

云南大学是国务院确定的全国88所重点大学之一，也是云南省唯一进入国家"211工程"的综合性大学。云南大学工商管理教育始于20世纪40年代，目前MBA项目所依托的工商管理与旅游管理学院，集中了学校工商管理学科的优势资源和力量，现拥有旅游管理博士点；有企业管理、旅游管理、会计学、经济史、MBA 5个硕士点；设工商管理、旅游管理、财务管理、电子商务和人力资源管理5个本科专业。此外，学院还是国家旅游局批准的全国7个"总经理岗位培训定点院校"之一。

目前，云南大学的MBA教育师资队伍有62人。其中拥有博士学位的占42%，教授、副教授占61%，有55%的教师在国外著名高校学习、研究和工作过。另外，学校还聘请了云南铜业、昆钢集团、云天化、昆明制药、云南白药等上市公司的高层管理人员和专家学者担任学校MBA的兼职教授。

云南大学为MBA培养提供了优越的条件。学校专门建设了包括MBA案例讨论室、MBA专用多媒体教室，工商管理实验室、旅游管理实验室、财会金融实验室、电子商务实验室等教学设施的MBA教育中心。

云南大学自2000年获准招收MBA学生以来，招生人数逐年增加，教学质量稳步提高，社会影响不断扩大、品牌优势日益彰显。2005年6月，云南大学MBA项目以优异成绩通过国务院学位办组织的教学合格评估。云南大学继清华大学、复旦大学、中山大学之后，成为美国麻省理工学院中国MBA项目理事会成员。派出到美国麻省理工学院斯隆管理学院进修的教师已经有24位学成回国，并已逐渐在教学中引进美国麻省理工学院的教学体系和方法。2008年，云南大学与四川大学、重庆大学、广西大学及内蒙古大学一起，入选由全国MBA教育指导委员会主办，新加坡淡马锡基金会提供赞助的"中国西部MBA师资培养和能力提高计划"项目，将在复旦大学管理学院的对口支持之下，全面提高MBA教育水平。2008年，云南大学选拔了8名MBA优秀学生到美国和印度参加学生交流实习项目，今后将继续选拔优秀学生出国交流实习。

云南大学MBA教育秉持"国际视野，博采众长，文理渗透，突出特点"的办学理念，通过高起点国际合作、高投入师资培养、高标准的课程体系和高水平的教学设施，力争早日成为我国西部一流的MBA项目。

研究生招生办公室

地址：云南省昆明市翠湖北路2号研究生招生办公室　邮编：650091

电话：(0871) 5034097　　　　　　　　　　传真：(0871) 5034090

E-mail：yuyzb@ynu.edu.cn

工商管理与旅游管理学院MBA办公室

电话：(0871) 5034545，5030630　　　　　传真：(0871) 5034090

网址：http://www.ynmba.com.cn　　　　　　E-mail：ynmba@ynu.edu.cn

101. 昆明理工大学

昆明理工大学是一所以工为主，理工结合，兼有经济、管理、文学、艺术、法律、教育等多学科的综合性大学，办学历史可追溯到1925年。原隶属于中国有色金属工业总公司，1998年划归云南省管理。目前是云南省规模最大、办学层次较高、类别较为齐全的重点大学。

昆明理工大学管理与经济学院办学历史26年，为全国及云南省地方经济发展培育了万余英才，被称为云南的"企业家摇篮"。1999年和2000年两次被云南省授予"工商管理培训先进单位"称号。作为全国第五批MBA培养院校，管理与经济学院于2004年开始正式招收MBA学生，累计招收MBA学生634名，目前在校学生359人。

昆明理工大学管理与经济学院教学科研实力雄厚，目前设有工商管理、信息管理、市场营销、会计、经济5个系，拥有管理科学与工程一级学科博士点、管理科学与工程、工商管理2个一级学科硕士点，同时管理科学与工程、工商管理都是云南省重点学科。除MBA外，该校还培养工业工程、物流管理与项目管理3个领域的工程硕士。

管理与经济学院现有教授25人，副教授28人，其中博士生导师13人，硕士生导师43人。学院大部分骨干教师在承担教学科研任务的同时，还在企业里做独立董事和兼职顾问，他们既有丰富工商管理的教学经验，又具有企业经营的实践经验。教学质量获得了在校MBA学生的普遍认可。

昆明理工大学MBA项目的课程设置，除满足全国MBA教育指导委员会规定的基本要求外，还根据市场需求和学院的师资能力，开设企业运营管理、市场营销管理、金融工程管理、项目管理、信息管理与电子商务等专业方向的相应课程，供MBA学生选修。

昆明理工大学是中国参与东盟（10+1）自由贸易区的主体省属大学，也是澜沧江、湄公河次区域开发的核心区。昆明理工大学MBA项目要立足云南、辐射全国、面向东盟、走向世界。学院先后与国内外多所著名高校建立了长期稳定的合作关系，并聘请国内多所著名院校的管理学教授担任兼职教授。同时还与浙江大学、复旦大学、泰国清迈大学、泰国西北大学、泰国皇太后大学、香港城市大学等国内外许多高校建立起长期的学术交流与联合办学关系，定期进行学术交流和学者互访。目前学院已与泰国朱拉隆功大学经济学院联合成立了"东盟区域与产业发展研究中心"，实现了与泰国西北大学、清迈大学的MBA学生互访，并与老挝国立大学研究生院和经济学院合作开办了"中老国际金融管理研究生班"。

昆明理工大学MBA项目强调案例教学和模拟教学。学院购置了"企业经营模拟对抗沙盘"、"实时金融投资模拟"、"国际贸易模拟"等软件和设施,让学生通过经营管理的模拟对抗和金融投资模拟训练,提高实战能力。另外,学院还通过组织户外拓展训练、总裁论坛、企业考察等活动,扩大学生的知识面,增强学生的实践能力。

为提升MBA的教学质量,塑造品牌效应,学院定期组织学生对课程教学效果进行评估,并及时将评估结果和学生意见、建议反馈给教师,由教师针对班级特点进行教学内容或方式的调整。

学院拥有6间多媒体教室,2间MBA活动室,教学设施先进,网络环境完善,为MBA学生提供了舒适优越的学习环境。学院还在省内多家大企、名企建立了实习基地,为MBA学生提供了良好的实习条件。

学院将充分利用西部大开发和东盟自由贸易区建设等机遇,学习借鉴国内名牌高校的办学经验,不断加强师资队伍的建设,通过科学、严格的管理,细致周到的服务,树立昆明理工大学MBA教育品牌,建设特色鲜明的高水平MBA培养基地。

研究生招生办公室
地址:云南省昆明市一二一大街文昌巷68号   邮编:650093
电话:(0871)5112931   传真:(0871)5112931
管理与经济学院 MBA办公室
地址:云南省昆明市一二一大街文昌巷68号   邮编:650093
电话:(0871)5188578,5188528   传真:(0871)5188578
网址:http://www.kmustmba.cn   E-mail:glxymba@yahoo.com.cn

102. 云南财经大学

云南财经大学是一所以经济学、管理学为主,哲学、法学、文学、理学、工学等学科协同发展的多科性省属重点大学。学校坐落于气候宜人、四季如春、自然景观与人文景观荟萃的春城昆明,被誉为云南最美丽的大学校园,是读书治学的理想园地。

自建校以来,云南财经大学已培养了7万余名各类专门人才。目前,全校有在校生约12 000余人,其中MBA120余人。学校坚持开放办学方针,先后与美国、英国、日本、澳大利亚、印度、泰国、越南等10多个国家地区的21所高校和机构建立了长期、稳定的合作交流关系。

云南财经大学是云南省唯一的财经类高等学校,是云南省培养经济管理高级专业人才的重要基地。学校拥有企业管理学、会计学、金融学、财政学、世界经济学、区域经济学、统计学和国际贸易学8个省级重点学科;工商管理、会计学、金融学和市场营销等4个省级重点建设专业;会计学省级人才培养模式改革试点项目;9门省级精品课程和1个省级重点教学实验室。其中,会计专业被教育部、财政部批准为第二批高等院校特色专业建设点。

云南财经大学MBA学院配备了设施一流的多媒体教室、案例讨论室、电子阅览室、学生活动室,以及会计一体化、金融、工商管理、电子商务等实验室。除学校图书馆现有藏书和数据库外,学校还专门设立了MBA资料中心,拥有国内外经典的工商管理书籍3万多册、中外文期刊200余种。

云南财经大学MBA项目实行"双导师"培养制度,除学校导师外,还聘请知名企业家、金融专家和资深专家作为导师对学生进行培养指导。学院在知名大企业、大集团和金融机构建有MBA教学实践基地,把优秀企业先进的管理理念和实战经验融入MBA教学,并为学生提供良好的实践条件和职业平台。MBA学院还定期邀请国内外知名专家、客座教授、企业家、金融专家为学生举办专题讲座。

MBA学院设有云南企业发展研究中心、云南财经大学投资研究所和云南财经大学企业创业管理研究中心3个研究机构。这些研究机构是云南企业发展的高端研究平台，也是加强MBA教育与企业界联系的重要载体，同时也为MBA学生提供了实践平台。

MBA招生办公室
地址：昆明市龙泉路237号MBA教育学院　　　　　邮编：650221
电话：(0871) 5114080，5114081，5023505
传真：(0871) 5114081
网址：http//:web.ynufe.edu.cn/mba/index/htm
E-mail: mba@ynufe.edu.cn,largehill@126.com

103. 西北大学

西北大学创建于1902年，雄踞古都西安，领略秦汉雄风，弘扬盛唐文明，是文、理、工、管、法学科门类齐全，教学与科研并重的全国重点综合大学，也是国家"211工程"重点建设院校和西部大开发重点支持建设院校。

西北大学经济管理学院历史悠久，是集经济学与管理学、教学与科研为一体的综合性学院，现有7个系（经济学、工商管理、国际贸易、金融、会计、商务信息、旅游管理），2个教育中心（MBA、现代经理人）和多个研究机构，本科生、硕士生、博士生、博士后流动站等多层次人才培养体系健全，拥有国家经济学人才培养基地和国家人文社科重点研究基地（西北大学西部经济发展研究中心）。

西北大学MBA教育依托综合大学多学科融合氛围，根植西安深厚文化底蕴，发挥西北大学经济管理学院经济学的优势，与时俱进，开拓创新，注重培养学生的人文精神、团队意识、商业谋略和职业能力。努力在师资、课程、教学内容与教学方式等方面向国际水准看齐，把毕业生的就业指导作为重要工作内容，关注学生的收入水平和职业前景。

西北大学MBA教育在企业改革与发展、创业与中小企业管理、营销管理与跨国经营、项目融资与财务管理、旅游管理等方向正形成自己的特色。

西北大学MBA项目招收春季MBA和秋季MBA。欢迎具有良好个人素质和发展潜力，超越现在，提升自我，谋求职业发展者报考。

经济管理学院MBA教育中心
地址：陕西省西安市太白北路229号　　　　　邮编：710069
电话：(029) 88302374
E-mail：mba@nwu.edu.cn

104. 西安交通大学

西安交通大学的前身是1896年创建于上海的南洋公学，其悠久的历史、浓郁的文化、雄厚的师资、淳朴的校风享誉海内外。西安交通大学的管理学科实力雄厚，20多年来，完成了国家重点科研项目、国家自然科学基金重大项目及杰出青年基金等项目百余项。获国家科技进步奖3项，国家教学成果奖4项；中华人口奖一项；获国家科技部、国家教育部、省市及学校科技成果奖100多项，在国内外重要期刊和国际学术会议上发表论文数千篇，撰写与编著出版的学术专著及各类教材100多种。

西安交通大学是国务院学位委员会批准的首批试办MBA学位的院校之一，拥有先进的教学设备和丰富的图书资料，具有良好的教学环境。自1991年起，已招收和培养了4 200余名MBA学生。MBA教育以管理学和经济学为支撑，拥有一支强大的师资队伍，授课教师中有教授31人，副教授41人，其中包括中国工程院院士汪应洛教授、"中国青年科学家奖"获得者席酉民教授、"长江学者特聘教授"李垣教授等著名学者。此外，学校还聘请了一批海内外知名学者、企业家担任MBA项目兼职教授。

西安交通大学MBA课程的特点是：内容丰富、系统全面、体现中国特色的课程体系；采用案例教学和启发式的教学方法，鼓励课堂讨论；授课内容强调理论的系统性和实际的操作性，培养学生的应变、判断、决策和组织指挥能力；学习成绩以考试、测验、大作业、课堂讨论、案例分析、文献阅读和报告等几个方面综合评定，实行结构记分法。

西安交通大学MBA项目重视管理实践环节，通过组织学生对国内外现代企业或典型企业的参观考察、咨询诊断、调查研究，深化MBA学生对管理理论的理解。

为了使MBA学生广泛接触理论前沿和学科的发展趋势，学校举办大量的学术报告和讲座，丰富多彩的课余活动使学生的修养得到升华。

为了加强MBA学生综合能力的培养，西安交通大学注重MBA学位论文的工作。学位论文指导实行导师制，遴选一批具有指导硕士研究生资格的教授、副教授及实际工作部门中具有高级专业技术职务的管理人员担任MBA导师。

西安交通大学非常重视MBA教育的国际交流和合作，与诸多国外大学有着广泛的合作与交流。2003年起，与新加坡国立大学商学院签订了合作协议，双方每年互派10名左右优秀的MBA学生进行半年留学并互免学费。2007年与日本同志社大学商学院签订了合作协议，双方每年互派5名优秀的MBA学生交换学习半年并互免学费。

西安交通大学MBA项目设立营销管理、信息与电子商务管理、管理工程、创业管理、金融管理、现代财务管理、国际商务等专业方向。其中，营销管理、信息与电子商务管理、管理工程、创业管理等方向设在西安交通大学管理学院，金融管理、现代财务管理、国际商务等方向设在西安交通大学经济与金融学院。

西安交通大学在总结多年MBA教育经验的基础上进行了全面的改革与创新，发挥学校的整体优势，将以全新的模式培养新世纪的企业家。为了便于考生复习备考，西安交通大学依据全国联考考试大纲的要求，举办考前辅导班。

研究生院招生办公室

地址：陕西省西安市咸宁西路28号　　　　　　邮编：710049

电话：(029) 82668329　　　　　　　　　　传真：(029) 83237910

E-mail：yzb@mail.xjtu.edu.cn

管理学院MBA中心

电话：(029) 82669064　　　　　　　　　　传真：(029) 82668840

E-mail：txx@mail.xjtu.edu.cn

经济与金融学院

电话：(029) 82656906

网址：http://www.xjtu.edu.cn, http://www.mba.xjtu.edu.cn, http://unit.xjtu.edu.cn/unit/mba

105. 西北工业大学

西北工业大学坐落于古都西安市，是一所以同时发展航空、航天、航海工程教育和科学研究为特色，以工、理为主，管、文、经、法协调发展的研究型、多科性和开放式的科学技术大学，是全国首批设立研究生院和国家大学科技园的高校之一。西北工业大学在1960年就被国务院确定为全国重点大学，现在是国家"211工程"、"985计划"重点建设的大学之一。

西北工业大学1984年成立中国设备管理培训中心，1985年成立管理系，1990年正式成立管理学院。管理学院目前下设5个系，2个教育中心，设有管理科学与工程博士后流动站，拥有管理科学与工程一级学科博士授予权，管理科学与工程、企业管理、技术经济与管理和会计学4个硕士学位授予点，MBA和工程硕士（工业工程、项目管理和物流管理领域）2个专业硕士学位授予点及5个本科专业，已形成从本科到硕士、博士的完整的人才培养体系。学院为教师和学生提供了现代化的多媒体教室、案例讨论室、专业实验室、资料室、网络环境和办公环境。

管理学院现有教职工80多人，其中有中国工程院院士1名，教授18人，副教授以上职称40多人。学院教师队伍学术层次高，学术研究能力强，特别是年轻富有朝气，大部分教师有管理与理工科复合型知识背景，有企事业单位实践的工作经验，不少在国外获得学位或进行过长期访问，为学院教学和科研工作上水平、出成果奠定了良好的基础。

管理学院研究成果丰硕。"十五"期间，学院承担国家自然科学基金、国家社会科学基金、国家软科学研究计划、863计划、国防基础科研项目、航空科学基金和陕西省自然科学基金、社会科学基金、软科学计划及科委项目40多项，西安市级及企业委托科研项目110余项，总经费达530余万元。获得各类研究成果奖20余项。发表学术论文560余篇，编写教材和专著50部。

中国项目管理研究委员会和西北工业大学国际项目管理研究院挂靠在管理学院，部分教师已从事项目管理研究多年，为学生学习项目管理知识及通过IPMP认证提供了优越的条件。

西北工业大学是经国家批准的MBA教育院校之一。早在1986年，西北工业大学承担原国家经贸委与英国文化委员会（British Council）合办的中英联合培养MBA项目，与英国的Lancaster大学、Hull大学和Keele大学进行过MBA的联合培养。1996年11月获准招收MBA学生，1998年正式招生。西北工业大学MBA教育经过10年的努力和探索，已形成一定的办学规模。学校十分重视MBA教育，为了加强管理，为MBA教育提供专业化的服务，提高培养质量，实行校、院、中心三级管理体制，成立了MBA教育领导小组、MBA学科组和MBA教育中心。

西北工业大学MBA学习方式分为全日制脱产学习和业余时间在职学习两种，以适应MBA学生的不同需求。除招收纳入教育部招生计划的全国MBA学生外，也招收在职攻读MBA学位学生。西北工业大学MBA教育的主要任务是发挥学校在项目管理和高技术管理等领域的优势，通过强化"课程精品化、方向特色化、人才专业化"的培养目标，培养掌握市场经济一般规律，熟悉市场运行规则和企业实情，具有国际视野、创新精神、合作与竞争意识、领导能力以及良好职业道德和社会责任感的高素质职业经理人、企业家和适应社会需要的经济管理人才。

西北工业大学MBA教育项目的专业方向有：项目管理（国际项目管理、IT项目管理、工程项目管理、政府项目管理等），高技术管理（高技术项目管理、高技术创新管理、高技术企业管理、国防企业管理），组织与人力资源管理，营销与战略管理、投资与财务决策，物流与供应链管理，信息管理等。开设有管理学、组织行为学、人力资源管理、管理沟通、企业伦理、管理经济学、市场营销、企业战略、公司理财、金融工程、国际商务、项目管理、投资与风险管理、数据、模型和决策，物流与供应链管理等课程。

研究生院招生办公室

地址：陕西省西安市友谊西路127号　　　　邮编：710072

电话：(029) 88493042，88494042　　　　传真：(029) 88491142

管理学院MBA教育中心

电话：(029) 88460575， 88493557　　　　传真：(029) 88494191

网址：http://mba.nwpu.edu.cn　　　　　　E-mail:mba@nwpu.edu.cn

106. 西安理工大学

西安理工大学工商管理学院创建于1958年，其前身为北京机械学院工程经济系。学院拥有管理科学与工程、企业管理博士点以及包括MBA在内的9个硕士点。1984年，学院被原国家机械委确定为"厂长（经理）培训班"基地；1996年学院被陕西省人民政府确定为陕西省培养工商高层管理人员的单位之一；1997年经国务院学位办批准，西安理工大学成为全国MBA培养院校。

在2001年教育部学位与研究生教育发展中心组织的第三批MBA培养单位教学合格评估中，西安理工大学在28所学校中名列第8，教学效果单项排名第一。

西安理工大学工商管理学院长期为石油、石化、化工、机械、电子、电信、铁路等行业的大型企业以及一些民营企业集团进行管理干部培训，已培训3 000多人，具有丰富的培养高级管理人才的经验。同时，学院与美国、加拿大、芬兰、荷兰等国家以及我国台湾地区的许多商学院保持着良好的合作关系。

西安理工大学MBA教育的目标是培养目光远大、知识广博、勇于开拓、富有创新意识、善于沟通与合作的综合型管理人才。学校重视塑造学生的国际视野、竞争观念、战略思维、团队精神、商业道德和社会责任感，强调培养学生敏锐的市场分析能力、缜密的科学决策能力和高效的管理执行能力。

西安理工大学MBA项目配备的授课教师都是西安理工大学最优秀的教师，同时还聘请了众多的优秀企业家作为兼职教授。为保证教学质量，学院建立并实行了MBA课程教师遴选和上岗认证制度、教学效果评估和学生意见反馈制度，MBA课程教学过程监控制度，很好地保证了MBA教育质量。学校重视任课教师之间的交流和对教师的培训，定期组织MBA课程任课教师开展教学研究活动，有计划对MBA授课教师进行案例教学培训。学校还有计划地安排MBA项目任课教师前往美国、日本、韩国、德国以及中国香港等地的大学和研究机构访问研究、攻读学位，以提高MBA项目师资的整体水平。

西安理工大学MBA项目的课程设置针对MBA培养目标和基本要求，结合本校的学术优势，在MBA核心课程之外，还开设了企业管理、金融与财务管理、营销管理、生产运作、电子商务、信息管理等多个专业课程板块。

西安理工大学MBA项目注重案例教学和实践教学，鼓励教师开发教学、结合中国实际的案例，强调案例教学中的学生参与。学校还先后与秦川机械发展股份有限公司、宝鸡石油钢管厂、陕西省水利水电工程局、西安变压器厂、铁道部永济电机厂、洛阳机车厂、一拖集团、水电部十一工程局等企业签订协议，建立了MBA教学实习基地，组织学生到实习基地参观考察和进行现场教学，收到了良好的效果。

西安理工大学MBA项目通过开展拓展训练活动、在课程教学中强调团队合作、鼓励与支撑MBA联合会活动、构建同学和校友网络等措施培养MBA学生的团队精神和合作意识。

西安理工大学MBA教育秉承"开拓、进取、严谨、求实"的教育传统，在学校重点扶持下，逐步形成了自己的特色，建立起了品牌，教育质量得到了社会的广泛认可。

工商管理学院MBA中心
地址：陕西省西安市雁翔路58号1068信箱，西安理工大学曲江校区MBA办公室
邮编：710054
电话：（029）62660280，62660238，62660239
研究生招生办公室
地址：西安市金花南路5号　　　　　　　　　邮编：710048
电话：（029）82312406，82312416
网址：http://www.xaut.edu.cn，http://sba.xaut.edu.cn
E-mail：mbaoffice@126.com，mba@mail.xaut.edu.cn

107. 西安电子科技大学

西安电子科技大学（原名西军电）毗邻西安高新技术产业开发区，是以信息和电子学科为主，工、理、管、文、经多学科协调发展的全国重点大学，直属教育部，是国家列入"211工程"重点建设的高校之一。学校学科多样，优势互补，为培养高质量面向信息产业的MBA人才提供了有力的学科支撑。

西安电子科技大学工商管理教育起步于20世纪80年代初，经过20多年建设与发展，目前有与MBA教育相关的经管类本科专业10个，相关硕士专业7个，形成了支持MBA培养的完善学科体系。在现有学位授权点中，与开展MBA教育相关的硕士点有：企业管理、管理科学与工程、技术经济及管理、金融学、国民经济学、情报学、运筹学与控制论等专业。另有项目管理和工业工程等管理类工程硕士点。经过长期的建设与发展，学校的管理学科逐步形成了较明显的学科优势，具有明显的IT产业背景特色，在战略信息管理、电子商务的管理模式、高新技术企业创新等方面已形成颇具特色的研究方向；在企业系统仿真与决策、信息管理与知识管理等研究领域具有较大的优势。

虽然西安电子科技大学开展MBA教育较晚，但经济管理学院在20世纪80年代就承担了原电子工业部系统"总经济师"培训任务，从1996年开始，经济管理学院按照MBA的模式，为地方企业开展了高级工商管理培训，累计培训了8期300余名学生。通过培训项目的教学，学院积累了开展MBA教育所需的教学经验及相关案例资料。逐步形成了改革创新、求真务实、管理规范、注重学生能力培养的教育特点，形成了结构合理、经验丰富的教师队伍。MBA课程任课教师90%以上为教授、副教授，许多教师直接参与了企业的管理咨询，主持企业诊断和策划，以及被聘为大中型企业的管理顾问。教师的授课受到了学生的普遍好评。

西安电子科技大学经济管理学院坚持开放的教学思想，与国外多所大学建立了合作关系，每年都有国外专家、学者前来进行学术交流和讲学，自1996年起，经济管理学院与日本NEW-IE研究会联合举办了4届新工业工程高级学术研讨会。学院与西安高新技术产业开发区管委会建立了全面合作关系。在多家企业建立了实习基地，开展了全方位、经常性的合作。

西安电子科技大学MBA教育的指导思想是：以"厚德、积学、励志、敦行"为办学理念、高起点、高质量，在规范化的基础上，依托学校自身优势，逐步形成自己的MBA教学特色。西安电子科技大学MBA教育强调"管理、经济、信息互为融合"的知识结构，创建新型管理教育模式，重塑与弘扬具有时代特征的现代人文精神。西安电子科技大学MBA项目培养目标是：培养具有战略眼光、创新意识、合作精神、处理复杂问题所需的应变和决策能力，以及具有开拓进取、艰苦创业的事业心和责任感，适应经济全球化、信息化和市场化的高层经济管理人员。

西安电子科技大学MBA项目的特色是：在为MBA学生提供系统的经济与管理课程的同时，依托西安电子科技大学在信息技术与电子科学领域的优势，突出对计算机、现代通信和信息处理等技术手段（如计算机网络、电子商务、管理决策系统）的训练，强调培养MBA学生运用管理的理论和方法解决实际经济管理问题的能力。同时，面向电子与信息行业培养既懂技术又懂管理的经理人和创业者。

西安电子科技大学研究生招生办公室
地址：西安市太白南路2号   邮编：710071
电话：(029) 88202415，88201947   传真：(029) 88201947
经济管理学院招生办公室
电话：(029) 88202797，88204605   传真：(029) 88202794
网址：http://www.xidian.edu.cn   E-mail: zwp211@sina.com

108. 西安建筑科技大学

西安建筑科技大学坐落在历史文化名城西安，南眺驰名中外的唐代大雁塔，北临举世闻名的明代长安城墙，环境优美，交通便利，是国务院首批批准有权授予学士、硕士、博士学位的高等学府之一。西安建筑科技大学于1956年设立建筑工程经济组织与计划专业，是当时全国最早设置该专业的两个学校之一。1982年成立管理工程系，1999年成立管理学院。

管理学院是学校发展的重点院系之一，现设有工程管理、工商管理、会计学、管理工程4个教研室，1个省重点社科研究基地（陕西省建筑经济与管理研究中心）和建筑经济、投资与房地产经济、系统工程、管理科学与系统设计4个研究所。同时，还拥有管理科学与工程、土木工程建造与管理2个博士点，管理科学与工程、企业管理、技术经济及管理、会计学、旅游管理、MBA、项目管理和物流管理等9个硕士学位授予点和5个本科专业。目前在校学生近1 500名。

管理学院目前有专职教师60名，其中博士生导师7人，教授、副教授37人，具有博士、硕士学位教师的比例达到90%。另外，学院还聘请了20多名来自政府、企业和国外高校的资深管理者、企业家和学者担任兼职教师和研究生导师，已经形成了一支理论水平高、实践经验丰富、凝聚力强的师资队伍。

管理学院拥有电子商务集成实验室、会计模拟实验室、信息管理综合实验室、工程管理实验室、4个分专业的电子阅览室、多媒体教室、案例讨论室、图书资料室、小型学术报告厅等。此外，还有学校图书馆、网络中心等，为师生交流信息提供了一个便捷的平台。

西安建筑科技大学是国务院学位委员会于2007年批准的MBA培养院校之一。学校高度重视MBA教育工作，实行校、院二级教育管理体制，组建了MBA协调领导小组、教育管理中心和教育指导委员会，并将MBA项目作为学校的一个品牌精心打造。

　　西安建筑科技大学MBA教育主要招收有实践经验的企事业单位、政府管理部门及其他部门的在职人员，或具有一定工作经验和管理素质的各专业大学毕业生，通过采用分类培养、课堂教学、管理实践和导师指导等相结合的培养方式，培养能够胜任工商企业和经济管理部门工作，适应未来社会激烈竞争的务实型、复合型高级工商管理人才。

　　西安建筑科技大学MBA教育的主要特色有：

　　(1) 全日制或在职学习可选择，分类编班施教。全日制学生在校参加课程学习；在职学生可在业余时间（通常为周末）参加由学校组织的课程学习，或采用阶段性短期集中授课的方式参加课程学习。

　　(2) 学分制和弹性学制相结合，严格过程管理。课程成绩以考试、作业、课堂讨论、案例分析、文献阅读报告或课程论文等综合评定，实行结构记分法。学生通过规定课程考试可取得学分，修满规定学分后，方能撰写学位论文，学位论文经答辩通过后方可按程序申请学位。在职学习者若因特殊情况不能按期修满学分，可适当延长学习年限。

　　(3) 注重案例教学，强调师生互动，重视能力提高。核心课程教学中至少有1/4的时间用于案例教学，其他选修课至少1/5的时间用于案例教学；尤其鼓励采用具有中国特色的工商企业经营案例进行教学，尽可能多地安排课堂讨论，重视培养学生的思维能力及分析问题的能力。

　　(4) 积极开辟第二课堂。通过企业家论坛、专题报告和学术讲座等形式，邀请有丰富管理实践经验的企业界人士、经济管理领域的知名专家和教授到校演讲或开设讲座，介绍和评述管理理论与实践中的前沿问题。

　　(5) 加强管理实践能力训练。根据学生的实际情况采取多种形式的社会实践或工作实习，如组织学生编写案例、拓展训练，安排学生开展企业调查、专题研究，鼓励学生参加国际企业管理挑战赛（GMC）和创业大赛，不定期举办学生与企业间的联谊活动等，充分运用调查研究、企业咨询等方式，促使学生深入企业，联系实际，总结经验，不断提升管理实践能力和自身竞争力。

　　(6) 成立导师组，发挥集体培养的作用。导师组以具有指导硕士研究生资格的正、副教授为主，并吸收各经济产业部门和企业中具有高级专业技术职称的管理人员参加。对在职MBA学生可实行双导师制，一名为校内导师，一名为学生所在单位聘请的校外导师，鼓励学生参与企业课题与咨询项目，解决本企业或部门面临的实际管理问题。

　　(7) 特设MBA招生就业中心和信息管理中心。通过利用网络资源，建立招生和就业信息库，指导学生进行职业生涯规划，帮助学生提高职场竞争力和求职技巧；与众多知名企业合作建立MBA实习就业基地，在学生和企业间架设起桥梁，为学生提供全面、周到的招生咨询和就业指导服务。

　　西安建筑科技大学MBA教育现有统招MBA项目（秋季MBA）和在职攻读MBA项目（春季MBA）两种，面向全国招生。

　　西安建筑科技大学管理学院秉承"自强、笃实、求源、创新"的校训，不懈努力，孜孜追求，为国家培养"理论基础实，实践能力强，综合素质高"的管理精英。

管理学院MBA教育管理中心
地址：陕西省西安市碑林区雁塔路13号　　　　邮编：710055
电话：(029) 82205742　　　　　　　　　　传真：(029) 82205742
网址：http://som.xauat.edu.cn　　　　　　E-mail：mba@xauat.edu.cn

研究生学院招生办公室
电话：(029) 82202244
网址：http://gs.xauat.edu.cn/index.jsp

109. 兰州大学

兰州大学位于甘肃省省会兰州市，创建于1909年，1953年被确立为教育部直属全国重点综合性大学，1996年成为国家"211工程"和"985计划"重点建设的高校。

兰州大学管理学院拥有一支学术造诣精深的教授团队和一支朝气蓬勃的青年教师队伍，现拥有行政管理学博士点、工商管理和公共管理一级学科硕士点，以及企业管理、会计学、旅游管理、行政管理、情报学等6个二级学科硕士点和MBA、MPA2个专业学位授权点。设有工商管理、会计学、市场营销、人力资源管理、旅游管理、行政管理、管理科学、信息管理与信息系统、图书馆学9个本科专业。学科设置涵盖了工商管理、公共管理、信息管理和管理工程4个一级学科，其中企业管理和MBA被列为甘肃省省级重点建设学科。同时，学院设有现代企业、工商管理、财务管理与会计学、国际酒店与旅游管理、公共管理和信息管理6个研究所，以及"兰州大学中国西部公共管理中心"和"兰州大学中国地方政府绩效评价中心"2个校级研究机构。深厚的文化根基，宽阔的学科平台、雄厚的师资力量和一流的教学设施为兰州大学MBA教育提供了有力的支撑。

兰州大学MBA教育始于1997年，1999年该学科被列为甘肃省重点学科。截至2008年已累计招收MBA 2 637名。经过多年的建设与发展，兰州大学MBA已成为中国最具影响力和品牌效应的MBA项目之一。

兰州大学MBA项目针对中国西部MBA生源的知识结构、职业经历等特点，除强调重视理论学习和课堂学习外，还不断探索各种国际合作、校企合作、东西部合作的教学模式和方法，开拓学生视野，增强学生的沟通能力。学院与发达国家多所著名大学的管理学院，与国内许多大型企业建立了合作交流关系，在上海、深圳、广州等发达地区建立了MBA教学与实习基地。这些国际合作和特色项目为MBA学生提供了学习交流、吸收养分、发表观点的平台。

兰州大学MBA和MPA项目均设在管理学院。MBA教学与MPA教学可以相互借鉴，MBA学生与MPA学生有机会互相交流，对帮助MBA学生把握国家政策、训练他们的战略思维能力大有裨益，得到了MBA学生的认同。

兰州大学管理学院秉持兼容并蓄，涵泳体察，历练贤达，服务社会的教育理念，把荣誉感和诚信观念作为MBA学生的基本要求，始终把职业精神、道德修养、社会责任教育贯穿于MBA教育的全过程，放在突出的地位。

"做西部文章，创一流大学"，兰州大学MBA项目将以全球视野和创新精神，不断向高层次、有特色的办学方向发展。

研究生院招生办公室
地址：甘肃省兰州市天水南路222号   邮编：730000
电话：(0931) 8912168   网址：http://www.lzu.edu.cn
管理学院MBA/MPA教育中心
电话：(0931) 8912450   传真：(0931) 8915510
网址：http://ms.lzu.edu.cn   E-mail：lzumba@lzu.edu.cn

管理学院MBA/MPA教育中心（深圳教学中心）

地址：深圳市上步中路1023号市府二办深圳社科院大楼319室　　　　邮编：518028

电话：(0755) 82104912，(020) 85882971，13823156723

网址：http://www.lzumba.cn　　　　　　　　E-mail：lzumbasz@lzu.edu.cn

110. 兰州商学院

兰州商学院始建于1958年，面向全国招生。经近50年的建设发展，兰州商学院已成为我国西北地区重要的高等财经类和工商管理专业人才教育基地、经济管理研究和咨询基地以及财经类在职干部和人员的继续教育基地。

兰州商学院目前设有经贸、财政金融、工商管理、会计、统计、信息工程、外语、商务传媒、法学、公共管理等13个二级学院，有47个本科专业及方向。学校拥有应用经济学一级学科硕士学位授权（含10个二级学科点），拥有会计学、企业管理等6个二级学科硕士学位授权，涵盖了经济学、管理学、法学三大学科门类。统计学、会计学、国际贸易学、金融学4个学科是省级重点学科。学科结构极具"商科"特色，具备支撑MBA教育的学科基础。学校建有工商管理、金融学、统计数据分析与处理、会计电算化、电子商务等18个专业实验室，图书馆馆藏资源100余万册，工商管理专业资料10余万册，具备支撑MBA教育的基础设施条件。

2007年5月，经国务院学位办授权，兰州商学院正式开展MBA教育。秉承"博修商道"的校训，弘扬"创富报国"理念，兰州商学院将整合校内外优秀师资资源和企业家网络，营造一流的教学设施环境，以高质量的教学、管理和服务，培养能够适应国际化经营和我国工商企业发展需要的务实型、综合型及复合型的高级管理人才。

学校有正、副教授246人，具有博士、硕士学历的教师240人，省、部级专家及享受政府特殊津贴专家18人，甘肃省跨世纪学科带头人20人。学校在这一基础上，精选优秀人才组建了61人的MBA核心教学团队，教师全部具有副教授以上职称，大都毕业于等国内名校的经济、管理类专业，有相当一部分教师具有海外留学和访学的教育背景，具有扎实的学术功底、全新的知识结构和丰富的现代企业管理和咨询顾问实践经验。此外，学校还聘请了15位省内外各行业的成功企业家、政府主管部门领导和专家学者承担MBA精品课程和核心课程1/3的教学任务。

学校确立了"举全校之力办好兰商MBA"的指导思想。成立了由院党委书记任组长的MBA教育领导小组，组建了MBA教育中心，建设了4个MBA教学专用的多媒体教室和具备网络环境配置、高保真的影视系统案例讨论室。学校将依托优势学科，突出商务策划、公司理财、市场营销、国际经贸等专业特色，全力打造甘、青、宁三省区乃至整个西部地区的品牌MBA项目。

兰州商学院以"质量第一、服务先行"作为发展MBA教育的基本策略。学校不仅为MBA项目提供最强的师资队伍、最好教学条件和高效的项目管理，更注重在招生、培养、职业发展全过程的每一个环节强调工作质量，突出人性化的服务。

兰州商学院MBA项目采用导师负责与集体培养相结合、课程学习与学位论文写作相结合的培养方式，整个培养过程包括课程教学、课外讲座、拓展训练、企业考察、管理实践、独立研究等若干环节。学校将构建科学、完善的教学质量保证体系，通过严格规范的教学管理保证MBA课程的教学水准和人才培养质量。

兰州商学院MBA项目将为不同经历的学生量身定制培养方案，在导师的指导下制定最适合自己的学涯规划和职业生涯计划。学校重视案例教学、团队学习和实践教育，将通过案例分析、情景模拟、现场观察、管理经验、团队学习等方式帮助学生理解管理真谛、掌握管理技能、获得学习能力、提升综合素质。

兰州商学院MBA项目招收春季MBA和秋季MBA，采用全日制脱产学习和业余在职学习两种方式，在职学习有周末授课或定期集中授课两种方式任选。实行弹性学制，学习期限一般为2~4年。兰州商学院MBA项目按国家教育主管部门有关规定招生，MBA教育中心全年接受申请和咨询。

研究生处招生办公室
地址：甘肃省兰州市段家滩496号   邮编：730020
电话：(0931) 4670578（外线）   传真：(0931) 4670553
网址：http://www.2.lzcc.edu.cn/Department/YanJiuShengChu
E-mail：yanban@lzcc.edu.cn
MBA教育中心
电话：(0931) 4680739（外线）   传真：(0931) 4680739
网址：http://www.2.lzcc.edu.cn/Department/YanJiuShengChu
E-mail：lsmba@lzcc.edu.cn

111. 青海民族学院

青海民族学院创建于1949年12月，是青海建立最早的高校和全国建校最早的民族院校，也是全国首批具有硕士学位授予权的高校。

青海民族学院作为我国第7批开展工商管理硕士（MBA）教育的院校之一，从2008年开始招收MBA学生。青海民族学院MBA项目的发展思路是"面向市场、面向未来，国际视野，本土特色"。青海民族学院MBA项目重视实践教育，将在强化基本理论教学的基础上，加强案例教学，尝试模拟教学，采用启发式、互动式、研究式教学方式，培养学生的创新思维能力和分析、解决实际问题的能力，同时提倡在MBA教学中将现代经济和管理理论与我国社会主义市场经济的实践紧密结合。学校将在MBA教育过程中提供多种形式的学生社会实践或工作实习机会，鼓励学生参加企业调查和专题研究，通过深入企业解决实际问题，不断提升管理实践能力。学校还将聘请知名学者、专家、企业家来校讲学或开办专题讲座，使学生能及时了解经济和管理领域的最新信息、研究成果和新鲜经验。

青海民族学院MBA项目按国家教育主管部门有关规定招收春季MBA（单证班）和秋季MBA（双证班），实行学时、学分相结合的弹性学制。学习年限一般为2.5~4年，总学分不少于45学分。特殊情况下，学习年限可以延长，但最长不得超过5年。学生可选择全日制脱产学习，也可选择业余在职学习。在职学习有两种方式供选择：周六、周日和晚上学习；或每学期集中一个半月时间学习。

青海民族学院MBA项目设有旅游资源开发与战略管理、商务策划与营销管理、人力资源开发与管理、投资与理财4个培养方向。

研究生部
地址：青海省西宁市八一中路3号   邮编：810007

电话：(0971) 8816921，8805123

E-mail：dxq316@sina.com.cn，yz10748@163.com

112. 宁夏大学

　　宁夏大学始建于1958年，是宁夏回族自治区人民政府与教育部共建的地方综合性大学。

　　宁夏大学是全国第4批被国务院学位委员会批准开展MBA教育的10所高校之一。"根植本土、博采众长、服务西部、面向全国，培养具有现代管理理念和实际运作能力的职业经理人"，是宁夏大学MBA教育的宗旨。经过3年多MBA教育的实践，宁夏大学秉承管理教育的理念，以规范求质量、以质量求发展、以发展创特色，逐步建立了一只由学校师资、外聘学者和企业专家组成的教育团队，形成了较为适用MBA的培养方案，较为规范的教学管理制度和质量评估体系、较为合理的教学组织和过程控制流程，以及效果显著的职业拓展训练框架。宁夏大学成功主办了2005年9月召开的"风云企业家vs.财经郎咸平"报告会和2006年8月召开的"融合全球资源与创新经济发展（环球企业家）宁夏论坛"，承办了"文化名家塞上行系列活动之首场——文化创造价值"余秋雨首度赴宁讲座。既锻炼了宁夏大学MBA学生的实践能力，也为宁夏企业界带来了公司治理和经营方面的思想和理念，提高了宁夏大学MBA的品牌效应，取得了一定的社会和经济效益。

MBA招生办公室

地址：宁夏大学南校区经济管理学院　　　　　邮编：750002

电话：(0951) 5063988

网址：http://mba.nxu.edu.cn　　　　　　　E-mail：ndmba@nxu.edu.cn

113. 石河子大学

　　石河子大学位于新疆天山北麓，被誉为戈壁明珠的石河子市，是教育部和新疆生产建设兵团共建的国家西部重点高校。学校坚持"以兵团精神育人，为屯垦戍边服务"的办学特色，发扬"团结、务实、求真、创新"的优良校风，秉承"明德正行、博学多能"的办学理念。现已发展成为农医为主，理、工、农、医、经、管、文、法、教等多学科综合配套、协调发展的综合性大学。教育部先后指定北京大学和天津大学对口支援石河子大学。

　　以教育部"对口支援西部地区高等学校计划"为契机，石河子大学与北京大学、天津大学全面合作，综合新疆的资源优势和环境特点，以新疆未来发展对人才的需求为导向，以建设重点课程、重点学科、重点实验室、重点项目和人才队伍建设为主线，使对口支援不断向纵深发展。石河子大学还与中国农业大学、浙江大学、江南大学、华中科技大学、中国政法大学、武汉大学、南开大学等国内高校以及美国、澳大利亚、日本、韩国等国和我国港澳台地区的大学建立了合作关系。

　　石河子大学MBA教育中心依托经济贸易学院（设有经济系、贸易系、工商管理系、农林经济管理系、财务管理系、会计系6个系）和石河子大学经济研究院，拥有农业经济管理博士点、7个科学硕士点（工商管理、会计学、统计学、农业经济管理、产业经济学、区域经济学、少数民族经济）以及14个本科专业，具备支撑MBA教育的学科基础。

　　石河子大学MBA教育的目标是，培养推动中国西部开放的商界精英和职业经理人，为新疆维吾尔自治区和兵团培养熟悉本地区资源与企业管理特色的高素质商界精英和高级职业经理人队伍。

石河子大学MBA教育体现兵团和新疆经济社会发展以及与中亚经济交流的特色，发挥西北边疆多民族地区的地缘优势和学校的学科优势，积极拓展与周边国家的交流，寻求与名校管理学院的合作，整合多方优势，提高MBA项目的竞争力与辐射力。

在本科、研究生教育的过程中，石河子大学分别与疆内外许多知名企业、公司及农场建立了良好的实践教学互动关系，每年都有大批的学生到基层单位进行调研和教学实习，建立了长期稳定的实习基地。MBA学生可以充分利用这些实习基地，开展实践训练和考察。通过参观考察和实践锻炼，有效地增强了学生的实战能力。学校还建有两个拓展训练场地，可以为MBA学生提供拓展训练条件。

石河子大学MBA教育中心将开设职业生涯规划的系列培训讲座，开展与学生职业发展密切相关的服务项目。

研究生处
地址：新疆维吾尔自治区石河子市北四路   邮编：832003
电话：(0993) 2032130, 2058582
网址：http://yjsh.shzu.edu.cn
MBA教育中心
电话：(0993)2057518, 2057519（兼传真）
网址：http://mha.shzu.edu.cn

114. 新疆财经大学

新疆财经大学是新疆维吾尔自治区唯一一所全日制高等财经院校，也是新疆最早开展MBA教育的院校。新疆财经大学在近60年的办学历史中，经过长期的努力，在学科建设、师资队伍及教学设施等方面取得了长足进步，为新疆经济建设和社会发展培养了一大批高素质专业人才。

MBA教育在新疆财经大学作为重中之重，不仅得到了全校的特别重视，也得到了自治区党委和自治区人民政府的高度重视和关怀。开展MBA教育在新疆高等教育特别是管理教育发展史上具有重要意义，自治区和学校在MBA师资、硬件建设、经费等方面都给予了大力支持。

新疆财经大学拥有覆盖经济、管理、法学、计算机、外语、应用数学等学科领域的本科专业和硕士学位点，为MBA教育提供了有力的支持。学校拥有一支实践经验丰富、知识结构合理的工商管理教师队伍。近几年学校加大人才引进力度，大力推行教学手段现代化，涌现出一批优秀的中青年教师，使师资队伍结构得到明显改善。为保证MBA教学质量，学校选派了一批批MBA授课教师赴国内外学习交流，同时聘请部分区内外专家、学者及企业家担任MBA客座教授。

新疆财经大学是新疆最早开通校园网络的高校之一，为把网络教学资源充分用于教学，学校全面实施了"数字化校园计划"，为MBA学生提供了良好的学习环境。

新疆财经大学MBA教育中心具体负责MBA教育工作，旨在为西北地区以及国内其他地区面向中亚地区市场的企业培养高层次的管理者。新疆独特的地理位置以及几十年来学院与中亚地区深厚广泛的联系，使新疆财经大学在西部MBA教育方面具有得天独厚的优势。学校一方面走国际化办学之路，向国内外先进院校学习，多方开展合作；另一方面，加强与企业的密切联系，深入实践，不断探索MBA教育的规律，努力将新疆财经大学办成新疆乃至西北及中亚地区企业家的摇篮。

新疆财经大学招收普通MBA学生和企业管理人员在读MBA学位研究生，学习形式为在职学习，采用学分制。学习期限一般为2.5年。

MBA教育中心
地址：新疆维吾尔自治区乌鲁木齐市北京中路449号　邮编：830012
　　　（新疆财经大学北校区至诚楼5313室）
电话：(0991) 7842071, 7842075　　　　　　传真：(0991) 7842071
网址：http://www.xjmba.org　　　　　　　　E-mail：xjmba@xjife.edu.cn

115. 青岛大学

青岛大学是山东省重点建设的综合性大学。学校位于美丽的海滨城市青岛，坐落在黄海之滨、浮山之麓，依山傍海、风景秀丽，是读书治学的理想园地。

青岛大学于1993年由原青岛大学、青岛医学院、山东纺织工学院和青岛师范专科学校合并组建而成。现已成为一所规模较大、学科门类齐全、办学水平较高、有良好社会声誉的综合性大学。

青岛大学国际商学院设有国际经济贸易系、会计学系、市场学系、管理科学与工程系、工商管理系、公共事业管理系6个系，并设有青岛大学经济发展研究所、环黄海经济发展研究所、中德市场营销研究中心、中海物流研究所、企业管理研究所等研究机构，山东省世界经济研究基地亦建在该院。

青岛大学国际商学院拥有资源与环境经济学博士学位授权点，有8个科学硕士学位授权点（人口、资源与环境经济学、管理科学与工程、国际贸易学、企业管理、教育经济与管理、会计学、技术经济及管理、行政管理），MBA和MPA 2个专业学位授权点以及11个本科专业。

国际商学院目前与美国、德国、荷兰、澳大利亚、日本、韩国等国的许多高校建立了互派访问学者、互派留学生、合办国际会议、合办MBA项目、合办研究机构等多方面的合作关系。

青岛大学MBA项目拥有雄厚的师资力量，拟从事MBA教学的专职教师全部为副教授以上职称，70%以上的教师有博士学位或海外留学背景，他们不仅具有深厚的理论功底，也具有丰富的企业管理实践经验。另外，根据学科的发展需要及MBA教育的特点，还聘请了海尔集团、海信集团、青岛啤酒集团、青岛港集团、海天酒店集团、韩国全南大学校、韩国新罗大学校等公司及国外高校的专家为兼职教授。

山东半岛经济发达、工商企业众多，以拥有全国最大、最多的著名品牌族群享誉海内外。青岛大学MBA项目将与山东半岛的国有大中型企业、日韩企业形成互动，从而使知名企业影响青岛大学MBA教育，青岛大学MBA教育促进企业发展。青岛大学MBA项目招生主要面向半岛地区国有大中型企业及跨国公司、民营企业中具发展潜质的管理人员，学生将经过严格的筛选，青岛大学MBA教育将为他们提供相互交流和互相学习的平台。

青岛大学MBA课程采用多样化的教学方式，力求在理论和实务之间取得平衡，部分课程采用双语教学。青岛大学MBA教育将借鉴国内外一流大学的先进经验，以半岛制造业基地为依托，成立半岛MBA协会和半岛MBA论坛，让企业家和学生进行近距离接触，以给学生提供丰富、自由的交流学习机会，同时与国外的一些高校建立起良好的协作关系，定期选派部分优秀学生到这些高校进行交流学习，以开阔学生的眼界。

青岛大学MBA教育中心睿思楼202室

地址：青岛市宁夏路308号   邮编：266071

电话：(0532) 85950065，8593611，85953675

传真：(0532) 85953611   E-mail：MBA@qdu.edu.cn

青岛大学研究生处在职教育科,青岛大学知行楼105室

电话：(0532) 85950198   E-mail：zzjy@qdu.edu.cn

青岛大学研究生招生办公室，青岛大学知行楼104室

电话：(0532) 85954377，85953655

网址：http://www.qdu.edu.cn

116. 扬州大学

扬州大学具有百年的办学历史，是江苏省属重点综合性大学。扬州大学是全国首批博士、硕士学位授予单位，学科门类齐全，研究生教育涵盖了哲学、经济学、管理学等11大学科门类。

扬州大学管理学院设有工商管理、人力资源管理、市场营销、电子商务、会计学等8个本科专业，拥有企业管理、管理科学与工程、技术经济及管理、旅游管理、农林经济管理5个硕士点和MBA、MPA专业学位硕士点。学院已培养工商管理类各专业本科生、研究生、MBA、MPA及研究生课程进修班学生数千人，积累了丰富的MBA教学与管理经验。管理学院设立了MBA教育中心，负责MBA教育和管理工作。

扬州大学工商管理学科拥有一支职称、年龄和学历结构较为合理，素质好、实力强的师资队伍。从事MBA教学工作的教师都具有丰富的从事企业咨询和管理顾问的经验。扬州大学MBA实行双导师制，学校还聘请一批学术造诣深厚、富有丰富管理实践经验的专家学者作为兼职教授和兼职教师。学校对MBA核心课程的授课教师有严格的考核体系。

扬州大学MBA教育秉承"求是、求实、求新、求精"的校风，注重扎实的基础知识训练，突出案例教学，在强化管理学、经济学基础理论和技能训练的基础上强调理论联系实践，强调国际化与本土化的结合，强调教学内容的实用性。

扬州大学管理学院已在40多家企事业单位建立了教学实习基地，搭建了良好的产学研合作平台，并与国内外著名公司合作，建立MBA实习基地，同时为MBA学生今后就业开辟渠道。学院鼓励MBA学生举办丰富多彩的联谊活动，组织学术论坛，参加各种俱乐部活动，通过这些活动加强MBA学生与社会的联系，锻炼MBA学生的组织能力和沟通能力。

扬州大学MBA项目将搭建MBA就业指导服务平台，帮助每位MBA学生了解自己，制定合适的职业生涯规划，帮助学生增强职场竞争力，提高求职技巧，为学生提供及时的就业招聘信息，同时，加强与知名企业的合作，拓宽MBA学生的就业渠道。

扬州大学MBA项目招收"春季MBA"和"秋季MBA"学生，采用全日制脱产和业余在职学习两种培养方式。

研究生招生办公室

地址：江苏省扬州市大学南路88号   邮编：225009

电话：(0514) 87979213

网址：http://www.yzumba.cn
MBA教育中心
地址：江苏省扬州市文汇东路48号管理学院
电话：(0514) 87991975，87972246   传真：(0514) 87991975
E-mail:mba@yzu.edu.cn

117. 宁波大学

　　宁波大学是1985年由包玉刚先生捐资，教育部批准建立的一所新兴地方大学，是浙江省重点建设的综合性大学。

　　宁波大学的MBA教育依托商学院，拥有企业管理、国际贸易学、区域经济学、数量经济学、产业经济学和金融学6个硕士点和7个本科专业，国际贸易学为浙江省重点学科。学院设有企业策划与发展研究所、现代会计与财务管理研究所、数量经济研究所、区域经济研究所（国际经济研究中心）、电子商务研究所、国际贸易与金融研究所、经济发展研究中心、可持续发展研究所、旅游与酒店管理研究所9个研究所。

　　宁波大学自20世纪80年代就被原国家经委定为浙江省培训工商企业厂长或经理的两个培训点之一，为地方大中型企业和众多民营企业领导干部举办各种形式的工商管理培训。自2001年以来，经教育部批准，宁波大学又与澳大利亚联合举办了多期的MBA研修班，已经积累了比较丰富的MBA教学与管理经验。在宁波市实施的"百名教授、博士下企业"活动中，宁波大学通过选派教师到企业挂职、兼职、合作研究等途径，积极帮助本地企业开展形象设计、市场营销、人力资源管理、业务流程重组、企业资源管理、企业信息化等方面的策划、咨询和诊断工作，积累了丰富的实践经验。

　　宁波大学已有多年国际合作办学的经验，学校与加拿大、德国、法国、英国、美国、瑞典、澳大利亚、日本、韩国等国家的多所知名院校建立了校际交流合作关系，与MBA教学有关的教师，已有近20人次到欧美等国学习交流。在MBA教育过程中，学校除聘请国内名家学者、民营企业家开展讲座以外，还将聘请国际MBA教育专家为学生授课。

　　宁波经济发达，企业众多，95%以上是民营企业，且布局比较集中，大多已形成较大的产业群体。宁波大学将在MBA教育中结合宁波民营企业的特点及管理实践，组织MBA案例教学。课程教学将尽量结合当地企业实际，并以企业要解决的实际问题作为MBA论文选题，力求探讨出一种面向民营企业管理的MBA培养模式。

　　宁波大学MBA项目招收"春季MBA"和"秋季MBA，采用全日制脱产学习和业余在职学习两种培养方式。宁波大学MBA教育中心全年接受申请和咨询。

研究生招生办公室
地址：浙江省宁波市江北区风华路818号   邮编：315211
电话：(0574) 87609123   传真：(0574) 87609125
商学院MBA教育中心
电话：(0574) 87609201   传真：(0574) 87600396
网址：http://nbubs.nbu.edu.cn   E-mail：yzhf618@163.com

118. 山东财政学院

山东财政学院是一所由财政部和山东省人民政府共同创办的普通高等财经院校，实行中央与地方共建，以地方管理为主的领导管理体制。邓小平同志亲笔题写校名。学校面向全国招生。

学校设有14个二级学院，拥有企业管理（含财务管理、市场营销、人力资源管理）、技术经济及管理、会计学、管理科学与工程、政治经济学、金融学（含保险学）、财政学（含税收学）、国际贸易学、统计学等22个硕士学位授权点和MBA专业学位授予权，其中企业管理、会计学、金融学、财政学等学科是山东省重点学科。

山东财政学院拥有一支学历层次较高、专业结构合理、职称结构较优、业务素质较强的教师队伍。教师中有国家级突出贡献的中青年专家、享受国务院政府特殊津贴的专家、财政部跨世纪学术带头人、省级拔尖人才等一批高水平专家教授。近年来，学校加大了引进高层次人才的力度，从国内其他知名高校引进学科带头人，并引进了多名海外留学归国博士。

学校与荷兰、英国、法国等十几个国家的近30所院校建立了友好校际关系，开展了包括学者互访、互派留学生、合作科研、联合培养等多种形式的国际交流与合作。学校先后聘请了近百名外国专家和学者来校任教和讲学，选派了百余名教师骨干赴国外讲学、研修及深造。为了提高MBA的教学水平，学校计划聘请国外教授为MBA授课。

山东财政学院MBA项目设置了现代企业管理、财政与金融管理、财务管理与税收筹划、跨国公司与国际投资4个专业方向。

山东财政学院MBA实行双导师制，除聘请国内外名牌高校的知名教授担任MBA导师进行核心课程的教学外，还聘请校外具有丰富实践经验的著名企业家、成功经理人和财经系统高级管理者担任MBA导师，以确保MBA教育质量。

MBA教育中心招生推广办公室

地址：山东省济南市舜耕路40号　　　　　　邮编：250014

电话：（0531）82617768

网址：http://mba.sdfi.edu.cn

研究生部招生办公室电话：（0531）82911053

网址：http://grad.sdfi.edu.cn

119. 广东外语外贸大学

广东外语外贸大学是1995年6月由原广州外国语学院和原广州对外贸易学院合并组建的涉外开放型重点大学，是我国国际商务和经贸管理人才的重要培养基地。原广州外国语学院成立于1965年，是原国家教委（现教育部）直接管理的3所外语院校之一。原广州对外贸易学院成立于1980年，是原国家外经贸部（现商务部）直接管理的4所外贸院校之一。

学校秉承"明德尚行，学贯中西"的校训，着力推进外语与专业的融合，培养一专多能、"双高"（思想素质高、专业水平高）、"两强"（跨文化交际能力强、信息技术运用能力强），具有全球视野和创新意识，能直接参与国际合作与竞争的国际通用型人才。

MBA教育中心所在的北校区坐落于国家级风景名胜区白云山北麓。校园内小桥流水、绿树成荫，环境幽雅、精英云集，是莘莘学子陶冶情操和求学钻研的理想之地。

广东外语外贸大学MBA项目培养具有全球视野与创业精神、熟悉国际商业规范、能直接参与国际合作与竞争、拥有较强的跨文化交际能力和适应21世纪中国经济发展的国际工商管理人才。

广东外语外贸大学MBA教育突出全球视野。关注全球MBA教育趋势，借助长期形成的国际商务、经贸管理及外语优势，在师资团队、课程设置、教材选用、教学手段、实践环节、职业发展等方面都定位以国际化，积极缔造新一代国际MBA教育品牌。在已建立的与100所海外大学和学术文化机构的合作交流关系的基础上，积极拓展MBA学生海外访问、修学和实习的国际空间。目前，已经与美国纽海文大学、美国哈町大学、澳大利亚昆士兰大学、英国考文垂大学等建立了联合办学机制。

广东外语外贸大学MBA项目引进国际一流商学院MBA教材，采用全英语教学。作为中国外语类大学独家开办的MBA教育项目，广外MBA教育依托学校"专业+外语"的人才培养模式和外语教学的独特优势，充分发挥学校在外语、外贸以及工商管理学科方面深厚的资源积累，利用英语教学的优势和跨文化研究与教育资源，构建浸泡式的国际化人才培养环境。

广东外语外贸大学MBA项目秉承"明德尚行，学贯中西"的校训，以整合科学精神与人文精神为根本出发点和落脚点，在MBA专业教育的基础上渗透人格教育，追求美德与至善，推崇行动与实践；强化第二课堂教学，定期邀请社会知名人士和著名企业家举办讲座，启发创新思维，培养健全人格与实践能力。

广东外语外贸大学MBA项目注重实战操作。教学中将采用理论阐释与案例分析相结合的教学方式，突出实战操作，通过教师讲授、案例讨论、经验分享、实务讲座、现场教学等灵活多样的实践形式,使学生能更好地掌握分析和解决问题的方法。学校拥有宽带多媒体教学网络实验室、国际贸易全景仿真实验室、同声传译（远程教学）仿真实验室、ERP实验室、电子商务实验室、物流实验室、广告实验室以及16个境内外实习基地。这些实验室、国内外实习基地和学校董事会董事单位所在的数十个涉外企业，为MBA教育提供了宝贵的实战操作平台。

广东外语外贸MBA项目关注学生的职业发展。多年来，广东外语外贸大学本科生和研究生的最终就业率均超过99%。中心将利用长期形成的就业优势，与知名企业建立稳定的合作关系，使MBA教育项目与学生的职业生涯对接。

地址：广州白云大道北2号广东外语外贸大学MBA教育中心
电话：(020) 36209909，36209580，36209660　　传真：(020) 36209660
E-mail：mba@mail.gdufs.edu.cn

120. 四川大学

四川大学是教育部直属全国重点大学，由原四川大学、原成都科技大学、原华西医科大学三所全国重点大学于1994年4月和2000年9月两次"强强合并"组建而成。学校地处中国历史文化名城成都市区，环境幽雅，景色宜人。在110年的办学历程中，学校形成了深厚的文化底蕴和扎实的办学基础。学校设30个学科型学院，学科覆盖了文、理、工、医、经、管、法、史、哲、农、教育11个门类。

四川大学MBA项目拥有强有力的学科支撑，职业化的管理团队和一流的教学设施。四川大学工商管理学院有2个一级学科博士学位授予点（工商管理和管理科学与工程）、MBA和工程硕士（工业工程领域、项目管理领域、物流工程流域）2个专业硕士学位授予点，8个本科专业，学科实力雄厚。通过管理体制的创新，学院专门为MBA中心组建了敬业、高效的职业化管理团队。

学院为MBA项目配置了优质的教学资源：13 490平方米的教学大楼；13间多媒体专用教室；2个多功能厅；2个配备160余台微机的实验室；设计一流的语音室和案例讨论室；高速上网通道；藏书丰富的图书资料室。

四川大学工商管理学院秉承学校"海纳百川，有容乃大"的校训，恪守"真诚、务实、日新月异"的核心理念，在打造"西部第一"MBA品牌的过程中，逐渐形成了自身的特色：

(1) 准确的目标定位。结合市场需求和学院的学科优势，将四川大学MBA的培养目标定位为"造就具有突出创新能力的职业经理人"，并通过一系列举措将川大MBA培养为"具有良好的职业操守和职业道德、成熟的职业心态；较强的专业优势；认同契约化管理，尊重股东，以自己的才能与智慧，保证受托资产的保值和增值，为企业和社会贡献才智"的职业经理人。

(2) 独特的课程体系。遵循"做事先做人"的理念，围绕"造就具有突出创新能力的职业经理人"的培养目标，设计了独特的"4M"课程体系，从而实现"高素养、厚基础、精技能、强实践"的培养模式，即通过职业素养（职业道德、自我管理、职业技能、人文修养）模块来引导MBA先做"好"人；通过基础理论、管理技能、管理实践模块来教育MBA做"好"事。

(3) 创新的毕业实践。创新性设计了毕业实践（模拟）项目——团队运作项目MBA，MBA学生以团队方式参与实战（或模拟）项目运作，由3名团队成员扮演着不同的职业经理人（CEO兼CMO、CFO、CHO）角色完成项目方案设计。为此，学院配备相应的教师团队（含战略、市场营销、人力资源、财务等方面教授）来指导MBA团队完成其方案设计。不仅团队需要通过项目答辩，学生还必须通过角色答辩，方可完成毕业环节。此项目始于2003届，已经连续开展4届。

(4) 第二课堂：一"拉"二"推"。"拉"动需求：由企业冠名赞助举办每年一度的微型创业大赛——Mini-topmba大赛，旨在"拉"动学生对知识、技能的系统需求，使后续学习更具目的性。"推"动需求："名师讲台"，邀请院内外著名学者走上名师讲台，推动并提高学院教学水平。"名家讲座"，邀请国内外著名企业（如IBM、微软、英特尔、摩托罗拉等）高级经理作主题演讲，开阔管理视野、增强实战技能。

(5) 体现市场需求与资源优势的专业设置。目前学院根据市场需求与学科优势集中设置了4个专业方向：市场营销、人力资源管理、金融投资与财务管理、新创业务与项目管理。同时，也可按照学生的要求，在满足一定规模的基础之上，自设其他专业方向。

(6) 文化底蕴和品牌优势。四川大学110年历史所积淀的厚重文化底蕴的浸润，使MBA兼具适应环境能力强的综合技能和锐意开拓的创新意识。川大的品牌优势吸引着来自全国各地各行业的优秀学生，这使得川大MBA具有广泛的人脉关系和广阔的职业发展空间。

工商管理学院MBA教育中心
地址：四川省成都市望江路29号   邮编：610064
电话：(028) 85411434，85410216，85417748   传真：(028) 85410216
网址：http://www.scumba.org

121. 上海大学

上海大学是国家"211工程"重点建设的高校之一，是一所拥有理学、工学、哲学、文学、历史学、法学、经济学、管理学8大学科门类及影视艺术、美术等学科的综合性大学，是上海市办学规模最大的高校之一。

上海大学以"自强不息"为校训，以"面向社会、适应市场、发扬优势、办出特色"为指导思想，实施了一系列富有创新精神的改革措施，形成了颇具特色的办学机制和教学模式。

上海大学MBA中心成立于2004年9月，地处上海大学延长校区，毗邻上海地铁1号线大宁国际生活广场和市中心商业区，交通非常便利。Global Local MBA（GLMBA）项目是MBA中心主要的管理教育项目。MBA中心的目标是培养"社会及商界可相信与共事的Global Local人才"，这种人才要具有"立足中国，放眼世界"（Think Global, Act Local）的胸怀和可持续的竞争能力。

上海大学GLMBA项目的主要特色如下：

(1) 全人教育及终身学习课程设置。 上海大学MBA中心相信，未来的商界领袖除了要有丰富的商业和管理知识，还应该具备"做人、做事、做学问"的全方位综合素质。GLMBA项目在课程设置上追求全人教育，强调"全球以及本土商业技能"、"个人发展与领导力"以及"职业智慧"，为学生提供全面的学习体验，提升他们的综合素质。

(2) 强调社会责任感与商业道德教育。 高尚的道德与诚信的行为一直是东西方社会高度重视的优良传统及文化，亦是国际合作交流的最基本条件。GLMBA在课程设计中特别重视学生个人修养、软技能、职业智慧、商业道德与社会责任的教育。这些课程在2007年占所有课程的1/3左右，以后每年都要更新。那些在GLMBA全人教育各环节中取得卓越成绩，并且具有高尚道德和社会责任感、诚信的专业GLMBA学生，将被授予GLMBA杰出毕业生荣誉称号。

(3) 国际化与本土化的融合。 GLMBA项目致力于为那些希望走向国际的中国企业和进入中国的海外企业培养管理及创业人才。在大多数商业技能课程中，GLMBA项目都强调全球知识与本土知识相结合、国外案例与本土案例相结合、国际实践与本土实践相结合。GLMBA在选择国际优秀师资进行Global知识传授的同时，亦安排Local系列讲座，结合中国国情向学生介绍前沿话题。在过去的4年间，GLMBA项目与世界五大洲的国外高校建立起了合作关系。这些院校为GLMBA学生提供近40个赴海外交换学习的机会。

为了使GLMBA毕业生成为合格的国际Global Local人才，同时创造开展全方位国际合作及吸引留学生来GLMBA项目学习的语言环境，GLMBA的Global Local商业技能课程及其他主要核心课程均采用全英语教学（包括教材、授课、评估、考试及其他考核等）。学生通过这样的学习不是要成为英语专家，而是成为能独立或带领他人进行国际沟通、交流与合作的人才。

(4) 重视实践能力及软技能的培养。 GLMBA项目的各门课程都强调知识的应用，强调GLMBA师资要有企业工作经验，鼓励老师重视实践。GLMBA项目设计了很多与课程关联的企业讲座与工作坊，由相关行业的企业家讲授。项目特别设计了综合应用课程：商业模拟与商业诊断与咨询（企业真实咨询案例），旨在引导学生将GLMBA学习中不同环节的课程知识综合运用，让学生将课程上的知识，以往工作中的经验及个人的全方位知识（包括商业技能、个人能力及职业智慧）结合在项目的实践中，同时培养学生软技能（如时间管理、团队与自我管理、沟通技巧等）。

MBA中心项目管理办公室

地址：上海市延长路149号上海大学第三教学楼三楼 邮编：200072
电话：(021) 56338907-216   传真：(021) 56336854
网址：http://www.GLMBA.com   E-mail: glmba@shucenter.com

122. 广东工业大学

广东工业大学坐落在中国南方名城广州，是一所以工为主、工、理、经、管、文、法结合的、多科性协调发展的省属重点大学。

广东工业大学MBA教育中心设在广东工业大学东风路校区经济管理学院。经济管理学院现有专职教师154人，其中博士生导师4人，教授13人，副教授42人，教师中博士和在读博士生52人。学院拥有1个一级学科博士点（管理科学与工程）、7个硕士点及MBA和工程硕士（项目管理、物流管理授权领域）2个专业学位授权。学院拥有先进的管理信息系统、系统仿真与决策模拟、财务分析与会计模拟等实验室，以及案例讨论室、多媒体教室及学术交流中心，能满足MBA教育的需要。学校图书馆、计算机网络中心、语音室等均面向MBA学生开放。

广东工业大学MBA项目致力于培养具有全球化视野，熟悉国际经济与行业发展趋势，善于应对多元化挑战，深谙中国尤其是广东珠江三角洲企业实际经营环境，国际化与本土化有机结合的务实型中、高级管理人才。MBA教育中心除选聘本校资深教授给MBA授课外，还聘请部分国内外著名教授、专家、学者以及知名企业的高层管理人员讲学。

广东工业大学MBA项目面向全国招生，提供全日制和非全日制MBA教育，全日制MBA学生学制2年，非全日制MBA学生学制3年；分春秋两季招生。学生可根据个人情况自主选择学习方式。

研究生招生办公室
地址：广东省广州市东风东路729号   邮编：510090
电话：(020) 37627121   传真：(020) 37627121
MBA教育中心办公室
电话：(020) 87083029，37626073   传真：(020) 87083565，37626073
网址：http://yjs.gdut.edu.cn   E-mail：mba@gdut.edu.cn

123. 首都经济贸易大学

首都经济贸易大学是北京市属重点大学，有50余年的办学历史。学校拥有应用经济学一级学科博士点（含劳动经济学、数量经济学、统计学、产业经济学、国民经济学、金融学、财政学）和企业管理二级学科博士点，设有应用经济学博士后科研流动站，拥有应用经济学、工商管理学、管理科学与工程3个一级学科硕士点和MBA 专业学位硕士点，以及35个本科专业。

MBA教育中心从全校范围内遴选优秀教师担任MBA任课教师。目前核心课程任课教师中80%具有博士学位，90%曾在国外学习或长期进修，100%具有企业实践经验或企业项目研究经历，其中包括一批获得实业界高度认同的著名学者。此外，MBA教育中心还聘请了张瑞敏、段永基等一大批著名企业家担任兼职教授，定期来校举办专题讲座。每周一次的"著名企业家论坛"和"著名学者论坛"在校内外引起了较大反响。为加强国际化人才培养，学校强调MBA课程实行双语教学，目前，至少有2门专业课由美籍教授进行全英语教学。

为推进MBA项目的国际化，学校与莱特大学、奥城大学、斯克兰顿3所美国著名大学签署了全面合作协议，每年从在校MBA学生中选派至少10名学生到美国注册学习，直接授予美国MBA学位。2006年9月，教育部正式批准首都经济贸易大学和美国莱特大学合作在中国招收和培养MBA。

为培养MBA学生的实际管理能力，学校建立了一批实习基地，包括中国乐凯胶片集团公司、中油燃料油股份有限公司、中信金属公司、北人集团公司、北京标准咨询有限公司、北京丰收管理顾问有限公司、华夏国际信用咨询有限公司、北京华夏天海会计师事务所等。目前，MBA教育中心正在与中国企业管理联合会合作，深度研究和开发武钢、海航、国投、白云山和记黄埔、上海联华、莱钢等一批著名企业的管理案例，为MBA案例教学服务。

首都经济贸易大学MBA中心依托学校的优势学科，设置了企业管理、市场营销、人力资源管理、公司理财、金融投资5个研究方向。中心还与中国黄金总公司合作开设了全国首家黄金MBA项目。

首都经济贸易大学在MBA教育中强调国际化与开放性。MBA项目认真研究、学习和借鉴国际上先进的教育思想和教学方式，引进先进的MBA课程和先进的教学软件，采用国外的优秀教材和经典教学案例。学校努力构建一个开放型的教学环境，提供便于公共交流的场所，举办各种学术沙龙，鼓励开展与国内兄弟院校的学术交流与合作，鼓励参加校内外各种学术研讨会。MBA与普通研究生课堂互相开放，学校在MBA招生中注意选拔有开放意识的学生，在MBA教学中增加主题广泛的社会经济问题研讨，在MBA课程中增设人文精神教育课程，努力培养学生乐观、达意并善于与人交往的人格。

首都经济贸易大学在MBA教育中重视案例教学，强调务实精神。MBA专业课程案例教学课时不少于总课时的30%，特别重视本土化教学案例的编写和应用，引导学生关注中国的改革与现代化进程，及时汲取新鲜经验。学校利用兼职教授、核心校友关系建立一批学生社会实践基地，安排学生参加社会实践。学校聘请优秀企业家、高层管理人员担任兼职教授和社会实践导师。

首都经济贸易大学在MBA教育中强调团队合作与竞争意识的培养。学校鼓励团队学习，一入学就着手组建学习团队，每学期重组一次，以提高学生团队合作的适应性。学校改革学习成绩的考核办法，使之体现个人努力与团队绩效的结合。学校开展拓展训练和体育竞赛，组织校内创业比赛，鼓励学生组队参加校际竞赛，通过多层次的团队竞赛，培养学生团结互助的团队合作精神与竞争意识。

首都经济贸易大学MBA教育中心秉承"崇德尚能，经世济民"的校训和"开物成务，兼善天下"的中心使命，从财经类院校特点和首都社会经济发展需要出发，从生源、培养和就业三大环节着手，以实现"一流平台、一流生源、一流师资、一流培养、一流管理、一流就业"为目标，全面打造和提升首都经济贸易大学MBA的优势和品牌，努力为社会培养更多的优秀管理人才。

研究生招生办公室
地址：北京市朝阳区金台里2号　　　　　　　邮编：100026
电话：(010) 65976356
首都经济贸易大学MBA教育中心
电话：(010) 65976637，65976020　　　　传真：(010) 65976637
网址：http://mba.cueb.edu.cn

124. 哈尔滨理工大学

哈尔滨理工大学坐落于风光秀丽的北国名城哈尔滨，是一所以机电类学科为特色，哲、经、法、教育、文、理、工、管8大学科门类协调发展的理工科大学。

哈尔滨理工大学经济管理学院目前拥有管理科学与工程一级学科博士授权点、技术经济及管理二级学科博士授权点、工商管理和管理科学与工程两个一级学科硕士授权点、产业经济学和系统工程2个二级学科硕士授权点、MBA和工程硕士（含项目管理、工业工程2个授权领域）2个专业硕士学位授权点。管理科学与工程是省级重点学科。经济管理学院除培养了大批的研究生和本科生外，还长期承担为黑龙江省企业培训企业管理干部的任务，近几年已为黑龙江省各类企业系统培训管理干部3 000余人次，有较丰富的对企业在职人员进行管理教育的经验。

学院拥有一支以中青年骨干教师为主体，职称结构、年龄结构和学历层次结构合理的师资队伍。在为MBA教育提供60余人的专职教师队伍中，教授23名，副教授32名；博士生导师7人；硕士生导师30人。在读博士和拥有博士学位的占80%，大多数教师具有企业咨询管理顾问的经验，学院还聘请了10位学术造诣深厚，富有实际管理经验的国内外专家、学者作为兼职教师。

近年来，哈尔滨理工大学经济管理学院已与美国纽约州立大学、托伊州立大学、匹兹堡大学、澳大利亚伊迪斯科文大学、日本高知工科大学、德国慕尼黑国防军大学、加拿大凯普雷诺学院等学校的相关学院建立了院际交流关系，MBA教育中心将积极拓展与国外MBA院校的课程、师资与学生交换项目。

哈尔滨理工大学MBA项目在教学中注重理论联系实际，强调案例教学和实践教学。学院已与长春一汽、哈尔滨电机厂有限责任公司、哈尔滨锅炉厂有限责任公司、哈尔滨汽轮机厂有限责任公司、黑龙江移动通讯公司、东北轻合金集团公司、中石油大庆有限责任公司、哈尔滨啤酒厂、哈药集团、光大现代电子公司、哈尔滨飞机制造公司等30余家企业建立了稳定的科研与教学合作关系。学校在这些企业建立MBA实习基地，为MBA学生深入企业调查研究和结合企业实践开展教学提供良好的基础。学校还将邀请企业管理人员举办专题讲座，帮助学生了解企业管理中的实际问题，增强实战能力。

哈尔滨理工大学MBA项目重视学生的基础训练。在培养方案的设计中，强调MBA学生要有扎实的管理理论与方法基础，有较宽的职业适应能力。同时，学校根据就业市场需要，设计适应不同专业方向的课程组合模块，使MBA学生的知识结构能更好地适应未来职业发展的需要。

哈尔滨理工大学MBA教育中心专设职业发展中心，开设职业发展培训课程，提供就业咨询服务，并投入资源构建校友网络，以各种形式建立MBA学生与学校其他学友的沟通渠道，为学生的职业发展提供帮助。

哈尔滨理工大学MBA项目采用全日制脱产学习和业余在职学习两种方式。哈尔滨理工大学MBA教育中心全年接受申请和咨询。

研究生招生办公室
电话：(0451) 86390155　　　　　　　　　　传真：(0451) 86390118
MBA教育中心
地址：黑龙江省哈尔滨市香坊区林园路4号　　　　邮编：150040

电话：(0451) 86392288　　　　　　　　传真：(0451) 86392201
网址：http://mba.hrbust.edu.cn　　　　　　E-mail：mba@hrbust.edu.cn

125. 中国矿业大学（北京校区）

中国矿业大学是一所隶属教育部管理，历史悠久，以工科为主，理、工、文、管相结合的全国重点大学，是全国首批具有博士和硕士学位授予和首批进入国家"211工程"项目建设的高校之一。1997年7月经原国家教委和北京市批准，在原中国矿业学院北京研究生部的基础上成立了中国矿业大学（北京校区），并纳入了北京市高等学校管理。

中国矿业大学（北京校区）管理学院下设经济系、管理科学与工程系、工商管理系等3个系以及MBA教育中心、工商管理培训中心、能源经济与发展研究所、人口、资源与环境研究所等机构。现有管理科学与工程博士点和博士后流动站，有管理科学与工程、企业管理、会计学、技术经济及管理、数量经济学5个科学学位硕士点，有工业工程和工商管理硕士（MBA）2个专业学位硕士点，开设各类专业课程50余门。

管理学院从事MBA教学的教师有53人，其中博导6人、教授7人、副教授21人。教师教学科研经验丰富，在完成教学工作的同时，还取得了许多高水平的科研成果，曾获国家科技进步二等奖1项，省部级以上奖励的18项。

中国矿业大学（北京校区）从1998年开始招收MBA学生，学制2～3年。MBA项目采取全业余（周末和晚上）授课方式，教学采用案例教学、课堂讨论等方法。学校为学生提供了现代化的教学设施，所有课程都实现了"图、文、声、像一体化"教学。

攻读MBA学位的学生除了学习管理学院专门为MBA开设的课程外，还可免费选修或旁听其他学院几十个专业的博士或硕士有关课程。

管理学院图书资料室现有专业图书1万余册、期刊165种、报纸26种，此外还配有文印室和计算机室，为教学科研工作提供了方便条件。

MBA培养采取导师负责制，设有技术经济、企业管理、市场营销、管理信息系统、区域经济、经济政策等16个培养方向，学生可根据自身特点选择适合自己的研究方向。学生完成培养计划所要求的学分后，可撰写论文，进行论文答辩，申请MBA学位。

学校为学生安排住宿。就读期间，学生可申请学校设立的各类奖学金。

研究生招生办公室
地址：北京市海淀区学院路丁11号　　　　邮编：100083
电话：(010) 62331208　　　　　　　　传真：(010) 62346931
管理学院MBA教育中心
电话：(010) 62331333，62328855　　　传真：(010) 62328550
网址：http://www.cumtb.edu.cn　　　　　E-mail：mjg@cumtb.edu.cn

126. 中国科学院研究生院

中国科学院研究生院成立于1978年，是经国务院批准创办的中国第一所研究生院。研究生院的教学与科研包罗了自然科学和社会科学的多个领域，不同学科之间的交叉、融合与互补产生了丰富的知识创新点，为学生提供了多样化的选择和广阔的空间。全院目前在学研究生3.42万人。

中国科学院研究生院MBA项目以中国科学院研究生院管理学院为办学主体，通过整合中国科学院管理学科的优势资源，组建了一支由著名管理学家成思危教授为院长、以中国工程院院士刘源张教授为学科带头人的教学科研队伍。包括中国科学院院士3人、中国工程院院士2人、国际质量科学院院士1人、第三世界科学院院士1人、全国一级学会理事长6人、中国科学院"百人计划"2人、教授55人、副教授37人，其中博士生导师49人，国际重要学术期刊副主编和编委19人。

管理学院下设MBA教育管理中心、中科院—路透金融风险管理联合实验室、中国企业管理研究中心、金融与经济研究中心、信息管理与技术创新研究中心、社会与组织行为研究中心、《管理评论》编辑部，以及中国管理现代化研究会办公室等机构和部门。

管理学院充分利用中国科学院的资源优势，开展广泛的国际合作与交流项目。针对MBA教育的特点，聘请了一批国内外知名的优秀企业家和具有丰富实践经验的资深官员为MBA学生讲授课程、举办专题讲座。目前中国科学院研究生院MBA项目开设的培养方向有：金融管理、技术与创新管理、信息与知识管理、战略与营销管理、人力资源管理等。

中国科学院研究生院MBA教育的办学特色有：

(1) **良好的学习氛围**。管理学院秉承了中国科学院严谨的治学风气，鼓励MBA学生自由思考和勇于探索，在"博学笃志，格物明德"的文化氛围里，使学生感受到理性的尊严、创新的价值和心灵的愉悦，并能获得潜心创造的乐趣和洞察世事的睿智。

(2) **一流的教学设施**。管理学院为MBA学生提供了专用的案例讨论室、9个多媒体教室及2个专用计算机房。学生可通过校园网快捷上网查询资料，还可以利用研究生院其他的教学设施和资源。中国科学院研究生院图书馆拥有国内最完备、最系统的自然科学基础学科和高技术领域科技文献520余万册（件），拥有先进的图书馆自动化系统、网络系统。

(3) **先进的教学方式**。管理学院在总结多年办学经验的同时，借鉴了国内外著名商学院MBA教学的经验，逐步形成了一套具有自身特色的教学方式。在注重理论教学的同时，高度重视案例教学，通过互动式学习，使学生的能力和素质得以提高。同时，借助中国科学院雄厚的研究实力，采用"院所结合"的办学模式，培养学生系统思考与严谨求实的工作作风，力争使学生成为高素质的复合型管理人才。

(4) **专业的职业发展规划服务**。管理学院充分加强与著名企业的合作，为MBA学生就业搭建广阔的平台。目前，已建立MBA企业实习基地60余家，涉及金融、IT、通信、能源、物流、咨询、媒体以及制造业等行业。MBA中心为学生提供专业的职业发展规划服务，包括行业引导、职业测评、职业咨询以及实习、就业招聘信息服务。

(5) **广泛的国际交流与合作**。中国科学院研究生院MBA项目积极开展与国际著名商学院和企业的交流与合作，为MBA学生进行国际间的跨文化交流提供机会。

中国科学院研究生院MBA项目将以求真进取、海纳百川、务实创新、与时俱进的精神，开拓MBA教育的新境界，为推动经济发展和社会进步做出贡献。

MBA中心

地址：北京市海淀区中关村东路80号中国科学院研究生院7号楼219室

邮编：100080

电话：(010) 82680833，82680678，82680936   传真：(010) 82680834

中科院研究生院网址：http://www.gucas.ac.cn

管理学院网址：http://www.mscas.ac.cn

MBA中心网址：http://www.mscas.ac.cn/mba   E-mail：sba@gucas.ac.cn

127. 长江商学院

长江商学院是由李嘉诚（海外）基金会捐资创办并获得国家正式批准，拥有独立法人资格的非营利性教育机构，为国际管理教育协会（AACSB）和欧洲管理发展基金会（EFMD）成员，是国务院学位委员会批准的"工商管理硕士授予单位"（含MBA和EMBA）。

长江商学院的宗旨是把握中国经济持续快速增长的机遇，通过"取势、明道、优术"的战略选择和"中西贯通"的办学理念，为中国打造一个享誉全球的世界级商学院。

长江商学院MBA项目以"为大中华地区培养未来杰出的商业领袖"为目标，是全日制英文授课的综合管理课程。长江MBA项目有以下独特优势：

(1) 世界一流的师资力量。 在李嘉诚（海外）基金会的鼎力支持下，一大批活跃于世界舞台的具有国际一流水平的管理学教授纷纷回国加盟长江，成为常驻教授。这些教授来自于欧、美和亚洲的世界著名商学院，如斯坦福大学、沃顿商学院、欧洲工商学院以及新加坡国立大学等。他们不仅在学术研究方面卓有建树，而且得到国际学术界的广泛认同，还拥有在世界著名商学院的MBA和EMBA的教学经验。这些教授的讲授会紧密结合中国实际，分享他们对于中国乃至全球新兴市场的独到分析，真正体现长江商学院一贯的"Global Perspective with China Focus"的培养理念。

(2) 重点突出的课程设计。 长江MBA课程借鉴了世界上顶尖商学院MBA项目的课程设置，循序渐进的6个模块包括10门必修课和近30门选修课（根据情况略有调整），学生必须修满52个课程学分，所有课堂学习在12～14个月内完成，之后的6个月，学生可以在职准备硕士论文，从而最大程度地降低了学生的机会成本。

长江MBA利用强大的校友网络、公司资源与世界一流的教授资，精心设计了多元化咨询项目（Diversified Consultant Project），在学习中期学生可以根据自己的兴趣和职业发展方向申请、完成这些项目，将知识与商业实战经验结合，转换为职业优势。项目内容涉及战略、市场营销、财务管理、人力资源管理等多方面。

长江商学院率先提出培养企业家"人文精神"，成立了由杜维明教授担纲主任的人文委员会，在MBA项目中引入人文课程。长江MBA项目通过组织行为学、领导力等课程以及各类讲座、研讨会培养学生的自我管理和自我实现能力，激发学生的社会责任感和领导力，为中国培养一批具备国际竞争力和人文精神的未来商界领袖。

(3) 强大的同学凝聚力。 长江MBA项目每年只招收一个班的学生。经过一年多与优秀教授、同学的密集交流沟通和全心投入的学习过程，同学们能收获到真正"教学相长"的启发，能得到贯穿一生的宝贵的精神财富。长江MBA同学之间建立了深厚的感情和团队精神。

(4) 个性化的职业咨询服务。 长江MBA职业发展中心致力于提供个性化的专业服务，通过循序渐进地引导学生了解自我、了解就业市场、学习求职技巧、与招聘企业会面，帮助学生实现长期职业发展的目标。

(5) 丰富的海外交流活动。 长江商学院MBA项目非常注重与国际一流商学院合作。目前，长江MBA项目已经与康奈尔大学约翰逊商学院、明尼苏达大学卡尔森商学院、弗吉尼亚大学达顿商学院、加州大学伯克利分校哈斯商学院、西班牙企业学院、里昂高等商学院、首尔国立大学、延世大学、印度商学院9所海外商学院开展了海外交换学习项目。2008年，45%的长江MBA学生获得海外交换学习的机会。另外，上述商学院MBA学生每年都会组团来长江商学院进行为期1～2周的China Module的学习，和长江MBA学生一起进行案例讨论、项目调研、参观走访等交流活动。

经过各类的海外交流活动，长江MBA学生能真正获得国际化团队的合作经验，不断提升、开拓国际视野，充分实现MBA的学习目的。

(6) 优厚的奖学金制度。为了吸引更多优秀的申请人，凭借李嘉诚（海外）基金会的慷慨支持，长江MBA项目对于优秀的申请人提供高额的奖学金。

自2003年以来，长江商学院总共招收了近250名优秀学生，他们大多拥有一流大学的本科或硕士学位，平均6年工作经验，入学GMAT成绩平均分在680分以上。与此同时，长江MBA也吸引了众多国际学生前来就读。除了学历、工作经验和GMAT成绩，长江MBA特别注重申请人的人品、创业精神、责任感、团队精神和脚踏实地的态度。长江商学院要培养的是具有责任感和人文精神的未来商界领袖。

长江商学院上海校区

地址：中国上海市虹桥路 2419 号 　　　　　邮编：200335

电话：(021) 62696677 　　　　　　　　　传真：(021) 62696255

招生咨询热线：(021) 62696205/07 　　　　E-mail: mbaadmissions@ckgsb.edu.cn

华章系列教材·MBA·EMBA

书号	书名	作者	定价
7-111-16476-0	战略管理：竞争与全球化（概念）（原书第6版）	迈克尔 A. 希特	48.00
7-111-12565-7	战略管理：竞争与全球化习题集（原书第4版）	迈克尔 A. 希特	34.00
7-111-10924-2	战略管理：竞争与全球化（亚洲案例）	库林特·辛格	45.00
7-111-21456-4	信息时代的管理信息系统（第6版）	斯蒂芬·哈格	59.00
7-111-20268-4	信息时代的管理信息系统（英文版·第6版）（双语注释）	斯蒂芬·哈格	69.00
7-111-11361-6	管理经济学：应用、战略与策略（原书第9版） 本书第11版即将由机械工业出版社出版	詹姆斯 R. 麦圭根	89.00
7-111-13762-0	领导学：原理与实践(原书第2版)	理查德 L. 达夫特	52.00
7-111-12625-4	公司理财（原书第6版） 本书第8版即将由机械工业出版社出版	斯蒂芬·罗斯	78.00
7-111-14657-3	公司理财（精要版）	斯蒂芬·罗斯	60.00
7-111-21561-5	运营管理(原书第11版)	理查德·蔡斯	88.00
7-111-14285-3	运营管理基础	马克 M. 戴维斯	48.00
7-111-14830-4	运营管理学习指南与习题集	约瑟夫 G. 蒙克斯	38.00
7-111-11164-8	人力资源管理：获取竞争优势的工具（第2版）	劳伦斯 S.克雷曼	65.00
7-111-18968-X	生产运作管理（第2版）	陈荣秋	48.00
7-111-06936-6	管理学精要（亚洲篇）	哈罗德·孔茨	43.00
7-111-11713-1	组织行为学精要（原书第7版） 本书第9版即将由机械工业出版社出版	斯蒂芬 P. 罗宾斯	39.00
7-111-13059-6	组织行为学	理查德 L. 达夫特	69.00
7-111-18795-4	数据、模型与决策（原书第11版） 本书第12版即将由机械工业出版社出版	戴维 R. 安德森	75.00
7-111-12269-0	商法与法律环境（原书第17版）	罗纳德 A. 安德森	85.00
7-111-13232-7	技术与创新的战略管理（原书第3版）	罗泊特 A. 伯格曼	98.00
7-111-13010-3	财务管理基础（原书第3版）	彼得·阿特勒尔	46.00
7-111-15194-1	商务与管理沟通（原书第6版） 本书第8版即将由机械工业出版社出版	基蒂 O. 洛克	59.00
7-111-14438	财务管理实务（原书第3版）	威廉 R. 拉舍	59.00
7-111-14615-8	会计学：教程与案例.财务会计分册（原书第11版）	罗伯特 N. 安东尼	58.00
7-111-14615-8	会计学：教程与案例.管理会计分册（原书第11版） 本书第12版即将由机械工业出版社出版	罗伯特 N. 安东尼	54.00
7-111-13868-6	当代全球商务（原书第3版） 本书第5版即将由机械工业出版社出版	查尔斯 W. L. 希尔	56.00
7-111-22995-7	公司财务原理（原书第8版）	理查德 A. 布雷利	108.00
7-111-16561-6	投资学（原书第6版） 本书第7版即将由机械工业出版社出版	滋维·博迪	89.00
7-111-13989-5	战略人力资源管理（原书第2版）	查尔斯 R. 格里尔	36.00
7-111-14136-9	战略营销（原书第7版）	戴维 W. 克雷文斯	64.00
7-111-13171-1	公司信息战略与管理：教程与案例（原书第6版）	阿普尔盖特	83.00
7-111-12733-1	高级经理财务管理——创造价值的过程（原书第2版）	加布里埃尔·哈瓦维尼	52.00
7-111-14857-6	战略管理		

华章系列教材·经典与中国版

书号	书名	作者	定价
	中国版（华章国际经典教材）		
7-111-19628-7	国际管理	阿尔温德 V. 帕达克；石永恒	79.00
7-111-18101	管理经济学（原书第10版）	詹姆斯 R. 麦圭根；李国津	39.00
7-111-16449	人力资源管理（原书第9版）	约翰 M. 伊万切维奇；赵曙明	38.00
7-111-21589-9	管理信息系统（原书第9版）	肯尼斯 C. 劳顿；薛华成	50.00
	清明上河图（华章经典教材系列）		
7-111-20550	经济学（微观）	R.格伦·哈伯德	50.00
7-111-21195	经济学（宏观）	R.格伦·哈伯德	42.00
7-111-12676	经济学原理（原书第3版）	N.格里高利·曼昆	44.00
7-111-16561	投资学（原书第6版）	滋维·博迪	89.00
	本书第7版中文版即将由机械工业出版社出版		
7-111-19253	投资学题库与题解（原书第6版）	拉里 J. 普拉瑟	42.00
7-111-22695	风险管理与金融机构	约翰·赫尔	50.00
7-111-22995	公司财务原理（原书第8版）	理查德 A. 布雷利	108.00
7-111-12625	公司理财（原书第6版）	斯蒂芬 A. 罗斯	78.00
	本书第8版中文版即将由机械工业出版社出版		
7-111-21114	公司理财（精要版）（原书第7版）	斯蒂芬 A. 罗斯	65.00
7-111-19474	市场营销原理（亚洲版）	菲利普·科特勒	58.00
7-111-13635	财务会计：概念、方法与应用（原书第10版）	克莱德·P·斯蒂芬尼	59.00
7-111-20754	供应链物流管理（原书第2版）	唐纳德 J. 鲍尔索克斯	56.00
7-111-17370	组织行为学：面向未来的管理（原书第3版）	德博拉·安科纳	56.00
7-111-20897	电子商务：管理视角（原书第4版）	埃弗雷姆·特班	68.00
7-111-12142	财务管理精要（原书第12版）	尤金·F·布里格姆	49.00
7-111-22238	组织行为学：基于战略的方法	迈克尔 A. 希特	46.00

HZ BOOKS
华章经管

读华章书友俱乐部反馈卡

每月10位幸运读者，

可免费获得最新出版德鲁克经典作品一本。

每月1位获奖读者，

可赢得"当月新书免费读"

欢迎登陆 **www.hzbook.com** 了解更多信息，

本网站会每月公布获奖信息。

华章经管Blog已开通，欢迎留下宝贵意见与建议 http://blog.sina.com.cn/u/1281008384

◎反馈方式◎

网络登记：

登陆 **www.hzbook.com**，在网站上进行反馈卡登记。

传　真：

将此表填好后，传真到 010-68311602

邮　寄：

将填好的表邮寄到：100037 北京市西城区百万庄南街1号309室　　闫　南　董丽华 收

个人资料（请用正楷完整填写，或附上名片）

姓　名：＿＿＿＿＿＿　□先生 □女士　出生年月：＿＿＿＿＿＿＿＿　学　历：＿＿＿＿＿

工作单位：＿＿＿＿＿＿＿＿＿＿＿＿　　　　　职　务：＿＿＿＿＿＿＿＿＿

联系电话：＿＿＿＿＿＿＿＿＿＿＿＿＿　手　机：＿＿＿＿＿＿＿＿＿

E-mail：＿＿＿＿＿＿＿＿＿＿＿＿＿＿＿＿＿

通讯地址：＿＿＿＿＿＿＿＿＿＿＿＿＿＿＿＿＿＿＿＿＿

邮　编：＿＿＿＿＿＿＿　所购书籍书名：＿＿＿＿＿＿＿＿＿＿＿＿＿＿

**现在就填写读者反馈卡，成为读华章俱乐部会员，
将有机会参加读者俱乐部活动！**

1. 本书购买地点?
   □新华书店　□普通书店　□书亭（摊）　□网上书店　□赠阅　□其他

2. 您通过何种渠道最早了解本书?
   □偶然场合　□经人介绍　□书店广告　□报刊　□电视

3. 您手上的作品大致传阅人数为:
   □1-2个人　□3-5人　□5-10人　□10人以上

4. 您愿意向别人推荐本书吗?
   □非常愿意　□如有机会、愿意　□没考虑过　□不值得推荐

5. 您对本书的整体评价
   内文水平　□很好　□较好　□一般　□较差　□很差
   封面设计　□非常出色　□平凡普通　□毫不起眼
   编　　排　□利于阅读　□一般　□较差
   印　　刷　□质量好　□质量一般　□质量较差

6. 您一般通过什么渠道了解最新的管理思想?
   □专业培训　□专业会议　□期刊　□书籍　□电视　□广播　□业内朋友

7. 如何通过网络或传真给您提供相关领域书籍的出版信息，您是否愿意接受?
   □愿意　□不愿意

8. 如果在您所在的城市举办相应专题研讨会，您是否愿意参加?
   □愿意　□不愿意

9. 您是否愿意获得相应管理培训课程的信息?
   □愿意　□不愿意

10. 您是否愿意支付费用成为读华章书友俱乐部收费会员，享有VIP会员专享权力?
    □愿意　□不愿意

读华章俱乐部反馈卡